ROSALIND LAKER

LA TULIPE D'OR

PRESSES DE LA CITÉ

Titre original :
The Golden Tulip

Traduit par Danielle Berdou

ISBN : 2-266-06336-7

1

D'aussi loin qu'elle se souvienne, Francesca Visser, dix ans, avait toujours été extrêmement sensible aux couleurs du monde. L'or de la chevelure soigneusement ordonnée de sa mère. Le chatoiement azuré des canaux d'Amsterdam sous le ciel d'été et le reflet vert-de-gris de leurs eaux gelées en hiver. Le roux éteint des hautes toitures estompé par la brume et le rubis des tulipes sur les plates-bandes de l'arrière-cour de sa maison. Mais la caverne aux trésors, c'était l'atelier de son père, là où quelques gouttes d'huile de lin suffisaient à métamorphoser les poudres sombres conservées dans des pots en jaillissements de vermillon somptueux, de jaune acide, de bleu profond ou de violet velouté, qui venaient éclabousser de leur brillance la palette de son père et la sienne.

Ce jour-là pourtant, alors qu'elle posait pour lui, assise sur l'estrade et revêtue de ses plus beaux atours, tout lui paraissait sinistre. Un danger connu d'elle seule menaçait l'équilibre de la maisonnée. Elle gardait ce secret, le cœur lourd d'appréhension.

La maison et l'atelier avaient leur aspect ordinaire. On entendait les coups de pinceau de Hendrick Visser sur la toile et le bruit assourdi des ustensiles entrechoqués dans la cuisine où Griet, la servante, s'affairait à la préparation du repas de midi sous la direction de la vieille Maria, qui avait été la nourrice de la mère de Francesca et de sa tante avant de prendre en charge la génération suivante. Derrière les fenêtres à petits carreaux résonnait le claquement mesuré des sabots d'un cheval qui halait un lourd chaland sur le canal longeant la rue.

– Tu penches la tête, Francesca. Relève le menton.

– Oui, papa.

Francesca obéit, et tout en rejetant en arrière sa chevelure cuivrée, elle se dit qu'il n'y avait rien d'étonnant à ce que sa tête eût ployé sous le poids des catastrophes à venir, mais elle maintint résolument l'angle de son menton, attentive à garder la pose. Elle savait par expérience qu'elle devait se tenir tranquille, sans quoi son père pousserait les hauts cris. Hendrick ne voyait pas d'inconvénient à ce qu'on parle sur l'estrade, toutefois il ne tolérait pas le moindre mouvement. Et pour cette raison aucune de ses autres filles n'aimait poser pour lui. Aletta, d'un an la cadette de Francesca, devenait nerveuse face à l'exigence de son père et Sybylla, de treize mois plus jeune qu'Aletta, avait tant d'énergie qu'elle ne tenait pas en place, sauf quand elle dormait. Et de fait, Hendrick ne pouvait s'empêcher de crier, où qu'il fût, si quelque chose le contrariait. Ses sourcils roux et broussailleux se rapprochaient comme les nuées avant l'orage et son visage à la mâchoire lourde et carrée prenait une teinte cramoisie : cette vision terrorisait Aletta plus que quiconque dans la maisonnée. Francesca essayait de réconforter sa sœur en lui assurant que le vieux dicton selon lequel tous les chiens qui aboient ne mordent pas s'appliquait parfaitement à leur père, mais en vain.

Il n'était pas rare que le caractère emporté de Hendrick l'amenât à chercher querelle dans les tavernes et les maisons de jeu d'Amsterdam qu'il fréquentait trop assidûment au gré de sa femme. Parfois les choses se gâtaient au cours de disputes avec certains de ses amis artistes, impétueux comme lui après boire, alors que le différend portait simplement sur quelque technique de peinture.

Francesca avait toujours vu sa mère lever les yeux au ciel et laisser retomber les bras au récit de ces algarades, toutes sur de semblables sujets.

– Ah, les hommes! soupirait avec emphase Anna Visser en appliquant une compresse froide sur l'œil poché de son époux.

Il souriait et lui embrassait la main ou lui caressait les reins à travers ses jupes. Elle savait très bien qu'à leur prochaine rencontre ses amis et lui auraient oublié le sujet de la controverse, jusqu'à ce qu'une autre pomme de discorde...

Francesca, désormais en âge de comprendre ces choses,

savait que sa mère attachait moins d'importance aux rixes occasionnelles dans lesquelles son mari se laissait emporter qu'à son penchant pour le jeu.

De vifs débats opposaient parfois ses parents. C'était alors un véritable feu d'artifice, Anna étant, comme la plupart des gens tolérants, capable de violence si on la poussait à bout. Ces disputes n'alarmaient cependant pas Francesca, car elles étaient de courte durée et se terminaient toujours dans la chambre conjugale, à l'étage, où l'on entendait un grand charivari avant que les parents n'émergent, bras dessus bras dessous, souriant et se mignotant.

Francesca ne s'inquiétait guère plus lorsque la nourriture était ordinaire ou en quantité à peine suffisante car elle savait que dès que son père aurait les poches pleines, l'abondance régnerait de nouveau. Dès qu'il avait gagné au jeu, il revenait les bras chargés de cadeaux, et, l'haleine fleurant le vin, il comblait ses filles de jouets et de sucreries. Puis il offrait une brassée de fleurs à Anna, lui en piquait une dans les cheveux, avant de s'agenouiller pour lui mettre aux pieds une paire de souliers de satin rose. Après quoi, il déroulait les pièces de tissu luxueux qu'il avait achetées, les faisant flotter comme des étendards, laissant chaque femme de la maison imaginer la nouvelle robe qu'elle pourrait se faire confectionner, avant d'empiler sur les genoux d'Anna les velours multicolores, les soies et les brocarts rehaussés de fils d'or.

Elle souriait, riait même parfois, mais des larmes perlaient souvent à ses paupières, malgré les efforts de Hendrick pour les sécher avec des baisers.

La veille, il s'était livré à l'une de ces exubérantes démonstrations. Janetje Veldhuis, la jeune sœur d'Anna, qui vivait seule dans leur maison natale, s'était vu gratifier d'un présent simplement parce qu'elle se trouvait là. Son joli visage était devenu aussi rose que le riche brocart que Hendrick avait drapé sur son épaule.

– Ce n'est pas mon anniversaire, avait-elle protesté.

– Ce n'est l'anniversaire de personne ici non plus, avait rétorqué Hendrick en riant.

Francesca avait eu l'impression que la brusque coloration des joues de sa tante était due à la gêne. Tante Janetje n'avait sans doute pas pu s'empêcher de penser que cet argent eût été mieux employé à régler quelques-unes des créances de la famille Visser. Anna ne se plaignait jamais, mais Janetje savait que sa sœur devait faire des économies de bouts de chandelle et tenir en échec les fournisseurs courroucés. Mais l'incident du brocart s'était produit la veille et tante Janetje avait rougi pour un autre motif. A cette pensée, Francesca se sentit submergée par un tel chagrin qu'un sanglot bruyant s'échappa malgré elle de sa gorge et les larmes jaillirent de ses yeux.

– Que se passe-t-il ? (Hendrick, agile malgré sa corpulence, jeta presque son pinceau et sa palette pour se précipiter vers elle.) Tu es fatiguée ? Je n'aurais pas dû te faire faire deux séances de pose dans la matinée.

Elle secoua la tête et passa ses bras autour de son cou tandis qu'il la soulevait de terre et la serrait contre lui.

– Ce n'est pas ça, sanglota-t-elle. C'est que tante Janetje va se marier et je ne la verrai plus jamais.

Il s'assit au bord de l'estrade et la jucha sur son genou. Il avait la conviction que, aux yeux de sa belle-sœur, Francesca était la fille qu'elle n'avait jamais eue, ce qui expliquait qu'un lien si étroit les unît l'une à l'autre.

– Où donc as-tu été chercher une idée aussi absurde, mon enfant ? demanda-t-il en haussant les sourcils sous l'effet de la surprise. Ta tante est une jolie femme et rendrait sûrement un homme heureux, mais elle n'a jamais trouvé de parti convenable après sa première déception amoureuse et elle a d'autres sujets de satisfaction dans la vie.

– Elle a trouvé quelqu'un. Chez les Korver. J'y suis allée pendant mon heure de récréation. Je savais par Maria que maman et tante Janetje avaient emmené Aletta et Sybylla jouer là-bas.

Hendrick fit un signe de tête. Heer Korver était un riche diamantaire juif qui habitait à l'autre bout de la rue et une amitié de longue date unissait les deux familles.

– Et que s'est-il passé ?

Francesca parla d'une seule traite. Le jeune Jacob Korver, l'aîné des enfants, avait entraîné Francesca dans la grande salle à l'étage, au-dessus des locaux commerciaux, pour lui montrer le nouveau chaton, endormi dans un panier. Elle avait trouvé sa mère en conversation avec heer Korver et sa femme, tandis que Janetje était assise à l'écart près de la fenêtre en compagnie d'un voyageur florentin, le seigneur Giovanni de Leone, venu acheter des diamants à Amsterdam. Tous buvaient du vin à petites gorgées comme c'était la coutume chez l'aimable maître de maison lorsqu'il voulait conclure une bonne transaction avec quelque solennité. Ce qui avait troublé Francesca, c'était que, pour la première fois de sa vie, sa tante ne l'avait pas saluée avec toutes les marques d'affection dignes de sa nièce préférée.

– On aurait dit que tante Janetje ne me voyait pas. Elle n'avait d'yeux que pour le seigneur florentin.

– Je suppose qu'ils avaient une conversation intéressante, dit Hendrick d'un ton réconfortant. Tu connais le goût de ta tante pour la discussion.

– C'était plus que cela, dit Francesca à travers ses larmes.

– Peux-tu t'expliquer ?

– Ils se regardaient comme vous le faites parfois, maman et vous. Les mots n'avaient pas d'importance. Ils se parlaient avec les yeux.

Il attira sa tête contre son épaule et lui caressa les cheveux. Parfois il s'étonnait de l'intelligence et de la perspicacité de sa fille aînée.

– Et qu'est-ce que tu penses lorsque ta maman et moi communiquons par la pensée ?

– Je crois que vous l'aimez, qu'elle vous aime et que vous nous aimez toutes les trois, Aletta, Sybylla et moi.

– Tu as raison. Eh bien, imaginons ce qui se passerait si Janetje et ce Florentin tombaient amoureux l'un de l'autre. Une amitié s'installerait entre eux pendant quelques semaines, puis il repartirait, peut-être pour ne jamais revenir, ou, s'ils devaient se marier, il l'emmènerait sûrement à Florence, qui est un des centres les plus importants de l'art italien. La ville de Michel-Ange ! Tu te rends compte !

Il aurait été plus d'une fois à court d'histoires pour endormir ses enfants s'il n'avait su comme personne brosser les portraits de peintres et de sculpteurs célèbres, en les enjolivant de quelques fioritures de son invention. Les noms de Michel-Ange et du Titien, de Raphaël et de Botticelli étaient aussi familiers à Francesca et à ses sœurs que celui de saint Nicolas, qui apportait des cadeaux aux enfants tous les ans le six décembre.

Mais ses larmes redoublèrent.

– Tante Janetje sera si loin !

– Une partie de son cœur restera toujours avec nous en Hollande. On n'oublie jamais son pays natal, ma fille, ni les êtres chers qu'on y a laissés. Quand tu seras grande tu pourras aller la voir et découvrir par toi-même tous les trésors de Florence.

– Vraiment ?

Heureux d'entendre une note d'espoir dans sa voix, il la repoussa un peu pour plonger son regard dans ses yeux baignés de larmes.

– Bien sûr. (Il sortit un chiffon propre de la poche de son sarrau de toile et sécha ses larmes.) Et maintenant, espèce de petite marieuse, veux-tu continuer à poser pour moi ou en as-tu assez pour aujourd'hui ?

– Je vais continuer, papa.

Francesca reprit la pose, l'esprit préoccupé par la perspective du mariage de sa tante et ses conséquences. Anna et Janetje étaient nées à Amsterdam dans la maison familiale. Lorsque le grand-père Veldhuis, déjà veuf, s'était éteint, peu de temps après le mariage d'Anna et de Hendrick, Janetje était restée seule dans la maison. Elle ne se plaignait jamais de la solitude, bien qu'elle acceptât toujours avec empressement les invitations des Visser pour des réunions de famille, et les accueillît tous chez elle avec plaisir. Elle avait un large cercle d'amis et avait rang de régente – titre réservé aux femmes assumant des responsabilités dans les œuvres de charité – dans un orphelinat dirigé exclusivement par des femmes. C'était une charge que l'on décernait uniquement à des personnes réputées pour leurs bonnes actions et leur moralité irréprochable.

Anna se rendait souvent à l'orphelinat avec sa sœur et au retour de ces visites ne manquait jamais de déplorer que Janetje ne fût pas mariée et n'eût pas de bébés, elle qui aimait tant les enfants. Le mariage lui permettrait de réaliser ce vœu. Francesca essayait de se concentrer sur la pensée que ce serait une véritable bénédiction pour sa tante, mais, dans son for intérieur, elle n'en était pas moins triste.

Hendrick, voyant que sa fille arborait encore une mine désolée, s'arrêta de peindre pour essayer de la distraire.

– Aimerais-tu faire une promenade avec moi cet après-midi ?

Le travail en cours pouvait attendre. La peinture mettait longtemps à sécher, elle devait être appliquée en plusieurs couches successives.

La fillette acquiesça promptement, trop respectueuse de la pose pour tourner la tête. Les promenades avec Hendrick n'étaient jamais monotones.

– Où irons-nous ?

– Rendre visite à maître Rembrandt. J'ai fait l'acquisition de ce nouveau livre sur le Caravage qu'il a envie de lire.

Elle avait entendu parler du peintre italien, chef de file de la technique du clair-obscur qui conférait à ses œuvres une atmosphère dramatique grâce à de puissants contrastes d'ombre et de lumière. Hendrick subissait son influence, de même que le peintre à qui ils allaient rendre visite, mais il aimait à répéter que personne n'était capable de surpasser Rembrandt dans l'art de créer un sentiment de pure spiritualité dans ses tableaux. Hendrick et maître Rembrandt considéraient l'un comme l'autre que le genre de peinture d'inspiration dite historique, représentant des scènes bibliques et mythologiques, était la forme la plus achevée de leur art, théorie qui prévalait avant que l'engouement populaire ne se portât sur d'autres sujets.

Francesca quitta la pose en entendant, à l'autre bout de la maison, le tintement de la clochette annonçant le repas de midi et elle se précipita vers la salle à manger. Elle avait hâte de revoir sa tante pour vérifier si elle avait toujours la même lueur dans le regard. Elle fut déçue de ne voir que sa mère qui veillait à ce que ses sœurs prennent leurs places. Le couvert de Janetje n'était pas mis.

– Où est tante Janetje ? (La question avait fusé spontanément.) Je croyais qu'elle déjeunait avec nous aujourd'hui.

Les lèvres d'Anna s'arrondirent en un petit sourire circonspect.

– Moi aussi, jusqu'à ce que le fringant seigneur Giovanni de Leone ne l'invite à une promenade. Elle va lui faire visiter le Westerkerk, l'hôtel de ville et toutes les curiosités d'Amsterdam.

– Elle ne pourra pas tout faire en un après-midi !

– Je crois que ni l'un ni l'autre n'ont envie de bâcler la visite de la ville. Sans doute vont-ils passer pas mal de temps ensemble pendant la semaine. Maintenant, va à ta place. Le repas est servi et ton père attend pour dire le bénédicité.

Abasourdie par la rapidité avec laquelle se nouait cette idylle, Francesca était restée debout derrière sa chaise. A côté d'elle il y avait Maria, le visage ridé, sa grande carcasse osseuse tout ankylosée par les douleurs, avec à sa gauche la frimousse malicieuse de Sybylla. En face se tenait Aletta, toujours sage et réservée, avec sa chevelure couleur de lune, ainsi que Griet, la servante joviale qui prenait ses repas avec la famille – sauf dans les grandes occasions – comme c'était la coutume lorsque celle-ci était aimée de la famille et bien intégrée à la vie du foyer. Anna, svelte et le corsage épanoui, à une extrémité de la table, jeta un regard à Hendrick, à l'autre bout. Celui-ci inclina son épaisse crinière rousse et fit résonner sa voix grave au-dessus de la tablée.

– Seigneur, bénissez ces aliments. Nous sommes vos humbles serviteurs.

Il y eut un raclement de chaises tirées sur le carrelage noir et blanc, puis chacun s'assit et se servit de harengs frits, de salade, de légumes et de pain blanc croustillant. Bien qu'elle mangeât de bon appétit, Francesca était bien loin par la pensée, avec sa tante et le Florentin tout au long de leur promenade dans la ville. Elle se dit qu'il ne retiendrait pas grand-chose d'Amsterdam s'il continuait à regarder Janetje comme ce matin.

Après le repas, Hendrick demanda à Aletta si elle aimerait les accompagner chez maître Rembrandt. Elle secoua la tête et le dévisagea de ses immenses et graves yeux gris-vert, qui ressemblaient tellement aux siens.

– Non, papa, je vous remercie, mais je vais retourner jouer avec Esther Korver cet après-midi. Je le lui ai promis.

Elle n'aimait pas sortir avec lui sans sa mère. Il avait une telle façon de se faire remarquer tout le temps... elle détestait également ses leçons de peinture dans l'atelier, et pourtant, à l'instar de Francesca, elle adorait dessiner et peindre.

– Bien sûr, il faut que tu y ailles, dit-il gaiement. (Il ajouta, en parfaite contradiction avec l'absence de rigueur de sa propre conduite :) Il faut toujours tenir ses promesses.

Soudain Sybylla se précipita en criant à travers la pièce, ses boucles blondes comme les blés en bataille, pour venir s'agripper aux jambes de son père.

– Emmenez-moi! Je veux venir avec vous.

Hendrick se pencha pour lui faire lâcher prise et la prit dans ses bras.

– Non, Sybylla, pas aujourd'hui. (Il n'aimait pas lui refuser quoi que ce soit et était toujours prêt à la gâter, mais il ne se sentait pas, ou pas encore, le droit d'infliger ses manières démonstratives à Rembrandt.) Si tu es gentille, je te rapporterai des bonbons.

Elle fut tout sourire à nouveau, et Maria, que ces petits marchés excédaient, la tira en arrière.

– Cesse d'importuner ton papa. Tu vas m'aider à plier le linge cet après-midi.

Sybylla fronça les sourcils et tapa du pied pour manifester son désaccord à l'idée d'accomplir une tâche aussi ingrate, mais la promesse des bonbons la retint de se mettre en colère.

Hendrick et Francesca sortirent par la porte principale qui donnait directement de la salle de réception dans la rue, caractéristique commune à toutes les maisons de ville, même les plus opulentes. Elle tenait le livre sous son bras, car il eût été indigne de son père de le porter lui-même. Il n'éprouvait aucune espèce de vanité vis-à-vis de ses semblables, quelle que fût leur situation sociale, mais il avait une bonne dose d'amour-propre et adorait, entre autres manies, se pavaner en arborant une canne qui, selon la mode, lui arrivait à l'épaule et s'ornait d'un gland rouge à son sommet. Il ne se chargeait jamais d'aucun fardeau. Même dans les situations désespérées, il trouvait toujours au fond de sa poche ou de sa bourse une petite pièce pour donner à porter à un galopin un carton à dessin ou une toile enroulée.

C'était un après-midi délicieusement tiède et ensoleillé. Le ciel d'un bleu d'iris, qui semblait avoir capté le chatoiement des canaux de la ville, scintillait au-dessus des toits aux pignons diaprés. Les tilleuls vigoureux dispensaient l'agréable ombrage de leur feuillage vert et luisant. En raison de l'impôt sur la largeur des façades, toutes les maisons étaient hautes et étroites, quatre ou cinq, parfois six étages, plus un grenier, mais s'étendaient sur une profondeur considérable vers l'arrière et donnaient sur une cour close de murs ou plus rarement sur un jardin.

On accédait généralement à l'arrière des habitations par un passage dallé intégré au corps de logis. Construite d'ordinaire en briques rouges bientôt patinées par le temps, rehaussée d'une ornementation en grès, chacune de ces maisons était pourvue, en haut du pignon, d'un treuil qui saillait comme des griffes. Les recoins incommodes et les cages d'escalier étroites ne permettaient guère de monter les meubles dans les étages supérieurs autrement que par l'extérieur, à l'aide de cordes.

On hissait une imposante armoire au quatrième étage d'une maison au moment où Hendrick et Francesca traversaient un pont. Elle regarda un court instant le meuble qui se balançait en l'air, avant de courir pour rattraper son père. Comme de bien entendu, le cours de leur promenade fut capricieux. Il ne pouvait rencontrer une connaissance sans faire un brin de conversation. Qu'il la repérât de l'autre côté du canal, il lui adressait des saluts si tonitruants que les passants se retournaient.

Ils atteignirent bientôt un coin de rue où un vieux matelot avec une jambe de bois et une béquille jouait de la flûte, adossé contre le mur. Hendrick lança une pièce dans le bonnet que l'homme avait posé devant lui.

– Joue ton air le plus gai !

Comme le marin s'exécutait, Hendrick se pencha vers Francesca et, au son de la flûte, la prit par la main pour l'entraîner dans une gigue endiablée dont elle s'efforçait de suivre les figures compliquées qu'il lui avait apprises lui-même, le soir de la Saint-Nicolas. Ils tournaient à perdre haleine sur le sol pavé de galets. Des badauds se rassemblèrent pour les regarder, quelques-uns se mirent à danser avec eux et le bonnet du matelot regorgea bientôt de pièces de monnaie brillantes.

Ils furent chaleureusement applaudis en s'en allant. Elle lui sourit joyeusement. Elle seule avait un papa capable de transformer la sortie la plus banale en moments de fête.

Ils traversèrent encore un canal avant d'arriver à Breedstraat. La maison de Rembrandt était un imposant édifice surmonté d'un toit au pignon très pointu, les doubles fenêtres du grenier éclairaient autrefois l'atelier des élèves, le maître résidant à l'étage inférieur. Tout en donnant du heurtoir contre la porte, Hendrick se dit que c'était sa dernière visite à ce domicile de Rembrandt : celui-ci, victime d'un malheureux concours de circonstances, allait devoir quitter les lieux sous peu. Quatre ans auparavant, en proie à de graves difficultés financières, Rembrandt avait obtenu en dernier recours la mise en liquidation de ses biens, évitant ainsi de justesse la faillite. Il avait pu, selon la procédure légale, continuer à vivre dans la maison après la vente aux enchères, ainsi que tout son contenu, mais le délai qui lui avait été accordé arrivait à expiration et il allait bientôt déménager pour une demeure plus petite et plus modeste.

Il fallait admettre – Hendrick n'était pas sans le savoir – que la malchance de Rembrandt était due, outre de profonds drames intimes, à sa prodigalité et à son incapacité de suivre le goût du moment en matière de peinture. Mais un homme pouvait-il transformer sa nature profonde ? Bien que la mauvaise fortune de son confrère constituât une sorte d'avertissement pour lui, Hendrick ne s'en inquiétait pas exagérément. Il avait foi en la générosité du destin qui ne l'avait jamais abandonné chaque fois qu'il se trouvait dans une situation financière particulièrement critique et ne s'était jamais départi du naturel optimiste dont les bonnes fées l'avaient doté à sa naissance.

La porte était ouverte, mais Francesca, qui s'était arrêtée sur la première marche de l'escalier, avait les yeux rivés sur la maison familiale des Veldhuis, un peu plus loin dans la rue, où sa mère et sa tante étaient nées. Toutes deux se rappelaient la défunte épouse de Rembrandt, Saskia, car elles avaient respectivement douze et dix ans au moment de sa mort. Mais ce n'était pas ce qui préoccupait Francesca pour l'instant. Elle avait vu, bien que son père n'ait pas cru bon y prêter attention, sa tante Janetje et le seigneur florentin descendre d'un carrosse et entrer ensemble dans la maison.

– Eh bien, qui donc reste là sur les marches à rêvasser ?

Francesca tressaillit et leva les yeux vers l'encadrement de la porte où juffrouw Stoffels, qui dirigeait la maison de Rembrandt et vivait avec lui comme si elle avait été sa femme, lui souriait en guise de bienvenue, ses mains énergiques de paysanne jointes devant elle.

– Ce n'est que moi, répondit Francesca, gênée.

En d'autres circonstances, elle eût répliqué avec plus d'à-propos à la taquinerie, mais elle venait de s'apercevoir que sa tante avait franchi une étape de plus sur le chemin du mariage. Janetje n'aurait jamais invité sans raison valable un étranger à partager avec elle les délicieux petits gâteaux de sa confection.

– Entre, ma chère petite. Que fais-tu plantée là dehors alors que ton papa est déjà rentré ?

Son visage rond illuminé par de beaux yeux sombres, chaleureuse et maternelle, Hendrickje Stoffels ouvrit tout grands les bras à la fillette. Francesca se précipita en haut de l'escalier pour répondre à son invite.

– Comment allez-vous, madame ? s'enquit Francesca, reprenant ses esprits et sa bonne éducation dès que la porte se fut refermée derrière elle.

Sa mère lui avait expliqué que Rembrandt et Hendrickje se seraient mariés depuis longtemps s'ils n'avaient dû renoncer, selon une clause testamentaire, à une petite pension léguée par Saskia à Rembrandt et qui leur permettait au moins de manger à leur faim quand ils n'avaient plus d'autre rentrée d'argent.

– Ça va bien, merci, Francesca, si ce n'est que le déménagement me donne beaucoup de travail.

Francesca avait remarqué au premier coup d'œil que la maison était encore plus vide que lors de sa précédente visite. Bien que la salle de réception fût entièrement nue, le dallage de marbre noir et blanc était, comme à l'ordinaire, d'une propreté irréprochable. A travers la porte ouverte elle se rendit compte que la pièce contiguë était elle aussi dégarnie et elle supposa qu'il en était de même pour le reste de la maison. Pourtant on lui avait raconté qu'à son heure de gloire Rembrandt avait plus d'une centaine de tableaux accrochés à ses murs, une moitié de sa main, l'autre de ses élèves, maintenant célèbres.

La voix de Rembrandt et celle de son père, amplifiées par ce vide caractéristique des maisons qui ont cessé d'être des foyers, résonnaient dans l'atelier déserté à l'étage supérieur. Hendrickje prit Francesca par la main et l'entraîna là-haut.

– Regarde qui vient te voir, Rembrandt !

Dans l'atelier où ne restaient plus qu'un chevalet et une table encombrée de l'habituel attirail nécessaire à un artiste, se tenaient Rembrandt et son père. Le maître se retourna. Vêtu d'un vieux sarrau bleu, une étoffe mollement enturbannée autour de la tête, avec ses cheveux blancs aussi bouclés à la cinquantaine que dans sa jeunesse, il sourit à la piquante beauté de l'enfant qui lui tendait un livre.

– Merci, Francesca, dit-il en l'allégeant de son fardeau.

Elle se dit que, malgré le sourire qui arrondissait sa fine moustache, tout son visage buriné était empli de tristesse. Peut-être pensait-il aux jours heureux passés dans cette maison, et à jamais révolus.

– Vous pouvez garder le livre aussi longtemps que

vous le désirez, dit-elle promptement, désireuse de le réconforter. Papa n'y verra aucun inconvénient.

– C'est très généreux, répliqua-t-il d'un ton obligeant, de sa voix profonde. Il se peut que je sois contraint de l'étudier de près, maintenant que je me suis engagé à faire un travail de commande.

– Vous allez l'exécuter ici ?

– Non. (Il dégagea un coin de la table et y posa le livre.) C'est beaucoup trop grand pour que je puisse peindre ici, ou dans ma nouvelle demeure. On m'a toujours donné l'autorisation d'installer mes grandes toiles à l'église de Zuider et c'est là que j'irai travailler, cette fois encore.

Hendrickje posa la main sur l'épaule de Francesca.

– Viens avec moi à la cuisine à présent, et laissons les hommes entre eux.

Francesca partit avec elle.

– Cornelia est là ? demanda-t-elle sur un ton plein d'espoir.

La fille de Rembrandt et de Hendrickje n'avait qu'un an de moins que Francesca et les fillettes avaient toujours plaisir à se voir.

– Non, elle est partie avec Titus à notre nouveau domicile à Rozengracht. Il installe des étagères et fait quelques aménagements. Lui et moi sommes associés en affaires maintenant, tu sais.

Titus, âgé de dix-neuf ans, était le quatrième enfant issu du mariage de Rembrandt et le seul survivant, un autre garçon et deux filles étant morts en bas âge. Francesca l'aimait beaucoup, presque comme un grand frère. Un de ses portraits, enfant, peint par son père, ornait leur salon, et elle l'avait tous les jours sous les yeux.

– Vous allez ouvrir une boutique là-bas? demanda-t-elle avec intérêt.

– Oh non! répondit Hendrickje en riant. Mais nous employons Rembrandt et lui verserons un salaire. De cette façon ses tableaux ne seront pas saisis par ordre de justice. Maintenant tu vas me dire ce que tu penses de mes crêpes et je suis sûre que ton père appréciera mon vin de pomme.

Cela fit penser à Francesca que deux autres personnes, non loin de là, prenaient elles aussi des rafraîchissements ensemble. Sur le chemin du retour, elle vit la voiture qui attendait toujours devant la maison des Veldhuis.

Pendant dix jours, Janetje ne donna aucun signe de vie. Un jour où, sous la surveillance de Maria, Aletta et Francesca revenaient de l'école pour le déjeuner, elles trouvèrent une effervescence inaccoutumée dans la maison. Anna, tout sourire, vint à leur rencontre.

– Giovanni de Leone sort tout juste d'ici, annonça-t-elle. Il vient de demander officiellement la main de Janetje à votre père, son plus proche parent. Le mariage aura lieu la semaine prochaine. Je sais que tout cela est bien soudain, mais il doit regagner promptement son pays, s'empressa-t-elle d'ajouter devant l'interrogation contenue dans le regard vert intense de sa fille aînée.

– Où est tante Janetje ? demanda Aletta.

– Elle est en haut, avec la couturière. Son fiancé lui a offert une magnifique pièce de soie lyonnaise dont il avait fait l'acquisition à Paris, sans se douter qu'elle servirait à confectionner une robe de mariée !

Anna entraîna sa fille vers une banquette recouverte de coussins.

– L'amour ne se résume pas à une vie sans nuages, tu sais, Francesca. C'est plus que cela : c'est l'engagement absolu envers une personne. C'est une source de bonheur, au-delà de ce que tu peux comprendre pour l'instant, mais aussi de souffrance, non tant à cause des obstacles extérieurs que des déchirements entre deux personnes qui se chérissent plus que tout au monde. Qui plus est, ce ne sera pas facile pour Janetje de se retrouver dans un pays lointain dont elle ne parle pas la langue, et où elle n'a pas d'amis. (Anna écarta tendrement une boucle rebelle qui barrait le regard de sa fille.) Mais un amour sincère se trouve renforcé par les épreuves. Je crois que Janetje et Giovanni s'aiment vraiment, sinon je ferais tout mon possible pour empêcher ce mariage.

Francesca eut l'impression que sa mère avait plus parlé pour son propre compte que pour celui de Janetje.

– Je peux monter la voir ?

– Elle a demandé qu'on t'envoie vers elle dès que tu serais à la maison.

Tandis que Francesca grimpait vivement à l'étage, Anna emprunta le corridor voûté qui menait à l'atelier. Une puissante odeur assaillit ses narines : Hendrick était en train de préparer un mélange d'ocre, de résine et de colle animale, avant de commencer une toile. Il sifflotait allégrement car, après avoir accordé au Florentin la main de sa jeune belle-sœur, celui-ci lui avait fait une proposition très généreuse.

– Si ma future épouse s'émeut de devoir quitter son pays, avait-il énoncé dans un hollandais rudimentaire, c'est uniquement à cause des difficultés présentes de sa famille. Je désire qu'elle soit heureuse, et pour sa tranquillité d'esprit, j'ai décidé de vous dégager de vos dettes, quelle que soit leur nature.

– Je suis confus! s'était exclamé Hendrick.

– Ne me remerciez pas. C'est par égard pour Janetje que j'agis ainsi. Et à condition qu'à l'avenir vous ne nous sollicitiez plus.

– Vous avez ma parole! avait juré Hendrick.

Tout en se dirigeant vers son mari, Anna pensait avec reconnaissance au seigneur florentin, sans toutefois se faire d'illusions sur la capacité de Hendrick à ne plus contracter de dettes avant longtemps. Elle passa ses bras autour de son cou et posa sa tête sur son épaule. Sans lâcher son pinceau, il l'enlaça tendrement, sachant qu'elle appréhendait énormément de devoir se séparer de sa sœur.

– Je t'aime, susurra-t-il en effleurant sa tempe avec ses lèvres.

Elle hocha doucement la tête. Si elle n'en avait pas été persuadée, elle n'aurait pas supporté toutes les épreuves que ce mariage lui avait fait subir. Elle tourna lentement son visage vers lui et lui donna un baiser passionné en guise de réponse.

2

Anna conservait précieusement les missives de Janetje et lui écrivait deux fois par an. L'acheminement du courrier était hasardeux en raison des guerres qui faisaient rage au-delà des frontières de la pacifique Hollande, et mieux valait confier les lettres à quelque marchand ou voyageur en partance pour Florence. Heer Korver, en contact permanent avec la capitale toscane, ne manquait pas de prévenir Anna lorsque quelqu'un était susceptible de se charger d'une lettre. Janetje avait fait un bon mariage et, bien que parfois sujette au mal du pays, elle était satisfaite de sa nouvelle vie. Elle consacrait la majeure partie de son temps à ses fils : l'aîné avait vu le jour neuf mois après son mariage. Le cadet le suivait d'un an.

Anna avait toujours beaucoup de choses à raconter à sa sœur : des échos de la maisonnée, bien sûr, mais aussi des anecdotes concernant des voisins ou des amis. Malheureusement il ne s'agissait pas toujours de bonnes nouvelles, et lorsqu'elle dut lui faire part de la tragédie qui, une nouvelle fois, avait frappé Rembrandt avec la mort de Hendrickje Stoffels, son papier à lettres était constellé de larmes.

Le peintre avait beaucoup vieilli, mais travaillait toujours autant. Des amis communs venaient de lui commander leur portrait pour leur mariage. Il avait l'intention de les représenter côte à côte sur le même tableau et non séparément comme c'était l'usage. Un jour où Anna, venue lui apporter un gâteau confectionné à la maison et un panier de prunes de son jardin, lui demanda s'il assisterait au mariage, il répliqua, tout en mordant à pleines dents dans l'un des fruits juteux, qu'il préférait se tenir à l'écart des mondanités.

– Il n'y a que le travail qui me maintienne en vie désormais. Je suis un vieil homme, vous savez.

Elle était assise à côté de lui sur la banquette du salon, près de la fenêtre où le soleil entrait à flots.

– Non, Rembrandt, protesta vivement Anna, pour qui le maître était hors d'atteinte du temps, personne ne vous considère comme un vieillard.

– Vous êtes très aimable, mais parfois j'ai l'impression d'avoir cent ans, répondit-il avec un sourire las.

– Venez au mariage avec nous! Nous y allons tous.

– Non, Anna. Je vous suis reconnaissant de toutes les attentions que vous avez pour moi, mais je ne veux pas voir les jeunes gens le jour de leur mariage : ils seront nerveux, tendus. Je préfère les rencontrer un peu plus tard, dans l'éclat de leur passion naissante. (Il plissa légèrement les yeux en direction de l'entrée comme s'il voyait leur silhouette se dessiner dans l'encadrement de la porte.) Pourquoi les peindre sur deux toiles différentes alors que leur amour vient à peine d'éclore ? Il y a ici-bas suffisamment de déchirements entre les gens qui s'aiment... Je ne veux pas les séparer, même en peinture.

Elle savait bien qu'il pensait à Saskia et à Hendrickje, ces deux femmes si différentes de caractère et d'origine sociale qu'il avait tendrement aimées et dont il avait été aimé. L'une était morte à trente ans à peine, et l'autre à trente-huit. Elle frissonna comme si elle avait vu un spectre.

– Vous avez froid ? Voulez-vous que je ferme la fenêtre ?

Elle arrêta son geste. Comprenant que ce n'était pas de froid qu'elle avait tremblé, il lui prit chaleureusement la main.

– Ne vous tracassez pas pour moi, Anna. (Il détourna rapidement la conversation.) Les petites font-elles des progrès en peinture ? Votre mari est-il satisfait ?

Elle jeta un coup d'œil par la fenêtre et vit Aletta, Sybylla et Cornelia jouer ensemble. Francesca n'était pas avec elles car elle avait quitté l'école au mois de janvier, à douze ans, âge auquel on considérait que les fillettes devaient parfaire leur éducation domestique en vue du mariage. Aujourd'hui Francesca était chargée de la préparation des repas, tâche dont elle s'était déjà maintes fois acquittée avec succès. Anna, incapable de réprimer une inflexion de fierté maternelle dans sa voix, se tourna vers Rembrandt.

– Hendrick est stupéfait du talent de Francesca, compte tenu de son âge. Aletta, elle aussi, se situe très nettement au-dessus de la moyenne. Quant à Sybylla, ajouta-t-elle avec un demi-sourire, elle aime bien barbouiller de temps en temps, mais ça s'arrête là. Malheureusement, Hendrick ne s'avoue jamais vaincu et continue de lui donner des leçons avec ses deux sœurs, dans l'espoir de lui voir manifester quelque don. Il ferait mieux de renoncer.

Elle faisait allusion aux scènes orageuses qui en résultaient. D'ordinaire, elle ne se laissait pas troubler par le vacarme, mais elle était enceinte et avait constamment les nerfs à fleur de peau. Cependant, les violentes nausées qui lui ravissaient ses forces chaque matin n'étaient que passagères, et bientôt elle recouvrerait toute son énergie.

– Je suppose que Hendrick a rédigé des brevets d'apprentissage pour ses deux filles aînées ? demanda le maître.

– Comment cela ? dit Anna d'un air interloqué.

– S'il pense qu'elles sont douées, il est grand temps de les déclarer comme apprenties au cas où plus tard elles voudraient poser leur candidature à la Guilde d'Amsterdam. C'est un honneur auquel on ne peut prétendre qu'après six ans d'apprentissage chez un maître. Peut-être n'iront-elles pas jusque-là, mais il faut leur donner leur chance.

– Je ne suis pas sûre que Hendrick soit d'accord. Il aime bien donner des leçons aux petites selon son humeur, mais l'idée d'être lié par une obligation lui répugne. S'il fait de Francesca et d'Aletta ses élèves officielles, il risque de se sentir contraint de leur dispenser un enseignement régulier et le résultat pourrait bien être catastrophique. Vous n'êtes pas sans savoir que c'est précisément pour cette raison qu'aucun de ses rares apprentis n'est resté bien longtemps. J'aimerais pourtant qu'il soit plus apprécié en tant que professeur. Vous avez dû ressentir une grande satisfaction à voir vos anciens élèves devenir à leur tour des peintres de renom ?

– C'est vrai, Anna.

Elle lui rappela l'épisode de l'infortuné jeune homme

que Hendrick, fou de jalousie, avait jeté dehors parce qu'il avait eu le mauvais goût de tomber amoureux d'elle. Hendrick, en proie à des difficultés financières, avait ensuite eu toutes les peines du monde à récupérer l'argent de ses cours. Quatre ou cinq autres apprentis l'avaient quitté de leur plein gré après s'être plaints à leurs parents qu'il ne s'intéressait pas à leurs progrès. Ces récriminations étaient justifiées et avaient suffi à rompre les contrats. Hendrick s'était fait une réputation de médiocre professeur et n'avait pu bénéficier des appoints qui arrondissaient ordinairement les revenus des peintres.

– Quoi qu'il en soit, poursuivit Rembrandt, ne laissez pas vos filles gâcher leur talent. Faites les formalités d'apprentissage.

Elle fut sensible à la sagesse du vieux maître, mais l'issue d'une telle requête auprès de Hendrick lui parut bien incertaine.

Aletta et Sybylla passèrent leurs frimousses à la fenêtre pour demander la permission d'inviter Cornelia à déjeuner et à jouer avec elles l'après-midi, permission accordée de bon cœur par Anna.

Les gamines crièrent de joie et le minois de Cornelia parut à son tour dans l'encadrement de la fenêtre. La fillette, qui avait le même visage lumineux que sa mère, rayonnait.

– Merci, vrouw Visser. Je peux, papa ? ajouta-t-elle avec un regard déférent.

– Oui. Va, et amuse-toi bien, mon enfant.

– Elle sera rentrée pour six heures, promit Anna en se levant.

Les rues étaient sûres dans la journée, mais, le soir tombé, aussi dangereuses que dans toutes les capitales du monde, malgré les patrouilles de la milice qui quadrillaient la ville.

Rembrandt se leva à son tour.

– Titus sera dans votre quartier vers la fin de l'après-midi. Il passera la prendre.

Sur le chemin de la maison, les petites filles bavardant à ses côtés, Anna réfléchissait aux conseils de Rembrandt. Cet après-midi-là, une averse contraignit les enfants à jouer à l'intérieur, et elle put ainsi mettre son plan à exécution. Elle alla chercher Francesca et la fit asseoir avec les autres gamines à la table de la cuisine pour jouer à des jeux de lettres. Lorsque Hendrick rentra à la maison, elle lui demanda de mettre son nom sur les feuilles blanches qu'elle venait de distribuer à chacune. Hendrick s'exécuta distraitement et s'éclipsa, après quoi Anna improvisa un jeu sur les différents noms.

Titus arriva à six heures et Anna vint à sa rencontre. Francesca alla dans la cuisine préparer le repas du soir et les trois fillettes montèrent à l'étage.

– Je savais que je vous trouverais en pleine forme, vrouw Visser, dit-il avec chaleur. Je viens de porter une des gravures de mon père chez un client. (Titus n'avait pas de don particulier pour la peinture mais à l'inverse de son père possédait un solide sens pratique. Tous ceux qui avaient connu le peintre jeune s'accordaient à dire que Titus était le portrait craché de Rembrandt à son âge : même stature, même visage rond et avenant encadré d'une cascade de boucles brunes.) Ma sœur est-elle prête ?

Évidemment, comme tous les enfants que l'on interrompt dans leurs jeux, Cornelia n'était pas disposée à partir. Anna s'assit dans la salle pour bavarder avec Titus, accordant ainsi à la petite une demi-heure supplémentaire. Elle ressentait pour Titus, qu'elle avait vu grandir, une tendresse toute maternelle et elle se réjouissait de le voir fréquenter Magdalena Van Lon, dont elle connaissait bien les parents. Tout en parlant, le jeune homme leva les yeux vers son portrait, enfant, accroché au mur.

– Je vois que je suis toujours à la place d'honneur, plaisanta-t-il.

– Ce n'est que justice, répliqua-t-elle avec un petit rire. Francesca a demandé qu'on accroche ce portrait dans l'atelier pour avoir un visage ami à contempler lorsqu'elle pose pour son père. Mais Hendrick a mis un paysage à la place.

– Je suis très flatté qu'elle ait eu envie de voir mon visage ! Elle sert souvent de modèle à maître Visser ?

– Plus maintenant. Elle est trop absorbée par son propre travail artistique.

– Je me souviens que lorsque mon père a peint ce portrait de moi, j'étais penché sur un problème de mathématiques. Vous savez qu'il passe toujours beaucoup de temps sur un tableau, j'avais résolu le problème depuis longtemps et je rêvassais. Je suppose que c'était l'expression qu'il recherchait depuis le début.

Anna examina le tableau à son tour. Lorsque Hendrick

l'avait rapporté à la maison, la peinture n'était pas encore sèche. Il avait rencontré Rembrandt dans la rue par hasard, un jour où celui-ci avait désespérément besoin d'argent. Les magasins de matériel de peinture de la ville avaient refusé de lui faire crédit. Il avait proposé à Hendrick le portrait de Titus en échange de ce qu'il voudrait. Celui-ci venait de vendre deux toiles à un marchand d'art d'Amsterdam, Willem de Hartog. Il prit sa bourse et la mit dans la main de Rembrandt. Depuis le temps, Anna avait appris à apprécier le tableau, mais à l'époque elle avait failli s'évanouir en voyant son mari revenir sans un sou alors qu'ils étaient eux-mêmes dans une passe difficile. C'était Janetje qui avait veillé à ce qu'il y eût toujours quelque chose à manger chez eux durant les semaines qui suivirent, jusqu'à ce que la vente d'une demi-douzaine de gravures les tirât d'embarras.

Titus se leva brusquement.

– Il faut que je ramène Cornelia, à présent. Elle passe plus de temps chez vous que chez nous.

– Elle est toujours la bienvenue à la maison.

Après le départ de Titus et de Cornelia, Sybylla demanda les feuilles sur lesquelles elles avaient joué tout à l'heure. Anna les lui donna – sauf celles qui portaient la signature de Hendrick à côté de celles de ses filles. De nouveau seule, elle jeta la feuille de Cornelia et monta dans une pièce à l'étage supérieur où elle s'enferma, à la recherche d'un certain papier qu'elle gardait dans une armoire. Puis elle s'installa devant son secrétaire et se mit à recopier le texte du contrat qui avait lié Hendrick à Frans Hals, en plaçant les signatures en bonne et due place. Elle fit de même pour Aletta et Sybylla. Il y avait en réalité peu de chance que Sybylla manifestât plus tard quelque talent artistique, mais il eût été injuste de la laisser pour compte.

Après avoir séché l'encre et rangé le document dans un tiroir, elle roula les trois contrats improvisés, les attacha avec un ruban et alla les placer dans le coffret de laque de Chine où elle conservait la correspondance de Janetje et divers objets auxquels elle tenait. C'était la première fois de sa vie qu'elle agissait à l'insu de Hendrick, mais elle lui ferait comprendre en temps utile que son seul souci avait été l'intérêt de leurs filles. Elle lissa ses poignets de dentelle et frotta sa jupe comme pour se laver de sa faute, puis, très calme, regagna le rez-de-chaussée.

L'heure de la prière du soir était proche et toute la famille se tenait dans la grande salle. Anna s'agenouilla à côté de Hendrick et vérifia d'un coup d'œil que les enfants étaient recueillies, les mains jointes. Seule la vieille Maria qui ne pouvait plus se mettre à genoux était assise. Anna inclina la tête. Elle était animée d'une foi sincère et considérait comme un privilège exceptionnel d'avoir pu contempler le visage du Christ peint par Rembrandt. En Hollande, l'Église réformée préférait l'austérité des murs nus à la représentation du Très-Haut et elle déplorait amèrement que si peu de gens puissent contempler des tableaux. Rembrandt, lui-même très croyant, avait rendu avec une sensibilité extraordinaire l'expression de douceur et de miséricorde du Christ. Anna sentait que grâce à la peinture elle s'était rapprochée de Dieu.

La santé d'Anna, altérée par la grossesse, inquiétait Maria. Francesca soulageait sa mère de nombreuses tâches ménagères, mais Anna évitait de détourner la fillette de son travail à l'atelier. Dieu merci, au fil des mois, Anna reprit des couleurs et retrouva son énergie, à la grande satisfaction de Maria. Elle en était au septième mois et entamait avec sérénité la dernière ligne droite avant son accouchement, prévu pour début avril. Un jour, de retour d'une visite de courtoisie dans le voisinage, elle trouva Maria en train d'apprendre un nouveau point de broderie à Sybylla. Aletta était allée jouer chez les Korver. Elle décida de faire un tour du côté de l'atelier. Hendrick et Francesca étaient assis à leurs chevalets respectifs, absorbés à peindre des paysages d'après croquis. Hendrick restituait les couleurs de mémoire, Francesca, plus novice, devait s'aider de ses notes pour retrouver les teintes. Ni l'un ni l'autre ne remarquèrent la présence d'Anna et elle s'éloigna sur la pointe des pieds.

Elle déplora, une fois de plus, qu'il leur fût impossible de peindre en plein air. Le seul poids d'un chevalet et d'une toile de dimension convenable, sans compter les accessoires, rendait toute tentative de transport inconcevable. Les artistes préféraient donc arpenter la campagne avec leur carnet de croquis.

Chez les Korver, Aletta attendait qu'on la raccompagnât. Heer Korver était occupé avec un client et sa femme s'affairait aux derniers préparatifs d'un repas de famille qui devait avoir lieu le soir même. Jacob, qui l'aurait sûrement ramenée, n'était pas encore rentré. Il travaillait comme apprenti chez un autre diamantaire et la rigidité de son contrat ne lui permettant pas de voir souvent ses parents, chacune de ses visites était prétexte à une fête. Ses grands-parents, ainsi qu'une nombreuse parentèle, venaient de fort loin pour le voir. Esther et les jumeaux étaient montés se changer, et on l'avait oubliée. Même le vieux serviteur qui l'escortait habituellement le soir était parti faire une course de dernière minute.

Lasse d'attendre, elle jeta un coup d'œil à la fenêtre. Le crépuscule tombait, l'obscurité n'était pas complète et elle se dit qu'en courant elle pourrait être à la maison en cinq minutes. Sans prendre le temps d'attacher sa cape, elle se précipita dehors. Il faisait un peu plus sombre qu'elle n'avait cru : un seul réverbère éclairait la rue apparemment déserte, mais il était trop tard pour faire demi-tour à présent.

Elle se mit à courir à vive allure, fragile petite silhouette noyée dans les plis de sa robe mauve et auréolée d'un nuage scintillant de cheveux blond cendré. Un individu grossièrement vêtu, mal rasé et à moitié ivre l'observait de l'autre côté du canal en titubant. Il vida d'un trait la bouteille qu'il tenait à la main et la posa tranquillement à terre au lieu de la jeter à l'eau comme à l'accoutumée. Il la guettait pour voir si elle allait traverser le pont. Tout son être était tendu, prêt à bondir à ses trousses. Il n'y avait âme qui vive alentour. Et la gamine venait dans sa direction!

Il avança la main vers la porte devant laquelle il se trouvait pour vérifier si elle avait été verrouillée pour la nuit. Il eut un mauvais sourire en sentant le panneau céder, révélant une cachette obscure. Il s'y glissa, à l'affût des pas légers qui se rapprochaient.

Lorsque la fillette arriva à sa hauteur, il s'abattit sur elle.

L'espace d'une seconde, Aletta eut l'horrible certitude qu'un de ces ogres de contes de fées avait jailli des entrailles de la terre pour s'emparer d'elle. Et pourtant, au même instant, elle sut qu'il s'agissait d'un homme. Il avait plaqué une main calleuse sur sa bouche pour étouffer ses cris, puis l'empoignant par les cheveux, il l'attira sous le porche sombre et la plaqua contre le mur. La fillette était paralysée de terreur. Déjà haletante après sa course, elle suffoquait, écœurée par les relents de sueur, l'haleine fétide, le contact du menton râpeux sur son front et la sensation atroce que l'homme bavait dans ses cheveux. Folle d'angoisse, elle crut qu'il voulait la dévorer et sentit à travers ses jupes le contact d'une partie inconnue du corps de l'homme. Les yeux exorbités de terreur, elle se débattit de toutes ses forces, mais en vain. L'homme, le souffle court, marmonnait d'une voix rauque des mots incompréhensibles, dans le dialecte d'une autre province :

– Jolie petite blonde, tu vas avoir ce que tu mérites...

La bave glissait maintenant sur le visage d'Aletta. Pire encore, elle l'entendit délacer ses chausses tandis que sa main retroussait ses jupes. L'esprit de la fillette vacilla, et, les yeux révulsés, elle se raidit de toutes ses forces contre le violeur.

Soudain la voix tonitruante du propriétaire en colère emplit le porche.

– Qui diable fait un tel tapage ?

L'homme poussa un juron, relâcha son étreinte et déguerpit. Elle se laissa tomber sur le dallage de pierre, mais, n'augurant rien de bon du ton courroucé du maître de céans, se précipita dans la rue comme un pigeon voyageur que son instinct guide au bercail plus sûrement que sa vue.

Griet était affairée dans la cuisine lorsque la porte de derrière s'ouvrit brutalement, livrant passage à une Aletta livide, les yeux agrandis de terreur, qui traversa la pièce comme un automate.

– Aletta ! Que se passe-t-il ? Ne te sauve pas comme ça !

Griet s'élança à sa poursuite, mais la fillette avait déjà gravi l'escalier quatre à quatre et claqué la porte de sa chambre. Griet se dirigea alors vers la salle où Anna et Maria brodaient de la layette tandis que Francesca jouait aux dames avec Sybylla.

Une bouffée d'angoisse étreignit Anna devant la mine de Griet.

– Que se passe-t-il ? demanda-t-elle en posant son ouvrage.

– Je ne sais pas, mejuffrouw. Aletta vient de rentrer dans un état effroyable. Elle est passée en trombe dans la cuisine et est montée s'enfermer dans sa chambre.

– Elle était seule ?

– Oui, mejuffrouw. Elle était sans manteau et ses cheveux étaient tout ébouriffés.

Anna était déjà debout : elle se dirigea promptement vers la porte, enjoignant ses filles de ne pas bouger de la pièce.

– Griet, va immédiatement chercher le maître à l'atelier.

– Mais il est sorti, mejuffrouw.

Anna se hâta vers l'escalier. Dans son dos, Maria lui cria de réprimander Aletta pour ne pas avoir respecté l'interdiction formelle de sortir seule après le coucher du soleil. Mais pour les reproches, on verrait plus tard. Il s'agissait d'abord de savoir ce qui était arrivé et de réparer les dégâts.

Dans sa précipitation, Anna gravit l'escalier étroit plus vite que son état ne le lui permettait, et au moment de monter au deuxième étage, elle marcha par inadvertance sur l'ourlet d'un de ses jupons, coupé dans du lin très solide qui ne céda pas lorsqu'elle perdit l'équilibre et se cogna de plein fouet contre la rampe. Soulagée de constater qu'elle ne s'était heurté que les côtes, elle posa instinctivement la main sur son ventre, et reprit lentement son souffle.

– Tout va bien, mejuffrouw ? demanda Griet depuis le hall.

Anna cambra les reins, pas fâchée d'être hors de portée de la sollicitude de Maria pour l'instant.

– Ce n'est rien. J'ai marché sur mon ourlet.

L'incident était suffisamment banal pour que Griet n'insistât point.

Anna prit une profonde inspiration et ne pensa plus à sa douleur. Elle aurait bien le temps plus tard. Elle gravit plus lentement qu'elle n'aurait voulu les dernières marches et traversa le corridor. La porte d'Aletta était fermée de l'intérieur.

– Aletta, ouvre. C'est maman.

Pas de réponse. Elle insista.

– Je t'en prie. Je sais qu'il t'est arrivé quelque chose et je veux t'aider.

Toujours le silence.

Anna était de plus en plus inquiète. Aletta avait toujours été très proche d'elle et lui confiait spontanément tous ses chagrins. Si la petite se repliait ainsi sur elle-même, sans doute avait-elle honte de quelque chose. Anna secoua la poignée, frappa la porte du plat de la main, réitéra ses appels mais se heurta à nouveau au mutisme. En baissant les yeux elle aperçut un filet d'eau qui coulait sous la porte. Elle changea alors de stratégie.

– Aletta, laisse-moi entrer. Si nous devons forcer la porte, toute la maisonnée va être alertée. Je suppose que tu préférerais me parler d'abord en tête à tête.

Prise d'un léger vertige, elle appuya son front contre le chambranle. Les élancements qui lui vrillaient les côtes lui paraissaient anodins en comparaison de la peur rétrospective d'avoir fait du mal à son enfant à naître et du désespoir de sentir sa petite fille blessée au point de refuser la consolation de sa propre mère.

Anna tressaillit. La clé venait de tourner dans la serrure, mais la porte demeurait obstinément fermée. Elle fit jouer la poignée avec précaution et entra doucement dans la chambre. Celle-ci était plongée dans l'obscurité et Anna dut revenir sur ses pas pour prendre le chandelier sur la table du palier.

Elle eut un sursaut d'incrédulité devant la vision qui s'offrait à elle : Aletta était assise au milieu de la pièce, nue, recroquevillée sur elle-même, la tête sur les genoux. On aurait dit un petit agneau fraîchement tondu. Le plancher autour d'elle était jonché des mèches de ses superbes cheveux blonds. Les ciseaux de sa boîte à ouvrage étaient l'instrument désigné de ce massacre, et, comble de désolation, elle s'était renversé sur la tête le contenu de son broc de toilette.

Anna posa la lampe et referma la porte derrière elle. Elle prit vivement les deux serviettes pliées près de la cuvette, s'agenouilla maladroitement devant l'enfant – sa douleur au côté était toujours lancinante – et enveloppa les frêles épaules frissonnantes. D'un geste tendre, elle releva la tête de sa fille et dut réprimer un cri à la vue du pauvre petit visage tuméfié aux lèvres gonflées et sanguinolentes et au regard effaré.

– Lève-toi, mon ange, dit doucement Anna sur le ton qu'elle utilisait pour la bercer lorsqu'elle était bébé. Je ne peux pas te soulever et tu vas prendre froid si tu ne me laisses pas te sécher.

Aletta resta un instant immobile, puis se précipita dans les bras de sa mère, manquant de la renverser, et fondit en larmes. Dès qu'elle put se dégager un peu de l'étreinte de la fillette, Anna appela pour qu'on lui apporte ce dont elle avait besoin. Griet, aidée de Francesca, monta promptement avec une cruche pleine d'eau chaude, une boîte à onguents, une brique chauffée enveloppée dans un linge, et un pichet de lait chaud. Anna n'entrebâilla la porte que pour livrer passage aux objets demandés et glisser quelques mots à Francesca.

– C'est bien ce que je craignais. Aletta a fait une mauvaise rencontre sur le chemin du retour. Elle a été rudoyée, mais elle ira bientôt mieux.

– Nous nous sommes fait tellement de souci, dit Francesca, la mine abattue. Maria est en pleurs et vous supplie de ne pas la gronder.

– Telle n'est pas mon intention. Aletta a été cruellement malmenée et elle est incapable d'émettre un son pour l'instant. Tout ce que je puis te dire, c'est que, grâce à Dieu, elle a échappé au pire pour une fille innocente. Tu peux rassurer Maria sur ce point. Dis aussi à Sybylla que ce soir je dormirai à sa place avec Aletta. Papa n'a toujours pas donné signe de vie ?

– Pas encore.

Anna referma la porte et prit soin d'Aletta. Une demi-heure plus tard, la petite était toujours muette et hagarde, les yeux rivés au plafond. Elle ne désirait rien d'autre que la présence de sa mère. Un coup frappé à la porte la fit sursauter et elle parla enfin.

– Ne me quittez pas, maman, implora-t-elle, terrorisée, en voyant sa mère quitter son chevet.

– Ne crains rien, ma chérie, je suis là, dit-elle, l'embrassant sur le front.

Elle alla ouvrir : c'était Francesca, la cape bleue de sa petite sœur à la main.

– Heer Blankert vient de nous apporter la cape qu'il a trouvée devant sa maison. C'est grâce aux voisins qu'il a su qu'elle appartenait à Aletta. Il a aperçu la lutte. Je lui ai dit qu'Aletta était hors de danger.

– A-t-il vu l'agresseur ? demanda Anna à voix basse.

– Il s'est précipité dans la rue. Le scélérat a pris la fuite mais heer Blankert a eu le temps d'entrevoir son visage à la lueur d'une fenêtre éclairée. Il veut en parler à papa.

– Qu'il se mette donc à sa recherche. Ils boivent assez souvent ensemble, il doit bien avoir une idée de l'endroit où il se trouve.

Elle repoussa la cape que Francesca lui tendait, se glissa dans la pièce et fit un ballot des vêtements que la petite portait lors de son agression.

– Dis à Griet de brûler tout ça. Il ne doit rester aucune trace de ce cauchemar.

Il était près de minuit lorsque Aletta trouva enfin le sommeil. Anna, étendue près d'elle, gardait les yeux ouverts. Aletta avait fini par lui raconter son calvaire. Il y avait eu des pleurs, de douces paroles, et Anna espérait que, les ressources infinies de la jeunesse aidant, Aletta aurait bientôt relégué cet épisode douloureux dans le tréfonds de son esprit. Certes la pudeur de la fillette avait été gravement outragée, mais une grande force de caractère, qu'elle tenait de sa mère, assortie d'opiniâtreté, héritée de son père, l'aideraient à s'en sortir.

Anna glissa une main vers son côté endolori. Elle avait craint de s'être cassé une côte, mais, à son grand étonnement, n'avait remarqué aucune ecchymose en se déshabillant devant le miroir. Dans son giron, le bébé s'agitait toujours autant, comme pour lui faire comprendre qu'elle n'avait pas de souci à se faire pour lui. Depuis le début, elle était sûre que, cette fois-ci, elle attendait un garçon.

Au petit matin, elle fut tirée de sa somnolence par un remue-ménage au rez-de-chaussée. Hendrick était rentré! Elle se leva péniblement, à la recherche d'une robe de chambre, puis s'étant assurée qu'Aletta était calme, elle descendit le plus vite possible, en relevant bien ses jupons et se tenant à la rampe. Elle ne tenait pas rigueur à Hendrick de son absence au moment où elle aurait eu besoin de lui; elle savait qu'elle ne le changerait pas. Mais à présent elle aspirait à l'abri de ses bras amoureux et aux paroles de réconfort, après les épreuves qu'elle venait d'endurer, tant morales que physiques. Ensemble, ils discuteraient de la meilleure façon d'aider leur enfant chérie à oublier le cauchemar.

A peine aperçut-elle Hendrick qu'elle dut se faire une raison. Le teint encore empourpré des libations de la veille, mais dégrisé par la nouvelle qu'il venait d'apprendre, Hendrick se tenait près de l'escalier, le regard mauvais, le visage crispé de rage.

– Comment va-t-elle? hurla-t-il, peu soucieux de réveiller toute la maisonnée.

Anna lui fit signe de se taire en portant un doigt à ses lèvres.

– Elle dort. Nous devons nous estimer heureux qu'elle n'ait pas été violée.

– Mais ce voyou a mis les mains sur elle. Ça mérite la

pendaison! Nous avons quadrillé toutes les rues et les ruelles avec Blankert et quelques autres. Nous avons demandé l'aide de la Garde de Nuit et passé les quais au peigne fin.

Sa voix se brisa et il hocha la tête faiblement.

– Mon Dieu! Je n'ose imaginer ce qui se serait passé si Blankert n'était pas sorti à temps! (Il se frappa le front de son poing serré.) Je devais aller à sa rencontre... c'est ce qui avait été prévu, mais il y a eu cette partie de cartes que je ne voulais pas manquer!

Elle s'approcha de lui et il l'enlaça, l'attirant contre lui, mais il laissa tomber sa tête sur son épaule. Une fois encore, ce fut elle qui le consola.

Aletta s'éveilla à six heures, avec toute la maisonnée. Il ne lui était pas venu à l'idée que son malheur pût lui valoir quelque traitement de faveur, bien que l'horreur de ce qu'elle avait vécu ne l'eût pas quittée une seconde depuis la veille. Elle s'était réveillée à deux reprises dans la nuit en hurlant, mais la présence de sa mère avait eu raison de son angoisse. La chambre ne portait plus aucune trace de ce qui venait de se produire, à part cette auréole d'humidité sur le plancher, qu'elle évitait de regarder. Elle aurait voulu faire le vide dans sa tête, oublier tout ce qui s'était passé. Il y avait un trou noir dans son esprit entre le moment où elle avait crié et celui où elle s'était renversé le broc d'eau froide sur la tête. Elle se demandait comment elle aurait pu affronter les regards si sa mère ne lui avait pas apporté un petit bonnet enserrant bien la tête. Le port du bonnet pour les femmes et les fillettes était toujours en vogue, bien que la mode du chignon à la française, bas sur la nuque avec quelques friselis derrière les oreilles, l'eût détrôné auprès des élégantes de l'époque. Anna arrangeait joliment ses cheveux et ne voyait pas la nécessité de faire porter des bonnets à ses filles.

Celui qu'elle avait déniché pour Aletta provenait du bric-à-brac où Hendrick conservait vêtements et accessoires pour ses modèles, un peu à la manière des troupes de comédiens ambulants.

C'était un petit bonnet orné de perles éclatantes, dont la coupe dégageait bien le front et épousait le contour des oreilles et la nuque. Seule une mèche rescapée de sa chevelure massacrée, disciplinée à l'aide d'un peigne humide, dépassait du bonnet, et rien ne détonnait dans l'apparence de la fillette.

– Parfait! s'exclama Anna sur un ton admiratif, tandis qu'Aletta s'observait dans le miroir. Il te va très bien. Si tu veux, tu pourras choisir d'autres bonnets dans la panière de l'atelier. Il y en a plusieurs du même style. De toute façon, tes cheveux auront vite repoussé et il n'y a rien de surprenant à porter un joli bonnet.

Aletta alla prendre le petit déjeuner dans le sillage de sa mère, se disant que peu lui importait le temps que ses cheveux mettraient à repousser, car elle s'était juré de ne plus jamais sortir tête nue. Mis au courant par Anna, les membres de la famille ne firent aucun commentaire, et le spectacle d'Aletta en bonnet devint bientôt familier à l'entourage. Anna dormit avec elle encore quelques nuits, puis, un soir, Aletta demanda que Sybylla, qui avait partagé sa chambre depuis le berceau, revînt avec elle. Pour agréable et rassurante qu'elle fût, la compagnie de sa mère lui rappelait l'épreuve qu'elle venait de subir. Anna le comprit fort bien et donna à Sybylla l'autorisation de revenir dans la chambre de sa sœur, à sa plus grande joie. Elle avait dormi ces dernières nuits avec Francesca – qui, en tant qu'aînée, se couchait une heure plus tard – et elle avait dû rester seule dans le noir en attendant que le sommeil vînt. Avec Aletta, elle attendrait une demi-heure de moins, les heures du coucher étant ainsi espacées. Et, comble de joie, lorsqu'elle se pelotonna dans le lit à colonnes qu'elle partageait avec Aletta, celle-ci lui prit la main, chose qu'elle n'avait jamais faite auparavant.

– Aletta? murmura Sybylla.

– Oui?

La voix d'Aletta était à demi étouffée par l'épais édredon de plume.

– Tu me tiens la main pour dormir? Comme quand on court dans les prés ou quand on patine?

– D'accord. Mais laisse-moi dormir. J'ai sommeil.

Aletta appuya ces propos en enfonçant ostensiblement la tête sous son oreiller. Elle avait été si brusquement arrachée au monde de l'enfance que les doigts de sa sœur entrelacés aux siens l'aidaient à renouer le lien fragile avec sa propre innocence.

Anna eut soudain la sensation que sa grossesse ne se déroulait pas tout à fait normalement. Un calme inhabituel dans son giron la tira du sommeil avant l'heure du lever. Il faisait sombre, mais les rideaux du lit, mal joints, laissaient entrevoir les braises encore rougeoyantes dans l'âtre. Hendrick dormait profondément, un bras passé autour d'elle. Elle resta un moment immobile, s'efforçant de ne pas s'inquiéter inutilement, car le bébé ne remuait pas forcément tout le temps. Pourtant, son instinct lui disait que quelque chose de fâcheux s'était produit, et sa chute dans l'escalier lui revint à l'esprit.

Dans sa préoccupation du moment pour Aletta, ne s'était-elle pas tranquillisée un peu trop rapidement ? N'avait-elle pas sous-estimé les éventuelles conséquences ? Elle souleva délicatement le bras de Hendrick, qui poussa un grognement. Puis elle posa ses mains sur son ventre rond en priant de toutes ses forces pour sentir le petit cœur du bébé battre à l'unisson avec le sien. Durant quelques minutes interminables, il ne donna aucun signe de vie. Elle se mit à trembler de peur. Soudain, un faible mouvement la fit sursauter. Des larmes de joie perlèrent à ses paupières et elle rit de sa propre sottise. Il n'y avait pas de quoi s'inquiéter. Ce tressaillement du bébé, après la peur panique qu'elle venait d'éprouver, avait libéré en elle ce trop-plein d'amour maternel qui d'ordinaire voit le jour avec le nouveau-né. Elle sentait son fils aussi présent que si elle le tenait déjà dans ses bras, avec cette plénitude extraordinaire que ressent la mère avec son bébé les tout premiers instants après sa naissance.

C'est alors qu'une violente douleur lui transperça les entrailles comme un coup de poignard. Elle fut projetée en avant par son cri. Réveillé en sursaut, Hendrick la vit retomber sur le dos. Elle hurlait à fendre l'âme et toute la maisonnée fut bientôt en alerte. Francesca, pâle comme la mort, était déjà sur le seuil lorsque Hendrick, vêtu à la hâte, ouvrit la porte à toute volée.

– Reste avec ta mère et ne laisse pas entrer les petites. Maria va arriver. Je vais chercher le médecin.

Il sortit en trombe, fit jouer le heurtoir à la porte du voisin pour lui demander d'envoyer sa femme auprès d'Anna et disparut au pas de course.

Anna se retrouva seule avec sa douleur. Des silhouettes affairées s'agitaient à son chevet, dans le bruissement des tabliers empesés. Lors de ses précédents accouchements, elle n'avait été assistée que par la sage-femme et quelques voisines, car l'enfantement était strictement une affaire de femmes, mais cette fois-ci, le médecin était présent. Lorsqu'il lui parlait, son visage semblait planer curieusement au-dessus du sien et la pression de ses mains fraîches sur ses bras lui disait avec quelle violence elle avait dû se débattre. Les mots réconfortants du médecin ne parvenaient même pas à ses oreilles, tant la souffrance emplissait tout son être, tendu dans une lutte désespérée pour sa vie et celle de son fils.

Lorsque la douleur cessa enfin, Anna sombra dans une douce torpeur. Elle savait qu'elle n'entendrait pas de cri de nouveau-né; son enfant adoré avait perdu la partie. Mais le lien entre eux n'était pas rompu.

– Ma bien-aimée...

C'était la voix de Hendrick, voilée par le chagrin.

Elle ouvrit les yeux. Hendrick était à son chevet, il lui tenait la main et son cher visage était empreint d'une telle tristesse qu'elle eut envie de le prendre dans ses bras mais les forces lui manquèrent. Ils étaient seuls dans la chambre. Elle reposait à présent dans des draps frais et on lui avait passé une chemise de nuit toute propre. Elle dirigea péniblement son regard vers l'angle de la pièce où avait été installé le berceau. Il avait disparu.

– Anna...

– Je sais, murmura-t-elle. Je vais aller rejoindre notre fils.

Il dut pencher la tête pour recueillir ses paroles.

– Non! gémit-il. Ne m'abandonne pas, ma chérie. Je ne pourrais jamais vivre sans toi.

Il scrutait avec angoisse son visage, d'une pâleur mortelle après la terrible hémorragie. Il porta sa main à ses lèvres et ne put retenir ses larmes.

Le moindre mot lui coûtait un effort surhumain à présent.

– Je ne t'abandonnerai jamais en esprit, mon amour. Souviens-t'en.

– Tu as toujours été tout pour moi, mon âme, mon seul univers...

– Pour moi aussi...

Elle n'avait plus la force de lutter désormais et une délicieuse sensation de paix s'empara d'elle. Elle aurait tellement voulu le lui expliquer... La mort n'est qu'un passage. Elle ferma les paupières, mais le moment n'était pas encore venu. Elle les rouvrit confusément.

– Où sont les petites?
– Je vais les chercher.
Il alla ouvrir la porte et leur fit signe d'entrer. Elles étaient là, pelotonnées les unes contre les autres, avec Maria et Griet. Aletta et Sybylla étaient en larmes.
– Faites un sourire à maman, les encouragea Francesca. C'est ce qui lui fera le plus plaisir.
Elles embrassèrent leur mère chacune leur tour.
– Mes chéries...
Maria et Griet, comprenant que la fin était proche, restèrent debout au pied du lit. Tandis que les fillettes tenaient la main de leur mère, Hendrick, la soulevant de ses oreillers, la serra dans ses bras. Elle émit deux ou trois soupirs et rendit l'âme.

Après la mort de sa mère, la vie de Francesca changea radicalement.
A treize ans, c'était déjà une petite femme qui allait devoir dire adieu à son insouciance. Elle en prit brusquement conscience lorsque, le lendemain de l'enterrement, elle ne trouva plus son couvert à l'endroit habituel, mais en bout de table, à la place d'Anna. Elle lança un regard dubitatif à son père. Hendrick, les yeux rougis par les pleurs et l'alcool, lui indiqua la chaise d'Anna d'un geste las.
Elle crut que son cœur allait se briser une deuxième fois, bien qu'elle comprît la réaction de son père. Il lui était intolérable de voir la place d'Anna vide, et Francesca allait désormais prendre en charge la maisonnée. Aussi bien les servantes que ses sœurs seraient dorénavant placées sous son autorité.
Hendrick récita le bénédicité et tous s'assirent. Depuis la disparition d'Anna, les repas se déroulaient dans un silence gêné. Les joyeux bavardages n'étaient plus qu'un lointain souvenir. Seule Maria émettait sporadiquement un commentaire sans conviction sur le temps. Muré dans son chagrin, Hendrick mangeait comme un automate. Lui qui avait un solide coup de fourchette ne se resservait plus.
Francesca sentit bien que tout le monde était bouleversé de la voir à la place d'Anna, y compris Hendrick, qui lui en avait pourtant intimé l'ordre. Elle essaya de prendre sur elle pour ne pas être la première à fondre en larmes. Jusqu'ici, elle avait réussi à maîtriser son chagrin

devant ses sœurs. Soudain un sanglot bruyant s'échappa de la cuisine, et Griet, le visage enfoui dans son tablier, courut se réfugier dans sa chambre. Hendrick ne leva même pas le nez de son assiette. C'est alors que Sybylla prit sa tasse de lait, la renversa dans son assiette, comme un bébé, en hoquetant de façon hystérique :

– Je ne veux pas que maman soit morte!

C'était le cri du cœur. Comme si la douleur, une fois passée l'anesthésie du choc, donnait la mesure du vide laissé par la disparue. Francesca esquissa un geste vers sa sœur, mais celle-ci jeta violemment la corbeille à pain à travers la pièce, dans l'espoir d'attirer l'attention de son père, qui repoussa son assiette d'un air absent et alla s'enfermer dans la grande salle, dont il avait fait son refuge de prédilection.

Sybylla faisait de violents caprices, gesticulant et se roulant par terre au moindre prétexte. Maria n'avait plus d'emprise sur l'enfant et faisait appel à Francesca pour la calmer. Aletta, qui, des trois, avait été la plus proche d'Anna, reporta toute son affection sur Francesca, et toutes deux passaient des heures à bavarder, comme elles ne l'avaient jamais fait auparavant. Elles confrontaient leurs souvenirs d'Anna, se rappelaient les anecdotes drôles, dont l'évocation la leur rendait plus proche que des épisodes plus graves.

Elles allèrent ensemble à l'atelier voir le portrait grandeur nature de leur mère. Depuis la mort d'Anna, Hendrick avait abandonné ses toiles en cours, et l'atelier était resté tel quel. Les deux fillettes se campèrent devant le portrait d'Anna, dont le regard brillant semblait suivre le spectateur, où qu'il se trouvât. Avec ses bandeaux de cheveux encadrant joliment son visage rieur, sa robe aux plis souples et son petit pied chaussé de satin rose pointant au bas de sa jupe, elle leur parut terriblement présente et chaleureuse.

– Si nous dressions nos chevalets ? Nous pourrions travailler sous les yeux de maman, suggéra Francesca.

Aletta acquiesça avec enthousiasme. Anna avait toujours été la première à les encourager dans leur art et en se remettant à peindre, les fillettes se rapprocheraient un peu plus d'elle.

La tenue des comptes de la maison faisait partie des nouvelles tâches de Francesca et elle s'en acquittait sans difficulté. Lorsque, à de rares occasions, elle avait sollicité l'avis de son père, elle s'était invariablement entendu répondre :

– Fais comme aurait fait ta mère.

C'était bien beau, mais lorsqu'il n'y eut presque plus d'argent à la maison, Francesca se dit qu'il était grand temps que son père se remît au travail. Durant six semaines il avait noyé son chagrin dans l'alcool, enfermé dans la salle, ou traînant dans les tavernes.

Un jour, Francesca décida d'aller porter à Willem de Hartog, le marchand de tableaux de son père, un carton plein de gravures de Hendrick. Elle traversa la place du Dam, au cœur de la ville qui déployait ses canaux en éventail sur l'eau dont elle tirait toutes ses ressources. Anna aimait faire son marché sur cette place où les denrées étaient aussi abondantes que fraîches. En semaine, la place était très animée car c'était là que se traitaient les affaires de la cité, à l'hôtel de ville, un bâtiment imposant au fronton orné de bas-reliefs représentant les divinités de la mer. La place et les ruelles environnantes regorgeaient de monde et bruissaient des mille cris de la rue, dans le tumulte des charrettes à bras. Francesca évita de justesse des marins ivres qui sortaient en titubant d'une taverne et fit une petite pause pour admirer une troupe d'acrobates en costume jaune et rose qui évoluaient au son d'une flûte et d'un tambour, lui-même couvert par les notes aiguës et discordantes d'une trompette dont jouait un charlatan pour attirer l'attention des chalands.

La demeure de Willem de Hartog était située dans un quartier beaucoup plus calme. Francesca actionna le heurtoir d'argent. Une servante la fit asseoir dans la grande salle du rez-de-chaussée qui faisait fonction de galerie d'art. Le marchand de tableaux la reçut immédiatement. C'était un homme de haute taille, svelte et distingué, aux cheveux poivre et sel et au visage barré d'une fine moustache. Il embrassa affectueusement la fillette sur la joue.

– Je suis ravi de te voir, Francesca. Comment va ton père ? Et toi, comment t'en sors-tu ?

Il la fit entrer dans une pièce aux murs surchargés de tableaux et posa le carton à dessin sur une table étroite. Comme il demandait des nouvelles de Janetje, Francesca lui fit part de la profonde affliction de celle-ci à la nouvelle de la mort d'Anna. Francesca se sentait à l'aise avec cet homme.

C'était non seulement l'agent de son père, mais son ami de toujours, et il avait vu naître Francesca. Il venait de se marier pour la troisième fois, bien que les enfants de ses deux premiers lits fussent eux-mêmes mariés. Lorsqu'un veuf de fraîche date convolait, c'était souvent pour donner une seconde mère à ses enfants. Mais Francesca voyait mal son père en faire autant.

– Vous comprenez, dit-elle en guise de conclusion, il faut que je trouve le moyen de redonner à mon père le goût du travail. Pas seulement pour l'argent – bien que nous en manquions cruellement – mais parce que je crois que c'est la seule chose qui puisse l'aider à vivre. (Sa voix se brisa...) Aucun d'entre nous ne se remettra jamais de la mort de maman. Mais je suis sûre qu'elle aurait voulu que nous continuions à vivre comme si elle était là... et d'une certaine façon, elle y est encore grâce au merveilleux portrait que nous avons à l'atelier.

– Tu as raison, Francesca. Veux-tu que je parle à ton père ?

– C'est très aimable à vous. Mais vous connaissez sa susceptibilité et je ne voudrais pas que vous vous fâchiez, après toutes ces années...

Willem lui sourit gentiment.

– Ne t'inquiète pas. Je connais suffisamment ton père... Je m'attends à tout de sa part. Quoi qu'il en soit, si je puis t'être utile, n'hésite pas à me faire signe.

Elle le remercia, puis lui montra les gravures en expliquant qu'elle avait fait un choix pour la vente. C'étaient surtout des vues d'Amsterdam, mais il y avait aussi des bateaux et des péniches sur les canaux et des moulins dans la campagne. Il ne les avait jamais vues auparavant et se dit que Hendrick ne devait pas en être satisfait, mais là n'était pas la question pour l'instant. Sa fille avait besoin d'argent pour faire vivre la maisonnée et il renoncerait à sa commission. Il l'avait déjà fait par le passé lorsque Hendrick traversait une mauvaise passe, à son insu bien sûr, pour ménager son caractère irascible.

Sur le chemin du retour, Francesca fit quelques achats, en faisant bien attention à la dépense. A la maison elle trouva son père assis, un verre de marc à côté de lui.

– Père... fit-elle, prenant son courage à deux mains, j'ai apporté quelques-unes de vos gravures chez Willem aujourd'hui.

Il la dévisagea d'un œil trouble.

– Ah bon ? Il les a prises ? C'est bien.
– Oui, mais ce sont les dernières. Si vous ne vous remettez pas au travail, il va falloir trouver autre chose à vendre. On pourrait d'abord lui proposer les petits portraits de maman, et peut-être plus tard le grand qui est dans l'atelier.

Il bondit de sa chaise et jeta le verre et son contenu dans la cheminée, provoquant une gerbe de flammes. Le visage congestionné de fureur, il leva la main pour frapper Francesca, mais se reprit rapidement et resta les bras ballants. Francesca lui tenait tête bravement. Jamais il n'avait porté la main sur aucune de ses filles, et il comprit pourquoi elle l'avait provoqué ainsi. Il l'attira doucement contre lui et pressa tendrement sa tête sur sa poitrine. Sa voix roula comme un grondement de tonnerre à l'oreille de la jeune fille.

– Je vais aller travailler à ce tableau sur Andromède.

Francesca ferma les yeux de soulagement. Tout n'était pas résolu, mais c'était en bonne voie.

Même s'il ne remit jamais en question sa vocation d'artiste, Hendrick ne travailla plus jamais avec autant d'ardeur que du vivant d'Anna. Après avoir achevé une toile, il lui arrivait de disparaître plusieurs jours en quête de plaisirs factices.

Ce comportement avait le don d'exaspérer Willem, qui attendait pour vendre ses œuvres, et Francesca, qui avait bien du mal à joindre les deux bouts et devait, comme sa mère avant elle, jongler avec les traites des fournisseurs, lesquels fréquentaient bien souvent les mêmes tavernes que Hendrick et enrageaient de le voir dilapider son argent au lieu d'honorer ses dettes.

Ce n'était pas uniquement à cause de son mode de vie fantasque que Hendrick avait peu à peu cessé d'enseigner à ses filles. Il n'en avait simplement plus ni le goût ni le courage. Puisque Anna n'était plus là pour enregistrer leurs progrès...

Sybylla était folle de joie d'être libérée de cette contrainte. Elle n'en piquait pas moins de colères pour autant, surtout depuis que Maria s'efforçait de faire d'elle une aussi bonne ménagère que ses sœurs. Elle avait été ravie de quitter l'école à douze ans mais son enthousiasme avait été quelque peu douché par les tâches ingrates qu'elle devait accomplir dans une journée : briquer, raccommoder, faire la cuisine... Elle marmonnait toute seule en frottant le dallage devant la maison :

– Quand je serai mariée, je ne ferai plus aucune corvée ! J'épouserai un homme riche et je ne connaîtrai plus jamais la pauvreté !

Durant les deux années qui suivirent, Sybylla fréquenta assidûment la maison Korver, qui recevait du beau monde. Son miroir lui renvoyait l'image d'une jolie frimousse de quinze ans, au regard malicieux et brillant. Sa jeune poitrine, dont elle était fière, arrondissait son corsage, et elle se mit à regarder Jacob Korver avec d'autres yeux. Celui-ci était de retour après son long apprentissage, et en son absence, elle avait changé. Ce beau jeune homme brun, à l'avenir prometteur, semblait devoir combler tous ses désirs.

Ils échangèrent leur premier baiser dans le fond du jardin, à l'abri des regards indiscrets. Elle eut l'impression de fondre à son contact, et en sentant ses lèvres brûlantes sur les siennes elle eut un avant-goût de la félicité qu'une femme peut connaître dans les bras d'un homme.

– Tu es tellement jolie, murmura-t-il avec une indicible tendresse.

Il était complètement fou d'elle.

– Embrasse-moi encore, dit-elle sans la moindre honte.

Cette fois-ci il osa aventurer une main sur son sein, et l'expérience fut encore plus plaisante. Les deux jeunes gens s'adoraient.

– Nous allons nous fiancer, dit-il dans un élan de spontanéité.

Mais le sort allait en décider autrement. Heer Korver invita Hendrick à boire un verre de vin en sa compagnie, et les deux hommes jugèrent peu convenable une union entre une jeune fille élevée dans les principes de la Réforme et un jeune homme de la communauté juive. Sur quoi ils vidèrent la bouteille et prirent congé, bons amis et bons voisins, comme toujours. On envoya Jacob poursuivre ses études à l'étranger et Sybylla se retrouva sans galant ni mari en vue.

3

Francesca dut affronter les innombrables scènes de dépit de Sybylla à propos de Jacob. Hendrick s'esquivait le plus souvent possible ou s'enfermait dans son atelier dès qu'il sentait venir l'orage. Puis, du jour au lendemain, Sybylla se résigna. Francesca se sentit libérée d'un énorme poids, car toute cette agitation l'avait profondément perturbée dans son travail, et en se contemplant devant son miroir elle se demanda par quel miracle elle ne faisait pas trois fois son âge.

Elle n'accordait guère d'attention à son visage, qu'elle ne trouvait pas particulièrement harmonieux. Elle avait pourtant d'immenses yeux d'un vert intense, abrités par une épaisse frange de cils noirs, un nez fin et délicat aux narines palpitantes et un long cou de cygne lui conférant une expression grave qui n'avait pas échappé à Hendrick dans les nombreux portraits qu'il avait faits d'elle. Ses pommettes étaient larges, sa bouche bien dessinée, au contour pulpeux, et son teint d'une blancheur de lait avait l'éclat de la soie.

Elle appréciait la compagnie des jeunes gens et elle aurait pu, comme n'importe quelle jeune fille de son âge, succomber à la séduction d'un beau sourire, mais elle ne semblait guère s'en soucier, et tous les garçons qu'elle connaissait depuis l'enfance avaient renoncé à la poursuivre de leurs assiduités et étaient désormais fiancés ou même déjà mariés. Elle entendait bien ne pas faillir à sa vocation d'artiste et n'envisageait pas le mariage dans un avenir immédiat.

Un matin, alors qu'elle s'apprêtait à poser en Flora, la

déesse du Printemps, elle reçut une missive de Janetje. Elle avait encore dix minutes devant elle et courut se réfugier dans sa chambre pour y savourer en toute quiétude la primeur de la lettre. Sa chevelure, dénouée pour la séance de pose, déferlait sur ses épaules en vagues ondoyantes et lorsqu'elle s'assit près de la fenêtre, le soleil du matin embrasa son visage d'une somptueuse auréole de cuivre rouge. Le tendre lien qui l'unissait à sa tante s'était resserré au fil des ans à travers leur correspondance, et Francesca lui écrivait aussi souvent qu'elle l'eût fait à sa propre mère. Généralement, dans ses lettres, Janetje racontait sa vie familiale par le menu, depuis les progrès scolaires de ses fils jusqu'au banquet que Giovanni et elle avaient donné pour leur septième anniversaire de mariage. Sans nouvelles depuis plusieurs mois, elle manifestait son impatience de recevoir du courrier de Hollande, et Francesca espéra qu'entre-temps sa lettre lui était parvenue. La missive de Janetje était empreinte d'une profonde nostalgie, comme toujours à cette époque de l'année : on approchait en effet du 6 décembre, la Saint-Nicolas, où l'on échange traditionnellement des cadeaux en famille, et Janetje, fidèle aux traditions de son pays natal, ne manquait jamais d'envoyer des présents à ses trois nièces. Cette année 1669, elles reçurent chacune une paire de gants de cuir parfumés.

Francesca replia soigneusement la lettre de sa tante bien- aimée, ravie d'avoir pu en prendre connaissance avant tout le monde, dans l'intimité de sa chambre simplement meublée d'un lit à baldaquin aux tentures bleues.

Personne ne la dérangeait lorsqu'elle souhaitait rester seule. Ses deux sœurs partageaient toujours la même chambre, bien que la taille de la maison leur eût permis d'avoir chacune la sienne, mais Aletta était sujette aux cauchemars lorsqu'elle dormait seule, et Sybylla se plaisait en sa compagnie.

– Francesca!

La voix de Hendrick s'éleva du rez-de-chaussée comme un grondement de tonnerre.

– J'arrive! répondit-elle en fourrant la lettre dans sa ceinture pour la lui donner.

Elle avait déjà revêtu le costume du portrait, une robe en lourd satin vert aux manches bouffantes en soie arachnéenne, dont les poignets et le corsage échancré s'ornaient de délicates broderies. De volumineuses boucles d'oreilles émeraude et un collier assorti complétaient l'ensemble. Elle jeta un coup d'œil au miroir pour vérifier sa coiffure puis rassembla l'ampleur de ses jupes d'une main pour descendre.

Quelqu'un frappait à la porte principale. Si c'était un créancier, Griet était fort capable de s'en débrouiller. Elle pensait immanquablement à sa mère en passant près de la rampe, attentive à ne pas trébucher dans cet escalier si étroit que l'on pouvait à peine s'y croiser. Les coups à la porte avaient cessé et elle se dirigea vers l'atelier.

– Me voilà! annonça-t-elle.

Près de la porte, un jeune homme élancé d'environ vingt-cinq ans observait la façade d'un air dubitatif : personne dans cette maison à pareille heure ? Une cascade de cheveux bruns bouclés, mal contenue par un chapeau à large bord relevé d'un côté comme le voulait la mode, lui descendait jusqu'aux épaules. Un manteau court en bonne étoffe rouge mettait en valeur sa carrure bien découplée et ses bottes à larges revers étaient taillées dans un cuir fin. Il portait sous son bras une boîte fermée par un couvercle.

Pieter Van Doorne décida de tenter sa chance par la petite porte de côté, qui céda dès qu'il actionna le loquet. Il emprunta le passage couvert qui menait à l'arrière de la maison, bien que la cuisine ne fût pas l'endroit le plus approprié pour offrir les bulbes de la magnifique tulipe qu'il avait lui-même cultivée.

D'ordinaire il ne livrait pas lui-même ses produits, non par orgueil mal placé, mais il était débordé par toutes les tâches qui incombent à un horticulteur, et dont il s'acquittait souvent seul, de la plus humble à la plus gratifiante. Mais il avait décidé de faire les livraisons en lieu et place d'un de ses ouvriers malades.

Il arriva dans la cour agréablement plantée d'arbres, avec une tonnelle abritant une table et des bancs pour les repas d'été, et des plates-bandes fleuries bien entretenues. Un balai posé contre le mur à côté d'un tas de feuilles mortes laissait à penser que quelqu'un avait abandonné momentanément ce travail pour quelque occupation plus urgente à l'intérieur de la maison. La porte de derrière était légèrement entrebâillée et Pieter la franchit, bien décidé à crier, puisque ses coups étaient restés sans réponse. Tout au bout de l'immense couloir qui courait sur toute la profondeur de la maison, il aperçut, par une porte entrouverte, une estrade couverte d'un tapis persan.

L'atelier de maître Visser, éclairé par de larges baies vitrées, ressemblait à une scène de théâtre avant la représentation. L'illusion fut complète avec l'apparition, dans un tourbillon de satin vert, d'une jeune fille mince dont la chevelure flamboyante était parsemée de fleurs. Sa voix claire résonnait à travers le corridor comme si elle s'adressait à quelqu'un qu'il ne voyait pas.

– La lettre de tante Janetje vient d'arriver... Je savais que vous seriez heureux de la lire. Où en êtes-vous ? A la réception au palais Pitti ? Un jour j'irai à Florence admirer toutes ces merveilles de mes propres yeux, n'est-ce pas, père ?

A cette idée, elle rejeta la tête en arrière, le dos cambré dans une position naïvement provocante. Le jeune homme en eut le souffle coupé. Il espérait qu'elle l'apercevrait, mais elle se mit à rire à quelque raillerie proférée par une voix grave qu'il supposa appartenir à maître Visser lui-même. Le rire de la jeune fille était spontané et sensuel. Elle se retourna pour monter sur l'estrade, où elle prit une pose gracieuse parmi les guirlandes de fleurs artistiquement disposées.

– Je suis prête.

La porte de l'atelier se referma brutalement, au grand désappointement du jeune homme.

Pieter sourit, subjugué par la délicieuse vision. Il se dit que ce n'était sûrement pas elle qui devait balayer les feuilles et il tenta à nouveau sa chance du côté de la cuisine.

– Holà ! cria-t-il en frappant à la porte. Je viens livrer des bulbes de tulipes !

Griet était à la cave, à la recherche d'un sac où entasser les feuilles mortes.

– J'arrive ! maugréa-t-elle en remontant péniblement.

Son irritation fondit comme neige au soleil en apercevant le jeune homme, dont la carrure obstruait presque le couloir. Il n'était pas si fréquent qu'un jeune homme aussi bien fait de sa personne se présentât à la maison et Griet, consciente d'être elle-même plutôt agréable à regarder, bomba le torse et lissa son tablier en s'approchant doucement de lui.

– Bonjour, mejuffrouw, fit-il avec un large sourire, en lui tendant la boîte. Ce sont les bulbes de tulipes que maître Visser m'avait commandés sur le marché. Il est temps de les planter. Nous étions convenus qu'il me les paierait à la livraison.

Griet prit la boîte, sachant par expérience comment s'y prendre avec les optimistes qui pensaient toucher leur dû tout de suite, quoique, en l'occurrence, elle aurait bien aimé pouvoir le régler, rien que pour être gratifiée d'un autre sourire. Elle était sous le charme de ce visage harmonieux, à la mâchoire large, hâlé par le soleil et le grand air.

– Comment vous appelez-vous, mijnheer ? demanda-t-elle, autant pour satisfaire sa propre curiosité que par habitude domestique. Le maître est à l'atelier, il est impossible de le déranger, ajouta-t-elle lorsqu'il eut décliné son identité. Je lui ferai part de votre visite. (C'était la formule consacrée aux fournisseurs.)

Le jeune homme se contenta de hausser les épaules, avec une lueur dans le regard qui ne la visait pas directement, ce dont elle fut déçue.

– Bon, dit-il d'un ton désinvolte, je ne pourrai pas revenir aujourd'hui, mais la note est dans la boîte. Je repasserai à l'occasion.

Griet se sentit envahie de honte à l'idée qu'il lui faudrait sûrement revenir plus d'une fois avant de toucher le moindre sou. Lorsque les créanciers devenaient agressifs, elle avait un prétexte pour les jeter dehors sans ménagements, mais elle eut le pressentiment qu'avec Pieter Van Doorne ça ne se passerait pas ainsi. Il était du genre à insister poliment, mais fermement, et il serait de plus en plus difficile de le congédier sans le régler.

Tel qu'elle connaissait son maître, elle se dit qu'il avait dû choisir les bulbes les plus chers du marché, et qu'il faudrait peut-être confier ce cas délicat à mademoiselle Francesca, encore que d'habitude elle préférât la tenir à l'écart de tout ça, car elle finissait toujours par payer avec ses maigres économies.

– A bientôt, mijnheer. Et merci beaucoup.

En rentrant chez lui, Pieter se souriait à lui-même. La servante n'aurait pas pu lui faire plus plaisir qu'en ne le payant pas. La prochaine fois il aurait peut-être la chance de rencontrer la fille de maître Visser. Il se sentit tout ragaillardi par la brise fraîche de ce premier jour d'octobre. Le long du canal, les tilleuls étaient déjà tout dorés par l'automne et les dernières fleurs de la saison égayaient les plates-bandes. Pieter était originaire de Haarlem, et ses champs de tulipes étaient situés au sud-ouest de la vieille ville, mais il venait d'acheter une maison à Amsterdam. C'était là, dans le tourbillon d'activités de la cité et l'atmosphère saline du port où les mâts serrés des navires faisaient une forêt à perte de vue, qu'il se sentait vraiment chez lui. La ville s'était considérablement enrichie par le négoce et une crise politique dans les Pays-Bas espagnols avait fait refluer les diamantaires juifs sur Amsterdam, faisant de la cité la première plaque tournante au monde pour le commerce des diamants.

Le siège du gouvernement était toujours à La Haye, mais la prospérité d'Amsterdam lui faisait de l'ombre et les routes de la Compagnie des Indes convergeaient toutes vers Amsterdam.

La Hollande, forte d'une flotte marchande de trois cents bâtiments, était respectée et crainte des nations rivales – même de l'Angleterre. Les navires de commerce étaient puissamment armés pour faire face à d'éventuelles escarmouches avec les pirates qui infestaient les mers.

Cette paix et cette prospérité n'étaient cependant pas sans nuages. En effet, Louis XIV avait des vues sur la Hollande et pouvait attaquer à tout moment. Pendant près d'un siècle, les Espagnols s'étaient acharnés à conquérir le pays avec des méthodes particulièrement cruelles, mais en fin de compte ils avaient renoncé, affaiblis par les guerres qu'ils menaient sur d'autres fronts.

En traversant la place du Dam, Pieter jeta un coup d'œil à son étal pour s'assurer que tout était en ordre, puis se dirigea vers un cabaret où il avait affaire avec un commerçant de la ville. Il se surprit à sourire à nouveau : l'image de la jeune fille enjouée entraperçue chez maître Visser lui trottait toujours dans la tête.

Cependant, à l'atelier, Francesca promenait son regard sur une carte d'Italie en parchemin, présent de sa tante Janetje à Hendrick pour la Saint-Nicolas. Celle-ci tenait à ce que ses nièces aient une notion précise de l'endroit où elle vivait. Francesca était particulièrement attirée par Florence, Rome et Venise qu'elle espérait visiter un jour.

En reprenant la pose, elle se prit à penser à ce portrait de Titus qu'elle avait demandé à son père de suspendre dans l'atelier – ce qu'il n'avait jamais fait et ce dont elle se félicitait à présent, car elle n'aurait jamais pu le regarder sans une tristesse infinie. En effet, Titus avait été emporté par la fièvre au mois de septembre. Il n'était marié que depuis six mois et ne connaîtrait jamais l'enfant que portait Magdalena, sa jeune épouse.

Une fois encore, Rembrandt s'était plongé dans le travail pour y puiser quelque réconfort, mais ce dernier coup du sort l'avait brisé. C'était désormais un vieil homme à la tête chenue. Sa santé était chancelante. Cornelia s'occupait de lui avec dévouement, et sans elle sans doute n'aurait-il jamais pu survivre dans sa modeste maison de Rozengracht, ignoré de tous.

– Heureusement que nous avons fait des croquis sur le vif au mois d'avril, sinon ces fleurs artificielles seraient bien tristes pour une déesse du Printemps!

– Vous avez raison, père.

Depuis qu'elle avait endossé la responsabilité de la maisonnée, elle n'utilisait plus le vocable enfantin de « papa » lorsqu'elle s'adressait à lui.

– Il n'y a plus qu'à y ajouter quelques perles de rosée, et le tour est joué.

– C'est la dernière séance de pose? demanda-t-elle d'un ton plein d'espoir, car elle avait hâte de retourner à sa palette et à ses pinceaux.

– Non, je ne pense pas avoir fini pour midi.

– Je peux continuer cet après-midi. Comme ça, vous aurez fini.

– J'ai à faire en ville, dit-il d'un ton faussement assuré qui ne trompait guère.

Sans doute avait-il décidé de s'octroyer quelque divertissement.

– N'oubliez pas que vous avez rendez-vous avec Willem demain matin à onze heures. Vous ne croyez pas qu'il aimerait voir la toile?

– Il n'en est pas à un jour près.

Elle prit une profonde inspiration.

– Père, il ne faut pas abuser de sa patience. C'est un des meilleurs marchands d'Amsterdam, et vous le traitez trop souvent comme un vulgaire camelot.

– Il me connaît suffisamment pour ne pas se formaliser, répliqua Hendrick d'un air jovial. C'est mon plus vieil ami.

– Raison de plus pour respecter son travail. Il fait tout son possible pour vendre vos œuvres.

Elle s'abstint de lui rappeler avec quelle constance Willem l'exhortait à faire quelques concessions au goût du jour dans le choix de ses sujets. Bien que cela n'eût jamais été dit, c'était, outre la fâcheuse tendance qu'avait Hendrick de laisser un tableau en plan alors qu'il n'y manquait que la touche finale, une pierre d'achoppement entre les deux hommes.

Hendrick prit un autre pinceau qu'il imbiba d'une riche nuance de terre de sienne brûlée et fronça les sourcils en direction de Francesca.

– Ne me cherche pas noise, Francesca. Ta mère ne se l'est jamais permis, et je ne le supporterai pas de ta part! Si tu n'y prêtes garde, tu finiras par avoir une langue de vipère! (Il sourit avec malice en voyant Francesca s'empourprer de colère.) Ne rougis pas, tu te gâtes le teint! Heureusement que j'ai fini ton visage, conclut-il d'un air satisfait.

Ça l'amusait de prendre sa revanche en lui lançant des piques lorsqu'elle le forçait à travailler un peu plus longtemps qu'il n'eût souhaité. Mais elle n'avait guère le choix : les factures impayées s'accumulaient et Hendrick était toujours aussi insouciant. Il gaspillait son immense talent et commençait à payer le prix de ses excès : sa vue baissait et sa main tremblait.

Francesca se mura dans un silence réprobateur, en réponse à quoi Hendrick se mit à siffloter entre ses dents de façon exaspérante. Mais elle eut une pensée émue pour l'éternel adolescent qu'il était demeuré au fond de son cœur, faisant fi de l'emprise du temps sur son physique. Cela faisait partie de son charme irrésistible, d'ailleurs. Il en aurait bientôt assez de l'asticoter et essaierait de la séduire avec quelque promesse, car il détestait être en mauvais termes avec qui que ce fût.

– Sais-tu ce que nous allons faire pour terminer le tableau en temps voulu? dit-il d'un ton allègre dix minutes plus tard.

– Quoi donc?

Elle avait parié qu'il lui aurait bien fallu un quart d'heure pour changer d'humeur.

– Je rentrerai tôt ce soir, et nous travaillerons demain matin de bonne heure. La toile sera achevée avant l'arrivée de Willem.

Il l'enveloppa d'un large sourire confiant.

– Vous en êtes sûr?

– Oui. Je n'ai que quelques touches à y ajouter.

– Je peux voir maintenant ?

Hendrick n'aimait pas montrer une toile avant le stade final.

– Oui, dit-il en reculant d'un pas pour mieux juger de l'effet. (Il réalisa subitement qu'il avait oublié d'accorder une pause à Francesca, tout absorbé qu'il était par son travail.) Tu as bien droit à un peu de repos, de toute façon. Il ne doit pas être loin de midi...

– En effet, je meurs de faim.

Elle posa son bouquet de fleurs, s'étira et descendit de l'estrade en secouant ses jupes, impatiente de voir le résultat. Soudain elle chancela, le visage blême. Hendrick, affolé, se précipita pour la soutenir. Depuis la disparition d'Anna, le moindre signe de mauvaise santé le terrorisait.

– Tu as posé trop longtemps ce matin. Je vais chercher Maria !

– Non ! (Elle se ressaisit rapidement.) Ce n'est rien. Maria va en faire toute une histoire.

Les couleurs lui revinrent aux joues.

– Tu aurais dû me rappeler qu'il te fallait une pause ! fit-il avec humeur, dans son soulagement de la voir revenir à elle.

– Oui, oui, répondit-elle d'un air absent, troublée par cette inexplicable appréhension qui l'avait assaillie au moment de se trouver confrontée à sa propre image.

Elle se considérait comme quelqu'un de pondéré et ne se laissait pas facilement aller aux caprices de son imagination, mais là, en s'approchant du chevalet, elle avait eu l'impression qu'un froid glacial avait envahi l'atelier, comme si le tableau recelait une terrible menace.

En tout cas, l'amour paternel transparaissait dans tout le portrait. Le sujet lui tenait particulièrement à cœur, car le printemps était sa saison préférée, et elle adorait les fleurs, surtout les tulipes.

Devant le tableau, toutes ses mauvaises pensées se dissipèrent. Elle laissa échapper un léger cri d'admiration. C'était la plus belle œuvre que son père ait jamais exécutée depuis bien longtemps – et cela n'avait rien à voir avec le fait qu'elle eût servi de modèle. Hendrick atteignait là le sommet de son art, où la technique le disputait à l'inspiration. La mort d'Anna avait eu de profondes répercussions sur sa façon de peindre : désormais il employait des couleurs plus sombres, son approche des sujets était moins théâtrale, plus sensible, et toute son œuvre vibrait d'une palette d'émotions plus variées.

Dans cette composition, Flora paraissait presque timide, auréolée de la splendeur de sa chevelure où s'épanouissaient toutes les nuances de roux, de cuivre et d'or dans un jeu subtil de contre-jour. Les fleurs semblaient émettre leur fragrance et l'on croyait entendre le bruissement du satin.

– Vous devriez toujours peindre de cette façon, père.

– Ce n'est pas le cas ? fit-il avec un tressaillement dans la voix.

Elle s'en voulut d'avoir parlé à la légère. Elle n'avait en effet pas le droit de juger la peinture de son père. Elle le regarda droit dans les yeux :

– Je veux simplement dire que ce tableau va nous permettre de respirer. Sa facture rappelle le portrait de maman. Vous avez toujours dit que c'était votre plus belle œuvre. Je crois qu'avec cette toile vous avez trouvé un second souffle, père.

La franchise de sa réponse lui alla droit au cœur. Tout enfant, elle avait déjà cette honnêteté foncière et cette force de caractère qui se fortifie au contact des épreuves. Lorsqu'il se mettait en colère contre ses filles à l'atelier, les deux autres s'enfuyaient en pleurant, mais elle, le visage dur et les pupilles dilatées, faisait face.

– Je vais en demander un bon prix. Cela nous permettra d'honorer un certain nombre de factures.

– Peut-être nous restera-t-il encore un peu d'argent...

– Que souhaiter de mieux ? fit-il, un peu mal à l'aise. Il gardait sous cape quelques dettes de jeu.

Ils restèrent un moment ainsi, côte à côte, devant le tableau, et il lui eût posé la main sur l'épaule tout naturellement, s'il n'avait eu si mal aux doigts. Tout à l'heure, en la soutenant, ses articulations l'avaient fait souffrir à nouveau. Fort heureusement, dans son trouble, elle n'avait rien remarqué. Les douleurs, qui s'étaient dissipées au printemps, avaient réapparu avec la mauvaise saison.

– Je te parie que Willem n'en croira pas ses yeux, dit-il malicieusement.

Elle rit en passant son bras sous le sien.

– Je voudrais être là quand il va voir la toile !

– Bien sûr !

La cloche du repas de midi tintinnabula et Francesca

se hâta vers sa chambre pour se changer. Lorsqu'elle arriva dans la salle à manger, tout le monde était debout derrière sa chaise en attendant le bénédicité. Un regard aigu d'Aletta sous son épaisse frange de cils lui fit clairement sentir que l'on s'impatientait...

Aujourd'hui Aletta portait un petit bonnet amidonné à revers – semblable à ceux de Griet – qui encadrait joliment son ovale bien dessiné, à la mâchoire volontaire. Ses yeux, immenses et tendres, étaient capables de lancer des éclairs lorsqu'elle était en colère et elle avait des lèvres roses et bien ourlées.

Depuis l'agression dont elle avait été victime, elle arborait toujours un bonnet en présence des membres de la famille. Elle en possédait toute une collection, véritables petits chefs-d'œuvre brodés par elle-même ou par Maria. On lui en offrait toujours pour la Saint-Nicolas et sa tante Janetje lui en avait envoyé un magnifique, entièrement rehaussé de perles, à la mode de Florence. Elle prenait bien garde à ne laisser s'échapper aucune mèche folle et Sybylla lui avait fait cruellement remarquer qu'elle prenait l'allure d'une vieille fille – et elle n'était pas la seule à le penser. En réalité, Aletta était devenue une jeune fille réservée et grave.

– Je vous prie de m'excuser pour ce retard, dit Francesca en regagnant sa place au bout de la lourde table de chêne.

C'était un jour maigre : il n'y avait au déjeuner qu'un brouet clair et du pain noir, signe que les finances de Hendrick étaient au plus bas. Au cours du repas, Sybylla s'arrangea pour glisser discrètement à Francesca :

– Est-ce que le tableau de Flora est terminé ?

En effet Hendrick se montrait toujours chatouilleux lorsqu'on le questionnait sur l'avancement de son travail. Francesca répondit par un hochement de tête affirmatif et Sybylla, avec un soupir de soulagement, replongea le nez dans son assiette. Pour elle, la peinture était une activité purement alimentaire et pas une seule fois elle n'avait déploré son absence de talent artistique – la seule peinture qui l'intéressât pour le moment étant le maquillage. Elle ne se privait d'ailleurs pas d'exercer son imagination sur ses cheveux dorés, élaborant des coiffures plus ou moins extravagantes qui avaient le don d'exaspérer Hendrick.

– Pourquoi les femmes d'Amsterdam mettent-elles un

point d'honneur à se ridiculiser à ce point ? vociférait-il lorsqu'il la voyait avec un petit chignon enrubanné ou des cascades de boucles exubérantes au-dessus des oreilles.

A la suite de quoi elle fondait invariablement en larmes et courait se réfugier dans sa chambre en maugréant qu'elle ne voyait pas pourquoi elle ne serait pas au dernier cri sous prétexte que les Hollandaises, par nature peu frivoles, étaient toujours les moins rapides à suivre les canons de la mode venue de France.

En ville, Sybylla dévorait des yeux les élégantes et mourait d'envie de se pavaner elle aussi, couverte de riches atours et de bijoux précieux. Si elle n'avait pas tant détesté les séances de pose elle aurait pu porter les vêtements de l'atelier. Malheureusement elle ne tenait pas en place et se disputait sans arrêt avec son père. Les rares portraits que Hendrick avait faits d'elle lui avaient déplu. Il est vrai que Hendrick n'avait pas pour habitude de flatter ses modèles, mais il supportait mal les critiques et les rapports entre le père et la fille étaient rarement au beau fixe.

Sybylla était persuadée d'être une incomprise. Elle estimait qu'elle aurait dû faire l'objet d'égards particuliers depuis sa déception amoureuse, mais, même si elle avait versé des larmes amères sur le moment, elle ne se consumait plus de chagrin à cause de Jacob. Elle fréquentait la maison des Korver aussi librement qu'auparavant, ce qui lui laissait une échappatoire toute trouvée lorsque Maria la sollicitait pour quelque corvée.

Ces temps-ci Hendrick semblait plus détendu : il était disert à table et avait retrouvé l'appétit. Même si ses cheveux s'étaient parsemés de quelques fils d'argent, il paraissait être redevenu lui-même.

Sitôt le repas terminé, Sybylla se précipita vers l'atelier pour voir l'allégorie du Printemps. Elle avançait avec précaution de peur d'abîmer sa robe dans le fouillis de toiles et de cadres entassés. Lorsqu'elle découvrit le portrait de sa sœur en Flora, son admiration lui fit presque oublier d'en évaluer le prix. Si seulement Hendrick pouvait toujours peindre avec une telle maîtrise, leurs soucis d'argent s'envoleraient bien vite et la frugalité d'un repas comme celui d'aujourd'hui ne serait bientôt qu'un mauvais souvenir.

Sybylla se dit qu'elle devrait peut-être mettre un peu d'eau dans son vin et accepter de poser pour Hendrick...

si jamais il lui offrait un nouveau manteau en échange, elle y songerait sérieusement.

Elle sursauta en entendant la porte s'ouvrir, mais ce n'était qu'Aletta venue elle aussi admirer la nouvelle œuvre.

– Père est-il encore là ? demanda Sybylla.

– Il vient juste de sortir, je crois.

Sybylla voulut s'en rendre compte par elle-même et ne put éviter la robuste Maria qui la houspilla sans ménagement :

– Tu n'as pas encore mis ton tablier ? Tu sais que c'est à ton tour de donner un coup de brosse aux rideaux des chambres à coucher !

Sybylla soupira bruyamment. Elle pensait parfois que les femmes de Hollande mettaient autant d'ardeur avec leurs balais à tenir la poussière en échec que les hommes avec leurs canons à repousser la puissante Espagne. A ceci près que la poussière, elle, revenait sans arrêt à la charge.

Durant les heures tranquilles de l'après-midi, Francesca et Aletta restèrent à l'atelier pour peindre une nature morte savamment disposée sur une nappe bleue : des grappes de raisin noir, un verre de vin, un nautile nacré dans une châsse d'argent, un sablier et un éventail de plumes topaze. Harmonieusement décentré par rapport à l'ensemble, un citron à demi pelé dont la peau retombait en spirale était posé sur un plat d'étain. Les dernières roses de la saison provenant du petit jardin étaient négligemment jetées sur une serviette de table froissée. La variété des objets et des textures constituait un excellent exercice pour le rendu des ombres et des lumières.

Dans la mesure du possible, Francesca introduisait toujours des fleurs dans ses compositions.

Un tableau sans motif floral lui eût semblé aussi imparfait que la Hollande sans la profusion de fleurs qui égayaient jardins et massifs du printemps à l'automne, sans parler de la splendeur des champs de tulipes d'Haarlem.

Les deux sœurs travaillaient en silence, dans la plus complète harmonie. Lorsque Hendrick était dans l'atelier, l'atmosphère était plus tendue. Tantôt il jetait à peine un coup d'œil à leurs toiles, tantôt il les critiquait sans répit. Aletta ne pleurait plus comme avant, mais elle blêmissait quand même à chaque remarque trop violente. Francesca pensait qu'intérieurement il devait se fustiger d'être un si médiocre professeur.

Les deux jeunes filles avaient désormais acquis une maîtrise de leur art et une conscience de leurs possibilités telles qu'elles se sentaient complètement frustrées par les réticences de leur père à enseigner. Elles auraient voulu étudier chez un peintre célèbre, de façon à progresser plus rapidement.

L'obstacle principal à cette légitime aspiration était le coût des études, et non le fait qu'elles fussent nées filles, car dans les ateliers seul le talent comptait. Francesca admirait profondément les œuvres récentes de Judith Leyster, ancienne élève de Frans Hals – comme Hendrick, d'ailleurs – et de Maria Van Oosterwyck, habile peintre de fleurs.

L'atmosphère studieuse de l'atelier n'était troublée que par des crissements de roues ou le claquement de semelles de bois dans la rue.

Ce fut Aletta qui brisa le silence la première.

– Je ne vois qu'une solution.

Francesca suivait parfaitement le cheminement de la pensée de sa sœur. Elle lui sourit sans lever la tête de son travail.

– A part chanter dans les rues pour récolter de quoi nous payer nos études, je ne vois pas.

– Je pensais à autre chose, fit Aletta en souriant à son tour. Ne pourrions-nous pas trouver quelque mécène susceptible de financer notre enseignement, comme cela se fait en Italie ?

– Malheureusement, la Hollande n'est pas comme l'Italie un pays où les peintres et les sculpteurs vivent grâce à des commandes de l'Église ou des hommes d'État. Les arts sont moins florissants chez nous.

– Tu as raison.

– L'idéal serait que nous finissions notre apprentissage chez un maître indépendant ! Mais ne nous laissons pas abattre, Aletta. Notre seul moyen de nous en sortir est de travailler dur, et le jour où Willem nous proposera de vendre nos toiles nous pourrons dire que nous sommes à la veille de réussir !

– Nous pourrions faire comme père ? fit Aletta d'un ton de voix subitement haut perché.

– En nous consacrant exclusivement à notre travail, peut-être serions-nous reconnues.

– Peut-être, soupira Aletta.

Elle se demanda combien on lui donnerait pour le tableau qu'elle était en train de peindre – si toutefois elle avait la possibilité de le monnayer. Deux florins, au mieux... A supposer qu'elle arrive subrepticement à vendre ses toiles, peut-être à force de patience pourrait-elle amasser de quoi suivre l'enseignement de ces artistes qui donnaient des cours dans des académies où ils regroupaient tous leurs élèves, ainsi que les quelques amateurs qui pouvaient payer. Tous bénéficiaient équitablement des conseils des maîtres et Aletta se dit qu'un tel enseignement lui serait indispensable, encore lui fallait-il rassembler l'argent.

Hendrick ne rentra pas dîner ce soir-là. Aletta se mit à jouer du virginal accompagnée par Sybylla à la viole, tandis que Francesca lisait près de la cheminée. Assise en face d'elle, Maria brodait. Lorsque enfin Aletta et Sybylla allèrent se coucher, Francesca posa son livre et s'approcha de la fenêtre d'un air préoccupé.

Combien de fois Maria avait-elle vu Anna guetter ainsi à cette même fenêtre!

– Père avait promis de ne pas rentrer tard. J'ai toujours peur qu'il tombe dans un canal, s'il est ivre, comme cela risque d'être le cas ce soir.

– Ça lui est arrivé une seule fois, et l'eau froide l'a instantanément dégrisé. La première chose qu'il vit en faisant surface était une bourse pleine d'or. C'est à croire qu'il y a un bon Dieu pour les hommes de son espèce.

Elle s'était retenue de dire « fripouille » devant Francesca... Malgré tout, c'était le maître.

– Je n'ai jamais entendu parler de cette histoire, dit Francesca, surprise. J'avais quel âge à cette époque?

– Environ six mois, je crois. Il aurait pu mettre de côté cet argent providentiel, mais il a tout dilapidé en soies et brocarts pour ta mère et il s'est fait faire son portrait par un peintre vénitien dont j'ai oublié le nom. Il a toujours eu les mains percées.

– Je n'ai pas le souvenir d'avoir vu ce tableau à la maison. Qu'en est-il advenu?

– Tu te le demandes? fit sèchement Maria. Il a été vendu un ou deux ans plus tard. Ce n'était rien d'extraordinaire. Moi, je préfère tes tableaux et ceux d'Aletta. Grâce à celui que tu m'as offert pour la dernière Saint-

Nicolas j'ai l'impression d'avoir toute l'année un bouquet de tulipes fraîches dans ma chambre.

Le compliment toucha Francesca qui donna une affectueuse accolade à la vieille servante.

– Tu es gentille, Maria. J'aimerais tellement être un bon peintre... mais j'ai encore du chemin à parcourir.

– Je suis sûre que tu y arriveras, dit Maria en l'embrassant sur la joue. Reste assise, ça ne sert à rien de guetter ainsi à la fenêtre. On n'y voit rien dehors et ton père est bien capable d'avoir oublié de prendre une lanterne. Ce ne serait pas la première fois qu'il aurait une amende pour être dehors sans lumière. (Elle se remit à son ouvrage, les doigts entrelacés aux bobines de fil.) Ça fait longtemps que je n'ai pas fait ce motif.

– C'est joli, dit Francesca en se rasseyant en face d'elle. C'est pour une collerette ?

– Plutôt pour un corsage de mariée, j'espère, fit la vieille femme avec un regard appuyé.

– Ne compte pas sur moi ni sur Aletta. C'est vraisemblablement Sybylla qui le portera.

Maria poussa un soupir exaspéré.

– Imagine que ton cœur s'emballe pour un jeune homme.

– Je ne le laisserai pas faire. L'idée du mariage m'effraie trop pour que je me laisse aller. Une fois mariée, avec des enfants, je n'aurai plus une minute à moi pour peindre.

– Balivernes ! Bien sûr que si.

– Sauf peut-être si j'épousais un artiste. Il serait à même de me comprendre.

– Eh bien ! cherches-en un.

– J'ai bien le temps.

– Tu n'aimerais pas avoir des enfants ? Toi qui es si maternelle avec tout le monde !

Francesca s'absorba dans la contemplation du feu et l'ombre de ses longs cils dissimulait à Maria l'expression de son regard.

– Si, j'aimerais bien. Mais je veux avant tout m'établir comme artiste. J'espère qu'après je ne serai pas trop vieille pour fonder une famille. Mais dans un futur immédiat, je me suis fixé cet objectif et je n'aurai de cesse de l'atteindre. (Elle retroussa sa manche et considéra son poignet avec un demi-sourire.) Je crois que c'est du pigment coloré et de l'huile de lin qui coulent dans ces veines.

– Si ce n'est pas malheureux... marmonna Maria, qui ne demandait qu'à pouponner une troisième génération.

Francesca ne répondit rien. Maria ne comprendrait pas la force créatrice qui commandait exclusivement à son destin. Comme son père avant elle et sa sœur Aletta après elle. Une attraction irrésistible.

Elle entendit quelqu'un traverser la salle de réception et sursauta. Mais ce n'était que Griet qui sortait de la cuisine, où elle avait passé la soirée avec un ami. Francesca lui souhaita bonne nuit au passage. Puis Maria alla se coucher à son tour.

Francesca décida de rester encore un peu, déçue et furieuse contre son père qui, une fois de plus, avait manqué à sa parole. S'il était rentré à l'instant même, titubant, avec l'air bravache qu'il affichait généralement en pareille circonstance, elle aurait eu du mal à contenir son exaspération.

Il était largement minuit lorsqu'elle se décida à monter, après avoir laissé une lampe allumée dans le vestibule. En gravissant l'escalier son chandelier à la main, elle se demandait comment annoncer à Willem avec le plus de ménagement possible que le tableau n'était pas terminé. Il avait été plus d'une fois sur le point de refuser des toiles de Hendrick si celui-ci ne respectait pas les délais. Elle craignait que demain il ne mît définitivement sa menace à exécution.

Aucun autre marchand d'art de renom ne tolérerait la désinvolture de Hendrick... Et si jamais celui-ci tombait aux mains de filous, il était perdu.

De sombres pressentiments l'assaillirent à nouveau, et elle dut s'agripper à la rampe. Dans le vacillement de la chandelle, ses prunelles reflétaient une frayeur irraisonnée.

4

Willem de Hartog était à la porte à onze heures sonnantes le lendemain matin. Un tapis persan avait été disposé sur le sol comme le voulait l'usage lorsqu'on attendait des visiteurs de marque. Il salua courtoisement Griet en lui tendant son manteau et ses gants mais garda son chapeau à large bord, comme les hommes avaient coutume de le faire même à l'intérieur des maisons.

Il l'ôta en voyant arriver Francesca depuis le vestibule, dans le reflet d'un miroir vénitien. La beauté originale de la jeune fille, avec sa chevelure flamboyante, ses boucles d'oreilles en or et sa robe de laine rousse toute simple, ne cessait de le frapper.

– Bonjour, mijnheer. Soyez le bienvenu.

En voyant son sourire grave, il se dit qu'il y avait sûrement anguille sous roche.

– Merci, Francesca. J'espère que tu te portes bien, ainsi que ton père et tes sœurs.

– Ils vont bien, je vous remercie. Donnez-vous la peine de vous asseoir. Griet va vous apporter des rafraîchissements.

Au lieu de répondre à son invite, il fronça les sourcils d'un air contrarié.

– Le tableau n'est pas fini ?

– Asseyez-vous un moment, je vous prie. Je vais tout vous raconter, dit-elle en prenant place sur la banquette près de la cheminée recouverte de faïence de Delft, où brûlait la flamme rassurante d'un feu de tourbe.

Willem ne bougea pas d'un pouce.

– Tu veux dire que Hendrick n'est même pas là pour

me recevoir ? dit-il en réprimant difficilement un tremblement de colère dans sa voix.

– Je l'attends d'une minute à l'autre.

– Il est sorti depuis longtemps ?

Francesca respira profondément.

– ... Depuis hier après-midi.

Willem devint cramoisi de rage à l'idée des frasques que Hendrick avait pu commettre durant ces heures d'absence, jeux de cartes ou autres... Bien qu'il ne prétendît pas s'ériger en moraliste, Willem préférait les vertus du mariage. Il savait bien cependant que Hendrick ne ferait jamais entrer une autre femme dans ce qu'il considérerait jusqu'à la fin de ses jours comme le domaine exclusif d'Anna.

– Aletta et Sybylla sont allées le chercher.

Willem arpentait nerveusement la pièce, les doigts crispés comme s'il serrait le cou de Hendrick. Il semblait ne pas avoir entendu Francesca.

– Quel incorrigible fainéant ! Je l'ai pourtant averti que s'il ne me livrait pas à temps ton portrait en Flora, je me désintéresserais définitivement de lui ! Qu'il tombe aux griffes des filous qui empoisonnent le marché de l'art si c'est là ce qu'il souhaite, après tout ! (Il s'arrêta si brusquement devant Francesca qu'il faillit trébucher sur le tapis.) Rends-moi mes gants et mon manteau. Je sais que tu n'y es pour rien, mais ton père est vraiment insupportable !

– Je vous en prie, restez ! dit-elle en se levant d'un bond. Il n'y a plus qu'une matinée de travail sur le tableau. C'est la plus belle chose qu'il ait peinte depuis la mort de maman. Il l'a intitulée « La Déesse du Printemps ». Venez, je vais vous le montrer.

Bien qu'un peu calmé, Willem hésitait.

– Il me semblait que seul Hendrick avait le droit de montrer une œuvre pour la première fois.

– Eh bien, disons qu'aujourd'hui je m'octroie ce privilège.

Il lui sourit lentement.

– Il est grand temps que Hendrick cesse d'en prendre à son aise avec nous. Nous arroserons cet événement tout à l'heure, dit-il en voyant Griet arriver avec du vin et des gâteaux faits à la maison.

Francesca le précéda dans l'atelier. Willem considérait Hendrick comme un artiste dont le talent valait celui de peintres plus renommés, mais il s'en fallait toujours de peu qu'il n'atteignît les sommets de son art. Avec le portrait de sa femme, il avait presque touché au génie, mais n'avait pas rendu toute l'intériorité d'Anna, comme s'il avait voulu dissimuler le secret de son être intime sous la ressemblance troublante du tableau.

Si Rembrandt captait un peu de l'âme de ses modèles, suffisamment pour susciter chez le spectateur l'envie de découvrir quelle parcelle de l'être se dérobait derrière un regard, il savait aussi restituer généreusement leur essence et c'est dans cette marge fragile que se situe la différence entre le génie et le talent. Non pas que dans l'esprit de Willem Hendrick ait jamais frôlé le génie de certains chefs-d'œuvre de Rembrandt, mais il gardait ses pensées pour lui, vu sa position d'intermédiaire entre des artistes de tempérament et des clients fortunés.

Willem ouvrit courtoisement la porte de l'atelier et s'effaça pour laisser passer Francesca, mais avant d'arriver au chevalet de Hendrick, il tomba en arrêt devant les natures mortes que Francesca et Aletta avaient laissées en vue. Willem reconnut immédiatement le style de chacune des jeunes filles dont il suivait les progrès depuis l'enfance : si le style d'Aletta était encore immature, celui de Francesca atteignait un grand raffinement, avec le reflet de la fenêtre à la base du coquillage. En tout cas, aucun artiste de leur âge ne leur arrivait à la cheville.

Il prit le tableau de Francesca et s'approcha de la fenêtre pour l'examiner.

– Ton travail avance très bien, dis donc!

Le compliment la fit rougir, car elle en savait Willem peu prodigue.

– Pas encore assez à mon goût.

– Combien de leçons par semaine Hendrick te donne-t-il ?

Devant son mutisme, il insista.

– Aucune ?

– Il nous donne des conseils lorsque nous avons des difficultés particulières, répliqua-t-elle avec fermeté.

– Il ne vous donne même pas une heure de cours! fit-il d'un ton caustique... Je vais surveiller vos progrès. As-tu autre chose de récent à me montrer ?

– Oui. Et Aletta aussi. Mais ne préférez-vous pas voir le tableau de mon père auparavant ?

– Non, pour l'instant, je m'intéresse à votre peinture.

Il ne faut pas détourner l'attention d'un marchand de tableaux, ne perds jamais ça de vue, Francesca, dit-il avec un sourire malicieux.

Elle rit de bon cœur et lui montra d'abord quatre compositions d'Aletta. Frappé par son talent, il fit quelques critiques, accompagnées de conseils, puis examina méthodiquement les trois toiles qu'elle lui tendait.

La première représentait Griet en train d'étendre des draps dans la cour : la scène était si frémissante de vie que l'on s'attendait presque à entendre le claquement du linge mouillé. Il y avait également un paysage avec des moulins à vent noyés dans la brume de chaleur d'un jour d'été, et un portrait de Maria à son ouvrage, ses mains noueuses contrastant étrangement avec la délicatesse de la dentelle.

Pour blasé qu'il fût depuis le temps qu'il naviguait dans le monde des marchands d'art, Willem se sentit tout ému de pouvoir encore éprouver de l'enthousiasme à la découverte d'un talent de cette envergure.

– Tu as représenté des fleurs dans chacune de tes compositions, remarqua-t-il sans émotion apparente. Dans la cour, il y a des tulipes ondulant sous la brise, dans le paysage un iris sauvage apparaît au bord du canal et Maria brode des lys.

– Rien ne vous échappe, répondit-elle en souriant. Lorsque je pourrai enfin signer mes œuvres, je mettrai une fleur avec mon paraphe.

– Comme les illustrations de manuscrits anciens! J'aime bien cette idée.

Il savait qu'une fleur ne ferait pas systématiquement vendre un tableau, mais c'était un bon moyen d'attirer l'attention, et il pressentait que le talent de Francesca atteindrait, avec la maturité, les sommets de l'art.

– Envisages-tu de devenir peintre de fleurs?

– Non... Je dirais que j'ai de plus hautes ambitions.

– Tu as raison. (Il leva enfin les yeux et la regarda d'un air railleur.) Si tu avais mis une rose dans tes tableaux, j'aurais pu croire que tu étais tombée amoureuse.

En effet, dans ce type de peinture, une rose joliment présentée symbolisait l'amour pur. Tombée au sol, elle figurait l'amour malheureux. Dans la nature morte peinte par Francesca, les boutons de rose pouvaient être interprétés comme l'image d'une passion naissante – quoiqu'elle n'y eût mis aucune intention. Le coquillage représentait la richesse, l'éventail la frivolité. Le sablier évoquait la fuite irréversible du temps et la futilité des richesses en ce bas monde. Le plat d'étain posé en équilibre signifiait que la vie peut nous être ôtée à tout instant. Le vin et les raisins rappelaient la Sainte Communion et l'espoir de la résurrection du Christ. L'artiste disposait d'un vaste choix dans la composition de ces vanités. La signification d'un tableau n'était pas toujours lisible au premier regard et Francesca et Aletta aimaient renvoyer le spectateur à la fragilité de sa propre condition.

– L'amour est bien le dernier de mes soucis, soyez-en sûr, dit Francesca en rangeant les toiles contre le mur.

Willem la comprit à demi-mot et sourit en replaçant la nature morte sur le chevalet.

– Maintenant, montre-moi le tableau de ton père.

Il s'avança sans hâte vers le chevalet de Hendrick et examina l'œuvre pendant un temps qui parut interminable à Francesca. N'y tenant plus, elle brisa enfin le silence.

– Alors, qu'en pensez-vous ?

– En toute franchise, fit-il d'un ton pensif... je ne m'attendais pas à un tableau d'une facture aussi superbe de la main de Hendrick aujourd'hui. C'est l'une de ses meilleures toiles ! Il y a encore une matinée de travail dessus ?

– C'est ce qu'il affirme.

– Fais en sorte qu'il s'y tienne. Certains artistes ne finiraient jamais, si on les laissait faire.

Bien qu'il appréciât énormément le tableau, Willem ne pouvait s'empêcher de penser qu'une fois encore Hendrick avait frôlé le génie absolu. Certains artistes atteignent l'apogée de leur art sur leurs vieux jours, mais Hendrick était imprévisible en tout. Quoi qu'il en soit, Willem était assuré de tirer un bon prix du tableau : la délicate beauté de la jeune fille qui semblait vouloir se dérober aux regards derrière sa brassée de fleurs conférait au tableau un mystère et une sensualité peu communs.

– Cette toile va se vendre très facilement.

– Vous croyez qu'on pourrait en obtenir quatre cents florins ? demanda Francesca avec empressement.

– Si je me débrouille bien, je pourrai la négocier à plus du double.

Ni l'un ni l'autre n'avait entendu Hendrick approcher à pas feutrés.

– Et si je refuse de le vendre ? tonitrua-t-il.

Ils lui firent face, surpris. Francesca se raidit.

– Moi seule mérite votre colère, père. C'est moi qui ai fait entrer notre hôte à l'atelier.

– Je n'ai nul besoin de lui, dit Hendrick en jetant sa bourse à terre d'un geste théâtral.

Une pluie de pièces se répandit sur le sol. L'une d'elles cliqueta de façon exaspérante dans le silence qui suivit, et Willem finit par mettre le pied dessus.

– Je vois que le sort t'est doublement favorable, Hendrick. Ta Flora est magnifique et apparemment tu as gagné au jeu. Permets-moi de te féliciter.

Hendrick, un peu radouci par le compliment, s'avança en tanguant, les pouces calés dans sa ceinture. Il n'était pas ivre, mais ses yeux injectés de sang et son teint empourpré trahissaient le manque de sommeil.

– Les enjeux ont atteint des sommes faramineuses, et je n'ai pas cessé de gagner. J'ai apuré mes dettes de jeu et remboursé tous ces vautours de commerçants qui me harcelaient. Je ne dois plus un sou. Et il me reste encore de quoi donner de la viande à ma famille deux fois par jour pendant plusieurs mois. Tu vois, je peux me permettre de ne pas vendre mon tableau, fit-il avec un sourire de jubilation à l'égard de Willem.

– Tu as raison, approuva doucement celui-ci. (Puis, coupant court à toute discussion, il s'inclina vers Francesca :) Je prendrais volontiers le verre de vin que tu m'as proposé tout à l'heure.

– Bien sûr. Vous nous accompagnez, père ?

– Mmm. Vous êtes fautifs l'un et l'autre, mais je vous pardonne pour cette fois.

– Très généreux de ta part, rétorqua Willem sur un ton aigrelet qui n'échappa point à Francesca.

Hendrick feignit de ne rien remarquer et Francesca prit les devants pour aller servir le vin.

De retour à l'atelier après le départ de Willem, Francesca ramassa l'argent éparpillé au sol et le mit dans une bourse en cuir qu'elle tendit à son père. Il la remercia chaleureusement comme si de rien n'était.

Il paracheva le tableau l'après-midi même et, connaissant l'impatience de son vieil ami, se dit que finalement il avait tout intérêt à le satisfaire. Willem savait pertinemment d'ailleurs que Hendrick avait l'intention de vendre, quoi qu'il ait pu dire sous l'emprise de la colère.

Lorsqu'il posa enfin ses pinceaux, sur le coup de quatre heures, Francesca bondit de l'estrade et se précipita dans ses bras avec enthousiasme.

– Bravo, père! Ce soir nous avons prévu un dîner de fête pour célébrer « La Déesse du Printemps ».

– Et... qu'y a-t-il au menu? demanda-t-il en souriant.

– Votre plat favori, bien sûr!

– Que d'honneur!

Il se garda bien de lui avouer qu'il avait mangé la veille cette même spécialité composée de chapon et de saucisses marinés au vin, accompagnés de marrons et d'une sauce relevée, à la table d'une femme aux formes généreuses prénommée Margretha, la seule capable d'adoucir un peu sa solitude dans les pires moments. C'était également chez cette femme que la chance lui avait souri au jeu.

– Sybylla vous a confectionné un gâteau à la crème, dit-elle joyeusement en l'aidant à ôter sa blouse. (Mais au lieu de l'accrocher au portemanteau, elle la serra instinctivement contre elle, avec une expression implorante.) Je vous en supplie, ne prenez plus jamais de tels risques au jeu. Si vous aviez perdu hier, cela signifiait la ruine. Je sais à quel point maman vous manque. Je sais que vous avez besoin d'une vie en dehors de la famille, mais vous fréquentez les tavernes où les artistes se réunissent, vous jouez aux quilles, vous êtes souvent invité chez des amis, vous assistez aux ventes aux enchères, aux courses de bateaux l'été, de patin l'hiver... (Elle lui prit la main et la porta contre sa joue dans un geste enfantin.) Je ne vous demande pas de renoncer aux cartes, mais par pitié ne misez pas plus que vous ne pouvez perdre...

A cet instant, elle ressemblait de façon troublante à sa mère et Hendrick en fut profondément ému, comme si Anna s'était réincarnée à travers leur fille pour l'implorer.

Lorsqu'il lui arrivait d'écouter la voix de sa complaisante conscience, il évitait les tables où se disputaient des enjeux trop élevés, mais parfois il était incapable de résister à l'appel des sirènes du jeu.

– Je te promets d'être plus raisonnable à l'avenir, dit-il avec une intonation sincère.

Francesca levait vers lui un visage brillant d'espoir. Hendrick se sentit mal à l'aise sous ce regard qui lui rappelait trop Anna. Combien de fois avait-il failli à ses promesses!... Aussi se décida-t-il à faire un geste, tant qu'il se sentait d'humeur. Anna l'aurait approuvé...

Il tira sa bourse de sa ceinture d'un mouvement impulsif et la mit dans les mains de Francesca.

– Mets-la en lieu sûr et utilise cet argent pour les dépenses du ménage. Je ne veux pas un sou pour moi.

Elle en resta sans voix un bon moment.

– J'en ferai le meilleur usage, finit-elle par articuler.

– Je n'en doute pas.

– Mais ne vous attendez pas à manger de la viande deux fois par jour!

Elle sourit et une étincelle de malice pétilla dans ses prunelles. Il s'esclaffa franchement. Peu de gens en Hollande mangeaient de la viande plus d'une fois par semaine et, en dehors de cette époque de l'année où l'on abattait les animaux, on trouvait fort peu de viande fraîche. Le poisson pêché du matin et les légumes abondaient, les fromages étaient variés et excellents.

– Je me contenterai d'un plat de harengs frits par semaine, dit-il en riant.

– Comptez sur moi! Je vais ranger cet argent, puis je reviens nettoyer les pinceaux.

Dès qu'elle fut sortie, Hendrick fit jouer ses articulations douloureuses. Pendant toute la séance de travail, ses doigts l'avaient fait souffrir et il avait même laissé échapper un pinceau. Heureusement Francesca n'avait rien vu et lorsqu'elle lui avait pris la main tout à l'heure, il avait failli s'évanouir. Il se sentit soudain très las. Il se lava soigneusement les mains, accrocha sa blouse au portemanteau et quitta l'atelier avec l'intention de faire un bon somme avant le dîner. Sybylla devait le guetter, car à peine eut-il franchi le seuil de l'atelier qu'elle l'interpella :

– Père! Je dois vous parler.

– Ne peux-tu attendre un peu? J'ai travaillé tout l'après-midi, fit-il d'un ton clément qu'il n'eût adopté pour personne d'autre.

Mais elle, c'était sa petite dernière, la prunelle de ses yeux. Il alla se carrer dans un fauteuil au salon, et lui consacra toute son attention.

– C'est très important, père, dit-elle en s'agenouillant à côté de lui.

– De quoi s'agit-il?

Elle savait par Aletta qu'il était revenu avec beaucoup d'argent et n'hésita pas à user du charme qu'elle exerçait sur lui. Aussi ne s'embarrassa-t-elle point de préambule.

– Père, j'ai besoin d'un nouveau manteau pour l'hiver. J'en voudrais un avec un capuchon bordé de fourrure : je n'en ai jamais eu!

Si ce matin-là il n'avait pas mis un point d'honneur à se présenter devant Willem en toute indépendance d'esprit, sans doute n'aurait-il pas réglé d'abord ses dettes. Et s'il n'avait eu l'étrange sensation qu'Anna s'adressait à lui à travers le regard de leur fille aînée, sans doute aurait-il dilapidé le reste de ses gains extravagants en largesses et futilités.

– Tu as déjà deux manteaux bien chauds, rétorqua-t-il avec une fermeté qui s'adressait autant à lui-même qu'à sa benjamine, car même pour sa fille chérie il n'aurait trahi une promesse faite à sa femme au-delà de la mort.

– Mais ils ne sont pas bordés de fourrure, et j'ai horriblement froid avec, dit-elle avec un sourire enjôleur... Et puis il me faudrait aussi de la soie pour une robe pour la Saint-Nicolas... j'en ai vu une ravissante, rose...

– Il te faudra patienter pour le manteau et pour la soie.

– Pourquoi? fit-elle avec une moue coquette. Puisque vous avez gagné beaucoup d'argent.

– Oui, mais en réalité, je n'ai plus un sou en poche. J'ai tout donné à ta sœur aînée pour les frais du ménage.

Sybylla prit un air consterné, mais ne s'avoua pas vaincue.

– Et le tableau? Vous allez le vendre, n'est-ce pas, père?

– Oui, mais ce n'est pas demain la veille. Je connais Willem. Il va me faire languir une semaine ou deux, histoire de se venger.

– Et s'il ne revenait pas?

– N'aie crainte, il reviendra.

Accablé de fatigue, Hendrick ferma les yeux et Sybylla s'éclipsa aussi promptement qu'elle était arrivée. Elle savait qu'elle obtiendrait ce qu'elle voulait. Si son père et Willem se livraient une guerre des nerfs, ce n'était qu'une question de patience...

Le lendemain matin, Hendrick sortit pour acheter des couleurs. Francesca avait veillé à ce qu'il eût suffisamment d'argent sur lui, heureuse de pouvoir désormais régler toutes les dépenses comptant. Il avait lui-même assez souffert du mépris des fournisseurs pour ne pas jouir pleinement du plaisir de jeter des espèces sonnantes et trébuchantes sur leur comptoir, encore qu'il eût l'impression de donner des perles aux pourceaux.

Au bruit de ses pas quelques minutes plus tard, Francesca se dit qu'il avait oublié quelque chose, mais ne le voyant pas revenir à l'atelier, elle alla voir ce qui se passait. Elle le trouva effondré sur une chaise dans la salle de réception, le regard vague.

– Qu'est-ce qui ne va pas ? demanda-t-elle d'un ton alarmé.

Il leva lentement la tête vers elle, les lèvres tremblantes d'émotion.

– Je viens d'apprendre une bien triste nouvelle. Rembrandt est mort hier.

– Oh, non, ça n'est pas possible ! fit-elle, incrédule.

– Il va être enterré à Westerkerk. Ce n'est pas seulement notre pays, c'est le monde entier qui perd le plus grand peintre qui ait jamais existé.

Elle lui prit la main et la porta contre sa joue. L'un de ses souvenirs d'enfance les plus vivaces était celui du jour où son père l'avait emmenée voir le tableau de la compagnie du capitaine Frans Banning Cocq qui ornait l'un des murs du siège de la compagnie en question. La scène choisie par le peintre était le moment où les soldats se préparaient pour la ronde de nuit. Elle était restée pétrifiée devant l'immense tableau grouillant de vie, vibrant de savants clairs-obscurs. Hendrick lui avait expliqué alors, comme il l'aurait fait à une adulte, que cette composition de groupe était en rupture avec les poncifs en usage dans les travaux de commande comme celui-ci, où tous les visages devaient être représentés de face. A l'époque elle n'avait pas compris grand-chose à ce discours théorique, mais elle avait été sensible à la vie intense qui animait le tableau : on croyait entendre le cliquetis des armes, le roulement des tambours et l'aboiement du chien excité par le vacarme des voix d'hommes. Elle avait surtout apprécié la présence d'une petite fille vêtue d'une robe semblable à la sienne. Une chose l'avait vivement intriguée : l'enfant portait, accroché à sa ceinture, un poulet aux ergots d'or.

Comme Francesca s'était inquiétée de savoir si la fillette avait apporté le dîner, Hendrick lui avait expliqué que l'emblème de la compagnie étant un poulet aux griffes d'or, Rembrandt avait utilisé ce moyen pour l'introduire dans le tableau.

– Regarde les épaisses touches de blanc qu'il a appliquées sur le jaune pour mieux faire ressortir les plumes chatoyantes et le tissu somptueux de la robe de l'enfant sur le fond sombre. Reconnais-tu un visage familier dans le tableau ?

– Qui donc ?

– Maître Rembrandt lui-même.

Elle connaissait déjà cette ancienne tradition, datant des grands maîtres italiens, qui voulait que le peintre se représentât fréquemment dans une composition de groupe. Elle examina surtout les visages du second plan – sachant que chacun payait en fonction de la place qu'il occupait sur le tableau.

Soudain, elle s'esclaffa en battant des mains :

– Le voilà ! Juste derrière l'homme en armure ! Moi aussi un jour je ferai comme lui.

En pensant rétrospectivement à cet instant, Francesca se dit que c'était là que s'était embrasée en elle l'étincelle de la vocation.

– J'aimerais tant que nous accueillions Cornelia chez nous, père.

– Nous allons y pourvoir, acquiesça Hendrick.

– Je pars pour Rozengracht immédiatement.

– Je ne t'accompagnerai pas, dit-il en se levant péniblement. Je préfère rester à l'atelier.

Ce qu'elle comprit parfaitement. En effet, pour un artiste, y avait-il lieu plus propice pour pleurer un condisciple aimé que son propre atelier ?

A Rozengracht, on lui apprit que Cornelia avait été confiée à des parents auprès de qui elle retrouverait la chaleur d'un foyer.

Les funérailles eurent lieu quatre jours plus tard à Westerkerk et Rembrandt fut inhumé aux côtés de Titus et de Hendrickje Stoffels. Durant les semaines qui suivirent, Hendrick fut aussi abattu que si le glas avait sonné son propre enterrement.

Il redécouvrait le portrait de Titus comme s'il le voyait pour la première fois, ému jusqu'aux larmes par la profondeur et la beauté de l'œuvre. Il lui arrivait également de s'absorber dans la contemplation du tableau de Frans Hals qu'il possédait : le portrait d'un buveur à la mine empourprée et au regard réjoui, une chope en main. Il ne se lassait pas d'admirer la touche chatoyante du peintre qui restituait si bien la vie sous sa palette haute en couleur. Il n'était guère surprenant que sa propre technique eût été fortement influencée par un tel maître, qui prisait tant la bonne chère et les libations en joyeuse compagnie. Hals était mort octogénaire trois ans auparavant et maintenant c'était le tour de Rembrandt, à peine âgé de soixante-trois ans. Tous deux avaient fini leurs jours dans une misère sordide, ignorés de tous. Était-ce là le sort qui l'attendait lui aussi ?

Un matin où Hendrick admirait le portrait du buveur, Francesca vint à côté de lui. Elle savait bien ce qui le tourmentait, et elle glissa gentiment son bras sous le sien.

– Tu sais, dit-il d'une voix altérée par l'émotion, j'aurais dû rendre une dernière visite à Frans Hals avant sa mort. J'ai toujours eu envie d'aller à Haarlem, mais Dieu sait pourquoi je ne l'ai jamais fait. Sans doute me suis-je imaginé qu'il était immortel...

– Pourquoi n'iriez-vous pas vous incliner sur sa tombe ? Vous pourriez faire le voyage en bateau par les canaux et passer la nuit là-bas, ou même être de retour le soir même.

– J'y songerai, fit-il d'un air évasif.

Francesca, qui ce jour-là avait revêtu son tablier de jardin, se dirigea vers la cour pour planter les bulbes de tulipes livrés par le jeune marchand de Haarlem – dont Hendrick avait d'ailleurs oublié de lui parler.

Aletta partageait le goût de sa sœur pour le jardinage, mais ce matin-là, elle était allée faire des croquis d'un vieux pont sur l'Amstel.

Agenouillée sur une carpette, Francesca creusait des trous à intervalles réguliers dans le sol sableux pour y planter les bulbes de couleur rouille. Elle aurait ainsi de belles tulipes pour ses compositions florales, auxquelles elle ajouterait d'autres fleurs au fur et à mesure de leur floraison, créant ainsi de gigantesques bouquets, selon un procédé alors en usage.

A ses yeux, la tulipe, avec sa grâce élancée, surpassait en beauté même la rose aux pétales chiffonnés comme autant de jupons superposés. Peut-être sa prédilection pour cette fleur était-elle due à la façon romantique dont elle était apparue : selon la légende perse, elle était née des larmes de Fernad, qui se consumait d'amour pour la belle Shirin. Pour Francesca, la tulipe évoquait immanquablement l'amour passion. Cette fleur originaire de Perse et de Turquie était apparue en Europe un peu plus d'un siècle avant sa naissance. Un ambassadeur du Saint Empire romain, en Turquie, séduit par la beauté de cette fleur, avait offert, à son retour à Vienne, des bulbes au monarque autrichien Ferdinand Ier. De nombreuses légendes circulaient à propos de son apparition en Hollande, mais l'hypothèse la plus vraisemblable était qu'elle avait été introduite à Amsterdam par la voie des mers, et s'était si bien acclimatée au sol hollandais qu'on eût dit qu'elle y avait toujours prospéré.

Francesca avait toujours vu des tulipes multicolores dans les plates-bandes de la cour. Elle n'avait pas de préférence pour une teinte particulière, mais il lui tardait de voir l'éclosion des nouveaux bulbes : c'étaient de belles tulipes perroquets d'un rouge sombre, et, même si elles étaient sûrement plus onéreuses que celles qu'elle aurait elle-même choisies, elles n'entraient pas dans ces catégories de luxe aux teintes rares qui avaient fait la fortune de maint horticulteur. Un engouement invraisemblable pour cette fleur avait alors déferlé sur la Hollande et certains bulbes avaient atteint des prix exorbitants. Des gens de toutes origines sociales s'étaient mis à spéculer sur des bulbes supposés produire des fleurs de couleur ou de forme nouvelles. D'immenses fortunes s'étaient bâties ainsi, certains allant même jusqu'à investir tous leurs biens dans cette course effrénée.

On avait réussi à obtenir des rejetons d'une couleur stable en fractionnant un bulbe, et des gens qui n'avaient jamais joué de leur vie, abandonnant toute prudence, s'étaient jetés dans l'aventure. Cette fièvre dura trois années. Lorsque le marché s'effondra, bien des spéculateurs se retrouvèrent sur la paille, et Hendrick, qui n'était à l'époque qu'un étudiant, avait risqué une petite somme reçue en héritage, et avait eu la chance de se sortir du marasme avec un bénéfice d'une centaine de florins.

Francesca se releva, épousseta son tablier de jardin et ramassa la carpette. Elle avait fini sa tâche et n'aurait plus qu'à guetter la sortie des jeunes pousses au printemps. C'est d'un pas et d'un cœur légers qu'elle se dirigea vers la maison.

Aletta revint avec des croquis très fouillés, que Francesca examina avec intérêt.

– Tu as fait du bon travail, Aletta, dit-elle sans remarquer la lueur d'excitation dans le regard de sa sœur.

– Désormais je vais m'y consacrer entièrement, répondit Aletta en montant à l'étage, ses dessins sous le bras.

A la grande surprise de Francesca, Hendrick avait retenu son idée d'aller à Haarlem, et, après s'être un peu ressaisi, il annonça un matin au petit déjeuner qu'il emmènerait toute la famille visiter l'antique cité où il avait fait ses études.

– Nous irons demain nous recueillir sur la tombe de mon vieux maître et nous ferons une petite promenade. J'ai la possibilité d'emprunter une voiture à cheval pour nous y rendre.

Ce moyen de locomotion s'apparentant à un tonneau monté sur roues n'était pas ce qu'on peut rêver de plus confortable, mais c'était plus rapide que le bateau, et gratuit de surcroît.

Sybylla applaudit des deux mains.

– Une sortie! Quel bonheur!

Aletta accueillit la nouvelle d'un air plus circonspect.

– Il fait de plus en plus froid chaque jour. Si nous étions surpris par la neige?

Francesca fut étonnée de la réaction de sa sœur, qui n'avait pas pour habitude de jouer les rabat-joie.

– Ça me paraît tout à fait improbable, dit-elle d'un ton ferme.

– En effet, renchérit Hendrick, qui revenait rarement sur une décision. Nos moyens nous le permettent-ils? fit-il en levant un sourcil interrogateur en direction de Francesca.

– Bien sûr, répondit-elle en riant, réjouie elle aussi par le projet.

A la fin de la semaine, les citadins avaient coutume d'aller à la campagne, pique-niquer en été, et s'amuser dans les auberges l'hiver. Du vivant d'Anna, ils avaient souvent fait des sorties, mais depuis sa disparition Hendrick ne s'était pas senti le courage d'en organiser.

– Prenons un pique-nique! ajouta gaiement Francesca.

Ni elle ni ses sœurs ne connaissaient Haarlem, bien que la vieille ville ne fût qu'à cinq lieues d'Amsterdam.

– N'oublie pas le vin! plaisanta Hendrick.

Francesca avait une idée derrière la tête. Elle pensait à la dette concernant les tulipes.

– Savez-vous de quel côté de Haarlem se trouve ce Van Doorne, qui nous a fourni des bulbes récemment?

– Non. Je les ai commandés ici, à Amsterdam, sur le marché. En désires-tu d'autres?

– Non, je voudrais seulement payer le fournisseur.

Hendrick balaya l'objection d'un geste désinvolte.

– Il viendra bien assez tôt réclamer son argent.

C'était précisément ce à quoi Francesca voulait échapper : elle voulait, en allant régler sa dette, exorciser ces temps maudits où tout un chacun dans la maison – excepté Hendrick qui s'arrangeait toujours pour disparaître – était harcelé par les fournisseurs. Elle se dit qu'une fois à Haarlem il lui serait sans doute aisé de trouver la maison Van Doorne.

– Je ne crois pas que mes vieux os supporteront une telle expédition, soupira Maria.

– Je ne serai pas des vôtres non plus, fit Aletta.

Tous la dévisagèrent, surpris.

– Et pourquoi cela ? demanda Hendrick.

– Je veux terminer mon tableau du pont sur l'Amstel.

– Tu auras le temps.

– Non, dit-elle d'un air obstiné. Si je veux devenir une véritable artiste, je ne peux pas tout laisser en plan pour aller me promener.

Sybylla lui jeta un regard empli de pitié. Elle n'était que médiocrement intéressée par la tombe de Frans Hals mais en revanche brûlait d'impatience de découvrir la ville, et, pourquoi pas ? d'y rencontrer des jeunes gens. L'idée d'échapper pour une journée à la vigilance de Maria la réjouissait particulièrement.

– Tu es vraiment de plus en plus vieille fille, gloussa-t-elle à l'adresse de sa sœur.

– C'est toujours mieux que de passer son temps à faire les yeux doux à tout ce qui porte culotte, riposta Aletta d'un ton acerbe.

Sybylla devint cramoisie.

– Méchante langue ! Ce n'est pas de ma faute si les hommes me regardent et pas toi.

Elle était de mauvaise foi car c'était surtout l'attitude distante d'Aletta qui décourageait les avances. Aletta devint toute rouge à son tour.

– La canaille ne m'intéresse pas, Sybylla.

– Silence, vous deux ! vociféra Hendrick, que toute querelle dont il n'était pas l'instigateur exaspérait. Aletta restera ici puisqu'elle désire travailler. Ce n'est pas moi qui l'en dissuaderai. Et il y aura quelqu'un à la maison si Willem se décide à venir chercher le tableau.

Il fut convenu que l'on partirait tôt le lendemain matin. Aletta était déjà à l'atelier avant le petit déjeuner.

– Tu ne viens pas manger ? demanda Sybylla en passant la tête par l'entrebâillement de la porte.

Elle était, comme son père, peu rancunière, et eût volontiers serré sa sœur dans ses bras, mais Aletta avait déjà oublié leur querelle.

– J'ai déjà déjeuné, répondit Aletta sans lever les yeux. Je veux terminer ce tableau.

Sybylla remarqua une tartine de fromage à demi entamée sur une table déjà très encombrée près du chevalet, ainsi qu'une tasse vide.

– Je vais te chercher du chocolat chaud, dit Sybylla en s'approchant de la toile qui représentait le pont et les maisons environnantes. Pourquoi es-tu si pressée de terminer celui-ci ? Tu as un acheteur ?

Sans le faire exprès, Sybylla avait visé juste, et Aletta, éberluée, courut vivement fermer la porte pour se mettre à l'abri des oreilles indiscrètes.

– Je crois que oui ! Le jour où j'ai fait mon croquis, en incluant quelques maisons – dont une boulangerie dans le fond –, la femme du boulanger est venue me trouver et m'a demandé de lui vendre l'esquisse. Je lui ai expliqué que ce n'était qu'une étude pour un tableau, et elle m'a immédiatement proposé de l'acheter s'il lui plaisait, pour le cinquantième anniversaire de son mari.

– Quoi ? dit Sybylla d'un ton outragé – tout comme l'eût sans doute fait Hendrick. Dieu sait que nous avons connu des moments difficiles, mais jamais au point de laisser traîner la signature des Visser dans une échoppe de boulanger !

– Peut-être que si nous l'avions fait, Francesca ne serait pas obligée de faire des économies de bouts de chandelle – comme maman autrefois. (Les yeux d'Aletta lançaient des éclairs.) Je n'ai pas d'orgueil mal placé. J'ai besoin d'argent, et si mon tableau se retrouve couvert de farine, je m'en moque éperdument.

Sybylla gloussa.

– Tu ne devrais pas.

– Tu as raison, fit Aletta en souriant malgré elle. Mais ce qui m'importe avant tout, c'est de vendre ma peinture. J'en ai demandé un bon prix et la femme n'a pas discuté. (Elle agrippa le bras de sa sœur.) Promets-moi de ne rien dire à père, ni à Francesca.

Pour une fois Sybylla ne se moqua pas. Elle connaissait l'importance de l'argent, pour en avoir trop souvent manqué.

– Je me tairai, promit-elle. Mais les tableaux exécutés par les élèves ne sont-ils pas la propriété du maître ?

– Oui, mais je ne me considère plus comme l'élève de mon père. Voilà des semaines qu'il ne m'a fait une seule critique constructive sur mon travail. Je prends mes responsabilités. Et il n'a pas besoin d'être au courant.

– Mais pourquoi fais-tu cela ? Tu veux t'acheter une nouvelle robe ?

– Ce que je désire coûte beaucoup plus cher qu'un vêtement. Je te dirai de quoi il s'agit quand j'aurai l'argent nécessaire.

– Il y a bien longtemps que nous n'avons partagé un secret. La dernière fois, c'était lorsque je t'avais dit que Jacob voulait m'épouser.

– Et je t'avais conseillé de ne pas te faire trop d'illusions...

Sybylla eut une moue désabusée.

– Tu avais raison... Je suis sûre que la femme du boulanger adorera ton tableau... Je vais te chercher une tasse de chocolat chaud.

– Attends ! Je viens avec toi, fit Aletta en ôtant sa blouse. Si père venait à l'atelier, il s'apercevrait que j'ai presque fini et insisterait pour que je vienne avec vous.

– Sûrement !

Les deux jeunes filles sortirent de l'atelier bras dessus bras dessous. Une demi-heure plus tard, Aletta faisait au revoir de la main à son père et ses sœurs. Griet, qui était en train de récurer le seuil, imita son geste dans un envol de bulles de savon.

Les ornières de la route étaient durcies par le gel et la charrette allait bon train. Sybylla et Francesca, blotties l'une contre l'autre, manquaient de tomber du siège à chaque cahot avec de grands éclats de rire. Le pâle soleil d'octobre perçait à peine dans un ciel pommelé de gros nuages gris et un vent violent agitait les ailes des moulins. Malgré sa platitude le paysage n'était pas morne. Les champs d'un vert vif étaient parsemés de flaques d'eau qui reflétaient le ciel comme autant d'opalines. D'énormes digues de pierre protégeaient de l'invasion des grandes marées ces terres situées au-dessous du niveau de la mer.

Des petits ponts de bois, dont les passerelles se relevaient pour livrer passage aux barges, enjambaient çà et là les voies d'eau.

Le trajet fut riche en émerveillements. Tantôt ils dépassaient des charrettes débordantes de marchandises, tantôt ils se faisaient doubler par les voitures rutilantes des riches bourgeois, ou par une diligence lancée à vive allure par un postillon qui mettait un point d'honneur à battre des records de vitesse sans se soucier des passagers secoués comme des pruniers. Ces véhicules étaient munis d'une petite voile que l'on hissait dès la sortie de la ville, si le vent soufflait dans la bonne direction, réduisant à rien le poids du fardeau pour les chevaux. Les accidents étaient monnaie courante sur ces sortes de routes. Pour Sybylla, le clou du voyage fut le passage de deux jeunes officiers à cheval, fringants dans leurs uniformes de velours et dentelle, un sourire éclatant sous leurs fines moustaches.

En passant la porte du XIVe siècle avec ses tours octogonales, Hendrick se retrouva subitement plongé dans ses souvenirs de jeunesse. Chaque coin de rue évoquait des escapades ou des frasques sur lesquelles Frans Hals fermait les yeux, tant que ses élèves étaient assidus à l'atelier.

Haarlem était, selon le schéma traditionnel des villes des Pays-Bas, bâtie autour d'une grande place où l'église et l'hôtel de ville se faisaient face. Les deux autres côtés de la place étaient occupés par des maisons à colombages où des enseignes colorées signalaient les différents commerces aux chalands. Le marché battait son plein et Sybylla regardait avidement ce qui se passait autour d'elle. Hendrick leur fit traverser le vieux marché aux légumes et longer l'église Saint-Bavon contre laquelle étaient adossées de petites échoppes où s'empilaient tissus et dentelles. Hendrick arrêta la voiture et aida ses filles à descendre; Sybylla se serait précipitée vers les boutiques si Francesca ne l'avait retenue. Hendrick les attendait pour entrer dans l'église. La nef était immense, inondée de lumière grâce à deux rangées de vitraux et le sol était pavé de dalles funéraires.

Hendrick repéra facilement la dernière demeure de Frans Hals, dans le chœur, près de la haute grille dorée. Il s'inclina avec respect sur la pierre tombale, se remémorant avec émotion cet homme débordant de joie de vivre, au visage marqué par l'excès de boisson et au rire tonitruant, qui savait si bien distribuer les louanges pour encourager les talents naissants.

Hals avait fait les portraits de tous les grands bourgeois de la ville, sans se priver parfois d'y ajouter une touche d'ironie. Les paysages paisibles ou les sujets historiques ne l'intéressaient guère. Il aimait peindre les gens : buveurs de tous acabits, serveuses troussées dans les tavernes, farceurs de tous poils en compagnie desquels il s'enivrait.

Hendrick essuya une larme furtive et se moucha bruyamment. A la fin de sa vie, ce peintre de génie avait été réduit à mendier une allocation à la ville pour ne pas mourir de faim. Sa sépulture avait également été financée par les deniers publics. Francesca déposa sur la tombe quelques fleurs du jardin et des feuillages qu'elle avait cueillis dans cette intention.

A la sortie de l'église, Sybylla fila directement vers les échoppes. Hendrick suivit ses filles avec cet air d'aimable ennui qu'arborent les hommes lorsqu'ils accompagnent leurs femmes dans les magasins. Elles firent quelques emplettes, notamment un châle bleu pour Maria et un chapelet de couleur pour Griet, en vue de la Saint-Nicolas. Après le pique-nique, Hendrick leur montra l'ancienne maison de Hals, et manqua se faire renverser par une voiture à cheval en pointant du doigt la fenêtre de l'atelier où il avait fait son apprentissage.

Non loin de là se trouvait la maison où il avait vécu à cette époque, et il alla frapper à la porte, toujours flanqué de ses deux filles. Une servante vint leur ouvrir et les introduisit dans la salle. Quelques minutes plus tard, une femme grisonnante vêtue d'une robe de soie rouge sombre descendit les saluer. C'était la fille aînée du couple chez qui Hendrick avait logé. Elle était à peu près du même âge que lui.

– Joan ! s'exclama Hendrick avec enthousiasme.

Malgré les années passées, elle le reconnut immédiatement.

– Mon Dieu ! Mais c'est Hendrick Visser !

Elle leur souhaita la bienvenue et fit servir des rafraîchissements. Son fils, un beau jeune homme, plut d'emblée à Sybylla. Seule la nouvelle de la mort des parents de Joan vint assombrir ces heureuses retrouvailles.

Il leur fallut bientôt prendre congé car ils devaient encore passer chez Van Doorne avant le retour. Le jeune homme, qui n'avait pas quitté Sybylla d'une semelle, les accompagna jusqu'à leur voiture, et à l'air ravi de Sybylla, Francesca se dit qu'elle avait sans doute reçu son content de compliments.

Ils prirent en direction du sud-ouest vers les champs de tulipes, nus à cette époque de l'année, et arrivèrent devant une ancienne ferme aux murs de pierre et au toit de chaume impeccablement taillé, à l'enseigne de la maison Van Doorne. Francesca descendit et alla frapper à la porte : un homme entre deux âges, une plume d'oie coincée derrière l'oreille, s'inclina devant elle.

– Bonjour, mejuffrouw.

– Je voudrais parler à heer Van Doorne.

– Je ne suis que son employé. Si vous désirez lui parler, je vais l'appeler. Il ne doit pas être bien loin.

– Non, ce n'est pas nécessaire. Je suis venue régler une facture.

– Voilà qui fait toujours plaisir!

Francesca paya son dû et remonta en voiture. En s'éloignant, elle jeta un dernier coup d'œil à la vieille bâtisse, se disant qu'il y avait là un joli sujet de tableau.

Au moment où ils passaient près d'une orangerie, un jeune homme de haute stature sortit d'une allée. Son regard croisa directement celui de Francesca, qui fut troublée par l'admiration qu'elle y lut. Il lui adressa un sourire éclatant, et à son grand étonnement, il se précipita vers la voiture qu'il rattrapa en quelques enjambées et retint la bride du cheval.

– Excusez-moi... Je me présente : Pieter Van Doorne. N'êtes-vous pas maître Visser, d'Amsterdam ?

– Lui-même.

– J'espère que vous êtes satisfait des bulbes que je vous ai livrés ?

Hendrick parut amusé.

– Difficile à dire tant que les fleurs n'ont pas éclos.

Pieter rit de bon cœur.

– Bien sûr. Je voulais simplement savoir si les bulbes eux-mêmes vous convenaient.

– Je serais bien incapable de vous répondre. Il faut demander à Francesca. C'est elle le jardinier!

Elle sourit à Pieter.

– Ils m'ont paru très sains. J'ai hâte de voir la floraison!

Sybylla, ne voulant pas être en reste, se mêla à la conversation.

– Moi aussi! Nous avons fait un détour pour venir vous payer après avoir passé la journée à Haarlem.

– Permettez-moi de vous offrir quelque chose à boire avant de partir, dit Pieter à l'intention d'Hendrick.

– Je vous remercie, mais nous avons encore de la route et je voudrais être rentré avant la nuit.

– Ce n'est que partie remise, dit-il en regardant Francesca.

Hendrick donna un coup de fouet et la voiture se mit en route. Francesca ne put s'empêcher de se retourner et vit Pieter qui faisait un signe de la main auquel elle répondit, jusqu'à ce qu'il fût hors de sa vue.

5

Trois semaines s'étaient écoulées depuis le voyage à Haarlem lorsque Willem vint trouver Hendrick à l'atelier. Celui-ci était en train de brosser le portrait d'un mendiant décharné, en haillons, qui posait sur l'estrade, tendant une main avide vers un bijou tombé dans le ruisseau. Le joyau n'était, comme les boucles d'oreilles que Francesca portait pour incarner Flora, qu'une pacotille sortie du bric-à-brac de Hendrick.

Willem prit du recul pour mieux examiner le tableau. Tout comme Hals, Hendrick peignait directement sur la toile sans dessin préalable, en larges touches qui donnaient une rare spontanéité à ses toiles. Le travail en cours semblait aussi prometteur que l'allégorie du Printemps, même si le sujet était moins accessible.

– Un florin d'argent eût été plus crédible que ce pendentif clinquant. La moitié d'Amsterdam l'aurait déjà vu, et ramassé.

– Qu'est-ce qui te fait supposer que la scène se passe ici ? grogna Hendrick. Il y a des mendiants partout. Ça peut aussi bien se passer dans les taudis de Londres.

– C'est un voleur qui aurait laissé tomber son butin, dans ce cas. Les propriétaires de telles merveilles s'aventurent rarement dans les quartiers mal famés !

Hendrick posa son pinceau et lança un regard irrité à Willem.

– Ne fais pas semblant de ne pas comprendre ! Tu sais très bien que ce bijou symbolise la richesse hors de portée des pauvres... et des peintres nantis d'agents incapables !

Willem ne broncha pas, connaissant l'obstination de

Hendrick. Il est vrai que la peinture symbolique connaissait une grande vogue à cette époque, mais le bijou détonnait dans la composition.

– Je suis venu pour « La Déesse du Printemps ».

– Tu as un acheteur ?

– J'en ai plusieurs. Mais je veux t'en parler en privé.

Hendrick posa sa palette et ses pinceaux, accorda une pause au mendiant, et les deux hommes allèrent s'installer dans l'antichambre. Willem lui expliqua qu'il avait laissé courir le bruit qu'il possédait une œuvre exceptionnelle dont il ne voulait pas se séparer, un peu à cause de l'investissement, mais surtout en raison de la beauté du modèle.

Le tableau avait déjà suscité un vif intérêt, mais Willem s'était montré évasif quant au moment où il le montrerait. Pour l'instant, il le gardait chez lui, sous un voile.

Le stratagème parut tout à fait du goût de Hendrick.

– Que comptes-tu faire ?

– Lorsque le client sera ferré, je dévoilerai le tableau et lui mettrai le marché en main.

– Bien joué ! s'esclaffa Hendrick.

– Je le fais autant pour Francesca que pour toi.

– Qu'est-ce que ma fille a à voir là-dedans ?

– Je voudrais que l'argent que va rapporter ce tableau soit utilisé pour payer ses études chez un peintre. Il faut que son talent puisse s'exprimer.

Le regard de Hendrick s'assombrit.

– Crois-tu que ce ne soit pas mon souhait également ? J'ai essayé d'enseigner à mes filles, mais ma patience a été vite à bout : je ne suis pas très doué comme professeur et maintenant j'ai l'impression qu'un mur s'est dressé entre elles et moi.

– Raison de plus, dit Willem d'un ton pressant. Il ne dépend que de toi de faire poursuivre à Francesca les études qu'elle mérite.

– Même si je vends bien le tableau, ça ne suffira jamais à payer six ans d'études !

– Elle n'a pas besoin d'étudier six ans ! Avec la pratique qu'elle possède déjà, deux années suffiront.

– Je ne sais pas si tu te rends compte de la difficulté. Je ne connais pas un seul peintre qui acceptera de prendre une fille dans son atelier. Ne serait-ce que le problème de lui trouver un endroit où elle pourrait peindre d'après des modèles en plâtre lorsqu'il y a des nus à l'atelier...

– Je connais quelqu'un, dit Willem sans sourciller. C'est un peintre de l'école de Delft.

Chacun des sept États qui constituaient les Provinces-Unies avait sa propre école. Hendrick se frotta le menton d'un air dubitatif. Il aurait préféré que sa fille étudiât à la Guilde d'Amsterdam. Cependant, Delft était un bon choix : un ancien élève de Rembrandt, Carel Fabritius, s'y était fait une bonne réputation. Qui plus est, la ville pouvait s'enorgueillir de la présence de Jan Steen, et d'autres peintres de talent.

– A qui penses-tu ? s'enquit Hendrick.

– A Johannes Vermeer.

– Je n'en ai jamais entendu parler.

– Ça n'a rien d'étonnant. Il n'est pas connu en dehors de Delft. Il n'est pas très productif et son unique modèle est sa femme, qu'il adore. Ils ont plusieurs enfants.

– Comment fait-il pour subvenir aux besoins de sa famille ?

– Il a tenu pendant un moment la taverne de son père, et récemment il a touché au commerce de l'art. C'est comme cela que je l'ai rencontré.

– Un tenancier d'auberge ! fit Hendrick d'un ton indigné, qui aurait pu laisser supposer qu'il n'avait jamais mis les pieds dans un tel endroit.

– C'est un artiste de grande valeur, un professeur idéal pour Francesca, précisa Willem, dont c'était l'intime conviction. Il est consciencieux et d'humeur égale.

– Mm... et à part servir des chopes de bière, quels talents possède ce Vermeer ? fit Hendrick d'un ton sarcastique.

– C'est un maître de la Guilde Saint-Luc de Delft, où il a fait tout son apprentissage. Francesca a un style bien à elle, qui n'est pas sans rappeler celui de Vermeer. Je suis sûr que tous les deux s'entendraient fort bien.

– Qu'est-ce qui te fait dire qu'il prendrait Francesca comme élève ?

Willem eut un petit sourire entendu.

– J'ai déjà préparé le terrain. Elle serait sa seule et unique élève.

– C'est un argument.

– Il faudrait que je présente à la Guilde quelques-uns de ses dessins et au moins un tableau récent, ainsi que son brevet d'apprentissage.

– Elle n'en a pas.

Willem en fut tout décontenancé.

– Ce n'est pas possible! Ne me dis pas que tu n'as jamais fait les papiers nécessaires pour tes filles!

– A vrai dire, je n'y ai jamais pensé, fit Hendrick d'un ton désinvolte. Elles sont venues si jeunes à l'atelier!

Willem contint sa colère.

– Tu réalises ce que cela signifie pour Francesca ? Elle va devoir repartir de zéro! Six ans d'études!

– C'est au-dessus de mes moyens.

– Alors essaie de te rappeler. Tu n'as pas au moins une lettre ? Anna n'aurait-elle rien laissé dans ses papiers ? Il me faut une preuve quelconque qu'elle peint depuis sa plus tendre enfance!

– Je ne vois rien, à part des lettres de ma belle-sœur Janetje, où elle ferait allusion aux progrès de mes filles... Anna conservait toute sa correspondance, et Francesca a suivi l'exemple de sa mère.

– Alors cherche! Il n'y a pas une minute à perdre. En aucun cas Francesca ne doit se douter de quelque chose. Il ne faut pas lui donner de faux espoirs – tant que « La Déesse du Printemps » n'est pas vendue, et que je n'ai pas revu les membres de la Guilde. Allons, il est temps que je prenne congé.

Après le départ de Willem, Hendrick monta dans la chambre où la présence d'Anna n'avait jamais cessé de le hanter, et ouvrit la boîte en laque qui contenait ses papiers. Il y avait là l'acte fait par son père au moment de leur mariage qui donnait à Anna l'entière propriété de la maison, grâce à quoi ils avaient pu échapper à la saisie lorsque les créanciers se faisaient trop pressants. Anna lui avait tout légué et dès lors Hendrick s'était montré un peu plus raisonnable au jeu. Bien qu'il n'eût jamais été très riche, Maurice Veldhuis avait laissé à chacune de ses filles un petit capital. Hendrick soupira en se rappelant combien de fois Anna avait dû régler des factures avec son propre pécule et, une fois encore, il se reprocha son inconscience et son égoïsme.

C'était la première fois depuis la mort d'Anna qu'il trouvait le courage d'ouvrir cette boîte où elle avait conservé la correspondance de ses parents, des dessins et des poèmes de ses filles ainsi qu'une liasse de lettres de Janetje.

Il allait se résoudre à les lire une par une dans l'espoir d'y trouver quelque indice, lorsque son attention fut attirée par un mince rouleau de papier tenu par un ruban, et, à sa grande surprise, il découvrit, de l'écriture serrée d'Anna, trois brevets au nom de chacune de ses filles revêtus de sa propre signature.

Il ne se rappelait pas du tout avoir fait ces papiers, mais il embrassa les feuillets dans un grand élan de gratitude pour Anna. Puis, fermant les yeux un instant, il se laissa submerger par les souvenirs de son bonheur passé. Après avoir rangé dans le coffret les brevets d'Aletta et de Sybylla, il prit celui de Francesca, et le fit immédiatement porter à Willem avec une lettre d'accompagnement. A peine la missive fut-elle partie qu'il s'adressa de vifs reproches concernant le sort d'Aletta : pourquoi n'aurait-elle pas droit elle aussi à un apprentissage chez un maître ? S'il la peignait en Ariane, peut-être obtiendrait-il un bon prix du tableau... Il abandonna bien vite l'idée car Aletta n'accepterait sans doute jamais d'ôter son bonnet pour libérer sa magnifique chevelure d'or pâle aux reflets lumineux. Elle était restée marquée par l'horrible épreuve qu'elle avait vécue et ne quittait jamais son bonnet en public. Difficile de la faire poser ainsi pour un sujet historique... D'autant plus que ces temps-ci, on ne la voyait guère à l'atelier. De toute façon elle était plus jeune, et son apprentissage pouvait encore attendre.

Hendrick regagna l'atelier, où la puanteur répandue par les nippes du mendiant était insoutenable. Il alla ouvrir une fenêtre.

– Reprends la pose.

– Il y a du courant d'air, grommela le loqueteux.

– Tu devrais avoir l'habitude, fit Hendrick d'un ton sec.

Il repoussa cependant légèrement les battants de la fenêtre, puis reprit ses brosses et sa palette, ainsi que l'appuie-main qui le soulageait un peu lorsque ses articulations le faisaient trop souffrir.

Tous les jours, Aletta allait en ville faire des croquis. Bien qu'elle sollicitât souvent l'avis de Francesca, elle préférait cependant s'isoler dans un cabinet contigu à la chambre qu'elle partageait avec Sybylla. Connaissant Aletta, personne dans la maison ne s'émut de ce besoin de solitude. Griet et Sybylla l'aidèrent à transporter son matériel à l'étage.

– Pourquoi ne me montres-tu jamais tes tableaux ?

s'étonna un jour Francesca. Tu as pourtant un excellent coup d'œil pour la perspective. J'aimerais bien les voir.

– Ils ne sont pas à la hauteur des tiens et père m'éreinterait avec ses critiques. Je vous en montrerai un lorsque je m'estimerai prête.

– Tu me le promets ?

– Bien sûr.

Francesca se sentit rassurée, car elle aussi connaissait le doute et savait qu'à un moment donné il est salutaire de se retrouver seul face à la difficulté.

Pour la Saint-Martin, Hendrick emmena ses trois filles voir les régates sur l'Ij, le grand événement de l'année en matière de navigation. Aletta avait fait de prévisibles objections concernant son travail, que Hendrick avait énergiquement balayées.

– C'est un jour de réjouissance et la famille se doit d'être réunie.

Elle ne put faire autrement que d'obéir et finalement ne regretta pas de se détendre un peu. Une foule compacte se pressait sur les berges du fleuve, mais les Visser étaient arrivés suffisamment tôt pour assister en bonne place à l'arrivée des courses. Le froid était vif et les jeunes filles étaient emmitouflées dans d'épais manteaux à capuche. Hendrick avait solidement assujetti son chapeau dont le large bord claquait au vent. C'était un spectacle fort agréable que le ballet des embarcations, à voile ou à rames, qui s'approchaient des lignes de départ des différentes courses.

L'atmosphère vibrait de gaieté et de bonne humeur, les colporteurs faisaient leurs affaires en vendant, qui des confiseries, qui des babioles de foire, qui des almanachs.

Un coup de pistolet donna le départ de la première course et une clameur enthousiaste monta de la foule à la vue des voiles jaunes, brunes ou ivoire qui se gonflaient au vent. L'étrave des frêles embarcations fendait l'eau en gerbes d'écume scintillante.

Pieter Van Doorne participait à la compétition, mais il ne s'avisa de la présence de la famille Visser que quelques heures plus tard, alors qu'il franchissait en vainqueur le poteau d'arrivée d'une course de bateaux à rames.

Essoufflé par l'effort, il aperçut à travers ses cheveux embroussaillés Francesca, le visage rosi par le froid, et le sourire aux lèvres. Elle l'encourageait de ses applaudissements, et il ressentit pour elle la même attirance que la première fois dans l'atelier. Une autre course allait démarrer et la jeune fille fut entraînée par un mouvement de foule.

Le lendemain matin, elle se dit qu'il était grand temps de protéger les bulbes avec de la paille car un froid piquant sévissait depuis quelques jours... et que ce n'était sans doute pas par hasard qu'elle avait eu cette pensée juste après avoir vu Pieter. Elle avait la sensation d'avoir été mise à nu par son regard.

Deux jours avant la Saint-Nicolas, la première neige avait recouvert la ville d'une couche immaculée. Chez les Visser régnait une joyeuse animation. Tous étaient affairés, soit à la cuisine, soit à faire des achats de dernière minute ou à la préparation des cadeaux. Aletta et Sybylla répétaient pour le concert prévu le soir de la fête. Le seul délassement qu'Aletta s'octroyait était la musique : elle jouait du virginal, le soir, à la lueur des chandeliers, quand il faisait trop sombre pour peindre. Enfant, elle croyait dur comme fer que saint Nicolas remplissait ses sabots de friandises et de menues babioles. A présent, avec ses sœurs, elle garnissait une paire de larges sabots décorés de l'effigie du saint avec des fruits confits et autres douceurs à l'intention de toute la maisonnée.

Le matin du jour tant attendu, une nouvelle couche de neige scintillante donnait à la cité comme une parure de fête. Après le traditionnel échange de cadeaux, toute la famille, y compris Maria et Griet, se rendit en ville applaudir les spectacles de marionnettes, les jongleurs et saltimbanques venus en nombre pour divertir la foule, parmi le joyeux tintamarre des flûtes et des tambourins.

Francesca et Griet prirent les devants pour faire les derniers préparatifs du repas de fête – qui se déroulait en famille – et de la soirée où étaient invités les amis. Francesca choisit pour l'occasion une robe de velours groseille, dont les riches nuances mettaient en valeur sa chevelure, nouée, comme le voulait la mode de l'époque, en chignon sur la nuque, avec quelques friselis retombant joliment sur les oreilles. Elle piqua quelques perles dans sa coiffure pour y ajouter une note de fête.

A sept heures, Hendrick était prêt à accueillir les invités avec du vin préparé par Maria et un baril de bière. Ceux-ci arrivèrent en nombre, mais fort heureusement il y avait abondance de gâteaux et de sucreries, ainsi qu'un rouleau de pâte d'amande en forme de S, comme saint Nicolas.

La grande salle était remplie d'une foule joyeuse et élégante. Chacun s'était mis sur son trente et un et le bruissement des soies et des velours, mêlé à celui des conversations, était ponctué par le tintement des verres et des chopes.

Tous les chandeliers étaient allumés et le lustre central brillait des feux de trente bougies.

On n'attendait plus personne, lorsqu'on frappa à la porte d'entrée. Griet, légèrement éméchée, alla ouvrir en poussant de petits rires. Oubliant toute retenue, elle se mit à crier :

– C'est le marchand de tulipes de Haarlem, heer Van Doorne !

– Eh bien, fais-le entrer ! tonitrua Hendrick.

Un sourire illumina le visage de Francesca lorsque le jeune homme fit une entrée spectaculaire, tout saupoudré de flocons de neige, son immense chapeau noir ajoutant encore à l'effet théâtral. Il avait fière allure avec son long manteau de couleur prune, ses chausses blanches au genou, et ses souliers à boucles d'argent.

Il ôta son chapeau et s'inclina devant le maître de maison. Puis il tira de son manteau un pot en faïence de Delft d'où émergeait une pousse verte vicace et luisante.

– Veuillez accepter cette jacinthe en tant que nouveau client de notre maison.

Des exclamations fusèrent de toutes parts et les convives se massèrent autour de la plante, que Hendrick tenait à bout de bras pour que chacun pût admirer cette aberration de la nature. Non que la jacinthe fût inconnue en Hollande, mais à cette époque de l'année il était fort incongru de voir une pousse qui normalement s'épanouit au printemps.

Francesca était restée assise à l'écart sur une banquette, mais elle sentait qu'entre elle et Pieter l'air vibrait d'ondes invisibles.

Pieter, tout sourire, promenait un regard tranquille sur l'assistance. Il portait une longue jaquette verte qui soulignait sa carrure bien découplée, et ses boucles rebelles étincelaient de flocons de neige fondue.

– Venez, mon ami, je vais vous présenter, clama Hendrick en se pavanant avec la plante.

Lorsqu'ils arrivèrent au niveau de Francesca, Pieter lui prit la main et s'inclina cérémonieusement.

– Très honoré de vous revoir, juffrouw Visser, dit-il

d'un air un peu guindé que démentaient son attitude et son sourire.

– Soyez le bienvenu parmi nous, répondit-elle du même ton conventionnel, mais le rose qui lui monta aux joues ne devait rien au vin ni à la chaleur ambiante.

Pieter, ayant reconnu un couple d'amis, se mêla à leur conversation, et une légère tape sur l'épaule ramena Francesca à la réalité. C'était Sybylla qui se penchait vers elle pour lui murmurer à l'oreille :

– Tu as vu, il n'est revenu que pour toi!

– C'est absurde!

– Pas du tout! J'ai bien vu comment il te regardait dans la charrette, et l'autre fois aux régates...

Sybylla rit aux éclats, puis alla présenter aux invités un plateau de sucreries et se mit à plaisanter avec Pieter. Francesca, quant à elle, se lança dans une conversation ennuyeuse sur la dentelle avec deux jeunes femmes assises à sa gauche, si bien qu'elle ne vit pas Pieter qui s'approchait d'elle, et elle dut lever brusquement les yeux. Il lui tendit la plante :

– Votre père m'a chargé de vous la confier. Selon lui, vous avez la main verte.

– J'essaierai d'être digne de l'honneur que vous me faites avec un tel présent.

Pieter s'assit près d'elle.

– C'est toujours un plaisir de parler à un collègue, dit-il avec un sourire qui ne lui était en rien inspiré par le jardinage.

– Je ne suis qu'un amateur en la matière. Notre jardin se limite à quelques plates-bandes.

– Je les ai vues lorsque je vous ai livré les bulbes au mois d'octobre. Mais le manque de place n'empêche nullement la qualité des plantations.

– Je ne vous arrive pas à la cheville! Je fais pousser des fleurs pour les peindre, c'est tout.

– Êtes-vous artiste peintre, vous aussi?

– Oui, de même que ma sœur Aletta. Nous sommes trois peintres, mais il n'y a qu'un seul maître.

– Peut-être un jour y en aura-t-il trois!

– C'est notre vœu le plus cher.

– Je vous souhaite du fond du cœur d'y parvenir.

– Je vous remercie. Je peindrai la jacinthe lorsqu'elle sera en fleur.

– C'est trop d'honneur!

Aletta s'approcha d'eux avec une carafe de vin à bouchon d'argent et un verre.

Pieter se leva pour tenir le verre tandis qu'elle le remplissait.

– Méfiez-vous, il est corsé.

– Je n'en abuserai pas, juffrouw Aletta.

Sybylla avait déjà fait part de ses impressions à Aletta quant à la véritable raison de la visite de Pieter. Celle-ci étant habituée à ce que ses sœurs attirent toujours le regard des hommes, elle ne s'en étonna point, que cela fût vrai ou non.

– Je reviendrai vous servir quand vous aurez fini votre verre.

– C'est très aimable à vous.

Pieter leva son verre étincelant du liquide rubis et but à la santé de Francesca en plongeant son regard dans les yeux verts intenses de la jeune fille. La couleur de sa robe mettait en valeur les nuances cuivrées de sa chevelure et ses boucles d'oreilles en or exaltaient la pâleur laiteuse de son teint.

– Avez-vous déjà fêté la Saint-Nicolas avec votre famille aujourd'hui ? demanda-t-elle.

Le regard du jeune homme s'assombrit brusquement.

– Je n'ai plus de famille proche. Mes parents et mes deux plus jeunes frères ont été emportés par la peste voici sept ans.

– Quel malheur affreux ! dit-elle d'une voix sincèrement émue.

– Je ne dois mon salut qu'au fait qu'à l'époque j'étais à l'université.

– Vous avez pu poursuivre vos études ?

– Hélas non ! J'ai hérité de la maison et de la ferme dont j'ai dû m'occuper avant de prendre des décisions pour mon avenir. J'ai toujours été passionné par l'horticulture et j'ai étudié la botanique à l'université. Mon père m'avait donné la possibilité de construire une orangerie. Petit à petit, j'ai modifié la ferme et construit des serres, ainsi qu'une nouvelle orangerie – celle que vous avez vue lors de votre visite.

– Vous avez dû travailler dur pour mener toute cette entreprise à bien.

– Le jeu en valait la chandelle, car le sol est riche et au printemps j'admire mes champs de tulipes et de jacinthes, c'est ma récompense.

Francesca aimait elle aussi ces splendides rubans de fleurs éclatantes.

– Comme c'est triste de voir ces tombereaux de tulipes somptueuses que l'on emporte à la décharge.

– Il faut les sacrifier la première année si l'on veut obtenir des spécimens commerciaux. Faisiez-vous des guirlandes avec ces tulipes lorsque vous étiez enfant ?

– Oh oui, bien sûr ! Une amie de notre défunte mère nous en apportait de pleins paniers. Mes sœurs et moi faisions des guirlandes que nous mettions dans nos cheveux ou autour de notre cou. J'aime toujours voir ces décors de fleurs orner les voitures et les bateaux au printemps. Je me souviens que j'avais envie de me coucher sur un lit de tulipes !

Involontairement troublé par cette évocation, il changea de sujet.

– Mais vous avez encore cette plante sur les genoux ! Permettez-moi de vous en débarrasser.

– Maintenant que j'en ai la garde, je ne la lâcherai pour rien au monde. Vos nouveaux clients peuvent s'estimer comblés par la Saint-Nicolas !

Il hésita quelques secondes pendant lesquelles elle eut l'intime conviction qu'aucun autre client n'avait reçu quoi que ce soit.

– La plupart de mes clients sont des habitués.

La réponse corroborait l'intuition de Sybylla. Francesca s'empressa de parler, le regard absorbé par la jacinthe, pour juguler le cours de ses pensées.

– Faut-il l'arroser souvent ? Et quelle est la meilleure exposition pour cette plante ?

Il n'était en effet pas courant d'avoir des plantes à l'intérieur, et c'est pourquoi les tableaux à motif floral étaient si populaires : on jouissait de sa beauté sans avoir le souci de l'entretien d'une plante, sans compter que certaines espèces atteignaient des prix exorbitants.

– Je vais la mettre en lieu sûr, dit-elle vivement dès que Pieter lui eut donné les instructions nécessaires.

– Me permettez-vous de vous accompagner ?

Mais avant qu'elle ait eu le temps de lui répondre, Hendrick et deux autres messieurs avaient entraîné le jeune homme dans une discussion sur les jardins.

Elle l'entendit répondre qu'il avait justement l'intention de se spécialiser dans la création de jardins tandis qu'elle emportait la précieuse plante à l'écart du brouhaha de la fête.

Elle posa le pot sur une table basse sous une fenêtre, de façon à ce que la plante ait de la lumière sans souffrir des courants d'air. Elle était impatiente de la voir fleurir : ce serait un sujet de composition tout à fait étonnant à cette époque de l'année. Elle demeura un instant songeuse, les doigts sur le rebord du pot bleu et blanc. Sybylla avait raison : la jacinthe n'était pour Pieter qu'un prétexte pour la revoir. Tout en se félicitant intérieurement de l'initiative du jeune homme, et malgré son attirance pour lui, elle pensa qu'il se fourvoyait. Était-ce l'enthousiasme qu'elle avait manifesté lors des régates qui l'avait enhardi ?

Le reflet que lui renvoya le miroir vénitien au cadre doré n'était pas celui d'un visage serein. D'après Maria, elle était largement en âge d'être courtisée, mais sa détermination était farouche. Son travail passait avant tout.

Depuis quelque temps, pour une raison qui lui échappait, Hendrick semblait s'intéresser davantage à son travail, et elle lui en était reconnaissante, car cela lui avait permis de faire quelques progrès. Il n'était pas question pour elle de perdre de vue son idéal à cause d'un Pieter Van Doorne, si séduisant fût-il. Aussi décida-t-elle de se montrer aimable avec lui, mais de garder ses distances.

Elle se retourna dans un bruissement de velours et de dentelles pour aller rejoindre la joyeuse assemblée lorsqu'elle faillit se heurter à Pieter, debout dans l'embrasure de la porte.

– Sybylla m'a dit que je vous trouverais ici.

Voilà qui ne l'étonnait guère de la part de sa sœur !

– J'ai trouvé l'endroit adéquat pour la jacinthe, je crois.

– Je dois vous faire un aveu, dit-il d'un ton soudain grave. Cette jacinthe n'était qu'un prétexte pour vous revoir. Je n'ai pas eu l'occasion de vous parler les deux fois où je vous ai vue.

– Deux fois ?

– Je vous avais déjà aperçue lorsque je suis venu livrer les bulbes. La porte de l'atelier était entrebâillée. Vous étiez en costume, avec des fleurs dans les cheveux.

Elle ne put s'empêcher de rire.

– Vous êtes décidément imprévisible, heer Van Doorne.

– Appelez-moi Pieter, je vous en prie. M'autorisez-vous à vous appeler Francesca ?

– Si vous le désirez, fit-elle en haussant légèrement les épaules.

– J'aimerais en savoir davantage sur votre travail, Francesca, dit-il en promenant son regard autour de la pièce. Ce tableau n'est-il pas de Seghers ?

– Parfaitement.

A l'époque, son acquisition avait fait l'objet d'une vive querelle entre ses parents. Hendrick, qui n'avait jamais su résister à la tentation, l'avait acheté à une vente aux enchères, ainsi que quantité d'œuvres, contemporaines ou plus anciennes, qui ornaient les murs de toutes les pièces.

– Il n'y a aucune peinture de vous dans cette pièce, n'est-ce pas ?

– Non, la seule de mes toiles qui soit accrochée dans cette maison est dans la chambre de Maria. Je ne mérite pas de figurer ici aux côtés des grands maîtres et je le refuserais, même si mon père m'y autorisait.

– Le jour viendra, croyez-moi.

– Comment pouvez-vous en être aussi sûr ? fit-elle avec une lueur d'amusement dans le regard.

– Je le sens, Francesca. Me ferez-vous l'honneur de me montrer le tableau de la jacinthe ?

– Avec plaisir.

Elle ne pouvait décemment se dérober à une telle requête, et il en profita pour s'enhardir.

– J'aimerais vous voir souvent, Francesca.

– J'ai très peu de temps libre. Lorsque je ne peins pas, je m'occupe de la maison.

– Mais vous prenez bien quelque repos, tout de même. Vous avez besoin de vous distraire. Nous pourrions aller au théâtre, ou au concert. J'aimerais tant faire plus ample connaissance avec vous, Francesca.

La tentation était grande. Tout en lui l'attirait, son sourire, sa prestance, son charme.

Le son du concert qui débutait lui épargna une réponse, et lorsqu'ils arrivèrent au salon, ils durent s'asseoir sur les marches pour ne pas troubler l'assistance. Pieter s'assit tout contre elle et elle résolut de concentrer son attention sur le solo d'Aletta, au virginal, qui fut chaleureusement applaudi.

Sybylla et Aletta interprétèrent ensuite un morceau en duo. Sybylla jouait de la viole, et savait tirer de l'instrument des sons très doux. Même si elle avait du mal à contrôler ses émotions, elle était dotée d'une authentique sensibilité musicale : elle jouait les yeux fermés, prise tout entière par la musique, modulant chaque note avec sensualité.

Francesca fut saisie par la beauté du tableau formé par ses sœurs et ses doigts fourmillaient de ne pas avoir de crayon ni de papier à ce moment-là. Elle se promit de faire un croquis de mémoire le soir même. Elle voyait déjà la composition qu'elle pourrait en tirer : Aletta, le dos bien droit, assise au virginal – dont le couvercle relevé s'ornait de scènes de la vie en Hollande –, son pur ovale se reflétant dans le miroir suspendu face à elle, Sybylla, portant sur sa robe de soie rose le large col de dentelle que Maria lui avait offert, et qui recouvrait ses épaules comme une délicate couche de givre.

Pieter se saisit de la main de Francesca et la pressa tendrement, avant qu'elle ait pu faire un geste pour la dégager. Elle fixait obstinément le spectacle pour qu'il ne vît point son trouble. Jamais elle n'aurait cru que le simple fait de tenir la main de quelqu'un fût un acte aussi intime et sensuel. Les accents de la musique ajoutaient encore à cette sensation, comme si on ne jouait que pour eux seuls. Son pouls se mit à battre à tout rompre lorsque la pression de la main de Pieter se fit caresse contre sa paume, comme si le lien invisible qui les unissait déjà devenait tangible.

Il ne relâcha son étreinte que pour la laisser applaudir, et elle finit par lui abandonner sa main.

A peine le concert achevé, elle se dégagea vivement pour aller servir des rafraîchissements aux invités. Il la regarda s'éloigner avec un sourire attendri, puis se joignit aux spectateurs qui félicitaient Aletta.

– J'ai beaucoup d'admiration pour votre talent.

– Merci, dit-elle timidement. Avez-vous l'intention de rentrer à Haarlem ce soir ? Tout à l'heure, en regardant par la fenêtre, j'ai vu qu'il neigeait très fort.

– J'ai une maison à Amsterdam, j'y resterai ce soir.

– Ah, bien. Je vous remercie encore pour la jacinthe que vous nous avez offerte.

– Il s'agit d'une expérience de pollinisation croisée qui n'est pas encore rendue publique. Certains n'ont de cesse de me prouver qu'une telle plante ne peut vivre à l'intérieur.

– Je suis persuadée qu'elle survivra chez nous ! J'en ferai le sujet de mon prochain tableau.

– Francesca a la même intention.

– Ça ne m'étonne guère. Elle adore les fleurs.

– Elle m'a promis de me montrer son œuvre. Ferez-vous de même ?

– Avec plaisir. Parlez-moi un peu de votre métier. Vendez-vous ailleurs qu'à Amsterdam ?

– Oui, sur le marché de Haarlem et dans les villes alentour. Je mets tout en œuvre pour faire connaître ma production. Je suis aussi ambitieux que Francesca et vous-même.

Sybylla, prenant la conversation en marche, vint s'asseoir à côté d'eux.

– Vous avez l'intention de devenir riche ? demanda-t-elle avec un petit gloussement.

– Je désire avant tout que mes produits aient du succès, et si je m'enrichis, tant mieux.

– Je n'aurai jamais la patience d'attendre ! dit-elle en penchant la tête d'un air provocateur.

– Ne seriez-vous point tentée de vous associer à mon entreprise, Sybylla ? fit-il en riant.

– Oh, non ! Pas plus que de vous épouser, d'ailleurs ! La femme d'un horticulteur doit travailler avec lui, je suppose ! Moi, je veux qu'on soit aux petits soins pour moi !

Pieter rit de bon cœur. En temps normal, Aletta aurait sévèrement réprimandé sa sœur pour son comportement frivole, mais elle était préoccupée : Pieter avait dit quelque chose qui pourrait bien apporter une réponse aux questions qu'elle se posait, mais ce n'était ni le lieu ni l'heure d'en parler.

– Quand ouvrez-vous votre comptoir à Amsterdam ?

– Pas avant le printemps maintenant.

Aletta eut l'air désappointé, mais n'insista pas, et Pieter se demanda ce qu'elle avait derrière la tête.

Le moment vint de prendre congé et il rejoignit les invités qui endossaient leurs lourds manteaux d'hiver. Aletta saisit cette occasion pour lui parler.

– Y a-t-il dans Amsterdam un endroit où je pourrais vous rencontrer ? Je voudrais votre avis sur une certaine affaire.

Il la regarda, l'air intrigué.

– Vous me trouverez à la Bourse le dernier mercredi de chaque mois, à midi.

– Merci. Je m'en souviendrai, dit-elle avec reconnaissance.

Francesca se tenait à côté de Hendrick pour saluer les invités. On se souhaita bonne nuit sans s'éterniser sur le seuil car chaque fois que l'on ouvrait la porte une bourrasque de neige s'engouffrait dans la pièce. Pieter prit congé à son tour.

– J'espère que cette soirée passée ensemble sera la première de nombreuses autres, Francesca.

– Ce sera toujours un plaisir de vous recevoir, hélas! je n'ai guère de temps à moi.

– Je garde néanmoins espoir. Bonne nuit, mademoiselle.

Il s'inclina devant Hendrick et le remercia de son hospitalité, puis coula encore un long regard en direction de Francesca avant d'être aspiré à son tour par la tourmente.

Le dernier invité parti, Francesca s'apprêta à remettre de l'ordre, mais une grosse partie du travail avait déjà été faite par Griet et sa sœur, engagée pour la soirée. Elle força Maria à aller se coucher, suivie de peu par Hendrick, qui titubait légèrement.

Lorsque tout le monde fut au lit, Francesca s'installa dans la tiédeur de la cuisine, munie de crayons et de son carnet de croquis. Elle ne se sentait nullement lasse, la soirée avait été trop riche en événements!

Alors qu'elle essayait de reproduire la scène du concert, l'image de Pieter vint obstinément se superposer à son dessin. Elle décida de faire son portrait pour exorciser cette vision obsédante. Son crayon glissait avec une aisance instinctive, comme guidé par une volonté autre que la sienne. Le résultat fut d'une ressemblance stupéfiante. Elle le recouvrit rapidement, et reprit le croquis de ses sœurs, qu'elle acheva sans difficulté.

Ressentant soudain le poids de la fatigue, elle prit le bougeoir laissé à son intention pour monter se coucher. Auparavant elle céda à la tentation de revoir la jacinthe et, cette fois-ci, elle remarqua les motifs qui ornaient le pot en faïence de Delft : c'étaient des bateaux sur une rivière.

6

Au fil des jours, Francesca prit grand soin de la jacinthe, et un bouton apparut bientôt au milieu des feuilles luisantes.

Maria voyait dans cette floraison contre nature quelque manifestation maléfique, mais suivait néanmoins son évolution avec curiosité. Griet trouvait toujours quelque prétexte pour entrer dans la pièce, et observait la plante avec le vague regret que ce présent ne lui eût pas été offert personnellement.

Les préparatifs de Noël se réduisaient à un grand nettoyage, l'essentiel des festivités ayant eu lieu à la Saint-Nicolas. On lisait la Bible en famille, à la maison, après avoir assisté à l'office religieux. La jacinthe s'épanouit pleinement le jour de Noël en une fleur d'un bleu profond au parfum délicat. Maria, conquise, suggéra elle-même qu'on l'expose à l'admiration de tous dans la salle de réception.

Dès le lendemain Francesca disposa la plante sur une estrade dans l'atelier et Aletta arrangea un fond de drapés. La lumière laiteuse qui filtrait à travers les vitres exaltait le bleu saphir de la fleur et les jeunes filles se mirent au travail en silence.

Un froid intense paralysait désormais rivières et canaux. La mâture des petits bateaux pris par le gel se détachait sur l'horizon comme une fine dentelle. L'air retentissait des clochettes des traîneaux et l'on se déplaçait, qui en patin, qui chaussé de longues planches de bois recourbées, sur les canaux transformés en voies de circulation.

Sybylla ne laissait pas passer une occasion de patiner avec des amis, échappant ainsi à la vigilance de Maria. Francesca les rejoignait parfois, mais Aletta ne s'accordait jamais le moindre loisir. Elle partait en ville des heures entières avec son matériel mais le froid lui engourdissait les doigts et, après quelques rapides croquis, elle rentrait travailler dans son petit atelier à l'étage.

Un jour, au retour du marché, Francesca surprit Aletta sortant de la boutique d'un fournisseur, une toile enroulée sous le bras. De retour à la maison, elle voulut éclaircir la situation.

– Pourquoi achètes-tu de la toile ? Tu peux prendre à l'atelier tout ce dont tu as besoin.

– Je veux être indépendante, dit-elle d'un ton de défi. Je veux pouvoir gâcher de la toile si cela me plaît.

– J'aimerais bien suivre l'évolution de ton travail. Tu t'es barricadée là-haut comme dans une tour d'ivoire et personne n'a le droit d'y mettre les pieds, pas même Griet pour faire le ménage. J'avoue que je ne te comprends pas. D'ordinaire tu es plus communicative.

Aletta donna une accolade affectueuse à sa sœur.

– Je t'en prie, sois patiente avec moi. Pour l'instant il faut que je suive mon propre parcours. Dès que possible, je te mettrai au courant.

– Je suis heureuse de te l'entendre dire. J'ai eu peur que tu ne te coupes du reste du monde et de la famille.

– Je te promets que telle n'est pas mon intention.

Aletta grimpa vers l'étage, soulagée de s'en être tirée à si bon compte. En réalité elle avait acheté de la toile pour ne pas éveiller les soupçons en faisant diminuer trop rapidement les stocks de l'atelier, car elle avait déjà plusieurs tableaux en commande : le bouche à oreille avait dépassé ses espérances et elle avait déjà peint bon nombre de boutiques et de maisons. Avec le froid, elle s'était orientée vers la peinture d'intérieurs, et cela plaisait beaucoup. On lui demandait parfois des portraits de famille, ce qui était de loin le plus rentable pour elle.

Par précaution, elle se présentait sous le nom de jeune fille de sa mère, Veldhuis. Ses commanditaires, de petites gens laborieux enrichis à la sueur de leur front, ne voyaient guère en elle qu'une sorte de colporteur de talent artistique. Elle se sentait humiliée, car il était vrai que, pour fournir à la demande, elle ne travaillait pas ses toiles comme elle aurait voulu. Lorsqu'on lui demandait de signer un tableau, elle utilisait les initiales A.V., quoiqu'il lui en coûtât de ne point se faire connaître sous son vrai nom. Un jour viendrait...

Vers la mi-février, Willem de Hartog, venu chercher « Le Mendiant et le Joyau », avisa le tableau de Francesca représentant ses sœurs au virginal et à la viole. Il l'examina attentivement, puis partit à la recherche de Francesca, qui s'affairait dans la cuisine, et lui demanda comment elle avait élaboré sa composition.

– J'ai fait la première esquisse après un concert aux chandelles à la Saint-Nicolas. Par la suite j'ai décidé de les faire poser à la lumière du jour.

– Quel titre as-tu donné à ce tableau ?

– J'avoue ne pas y avoir réfléchi. C'est un simple exercice.

– Pourquoi pas « Les Deux Sœurs en concert » ?

– Oui, ça me plaît bien.

En son for intérieur, Willem s'étonnait de la parenté du style de la jeune fille avec celui de Vermeer, qu'elle ne connaissait ni d'Ève ni d'Adam. Même si l'exécution était moins habile, l'inspiration et les lumières d'intérieurs paisibles rappelaient l'atmosphère du maître.

De retour à l'atelier, Willem trouva Hendrick en train de préparer une toile. Il brandit avec enthousiasme le tableau de Francesca.

– Je pourrais vendre ses œuvres.

– Quoi ! Ces barbouillages ? explosa Hendrick.

Willem le dévisagea sévèrement.

– Comment peux-tu parler ainsi ? Bien sûr, ses œuvres t'appartiennent, mais sois juste envers elle, il n'y a aucun mal à ce que ses tableaux soient vus par ceux qui s'intéressent aux jeunes talents.

– Le très célèbre Willem de Hartog en est-il réduit à grappiller un florin par-ci, par-là en vendant du second choix ?

Willem était sincèrement indigné.

– Le travail de Francesca est d'une qualité exceptionnelle et tu le sais parfaitement. Sinon pourquoi aurais-tu accepté qu'elle suive ailleurs l'enseignement que tu as été incapable de lui prodiguer ?

– Le diable t'emporte ! tonitrua Hendrick en lui arrachant le tableau des mains. Elle a besoin d'étudier encore : c'est pourquoi je ne l'ai jamais laissée toucher à un de mes tableaux, ne serait-ce que pour les fonds ou les drapés.

– Allons donc! Tu sais que tes deux filles ont largement dépassé ce stade. Tu ne tolères pas qu'un tableau ne soit pas entièrement de ta main, c'est tout! Aurais-tu peur que l'élève dépasse le maître, par hasard? En tout cas, ne déprécie pas le travail de Francesca en ma présence!

Hendrick devint cramoisi. Il bégayait de rage.

– Aucun tableau signé Visser ne quittera cet atelier s'il n'a pas atteint ma qualité. Va au diable! vociféra-t-il en lançant le tableau dans un coin.

Willem se précipita pour le ramasser. Heureusement il n'y avait pas de dégâts. Il fulminait, mais fit un effort pour se contenir.

– Je vais emporter ce tableau à la Guilde Saint-Luc, à Delft. Francesca s'est-elle aperçue que j'avais gardé quelques-uns de ses dessins?

– Non, mais elle remarquera sûrement l'absence de ce chef-d'œuvre, gronda Hendrick, qui ne décolérait pas.

– Peux-tu lui dire que j'ai pris ce tableau pour me faire une idée plus précise de l'évolution de son talent?

Puis, sans ajouter un mot, Willem emporta le tableau du mendiant et le chargea sur son traîneau. Au-delà de sa colère, il était stupéfait de la jalousie de Hendrick, qu'il croyait pourtant bien connaître, depuis tant d'années. Certes il avait été jaloux d'Anna, mais ce sentiment était à la mesure de l'amour fou qu'il lui vouait. Là, il s'agissait d'autre chose... Willem hocha la tête. Pourquoi les artistes étaient-ils si insupportables?

Francesca ignorait tout du différend qui avait opposé son père à Willem. Elle était heureuse que le marchand d'art ait emporté son tableau. Hendrick l'avait mise en garde contre des illusions prématurées, mais elle ne pouvait s'empêcher de penser qu'il y aurait peut-être une vente à la clé. Et cela tomberait à pic, car ni « La Déesse du Printemps » ni « Le Mendiant » n'avaient été vendus et il ne lui restait même pas de quoi affronter le boucher cet après-midi.

Par chance, Hendrick avait gagné au pharaon la nuit précédente, et elle quitta la maison avec suffisamment d'argent pour régler sa dette, et, en sus, acheter un morceau de viande salée. Elle s'apprêtait à quitter la boutique lorsqu'un tumulte se fit entendre à l'autre bout de la rue.

Des gens couraient en tous sens en criant et en agitant des bâtons.

– C'est la foule qui manifeste contre les Français, dit le boucher avec flegme. Depuis que Louis XIV a envahi les Pays-Bas espagnols, les gens veulent faire savoir aux bourgeois et aux commerçants qu'ils rejettent la domination française.

– Ça n'arrivera pas en Hollande! Nous avons bien résisté à l'Espagnol pendant quatre-vingts ans!

– Les temps ont changé. A l'époque, nous avions surtout peur de l'Inquisition, et nous tenions par-dessus tout à nos terres si durement conquises sur la mer. Chacun était en sécurité, qu'il soit protestant, catholique ou juif. Si le roi de France nous envahit, ce sera une autre histoire...

– Chez moi aussi, on est de cet avis.

– Quoi qu'il en soit, rentrez vite chez vous. Il y a toujours des têtes chaudes qui créent de grands désordres dont vous pourriez être victime.

Elle prit une petite rue parallèle, tout en songeant aux événements qui agitaient son pays. Auparavant, personne ne songeait à contester l'autorité du Grand Pensionnaire, Johan de Witt, qui avait endossé la charge du pouvoir après la mort de Guillaume II un mois avant la naissance de son héritier.

Mais à présent celui-ci ne se montrait pas assez ferme au goût des Hollandais – hormis les marchands qui craignaient pour leur fortune en cas de guerre – face à Louis XIV. Les espérances que le peuple avait placées en Guillaume III, alors âgé de vingt ans, avaient été réduites à néant, bien qu'une rumeur persistante le donnât toujours pour un farouche adversaire du roi de France.

Francesca emprunta un étroit passage. A mi-chemin, elle entendit le tumulte des voix et le piétinement de la foule toute proche. Elle hésita à faire demi-tour, car le vacarme qui emplissait l'allée semblait venir des deux côtés à la fois, amplifié par l'étroitesse de la venelle.

Elle vit surgir devant elle un jeune homme terrorisé, vêtements déchirés et cheveux en bataille, poursuivi par une foule hurlante et gesticulante. Derrière elle, la Garde Civile, uniformes gris et chapeaux à large bord, barrait l'autre extrémité de la ruelle.

Des cris « Arrêtez l'espion français! Jetez-le dans le canal » jaillirent de la populace en furie. Le jeune homme implorait la protection des gardes, et Francesca se trouva au cœur d'une échauffourée qui menaçait d'être sanglante. Prise de panique, elle tenta de se réfugier dans l'entrée d'un magasin, mais la porte était verrouillée et elle se plaqua dans l'embrasure, son panier serré contre sa hanche. Elle vit les gardes faire une brèche dans leurs rangs pour laisser passer le fugitif puis reformer leur phalange. Le capitaine tira un coup en l'air et ordonna à la foule de s'arrêter. Les premiers stoppèrent net mais furent submergés par le flot furieux. L'étroite venelle fut bientôt envahie par une multitude compacte et Francesca, entraînée comme un fétu de paille, se vit contrainte de courir sous peine d'être piétinée. Des coups de feu fusèrent, en l'air semble-t-il, car personne ne fut touché. Dans la mêlée qui s'ensuivit, un homme, chancelant sous un coup de matraque, l'entraîna dans sa chute, au milieu des cris et des jurons. Elle poussa un hurlement de frayeur, se sentit soudain happée par un bras vigoureux et se retrouva le nez contre la veste en cuir rêche d'un garde civil qui la mit en sûreté derrière ses rangs. C'est alors qu'elle réalisa que son sauveteur n'était autre que Pieter.

– Rien de cassé ? fit-il d'un ton presque courroucé.

Elle se contenta de hocher la tête. Dans la bagarre, elle avait reçu un violent coup de coude dans l'estomac qui lui avait coupé le souffle. Pieter écarta doucement ses mèches en désordre et vit que son front saignait.

– Écoutez-moi : j'habite la rue adjacente. Ma maison a des volets rouges et un heurtoir en bronze. Allez-y, ma gouvernante va s'occuper de vous.

Sur quoi il retourna dans la mêlée. Parmi les badauds qui observaient la scène, une femme aux formes généreuses la prit par les épaules et lui offrit de l'accompagner.

La gouvernante de Pieter ne manifesta pas la moindre surprise, comme si c'était chose courante de voir sur le pas de sa porte une jeune fille en aussi piteux état.

Elle fit asseoir Francesca près du feu dans une salle vaste et claire aux fenêtres ornées de rideaux rouges et au sol carrelé de noir et blanc.

– Je suis vrouw de Hout. Je vais chercher de l'eau chaude pour nettoyer votre blessure.

Vrouw de Hout apporta ensuite à Francesca un peigne pour remettre de l'ordre dans sa coiffure, et une tasse de chocolat chaud. C'était une femme entre deux âges, chaleureuse et bavarde. Comme Francesca s'étonnait de voir Pieter dans la Garde Civile, elle lui raconta qu'il était réserviste, et en tant que tel, devait effectuer un certain nombre d'heures par an.

– Il s'est engagé il y a trois ans, lorsqu'il a acheté cette maison. Outre le service rendu à la communauté, il aime l'aspect convivial des milices où l'on donne un banquet par mois – qui dure parfois deux ou trois jours. Mais il n'y assiste guère que tous les deux mois, car il va souvent à Haarlem s'occuper de ses champs de tulipes.

– Je les ai vus l'automne dernier.

– Je n'ai jamais eu l'occasion de m'y rendre. Alors, comment vous sentez-vous maintenant ?

– Beaucoup mieux, je vous remercie.

Son seul regret était d'avoir perdu dans la mêlée son panier avec la viande qui eût fait le régal de sa famille pour le dîner.

– Vous devriez attendre que heer Van Doorne soit de retour, dit la gouvernante d'un ton sans réplique.

Francesca ne manifestait d'ailleurs aucune hâte de partir. Elle voulait s'assurer que Pieter était sain et sauf, et le remercier de s'être porté à son secours.

Vrouw de Hout guettait à la fenêtre.

– Je crois bien que le voilà.

Elle se précipita pour ouvrir la porte. En voyant Pieter, Francesca se leva et il sourit de la voir sur pied. Il avait perdu son chapeau mais paraissait indemne.

– Je suis heureux de vous voir rétablie, Francesca.

– Et moi de vous savoir hors de danger. Pourquoi ce jeune homme était-il ainsi pourchassé par la foule ?

– C'est un Français. Il était attablé dans une taverne et vantait la puissance des armées du roi Louis. Les Hollandais présents s'en sont offusqués et l'un d'entre eux l'a accusé d'espionnage. Hypothèse tout à fait absurde, car quel espion se risquerait à crier sa véritable identité sur les toits ? Toujours est-il que, dans l'état de tension actuel, cela a mis le feu aux poudres et le jeune homme a pris la fuite, talonné par la foule. A présent il est en sécurité et à mon avis il aura quitté Amsterdam avant demain.

Francesca se rassit et Pieter prit à ses côtés le siège laissé vacant par la gouvernante.

– Je ne vous remercierai jamais assez de m'avoir secourue.

– Je dois dire que lorsque je vous ai vue au milieu de cette empoignade, je n'en ai pas cru mes yeux.

– Y a-t-il eu des blessés ?

– Quelques crânes cabossés et quelques jambes cassées, mais pas de mort.

– Combien d'heures consacrez-vous à la milice ?

– Les rotations sont variables pour quelqu'un comme moi, qui ai souvent à faire en dehors de la ville. Lors de leur création, ces compagnies étaient composées de véritables soldats : il s'agissait à l'époque de repousser l'envahisseur espagnol. Maintenant notre rôle consiste simplement à maintenir l'ordre public. Dieu fasse qu'il en soit toujours ainsi !

– Pensez-vous que nos frontières soient sérieusement menacées par la France ?

– Je crains que oui. Louis XIV mène une politique de conquête et ce ne sont pas les paroles de conciliation d'un de Witt qui l'arrêteront. En tout cas, ce n'est pas une raison pour que des Français soient molestés dans les rues de nos villes, et c'est la première fois que nous sommes confrontés à un tel cas.

– J'espère que ce sera la dernière !

– Moi aussi, croyez-le bien. Surtout si vous vous trouvez dans la mêlée ! Je ne serai pas toujours de service ! dit-il avec un large sourire.

– Il faut que je rentre à présent.

– Je vous accompagne. Laissez-moi seulement chercher un autre chapeau.

Francesca tint à ce que Pieter reçoive les remerciements de Hendrick, effrayé au récit des dangers encourus par sa fille, et d'autant plus reconnaissant à Pieter de l'avoir secourue. Il voulut lui faire servir du vin, mais Pieter devait faire son rapport à la milice et prit congé, non sans avoir regardé intensément Francesca.

Après avoir informé Maria qu'il n'y aurait pas de viande pour le dîner, elle monta se changer. A son grand étonnement, elle se rendit compte que le regard que Pieter lui avait lancé sur le seuil l'avait plus impressionnée que le fait d'avoir failli être piétinée par une foule en furie.

Comme il l'avait prédit, Willem avait du mal à trouver un acquéreur pour « Le Mendiant et le Joyau ». Cette œuvre d'une facture excellente était parmi les meilleures de Hendrick – tout comme « La Déesse du Printemps » – mais le sujet mettait les éventuels acheteurs mal à l'aise : la souffrance y apparaissait crûment, et les collectionneurs les plus avertis, bien qu'appréciant le talent du peintre, étaient gênés par cette représentation trop brutale de la misère. D'autres prétextaient la taille incongrue du joyau qui rendait encore plus flagrante l'impuissance du malheureux à s'en saisir. Hendrick avait atteint l'effet recherché, Willem dut l'admettre.

Il vendit la toile pour la piètre somme de soixante florins, bien content finalement de s'en dessaisir.

« La Déesse du Printemps » était toujours dans sa galerie, recouverte d'un voile. Il en avait retiré tous les autres tableaux pour ajouter au mystère. Mais le stratagème avait ses limites, et il était temps de sélectionner les meilleures offres. La plus intéressante émanait d'un gentilhomme résidant à Heerengracht, appelé communément le Rivage d'Or, car c'était le quartier le plus opulent d'Amsterdam.

Dans l'ombre de la galerie se tenait un homme élégamment vêtu d'un ample manteau bleu et coiffé d'un chapeau à large bord. Une de ces longues cannes à la mode complétait sa tenue. Il attendait impatiemment que Willem lui dévoilât enfin le tableau. Les volets étaient fermés et le drapé recouvrant le chevalet était faiblement éclairé par un chandelier pour accentuer l'effet théâtral.

– Je vous en prie, asseyez-vous, mijnheer, dit Willem dans l'intention évidente de faire durer le suspense.

Ludolf Van Deventer, bouillant intérieurement, s'assit face au chevalet, tandis que Willem ouvrait les volets avec une lenteur calculée. Depuis qu'il avait ouï dire que ce mystérieux tableau serait peut-être à vendre, il n'avait eu de cesse de le posséder. Cupide, il mettait la possession des biens matériels au-dessus de tout, comme souvent ceux qui sont partis de rien. Willem avait décliné sa proposition d'acheter l'œuvre sans même l'avoir vue, ce qui n'avait fait qu'exacerber son désir de s'en porter acquéreur.

L'heureux possesseur de cette nouvelle Flora en tirerait d'autant plus de prestige qu'elle avait déjà atteint une cote élevée dans les milieux informés d'Amsterdam, et, aspect non négligeable, son auteur était un artiste local. Ludolf, Hollandais de souche, avait de secrètes accointances avec la France, et il avait tout intérêt à s'afficher comme un patriote au-dessus de tout soupçon.

Ce qui ne l'empêchait pas, par ailleurs, de frayer avec les riches marchands et bourgeois qui, soucieux de préserver leur fortune à tout prix, prônaient l'entente avec Louis XIV. Folie! Pouvaient-ils raisonnablement espérer qu'un monarque absolu comme Louis, catholique de surcroît, respecterait leur foi protestante et ne les écraserait pas d'impôts? Le peuple hollandais, prêt à défendre chèrement sa liberté, ne cachait pas sa peur des Français, mais privé d'un représentant d'envergure, ne constituait pas de réelle menace pour Louis XIV.

Ludolf seul avait trouvé la bonne voie. Il n'avait rien à perdre en travaillant sous le manteau pour la France et tout à gagner si Louis devenait maître des Pays-Bas : un prestigieux poste ministériel et des récompenses royales. Il nourrissait l'espoir d'être choisi comme gouverneur, à La Haye...

Mais sa préoccupation présente était l'achat de ce tableau.

– Allons, heer de Hartog, cessez de me faire languir!

Willem avait ouvert les volets et la galerie aux murs de cuir doré se trouva subitement inondée de lumière. Puis, d'un geste étudié, il ôta la draperie de soie qui recouvrait le tableau.

– J'ai l'honneur de vous présenter Flora, la Déesse du Printemps.

Frotté de longue date à la comédie humaine, Ludolf ne laissa rien paraître de son émotion, mais sa main se crispa convulsivement sur le pommeau de sa canne. Il était stupéfait tant par la splendeur du tableau que par la beauté du modèle, dont la sensualité éthérée le bouleversa.

– Qui est-ce? demanda-t-il d'une voix nouée.

– Je ne révélerai son identité qu'à l'acquéreur.

– Allez au diable! Vous savez bien que je vais l'acheter!

Ludolf bondit de son siège pour aller examiner la toile de plus près.

– J'ai eu une offre plus élevée que la vôtre.

– Votre prix sera le mien, fit Ludolf en lui jetant un regard noir.

Willem sourit sous cape. C'était la meilleure vente qu'il eût conclue depuis des années.

Willem se rendit chez Hendrick le lendemain, leur

récente dispute toujours présente à l'esprit. Hendrick, quant à lui, avait retrouvé son égalité d'humeur et le salua comme si de rien n'était. Il lança cependant une réflexion aigre-douce à propos de la faible somme obtenue pour « Le Mendiant ».

– J'ai réalisé une vente qui compense largement.

Hendrick, affalé sur un siège de la grande salle – signe qu'il avait dû jouer aux cartes la veille –, eut une lueur d'intérêt dans le regard.

– « La Déesse du Printemps » ?

– Oui. Et je peux te dire que mes efforts ont été récompensés. J'ai ferré un gros poisson.

Hendrick se leva d'un bond.

– Combien as-tu obtenu ?

– Suffisamment pour offrir deux ans d'études à Delft et une malle pleine de vêtements neufs à Francesca. Et il te restera encore de l'argent. J'ai vendu ce tableau deux fois plus que je n'aurais espéré.

Hendrick renversa la tête en arrière avec un rugissement de triomphe. Dame Fortune lui souriait à nouveau !

– Tu vois, Willem, quand tu t'en donnes la peine, tu es capable de vendre l'œuvre d'un grand maître !

Willem grimaça vaguement un sourire, irrité par l'exubérance de Hendrick, que ses défauts empêchaient précisément de mériter ce qualificatif.

– J'ai une autre bonne nouvelle à t'annoncer.

– Décidément, c'est mon jour !

– L'acheteur est un très riche armateur, Ludolf Van Deventer. Il veut que tu fasses son portrait.

L'enthousiasme de Hendrick retomba un peu. Il baissa la tête et se tortilla sur son siège, comme un animal pris au piège.

– Je ne sais pas si j'accepterai. Tu sais que je n'aime pas exécuter des portraits sur commande.

Willem ne le savait hélas que trop. Hendrick s'était toujours attiré l'inimitié de ses modèles en les houspillant sans arrêt lors des séances de pose, et finissait rarement les portraits.

– Cette fois-ci, tu devrais faire un effort, car tu as là un mécène en puissance. Il s'intéresse réellement à ton travail. Il a d'ailleurs acheté une petite tête de guerrier troyen que j'avais en montre.

– Hum, fit Hendrick en se grattant le menton. Quel genre d'homme est-ce ?

– Quelqu'un qui s'est fait à la force du poignet et qui arrive maintenant à l'âge où il a envie de profiter de l'argent si durement gagné. Pourquoi ne l'invites-tu pas à dîner ? Il viendrait seul. Sa femme est de santé fragile et ne sort jamais. Tu te feras ta propre opinion.

– Bonne idée. Il est riche, dis-tu ?

– Très.

– Je pense qu'il faudra que je donne un enseignement à Aletta également si son travail en vaut la peine. En ce moment, elle se cache pour peindre, mais cet âge est fantasque.

– Aletta m'a toujours fait l'effet d'une fille raisonnable. J'aime ce qu'elle peint, et, le moment venu, il faudra qu'elle suive des études elle aussi.

– Je vais inviter ce Van Deventer à dîner.

– Bien. Ah, encore une chose : je pars faire une tournée dans certains ateliers de province, et je m'arrêterai à Delft chez Vermeer pour régler les modalités de l'apprentissage de Francesca. Ne lui dis rien pour l'instant, il se peut que je rencontre quelque obstacle imprévu.

– Je comprends. Je ne lui en soufflerai mot avant ton retour.

Willem quitta la maison d'un pas et d'un cœur légers.

7

Aletta attendait Pieter dans l'antichambre de la Bourse. Elle était hors d'haleine d'avoir couru tout le long du chemin, dans la cohue et la boue du dégel. Elle jeta un coup d'œil désolé à ses jupons maculés; c'était la rançon d'un redoux précoce, qui libérait les canaux et voyait éclore les crocus avant la fin février. Le soleil brillait chaque jour d'un éclat un peu plus vif, comme pour se préparer à la venue du printemps.

Un brouhaha de voix d'hommes lui parvint confusément de l'intérieur du bâtiment. On avait prévenu Pieter que quelqu'un l'attendait. Une sorte d'œil-de-bœuf placé assez haut dans la cloison donnait sur ce sanctuaire masculin. Sa curiosité fut la plus forte, et, tout en se blâmant intérieurement d'être aussi futile que Sybylla, elle grimpa sur le banc, mais avant même d'avoir pu se hisser sur la pointe des pieds, elle entendit la porte de l'antichambre s'ouvrir à toute volée, pour livrer passage à un jeune homme brun, vigoureux et bien mis, coiffé d'un chapeau à plumes rouges. Elle rougit d'être surprise dans une position aussi humiliante, mais il la gratifia d'un large sourire, ses yeux verts pétillant de malice.

– Quelle bonne idée! dit-il en grimpant sur le banc à côté d'elle. Je vous ai aperçue à travers la cloison vitrée et j'ai décidé de suivre votre exemple : je veux voir si le vieux Van Jansz, mon banquier, est là. Je n'aurai pas à affronter la mêlée... Je l'aperçois... C'est parfait. C'est lui qui fait le gros du travail pour moi.

Elle n'eut pas le temps de placer un mot, car un essaim multicolore de jeunes gens et jeunes filles en satin, velours et plumes fit irruption dans la pièce, avec force protestations.

– Qu'est-ce que tu fais là-haut, Constantijn ? Cesse de faire l'intéressant, viens avec nous au lieu de perdre ton temps!

– Du calme! fit-il en esquissant une révérence comique. Je suis à vous.

Sur quoi il sauta du banc, enlaça la plus jolie fille de la bande, et tous disparurent comme une volée de moineaux.

Aletta était restée pétrifiée sur son banc pendant toute la scène. Elle ne put néanmoins résister à la curiosité et se haussa sur les orteils. Elle découvrit le cœur de la Bourse, une vaste cour rectangulaire à ciel ouvert, bruissante d'une foule d'hommes qui discutaient ou se livraient à des démonstrations pour le moins surprenantes : certains jetaient leur chapeau en l'air, d'autres le piétinaient rageusement, d'autres encore déchiraient leur perruque. Elle se dit que ceux qui trouvaient ses compatriotes taciturnes auraient dû assister à cette scène!

Elle aperçut Pieter qui fendait la foule et n'eut que le temps de sauter de son perchoir en manquant trébucher sur ses jupons.

– Vous voilà enfin, dit-il avec un grand sourire. J'ai cru que vous aviez changé d'avis. L'endroit n'est pas très plaisant, allons discuter ailleurs.

– J'espère ne pas vous avoir détourné d'une affaire importante.

– Pas du tout. J'ai fini pour aujourd'hui.

En chemin, il demanda des nouvelles de son père et de ses sœurs.

– Tout le monde va bien à la maison, je vous remercie, mais je n'ai dit à personne que j'allais vous voir aujourd'hui.

Ils atteignirent bientôt une taverne dont l'astucieux propriétaire avait ouvert une salle aux deux sexes, contrairement aux clubs à la mode, où l'on dégustait du café.

– Après vous, dit Pieter en s'effaçant pour laisser entrer Aletta.

L'arôme incomparable du café fraîchement torréfié emplissait la tiède atmosphère de la salle. Une serveuse conduisit les jeunes gens vers une table un peu à l'écart. Sur le comptoir étaient alignées de grandes cafetières en cuivre munies de petits robinets. C'était la première fois qu'Aletta allait dans un endroit comme celui-ci, et elle observait tout avec curiosité. Le café était parfumé au gingembre, à la cannelle ou aux clous de girofle.

Aletta baissa le capuchon de son manteau et Pieter se dit que le petit bonnet austère qu'elle portait eût mieux convenu à une personne d'âge mûr.

– Je vais prendre du café à la cannelle, sucré au miel, dit-elle à la serveuse venue s'enquérir de leur choix.

Pieter, quant à lui, commanda du café sans aromates ni sucre, ainsi que des gâteaux et du pain d'épice faits maison.

En attendant, ils devisèrent agréablement de peinture et d'horticulture, Pieter essayant de ne pas montrer à quel point il était troublé par sa ressemblance avec Francesca, dans le jeu des expressions et une certaine façon d'arrondir les lèvres avant de sourire. Son regard, cependant, n'avait pas l'éclat de celui de sa sœur et il y avait dans ses yeux gris-vert une retenue qui ne convenait guère à son âge. Comment les mêmes parents avaient-ils pu engendrer des êtres aussi différents qu'Aletta et Sybylla ? Le jour et la nuit ! Peut-être Francesca avait-elle un peu de l'exubérance de Sybylla et un peu de la pondération d'Aletta. Quoi qu'il en soit, il savait au fond de son cœur que c'était la femme de sa vie.

– Maintenant, venons-en au fait, dit-il lorsqu'ils eurent dégusté leur café avec les gâteaux tout chauds sortant du four.

Elle lui fit part de son ambition de devenir maître de la Guilde, quand et comment, elle ne savait pas encore, mais elle était farouchement déterminée à y parvenir. Il fallait qu'elle suive un enseignement chez un maître. Pieter se dit que maître Visser, sous son apparente jovialité, devait être un fieffé égoïste pour ne pas prendre ses filles en apprentissage.

– J'ai réalisé des peintures de commande, à l'insu de mon père, poursuivit-elle, en utilisant le nom de jeune fille de ma mère par prudence, car il y a peu de chances que mes clients connaissent le nom de mon père.

Pieter eut l'air stupéfait.

– Vous n'avez pas une minute à vous ?

– Non, je travaille pour me constituer une petite réserve de peintures à vendre. J'espère ainsi pouvoir financer mes études.

– Et où écoulez-vous vos tableaux ? Dans des galeries ?

– Hélas non ! J'ai déjà essayé, mais elles sont submergées de tableaux qu'elles n'arrivent pas à vendre.

– Avez-vous essayé dans des tavernes ? Il y en a qui exposent des tableaux.

– C'est beaucoup trop risqué. Mon père fréquente à peu près tous les débits de boisson de la ville et y a de nombreux amis susceptibles de me reconnaître.

– Je vois. Qu'en pense Francesca ?

– Elle n'est pas au courant. Sinon elle me dirait que ce n'est pas le meilleur moyen de devenir un grand peintre.

– Ne croyez-vous pas qu'elle a raison, Aletta ?

– Je fais de mon mieux, mais je sais que j'ai encore à apprendre. C'est pourquoi je veux poursuivre des études. Je sais aussi qu'en peignant beaucoup comme je le fais, j'acquiers une certaine habileté. Même mon père m'a fait compliment de mon tableau de la jacinthe. Mais Francesca progresse à pas de géant. Récemment, elle a fait des choses splendides.

– A quoi cela est-il dû, à votre avis ?

– Père dit que c'est parce qu'il a recommencé à lui donner des cours, mais je crois que c'est son évolution naturelle. Comme un oisillon qui prend son envol. Père a une haute estime pour son travail, mais il est très chatouilleux sur son propre talent. Francesca ne doit pas devenir sa rivale, en tout cas pas dans son atelier.

Elle sirota une gorgée de café, en savourant l'arôme.

– Croyez-vous que ce soit le cas ?

– Je pense qu'elle va devenir un peintre exceptionnel. Elle a fait un tableau de Sybylla et de moi que l'agent de notre père, Willem de Hartog, a emporté pour essayer de le vendre.

– Pourquoi votre père ne vous donne-t-il pas de leçons à vous aussi ?

– Je suis de moins en moins souvent dans son atelier, car j'ai le mien à l'étage. Et il s'énerve déjà suffisamment avec Francesca ! Depuis la mort de notre mère, il est plus fantasque que jamais. Il ne fait que ce qui lui chante. Mais je le comprends. Et ça ne change rien à l'amour qu'il nous porte.

– Je vous trouve très tolérante. Maintenant dites-moi ce que vous attendez exactement de moi. (Il lui sourit très gentiment.) Quel rôle puis-je jouer là-dedans ? Vous voulez que je vende vos tableaux ?

Il avait dit cela en manière de plaisanterie, s'attendant plutôt à ce qu'elle lui demande un emprunt pour son apprentissage. Mais à sa grande surprise il vit qu'il avait touché juste, car Aletta s'anima brusquement.

– Comment avez-vous deviné ? Je n'osais pas vous le demander ! Vous pourriez en mettre quelques-uns sur le marché, à côté des fleurs ? Évidemment, vous auriez un pourcentage sur les ventes !

Elle en bégayait presque de joie, mais Pieter secoua la tête d'un air désolé.

– Je regrette sincèrement, Aletta, mais je ne parlais pas sérieusement, ne m'en veuillez pas.

– Vous vous attendiez à quoi ? demanda-t-elle d'une voix blanche.

– Je croyais que vous me demanderiez un emprunt pour votre apprentissage.

– Il n'en est pas question. Comment ferais-je pour vous rembourser ? Si tout mon temps est pris par les études, je ne pourrai pas faire des tableaux pour les vendre.

– Malheureusement, je n'ai ni le temps ni le talent nécessaires pour vendre de la peinture, Aletta. Pourquoi ne louez-vous pas un étal pour une journée ? Je suis sûr que vous vendriez tout.

– C'est impossible, dit-elle, la gorge serrée. Même si mon père ne va que rarement au marché aux fleurs, je risque d'y être reconnue... et si jamais cela lui revient aux oreilles, je peux dire adieu à mes études.

– Je vois... Vous ne connaissez vraiment personne qui accepterait de vendre vos toiles, moyennant une commission ?

– Il y aurait bien la sœur de notre servante... mais il est hors de question que je loue un étal.

– Et si vous aviez une concession sur un étal, cela suffirait-il ?

Son visage s'illumina, elle croisa les mains sur sa poitrine.

– Qui accepterait... vous, Pieter ! Oh, comment pourrai-je assez vous remercier ?

– Écoutez, poursuivit-il sur un ton sérieux, si la sœur de votre servante prend la concession, qu'il soit bien clair qu'elle n'empiète pas sur l'espace imparti au départ.

– Bien sûr, je vous le promets.

– Bon. Mais tout ceci à une condition.

Pieter eut soudain une expression si dure qu'elle laissa retomber ses bras.

– Mettez Francesca au courant. Je ne veux pas agir à son insu.

Elle lui lança un long regard interrogateur.

– Je n'aime pas lui cacher quoi que ce soit, mais je crains qu'elle ne soit hostile à ce projet. Elle dira que je ferais mieux de rester à l'atelier, bien qu'elle sache combien il m'est difficile de travailler avec père. (Elle mordit sa lèvre inférieure pour l'empêcher de trembler...) Et même si j'arrivais à la persuader, je ne peux accepter votre offre, de toute façon... J'ai été stupide, pardonnez-moi.

Il se pencha doucement vers elle.

– Si vous donnez une commission à quelqu'un, en plus d'un loyer pour une partie de mon étal, vous ne ferez aucun profit. Si vous voulez, je vous prendrai le tableau de la jacinthe en guise de loyer.

Elle le regarda avec une expression incrédule.

– ... Mais vous ne l'avez même pas vu...

– Je prends le risque!

Pour la première fois elle eut envie de pleurer, profondément émue par sa générosité.

– Vous êtes l'homme le plus gentil du monde.

Il lui tendit le plat de gâteaux en souriant.

– Allons, n'exagérez rien. Prenez un gâteau. Je vais commander encore un peu de café.

Elle but lentement, le temps de reprendre ses esprits.

– Je parlerai à Francesca dès que l'occasion se présentera.

– Je suis sûr qu'elle ne se montrera pas si inflexible que vous le redoutez.

Elle eut une moue désabusée.

– On voit que vous ne la connaissez pas. Lorsqu'elle a une conviction, rien ne peut l'en faire démordre.

– Et si je lui parlais?

– Non, fit Aletta d'un ton résolu. C'est à moi de le faire.

– Dans ce cas, retrouvons-nous vendredi prochain. D'ici là, vous aurez eu le temps de lui parler.

– Voulez-vous me raccompagner à la maison? Je vous montrerai les tableaux. Je ne voudrais pas que vous pensiez avoir fait une mauvaise affaire.

– Je n'ai aucune crainte à ce sujet. Mais aujourd'hui, impossible. Le travail me réclame.

– La semaine prochaine, alors?

– Ce sera parfait.

Il espérait secrètement qu'il pourrait voir Francesca.

Ce jour-là, Aletta n'eut guère le loisir de parler à sa sœur. En effet, leur voisine, vrouw Zegers, était sur le point d'accoucher. Maria s'était précipitée à son chevet tandis que Francesca était allée chercher la sage-femme et le mari de la dame. Elle avait dû ensuite s'occuper des jeunes enfants.

Francesca et Maria rentrèrent tard. Aletta, en chemise de nuit, se pencha sur la rampe.

– Alors ?

– C'est une fille, annonça Francesca, les traits tirés par la fatigue. Elle est très petite, et Dieu fasse qu'elle survive !

Maria donna une tape sur l'épaule de Francesca.

– Va au lit, ma petite. Tu as eu une rude journée.

Le bébé resta entre la vie et la mort pendant cinq jours, durant lesquels Francesca fit d'incessants allers et retours chez la voisine. Lorsque le nouveau-né fut tiré d'affaire, une cousine de Hendrick, invitée à un mariage, vint s'installer pour quelques jours. Hendrick ne l'aimait guère, l'atmosphère à la maison était tendue. Et Aletta n'arrivait pas à trouver le bon moment pour entretenir Francesca de son projet.

Vint l'instant où Sybylla fut à deux doigts de découvrir son secret. La cousine, femme élégante qui possédait beaucoup de bijoux, venait de partir pour la cérémonie.

– Pourquoi n'a-t-elle mis qu'une simple paire de boucles d'oreilles en topaze ? persifla Sybylla. Moi, à sa place, j'aurais sorti tous mes bijoux, rien que pour faire mourir les autres femmes de jalousie.

– Tu ne penses donc qu'à l'argent ! fit Aletta, agacée.

Sybylla prit un air indigné.

– Comment peux-tu dire une chose pareille ? Il n'y a pas plus intéressée que toi !

L'expression de lassitude qu'elle lut dans les yeux d'Aletta lui fit sur-le-champ regretter ses paroles.

– Ne dis pas de bêtises, Sybylla, dit Francesca sans lever les yeux du livre de comptes dans lequel elle était plongée. Aletta est bien la dernière à qui l'on puisse faire ce reproche.

Plus tard, seules dans leur chambre, Sybylla fit des excuses à sa sœur.

– Je suis fautive aussi. Je te serais reconnaissante de garder pour toi ce que tu vas voir ici, dit Aletta.

Elle ouvrit la porte de communication avec son petit atelier, où étaient entassés tous ses tableaux à vendre. La plupart étaient peints sur bois, par souci de solidité pour le transport. Un menuisier pour qui elle avait travaillé lui avait fait don de toutes sortes de chutes de planches qu'elle allait chercher au fur et à mesure de ses besoins.

– Tu ne pourras pas garder ton secret longtemps, fit Sybylla. Imagine que Francesca découvre le pot aux roses, un jour où tu auras oublié de fermer à clé. Elle verra tout de suite que ça n'a rien à voir avec ce que tu fais à l'atelier.

– J'ai bien réfléchi, et j'ai décidé de lui en parler, mais cette semaine a été tellement mouvementée que je n'ai pas trouvé le temps. En ce moment, elle élabore le menu de ce soir. Nous avons heer Van Deventer à dîner. Je sais qu'elle ne m'approuvera pas.

– Je ne pense pas non plus. La cousine Lisbeth part cet après-midi. Essaie de trouver un moment avant ce soir.

Aletta se sentit désespérée. Elle avait rendez-vous avec Pieter le lendemain matin. Pourquoi était-ce donc si difficile d'avoir un entretien cœur à cœur avec sa propre sœur ?

Comme Francesca se dirigeait vers la grande armoire en chêne du vestibule, pour y prendre une des plus belles nappes damassées, Aletta s'approcha :

– Pourrais-je te parler ?

– De quoi s'agit-il ?

– Je voulais juste te demander quelque chose.

– J'ai beaucoup à faire aujourd'hui. Ça ne peut pas attendre ce soir ?

– Si, bien sûr, dit Aletta en songeant aux longues conversations qu'elles avaient eues, après la mort de leur mère, pelotonnées contre leurs oreillers.

A sept heures, Francesca jeta un dernier coup d'œil dans la salle à manger. Hendrick se tenait sur le pas de la porte. Il avait reçu le matin même une lettre qui l'avait mis d'excellente humeur pour la journée.

– Comment me trouves-tu ?

– Superbe !

Francesca lui avait repassé pour l'occasion son habit de velours violet dont la coupe flattait sa silhouette imposante et il portait les bas rouges qu'Aletta lui avait tricotés pour la Saint-Nicolas.

– Toi aussi, tu es magnifique, dit-il sans reconnaître une ancienne robe de soie abricot qu'elle avait remise au goût du jour grâce à quelques rubans. Il faudrait que je fasse ton portrait dans cette tenue... Bon sang! J'avais oublié ce damné courtier maritime! Je n'ai aucune envie de faire son portrait!

– Attendez de l'avoir vu. Vous le trouverez peut-être aimable.

– Là n'est pas la question. Je serais capable de peindre mon plus mortel ennemi s'il acceptait de poser quand je suis d'humeur à peindre.

– Bien sûr, père, dit Francesca en passant un bras sous le sien et détournant son visage pour qu'il ne vît point le sourire qu'elle était incapable de maîtriser.

Il s'en aperçut et lui prit le menton pour l'obliger à le regarder. Il ne put s'empêcher de rire en voyant la lueur d'amusement dans ses yeux.

– Je ne suis qu'un vieil ours, n'est-ce pas? Je ne te fais pas peur?

– Vous savez que je ne m'effraie guère facilement. Peut-être parviendrez-vous à mettre votre commanditaire à votre diapason?

– J'en doute, fit-il avec un soupir.

Francesca s'approcha de la table pour redresser une fourchette.

– Pourquoi n'avez-vous pas invité Willem ce soir? Après tout, c'est lui l'instigateur de cette rencontre.

– Il n'est pas en ville actuellement.

Le heurtoir de la porte d'entrée résonna à travers le vestibule.

– Voilà notre invité, je crois.

Hendrick soupira à nouveau, en levant les yeux au ciel.

– Puisse le Seigneur m'accorder la patience...

Francesca fit un saut à la cuisine pour s'assurer que tout était prêt et lorsqu'elle revint dans le hall, elle trouva son père et ses sœurs devant la porte béante. Un valet en livrée était venu frapper à la porte avant de faire descendre son maître de l'énorme voiture arrêtée devant la maison.

Ludolf Van Deventer, tout de gris et de rouge vêtu, coiffé d'un chapeau orné d'un panache de plumes d'autruche blanches, fit son entrée. D'une taille un peu au-dessus de la moyenne, il semblait d'une énergie peu commune. Il était sensiblement du même âge que Hendrick. Il salua d'un air affable.

– J'étais impatient de faire votre connaissance, maître Visser. C'est un grand honneur pour moi. J'admire énormément votre talent.

– Tout l'honneur est pour moi, mijnheer. Soyez le bienvenu. Permettez-moi de vous présenter mes filles.

Il tressaillit légèrement en ne voyant pas Francesca à côté de ses sœurs. Pétrifiée au pied de l'escalier, elle s'était mise à trembler, non tant à cause du courant d'air froid qu'en raison d'une sorte de frayeur inexplicable semblable à celle qui l'avait saisie lorsqu'elle s'était découverte en Flora. Elle se redressa énergiquement pour chasser cette funeste impression, mais resta rivée au sol.

Griet referma vivement la porte et prit le manteau que le visiteur lui avait lancé sans égards. Elle passa près de Francesca en maugréant d'autant plus qu'il n'avait pas pris la précaution de s'essuyer les pieds. Elle aurait voulu avoir la force de caractère d'une de ses amies, servante chez des voisins, qui avait jeté dehors sans ménagement un gentleman anglais qui avait eu le toupet de laisser des traces de pas sur son carrelage tout propre. Pour sûr que ce heer Van Deventer avait dû prendre de bien mauvaises manières à l'étranger!

Aletta et Sybylla marchaient dans le sillage de Griet pour aller aider au premier service. Francesca ignora leurs œillades interrogatives mais surprit une réplique de Sybylla à sa sœur.

– Francesca soigne son entrée. Que n'y ai-je pensé avant elle!

Si elle savait à quel point elle se trompait!

Ludolf, intrigué par ce murmure, tourna la tête. Francesca appuya machinalement une main contre la grande armoire en chêne. En la voyant, Ludolf arbora un large sourire, découvrant une rangée de dents bien plantées. Il avait certes bonne tournure, mais ses traits reflétaient une sorte de brutalité. Ses sourcils ainsi que sa fine moustache et sa barbe taillée en pointe étaient du même roux pâle que la perruque bouclée qui lui descendait jusqu'aux épaules. Son regard vif, ses narines puissantes et sa mâchoire volontaire lui conféraient un air de rare détermination.

– Voici la Déesse du Printemps en personne! s'exclama-t-il. Je vous en prie, maître Visser, présentez-moi cette ravissante Flora!

Francesca prit une profonde inspiration, puis s'avança

et fit sa plus belle révérence. Ludolf lui prit la main pour la relever et l'eût volontiers gardée entre les siennes si Francesca n'avait prestement retiré ses doigts.

– Permettez-moi de m'associer à mon père pour vous souhaiter la bienvenue.

Il la regarda avec insistance.

– Vos filles sont charmantes, maître Visser. Avec votre permission, j'appellerai l'aînée par son prénom, car depuis qu'elle trône dans ma salle de banquet sous les traits de Flora, j'ai l'impression de la connaître depuis longtemps. Ne le prenez pas mal, mais je dois dire qu'elle est encore plus belle que son portrait.

Le rouge monta aux joues de Francesca, non qu'elle fût gênée par l'excessif compliment, mais parce qu'il avait parlé d'elle comme d'une marchandise à l'étalage. Chez les Visser, les femmes s'étaient toujours exprimées librement, et elle se sentit vivement humiliée. Hendrick, de son côté, jugea l'allusion désobligeante pour son œuvre.

Il fallait se ressaisir, et Francesca esquissa un geste gracieux, invitant tout le monde à passer à table.

Au cours du repas, l'atmosphère se détendit. Ludolf était beau parleur, et disserta abondamment à propos de ses lointains voyages. Francesca, désireuse de se montrer aimable envers leur hôte, avait délibérément chassé de son esprit tout a priori négatif. Ludolf savait aussi écouter, ce qui n'était pas pour déplaire à Hendrick, lequel ne se priva pas de donner libre cours à sa volubilité naturelle. Au dessert, il insista pour voir les tableaux laissés de côté par Willem.

– Je crois qu'il est temps de parler de mon portrait, maître Visser.

– Nous allons vous laisser parler affaires, messieurs, dit Francesca en quittant la table avec ses sœurs.

– Nous n'en avons pas pour longtemps, dit Ludolf en se levant poliment.

A peine sortie de la pièce, Sybylla donna un coup de coude taquin à Francesca.

– Il s'imagine qu'il va te manquer, on dirait!

– Pas le moins du monde, fit sèchement Francesca.

– Tu as vu ses bagues! Quelles merveilles! dit Sybylla en roulant des yeux.

Les jeunes filles allèrent s'asseoir dans la grande salle et Aletta jeta un regard interrogateur à sa sœur aînée :

– Il ne te plaît guère, on dirait ?

– Je ne sais pas. Je suis partagée... Ce qui compte, c'est que père et lui s'entendent.

– Tu as raison.

Aletta ne s'expliquait pas non plus pourquoi, mais elle trouvait que quelque chose dans le personnage sonnait faux. Comme un acteur qui continue à jouer la comédie en dehors de la scène.

Hendrick avait d'ores et déjà décidé de refuser la commande du riche marchand, dont il avait néanmoins apprécié l'intelligence et la finesse d'esprit au cours du dîner.

Si son hôte s'était montré moins subtil, sans doute eût-il été déraisonnable de lui refuser quoi que ce soit, mais il se dit que celui-ci était apte à le comprendre. Il faut dire que la bonne chère et le bon vin incitent à la compréhension mutuelle.

– Je suis très flatté, heer Van Deventer, mais je ne puis malheureusement accepter de faire votre portrait.

– Comment cela ? Expliquez-vous, mon bon ami, dit Van Deventer en se renversant sur sa chaise pour scruter le visage de Hendrick.

– C'est peut-être difficile à admettre pour un profane, mais je ne suis pas de ces artistes qui travaillent à l'heure.

– Je vous envie, soupira Ludolf. Bien souvent je n'ai pas une minute à moi dans la journée.

– Je perds tous mes moyens si je suis astreint à un horaire. (Plus d'une fois par le passé, Hendrick avait envoyé au diable certains bourgeois imbus d'eux-mêmes ou leurs laiderons de femmes.) Je peux peindre à minuit si le cœur m'en dit, mais n'avoir aucune inspiration lors d'une séance de pose à heure convenue. La création ne s'accommode d'aucune contrainte, et par égard pour vous, je ne veux vous proposer que le meilleur de ma production.

– J'apprécie votre franc parler, dit Ludolf sur un ton extrêmement aimable, et ce goût de la liberté n'est-il pas la nature même du Hollandais ? Je tiens à voir toute votre production future. Je vais enfin prendre le temps de commencer une collection de tableaux. (Il tapota amicalement l'épaule de Hendrick.) Je sais au moins reconnaître le génie, et il y en a dans le portrait de Flora. On n'assujettit pas un talent tel que le vôtre.

Hendrick, flatté, esquissa sans conviction un petit geste de protestation.

– Vous me faites trop d'honneur, mijnheer, dit-il avec un sourire épanoui. Eh bien, puisque nous sommes d'accord, allons rejoindre mes filles dans la grande salle.

On servit le thé, puis Hendrick, d'excellente humeur, proposa à Ludolf une partie d'échecs ou de cartes. Celui-ci choisit les cartes. Le moment était venu pour les jeunes filles de se retirer. Après avoir souhaité bonne nuit, elles montèrent se coucher, Francesca en tête.

A peine avaient-elles quitté la pièce que Ludolf se frappa le front avec l'index.

– Une idée me vient à l'esprit, maître Visser. Auriez-vous l'amabilité de rappeler Francesca, rien qu'une minute ?

– Bien sûr. Francesca, peux-tu redescendre un instant ? cria-t-il du pied de l'escalier.

Elle s'exécuta, avec un regard perplexe à l'intention de ses sœurs.

– Si on écoutait ? chuchota Sybylla dès que Francesca fut en bas.

– Cela ne se fait pas! s'indigna Aletta, enjoignant vainement sa sœur de la suivre.

Ludolf invita Francesca à s'asseoir, comme si elle n'eût pas été dans sa propre maison.

– Puisque vous ne voulez pas faire mon portrait, dit-il à l'adresse de Hendrick, j'ai pensé à quelque chose.

– Quoi donc ? fit Hendrick avec une légère impatience, car il avait les cartes en main.

– C'est simple comme bonjour. Francesca n'a qu'à le faire, elle.

– C'est impossible! s'écria-t-elle, consternée.

– Et pourquoi ? N'est-ce pas une bonne idée ?

– En aucun cas mon travail ne peut atteindre la qualité de celui de mon père.

– Je comprends bien. Mais n'ayez aucune crainte à ce sujet. De Hartog a la plus grande confiance en vous, il m'a parlé de votre assiduité à l'atelier et, sans perturber votre travail journalier, nous pourrions convenir ensemble de séances de pose.

Hendrick bondit de sa chaise comme mû par un ressort. Ses yeux lançaient des éclairs et, tel un noyé s'agrippant à une épave, il saisit le seul argument qu'il pouvait invoquer sans perdre la face.

– Cela ne peut se faire. Francesca doit bientôt partir étudier à Delft, chez maître Vermeer.

Ludolf ne put cacher son dépit. Francesca était stupéfaite. Elle s'approcha lentement de Hendrick et s'assit en face de lui.

– Mais, père, je ne comprends pas...

– J'ai reçu la nouvelle ce matin, dit Hendrick en se tortillant sur son siège. Willem voulait t'en faire la surprise à son retour de Delft. Et si notre hôte ne t'avait pas fait cette proposition... j'aurais gardé le secret.

– Aletta vient avec moi ? demanda-t-elle vivement.

– Non, mais elle aura sa chance plus tard.

Des milliers de questions, qu'elle n'osait pas poser en présence d'un étranger, se bousculaient dans son esprit.

– C'est merveilleux, dit-elle, le souffle court. (La promesse qu'Aletta pourrait elle aussi étudier ajoutait à son bonheur.) Comment se fait-il que je n'ai jamais entendu parler de maître Vermeer ?

– Ça n'a rien d'étonnant. Il a d'autres moyens d'existence et ne montre guère ses œuvres. Willem pense le plus grand bien de son travail. Je vous prie d'accepter toutes mes excuses, ajouta-t-il en se tournant vers Ludolf. Ma fille ne pourra hélas pas honorer votre commande.

– Vraiment ? dit Ludolf d'un ton froid. C'est dommage. Vous portez là un rude coup à mes espérances.

Francesca ne mesura pas la portée exacte de ces paroles. Tout à la joie de cette révélation qui la dispensait de céder aux exigences de Ludolf, elle eut envie de sauter au cou de son père.

De toute façon, elle n'aurait jamais empiété de son plein gré sur le domaine exclusif de son père. Personne dans la famille n'était aussi soucieux qu'elle de ménager la susceptibilité du maître de maison.

Hendrick, quant à lui, avait bien senti la menace voilée dans le ton de Ludolf, qui n'était pas homme à essuyer deux refus de suite dans la même soirée. La sueur se mit à perler à son front et il tambourina nerveusement le bord de la table en réfléchissant à une issue possible, lorsque la douleur qui lui traversa les articulations l'obligea à maîtriser le tremblement de ses doigts avec son autre main. Ce n'était hélas pas la première fois que Francesca voyait son père souffrir ainsi.

– Je suis désolé. Je n'avais nullement l'intention de vous offenser, poursuivit-il.

– J'en suis convaincu.

Les paroles étaient conciliantes, mais le ton restait froid. Ludolf regarda la pendule, comme s'il avait décidé de renoncer à la partie de cartes. Et s'il prenait congé, adieu mécénat.

Hendrick fut pris de panique. Dans ses moments de tristesse, il était hanté par le spectre de la misère sordide dans laquelle des génies comme Frans Hals et Rembrandt avaient fini leur vie et un mécène comme Ludolf le mettrait à l'abri du besoin pour le restant de ses jours. D'autant plus qu'il n'avait guère envie de renoncer à son train de vie. Un protecteur tel que Ludolf, qui plus est, l'aurait laissé travailler à sa guise pourvu que le résultat fût à la hauteur de ses espérances. Son orgueil dût-il en souffrir, il ne pouvait pas laisser échapper un tel filon.

– La situation n'est peut-être pas sans issue, dit-il en s'efforçant de paraître détendu. La date du départ de Francesca pour Delft n'est pas encore fixée. Elle peut faire votre portrait avant de partir.

– Mais un tel travail demande beaucoup de temps! protesta Francesca avec un regard plein d'effroi.

– Eh bien, nous prendrons le temps nécessaire. Considérons l'affaire faite, monsieur. J'espère que vous ne serez pas déçu du résultat... Enfin, j'y ajouterai quelques touches personnelles si nécessaire. Mais Francesca a le don de saisir la ressemblance.

Il lui saisit le poignet d'un geste qui se voulait enthousiaste, et ne put réprimer une grimace de douleur. Elle n'échappa pas à Francesca qui nota d'un rapide coup d'œil que ses articulations étaient gonflées. Déchirée de remords, elle ne se sentit pas le cœur de refuser l'offre de Van Deventer. Si Hendrick payait maintenant la rançon d'années de travail dans l'atelier rempli de courants d'air froids, elle se devait, par amour filial, d'achever l'œuvre qu'il avait entreprise.

– Merci, heer Van Deventer, dit-elle avec la docilité d'un enfant sage.

Ludolf était tout sourire, et la dévorait du regard.

– Nous avons toutes sortes de détails à mettre au point. Prenons rendez-vous.

– Je suis à votre disposition.

– Pourquoi pas le jour où je viens voir les tableaux de votre père? Demain, par exemple? J'ai grande hâte de les admirer.

Dès son arrivée, Ludolf avait catalogué Hendrick comme un personnage hâbleur et content de soi, facile à manipuler. Il ne traitait jamais une affaire sans avoir au préalable fait faire une enquête sur la partie adverse et Hendrick n'avait pas échappé à la règle. Il avait donc tous les atouts en main et connaissait parfaitement le faible de Hendrick pour le jeu.

Francesca, en revanche, représentait l'inconnu pour lui. Elle le subjuguait littéralement, et il avait du mal à contenir le flot de ses émotions en sa présence, comme s'il n'avait jamais vu de femme avant elle. Il était en proie au désir violent de la posséder corps et âme. Il avait certes été séduit par de nombreuses femmes au cours de sa vie, mais cette fois-ci, il se sentait comme un collégien amoureux pour la première fois. Lorsqu'elle lui était apparue au pied de l'escalier, sa chevelure qui flamboyait à la lueur des chandelles exaltant la pâleur de son teint, il avait dû faire appel à toute sa volonté pour dissimuler son trouble. Bien qu'elle lui fût déjà familière sous les traits de Flora, la beauté sensuelle et originale de la jeune fille lui parut encore plus éclatante au naturel. Il sut immédiatement qu'elle allait désormais occuper toutes ses pensées.

Il avait eu grand-peine à ne pas laisser éclater sa joie lorsque Hendrick avait accepté qu'elle peignît son portrait. Il allait pouvoir passer de nombreuses heures seul avec elle. Il s'était juré voici quelques années déjà de séduire une jeune fille vierge. Il se délectait à l'avance de l'initier aux plaisirs charnels.

– Je vous souhaite une bonne nuit, dit Francesca poliment, mais sans chaleur.

– Bonne nuit, Francesca. A demain matin.

Comme il aurait aimé la suivre dans l'escalier, apaiser la faim qui lui vrillait les entrailles en la possédant tout entière, là, contre le mur. Il ne la quitta pas du regard jusqu'à ce qu'elle disparût, puis s'épongea discrètement les paumes avec un mouchoir brodé de dentelle.

A peine Francesca eut-elle atteint le troisième étage que Sybylla se précipita sur elle sans lui laisser le temps d'ouvrir la bouche.

– J'ai tout entendu ! Tu vas partir étudier à Delft ! C'est merveilleux !

Elle l'entraîna en riant dans leur chambre, où Aletta, en chemise de nuit, vint l'embrasser.

– Je suis si heureuse pour toi!
– Bientôt ce sera ton tour.
– Mais quelle corvée de faire le portrait de cet homme!
– Père a bien été obligé d'accéder au désir de celui dont il s'assure les commandes!

Sybylla, dans un tourbillon de jupons, et ses sœurs s'assirent sur le lit à colonnes.

– Comment père a-t-il réuni l'argent nécessaire à ton apprentissage ? A-t-il gagné au jeu récemment ? demanda la cadette.

– Sans doute, car l'argent ne manque pas à la maison en ce moment, et je crois surtout qu'il a touché une forte somme pour Flora. Il y a aussi un petit revenu qui provient de l'héritage que maman avait placé pour chacune d'entre nous.

Sybylla prit un air réjoui.

– Je n'avais jamais réalisé que j'avais une dot! Aletta pourra-t-elle faire son apprentissage elle aussi ?

– Naturellement. Maintenant que père a un mécène, il va accéder à la notoriété et ses tableaux seront mieux cotés.

– Sans doute. J'espère que maître Vermeer a été payé d'avance! Mais tu connais père. Je parie que moins d'un mois après ton départ, nous aurons encore des créanciers aux trousses.

– Ne dis pas ça! fit Aletta en donnant à sa sœur une bourrade qui la fit rouler sur le lit. Francesca ne doit pas se faire du souci pour nous.

Francesca eut soudain l'air attristé.

– Tu crois que je n'ai pas pensé à tout ça ? Je pourvoirai à toutes les dépenses avant mon départ, c'est la condition *sine qua non*. Père est devenu plus raisonnable au jeu. Quand Aletta sera partie à son tour, Maria devra prendre en charge l'intendance de la maison, il faut que les finances soient saines.

– Pourquoi Maria et pas moi ? protesta Sybylla.

– Parce que père et toi jetteriez l'argent par les fenêtres, voilà pourquoi, lança sèchement Aletta.

– C'est injuste!

– Tu sais que c'est la vérité. Tu es toujours en train de demander une nouvelle robe ou je ne sais quoi.

– Balivernes! Je n'ai même pas eu de nouveau manteau cette année.

– Tais-toi, Sybylla, intervint Francesca. Tu vas réveiller toute la maisonnée. Nous parlerons de tout ça demain matin, poursuivit-elle à l'adresse d'Aletta. Mais tu avais quelque chose à me demander, n'est-ce pas ? Allons dans ma chambre, si tu veux.

– Ce n'est pas la peine. La question s'est résolue d'elle-même entre-temps.

– Tu en es sûre ?

Aletta hocha la tête, ignorant les signes frénétiques que Sybylla lui faisait dans le dos de Francesca.

– Oui, sois tranquille. Bonne nuit.

Dès que Francesca fut sortie, Sybylla bondit du lit.

– Pourquoi ne lui as-tu rien dit ?

– Elle aurait dit que je n'ai pas besoin de vendre des toiles puisque je vais avoir droit moi aussi à des études.

– Elle aurait eu raison.

– Sans doute. Allons, souffle la chandelle et viens au lit maintenant. Tu sais que je ne peux pas dormir avec de la lumière.

Sybylla s'exécuta.

– Tu n'es pas sûre de pouvoir faire ton apprentissage, n'est-ce pas ?

– Rien n'est moins certain pour l'instant. En attendant, je dois continuer ce que j'ai entrepris.

– Tu es pessimiste.

– Non, seulement réaliste.

– Tu as toujours été trop rigoureuse, Aletta. Tu ne crois pas assez à l'imprévu, ni à l'amour.

– Épargne-moi tes réflexions philosophiques à cette heure-ci, veux-tu ?

– Et si père n'avait fait allusion à ton apprentissage que pour être sûr que Francesca accepte de partir ? Tu sais que sans cela elle ne partirait jamais à Delft.

– Ne prête pas à père de si mauvaises intentions. Il est sincère. Mais les circonstances peuvent changer... En tout cas, ne rapporte rien de cette conversation à Francesca.

– Tu peux compter sur moi. N'ai-je pas bien gardé ton secret ?

Sybylla s'endormit immédiatement, mais Aletta eut du mal à trouver le sommeil. Ses études dépendaient en fait du bon vouloir de Ludolf Van Deventer et il n'était pas assuré que celui-ci ne se lassât pas un jour de maître Visser. Par le passé, Hendrick avait découragé plus d'un mécène avec ses sautes d'humeur et son orgueil impénitent...

Elle redoutait l'entretien du lendemain avec Pieter, lorsqu'elle devrait lui avouer qu'elle n'avait rien dit à Francesca. Elle espérait qu'il comprendrait comment les événements de la soirée avaient bouleversé ses plans, et elle était déterminée de toute façon à parler à sa sœur un peu plus tard.

Une autre pensée effleura son esprit. Sybylla l'avait injustement accusée de ne laisser aucune place à l'amour dans sa vie. Pieter était exactement le genre d'homme dont elle aurait pu s'éprendre, car elle admirait son intégrité et sa générosité, si elle n'avait su qu'il était sans aucun doute amoureux de sa sœur.

8

Pieter accueillit la nouvelle du départ de Francesca avec des sentiments contradictoires.

– J'en suis ravi pour elle, dit-il d'un air pensif, même si je déplore qu'elle doive quitter Amsterdam. Quoi qu'il en soit, nous ne pouvons agir à son insu.

– Je vous en prie, supplia Aletta. Je le lui dirai, mais je ne sais pas dans combien de temps. Tout ce que je sais, c'est que mon père ne me mettra peut-être jamais en apprentissage, et si j'abandonnais mon projet, je n'aurais plus aucune chance de devenir peintre un jour. (Elle posa sa main sur son bras d'un air implorant.) Par pitié, Pieter, laissez-moi un délai – un an si vous voulez – mais accordez-moi ma chance.

Il réfléchit pendant un court instant, qui sembla interminable à Aletta. Pieter savait être dur lorsqu'il le fallait, mais en l'occurrence il était sensible aux arguments d'Aletta, ne sachant que trop à quel point il est important de pouvoir réaliser son ambition. Seule son honnêteté vis-à-vis de Francesca le retenait.

– Je vais vous laisser une partie de mon étal, Aletta, sans limitation de temps. Sachez toutefois que notre contrat me met mal à l'aise, et un sentiment de gêne m'habitera toujours en présence de Francesca.

– Je sais, fit Aletta en évitant son regard.

– J'ai beaucoup d'admiration pour elle, vous savez.

– Elle le mérite, répliqua Aletta en se composant un sourire. Avez-vous l'intention de lui faire la cour ?

– Effectivement.

– Elle a déjà éconduit bon nombre de soupirants.

– Je ne me décourage pas facilement, dit-il en riant doucement.

– Vous feriez mieux de chercher ailleurs. Ce ne sont pas les jolies filles qui manquent à Haarlem, je suppose.

– Ça non! répliqua-t-il avec un regard malicieux.

– Mais il n'y a qu'une seule Francesca!

– Je ne vous le fais pas dire! Je suis résolu à tenter ma chance auprès d'elle.

– Je vous souhaite de tout cœur de réussir. Voulez-vous voir ma peinture de la jacinthe aujourd'hui?

– Je suis impatient de la découvrir.

Les deux jeunes gens quittèrent la taverne, et en chemin, Aletta raconta à Pieter la visite de Ludolf Van Deventer.

– Je la plains d'avoir à faire le portrait de cet homme-là.

– Et pourquoi donc? s'enquit Pieter, lui-même très réservé sur le personnage.

Des rumeurs circulaient sur son compte à la Bourse, et son négoce ne semblait pas au-dessus de tout soupçon.

– Il a un visage intéressant, mais on dirait un masque. Il ne laisse rien transparaître de ses sentiments, ni de sa réelle personnalité, comme s'il y avait un écran entre lui et le monde. C'est très difficile pour un artiste de rendre un portrait expressif avec ce genre de modèle.

– Je connais Van Deventer de vue. Vous dites qu'il a acheté un portrait de Francesca en Flora? Que savez-vous de lui?

Pieter n'aimait pas l'idée que cet homme possédât un tableau représentant Francesca.

– Peu de choses. Il a beaucoup parlé à table, mais rarement de lui. Tout ce que nous savons, c'est qu'il est riche et a beaucoup voyagé.

– D'après la rumeur publique, il n'est à Amsterdam que depuis dix ans, bien que son affaire ait l'air plus ancienne. Mais ses origines demeurent obscures.

– Il est probablement venu à Amsterdam quand il s'est marié. Il commence une collection de tableaux.

– Ça ne vous paraît pas bizarre qu'un homme aussi prospère s'intéresse si tard à la peinture?

– Il a dit à père que jusqu'ici il avait consacré tout son temps aux affaires.

– Plausible...

– Il est peut-être encore chez nous, père devait lui montrer tous ses tableaux ce matin.

Effectivement, une voiture rouge et or était stationnée devant la maison Visser.

– Heer Van Deventer est dans l'atelier depuis un temps fou, avec le maître et juffrouw Francesca. Tous les tableaux étaient disposés comme pour une exposition, expliqua Griet.

– Ils en ont sans doute pour un moment encore. Asseyez-vous près du feu, je vais chercher mon tableau.

Dans l'atelier, Hendrick et Francesca vécurent des minutes pénibles. Dès son arrivée, Ludolf s'était précipité vers le portrait d'Anna en faisant de grands gestes avec sa canne.

– C'est magnifique! Je vous l'achète! Avec celui qui est dans votre vestibule!

– Je suis désolé, avait répliqué sèchement Hendrick. Ni l'un ni l'autre ne sont à vendre.

– Vous m'avez bien fait venir pour voir votre travail, n'est-ce pas?

– Oui, mais c'est le portrait de ma défunte épouse.

– Mais pourquoi gardez-vous une telle splendeur au milieu de ce bric-à-brac?

Ludolf soupçonnait quelque peu Hendrick d'avoir exécuté ce tableau pour un autre commanditaire.

– Maman était si souvent à l'atelier avec père que nous avons préféré l'y laisser, intervint Francesca.

– Dans ce cas, veuillez accepter mes excuses.

L'atmosphère se détendit peu à peu et Hendrick montra au visiteur une série de tableaux historiques invendus. Ludolf porta son dévolu sur une scène de la guerre de Troie représentant un chef militaire grec menaçant une Troyenne largement décolletée à genoux devant lui, qui l'implorait d'épargner ses enfants pelotonnés les uns contre les autres, à l'arrière-plan. La femme tendait au soldat une offrande de vin et de nourriture – un plat d'huîtres, un des nombreux symboles érotiques immédiatement reconnaissables.

Il choisit également une Vénus sortant des flots, et un paysage fantastique, hérissé de falaises et de rochers, qu'il affirma lui rappeler un pays connu.

Hendrick jubilait intérieurement d'effectuer une vente sans l'intermédiaire de Willem.

Après quoi Francesca demanda à Ludolf comment il désirait être représenté. Elle lui suggéra d'inclure un bateau dans le tableau et Hendrick alla chercher une maquette, réplique exacte d'un navire marchand, toutes voiles dehors. Ludolf ayant donné son accord, Hendrick installa une petite table sur l'estrade. Francesca la recouvrit d'un drapé et lui montra une pose, accoudée sur le bras du fauteuil, le menton dans la main.

– Et si je prenais le bateau en main ? suggéra Ludolf. Francesca prit obligeamment la pose souhaitée.

– Je ne sais pas... La première proposition était peut-être la meilleure...

Il la faisait bouger uniquement pour le plaisir. Il aimait tout en elle, le galbe de ses seins sous son corsage, le froufrou de ses jupons, la pâleur laiteuse de sa peau qu'il imaginait encore plus blanche lorsqu'elle serait nue entre ses bras, auréolée de la seule splendeur de ses cheveux roux.

Francesca se leva promptement.

– Bien. Nous garderons la première suggestion. Quelle tenue désirez-vous porter ? Nous déterminerons la couleur du drapé en fonction de votre choix.

Là, il n'hésita pas. Il serait en noir et or.

Soulagée, Francesca prit congé. Elle n'avait pas supporté la façon dont Ludolf l'avait déshabillée du regard. Du moins la prochaine fois aurait-elle sa blouse de peintre et dans la pose qu'elle lui avait indiquée, son regard n'était pas dirigé vers elle.

A son étonnement, elle trouva dans la salle de réception Pieter debout, dos à la cheminée, bien campé sur ses pieds.

– Je suis heureux de vous voir, s'exclama-t-il en souriant.

– Pieter ! J'ignorais que vous étiez là, dit-elle en allant vers lui d'un pas joyeux.

– Je viens d'arriver. C'est votre sœur qui m'a invité.

– Vous avez rencontré Sybylla en ville ?

– Non, c'est Aletta qui m'a convié à voir son tableau de la jacinthe.

– C'est du bon travail. Désirez-vous quelque chose à boire ?

– Non, merci. Nous avons déjà pris du café dans cette nouvelle auberge près de la Bourse.

Elle se demanda ce qu'Aletta était allée faire dans ce quartier. Sans doute avait-elle voulu observer une de ces scènes de rue dont elle était friande.

– J'aimerais beaucoup vous y inviter, pour fêter votre départ à Delft.

– La date n'est pas encore fixée, car je dois exécuter d'abord le portrait de heer Van Deventer. C'est ma première commande.

– Vous aurez bien un peu de temps. (Il s'interrompit car Aletta revenait avec son tableau, l'air timide.) Francesca m'a dit que vous aviez fait du très bon travail, dit-il avec un sourire encourageant.

Aletta jeta un regard reconnaissant à sa sœur, et montra le tableau à Pieter. La fleur y était reproduite avec un souci méticuleux du détail, et sur le pot enturbanné de soie, comme attirée par le parfum de la fleur, grimpait une fourmi, symbole de la fragilité de tout être vivant. Pieter savait reconnaître le talent, et ne regretta point d'avoir donné son accord à la jeune fille.

– C'est très réussi. Je n'en attendais pas moins de vous.

Francesca surprit le regard complice qu'ils échangèrent, mais n'eut pas le loisir de s'y attarder, car Ludolf et Hendrick sortaient de l'atelier. Hendrick paraissait d'excellente humeur. Il lança un bonjour tonitruant à Pieter, et fit les présentations.

– Voici le jeune horticulteur dont je vous ai parlé hier soir, Pieter Van Doorne.

Ludolf, qui voulait faire redessiner ses jardins et à qui l'on n'avait soumis que des projets sans imagination, considéra le jeune homme, dont Hendrick lui avait vanté les qualités, avec intérêt.

– Francesca a peint la jacinthe elle aussi, dit Hendrick en tapotant affectueusement l'épaule de sa fille. Montre-nous ton œuvre, ma chérie.

– Pas maintenant, père, répondit-elle fermement. (Elle ne voulait pas gâcher le plaisir d'Aletta.) Une autre fois, si vous voulez.

Mais lorsque Hendrick avait une idée en tête, il était impossible de l'en faire démordre.

– Allons, pas de fausse modestie! Va chercher la toile, Aletta!

Aletta s'exécuta. La jacinthe était rangée dans une armoire avec toutes sortes d'autres tableaux, pour ne pas détourner l'attention du visiteur des toiles du maître. Elle n'avait jamais conçu la moindre jalousie vis-à-vis de sa sœur et, tout en cherchant la toile, elle se dit que pour une amoureuse des fleurs comme Francesca, cette jacinthe marquerait sans doute une période charnière dans sa carrière. En tout cas il n'échapperait pas à un amateur éclairé comme Pieter que la version de Francesca était supérieure à la sienne.

Ludolf était très intrigué par ce jeune horticulteur qui avait réussi à cultiver une plante aussi rare.

– Avez-vous déjà travaillé pour quelque personnage de renom ?

– Je ne révèle jamais l'identité de ceux qui ont eu recours à mes talents, dit froidement Pieter. Certes, s'ils choisissent de me recommander... tout le bénéfice est pour moi.

Cette réponse plut à Ludolf. Il appréciait la discrétion. Les serviteurs de la maison Deventer avaient appris à tenir leur langue et ceux qui ne se conformaient pas à cette règle prenaient rapidement la porte.

– Venez donc voir mon jardin. J'aimerais le faire redessiner.

Pieter voyait déjà de quoi il s'agissait : des parterres symétriques, une ou deux fontaines, une statue classique et éventuellement une allée bordée d'arbres s'il y avait assez d'espace. Tout ce qui venait de France était follement à la mode, et les riches voulaient tous des parcs comme celui de Versailles.

Pieter préférait les jardins à l'anglaise où l'habitation et la nature se répondent dans une suave harmonie de couleurs et de parfums.

– Impossible aujourd'hui, heer Van Deventer. Mes affaires m'appellent à Haarlem et la route est longue.

– Alors, disons dans quinze jours, à la même heure.

Sans même attendre la réponse, Ludolf précisa qu'il habitait Heerengracht, que sa demeure était reconnaissable à un escalier en fer à cheval, et qu'un bateau sculpté ornait le fronton.

Tous les signes extérieurs de la richesse étaient réunis là, et Pieter avait déjà travaillé dans de telles demeures. La proposition était alléchante, mais l'intégrité de ce Van Deventer lui semblait sujette à caution. Il était sur le point de refuser mais se ravisa : avec un pied dans la maison Deventer, il pourrait par la même occasion veiller aux intérêts de Francesca.

– Je passerai vous voir, mijnheer, dit-il en s'inclinant légèrement.

Aletta était de retour avec le tableau et Ludolf se répandit en louanges, tout en ménageant la susceptibilité de Hendrick – qu'il avait d'ailleurs laissé gagner haut la main aux cartes la veille. Il avait pris de plus gros poissons dans ses filets et n'était pas décidé à laisser échapper celui-ci.

– Il est rare de voir tant de talents réunis sous un même toit. Le chêne a donné naissance à deux habiles surgeons! fit Ludolf avec une profonde révérence. Je vois dans cet échantillon de votre art la promesse que mon portrait sera excellent.

D'emblée, Pieter fut frappé par la différence entre les deux jacinthes. Le tableau de Francesca était un hymne à la beauté de la fleur, rayonnant de simplicité, sans élément symbolique superflu.

– Mes félicitations.

Le visage de Francesca, qui s'était fermé devant les compliments outranciers de Ludolf, s'éclaira soudain. Ludolf se fustigea intérieurement de son manque de subtilité et prit congé rapidement.

Pieter, prié de partager le repas de midi avant de partir pour Haarlem, accepta avec joie. A table, Francesca le plaça à côté de Sybylla.

– Avez-vous vu la voiture de heer Van Deventer devant la maison? demanda-t-elle, ravie à la perspective que cette visite si rapprochée fût à n'en pas douter signe de prospérité pour toute la famille.

– Oui, et si je n'avais su à qui elle appartient, j'aurais cru que votre père recevait le prince d'Orange en personne!

– Qui sait? Cela arrivera peut-être un jour!

– Et pourquoi pas? fit Hendrick en tapant joyeusement sur la table.

– Le cocher m'a laissé monter dans la voiture, claironna Sybylla.

– Petite effrontée! tempêta Maria.

– L'intérieur est garni de velours avec des glands dorés. Quand aurez-vous une voiture comme celle-ci? demanda-t-elle à Pieter avec un regard provocant.

– Quand j'aurai inventé une tulipe que tout le monde s'arrachera, dit-il mi-riant, mi-sérieusement.

– Est-ce là votre ambition? demanda Francesca.

– Je crois que c'est le rêve de tout horticulteur.

– Par pitié, ne ressuscitez pas cette vague de folie qui a ravagé notre pays. Vous n'étiez pas né, jeune homme, mais vous en avez sans doute entendu parler, s'exclama Hendrick en faisant des moulinets avec sa fourchette.

– Bien sûr. Mon père avait investi avec succès, mais nombre de ses amis ont tout perdu.

– J'ai eu la chance de m'en sortir sans dommage... et je me suis bien amusé le temps que ça a duré.

Hendrick se mit à raconter des anecdotes que sa famille connaissait par cœur. Pieter l'écoutait avec intérêt en dépit du manège de Sybylla sous la table. Elle avait ôté une de ses chaussures et réussi, du bout des orteils, à faire glisser un des bas de Pieter. Il dut se baisser précipitamment pour le réajuster et lui jeta un coup d'œil en coulisse : elle mangeait tranquillement avec un air de sainte nitouche, mais sous ses cils baissés filtrait un regard d'une telle polissonnerie qu'il pensa que tout le monde avait remarqué son manège.

A la fin de ce repas mouvementé, il se retrouva enfin un petit moment en tête à tête avec Francesca. Ils convinrent d'un rendez-vous à la maison de café près de la Bourse, suivi d'une promenade si le temps était propice.

– Cela me paraît une excellente idée, dit Francesca, les yeux brillants.

– J'attends ce moment avec impatience.

Après le départ de Pieter, elle se dit qu'elle avait été bien frivole d'accepter de le rencontrer seule à seul. De toute façon elle serait sous peu à Delft et cela l'écarterait définitivement de la tentation.

Comme chaque fois qu'elle entendait son époux rentrer à la maison, Amalia Van Deventer, étendue sur ses oreillers, pria pour qu'il ne montât point dans ses appartements. Durant toutes ces heures solitaires passées à ruminer le passé, elle se demandait comment elle avait pu un jour être éprise de lui.

Elle savait qu'aujourd'hui il était allé voir un artiste nommé Visser pour acheter des tableaux et qu'il viendrait sans doute lui rendre compte de sa visite, car il se comportait aux yeux du monde comme un mari irréprochable.

L'appartement qu'elle occupait était luxueusement meublé dans le style français, comme le reste de la maison, en souvenir de leur voyage de noces en France, dix ans auparavant. De retour en Hollande, Ludolf n'avait eu de cesse de se faire construire une maison à l'image des splendides demeures où ils avaient séjourné. Il avait une fortune personnelle, mais c'était la dot de sa femme qui avait financé leur installation. En dépit de ses protestations, il n'avait rien voulu garder des magnifiques meubles sculptés qu'elle tenait de sa famille, et elle en avait versé des larmes amères. Son premier mari, un collectionneur d'art hollandais, lui avait laissé de fort belles toiles que Ludolf avait bradées pour accrocher à la place des tableaux français qu'elle jugeait médiocres.

Cet engouement pour la France avait fait place depuis peu à un intérêt ostensible pour l'art hollandais, et, connaissant le caractère tortueux de son époux, elle se demandait ce que cela pouvait bien cacher. Il n'était plus question de voyages en France non plus... Elle avait le temps de songer à toutes les pièces manquantes du puzzle.

Pour l'instant, elle se réjouissait d'avoir à nouveau chez elle des tableaux de l'école hollandaise et lorsque, peu avant Noël, Ludolf avait parlé d'acquérir une mystérieuse toile, elle n'avait pas été étonnée qu'il eût évincé tout acheteur éventuel en offrant une somme exorbitante à de Hartog.

Aussi splendide que fût cette Flora, qui trônait désormais dans la salle de banquet, Amalia lui préférait la toile de Pieter de Hooch, une scène d'intérieur qu'elle avait accrochée dans son salon et qui éveillait en elle la nostalgie de son enfance. Ludolf faisait souvent admirer le tableau à ses invités, et elle devait alors jouer son rôle d'hôtesse, se coiffer et s'habiller avec recherche, même si elle ne pouvait rester trop longtemps debout et recevait parfois allongée sur sa couche.

En entendant son pas dans l'escalier, elle se releva lentement sur ses oreillers et prit sur sa table de chevet un coffret contenant ses cosmétiques et un petit miroir qui lui renvoya l'image d'un visage autrefois intéressant, sinon parfait. Elle avait des sourcils bien dessinés, des cils épais et noirs abritant un regard noisette pailleté d'or, un menton volontaire. La maladie avait creusé sous ses yeux des cernes sombres et donné à son teint d'albâtre une couleur cireuse. Elle se maquillait cependant régulièrement plus par respect pour elle-même que pour cet époux qui ne l'aimait plus.

Une touche de rouge sur les lèvres, un nuage de poudre, et l'illusion de la santé lui était revenue aux joues.

– Comment vous sentez-vous aujourd'hui, Amalia ?

A la question rituelle elle répondait invariablement :

– Beaucoup mieux, merci.

Ludolf se frottait les mains l'une contre l'autre d'un air réjoui.

– Avez-vous vu quelque chose qui vous a plu chez maître Visser ? demanda-t-elle en évitant de regarder les mains aux doigts épais qui lui avaient fait subir tant d'outrages lorsqu'elle et lui partageaient encore le lit conjugal, avant que la maladie ne la délivre de la lubricité de Ludolf.

– J'ai acheté quatre tableaux. Ce peintre, veuf avec trois filles, est de fort agréable compagnie. Je l'ai d'ailleurs invité à jouer aux cartes un soir prochain, et je donnerai bientôt un banquet en son honneur.

Elle avait ce genre de soirée en horreur. Si faible qu'elle se sentît, elle se devait d'y faire une apparition, corvée dont elle s'était acquittée jusqu'à présent sans faillir. Elle fut surprise de la soudaine générosité de Ludolf à l'égard de cet artiste. Il ne faisait jamais rien sans arrière-pensée.

– Combien de convives comptez-vous recevoir ?

– Vingt-cinq ou trente. Vous pouvez ajouter qui bon vous semble à la liste, naturellement.

Amalia avait perdu de vue les gens qu'elle fréquentait pendant son premier mariage et n'était restée en relation qu'avec quelques amis d'enfance – qu'elle préférait d'ailleurs voir en privé, mais qui venaient toujours aux banquets par égard pour elle.

– Il vous faudra une nouvelle robe, Amalia, dit-il en arpentant la pièce d'une façon qui n'appartenait qu'à lui.

– J'en ai déjà tellement...

S'il n'avait dilapidé l'héritage de sa femme en bijoux et vêtements somptueux, équipages luxueux et chevaux de race, sans doute aurait-il pu passer pour généreux, car il n'est pas banal de voir un mari insister pour que sa femme se fasse confectionner une nouvelle robe alors que ses armoires en regorgent déjà.

– Il ne sied ni à mon rang ni à ma fortune que vous apparaissiez deux fois de suite en public avec la même robe. Je choisirai le tissu, et je vous enverrai la couturière dès demain.

Comme d'habitude, elle se rendit à ses raisons sans protester.

– Quand projetez-vous de jouer aux cartes avec maître Visser ?

– La semaine prochaine. Nous serons quatre. Nous nous sommes déjà fait la main hier au soir, et, croyez-m'en, c'est un joueur de tout premier plan.

Ce qui signifiait que les enjeux seraient élevés.

– Êtes-vous sûr qu'il a les moyens ? Les artistes ont souvent des revenus modestes.

– Celui-ci a une belle maison, et sait recevoir : on fait bonne chère à sa table, et son vin est excellent. Il envoie sa fille aînée en apprentissage à Delft, et la cadette suivra de peu. Qui plus est, son agent sait s'y prendre pour faire monter les prix.

La description lui parut suffisamment convaincante. La maison Visser pouvait effectivement donner l'impression de reposer sur de solides bases financières, mais Ludolf supposait que Francesca veillait sévèrement au grain, et il savait par son informateur patenté que Hendrick contractait fréquemment des dettes de jeu, et que bien souvent le train de maison dépendait de ses gains hypothétiques.

Ludolf, un moment décontenancé par la nouvelle du départ de Francesca pour Delft, se jura que bientôt plus rien ne s'opposerait à la conquête de la jeune fille.

Mise en confiance par le ton rassurant de son époux, Amalia chassa de son esprit la vision de Hendrick Visser entraînant sa famille à la ruine.

Dès que Ludolf eut quitté l'appartement, Neeltje, la femme de chambre, entra avec le thé.

– Merci, dit Amalia en prenant une tasse du breuvage parfumé.

Ce rituel s'était installé entre elles au fil des années. Après les visites de son époux, Amalia avait besoin de réconfort.

Agée d'une quarantaine d'années, Neeltje avait un visage sans grâce, des cheveux blond pâle, et de larges mains de paysanne douces et fortes. C'était une compagne agréable pour Amalia, qui lui parlait des heures entières de sa vie passée et de son premier mari, Stephanus, mort cinq ans avant son mariage avec Ludolf.

A l'âge de quinze ans, elle avait fait un mariage de convenance avec Stephanus, un veuf qui avait le triple de son âge. C'était un homme doux et bon, et elle avait appris à l'aimer au fil du temps. Elle n'avait jamais connu d'amour romantique et c'est sans doute pourquoi elle avait cédé aux avances pressantes de Ludolf et elle avait consenti à l'épouser après son long veuvage. Des amis l'avaient mise en garde contre cet étranger dont on savait si peu de chose, sauf qu'il était lié au courtage et au négoce maritime. Elle avait objecté qu'il était revenu à Amsterdam suite à la mort de son associé. Dans ce cas, comment se faisait-il que personne n'eût entendu parler de lui dans le milieu des affaires ? Elle avait répliqué d'un ton léger que le monde était vaste et que Ludolf préférait mener ses affaires entouré de discrétion.

Et le jour où elle avait rencontré deux marchands qui avaient connu Ludolf dans le Nouveau Monde et se répandaient en louanges sur son compte, l'un pour avoir obtenu grâce à lui de la poudre à canon – alors introuvable –, l'autre pour avoir pu faire remplacer un navire naufragé, elle n'avait pu contenir sa joie. Par la suite, elle avait hélas déchanté et s'était demandé si ces deux flatteurs n'étaient pas à la solde de son époux.

– Ludolf va bientôt donner un banquet, Neeltje, soupira-t-elle.

– Il va falloir bien vous reposer avant, madame.

Amalia eut un sourire las. Elle avait eu des pertes de connaissance effrayantes dont elle s'était remise à chaque fois, au grand étonnement de son médecin qui attribuait ces rémissions à une volonté de fer. Il ignorait que son seul élixir de vie était la haine qu'elle vouait à son époux – haine réciproque, du reste. Elle savait qu'elle était en sursis, mais son souhait le plus cher eût été de vivre encore longtemps rien que pour peser sur son existence.

– Comment as-tu osé faire une chose pareille ! s'exclama Willem, contenant mal sa colère.

– J'ai accepté que Francesca fasse le portrait de Van Deventer parce que c'était le seul moyen de sauver la mise. Qui plus est, je lui donne une chance de gagner de l'argent, car j'ai l'intention de partager avec elle le produit de la vente. C'est plutôt généreux de ma part, non ?

Willem agita le contrat de Francesca d'un air furieux.

– J'ai signé ! Elle doit être chez maître Vermeer dans un mois.

– C'est impossible, fit négligemment Hendrick.

– Maudit sois-tu avec ton obstination ! J'ai eu un mal fou à obtenir de la Guilde qu'elle ne fasse que trois ans d'études – voire deux si elle donne satisfaction – au lieu de six.

– Tu avais pourtant son contrat d'apprentissage.

– Qui prouvait quoi ? Simplement qu'elle avait travaillé dans ton atelier jusqu'à l'âge de dix-huit ans, mais elle n'a présenté aucune œuvre à la Guilde d'Amsterdam. Qui plus est, ce papier était sans valeur, n'étant pas rédigé sur parchemin, mais la qualité de ses dessins et les peintures de sa sœur ont finalement fait pencher le jury en sa faveur.

– Quel motif as-tu invoqué pour justifier son changement d'atelier ?

– Des raisons familiales!... (Willem écumait de rage. Hendrick n'insista pas, sachant qu'il avait passé les bornes.) Imagine-toi que Vermeer n'était pas du tout enthousiasmé par la perspective de prendre une élève. J'ai dû déployer toute ma force de persuasion pour qu'il accepte enfin, et à des conditions financières raisonnables. C'est la chance de sa vie, tu ne vas pas tout gâcher avec ton entêtement! Si elle ne se présentait pas, Vermeer serait en droit de dénoncer son contrat, et même de te poursuivre en justice! Où est-elle ?

– En haut. Elle essaye une nouvelle robe.

– Appelle-la.

– Je ne tiens pas à ce que tu la perturbes avec ta mauvaise humeur.

– Dans ce cas, je vais la chercher moi-même.

Willem s'engouffra dans l'escalier. Il n'était jamais monté à l'étage, et en arrivant sur le palier il hésita entre le corridor à sa droite, et un autre escalier plus étroit qui desservait encore un étage, comme dans beaucoup de maisons hollandaises.

D'une porte entrouverte au bout du couloir lui parvint l'écho d'une conversation féminine.

– Francesca!

Il y eut un silence, puis Francesca elle-même, dans une robe de velours roux sillonnée de fils de bâti, apparut sur le seuil avec un air de surprise amusée.

– Vous êtes-vous perdu, mijnheer ?

– J'ai à te parler. C'est très important.

Le sourire de Francesca se figea. Elle se tourna vers la couturière puis proposa à Willem d'aller dans sa chambre, où il la mit au courant de la situation.

– ... Peut-être Vermeer accepterait-il un délai, mais rien n'est moins sûr.

Francesca remonta machinalement une de ses manches dont le bâti avait lâché.

– Là n'est pas la question. Nous devons respecter notre contrat. Mais j'ai aussi un engagement vis-à-vis de Van Deventer.

– Peux-tu finir son portrait d'ici à cinq semaines ?

– Si j'avais l'atelier pour moi seule, sans doute, mais père fait en ce moment le portrait d'un collecteur d'impôts, et lorsqu'il est d'humeur à travailler, je lui cède la place. Je pourrais éventuellement partager l'atelier d'Aletta, mais il n'y a guère d'espace pour deux. De toute façon la maison est vaste, et je me débrouillerai pour honorer mes engagements.

– Songe que Van Deventer est un homme très occupé et qu'il ne pourra peut-être pas venir poser aussi souvent que tu le souhaiterais. J'ai une idée : pourquoi ne pas travailler chez lui ? Tu l'aurais sous la main à tout moment.

Le visage de Francesca s'illumina.

– Ce serait la solution idéale.

– Je vais de ce pas lui soumettre ma suggestion. Je suis sûr qu'il acceptera.

– Vous êtes si bon, dit-elle en lui souriant avec reconnaissance.

– Je suis un vieil ami de ton père, Francesca, et j'aimais beaucoup ta maman.

– Les mots me manquent pour vous remercier, dit-elle avant de disparaître dans la pièce où la couturière l'attendait.

Pendant l'essayage, elle se dit qu'elle ne pourrait peut-être pas aller à son rendez-vous avec Pieter, mais elle le verrait chez Van Deventer le vendredi suivant de toute façon.

A la fin de l'après-midi, une missive de Ludolf l'informa qu'une pièce venait d'être aménagée en atelier, avec tout le matériel nécessaire, et que sa voiture viendrait la chercher le lendemain matin.

– Je n'en demandais pas tant, dit-elle à son père.

– C'est un homme très influent. Après tout, il m'a bien envoyé sa voiture hier au soir pour jouer aux cartes chez lui, il est normal qu'il en fasse autant pour toi.

La soirée s'était déroulée sous un jour particulièrement favorable pour Hendrick. Trois de ses toiles étaient placées en évidence dans le cabinet de jeu et une autre trônait dans la salle à manger. Il avait gagné et n'avait jamais vu gentilshommes perdre d'aussi bonne grâce. Ceux-ci avaient accepté son invitation à prendre leur revanche, mais Hendrick savait bien que sa chance ne le lâcherait pas et, après quelques parties comme celle-ci, il pourrait envoyer Aletta à Delft.

Lorsque Sybylla sut que Francesca allait monter dans la voiture de Ludolf, elle fit des pieds et des mains pour l'accompagner.

– Je t'en prie! Laisse-moi venir avec toi! Je me tiendrai tranquille pendant que tu peindras.

– Je ne t'ai jamais vue tenir cinq minutes en place! plaisanta Francesca.

Sybylla se mit à trépigner et Francesca finit par céder.

A huit heures le lendemain matin, la voiture les attendait devant la porte. Francesca avait pris sa blouse de peintre et les draperies pour le fond, Sybylla portait la maquette du bateau. Au comble de l'excitation, dès qu'elle apercevait quelqu'un de connaissance, elle se prenait pour Guillaume d'Orange en personne et se mettait à saluer comme une princesse.

La maison de Van Deventer, plus récente et plus imposante que les maisons voisines, avait une façade richement décorée de pilastres, avec des volutes de feuillage aux encadrements des fenêtres.

Par jeu, Sybylla prit l'escalier opposé à celui qu'emprunta Francesca, pour se retrouver en même temps qu'elle sur le seuil. La porte était grande ouverte, et Ludolf les accueillit lui-même. Il avait déjà revêtu son costume de velours noir gansé d'or et garni de flots de rubans aux épaules et aux genoux. Sa perruque était bouclée avec encore plus de soin qu'à l'ordinaire. S'il fut surpris de voir Sybylla, il n'en laissa rien paraître et salua les jeunes filles avec une extrême courtoisie.

– Soyez les bienvenues. Je me réjouis d'avoir pu vous installer un atelier dans ma maison, Francesca. Heer de Hartog m'a dit que vous partez pour Delft dans cinq semaines, aussi ferai-je tout mon possible pour vous faciliter le travail, soyez-en persuadée.

– Vous avez déjà fait beaucoup, dit obligeamment Francesca.

Sybylla était éblouie par la dimension et le luxe de la salle de réception, où cent personnes pouvaient danser à l'aise. Les murs étaient tendus de panneaux de soie encadrés de dorures et un gigantesque lustre de cristal était suspendu au plafond richement décoré de fresques représentant des baleines et des vaisseaux pris dans une tempête. Le sol était en marbre bleu, avec un motif central figurant des dauphins autour d'un navire. Elle fut encore plus impressionnée de voir deux serviteurs en livrée prendre leurs manteaux – en effet, l'État percevait un impôt supplémentaire pour les serviteurs mâles. Ce marchand de navires devait avoir de l'argent à jeter par les fenêtres! Elle tourna vers lui un regard subjugué. Il fallait que Francesca se fasse bien voir de ce Crésus!

– N'ayez crainte, Francesca ne va pas bâcler votre portrait sous prétexte qu'elle s'en va fin avril.

– Jamais une telle pensée ne m'a effleuré. Avant que nous nous mettions au travail, je vais vous présenter ma femme.

– J'en serais ravie, dit Francesca qui avait apporté pour Amalia un coffret de sucreries faites par ses soins.

Ludolf les précéda dans un long corridor garni de tapisseries, leur expliquant que les appartements de sa femme étaient situés au rez-de-chaussée pour lui éviter la fatigue des étages.

Amalia leur parut si faible, si délicate, au milieu des coussins qu'on eût dit que même la fine couverture de soie brodée qui recouvrait ses jambes était trop lourde pour elle. Elle était, malgré l'heure matinale, impeccablement coiffée et habillée. Elle tendit vers les jeunes filles une main diaphane.

– Vous êtes bien aimables de venir me rendre visite. J'ai déjà le plaisir de connaître Francesca sous les traits de Flora et voici Sybylla, je suppose ? Oh, comme c'est gentil à vous de m'avoir apporté un cadeau! Ce coffret est magnifiquement décoré et le contenu a l'air délicieux!

Cette femme, comblée de biens, était sincèrement touchée de recevoir un modeste cadeau. Les deux sœurs prirent congé non sans avoir promis de revenir la voir avant de partir.

Francesca fut émerveillée par l'atelier qu'on lui avait aménagé : c'était une chambre immense et haute de plafond. Le lit à baldaquin aux rideaux brodés avait été repoussé dans un angle et disparaissait en partie derrière un paravent oriental. La pièce, exposée au nord, était généreusement éclairée par quatre grandes fenêtres donnant sur le jardin. Une chaise sculptée et une petite table avaient été disposées de façon à bénéficier de la lumière du jour, et un chevalet supportant une toile vierge attendait Francesca. Un assortiment d'huile et de pigments avait été préparé en quantité plus que suffisante.

– Qui a broyé les couleurs ?

– Le fournisseur. Cela vous convient-il ?

– C'est parfait.

Un serviteur attendait ses ordres, et elle demanda qu'on déploie un autre paravent derrière la chaise pour servir de support au drapé.

– Nous pouvons nous mettre au travail.

Ludolf l'aida à revêtir sa blouse et Sybylla disposa le navire sur la table selon les indications de Francesca. Ludolf coiffa son chapeau – le dernier cri de la mode masculine en France, avec un bord étroit et une plume d'autruche toute droite – et prit la pose.

Sybylla s'installa sur une chaise d'où elle pouvait voir à la fois la toile et le modèle. Lorsqu'elle peignait, Francesca était toujours très concentrée. Elle oubliait ses soucis et la seule fois où elle s'était sentie troublée, c'était à cause de Pieter. Aujourd'hui, elle était en pleine possession de ses moyens. Plus rien au monde n'existait, qu'elle et son modèle. Elle observait la courbe des narines, la pente des sourcils, l'arête du nez, la lèvre inférieure charnue, très légèrement fendue, comme par un ancien coup de poing, et la cicatrice au coin de l'œil gauche, qui constituait en elle-même un exercice, tout comme la perruque, avec sa multitude de boucles et de reflets.

Ludolf bavardait, comme le font généralement les modèles. Seuls les professionnels gardent le silence. Sybylla lui donnait la réplique avec vivacité. Francesca octroya une pause à Ludolf au bout de vingt minutes et continua à travailler.

Ludolf s'était approché d'une fenêtre ave Sybylla et lui faisait part de ses projets d'aménagement du jardin.

Il avait repris la pose depuis cinq minutes à peine lorsque Sybylla, incapable de contenir plus longtemps son enthousiasme, s'écria :

– Que c'est beau ici !

Elle dansait presque de joie autour de la pièce, en découvrant des bibelots en argent et des porcelaines sur une table de toilette à la française.

Ludolf la vit du coin de l'œil s'extasier devant une sculpture et caresser une tenture de brocart.

– Cela vous plairait-il de visiter la maison ?

– Je pourrais ? fit Sybylla en joignant les mains d'un air extatique.

– Bien sûr. Si vous vous perdez, vous n'avez qu'à sonner. Il y a un cordon de sonnette dans chaque pièce. Un domestique viendra vous chercher.

Dès que la porte se fut refermée sur Sybylla, il bondit de sa chaise.

– Je fais une petite pause, dit-il en s'approchant du chevalet. (Il n'y avait pour l'instant qu'une ébauche, mais les traits décisifs étaient en place et la ressemblance apparaissait déjà.) Même à ce stade, on me reconnaît infailliblement ! s'exclama-t-il.

Francesca posa ses pinceaux et sa palette.

– Mon père n'autorise personne à regarder un tableau avant qu'il ne soit complètement terminé. Je ne suis pas aussi intransigeante que lui, mais je préférerais que vous ne regardiez pas ce portrait avant que je vous y invite.

– Je me conformerai à vos désirs.

– Je vous en remercie.

– Je ne cherche qu'à vous plaire, dit-il avec une intonation chargée de sous-entendus, en se rapprochant d'elle.

Elle bouillait intérieurement. Comment pouvait-il imaginer un seul instant qu'elle allait céder aux avances d'un homme de l'âge de son père ? Elle feignit de ne pas comprendre.

– Dans ce cas, veuillez reprendre la pose, s'il vous plaît. Essayez de garder votre regard dans la direction que nous avions fixée au départ. Il est très important, à cette étape du travail, que vous ne bougiez pas la tête.

– Alors, ne captez pas tous mes regards ! rétorqua-t-il avec une lueur amusée dans les yeux.

Elle lui lança un coup d'œil agacé.

– Essayez de comprendre que ma tâche consiste à vous représenter tel que vous apparaissez aux yeux du monde. Ne me révélez pas une facette de votre personnalité que vous désirez garder secrète. Sinon – que je le veuille ou non – cela transparaîtra dans votre portrait.

– Êtes-vous si sûre de votre talent ? fit-il, abasourdi.

– Ce n'est pas une question de talent. Pour moi ce serait plutôt un défaut, car je ne peux m'empêcher de faire apparaître sur la toile ce que je perçois de l'intériorité du modèle. Ne vaudrait-il pas mieux au contraire laisser plus à deviner ?

– Vous réfléchissez beaucoup, n'est-ce pas ?

– J'essaie de comprendre, c'est tout.

Il venait de se faire remettre à sa place de la façon la plus claire qui soit.

– Si un homme est secrètement amoureux, est-ce que vous pouvez rendre ce sentiment sur un portrait ?

– Comme la haine, l'avarice ou tout autre sentiment, tout finit par apparaître lorsqu'on étudie patiemment le visage du modèle. S'il est une chose que mon père m'a enseignée, c'est bien la faculté de développer cette vision de l'intérieur, mais il faut que j'apprenne à bien la maîtriser.

– C'est ce que vous attendez de maître Vermeer ?

Elle se détendit et prit une expression à la fois joyeuse et pensive.

– J'attends tout de maître Vermeer !

C'était encore une rebuffade, qu'elle en soit consciente ou non. La conquête allait être difficile, mais cela ajouta encore à sa détermination de la posséder un jour. Avec un mot aimable et un sourire de pure composition, il alla reprendre la pose et Francesca se mit au travail.

9

L'incident du premier jour entre Francesca et Ludolf ne se renouvela pas. L'un et l'autre se comportaient comme si de rien n'était. Leur conversation était sereine et totalement dénuée de sous-entendus. Francesca se dit que Ludolf avait tenté sa chance et qu'il n'était ni pire ni meilleur qu'un autre. Du moins avait-il tenu compte de son refus.

Une sorte de routine s'installa. Comme Sybylla accompagnait quotidiennement Francesca sans donner le moindre signe de lassitude, celle-ci crut bon d'en parler à Ludolf.

– J'espère que vous ne voyez pas d'inconvénient à la présence de ma sœur.

– Bien sûr que non, s'empressa-t-il de la rassurer. Sa présence est un véritable rayon de soleil pour ma femme.

Francesca se réjouissait de l'amitié qui s'était nouée entre Amalia et Sybylla malgré leur différence d'âge. Toutes deux s'étaient découvert la même passion pour la mode et passaient de longues heures à bavarder.

– C'est merveilleux que Francesca ait pu obtenir un apprentissage à Delft. Elle doit être très douée.

– Assurément. Il faudrait que vous voyiez le tableau qu'elle a fait de ma sœur Aletta et moi en train de jouer du virginal et de la viole.

Le visage d'Amalia s'illumina.

– Vous jouez de la viole ? C'était l'instrument préféré de ma mère et toute mon enfance a été bercée par sa musique. Pourriez-vous – si ce n'est pas trop demander – jouer pour moi, à l'occasion ?

– Avec grand plaisir, dit spontanément Sybylla. J'adore jouer. J'apporterai ma viole dès demain matin.

Un jour, Amalia dit à Francesca :

– La compagnie de votre sœur est pour moi un remède plus efficace que toutes les médecines du monde. Nous avons en commun l'amour de la musique, et vous n'imaginez pas le plaisir qu'elle me fait en jouant pour moi. Elle est si débordante de joie de vivre !

Lorsque Amalia devait se reposer, Sybylla allait faire un tour dans la bibliothèque de Ludolf, ou dans le jardin. Elle était libre d'aller et venir à sa guise dans la maison, à part le bureau et les appartements de Ludolf, qui étaient fermés à clé. Un jour où elle rêvassait, pelotonnée sur un siège devant une fenêtre, elle vit Neeltje sortir précipitamment du bureau en jetant des regards furtifs autour d'elle. Celle-ci n'avait pas remarqué la présence de Sybylla qui se demanda si elle devait rapporter ce qu'elle venait de voir à Amalia. Mais elle se dit que Neeltje agissait sans doute sur les instructions de sa maîtresse. Peut-être celle-ci soupçonnait-elle son époux de la tromper – ce qui était fort plausible – et cherchait-elle quelque indice compromettant.

Le regard de Ludolf sur Francesca n'avait pas échappé à Sybylla. Avec elle aussi, il avait eu une attitude équivoque, reluquant son corsage, passant un bras autour de sa taille sous n'importe quel prétexte, ou suivant avec insistance le balancement de ses hanches lorsqu'elle quittait une pièce.

A part ceux qu'elle consacrait à Amalia, un des moments favoris de Sybylla était l'heure du repas de midi, qu'elle prenait en tête à tête avec Francesca, Amalia déjeunant dans ses appartements et Ludolf étant le plus souvent dehors. Les mets étaient délicieux et la vaisselle en argent. Qui plus est, elle échappait aux corvées domestiques que Maria lui imposait.

Francesca était toujours très concentrée sur son travail et le portrait avançait bien, mais le jour où Pieter devait venir, elle devint de plus en plus fébrile à mesure que l'heure de son arrivée approchait. Elle ôta sa blouse et descendit à sa rencontre dans le vestibule. Elle arriva juste au moment où il frappait à la porte. Un serviteur alla ouvrir. Pieter déclina son identité et le motif de sa visite. A la vue de Francesca, son regard s'illumina. Elle se dit qu'il ne tenait qu'à elle qu'un sentiment profond naquît entre eux.

– Je regrette, Pieter, mais je ne pourrai pas aller à notre rendez-vous. Je n'ai eu que cinq semaines pour exécuter ce portrait, et chaque minute compte.

Pieter n'eut pas le temps de répondre car la voix de Ludolf résonnait déjà dans le hall.

– Si heer Van Doorne veut bien nous faire le plaisir de partager notre repas de midi... De cette façon, vous pourrez honorer votre rendez-vous, Francesca.

Cette perspective ne les réjouissait ni l'un ni l'autre, mais Pieter n'eut guère le choix de refuser l'invitation.

Pieter suivit Ludolf dans le jardin et Francesca regagna l'atelier, où, en s'approchant de la fenêtre, elle vit les deux hommes en pleine discussion, Ludolf faisant de temps en temps de grands gestes en direction des platesbandes et Pieter prenant des notes.

Le jardinier vint les rejoindre un instant, puis retourna à ses occupations et Ludolf rentra dans la maison. Pieter, qui ne savait pas où se situait l'atelier de Francesca, leva la tête dans sa direction sans hésiter une seconde, comme si quelque fil invisible l'eût guidé infailliblement vers elle. Il lui fit un signe de la main, auquel elle répondit avant de se remettre à sa tâche.

– Il nous reste une demi-heure avant le repas, dit Ludolf en entrant dans l'atelier.

Il prit confortablement la pose, en mettant son chapeau, réservant le costume complet pour les plus longues séances. Ils étaient convenus de mettre à profit ses moindres moments de liberté.

– Dix minutes me suffiront, dit-elle en changeant de palette, après avoir peaufiné quelque détail sur le fond.

Lorsque la cloche du déjeuner retentit, ils descendirent ensemble. Sybylla en sortant de chez Amalia trouva Pieter en train d'admirer les tableaux accrochés sur les murs tendus de soie verte.

– Bonjour, Pieter. Vous êtes là, vous aussi!

– Je suis invité à déjeuner.

– Comme c'est drôle! J'espère bien être à côté de vous! glousssa-t-elle.

Tel ne fut pas le cas. Sybylla fut placée en face de Pieter qui lui fit un clin d'œil malicieux signifiant que la table était trop large pour se livrer aux mêmes polissonneries que la fois précédente. Elle ne put contenir son fou rire qu'après avoir absorbé une gorgée de vin. Enhardie par la présence de Pieter, elle se montra encore plus bavarde qu'à l'ordinaire.

Francesca avait remarqué que Ludolf ne tenait pas rigueur à sa sœur de son exubérance. Il était le premier à rire de ses reparties et abordait avec elle toutes sortes de sujets.

Pieter n'eut pas le loisir de se trouver un seul instant en tête à tête avec Francesca, car, dès la fin du repas, Sybylla l'entraîna chez Amalia qui désirait s'entretenir avec lui de l'aménagement du jardin.

– J'aimerais avoir une tonnelle, dit-elle. Je ne suis pas descendue au jardin depuis l'été dernier, car il n'y a pas d'endroit abrité.

Elle se sentait mieux ce jour-là et était assise sur une chaise près de la fenêtre, ce qui était très rare.

– J'ai déjà pensé à cela, madame, répondit Pieter en lui montrant l'endroit prévu pour une tonnelle.

Il parla d'une terrasse en pente douce, d'un mur pour la protéger du vent, d'arbres pour donner de l'ombre. Amalia était ravie.

– Tout cela est parfait. Quand pensez-vous avoir terminé ?

– Soyez assurée que si mon projet a l'assentiment de votre époux, votre tonnelle sera achevée en priorité.

– Je vous en remercie vivement.

Ils bavardèrent encore un instant à bâtons rompus, puis Sybylla l'entraîna le long des corridors tout en babillant.

– Où se trouve l'atelier où travaille Francesca ?

– A l'étage. Mais je ne peux pas vous y emmener maintenant. Heer Van Deventer pose pour elle, et son temps est compté.

– Votre père ne voit pas d'inconvénient à ce qu'elle reste de si longues heures seule avec Van Deventer ?

– Pourquoi cela ? fit-elle avec un petit rire haut perché. Vrouw Van Deventer est toujours là, et moi aussi, la plupart du temps. Les serviteurs apportent des boissons et du café sans arrêt. De toute façon, quand elle sera à Delft, elle va mener une vie indépendante. Père sait bien qu'elle a la tête sur les épaules, sinon il ne la laisserait pas partir.

– Elle part dans combien de temps ?

– Dix jours. Ludolf donne un grand banquet pour son départ. Mon père est invité, ainsi que ma sœur. N'aimeriez-vous pas être invité aussi ?

– A condition d'être placé entre Francesca et Aletta !

Elle rejeta la tête en arrière avec un petit rire de gorge.

– J'adore vous faire enrager, Pieter ! Estimez-vous heureux que je n'aie pas l'intention de vous épouser !

Ils continuèrent à deviser gaiement jusqu'à la porte. Une fois dehors, Pieter prit la direction de la maison Visser. Griet l'accueillit avec un large sourire, mais l'informa que le maître était à l'atelier et qu'on ne pouvait le déranger. Cette fois-ci, c'était vrai !

– Voulez-vous attendre un peu ? Les trois demoiselles sont sorties, mais je peux vous faire du thé.

– Non merci, Griet, je reviendrai. Maître Visser aura-t-il un moment pour moi demain ?

– C'est difficile à dire. Il fait le portrait d'un collecteur d'impôts qui n'est pas venu poser depuis plusieurs jours, et c'est peut-être la dernière séance.

– Dans ce cas, je tenterai ma chance demain.

S'il n'avait eu un rendez-vous ce jour-là, il aurait attendu, aurait bu du thé jusqu'à plus soif, tant il semblait urgent à Pieter de s'entretenir avec maître Visser. Plus que tout, il voulait pouvoir rendre visite à Francesca à Delft.

Ludolf avait lui aussi clairement conscience du peu de temps qui lui restait. Il se félicitait d'avoir si bien gagné la confiance de Francesca, malgré sa maladresse du premier jour. Elle se sentait à l'aise avec lui à présent, et avait répondu à son amitié. Elle reconnaissait son indulgence vis-à-vis de l'espièglerie de sa sœur, et la gentillesse avec laquelle il se prêtait aux séances de pose.

Il lui parlait de Delft avec enthousiasme, uniquement pour que sa déception soit plus amère quand elle saurait qu'elle n'irait pas. Pour un homme de son entregent, ourdir un tel plan était un jeu d'enfant.

Pieter Van Doorne lui semblait un obstacle négligeable. Hendrick lui avait bien dit avoir éconduit, à la demande de sa fille, nombre de prétendants et, en faisant parler Sybylla, il avait eu confirmation que Francesca désirait par-dessus tout se consacrer à son art. Il en conclut que la voie était libre pour lui.

En invitant Pieter il voulait vérifier que rien de sérieux n'existait entre les jeunes gens et les apparences lui avaient donné raison.

Le piège ourdi contre Hendrick allait se refermer sur Francesca également. Connaissant le faible de Hendrick pour le jeu, il l'avait d'abord laissé gagner, avec la complicité des deux acolytes qui jouaient les gentilshommes. Le dénouement aurait lieu ce soir même.

Le lendemain matin à l'aube, Hendrick, pâle comme la mort, était assis devant la cheminée, effondré, les coudes sur les genoux. La maisonnée était encore endormie et il était seul avec ses tourments. Jamais, depuis l'époque où Anna, sans un mot de reproche, avait vendu en dernier recours un de ses bijoux pour le sauver du désastre, il ne s'était trouvé dans une situation aussi désespérée. Si, grâce à la prévoyance du père d'Anna, ils avaient toujours un toit sur la tête, ce privilège n'était malheureusement pas transmissible aux descendants. C'est pourquoi, depuis la disparition d'Anna, il avait fait des efforts surhumains pour ne pas jouer trop gros...

... Jusqu'à ce soir ! Il se mit à geindre tout fort. La soirée avait débuté sous les meilleurs auspices. Ludolf et les deux autres joueurs, Claudius et Otto, en amateurs d'art éclairés, s'étaient extasiés sur le portrait d'Anna qui ornait la salle à manger, et Hendrick s'était dit qu'il tenait sans doute des acheteurs potentiels pour ses autres tableaux. Tous, d'excellente humeur, s'étaient ensuite rendus dans la grande salle après avoir fait honneur au buffet dressé par Francesca.

Le montant des enjeux proposés dès le départ avait fait bondir Hendrick, mais il se sentait en veine, et, par bravade, avait proposé de les augmenter. Ludolf avait accepté sans sourciller, et la partie avait commencé magnifiquement pour Hendrick. La chance semblait ne pas devoir le quitter. Ils firent une pause pour prendre des rafraîchissements et Hendrick, deux énormes tas de florins rutilants à côté de lui, comptait bien en amasser encore autant avant la fin de la soirée.

Puis tout s'était gâté. Il avait tiré une série de mauvaises cartes, les tas de florins s'étaient amenuisés et il lui était impossible de se retirer sous un prétexte quelconque, non pas tant que sa position d'hôte le lui eût interdit, mais parce qu'il avait l'intime conviction que la chance ne l'avait pas déserté.

Hélas, plus le jeu avançait, plus la situation empirait, car même lorsqu'il avait la main, il continuait à perdre.

Ludolf, guère plus chanceux, n'avait tiré que de mauvaises cartes depuis le début de la partie. Hendrick sentait la sueur dégouliner dans son dos et la douleur chronique de ses articulations semblait se répercuter dans sa poitrine, si bien qu'il dut desserrer le col de sa chemise.

Puis, alors qu'il avait à nouveau un bon jeu et qu'il en pleurait presque de joie, il avait été pris d'une douleur fulgurante à la poitrine, et, haletant péniblement pour trouver sa respiration, il avait laissé ses cartes glisser de ses mains.

Les autres s'étaient levés à grand renfort de cris. Ludolf avait largement ouvert la chemise de Hendrick, soutenu par Otto tandis que Claudius se précipitait pour ouvrir la fenêtre. La douleur cessa aussi rapidement qu'elle était venue.

– Trop de bon vin, ajouté à la chaleur ambiante, et voilà le résultat, plaisanta aimablement Ludolf.

Hendrick reprenait lentement son souffle. C'est alors qu'il aperçut les cartes éparpillées au sol, mêlées à celles que ses partenaires avaient eux aussi laissé tomber en se portant à son secours.

Il comprit que la chance l'avait définitivement abandonné.

– Il me semble que nous pouvons considérer la partie comme terminée, dit Ludolf, tenant l'approbation de Hendrick pour acquise, avec un coup d'œil en biais à ses deux comparses, qui acquiescèrent obséquieusement. Nous rejouerons dès que possible. Comptez les points, messieurs, et faites nos billets à ordre.

Le montant de la dette de jeu de Hendrick dépassait de loin tout ce qu'il possédait et c'est d'une main tremblante qu'il signa son billet.

Il n'avait qu'un souvenir confus du départ de ses hôtes et s'était laissé tomber sur un fauteuil, amorphe. Comme dans un cauchemar, il réalisa que l'argent de l'apprentissage de Francesca s'était envolé, et ce n'était qu'une petite partie de sa dette. Jamais une banque ne lui ferait crédit d'une somme aussi colossale. Il ne voyait qu'une seule issue, vendre la maison, la maison d'Anna!

Il croyait encore voir sa chevelure blonde à travers les petits carreaux et la nuit dans leur lit il rêvait passionnément à elle. Sa présence emplissait encore la maison, et la vendre, c'était perdre Anna à jamais.

Les poings serrés, le visage tordu dans une grimace de désespoir, il se leva en criant d'impuissance. Il ressentit une douleur si violente dans les articulations qu'il en perdit l'équilibre et tomba sur le sol. Là, la joue contre le marbre glacial, les mains en sang, il laissa couler ses larmes amères, pas tant à cause de la douleur physique que de la souffrance morale.

– Anna! dit-il dans un sanglot.

Mais dans la maison aux corridors sinueux, aux escaliers tortueux et aux portes calfeutrées, son cri resta lettre morte. Tout dormait.

En lavant le sol de la grande salle, Griet trouva des traces de sang. Elle supposa que l'un des joueurs s'était blessé en brisant un verre, mais ne trouva aucun éclat. Pour une fois, le maître avait pensé à nettoyer.

Mais peu de temps après, au petit déjeuner, elle vit qu'il avait les mains bandées, et que ses doigts étaient gonflés et violacés. Francesca dut lui couper son pain et son fromage. Il avait l'air hagard, et dit à ses filles qu'il s'était blessé accidentellement.

– Il a encore bu, grommela Maria.

Elle devenait sourde et ne se rendait pas compte qu'elle criait. Mais elle n'avait fait qu'exprimer ce que tout le monde pensait. Seule Griet avait vu les cartes éparpillées sur le sol et la fenêtre laissée ouverte. Elle avait vivement fait disparaître toutes les preuves de cette orgie nocturne pour ne pas alarmer Maria ni les jeunes filles, sans savoir exactement pourquoi elle prenait ainsi le parti du maître.

Francesca était prête à partir chez Ludolf.

– Pourquoi ne venez-vous pas avec moi aujourd'hui, père ? Vous ne pouvez pas travailler avec des mains dans cet état, et Ludolf serait ravi de vous recevoir. Il est très hospitalier : hier il a invité Pieter à déjeuner.

– Non, dit-il plus sèchement qu'il n'aurait voulu.

Ludolf était la dernière personne qu'il eût envie de voir aujourd'hui. Il voulait chasser de sa mémoire le souvenir humiliant de cette horrible soirée et rien ne servait à présent de se lamenter. Durant son insomnie, il avait résolu d'essayer d'emprunter de l'argent à droite et à gauche. Il y avait encore à Amsterdam des gens à qui il n'avait jamais rien demandé. Cette perspective lui avait donné un regain d'optimisme. Peut-être pourrait-il payer certains commerçants avec des tableaux. Il n'avait jamais été réduit à de telles extrémités, et son orgueil était blessé à mort.

– J'ai beaucoup à faire, dit-il d'un ton sinistre.

Griet annonça que la voiture de Ludolf était arrivée. Francesca embrassa son père sur la joue.

– Ne vous laissez pas abattre, vos mains vont guérir vite. Mais si vous voulez mon avis, vous devriez consulter un médecin, ne serait-ce que pour vos articulations qui m'ont l'air enflées.

– Ah, tu as remarqué ?

Leurs regards se croisèrent et elle lui sourit gentiment.

– Bien sûr. Mais c'est notre secret à nous deux. Personne d'autre ne s'en doute. Promettez-moi de voir un médecin.

– En allant à la vente aux enchères, j'y ferai un saut. Je te le promets.

Si elle avait su... Si aujourd'hui même il n'arrivait pas à emprunter de l'argent, il serait bien obligé de le lui dire... Mais comment ? Il *fallait* qu'il trouve la solution. Francesca était tellement heureuse de partir à Delft !

Pourvu qu'il tienne parole, se dit-elle en rejoignant la voiture où Sybylla l'attendait.

– Tout ce luxe va me manquer, quand tu auras fini le portrait, Francesca.

– N'as-tu pas l'intention de continuer à rendre visite à Amalia ?

– Oh, si. Nous nous entendons très bien. Mais aller là-bas en visite, ça ne sera pas la même chose, tandis qu'en ce moment je peux m'imaginer que j'habite là-bas. Ne crois pas que je méprise notre maison pour autant, je sais qu'il y a chez nous plus d'amour qu'il n'y en a jamais eu chez Van Deventer, mais j'avais une idée derrière la tête... tu ne vas pas te moquer de moi si je te la dis ?

– Bien sûr que non.

– J'espérais que, en fréquentant les gens riches, je rencontrerais peut-être un jeune homme beau et fortuné qui me demanderait en mariage.

– Je n'ai aperçu personne qui corresponde à cette description !

– Moi non plus ! soupira Sybylla, dépitée. Il y a des allées et venues incessantes, des hommes d'affaires, des fournisseurs, des amis d'Amalia, mais je n'en ai trouvé aucun à mon goût.

– Ne désespère pas, dit Francesca en lui prenant la main. Il y a encore la soirée de banquet. Je pense pouvoir terminer le portrait le matin pour que Ludolf puisse le suspendre dans la salle de réception, puisque tel est son désir.

Depuis que Francesca avait mis les choses au point, la

conduite de Ludolf avait été irréprochable ; il posait quotidiennement parfois jusqu'à une demi-heure sans interruption – ce qui est beaucoup pour un modèle non professionnel. Le travail avait progressé de façon satisfaisante et la veille elle lui avait même proposé de lui montrer le résultat mais il avait décliné son invite.

– Je peux attendre. Je suis un homme patient, vous savez.

C'était probablement vrai car aucune hâte ne transparaissait dans ses yeux aux paupières lourdes. L'avidité, en revanche, s'y lisait, cela n'avait pas échappé au pinceau incisif de Francesca, mais la dureté de l'expression était atténuée par la direction du regard, volontairement dans le vague. Francesca avait scrupuleusement rendu les lèvres charnues, révélatrices d'une nature sensuelle, suivant en cela les leçons de Hendrick qui lui avait toujours appris à peindre la réalité, la vanité du sujet dût-elle en souffrir.

– Tu seras contente quand tu auras fini son portrait ? demanda Sybylla.

– Quelle question ! dit Francesca dans un éclat de rire. Je serai à un jour de mon départ pour Delft !

Sybylla, incapable de concevoir comme réjouissante la perspective de trois années de travail assidu, fit une petite moue.

Ludolf l'attendait, déjà revêtu de son luxueux costume noir et or.

– Je peux vous consacrer ma matinée, je n'ai aucun rendez-vous.

– C'est parfait. Je comptais justement revenir sur vos mains et vos bagues.

Ce matin-là, Ludolf se montra encore plus disert qu'à l'accoutumée. A la pause, on vint leur servir une boisson chaude, qu'ils burent devant l'âtre où brûlaient, non pas des mottes de tourbe, mais de coûteuses bûches, et un serviteur était exclusivement dévolu à l'entretien du feu.

Ludolf, les mains arrondies autour de sa tasse de porcelaine, contemplait les flammes. Le silence n'était troublé que par le crépitement du feu.

– J'espère que tout ce temps passé ensemble vous a appris à bien me connaître, dit brusquement Ludolf.

– Un lien se crée inévitablement entre l'artiste et son modèle.

– M'avez-vous pardonné mon inconduite du premier jour ?

– Mais oui.

– Vous avez pu vous rendre compte par vous-même à quel point je suis seul. Amalia n'a réellement été ma femme que quatre ans. Mais je lui suis resté fidèle malgré tout. Je fais ce qui est en mon pouvoir pour alléger le fardeau de sa maladie, mais je dois vous avouer que ma vie est vide de sens. Ne voyez-vous pas que j'oublie tous mes soucis lorsque je suis seul avec vous ?

Francesca, sous le regard insistant de Ludolf, se tint sur ses gardes. Pour l'avoir étudié de près, elle connaissait sa sensualité et le voyait difficilement s'accommoder de longues périodes de chasteté. Mais peut-être était-il sincère. Il couvrait sa femme de cadeaux et d'attentions. Il avait tenu à ce que le tableau de Pieter de Hooch soit placé dans ses appartements et veillait personnellement à ce que ceux-ci soient en permanence fleuris de tulipes fraîches et multicolores. Il n'était pas rare, d'après Sybylla, qu'il lui apporte un petit bouquet lors de ses visites. S'il est vrai qu'un présent occasionnel est parfois pour un homme marié une façon de se donner bonne conscience, une telle générosité était à l'évidence le signe d'une réelle affection.

– Je suis amoureux de vous... mais je n'attends rien en retour, s'empressa-t-il d'ajouter en voyant sa consternation.

Elle eut peur qu'il n'eût encore un geste déplacé, mais il reposa tranquillement sa tasse.

– Ne parlons plus jamais de cela, trancha Francesca.

– Quoi qu'il en soit, en tant que commanditaire de votre père et par égard pour vous, je tiens à assumer certaines responsabilités vis-à-vis de votre famille.

– Acheter les tableaux de mon père ne vous crée aucune obligation envers nous, répliqua-t-elle d'un ton inflexible.

– Je veux simplement qu'il sache qu'en cas de nécessité il peut se tourner vers moi. Pouvez-vous le lui dire de ma part ? Dieu sait ce qui peut lui arriver lorsque vous serez à Delft ! Y avez-vous songé ?

– J'ai tout organisé, fit-elle, stupéfaite.

– Je n'en doute pas. Mais je connais les faiblesses de votre père.

– Je ne vous permets pas de le critiquer, s'insurgea-t-elle.

– Loin de moi une telle pensée. Je vous parlais en ami.

Je ne songeais qu'à votre tranquillité d'esprit lorsque vous serez à Delft. Quoi qu'il en soit, ajouta-t-il sur un ton véhément qui l'effraya, sachez que je mettrai tout mon cœur et toutes mes forces à votre service.

– Je ferai part de votre sollicitude à mon père, dit-elle pour calmer le jeu – ce qui eut d'ailleurs l'effet escompté.

Ludolf lui baisa la main et alla reprendre la pose. Dans son for intérieur, il se demandait dans combien de temps Hendrick allait venir lui adresser sa requête. Il était bien placé pour savoir que personne en ville ne pourrait lui prêter une telle somme, et depuis le début il savait qu'il viendrait vers lui en dernier recours.

Il n'était pas mécontent de sa conversation avec Francesca, certain désormais de l'avoir à sa merci. Tout Amsterdam connaissait les attentions dont il entourait Amalia et savait qu'il faisait venir des médecins des quatre coins du pays. Lorsqu'elle mourrait, il ne voulait pas qu'on puisse le suspecter en quoi que ce soit. C'est pourquoi il avait tenu à ce que sa femme de chambre soit présente à ses côtés jour et nuit. Maintenant qu'il avait dépensé la fortune d'Amalia, il lui eût été facile de se débarrasser d'elle, mais il ne voulait donner prise à aucun soupçon, et de toute façon, il vivait sa vie de son côté. Seule Neeltje, qui s'occupait d'elle jour et nuit, connaissait le néant de sa vie affective.

Ludolf avait pour objectif de faire de Francesca une maîtresse consentante : il voulait qu'elle vienne à lui d'elle-même, désarmée. La tentation avait été rude pour lui de la renverser sur le lit qui se trouvait tout près, juste derrière le paravent chinois, mais il avait su y résister.

Hendrick était effondré, la tête entre les mains. A ses côtés sur la table, une bouteille d'eau-de-vie presque vide. Il avait été mal reçu partout. Des entretiens commencés sur un mode plaisant avaient singulièrement changé de ton dès qu'il avait exposé le motif de sa visite : soit on l'avait mis purement et simplement à la porte, soit on avait gardé un vernis de politesse qui rendait sa déception plus amère. Seul un vieil ami peintre lui avait promis quelques centaines de florins.

– Maître ? dit Griet pour la deuxième fois car son premier appel était resté sans réponse. Vous avez un visiteur.

Il la regarda d'un air absent.

– Comment ?

– Heer Van Doorne demande à vous voir. Il est déjà venu hier, mais comme vous étiez à l'atelier je n'ai pas osé vous déranger.

Hendrick s'épongea le front avec une de ses mains bandées.

Hier ? Hier seulement il était en train de travailler, insouciant ? Il lui semblait qu'il y avait une éternité de cela... Dans son désarroi, il ne voulait voir personne.

– Francesca n'est-elle pas à la maison ?

– Pas encore, maître. Mais de toute façon c'est vous qu'il veut voir.

– Bon, fais-le entrer, grogna Hendrick.

Pieter fut frappé par la pâleur mortelle de Hendrick.

– Vous ne vous sentez pas bien, mijnheer ?

– Pas très bien. Je crains de ne pas être d'une compagnie très agréable, dit Hendrick en faisant signe à Pieter de prendre un siège.

– Je serai bref. Une simple requête.

– De quoi s'agit-il ?

– Je voudrais que vous m'autorisiez à faire la cour à Francesca et à lui rendre visite à Delft.

Hendrick tourna vers lui des yeux injectés de sang. Delft ? Francesca ? Tout cela n'était plus qu'une illusion.

– Ignoriez-vous que c'est à sa demande que j'ai éconduit tous ses soupirants ?

– Je suis persuadé que ce n'est pas valable pour moi, fit Pieter, imperturbable.

– Et qu'est-ce qui vous rend si sûr de vous ?

– Je suis incapable de vous l'expliquer, mais c'est ainsi.

Hendrick fut soudain irrité de l'insistance de ce jeune homme. Il avait envie d'être seul pour réfléchir à la façon dont il allait briser le cœur de sa fille. Sans doute aurait-il besoin d'ingurgiter une bonne dose d'alcool avant...

Il lui revint en mémoire des souvenirs pénibles, lorsqu'il avait fait pleurer Anna, et jamais il n'aurait pensé faire souffrir sa fille aînée. Il était tenaillé par le remords, et une vilaine grimace lui tordait la bouche.

– Si Francesca est d'accord, je n'y vois aucune objection. Il serait bon qu'elle se marie, car il n'est plus question qu'elle aille à Delft.

– Je ne comprends pas. Je croyais que tout était prêt.

Hendrick secoua la tête, avec l'air d'un taureau blessé à mort dans l'arène.

– Je n'ai plus l'argent nécessaire. J'ai tout perdu au jeu. Je me suis conduit comme un imbécile, Pieter.

– Sûrement la banque...

– J'ai déjà essayé tous les recours possibles. (Sa voix se brisa.) Je vais être obligé de vendre la maison.

D'une main tremblante, il fit signe à Pieter de se retirer, mais celui-ci se contenta de rapprocher son siège de celui de Hendrick.

– Je vous prête l'argent nécessaire pour l'apprentissage de Francesca. Sans intérêts. Vous me rembourserez à votre guise.

Hendrick leva lentement la tête, hébété.

– Dites-moi combien il vous faut.

Hendrick rassembla péniblement ses esprits.

– Willem de Hartog a déjà donné une certaine somme à la signature du contrat, grâce à la vente du portrait de Francesca. Le reste devra être versé deux fois par an pour couvrir les frais de matériel et de logement.

– Bien. Dites-moi le montant nécessaire.

Hendrick hésitait encore.

– Ne croyez pas pour autant qu'elle sera à vous par la suite.

Pieter s'empourpra de colère.

– Je n'ai jamais envisagé un seul instant la mettre au courant. Tout ceci doit rester entre nous!

Cela lui rappela l'engagement pris avec Aletta, également à l'insu de Francesca, et ne lui plut guère, mais une fois encore ce choix lui était imposé par les circonstances.

– Dans ce cas j'accepte votre proposition.

Hendrick entrevit une lueur d'espoir. La situation n'était peut-être pas si désespérée, après tout, puisqu'une solution venait de se présenter à lui. Dans l'immédiat du moins n'aurait-il pas à mettre Francesca au courant de la situation et elle pourrait partir à Delft l'esprit libre.

– A quelle heure Francesca doit-elle rentrer? demanda Pieter.

– Vers six heures. En général elle arrête de peindre à cinq heures, mais elle va rendre une petite visite à vrouw Van Deventer avant de rentrer.

– Je m'en irai avant qu'elle n'arrive. Parlons concrètement, dit Pieter. Je ferai le nécessaire pour que l'argent soit en banque au moment où les paiements devront être effectués. J'arrangerai cela avec mon agent.

Hendrick leva le menton d'un air provocant.

– Vous ne me faites donc pas confiance. Me croyez-vous capable de mettre à nouveau l'avenir de ma fille en danger?

La réponse ne faisait hélas aucun doute et Pieter préféra se taire. Les deux hommes parlèrent chiffres, Hendrick fut bien obligé d'accepter les conditions de Pieter, et le jeune homme prit congé après avoir accepté de boire quelque chose.

Après son départ, Hendrick réalisa qu'il ne lui avait posé aucune des questions qu'il est d'usage de poser à un futur gendre. Du moins savait-il que ses affaires étaient suffisamment florissantes pour faire face à une dépense imprévue.

Plus tard dans la soirée, occupée à refaire les pansements de son père, Francesca lui demanda ce qu'avait prescrit le médecin.

Il la dévisagea d'un air absent. La journée avait duré des siècles, et il avait oublié sa promesse du matin.

– Rien de grave, si je prends certaines précautions, comme mettre des mitaines en hiver lorsque je peins.

– Vous le faites, de toute façon. Quel traitement vous a-t-il donné ?

Hendrick, un instant décontenancé, se remémora un remède de bonne femme qu'il avait vu appliquer dans son enfance.

– Des bains d'huile tiède pour soulager les tendons.

– J'ai déjà entendu parler de cela. Nous commencerons lorsque les coupures seront cicatrisées.

Hendrick songea avec irritation au temps perdu à tremper ses doigts dans des bols.

– Le médecin a préconisé ces bains une fois par semaine.

– Ce n'est pas suffisant, vous avez dû mal entendre.

– Je ne suis pas sourd, rétorqua Hendrick, qui se targuait d'avoir l'ouïe fine. (Puis il changea délibérément de sujet.) Pieter Van Doorne est venu me demander l'autorisation de te faire sa cour.

Elle marqua un léger temps d'arrêt dans la confection du pansement.

– Que lui avez-vous répondu ? demanda-t-elle sans émotion apparente.

– La même chose qu'aux autres, mais il ne m'a pas cru. Il a eu l'air convaincu que tu ne l'évincerais pas. Il n'a nullement l'intention de te forcer au mariage. Il tient à ce que tu finisses ton apprentissage.

– Trois ans, c'est long, et je ne sais pas ce que je ferai après. J'aimerais aller en Italie et je veux être libre de peindre là-bas.

– Pieter ne prétend t'imposer aucune contrainte. Il veut simplement aller te voir de temps en temps à Delft.

– Ça me ferait plaisir de le voir, mais je ne tiens pas à ce qu'il me fasse la cour. Ceci étant entendu, je ne vois aucun inconvénient à ses visites.

– Te chargeras-tu de le lui dire ?

– Oui. J'ai eu une étrange conversation avec Ludolf aujourd'hui, reprit-elle après un silence. Il a un comportement très protecteur à notre égard.

– Étrange, en effet, mais c'est un homme très influent.

Hendrick repoussait avec horreur l'idée même de solliciter un prêt de son mécène. Il ne pouvait envisager une telle humiliation ; il s'était donné pour un homme aux revenus confortables, habitué à obtenir pour ses toiles des prix comparables à celui que Ludolf avait payé pour le portrait de Francesca, ainsi que pour les autres tableaux – une cote bien supérieure à celle de maints artistes de renom. Hendrick savait bien qu'avouer son inconséquence à Ludolf équivalait à saboter son œuvre, tant sur le plan artistique que financier.

Le lendemain soir, le pas lourd, Hendrick regagnait sa maison. En proie à un violent désespoir, le regard fixe, il scrutait depuis le pont les eaux miroitantes de l'Amstel. Des pensées suicidaires le harcelaient. Personne, excepté Pieter, ne lui avait proposé le moindre sou. Il avait bien pensé emprunter à Janetje, mais Giovanni n'était pas homme à revenir sur sa parole, et elle n'aurait pas voix au chapitre. Il ne pouvait décemment s'adresser à heer Korver, son point de vue sur le jeu était sans appel. Plonger dans les eaux frémissantes eût mis fin à son calvaire, et il se remémora ce jour où, tombé accidentellement dans le canal, il en avait émergé avec une bourse pleine d'or. Un tel miracle ne pouvait se reproduire, et Dieu sait qu'il en aurait eu besoin pour ses filles – ses filles ! S'il se supprimait, elles hériteraient de ses dettes ! C'était trop injuste ! Il se ressaisit et s'éloigna du parapet.

– Filets de hareng ! Les meilleurs harengs d'Amsterdam ! criait un marchand ambulant devant une barrique remplie de filets argentés.

Hendrick acheta six filets, dont la saveur épicée aiguisa sa soif, qu'il alla étancher dans la taverne la plus proche afin d'oublier ses vicissitudes.

Francesca s'attendait à voir Pieter mais il ne se manifesta pas plus chez elle que chez Ludolf, où il devait présenter les plans du nouveau jardin.

En réalité, Ludolf attendait un autre visiteur. Chaque jour, il se disait qu'il allait voir arriver Hendrick, le chapeau à la main. Il savait par ses informateurs que l'artiste, aux abois, était même allé jusqu'à Rotterdam, où il avait quelques accointances, pour essayer de trouver de l'argent – apparemment sans résultat. Au point où il en était, se disait Ludolf, Hendrick n'avait guère qu'une alternative, soit emprunter aux usuriers à un taux exorbitant, soit se tourner vers la dernière personne à qui il eût voulu avoir affaire.

Les blessures de Hendrick s'étaient rouvertes lors d'une chute après boire. Ses filles, alarmées par cette recrudescence de beuveries, l'attribuèrent à sa frustration de ne pouvoir peindre.

Un matin où, une fois de plus, Francesca le pressait de venir avec elle chez Ludolf, il accepta enfin, mais sa voix avait une intonation si désespérée que Sybylla éclata en sanglots et blottit sa tête contre sa poitrine.

– Ne pleure pas, ma chérie, dit-il en lui caressant machinalement les cheveux. J'ai juste un peu trop bu hier soir.

– Va donc chercher la palette et les pinceaux préférés de père, suggéra Francesca, pour qu'il puisse apporter quelques corrections au portrait de Ludolf.

Sybylla s'exécuta rapidement, trop heureuse de pouvoir se rendre utile. Elle prit les devants dans la voiture avec le matériel tandis que Francesca et Hendrick décidèrent d'aller à pied jusqu'à la maison Van Deventer.

Lorsque Ludolf vit le père et la fille dans l'atelier en train de commenter son portrait, il comprit que l'artiste venait de tomber dans ses filets. Hendrick portait sur le visage les stigmates de son désespoir et sa haute stature semblait s'être tassée.

– Je suis ravi de vous voir, Hendrick. Vous restez pour le déjeuner, bien sûr. Que pensez-vous du travail de votre fille ? Je ne l'ai pas encore vu.

– Elle a fait du beau travail. Venez vous en rendre compte par vous-même. Il en est au stade où le modèle peut le voir.

– Non ! fit Ludolf en riant. J'attends que Francesca m'y invite elle-même.

Il prit la pose et Hendrick fit quelques retouches en s'appuyant péniblement sur le repose-main, tout en réfléchissant au moment opportun pour aborder la question du prêt.

A la fin du repas, il se décida à parler à Ludolf.

– Pourrais-je vous voir quelques instants en privé ?

– Pas maintenant, mon cher ami, fit Ludolf en jetant un coup d'œil à la pendule. Je dois être à mon entrepôt dans vingt minutes.

– Il s'agit d'une affaire extrêmement urgente.

Ludolf feignit la surprise.

– Vous pensez que je n'aimerai pas le portrait, et vous voulez me préparer à une déception ?

– Non, il ne s'agit pas de cela.

Ludolf tira sa montre de son étui brodé.

– Je dois partir. Demain je n'aurai pas une minute à moi, mais après-demain, si vous voulez, après le banquet.

– Après le banquet ! (Hendrick se dit qu'il n'oserait jamais affronter Otto et Claudius sans avoir honoré sa dette de jeu.) Je ne puis attendre jusque-là !

Pour la première fois Ludolf sembla remarquer le désespoir de Hendrick.

– Je vous vois bouleversé, mon ami. Venez avec moi, nous discuterons dans la voiture.

Aux yeux de Hendrick il n'y avait pire endroit pour demander un prêt exorbitant qu'une voiture ballottée dans la circulation, mais il n'avait guère le choix.

– Ludolf...

– Eh bien, je vous écoute, mon ami.

Hendrick s'éclaircit la gorge.

– Je voulais tout d'abord vous remercier de ne pas avoir fait allusion à ma malchance devant Francesca.

– Je sais que les femmes ont souvent une attitude peu compréhensive devant le jeu, et il est préférable de ne pas les mettre au courant de nos revers de fortune.

Ludolf se mit à bavarder aimablement, Hendrick bouillait d'impatience.

– ... Mais je parle trop, pardonnez-moi, mon ami. Le seul moment où je me tais, ajouta-t-il non sans humour, c'est lorsque je suis concentré sur le jeu. D'ailleurs, il faut que nous organisions une autre partie bientôt, pour que vous puissiez vous refaire.

– Il n'en est pas question, fit Hendrick en serrant les poings pour ne pas trembler. (Il se vit, l'espace d'un instant, statue vivante de l'humiliation, et se dit non sans dérision que cela ferait un beau sujet de tableau : « Le Joueur impénitent ».) Je me trouve dans une fâcheuse situation. Je suis dans l'impossibilité de régler mes dettes de jeu.

Ludolf prit un air solennel et se pencha vers Hendrick.

– Du diable si je m'attendais à cela... Mais là n'est pas la question. Comment est-ce arrivé ?

Hendrick fit de son mieux pour se justifier, mais même à ses propres yeux, ses arguments paraissaient faibles. Risquer des enjeux au-dessus de ses moyens confinait à la malhonnêteté, et tarder à honorer une dette vous mettait vite au ban des cercles de jeu. Lorsqu'il fut enfin parvenu à exposer sa requête, il eut la sensation non seulement d'avoir touché le fond de l'opprobre, mais d'avoir perdu son mécène.

Ludolf se cala dans son siège, comme frappé de stupeur par ce qu'il venait d'entendre. Il parla enfin, d'une voix grave et mesurée.

– Il est tout à fait contraire à mes principes de prêter de l'argent pour une dette de jeu, et qu'un homme tel que vous, ayant charge de famille, risque de pareilles sommes, quelle folie ! C'est une véritable fortune que vous me demandez là, dit-il d'un air emphatique.

Hendrick fut à deux doigts de rétorquer que ce qui était une fortune pour lui n'était qu'une vétille pour un homme nageant dans le luxe comme Ludolf.

– Je sais, répondit Hendrick d'une voix rauque. Mais si vous refusez de m'aider, je suis un homme perdu.

Après un silence qui parut interminable à Hendrick, Ludolf reprit, sur un ton un peu radouci :

– Vous vous êtes conduit comme un écervelé, mais je suis votre protecteur et en tant que tel je me dois de vous aider. (Il caressa sa barbiche d'un air distrait comme s'il était plongé dans une profonde réflexion, sachant pertinemment que son interlocuteur était sur des charbons ardents.) Dans un premier temps, je peux racheter vos billets à ordre, ce qui vous évitera de vendre votre maison.

Hendrick en pleurait presque de gratitude.

– Comment pourrais-je...

– Rien n'est fait, ne vous réjouissez pas trop tôt. Il n'est pas dit qu'Otto et Claudius veuillent vendre. Peut-être voudront-ils faire un exemple et vous traîner en justice. Si j'arrive à éponger vos dettes, reprit-il après une pause, je vous demanderai certaines garanties en échange.

– Tout ce que je possède est à vous.

– Tout ?...

– Je vous en fais le serment. J'aimerais seulement garder les portraits d'Anna.

– Je vous donne ma parole que je remuerai ciel et terre pour vous tirer d'affaire, vous et votre famille. Je pense d'abord à Francesca. Comment allez-vous lui annoncer qu'elle ne pourra pas poursuivre ses études ?

– Cette épreuve-là me sera au moins épargnée. Son apprentissage est déjà financé.

– Comment cela se fait-il ? répondit Ludolf qui avait presque crié de dépit.

Hendrick ne jugea pas utile de lui dire la vérité, son amour-propre ayant déjà suffisamment souffert, et de toute façon le marché était une affaire entre Pieter et lui.

– Anna a laissé un petit héritage à chacune de mes filles. Cela me permettra de tenir Francesca à l'écart de mes difficultés présentes, et quel que soit son désir d'être auprès de moi pendant cette mauvaise passe, la loi l'oblige à accomplir son temps d'apprentissage chez maître Vermeer.

En d'autres circonstances, le frémissement involontaire des narines de Ludolf et son léger rictus n'eussent point échappé au fin portraitiste qu'était Hendrick, mais il était trop troublé pour remarquer la réaction de son interlocuteur.

– Nous sommes arrivés, dit Ludolf d'un ton quasi mécanique en tapant furieusement avec sa canne pour faire stopper la voiture.

– Comment saurai-je si vous avez réussi à racheter mes billets à ordre ? demanda fébrilement Hendrick.

– Je vous ferai prévenir, fit Ludolf, avec un mouvement d'impatience.

– Et pour la dette en elle-même ?...

– Chaque chose en son temps. Laissez-moi d'abord faire cette première tentative pour vous sauver du naufrage, dit Ludolf, le masque impassible. Au revoir.

Hendrick descendit de la voiture qui poursuivit son chemin dans la cour pavée de galets. Une fois seul, Ludolf donna libre cours à sa colère et jura tout haut. Il avait ourdi son plan jusque dans le moindre détail, et voilà qu'un grain de sable risquait d'enrayer la machine !

Durant les séances de pose qui suivirent, Ludolf eut tout le loisir de reconsidérer sa stratégie envers Francesca. Puisqu'il ne pouvait l'empêcher de partir à Delft, il s'assurerait qu'elle soit logée dans un endroit où il pourrait facilement aller la voir. Nul doute qu'au bout d'un certain temps elle aurait le mal du pays. Il serait alors l'ami tout désigné pour la consoler et elle ne tarderait pas à tomber dans ses bras. Il avait assez souvent affaire à Delft et cela ne surprendrait personne qu'il rende visite à la fille de son protégé, Amalia moins que quiconque.

Il jeta un regard en coulisse en direction de Francesca. Il s'étonnait lui-même de sa propre patience, mais il attendait de cette conquête plus que de toute autre, et se demandait si, une fois qu'il en aurait fait sa maîtresse, il serait délivré de l'obsession qui le torturait. Elle avait mis ses sens à feu et à sang et il prenait un plaisir pervers à imaginer comment il allait le lui faire expier, tout en l'initiant aux plaisirs de la chair.

Il cessa de la regarder, mais elle n'avait rien remarqué, absorbée à peindre quelque détail de son vêtement. Elle avait consenti, à sa demande, à l'appeler par son prénom. C'était déjà un point en sa faveur.

– Vous pouvez vous reposer maintenant, Ludolf, si vous le désirez.

Il lui sourit, se disant que bientôt peut-être elle lui dirait exactement le contraire pendant une nuit d'amour.

10

La veille du banquet, Francesca, examinant le portrait de Ludolf d'un œil critique, perçut clairement ses défauts, mais dans l'ensemble, elle était assez satisfaite de la ressemblance qu'elle avait su saisir.

Elle avait suffisamment appris à le connaître pour savoir qu'il ne se formaliserait pas si son portrait trahissait le côté inflexible de sa personnalité : il n'avait pas fait mystère de son goût pour le pouvoir et les intrigues. Elle avait également fait vibrer dans le regard l'intelligence aiguë de son modèle, avec une lueur grivoise au coin de l'œil.

Ce portrait avait constitué un défi à bien des égards, et elle était soulagée qu'il fût terminé. Elle aurait voulu le montrer tout de suite à Ludolf, pour s'éviter un déplacement le lendemain matin, mais il était absent.

En quittant l'atelier, elle allait habituellement boire le thé et bavarder avec Amalia, mais aujourd'hui Neeltje l'attendait au pied de l'escalier.

– Ma maîtresse vous prie de l'excuser, mais elle ne peut pas vous recevoir.

– Elle ne se sent pas bien ?

– Si, mais elle préfère garder ses forces pour le banquet de demain.

– Je comprends. Transmettez-lui mes amitiés.

Elle monta vivement en voiture car il tombait une petite pluie persistante. Un léger bruit à la portière attira son attention et elle vit le domestique en train de repousser Pieter.

– Je connais ce gentilhomme, dit-elle, je vais descendre.

Le cocher eut l'air désolé.

– Excusez-moi, mejuffrouw. Ce monsieur peut très bien monter avec vous.

– Je sais. Vous ne faisiez que votre devoir. Mais je préfère marcher.

Pieter lui tendit la main pour descendre de voiture. Elle savait pourquoi il était venu et ne voulait pas lui parler dans la voiture de Ludolf.

Malgré tous ses efforts des dernières semaines, elle se rendit compte que le dégoût et la crainte que lui avait inspirés Ludolf dès le début ne s'étaient jamais estompés. Elle se retrouva plus près de Pieter qu'elle n'en avait l'intention, et il lui jeta son manteau sur les épaules.

– J'ai eu de la chance de vous trouver. Je savais par votre père que d'habitude vous partez un peu plus tard.

– C'est exact, mais il y a eu un petit changement aujourd'hui.

– J'étais tout au bout de la rue lorsque je vous ai vue monter en voiture, alors j'ai couru tout le long du chemin. Il fallait que je vous parle en privé. Je suis passé chez vous il y a une demi-heure et maître Visser m'a dit que vous me feriez part de votre décision. Allons nous mettre à l'abri dans une auberge.

– Non, nous ne serons pas tranquilles pour parler, je préfère marcher.

– Je ne veux pas que vous vous fassiez tremper. Allons plutôt chez moi.

Elle accepta, et ils marchèrent à vive allure, tête baissée contre l'averse, jusqu'à la maison de Pieter. Vrouw de Hout se saisit de leurs manteaux mouillés, tendit à Pieter une paire de chaussures à boucles et alla chercher pour Francesca des chaussons comme on avait coutume d'en donner aux invités.

Pieter la conduisit à la salle qu'elle connaissait déjà. Les rideaux étaient tirés et un feu brûlait dans l'âtre. Pieter, après avoir refermé la porte derrière eux, l'attira légèrement contre lui.

Elle leva la tête vers lui, avec une expression d'une intense gravité.

– Par où commencer ? dit-elle, s'adressant autant à elle-même qu'à lui.

– N'ayez pas peur d'être tout à fait franche avec moi, Francesca.

– Telle est mon intention, maintenant, et toujours. (Elle était troublée par son regard plongé dans le sien.) J'estime votre amitié au plus haut point, mais je ne puis vous accorder la permission de me faire la cour, car je me suis fixé dès l'enfance un but dont rien ne pourra me détourner.

– Je le comprends tout à fait, et je sais aussi que vous avez envie de vivre en Italie quelque temps.

– Je ne me souviens pas vous en avoir parlé.

– Vous ne m'en avez jamais parlé en effet, mais le jour où je suis venu pour la première fois chez vous pour livrer les bulbes, je vous ai vue par la porte de l'atelier de votre père et vous lui parliez de Florence avec un enthousiasme que je n'ai pas oublié.

– Si l'occasion se présentait, j'aimerais bien y vivre en permanence.

– Aussi peu que je vous connaisse, je ne vous imagine pas vous couper définitivement de vos racines. Mais je ne vous demande aucune promesse, ni maintenant ni à l'avenir. Moi qui suis incapable de mettre un oiseau en cage, pourquoi infligerais-je un tel traitement à la femme que j'aime ?

Touchée par la tendresse de ses propos, elle respira profondément et recula d'un pas.

– Ne parlez pas d'amour !

– Pourquoi vous effrayer ?

– Je ne désire rien d'autre que votre amitié.

– Je ne m'y oppose pas, mais je veux que vous sachiez que je ne serai jamais un obstacle à votre vocation d'artiste.

– Vous ne comprenez donc pas ? fit-elle, soudain véhémente. C'est mon travail qui nous séparera. Les heures que j'y consacrerai seront autant d'heures que je ne passerai pas auprès de vous. L'atelier sera ma priorité, et la préparation des couleurs prendra le pas sur mes devoirs de maîtresse de maison. Comment voulez-vous que je me sente libre de créer alors que la seule part de création que vous nous accordez à nous autres, femmes, est la conception des enfants ?

Il ne fut pas surpris par sa franchise, il n'en attendait pas moins d'elle, mais il ne put réprimer un sourire un peu amer.

– Je vois que vous avez longuement réfléchi à la question.

– C'est vrai. J'avais songé à tout cela bien avant notre rencontre. En toute honnêteté, je ne ferais pas une bonne épouse. Si, en revanche, vous acceptez mon amitié, je serai heureuse de vous voir à Delft.

Pieter haussa les épaules d'un air résigné.

– Je me rends à vos raisons. Soyons amis puisque c'est ce que vous désirez.

Comme pour sceller cet accord, il lui passa un bras autour de la taille et effleura ses lèvres d'un baiser. Elle s'apprêtait à parler lorsqu'il l'attira contre lui, la soulevant littéralement de terre. Il lui donna un baiser tendre et profond qui réveilla en elle des désirs refoulés depuis longtemps. Dans l'euphorie du moment, elle se laissa aller à la douce violence de son baiser.

Elle reprit enfin conscience et dit d'une voix essoufflée :

– Voilà une forme d'amitié bien particulière !

– N'ayez pas peur. Ce baiser ne fera pas de nous des amants, fit-il avec un sourire grave.

Elle hocha la tête, rassurée.

– Il faut que je rentre maintenant, sinon à la maison on va s'inquiéter.

Pieter la raccompagna jusque chez elle. La pluie avait cessé et le ciel s'était éclairci. En lui disant au revoir sur le seuil, elle eut la sensation cruelle d'abandonner une partie d'elle-même. Mais elle chassa vigoureusement ces sombres pensées en rentrant dans la maison. Personne ne lui posa de questions, car Pieter n'avait pas été vu.

Plus tard dans la soirée elle se retrouva en tête à tête avec son père et lui fit part de son entrevue avec Pieter. Hendrick lui tapota gentiment la main, l'esprit manifestement ailleurs. L'humeur désastreuse qu'il affichait depuis quelque temps affectait toute la maisonnée. Ses filles avaient espéré qu'il irait mieux en se remettant à peindre, mais il n'en était rien.

Francesca essaya de le réconforter.

– Reprenez courage, père. Je sais que ces blessures aux mains ont été fort pénibles, mais vos doigts redeviennent plus souples chaque jour. Je crois que la décoction d'herbes que vous mitonne Maria est plus efficace que les bains d'huile préconisés par le médecin.

– Je sais.

– Dites-vous que pour l'instant nous n'avons pas de soucis particuliers. Tout le monde est en bonne santé et nous n'avons pas de dettes. Ludolf se montre un mécène enthousiaste et les deux gentilshommes avec qui vous avez joué aux cartes sont plus qu'intéressés par votre peinture. Vous allez prendre un nouveau départ, j'en suis sûre.

Elle ne se rendait pas compte que chacune de ses paroles lui vrillait le cœur d'une douleur intolérable. Il se composa un faible sourire.

– Je ne veux pas assombrir ta joie de partir à Delft, ne fais pas attention à mon humeur maussade. Elle passera.

– J'espère bien!

Elle crut déceler dans sa voix une étincelle d'optimisme qui la rassura un peu. Soulagé de se retrouver enfin seul avec ses pensées, Hendrick se demanda pourquoi Ludolf ne lui avait point donné signe de vie. Toute la journée il avait en vain attendu quelque billet. Il avait travaillé de façon quasi automatique, l'oreille aux aguets.

Demain, à la même heure, il assisterait au banquet, où Otto et Claudius ne manqueraient sans doute pas de faire allusion à sa dette de jeu. Pourquoi Ludolf ne lui faisait-il rien savoir?

Le lendemain matin, Ludolf s'extasia devant son portrait et applaudit de façon exubérante.

– Ce tableau est digne de figurer dans le meilleur musée d'Amsterdam!

– Oh non! protesta Francesca.

– Vous avez saisi la ressemblance de manière frappante : mes bons comme mes mauvais côtés transparaissent dans votre tableau. Je n'aurais pas aimé un portrait trop flatteur. Nous allons le mettre en bonne place, dit-il en confiant la toile rehaussée d'un cadre de bois doré à deux domestiques. Installez-le dans la salle de réception, à la place du paysage!

Le tableau avait à n'en pas douter un impact saisissant, la composition triangulaire conférant au sujet une théâtralité accentuée par le chapeau emplumé, le flot de la perruque et l'éclat des bijoux et de la vaste collerette blanche.

Francesca avait obtenu de Hendrick la permission de signer la toile de façon discrète. Le r de Visser se prolongeait de façon à peine perceptible par une petite tulipe ivoire.

– Vous me flattez énormément en accrochant mon tableau à une place d'honneur.

– Je tiens beaucoup à ce que tout le monde puisse l'admirer ce soir. Et maintenant, où allons-nous mettre ce paysage ? Aidez-moi à trouver un emplacement, voulez-vous ?

Bien que récente, la maison était bâtie comme les anciennes demeures, avec de multiples petites pièces en enfilade reliées par des corridors. Ils ne trouvèrent aucun endroit convenable pour y suspendre le tableau et cela devint bientôt un jeu entre eux, qui rappela à Francesca les parties de cache-cache de son enfance. Elle riait de bon cœur, toute au bonheur d'avoir accompli sa tâche, à la veille d'aller à Delft, en sachant qu'elle continuerait à voir Pieter et oubliant presque son peu de sympathie pour cet homme dont elle avait mis l'âme à nu sur la toile.

Ils décidèrent finalement de suspendre le tableau dans la bibliothèque à un endroit qu'ils avaient tout d'abord écarté. En reculant pour mieux juger de l'effet, Francesca heurta Ludolf qui se tenait derrière elle. Le parfum de sa chevelure et la fragrance de sa peau, si proches, lui firent perdre la tête et il lui saisit les coudes avant qu'elle ait eu le temps de se retourner pour s'excuser. Elle se raidit instinctivement, glacée d'effroi au contact de la respiration de Ludolf qui s'accélérait contre sa nuque.

– J'espère que je ne vous ai pas fait mal, dit-elle d'une voix qu'elle voulait calme. Vous pouvez me lâcher.

Il ne desserra nullement son étreinte.

– Je ne vous lâcherai jamais, Francesca, murmura-t-il, le souffle court.

Elle se sentit prise au piège, dans cette pièce à l'écart, et l'idée qu'il puisse user de sa force pour la caresser ou l'embrasser lui était parfaitement odieuse.

– Vous allez froisser ma robe, dit-elle d'un ton faussement mondain. Vous me faites mal. Cessons ce petit jeu, voulez-vous.

Elle savait que si elle cherchait à se débattre, ce serait pire.

A son grand étonnement, il obtempéra, mais avant qu'elle ait pu esquisser un mouvement, il avait posé ses mains sur ses seins et l'embrassait passionnément dans le cou.

Elle se mit à hurler et n'entendit pas la porte de la bibliothèque s'ouvrir. Neeltje venait d'entrer.

– Madame désire vous voir, monsieur.

Ludolf trembla de la tête aux pieds mais ne parvint pas

à desserrer son étreinte. Lorsque enfin il lâcha prise, il tituba comme un géant aux pieds d'argile et se mit à rugir.

– Tu n'as rien à faire ici, tu n'es pas chez ta maîtresse! Comment oses-tu t'introduire dans mes appartements?

Francesca s'interposa de crainte qu'il ne frappât la servante.

– Peux-tu m'apporter mon manteau, Neeltje? Je dois partir.

– Bien sûr, mejuffrouw. Si vous voulez bien venir avec moi...

– Francesca, attendez! dit Ludolf d'un ton cassant.

Elle s'arrêta sur le seuil et lui lança un regard glacial.

– Amalia vous attend, il me semble qu'il est de mon devoir de me retirer.

Neeltje prit les devants, trottant silencieusement sur le dallage de marbre. Francesca trouva curieux qu'elle fût apparue à point nommé, comme si elle avait pressenti la situation.

– Viendrez-vous ce soir pour le banquet, mejuffrouw? demanda la servante en lui passant son manteau.

– Je ne sais pas.

Francesca, encore terrorisée par la brutalité de Ludolf, n'avait de cesse de quitter la maison.

– Il faut que vous veniez, mejuffrouw. Pour ma maîtresse.

– Comment cela?

– Si vous n'êtes pas là ce soir, vous, l'auteur du tableau que le maître va présenter ce soir à d'importantes personnalités, que va penser vrouw Van Deventer? Croyez-vous qu'elle ignore le penchant de son mari pour les jolies femmes? Je ne veux pas qu'elle ait le moindre soupçon de ce qui vient de se produire.

– Tu es arrivée à temps.

– Ce n'est pas par hasard. Je le connais bien. Plus d'une jeune servante a dû quitter la maison, et ma maîtresse n'en a jamais su les véritables raisons. Excusez-moi de n'être pas venue plus tôt, mais il me fallait un prétexte, lorsque je me suis rappelée que vrouw Van Deventer avait quelque chose à dire à son mari.

– Je te suis reconnaissante d'être intervenue.

– Je l'ai fait autant pour ma maîtresse que pour vous.

– Je comprends. Je viendrai donc au banquet ce soir, mais par pitié, débrouille-toi pour que je ne sois pas placée trop en vue à table.

– Je ferai de mon mieux, mejuffrouw.

Elle atteignait la porte d'entrée lorsque la voix de Ludolf retentit dans son dos.

– Francesca ! Soyez à l'heure ce soir, n'oubliez pas que vous êtes mon invitée d'honneur.

Elle ne se retourna pas, et dut faire appel à toute son énergie pour répondre.

– Je serai à l'heure, fit-elle d'un ton crispé avant de s'éclipser.

Ludolf eut un petit sourire satisfait : ainsi donc elle était plus encline au pardon qu'il n'aurait cru. Sa patience et son amabilité – quoi qu'il lui en ait coûté – avaient porté leurs fruits. Avec sa sensibilité d'artiste, Francesca avait plus de maturité que les jeunes filles de son âge et était à même de comprendre qu'un homme en vienne à perdre sa maîtrise de soi au contact d'une jolie femme. Le désir violent qu'elle lui inspirait couvait toujours dans ses veines.

Il fit demi-tour et monta dans l'atelier, où la veille au soir elle avait rangé matériel et pinceaux. Sa présence le hantait, il croyait voir sa gracieuse silhouette derrière le chevalet et entendre le bruissement de ses jupes sur le sol.

Il arpenta nerveusement la pièce, jusqu'à ce qu'une servante fraîche et plantureuse entrât dans la pièce. Elle commença à se dévêtir en espérant que le maître était de bonne humeur, car les bleus ne sont pas toujours faciles à cacher. D'un signe de tête, il lui montra le lit derrière le paravent et l'y suivit sans un mot.

Amalia commença à s'apprêter longtemps à l'avance. Neeltje devait l'aider en tout, aussi bien pour mettre ses boucles d'oreilles en diamant que pour enfiler ses chaussures en satin. Elle se demanda comment elle aurait la force d'accueillir les invités ce soir, bien que Ludolf lui eût permis de s'asseoir au lieu de se tenir debout à ses côtés dans la salle de réception. Durant la soirée il ne la quitterait pas des yeux, lui portant silencieusement un toast de temps à autre à l'autre bout de la table. Elle donnerait le change et jouerait la comédie jusqu'à la fin de la fête afin que personne ne soupçonnât la véritable nature de leurs relations.

– Comment vous sentez-vous, madame ? s'enquit Neeltje, inquiète.

– Tu as fini ?

– Oui, madame. Je peux vous aider à vous lever.
– Il est déjà l'heure ?
– Il vous reste encore un petit moment. Vous pouvez vous étendre en attendant.

Elle l'aida à se lever pour se regarder en pied. Elle étrennait la robe que Ludolf lui avait fait faire dans un somptueux taffetas rose saumon qui donnait un peu de couleur à son teint pâle. Sur le devant, une échancrure laissait voir un jupon ivoire rehaussé de galons dorés scintillants.

Elle se sentait si lasse... mais Ludolf avait insisté pour qu'elle soit présente au banquet, et elle avait un sens aigu du devoir.

Soutenue par Neeltje, elle atteignit enfin une banquette du salon et se laissa glisser sur les coussins tandis que celle-ci arrangeait sa robe pour éviter qu'elle ne se froisse.

– Merci, Neeltje. Je ne sais pas ce que je ferais sans toi.
– Vous n'avez plus besoin de rien, madame ?
– Non. Viens me chercher un quart d'heure avant l'arrivée des invités. Tu sais que ton maître désire que je sois installée bien à l'avance et je ne veux pas avoir à me dépêcher.
– Bien, madame.

Pendant que Neeltje allait mettre un peu d'ordre dans la chambre, Amalia laissa errer son regard sur le tableau de Pieter de Hooch qui lui rappelait tant de souvenirs d'enfance... pourtant, l'heure n'était pas à la nostalgie et elle devait se préparer à l'épreuve qui l'attendait ce soir. Si seulement elle avait pu rester tranquillement ici ! Sa maladie suivait une évolution bizarre, avec des hauts et des bas. Elle se serait volontiers fait transporter dans la maison avec la chaise à porteurs que Ludolf lui avait fait fabriquer, mais le médecin le lui avait déconseillé, sous peine de perdre l'usage de ses jambes. Elle se dit que ce soir elle aurait bien besoin de la potion qui lui avait été prescrite en cas d'urgence, elle l'étourdissait un peu mais lui redonnait provisoirement un semblant de vitalité.

Elle plongea la main dans son coffret de médecines mais, gênée par ses manches bouffantes, elle fit un faux mouvement et lâcha le flacon qui se brisa à terre. Elle poussa un cri en voyant se répandre la flaque brunâtre.

Pendant ce temps, à l'étage, Ludolf, après avoir renvoyé son valet de chambre, contemplait ses nouveaux atours avec satisfaction. Il s'était fait confectionner pour l'occasion un justaucorps de lourde soie beige doré légèrement cintré à la taille et fermé par vingt boutons en or. Les larges revers des poignets s'ornaient eux aussi de boutons en or et le jabot de dentelle qui garnissait son col était du tout dernier cri. Sa culotte était taillée dans un velours assorti et de larges boucles d'or ciselé brillaient sur ses chaussures. Il était fier d'être encore svelte, même si son ventre était un peu moins musclé que dans sa tumultueuse jeunesse. Sa nouvelle perruque, qui lui descendait jusqu'aux épaules, était faite avec la chevelure d'une jeune vierge, et il ne s'était pas privé de faire une plaisanterie graveleuse qui avait décontenancé son perruquier, lequel ne prisait que modérément le sexe opposé.

Il alla jeter un dernier coup d'œil au rez-de-chaussée pour s'assurer que tout était prêt. Les serviteurs s'affairaient à mettre la dernière main à la table de banquet, dressée pour quarante convives. Dix candélabres d'argent y avaient été disposés pour compléter l'éclairage constitué d'un lustre de cristal suspendu au plafond. Il s'arrêta devant le portrait de Francesca en Flora et l'espace d'un instant, se mit à la détester pour l'esclavage auquel elle avait réduit ses sens et sa pensée. Qu'à cela ne tienne, ce soir il demanderait à Hendrick le prix de la rançon – et ce serait elle.

Il se précipita dans la salle de réception où il s'attendait à trouver Amalia assise sur la chaise de brocart qui lui était réservée, mais elle n'était point là, fait surprenant, car elle avait toujours besoin de se reposer avant l'arrivée des invités. Il avait envoyé sa voiture chercher les Visser et se dit que lorsqu'il aurait installé Francesca dans la maison de son choix – où elle pourrait peindre tout son saoul pendant ses absences – elle aurait une voiture à elle. Et lorsqu'elle serait à Delft il veillerait personnellement à l'élimination de tout rival un peu sérieux...

Ses pensées revinrent à Amalia. Pourquoi ce retard ? Il jeta un regard impatient vers le corridor. Les premiers invités allaient arriver d'ici à vingt minutes. Si elle avait eu besoin de la chaise à porteurs, Neeltje l'aurait prévenu, mais l'importune créature – qui avait fait irruption dans la bibliothèque au plus mauvais moment – devait être encore auprès de sa maîtresse... Pourtant, elle n'avait jamais failli à ses devoirs d'hôtesse, sauf lorsque le médecin le lui interdisait formellement.

Il arpentait nerveusement la pièce. Il tenait à ce que Francesca le vît, lui, robuste et viril, à côté de cette créature frêle et maladive perdue dans sa robe d'apparat, incapable de lui donner du plaisir, et encore moins une descendance. Cela contribuerait dans son esprit à excuser son comportement ce matin-là.

N'y tenant plus, il décida d'aller lui-même voir ce qui se passait. Il coupa par la bibliothèque et trouva Amalia alanguie sur une banquette, sans la moindre réaction lorsqu'il ouvrit la porte à toute volée. Elle était seule, aussi donna-t-il libre cours à sa colère.

– Que diable faites-vous là au lieu de vous préparer à accueillir nos hôtes ?

La peur envahit son pauvre visage aux traits tirés.

– Je n'ai pas la force de bouger, Ludolf. Mes jambes ne me porteront pas jusque là-bas.

– Où est Neeltje ? Pourquoi n'a-t-elle pas fait venir votre chaise à porteurs ?

– Elle est chez le Dr Mattheusz.

L'extrême faiblesse d'Amalia n'échappa pas à son regard méchant et il fulmina en son for intérieur que cela arrivât précisément ce jour qu'il souhaitait marquer d'une pierre blanche.

– Avez-vous pris votre potion ? fit-il, d'un ton un peu radouci.

– Par maladresse, j'ai brisé le flacon et c'est pourquoi Neeltje est partie m'en chercher.

– Depuis longtemps ?

– Dix minutes environ.

La malheureuse ne soupçonnait pas qu'avec cette simple information elle venait de signer son arrêt de mort.

Ludolf, en proie à une joie mauvaise, réalisa que le hasard venait de lui fournir l'occasion de supprimer le principal obstacle qui le séparait de Francesca. Tous les serviteurs étaient affairés, personne ne l'avait vu entrer ici, et Neeltje ne serait pas de retour avant un bon quart d'heure.

– Vous avez bien fait, Amalia, d'envoyer chercher votre potion, dit-il d'un ton doucereux.

Ce furent les derniers mots qu'elle entendit.

Une lueur meurtrière dans le regard, Ludolf se saisit d'un coussin de satin sur lequel reposait Amalia et le lui appliqua sur le visage. Ses plaintes furent étouffées et ses bras battirent l'air de façon dérisoire.

Elle se débattit plus longtemps qu'il n'aurait cru. Puis soudain elle s'affaissa comme une poupée de chiffon, une de ses mains fines pendant inerte à son côté. Il retira le coussin. On aurait pu la croire endormie : aucune trace de violence, à part un mince filet carmin sur le coussin et quelques mèches désordonnées.

Il remit tout en ordre méticuleusement, replaça le coussin près de sa tête, la trace de rouge bien au niveau de sa bouche, lissa ses cheveux et les plis de sa robe, puis quitta la pièce, grisé de liberté. Il fallait qu'il retourne à la salle de réception sans éveiller les soupçons. Il jeta un coup d'œil furtif dans le corridor : pas âme qui vive. Il se glissa sans bruit jusqu'à la bibliothèque, où il reprit haleine un instant. Il avait déjà commis bien des meurtres à l'épée durant ses années passées à l'étranger, mais aucun n'avait été si peu prémédité que celui de sa propre femme.

Il se hâta de regagner ses appartements, et n'en ressortit que lorsqu'il entendit un pas dans le couloir. Il lui fallait un témoin : c'était la jeune servante dont il avait abusé la veille, et comme elle portait encore des traces de l'affection particulière que lui portait son maître – un œil au beurre noir et une coupure à la lèvre – elle avait été reléguée à la cuisine. Au regard lourd de reproches qu'elle lui lança, il répondit en lui tapotant la joue avec condescendance et entra dans la salle de réception pour accueillir les premiers invités.

La moitié des convives étaient déjà arrivés lorsque Hendrick apparut, flanqué de ses trois filles. Il affichait une mine si pitoyable que Ludolf se retint de rire. Il s'approcha doucement de Hendrick et lui donna une bourrade sur l'épaule.

– Courage, mon ami. Vos billets à ordre sont en ma possession.

Pour Hendrick, c'était la fin du tunnel. Il bondit presque de joie et Ludolf regarda d'un œil amusé ce brusque changement d'humeur. Néanmoins, il délaissa rapidement le père pour aller saluer les filles. Il était, une fois encore, frappé par la beauté de Francesca, vêtue ce soir d'une robe de velours groseille qu'il ne lui avait jamais vue. Sa somptueuse chevelure était rehaussée de perles scintillantes piquées dans son chignon. Il salua intentionnellement ses sœurs en premier, puis se tourna vers elle.

– Ma chère Francesca, votre présence ici ce soir me comble au-delà de ce que vous pouvez imaginer.

Bien que Ludolf fît manifestement amende honorable, Francesca n'en resta pas moins sur ses gardes. Ce n'était pas la première fois qu'elle était en butte aux avances de jeunes gens un peu trop empressés, mais elle sentait chez Ludolf une détermination qui lui faisait peur.

– Je ne vois pas Amalia. Aletta voudrait tellement faire sa connaissance !

Ludolf feignit la surprise.

– Elle n'est pas encore là ? Sans doute a-t-elle décidé de garder la chambre.

– Ne se sent-elle donc pas aussi bien qu'elle l'eût souhaité ?

– Je crains que non.

– J'ai tellement entendu parler d'elle, fit Aletta, déçue. J'espérais la rencontrer.

– Je suis sûr qu'elle sera heureuse de vous voir toutes les trois tout à l'heure.

– Nous ne voudrions pas la fatiguer davantage, dit Francesca.

– Amalia m'a confié que votre compagnie lui élevait l'âme. Je suis convaincu qu'elle sera ravie de vous connaître également, fit-il à l'adresse d'Aletta. Mes amis, poursuivit-il en se retournant vers l'assistance regroupée autour de la cheminée, vous avez remarqué le nouveau tableau qui est venu enrichir ma collection. Permettez-moi de vous présenter l'auteur de ce portrait, Francesca Visser, la fille de maître Visser, dont elle a de toute évidence hérité le talent.

Cette déclaration fut saluée par un concert d'applaudissements et de louanges, que Francesca accueillit avec une aimable courtoisie. Ludolf aurait aimé conduire Francesca à la salle du banquet, mais l'honneur en revenait à la femme du bourgmestre, et la sagesse lui conseilla de ne point l'offusquer et de se conformer aux usages. A table, Francesca était placée loin de lui et, s'il en conçut quelque déplaisir, il se dit qu'étant donné les circonstances c'était plus prudent.

Neeltje aurait dû être de retour à présent et Ludolf s'attendait à tout moment à voir surgir une servante, ou bien le médecin lui-même, voire Neeltje en larmes, se félicitant intérieurement qu'on le fît mander au chevet d'Amalia devant de si nombreux témoins.

Pour avoir, en son jeune âge, joint ses pas à une troupe de comédiens ambulants, il était de taille à se composer une mine de circonstance. Pour l'instant, il se sentait très en verve. La chaise vide d'Amalia, qui pour un autre eût semblé une accusation, était à ses yeux la preuve qu'il espérait jusqu'au dernier moment la présence d'Amalia. Il jubilait, en regardant « La Déesse du Printemps », à l'idée qu'elle occuperait bientôt cette chaise vacante à l'autre extrémité de la table de banquet.

Les trois sœurs, trop éloignées pour pouvoir échanger leurs impressions, étaient manifestement réjouies du brusque changement d'humeur de leur père. Celui-ci échangeait des propos galants avec ses voisines de table et son rire tonitruant couvrait de temps à autre le brouhaha des conversations. Pour Ludolf, tout ceci n'avait rien de surprenant. Claudius, qui venait de purger une peine de prison pour vol, avait redoublé d'égards envers Hendrick. Otto n'avait pas été invité car Ludolf craignait qu'Amalia ne reconnaisse en lui l'un des prétendus marchands qui avaient si bien su chanter ses louanges lorsqu'il la courtisait.

Francesca était heureuse de voir son père s'amuser. Peut-être redeviendrait-il enfin lui-même après cette soirée. Aletta était en grande conversation avec le jeune homme placé à sa gauche. Elle portait ce soir-là un bonnet brodé de perles dorées qui laissait échapper une mèche blonde, à la naissance du front, et des boucles d'oreilles en corail qui soulignaient la pureté de son cou.

Sybylla était d'humeur enjouée, bien qu'à son goût il n'y eût pas assez de jeunes gens parmi les convives. Son voisin de table, un homme d'une quarantaine d'années portant une perruque sombre, regardait Sybylla avec dans le regard cette lueur béate qu'elle savait si bien allumer chez les hommes.

Francesca surprit Ludolf en train de jeter un coup d'œil furtif à sa montre. Elle n'y aurait guère prêté attention si, un instant plus tard, il n'avait regardé subrepticement la pendule. Même s'il avait hâte que le banquet se termine, il n'en laissait rien paraître, car il jouait son rôle à la perfection, riant et plaisantant avec tout le monde.

En réalité, Ludolf était de plus en plus tendu. Il y avait maintenant deux heures qu'il avait commis son forfait et personne n'était venu le chercher. Et si Amalia n'était pas morte ? Impossible. Il avait tâté son pouls à deux reprises pour s'en assurer. Peut-être Neeltje attendait-elle la fin du festin pour l'informer ?

Pendant ce temps-là, à l'autre bout de la ville, Neeltje reprenait doucement conscience, dans une pièce inconnue. Sa tête était douloureuse et une douleur aiguë lui vrillait les côtes. Quelqu'un lui saisit doucement le poignet.

– Ne bouge pas. Tu as été attaquée dans la rue.

Elle reconnut la voix du Dr Mattheusz.

– J'étais venue vous chercher... ma maîtresse a besoin de sa potion.

– Je sais, tu me l'as raconté avant de t'évanouir devant ma porte. De toute façon, ton état nécessitait des soins immédiats. Tu as deux côtes brisées.

Un horrible soupçon assaillit soudain Neeltje.

– Ai-je été... ?

– Non, tu n'as pas été violée. L'agresseur n'en voulait qu'à ta montre.

Elle ferma les yeux. Quel cheval vicieux ! Elle était nerveuse et l'animal le sentait bien, prêt à s'emballer à la moindre tension sur ses rênes. Tous les palefreniers étaient en livrée, prêts à recevoir les hôtes, et elle n'avait trouvé pour lui seller un cheval qu'un garçon d'écurie qu'elle avait corrigé une fois pour son insolence. Sans doute s'était-il vengé en lui donnant une bête rétive. Elle allait lui frotter les oreilles !

– Il faut que je rentre. Ma maîtresse va s'inquiéter.

– Tu n'es pas en état de partir seule. Je vais te raccompagner et j'en profiterai pour examiner vrouw Van Deventer.

Neeltje referma les yeux avec soulagement. Elle comprenait sa maîtresse, et la somme d'efforts qu'il lui fallait pour quitter sa couche. Le déroulement des événements lui revint en mémoire : l'éclairage de ville était indigent, elle s'était fourvoyée et au détour d'une rue, un individu avait surgi de l'ombre, saisi la bride du cheval et désarçonné la cavalière... La pauvre Neeltje avait atterri sur les pavés, et, tout ensanglantée, s'était traînée tant bien que mal jusque chez le médecin, où elle s'était évanouie. Depuis, elle avait perdu la notion du temps...

– Il faut que j'y aille ! dit-elle en essayant de se lever. Ma maîtresse ne se sentait vraiment pas bien et cela doit faire un bon moment maintenant que je suis partie.

Le médecin, aidé d'un serviteur, la soutint. Elle se sentait étourdie et elle avait du mal à respirer à cause du bandage qui lui enserrait les côtes. Qu'importe, elle se devait de rassurer sa maîtresse, et elle serait bientôt dans son lit.

Lorsqu'ils arrivèrent en vue de la maison Van Deventer, la fête battait son plein et le docteur ordonna au cocher de passer par l'arrière. Il désapprouvait la danse, à ses yeux immorale, mais ne voulait pas troubler l'assistance en faisant irruption dans le salon, avec une femme blessée. Neeltje défaillit presque de douleur en descendant de voiture et le médecin lui interdit d'aller auprès de sa maîtresse dans l'immédiat.

– Va te coucher. On enverra quelqu'un d'autre pour veiller sur vrouw Van Deventer cette nuit.

Neeltje obéit à contrecœur.

Ludolf dansait une courante avec Sybylla, à pas lents et gracieux. Il n'avait à dessein pas invité de jeunes gens et les hommes non accompagnés étaient soit veufs soit au moins quadragénaires. Les filles Visser dansaient bien et Sybylla était au fait de toutes les nouvelles danses. Soucieux de ne pas laisser cours aux bavardages, Ludolf n'avait pas encore dansé une seule fois avec Francesca, et toutes ses danses étaient retenues avec d'autres cavalières.

– Qu'avez-vous fait à père qui le mette de si bonne humeur ? demanda Sybylla, en voyant Hendrick danser avec entrain.

– Pourquoi ne pas lui poser la question vous-même ?

– Aletta le lui a demandé et il a répondu que vous alliez lui acheter le portrait du collecteur d'impôts. Moi, je trouve cela plutôt invraisemblable. Quoi, vous mettriez à l'honneur quelqu'un pour qui vous n'avez sûrement aucune sympathie ?

Ludolf rit de bon cœur. Par jeu, il décida de ne pas démentir Hendrick et se promit d'acquérir le tableau en question.

– Précisément pour cette raison : ce personnage aurait en permanence sous les yeux les objets les plus coûteux que je possède. Ça ne manquerait pas de piquant, avouez-le.

– Vous êtes l'homme le plus cynique que je connaisse, fit-elle avec un petit rire.

– Avouez que vous ne m'en aimez que davantage !

Elle lui lança un regard provocant, mais ne releva pas le propos.

– Croyez-vous qu'Amalia puisse dormir avec la musique et le bruit de la fête ?

– Oh, elle dort peu, de toute façon. Pourquoi cette question ?

– Vous nous avez dit que nous pourrions aller la voir. Ce n'est pas drôle pour elle de rester seule alors que tout le monde s'amuse.

Sybylla était suffisamment honnête pour reconnaître en son for intérieur que si de séduisants jeunes gens avaient virevolté autour d'elle, elle aurait sans doute complètement oublié Amalia, même si l'amitié qu'elle lui portait était sincère.

Ludolf réfléchit rapidement. Et s'il emmenait les trois sœurs chez sa femme ? La thèse de la mort naturelle ne pourrait être mise en doute. Sybylla aurait sûrement une réaction hystérique, à côté de laquelle il pourrait afficher un chagrin dignement contenu. De plus il saurait enfin pourquoi on n'était pas venu le chercher.

– Dès la fin de la danse, nous ferons demander si Amalia est en état de vous recevoir. Je vous y conduirai moi-même, mais il faudra que je revienne m'occuper de mes hôtes.

Lorsque la musique cessa, Sybylla alla chercher ses sœurs, et Hendrick, profitant de l'occasion, aborda Ludolf.

– J'espérais que nous aurions une petite conversation tous les deux, lui souffla-t-il d'un air entendu.

– Je comprends que vous soyez impatient de connaître les détails, mais il ne faut rien brusquer, répondit Ludolf en dissimulant son agacement.

– Je suis à votre disposition. Pouvons-nous prendre un rendez-vous ?

– Venez demain à trois heures. Nous ne serons pas dérangés.

Hendrick accepta chaleureusement, puis, tandis que ses filles et Ludolf se dirigeaient vers les appartements d'Amalia, circula autour des tables de jeu dans l'une des salles, malheureux comme les pierres d'être réduit à l'état de spectateur.

En ouvrant la porte, Ludolf fut saisi d'une terrible frayeur : la banquette était vide, et le coussin taché de sang avait glissé à terre.

– C'est bien ce que je pensais. Elle est allée se coucher, dit Ludolf en se dirigeant vers la chambre.

C'est alors que la double porte s'ouvrit, livrant passage à un petit homme vêtu de noir et coiffé d'une perruque blanche, que Francesca et Sybylla identifièrent immédiatement.

– Heer Van Deventer, dit le docteur d'un ton solennel, je viens d'arriver il y a quelques minutes, et je m'apprêtais à venir vous chercher. Je crains d'avoir à vous annoncer une bien triste nouvelle.

– Que s'est-il passé ? demanda Ludolf d'une voix à peine perceptible.

Le médecin jeta un coup d'œil en direction des jeunes filles.

– Puis-je parler en présence de ces jeunes personnes ?

Ludolf approuva d'un hochement de tête, avec le sentiment qu'une fois encore il avait réussi à manipuler les événements à son avantage.

– Ce sont des amies de ma chère Amalia.

– Je suis au regret de vous dire que votre femme a rendu l'âme dans la soirée, après avoir envoyé sa femme de chambre chercher une potion à mon domicile. Neeltje a été attaquée en chemin et grièvement blessée : elle s'est évanouie devant ma porte. Ce n'est que lorsqu'elle est revenue à elle que j'ai appris que votre femme était au plus bas, et je suis venu immédiatement. Je suis arrivé trop tard, hélas!

Ludolf laissa choir ses bras le long de son corps et pencha la tête, comme en proie au plus profond désarroi, puis entra dans la chambre avec une lenteur calculée. Le médecin referma les portes derrière lui, pour le laisser seul avec sa défunte épouse.

Les trois sœurs étaient restées à l'autre bout de la pièce, pelotonnées les unes contre les autres.

– Si cela peut adoucir un peu votre chagrin, dit le médecin en voyant qu'elles avaient l'air sincèrement affectées, sachez qu'elle n'a pas souffert.

Sybylla regarda le petit médecin avec des yeux noyés de larmes.

– C'est terrible qu'elle ait été toute seule, ici, alors que nous nous amusions...

Elle se cacha le visage dans les mains.

Aletta lui parla sur un ton apaisant, se disant que sous ses dehors frivoles, sa petite sœur avait un cœur d'or.

– Vrouw Van Deventer était couchée, elle est sûrement partie dans son sommeil.

– Vraisemblablement, dit le médecin.

La vérité était qu'il avait trouvé Amalia par terre à côté

de la banquette. Le coussin avait glissé, l'entraînant dans sa chute. Sachant à quel point sa patiente était soucieuse de son apparence, il l'avait portée dans son lit pour qu'on ne la trouvât point dans une position disgracieuse.

Il déplorait amèrement que les circonstances n'aient point permis à son époux d'être à son chevet pour ses derniers instants. Ludolf sortit enfin de la chambre, avec une expression empreinte de tristesse.

– Voulez-vous avoir l'amabilité d'annoncer la nouvelle à mes hôtes, docteur ? dit Ludolf d'un ton accablé.

– Bien sûr, mijnheer. Tout de suite.

Francesca et ses sœurs firent leurs condoléances à voix basse. Ludolf les remercia en s'inclinant légèrement. Dans les salons la musique cessa subitement, et en allant prendre son manteau, Francesca frissonna en songeant à l'incident du matin dans la bibliothèque. Dire que tout cela s'était produit alors qu'Amalia vivait ses dernières heures ! Elle n'avait pas lu le moindre remords dans les yeux de Ludolf et son aversion pour lui n'en fut que plus violente.

Dans la salle du banquet, tous les visages arboraient la même consternation.

Hendrick s'approcha immédiatement de ses filles, avec des paroles de consolation. Francesca fut réconfortée de sentir son bras rassurant autour de ses épaules, et Sybylla se blottit contre lui comme lorsqu'elle était enfant.

Resté seul dans les appartements d'Amalia, Ludolf se demandait qui avait bien pu entrer et changer de place le corps de sa femme. Les explications du médecin lui ôtèrent toute inquiétude.

– Je vous remercie de toutes ces prévenances, docteur Mattheusz. Non seulement vous avez préservé la dignité de ma chère épouse, mais vous avez épargné à ces trois jeunes filles un choc particulièrement pénible : imaginez qu'elles aient vu Amalia gisant sans vie sur le sol !

Ludolf inspecta le salon d'Amalia et se dit qu'après une période décente il ferait tout redécorer pour intégrer ces pièces à l'ensemble de la maison. Le tableau de Pieter de Hooch serait en bonne et due place dans un des salons, au lieu de croupir ici inutilement. Bien sûr, il lui faudrait jouer les veufs éplorés pendant un certain temps encore.

Hendrick craignait qu'en raison des circonstances Ludolf ne décommande le rendez-vous. Il s'y rendit toutefois à l'heure dite et fut accueilli par un valet portant des flots de rubans noirs sur sa livrée et des servantes en tablier de dentelle noire. Tout le monde marchait à pas feutrés et parlait à voix basse.

Ludolf l'attendait dans la salle où s'était déroulée la partie de cartes, ce que Hendrick jugea d'un goût contestable – mais peut-être ce choix était-il délibéré. Le veuf était tout de noir vêtu, jusqu'aux boucles de ses chaussures.

– C'est très aimable à vous de m'accueillir en un jour comme celui-ci, dit Hendrick après avoir décliné les condoléances d'usage.

Il s'assit sur le fauteuil que lui désigna Ludolf, lequel choisit de rester debout, une main négligemment posée sur le manteau de cheminée en marbre rose, comme pour affirmer sa supériorité.

– Certaines affaires ne peuvent attendre, dit-il sans préambule. Je désire épouser Francesca.

Hendrick manqua s'étrangler d'indignation.

– Ici, en habits de deuil, le corps de votre femme à peine froid, vous osez...

– Ce n'est pas le moment de s'attendrir, trancha Ludolf, le regard dur. J'observerai le deuil pendant six mois. Après quoi, je lui ferai ma cour.

– Vous vous croyez tout permis! rugit Hendrick, hors de lui.

Ludolf poursuivit, imperturbable.

– Pendant ces six premiers mois, je ne la verrai pas du tout, sauf lorsqu'elle viendra vous rendre visite. A ce moment-là, je pourrai lui faire ma cour chez vous, à l'abri des ragots.

– Les occasions seront rares, rétorqua Hendrick. Les étudiants n'ont qu'un congé à Noël.

Ludolf balaya l'objection d'un claquement de doigts.

– Je n'ai pas l'intention de troubler ses études. Je sais à quel point cela est important pour elle, et je ne désire que son bonheur. Je la veux pour femme.

– Je n'y consentirai jamais!

Ludolf le toisa, légèrement surpris, comme s'il avait été piqué par quelque insecte.

– Et pourquoi cela? Est-elle promise à quelqu'un d'autre?

– Non.

– Eh bien?

Hendrick se tortilla sur son siège, de plus en plus mal à l'aise.

– Elle veut quitter la Hollande après ses études. Elle projette d'aller en Italie.

– Qu'à cela ne tienne. Je l'y conduirai.

Hendrick hocha la tête d'un air buté. Cet entretien était de loin beaucoup plus pénible que celui qu'il avait eu avec Pieter, lequel n'avait pas de ces exigences égoïstes. De plus, il avait été pris au dépourvu : il fallait en finir. Il était venu pour parler de ses dettes, après tout.

– Francesca est hostile au mariage. Elle aspire avant tout à devenir une artiste et rien ne pourra la détourner de son but.

Ludolf traversa la pièce d'un pas nonchalant et alla se poster devant une fenêtre, tournant le dos à son interlocuteur et feignant de contempler le spectacle de la rue.

– Vous préféreriez sans doute que j'en fasse ma maîtresse ?

Hendrick bondit de son siège, avec un rugissement outragé.

– Comment osez-vous me dire une chose pareille ? A moi, son propre père ?

Ludolf se retourna et s'adossa tranquillement au rebord de la fenêtre, les bras croisés.

– Et à qui voulez-vous que j'en parle ? Mes intentions sont parfaitement honorables. Je tenais simplement à vous faire savoir que j'ai l'intention de la posséder de toute façon.

– Soyez maudit ! tonitrua Hendrick en se dirigeant vers la porte.

– Vous n'oubliez rien ? fit Ludolf en sortant les billets à ordre de sa manche et les agitant en l'air.

Le teint empourpré de Hendrick vira au gris.

– Cela n'a rien à voir, bégaya-t-il. Tout ceci est entre vous et moi.

– Pas tout à fait, mon cher. Vous m'avez juré sous la foi du serment que vous me donneriez tous les gages que je souhaiterais. Eh bien, je veux Francesca.

– Vous n'imaginez tout de même pas que j'irais jusqu'à vendre ma propre fille...

– Pourquoi pas ? Les femmes sont notre propriété au même titre que les autres biens mobiliers. Vous êtes en droit de marier votre fille à qui bon vous semble.

– Je ne me suis jamais comporté ainsi envers elles. Je

suis un amoureux des libertés et nous avions décidé, lorsque ma femme s'est trouvée enceinte la première fois, de donner la même éducation à nos enfants, garçons ou filles. Nous n'avons pas eu de garçon, et nous avons toujours veillé à ce que nos filles aient une grande indépendance d'esprit.

– Il n'empêche que Francesca se pliera à votre volonté.

– Jamais elle n'obéira, si elle n'a rien décidé elle-même. Si vous n'avez pas compris cela, c'est que vous la connaissez bien mal !

– Essayez la persuasion. Si elle connaissait l'enjeu, sans doute considérerait-elle ma proposition avec quelque gratitude.

– Que voulez-vous dire ? balbutia Hendrick, pétrifié de terreur.

Ludolf se mit à arpenter lentement la pièce.

– Je veux dire que je peux vous traîner en justice et vous mettre sur la paille, vous et votre famille, votre maison, vos tableaux d'Anna auxquels vous tenez tant...

Hendrick, cédant au désespoir, s'affala sur son siège et se mit à sangloter.

– Mon Dieu ! Qu'ai-je fait là ! gémit-il.

Ludolf laissa le malheureux sur le gril quelques instants pendant lesquels on n'entendit plus que les pleurs de Hendrick et la rumeur assourdie de la rue, puis il reprit :

– Ne vous frappez pas ainsi, mon ami. Je serai pour Francesca le meilleur des maris. J'en connais plus d'un qui sauterait de joie à l'idée de me donner sa fille pour épouse. Soyez sûr que vous bénéficierez également de ma générosité, ainsi que votre famille. Que voulez-vous de plus ? Tenez, je lui offrirai vos billets à ordre en cadeau de mariage, et elle pourra les déchirer devant vous !

Hendrick leva vers son tortionnaire un regard de chien battu.

– Je ne veux pas qu'elle sache ! Jamais !

– Dans ce cas je vous rends vos billets à ordre. Réfléchissez. A dater de ce jour, je suspends votre dette et vous pouvez maintenir votre train de vie comme auparavant. Le jour où j'épouserai Francesca, ces papiers seront brûlés. Vous n'aurez plus rien à craindre pour votre avenir. Et que ce soit la dernière fois. Je n'interviendrai plus pour vous sauver de votre propre inconscience.

– J'ai compris la leçon, dit Hendrick en baissant la tête.

Ludolf le contemplait d'un air cynique. Cela n'était qu'une promesse de joueur, mais il savait que désormais l'artiste ne se risquerait plus à jouer des sommes folles. Tout au plus jetterait-il quelque menue monnaie sur le tapis.

– Nous sommes d'accord.

– Oui, dit Hendrick d'une voix éteinte en s'affaissant davantage sur son fauteuil. A la fin de ses études, Francesca sera votre femme.

– Bien. Dans ce cas nous allons signer le contrat de mariage. Un avocat est venu tôt ce matin pour régler la succession d'Amalia et je lui ai fait établir le contrat par la même occasion.

Hendrick, au comble du dégoût, vit Ludolf sortir les papiers d'un tiroir. Comment un homme pouvait-il manquer de cœur au point de faire rédiger un contrat de mariage le lendemain de la mort de sa femme ?

Hendrick prit connaissance du document.

– Qui est cette veuve... Geetruyd Wolff ?

– J'ai fait faire une enquête sur la famille qui devait héberger Francesca à Delft et j'ai jugé que l'ambiance y était trop libre. J'ai donc tout arrangé pour qu'elle soit logée chez une personne de confiance. Vrouw Wolff l'attendra demain à l'arrivée de la diligence et prendra soin d'elle. Ah, autre chose. J'ai rédigé une lettre stipulant les règles auxquelles Francesca devra se conformer. Bien entendu il est souhaitable qu'elle soit écrite de la main paternelle. Je la ferai acheminer spécialement par un messager.

En parcourant la lettre, Hendrick eut un rire nerveux.

– Pourquoi Francesca devrait-elle être chaperonnée sans arrêt ? Elle va à Delft pour étudier, pas pour courir le guilledou !

– Elle doit être protégée en permanence.

– Si je comprends bien, dit Hendrick d'un ton amer, vous avez ourdi tout ceci depuis longtemps, et si votre femme n'était pas décédée la nuit dernière, c'est un acte de vente que vous m'auriez mis entre les mains au lieu d'un contrat de mariage.

– C'est exact. Néanmoins une clause stipulait que si j'étais veuf dans les trois années à venir, j'épouserais Francesca.

Hendrick fut incapable de se contenir plus longtemps.

– Vous n'êtes qu'un scélérat ! hurla-t-il en brandissant les papiers, puissiez-vous rôtir en enfer !

Ludolf ricana d'un air méprisant.

– Je savais que tôt ou tard vous en viendriez à des abus de langage, mais si vous tenez à votre mécène, maîtrisez-vous, mon cher. Finissez de lire le contrat et signons-le.

Hendrick était réduit à l'impuissance. Il avait toujours espéré qu'une fois maître de la Guilde, sa fille aînée épouserait un homme de son choix... Pourvu que Ludolf lui laisse terminer ses études!

Il copia la lettre, puis signa le contrat et en garda un exemplaire. Il prit congé sans un mot de plus. En rentrant par les rues bruyantes et encombrées, il ruminait de bien sombres pensées, se disant qu'il avait fait le malheur de sa fille car, malgré les promesses de Ludolf, il était peu probable qu'elle fût heureuse avec un tel homme.

A la maison régnait une atmosphère animée, les cadeaux s'étaient amoncelés sur la table du salon et les conversations allaient bon train. Hendrick alla directement dans son atelier et se campa devant le portrait d'Anna, implorant son pardon. Il se rendit compte que la menace de Ludolf de mettre la main sur ce tableau l'avait affecté encore plus profondément que d'avoir scellé ainsi le destin de Francesca.

Sur le moment, il avait cru que son cœur cessait de battre.

11

A l'aube toute la famille Visser était levée, pour prendre le petit déjeuner avec Francesca avant son départ. Seule dans sa chambre, elle finissait de lacer son corsage en se demandant si elle n'avait pas oublié quelque petit détail domestique. Maria serait responsable de l'argent du ménage, et Aletta d'une petite caisse pour les dépenses personnelles. Aletta s'occuperait des tulipes qui étaient maintenant en pleine floraison. Les « tulipes de Pieter » – comme elle les appelait – ajoutaient une note somptueuse aux plates-bandes. Sybylla avait promis de bien se comporter, et d'obéir aux directives de sa sœur.

Francesca se faisait du souci pour Hendrick, même si le soir du banquet il avait semblé retrouver sa joie de vivre. Ses mains étaient presque revenues à l'état normal, mais il continuait le traitement, bien qu'il prétendît que Maria cherchait à l'empoisonner avec sa potion infecte. En tout cas, il travaillait beaucoup en ce moment, ce qui était bon signe.

Francesca jeta un regard autour de la pièce pour s'assurer qu'elle n'oubliait rien. Sa malle de voyage avait déjà été descendue la veille au soir dans le vestibule et elle n'avait qu'une petite mallette où elle rangea sa brosse à cheveux et son miroir de poche dans lequel elle jeta un dernier coup d'œil et remarqua qu'elle avait les traits tirés. A la tristesse naturelle de quitter la maison pour la première fois s'ajoutait le chagrin causé par la mort d'Amalia. Hier, au milieu de l'excitation des préparatifs, elle avait échangé avec Sybylla un long regard qui disait à quel point elles pensaient toutes deux à Amalia.

Elle referma sa mallette d'un geste sec et prit son manteau avant de quitter cette chambre où elle avait dormi depuis l'âge d'un an, lorsque, à la naissance d'Aletta, elle avait dû quitter la chambre de ses parents.

A table, l'atmosphère était tendue, chacun essayant de cacher son émotion. Francesca n'avait jamais quitté ses sœurs, ni Hendrick, ni Maria, même une seule nuit.

– Tu nous écriras pour nous tenir au courant de tes progrès, n'est-ce pas? fit Aletta d'un ton faussement enjoué.

– Bien sûr, promit Francesca.

Elle regarda son père d'un air inquiet. La veille au soir elle avait eu une conversation en tête à tête avec lui. Hendrick lui avait juré, les larmes aux yeux, que, quoi qu'il arrive, il n'avait d'autre souci que son bonheur. Il lui avait semblé mal à l'aise, comme si un secret avait pesé sur son cœur.

– Oh, à propos, dit-il brusquement, j'ai dû changer ton hébergement à Delft. Tu iras chez une veuve, vrouw Wolff. Elle t'attend à l'arrivée de la diligence.

Francesca s'en étonna, mais devant l'expression de détresse de son père, elle se dit que ce n'était pas le moment d'argumenter. Elle lui posa doucement la main sur l'épaule en lui assurant qu'elle était persuadée qu'il avait agi pour son bien.

– Willem m'a dit que maître Vermeer peignait toujours sa femme dans de jolies robes, tu pourras me les décrire en détail? demanda Sybylla.

– Naturellement.

– Tu ne t'intéresses qu'aux racontars, dit Maria d'un ton réprobateur.

– Je ne vois pas où est le mal, répliqua Sybylla d'un air effronté. C'est Catharina Vermeer qui l'a dit elle-même à Willem, à propos d'un tableau qui la représente en robe de velours rouge, un verre à la main.

– Sûrement une scène d'intérieur, commenta Hendrick en se resservant une tranche de pain blanc tout chaud que Griet venait d'acheter au boulanger sur le pas de la porte. La seule réserve que j'ai à propos de Vermeer, c'est qu'il ne s'intéresse pas beaucoup aux paysages. Insiste pour que cet aspect du travail ne soit pas négligé, Francesca.

– Ne vous inquiétez pas, père. Sinon je sortirai pour faire des croquis, comme a fait Aletta ces temps derniers.

Un coup frappé à la porte détourna son attention et l'empêcha de voir qu'Aletta était devenue rouge comme une pivoine. Elle se précipita vers l'entrée avant que Griet ait pu esquisser un mouvement.

– J'y vais!

Comme elle l'avait espéré, le visiteur matinal n'était autre que Pieter.

– Je suis ravie de vous voir, dit-elle spontanément.

– J'aurais manqué à tous les devoirs de l'amitié si je n'étais pas venu vous dire au revoir, dit-il avec un sourire, en lui tendant un bouquet de violettes attachées avec un ruban.

– Comme elles sont belles! Et quel parfum! s'exclama-t-elle en portant les fleurs à ses narines.

Elle fit entrer le jeune homme dans la salle où seul Hendrick était encore à table. Il fit signe à Pieter de s'asseoir et l'invita à manger car il était parti de Haarlem bien avant l'aube. Francesca quitta la pièce pour aller faire quelques recommandations de dernière minute à ses sœurs.

Hendrick se félicita de cette occasion de parler à Pieter, les événements de la veille ayant considérablement modifié les données du problème. Il fallait étouffer dans l'œuf cette relation naissante, et le fait que Pieter eût payé l'apprentissage de Francesca rendait la chose fort malaisée.

– Il faut que je vous parle de ces visites à Delft, dit Hendrick en se raclant la gorge. Je tiens absolument à ce que son travail ne soit pas perturbé et je vous saurais gré de ne pas aller la voir.

Pieter, un coude sur la table, scrutait intensément le visage de Hendrick.

– Nous étions convenus, avec votre consentement, de nous voir de temps en temps. Pourquoi revenir là-dessus maintenant?

– J'ai beaucoup réfléchi depuis.

– Votre situation financière se serait-elle encore aggravée? Sachez que, quoi qu'il arrive, vous et votre famille ne serez jamais à la rue : ma propriété de Haarlem est à votre disposition.

– Non, non, dit vivement Hendrick. Tout est rentré dans l'ordre. J'ai obtenu un délai pour régler mes dettes.

– Êtes-vous sûr que vos affaires sont entre de bonnes mains? Je ne suis pas moi-même un professionnel des questions d'argent, mais je ne me débrouille pas mal en affaires. Si vous le souhaitez, je peux vous conseiller. J'espère que vous n'avez pas emprunté à des taux exorbitants ?

Hendrick secoua vigoureusement la tête.

– Non, non, rien de tel. Le seul service que vous puissiez me rendre est de vous tenir à l'écart de Francesca. Croyez-moi, Pieter, j'ai de bonnes raisons, et je vous supplie d'accéder à ma requête. Pensez à son avenir avant tout. Ne vous faites pas trop d'illusions. Je vous aurai prévenu.

Pieter eut la sensation d'avoir été grugé.

– Je réfléchirai, mais je ne peux rien vous promettre, dit-il d'un ton cassant.

Francesca revint, gantée et habillée pour le voyage. Hendrick se leva, et elle se jeta dans ses bras

– Prenez bien soin de vous, père. Si jamais vous aviez besoin de moi, vous savez que je reviendrais immédiatement.

– Ne t'inquiète pas, ma chère enfant, répondit-il, et il l'embrassa sur le front, le cœur lourd.

– Je ne vous serai jamais assez reconnaissante de la chance que vous m'avez donnée.

Pieter se retira discrètement et retrouva Aletta et Sybylla, prêtes à accompagner leur sœur au départ de la diligence. Il fut entendu que Pieter se joindrait à elles. Il ne se sentait nullement blessé que Francesca crût tout devoir à son père, mais une fois qu'elle serait à Delft il s'estimait seul à même de juger si oui ou non il était un obstacle au bon déroulement de ses études.

Francesca alla embrasser Maria, qui fondit en larmes, et elle dut s'arracher à son étreinte.

– Bonne chance, juffrouw Francesca, murmura Griet, elle aussi en larmes.

Alors, sans se retourner, Francesca se rua vers la porte. Pieter lui prit la main, l'obligeant à ralentir le pas, et elle lui adressa un petit sourire de reconnaissance.

Il soufflait ce matin-là un vent qui gonflait les manteaux comme des pétales de tulipes. Arrivés à la place où attendait la voiture à hautes roues, déjà bâchée, elle échangea encore quelques mots avec Pieter, pour l'informer de son changement de résidence. Il en parut aussi surpris qu'elle l'était elle-même, mais elle se dit qu'une veuve apprécierait sans doute d'avoir de la compagnie.

– Aurez-vous le temps de m'écrire?

– J'aurai mes soirées pour moi, à moins que maître Vermeer me donne ses leçons à la lueur des chandelles!

– Nous aussi nous voulons des lettres, protestèrent ses deux sœurs à l'unisson.

– Mais bien sûr, je vous écrirai! promit Francesca dans un sourire.

Le départ était imminent, à en juger par l'effervescence autour de la voiture. Pieter échangea un long regard avec Francesca et l'embrassa avec une intensité qui n'échappa ni à Sybylla ni à Aletta. Francesca embrassa ses sœurs, puis monta en voiture, aidée par Pieter. Un ordre du cocher, un claquement de fouet et l'équipage s'ébranla. Aletta et Sybylla coururent un petit moment derrière la voiture, Pieter était resté en arrière et tous trois lui firent de grands signes d'adieu.

Elle agita la main jusqu'à ce qu'un tournant les dérobât à sa vue. Sa première préoccupation fut de protéger ses violettes des secousses et elle glissa les tiges dans une fissure du banc de bois. Le véhicule était du pire inconfort et les voyageurs, projetés les uns contre les autres, poussaient des cris chaque fois que la voiture passait dans une ornière.

L'on s'arrêtait de temps en temps dans un relais pour changer les chevaux, mais le répit était de courte durée. A peine le temps d'avaler quelque chose, et il fallait remonter, au signal du postillon, qui soufflait dans une trompe pour ameuter les passagers et n'attendait pas les retardataires.

Francesca se sustenta d'une petite collation enveloppée dans une serviette de toile blanche et de fruits apportés par ses amis comme cadeaux d'adieu. A chaque halte montaient de nouveaux voyageurs, avec qui elle bavardait pour passer le temps.

Le soleil était déjà bas lorsque la voiture arriva enfin à Delft, et Francesca observa avec curiosité le spectacle de cette charmante vieille cité, célèbre pour sa toile, ses brasseries et son activité maritime. La ville, qui avait beaucoup prospéré depuis un siècle grâce à l'essor des faïenceries, ne comptait pas moins de trente établissements dans ses murs.

Delft était sillonnée de canaux, avec d'innombrables ponts et les constructions de style gothique ou Renaissance avec leurs toits de tuiles grises ou rouille semblaient immuables sous la patine des ans. Les fenêtres à petits carreaux sertis de plomb scintillaient dans le soleil printanier et les façades étaient ponctuées de volets verts, bleus, ou rouges.

Les arbres étaient déjà parés d'un brouillard vert tendre et les tulipes ouvraient leurs corolles. Pouvait-il exister meilleur moment pour découvrir le vieux Delft qu'un radieux après-midi de mai !

Une activité intense régnait devant l'auberge lorsque Francesca descendit de la voiture, son bouquet de violettes d'une main et sa mallette de l'autre. Elle vérifia que sa malle de voyage avait bien été déchargée, puis repéra dans la foule une femme entre deux âges qui n'était autre que vrouw Wolff. Bien que sobrement vêtue d'une petite cape sur une robe noire à col blanc et coiffée d'un chapeau sans ornement, elle ne manquait pas d'allure, avec sa silhouette élancée et son visage triangulaire au large front et au menton bien dessiné. Elle adressa un large sourire à Francesca, mais ses yeux gris scrutateurs avaient l'éclat de l'acier.

– Juffrouw Visser, je suppose ?

– Elle-même. Je vous présente mes respects, vrouw Wolff. Appelez-moi Francesca, s'il vous plaît.

– Avec plaisir. A partir de maintenant, vous êtes un peu ma fille, n'est-ce pas ? Est-ce là tout votre bagage ? demanda-t-elle, avisant la malle fatiguée posée à terre.

– Oui. Je vais héler un porteur.

– Ce n'est pas la peine, j'en ai déjà un, dit vrouw Wolff en faisant signe à un jeune homme qui attendait à l'écart avec une charrette à bras.

Lorsqu'il eut chargé la malle, elle le fit passer devant, de crainte qu'il ne disparût avec son fardeau. Une telle idée n'aurait jamais effleuré Francesca mais, comme elle devait le découvrir par la suite, vrouw Wolff faisait rarement confiance à autrui.

Geetruyd habitait dans Kromstraat, une ruelle sinueuse toute proche, une maison de cinq étages, à la façade rehaussée d'ornements en grès. La porte d'entrée était presque aussi épaisse qu'une porte d'église et les persiennes à demi fermées ne dispensaient qu'une faible lumière à l'intérieur, tapissé de panneaux de bois sombre et garni de très beaux meubles anciens ainsi que de magnifiques faïences.

Une servante répondant au nom de Weintje guida le

porteur, qui avait hissé la malle sur son dos, vers un escalier très raide en forme de L. Geetruyd lui emboîta le pas, suivie de Francesca.

– Ces vieilles maisons sont vastes, commenta la veuve, et voici quelques années, pour améliorer mon ordinaire, j'ai décidé de louer certaines chambres à des voyageurs lorsque l'auberge est complète. J'ai une clientèle de commerçants qui voyagent régulièrement, et qui me sont fidèles, car ils sont assurés de trouver ici le calme, un bon lit et un petit déjeuner copieux.

– Avez-vous beaucoup de clients à la fois?

– Rarement plus de quatre. Je ne loge que des gentilshommes que je connais, ou qui me sont recommandés par le patron de la taverne. Vous ne serez pas gênée par la présence des hôtes payants, car les chambres sont au rez-de-chaussée et les petits déjeuners sont servis dans les chambres.

– J'ai remarqué que vous aviez plusieurs pièces au premier étage également.

– Oui, il y a trois pièces et un bureau, où je m'occupe de toutes sortes d'œuvres charitables. Je suis régente d'un hospice.

Cette charge n'était octroyée qu'aux personnes jouissant de la considération et de l'estime générales.

Au deuxième étage, le porteur déposa la malle dans une chambre au bout d'un long corridor et, comme Francesca allait dénouer les cordons de sa bourse, vrouw Wolff l'arrêta d'un geste, et le paya elle-même.

– On m'a fait venir une certaine somme pour vos dépenses, expliqua-t-elle. Weintje, va chercher un vase pour les violettes de juffrouw Visser.

Francesca vit dans cette initiative la main de Willem, car elle imaginait mal Hendrick y avoir pensé tout seul.

La chambre, tapissée de panneaux de bois sombre et éclairée par une unique fenêtre donnant sur la rue, n'était pas très lumineuse, mais bien meublée. Le lit à baldaquin s'ornait de rideaux de brocart, un luxueux tapis persan recouvrait le sol, et il y avait même un miroir au cadre d'argent.

– Je me suis laissé dire que vous aviez l'intention de vous consacrer à la peinture, dit Geetruyd en observant Francesca, et je pense que nous allons bien nous entendre. Je vous laisse vous installer. Weintje va vous apporter une tasse de thé. Lorsque vous serez prête, venez me rejoindre au premier étage, juste en dessous de cette chambre. Puisque je me suis engagée à vous chaperonner pendant votre séjour à Delft, je pense qu'il est nécessaire que nous mettions d'emblée certaines choses au point.

Une demi-heure plus tard, Francesca descendit auprès de son hôtesse, admirant au passage les gravures accrochées dans le corridor, des vues de Delft pour la plupart, dont une représentait le tombeau de Guillaume d'Orange, son chien fidèle à ses pieds.

La conversation avec vrouw Wolff se résuma en fait à une litanie de préceptes que son père aurait consignés dans une lettre à laquelle se référait sans cesse la veuve. Elle fut stupéfaite de s'entendre dire qu'elle ne devait fréquenter aucune personne de sexe masculin, et que Clara Huys, la cousine de vrouw Wolff, qui vivait avec elle, était censée l'accompagner et aller la chercher à l'atelier de maître Vermeer, pourtant tout proche.

– Vous ferez la connaissance de Clara au dîner, conclut la veuve, après avoir encore précisé qu'elle escorterait elle-même Francesca dans toutes les manifestations publiques où elle jugerait bon de l'emmener. Est-ce clair ?

– On ne peut plus clair, dit Francesca, tout à fait contrariée par le ton dictatorial de cet entretien.

A la réflexion, elle se dit que son père n'avait sans doute pas écrit cette lettre dans son état normal, perturbé comme il l'était ces temps derniers. Mais tout compte fait ça lui ressemblait assez bien d'avoir chargé quelqu'un d'autre des basses besognes.

– Puisque telle est la volonté de mon père, poursuivit-elle, je m'y conformerai, mais je suis sûre que lorsqu'il se sera habitué à mon absence, il reviendra sur ces absurdes restrictions.

– N'y comptez pas.

– Quoi qu'il en soit, il y a une personne que j'ai le droit de rencontrer, c'est heer Pieter Van Doorne. Mon père est d'accord.

Vrouw Wolff jeta un coup d'œil à la lettre.

– Aucune exception n'est mentionnée.

– Ce n'est pas possible !

– Voyez vous-même !

Francesca lut effectivement, de la main de son père, toutes les instructions que Geetruyd venait de lui énoncer.

– Cette lettre lui a été dictée par le souci qu'il se fait pour moi. Lorsqu'il sera rassuré, il reviendra sur ces instructions.

– En attendant, j'appliquerai ses directives à la lettre.

– Vous ne pouvez m'empêcher de voir Pieter!

– Vous vous trompez, jeune fille. Il s'agit manifestement d'un soupirant indésirable, dont votre père souhaite vous protéger. Il y a parmi les institutions dont je m'occupe une maison de redressement pour jeunes filles, et si vous vous montrez rétive, j'ai le pouvoir de vous y faire enfermer, le temps que vous reveniez à la raison.

Francesca bondit, furieuse.

– Vous avez perdu l'esprit! Je n'ai jamais été punie de ma vie! Mon père ne permettrait jamais que l'on me traite de la sorte.

– Ne vous avisez pas de m'insulter encore une fois de la sorte, fit la veuve en pointant vers Francesca un index menaçant. Je ferai respecter la volonté de votre père. Vous avez vu sa lettre aussi bien que moi.

– Vous vous méprenez. Pieter Van Doorne et moi sommes bons amis, voilà tout.

– J'ai déjà entendu cette belle histoire! Vous n'êtes pas la première que je doive préserver de ses errements!

– Je ne passerai pas une seule nuit sous votre toit! Je vais chez maître Vermeer et demain je trouverai une autre logeuse, dit Francesca en se dirigeant vers la porte.

– Il n'en est pas question, rétorqua la veuve en allant fermer la porte avec une agilité surprenante. Un pas de plus et je vous fais immédiatement enfermer. Vous rateriez une semaine, voire un mois de votre apprentissage. Et si, malgré tous mes avertissements, vous essayez de voir Pieter Van Doorne, cela vous vaudra huit semaines au moins en maison de redressement. Qu'adviendrait-il de vos études?

Francesca devint livide.

– J'écrirai dès ce soir à Pieter : il saura à quelle loi tyrannique je suis soumise.

– Si vous lui écrivez, c'est pour lui signifier que vous mettez un terme à vos relations, et je lirai la lettre.

– C'est intolérable! Vous ne me soumettrez point à votre censure!

– Il ne s'agit que de cette lettre. Je ne suis pas un monstre. Nous pouvons vivre en parfaite harmonie si vous vous comportez comme je l'entends.

Francesca ouvrit rageusement la porte sans répondre et monta dans sa chambre. Elle fit les cent pas, cognant du poing contre les colonnades du lit pour essayer de dominer sa fureur. Elle se sentait comme un animal pris au piège. Elle qui se faisait une telle joie de venir à Delft! Elle se demanda quelles déceptions l'attendaient encore chez maître Vermeer! Et s'il se révélait aussi imprévisible que Hendrick? S'il ne l'avait acceptée que pour l'argent? Et s'il se révélait mauvais professeur? Après tout, il n'avait jamais eu d'élèves... Pas une seule fois elle n'avait envisagé que son apprentissage puisse n'être pas à la hauteur de ce qu'elle avait imaginé.

Elle frappa du poing contre l'encadrement de la fenêtre. Elle n'osait pas penser à Pieter, « interdit de séjour » à Delft! Elle se dit que Hendrick, en proie à une étrange mélancolie, avait dû ériger ces règles absurdes par égarement, mais reviendrait-il à la raison?

Elle prit une profonde inspiration. Se mettre en colère ne résoudrait rien. Elle devait faire appel à tout son bon sens pour venir à bout des difficultés – de taille – qui se dressaient devant elle. Elle écrirait à Pieter comme le voulait Geetruyd, mais elle se débrouillerait pour lui faire parvenir une seconde lettre expliquant la situation. Plus tard, elle pourrait aussi solliciter l'aide de ses sœurs ou de Willem. Hendrick reviendrait un jour, à n'en pas douter, sur ces instructions absurdes, et Aletta rédigerait une lettre à l'intention de Geetruyd qu'il signerait sûrement sans difficulté, s'il était absorbé par son travail.

On frappa à la porte. Elle alla ouvrir. Sur le seuil se tenait une toute petite femme, plus très jeune, sèche et agitée de mouvements nerveux, triturant ses bagues, ou le col de sa robe. Elle n'avait pas dû être laide, mais l'âge avait creusé des cernes sous ses yeux et flétri son teint. De son bonnet amidonné s'échappaient quelques mèches vaporeuses mêlées d'or pâle et de gris.

Elle avait un air apeuré, comme si le monde entier lui voulait du mal.

– Je suis Clara Huys. Je vous souhaite la bienvenue, et j'espère que vous vous plairez parmi nous.

– Je vous remercie, mais je crains que certaines choses doivent changer pour que cela soit possible. Donnez-vous la peine d'entrer.

– Je suis venue vous chercher pour le dîner.

– Je ne sais pas si ma présence est souhaitable.

– Bien sûr que si ! Ma cousine Geetruyd n'est pas rancunière.

La femme avait l'air sincère.

– Dans ce cas, je viens. Je me conformerai à la vieille tradition qui veut qu'à table on oublie ses griefs.

– Voilà un comportement raisonnable ! Si vous observez les usages de la maison, tout se passera bien.

Au dîner, fin et copieux, Geetruyd bavarda aimablement comme si rien ne s'était passé et Francesca lui répondit avec courtoisie. Clara, manifestement dominée par la personnalité de sa cousine, n'ouvrit la bouche que pour dire « s'il vous plaît » ou « merci ».

Après le repas, Francesca écrivit longuement à Pieter, lui détaillant les nouvelles règles auxquelles elle était contrainte de se conformer. Son portrait, ses violettes étaient sous ses yeux, jamais elle ne s'était sentie si proche de lui, et pourtant elle traçait des mots lui enjoignant de se tenir à distance. Elle espérait qu'il lirait entre les lignes et comprendrait que sa correspondance était surveillée. Heureusement Geetruyd se contenta de parcourir la lettre d'un air détaché.

– Voilà qui est bien, approuva-t-elle avant de la sceller. Je veillerai à ce qu'elle parte demain. Maintenant, allez vous reposer. Bonne nuit.

Dès que Francesca fut remontée dans sa chambre, Geetruyd s'adossa à sa chaise avec un petit soupir. Ce n'était pas tâche aisée que de tenir ces jeunes filles dans le droit chemin !

Cependant Francesca lui avait paru plus intelligente que les jeunes personnes dont elle s'était occupée jusqu'ici, et de plus, elle était venue à Delft avec un objectif précis, qu'elle ne se risquerait sans doute pas à compromettre par des écarts de conduite.

Il n'était pas étonnant que Ludolf ait envoyé un messager avec des renseignements sur la jeune fille si tardivement : il était le patron de son père, rien d'étonnant à ce que maître Visser ait fait appel à lui pour empêcher sa fille de voir ce Pieter Van Doorne, qu'elle voulait rencontrer sans chaperon, qui plus est !

Geetruyd avait appris par la même occasion la mort d'Amalia, et sa première pensée avait été que Ludolf était enfin soulagé d'un lourd fardeau. Et lorsqu'il aurait réalisé ses ambitions politiques, ils pourraient enfin se consacrer à la tâche qu'ils avaient entreprise...

Ils se connaissaient depuis bien longtemps et, même si elle ne le voyait guère, ils étaient toujours en relation, pour ce que l'on pourrait appeler des affaires. C'est à la générosité de Ludolf qu'elle devait de jouir de certains plaisirs de la vie – bien que par ailleurs elle s'enorgueillît de ne devoir ce qu'elle possédait qu'à un labeur acharné.

La vie n'avait pas été tendre pour elle. Mariée de force à quatorze ans par un père autoritaire et indifférent à un homme de Rotterdam, beaucoup plus âgé qu'elle, elle avait souffert de l'avarice et de la sécheresse de cœur de ce Dirk Wolff, dont elle était la troisième épouse.

Elle avait vingt-cinq ans lorsqu'elle avait fait la connaissance de Ludolf, buriné d'avoir couru les mers et vêtu comme un prince. Ils avaient immédiatement éprouvé une forte attirance l'un pour l'autre.

Son vieux mari somnolait devant le feu, quand il n'était pas en train de compter son argent. Elle rencontrait Ludolf dans une auberge, où elle se glissait par une entrée dérobée. Elle avait eu la révélation d'un amour physique partagé et était tombée follement amoureuse de lui.

Il lui arrivait de partir une année ou deux en mer, réapparaissant parfois de loin en loin, et l'espoir de le voir l'avait aidée à surmonter la tristesse de sa vie conjugale.

C'était Ludolf qui l'avait débarrassée de son mari. Un soir où celui-ci s'était endormi devant le feu, il s'était glissé subrepticement derrière lui et l'avait étranglé. Elle avait failli s'évanouir, une fois le forfait accompli, mais son alibi était tout prêt et ce n'est que lorsqu'elle avait eu la certitude que Ludolf était en sécurité à bord de son navire qu'elle avait ameuté les voisins.

Elle n'avait hérité que de la maison et de ce qu'elle contenait, l'argent étant allé aux enfants de son mari, qu'elle n'avait d'ailleurs jamais vus. Elle avait déjà prévu de s'installer à Delft, où Ludolf pourrait lui rendre visite. Elle loua alors la maison de Kromstraat et s'acheta bien vite une conduite.

Elle n'avait pas été surprise lorsque Ludolf avait épousé Amalia, car elle en comprenait les raisons. En même temps, son cœur était dévoré de jalousie, mais au fil des ans, Ludolf avait repris ses visites, et leur passion était toujours aussi brûlante. Toutefois, depuis qu'ils avaient décidé de faire affaire ensemble, Ludolf se tenait à l'écart et elle ne confiait ses rapports qu'à des intermédiaires de confiance.

– Bonne nuit, Geetruyd, dit Clara en passant la tête dans l'entrebâillement de la porte.

– Tu es encore debout ? N'oublie pas que tu dois accompagner Francesca demain.

– Je ne risque pas d'oublier !

Tandis que Clara montait dans sa chambre, Geetruyd alla au rez-de-chaussée vérifier que tout était éteint et bien verrouillé pour la nuit. En arrivant à Delft, une de ses premières actions avait été de prendre Clara à ses côtés, non que la solitude l'effrayât, mais elle pensait s'attirer la considération de la bonne société de la ville en faisant de façon ostentatoire une action charitable. Elle avait tiré Clara, créature humble et déjà brisée par une discipline de fer, de l'orphelinat où elle avait été élevée et celle-ci lui en vouait une reconnaissance éperdue.

En passant devant la chambre de Francesca, Geetruyd écouta à sa porte. Il n'y avait pas de bruits de pleurs comme cela arrivait souvent avec la plupart de ses pensionnaires. Elle étouffa un bâillement et regagna sa chambre.

Francesca n'avait rien entendu, et s'était endormie, à peine allongée dans les draps de lin parfumés à la lavande. Les tensions de la journée l'avaient épuisée, plus que le voyage lui-même, pourtant éprouvant. Elle avait l'impression d'avoir fermé les yeux depuis cinq minutes lorsque Weintje entra, un broc d'eau chaude à la main.

– Il est six heures, mejuffrouw. Le petit déjeuner est à six heures et demie.

Francesca sauta du lit. Aujourd'hui, c'était le grand jour ! Elle fit sa toilette et revêtit une de ses robes.

Geetruyd se montra aussi aimable au petit déjeuner que la veille au dîner. Clara, toujours aussi silencieuse, l'attendait près de la porte lorsqu'elle arriva, avec son sac en tapisserie contenant sa blouse de peintre, ses pinceaux et sa palette. Après avoir traversé le canal, elles arrivèrent sur la vaste place du marché, encadrée à l'est par la nouvelle cathédrale dont la flèche imposante se détachait sur le ciel et à l'ouest par l'hôtel de ville dont les magnifiques dorures étincelaient au soleil levant. Au nord et au sud s'alignaient des maisons à pignons, pour la plupart somptueuses. Certaines abritaient des boutiques au rez-de-chaussée et une grande animation régnait sur la place, les badauds se bousculaient entre les étals et les bancs.

– Voici la maison de maître Vermeer ! s'exclama Clara,

désignant une maison en angle, près de la cathédrale. Cette ruelle qui part de la place, le long de la maison, s'appelle Voldersgracht. C'est là qu'il est né.

– La maison est bien deux fois plus large que les autres, fit remarquer Francesca.

– Elle se compose pour moitié de la taverne, l'autre partie, l'habitation qui fait l'angle, est connue sous le nom de maison de Malines. Feu le père de maître Vermeer, Reynier, était ouvrier dans les soieries, et s'occupait d'un commerce d'art à côté. La famille a connu des temps difficiles, mais Reynier, ayant fait fortune sur le tard, acheta la taverne de Malines et la fit prospérer. Les anciens propriétaires étaient sans doute originaires de la ville de Malines, car le nom est gravé sur le fronton.

La petite femme, toute pénétrée de l'importance de son rôle de guide, avait le rose aux joues, manifestement heureuse de faire partager ce qu'elle savait.

– Vous avez connu Reynier Vermeer ? demanda Francesca, intéressée.

– Bien sûr ! C'était un personnage haut en couleur. Il ne comptait que sur la force de persuasion de ses poings pour bouter les fauteurs de trouble hors de sa taverne. Parfois même son fils lui venait en aide.

La maison et la taverne avaient des entrées séparées. La porte de cette dernière était ouverte, laissant filtrer un brouhaha de conversations qui trahissait une intense animation malgré l'heure matinale. La porte de la maison était en chêne sombre, avec un heurtoir de bronze bien astiqué.

– Je me suis laissé dire que maître Vermeer avait loué la taverne.

– C'est exact. Il n'a plus voulu s'en occuper après la mort de son père, survenue cinq ans avant son mariage.

Une jeune servante à la mine avenante, en tablier bleu et un foulard noué sur les cheveux, les fit entrer.

– Le maître n'est pas là pour le moment, juffrouw Huys. Il est allé vendre un tableau à Leyde, mais ma maîtresse va recevoir juffrouw Visser.

– Très bien, Elizabeth. Je vous laisse Francesca. Je serai là à six heures ce soir.

– Par ici, mejuffrouw, dit Elizabeth en faisant une petite révérence, avec un regard plein de curiosité pour la nouvelle venue.

La maison semblait si lumineuse à côté de celle de

Geetruyd que Francesca dut cligner des yeux. Elle était peu mais bien meublée, dans le style hollandais. Des tableaux et des cartes décoraient les murs clairs et des lustres de bronze étaient suspendus aux plafonds à poutres apparentes. A travers un dédale de corridors, elles parvinrent à une pièce où Elizabeth laissa Francesca.

Catharina Vermeer était en train d'allaiter son dernier-né, son corsage bleu dégrafé révélant la blancheur de sa peau et le galbe d'un sein. Elle aurait pu servir de modèle pour une Vierge à l'Enfant. Un halo de lumière baignait tendrement la scène, expression parfaite de la maternité comblée. Catharina releva les yeux, comme émergeant d'un rêve, rappelée subitement à ses devoirs de maîtresse de maison.

– Bonjour ! Je ne vous avais pas entendue arriver ! Je m'appelle Catharina. Asseyez-vous. Avez-vous déjeuné ? Vous ne pouvez pas vous mettre au travail le ventre vide ! Je vais vous faire porter quelque chose. Ah bon, vous avez déjà mangé ! Je me suis laissé dire que l'on fait bonne chère chez vrouw Wolff. Jan ne va pas tarder. Je l'appelle Jan, bien que ses amis l'appellent toujours Johannes. Nous sommes mariés depuis dix-sept ans maintenant, et notre fils aîné s'appelle Johannes également.

Francesca eut immédiatement de la sympathie pour cette jeune femme chaleureuse et sans détours. Elle avait un visage rond, ouvert, au teint pâle, des yeux bruns pétillants avec des sourcils bien dessinés, un joli nez légèrement retroussé et un sourire franc. Il n'était pas surprenant qu'elle fût le modèle favori de son mari, car elle était très expressive.

– Comment s'appelle le bébé ?

– Ignatius : c'est un nom bien pompeux pour une si petite chose, mais j'étais à court d'inspiration...

– Vous auriez pu lui donner un nom de tulipe, par exemple Semper Augustus, ça ne manque pas d'allure ! Ou alors Laprock, on dirait le nom d'un prince de conte de fées !

Catharina ôta le nourrisson de son sein et l'approcha de son visage.

– Ça t'aurait plu, hein, mon cœur ?

Le bébé fit son rot, comme une réponse comique, et Catharina éclata de rire à l'unisson avec Francesca.

– Vous devez être une jardinière émérite pour connaître tous ces noms !

– J'aime les fleurs, c'est tout.

– Moi aussi. Ma mère, qui habite une rue tout près de chez votre logeuse, a un grand jardin, avec des arbres et des parterres de fleurs. Elle autorise les enfants à y jouer, car nous n'avons pas de jardin ici.

Francesca s'approcha de la fenêtre : un étroit canal traversé de nombreux petits ponts coulait le long du mur de derrière. Elle reconnut immédiatement le mur de briques rouges de l'hospice voisin pour l'avoir vu sur un tableau qui l'avait frappée au passage et qui pouvait très bien avoir été peint de cette fenêtre même.

– J'ai remarqué cette vue dans le corridor, elle dégage une sérénité peu commune.

Une des pensionnaires était assise sur le seuil d'une porte, absorbée dans un travail de couture, exactement comme dans le tableau.

– C'est une des œuvres de Jan que je préfère. Elle est intitulée « La Ruelle ». Quand j'aime particulièrement un de ses tableaux, il me permet de le garder, et parfois il n'y a rien à vendre à la galerie!

– Mon père a fait plusieurs portraits de ma mère, et il n'a jamais voulu s'en séparer... Votre mère me permettrait-elle de faire quelques croquis de fleurs dans son jardin? demanda Francesca en revenant s'asseoir. Cela me permettrait de faire quelques compositions florales par la suite.

– Elle n'y verrait sûrement aucun inconvénient. Je doute en effet que vous traitiez beaucoup de motifs floraux avec Jan, mais il vous laissera choisir vos sujets de temps en temps. Vous verrez, ce n'est pas un professeur sévère, mais il sait se montrer strict parfois. C'est nécessaire, avec les enfants, sinon il n'aurait jamais la paix pour travailler.

– A-t-il peint des portraits des enfants?

– Non, ils sont trop turbulents! Il a fait des dessins, en revanche, et j'ai dû poser pour lui deux ou trois fois au cours de mes grossesses.

– Combien avez-vous d'enfants?

– Huit, maintenant, dit Catharina en regardant le bébé endormi dans ses bras. (Son regard s'assombrit brusquement.) Nous avons perdu deux enfants, le second pas plus tard que l'été dernier.

– Je suis désolée.

– Il m'est impossible d'en parler.

– Je comprends, dit Francesca, sincèrement émue, avant de changer rapidement de conversation. Y a-t-il des peintures de votre mari dans cette pièce ?

– Non, pas ici. Il y en a quelques-unes dans d'autres pièces, et une en train dans l'atelier. Voulez-vous aller y jeter un coup d'œil pendant que je lange le bébé pour le coucher ?

– Oui, avec plaisir.

Catharina lui indiqua comment trouver l'atelier, mais en chemin Francesca rencontra trois petites filles avides de faire connaissance.

– Bonjour, les enfants. Je m'appelle Francesca Visser et je viens faire mon apprentissage chez votre papa. Comment vous appelez-vous ?

La plus grande, une blondinette à l'air sérieux, s'inclina respectueusement.

– Je m'appelle Catharina, comme maman, mais on me surnomme Rina. J'ai neuf ans.

– Tu es l'aînée de la famille ?

– Oh non, l'aînée, c'est Maria. Elle a quinze ans.

– Et toi ? demanda Francesca à la deuxième, une gamine aux grands yeux, constellée de taches de rousseur.

– Moi, c'est Lysbeth. Je vais avoir huit ans.

– Et moi, c'est Beatrix. J'ai bientôt cinq ans! fit la plus petite, une enfant au regard espiègle, en sautillant sur place.

Rina lui donna une bourrade.

– Tiens-toi tranquille, tu vas réveiller le bébé. Notre dernier petit frère a trois mois, ajouta-t-elle à l'adresse de Francesca.

– Je l'ai vu. C'est un très beau bébé.

Francesca s'agenouilla et attira Beatrix contre elle. Les deux autres fillettes l'imitèrent, Lysbeth prenant bien garde à ne pas froisser sa robe et Rina se blottissant contre Francesca. Elles l'assaillirent de questions sur sa maison, sa famille, ses sœurs.

Dans le feu de la conversation, elles n'entendirent pas arriver maître Vermeer. Francesca, voyant une paire de bottes à côté d'elle, leva les yeux.

Jan Vermeer, les mains sur les hanches, contemplait la scène d'un air amusé. Il avait un visage à l'ovale allongé, encadré d'une masse de cheveux bruns frisés, un nez fin légèrement marqué par une ancienne fracture, des yeux pétillants, une bouche sensuelle recouvrant de petites dents irrégulières, et un menton bien dessiné.

– Êtes-vous la nouvelle bonne d'enfants, ou bien ma future élève ?

– Les deux, pour l'instant.

Il lui tendit amicalement la main pour l'aider à se relever.

– Bienvenue à Delft, Francesca !

12

Tandis que Jan conduisait Francesca à l'atelier à travers un dédale de pièces, il l'interrogea sur l'expérience acquise auprès de son père, et hocha la tête, satisfait d'apprendre qu'elle avait dans les grandes lignes suivi le même apprentissage que Hendrick.

– Nous y voici, dit-il en entrant dans l'atelier, une grande pièce de plus de six mètres de long.

Située à l'avant de la maison, la pièce donnait sur la place du marché, mais protégée toutefois des regards indiscrets car le rez-de-chaussée était surélevé par rapport à la rue. Un lustre richement travaillé réfléchissait la lumière du matin et les murs étaient de couleur crème, l'un d'eux à demi recouvert d'une opulente tapisserie de laine dans des dégradés de rouille, jaune, vert et bleu vif. Une nappe bleu foncé jetée sur un tapis brun couvrait une table, une autre table était encombrée de tout l'attirail de peintre de Jan.

Au milieu de la pièce, sur le dallage noir et blanc étaient disposés deux chevalets. Francesca se dirigea vers le tableau inachevé dressé sur l'un d'eux.

Elle fut immédiatement frappée par l'utilisation de la lumière par Vermeer, qui la traitait comme une couleur au bout de son pinceau. Elle eut la sensation de voir son propre idéal matérialisé sur cette toile. Ce qu'elle portait depuis toujours dans sa tête et dans son cœur était là, devant elle, dans ce portrait de Catharina : la scène entière baignait dans une lumière d'une pureté extraordinaire qui se fractionnait sur les textures et les surfaces. Rien n'était laissé au hasard. Francesca eut une pensée de reconnaissance pour Willem qui avait décelé ce que sa propre quête avait de semblable.

Elle ne put proférer une parole tant elle était émue et se reput de chaque détail en silence. Catharina était représentée en veste de soie jaune agrémentée d'hermine, avec une jupe d'une nuance un peu plus soutenue. Elle était assise, un luth dans la main gauche comme si elle avait été interrompue dans son jeu. Sa main droite tenait une lettre tendue par Elizabeth vêtue du même fichu blanc et du même tablier bleu que lorsqu'elle avait ouvert la porte ce matin. Outre sa qualité artistique évidente, le tableau était également chargé de symbolisme. Le sourire encourageant de la servante et le regard mi-confiant, mi-craintif de la femme exprimaient son incertitude quant au contenu de la lettre : bonnes ou mauvaises nouvelles ? C'était à n'en pas douter la lettre d'un soupirant : le luth était lié aux plaisirs de l'amour et plusieurs partitions étaient éparpillées sur une chaise au premier plan. Une paire de chaussures, symbole érotique, était abandonnée sur le sol. La marine suspendue au mur derrière la femme représentait une embarcation sur une mer calme, ce qui était de bon augure pour l'idylle naissante. Une tempête sur une mer déchaînée eût signifié des orages à venir. Un balai près des chaussures suggérait que la femme serait une bonne maîtresse de maison. L'ensemble de la composition racontait une histoire d'amour et de désir vouée à un dénouement heureux.

– Je ne vois qu'un titre pour ce tableau : « La Lettre d'amour », dit Francesca, subjuguée par la beauté et la justesse de l'œuvre.

– Vous ne vous êtes pas trompée.

– Vous ne l'avez pas peint ici, n'est-ce pas ? demanda-t-elle en jetant un coup d'œil dans l'atelier.

– Pas au début, en effet. J'ai choisi la salle à manger. Je voulais avoir cette cheminée à colonnades, et le cuir doré des murs en fond. Catharina n'a guère apprécié cette idée, car j'encombrais le passage avec mon chevalet, ajouta-t-il en riant, et nous avons dû manger dans la cuisine pendant un certain temps !

– J'aime le thème de la lettre.

– J'y ai eu recours très souvent, et je l'utiliserai encore à l'avenir, dit-il sans plus d'explications – et elle ne lui en demanda d'ailleurs pas.

Francesca s'absorba de nouveau dans la contemplation du tableau.

– Apprenez-moi à fixer sur la toile cette lumière cristalline, ces jeux de vif-argent avec la soie et le satin! Tout dans votre œuvre est sublimé par l'éclat du jour et pourtant objets et personnages sont presque palpables. Je vous en prie, montrez-moi ce que je dois faire! dit-elle avec un sérieux presque désespéré.

Il réfléchit un instant, les yeux rivés sur le tableau.

– D'après les portraits de vos deux sœurs en concert, il me semble que vous êtes à la moitié du chemin.

Le compliment la fit pâlir.

– Je vous remercie, mais j'ai conscience d'avoir encore beaucoup à apprendre.

– Si vous n'aviez pas été aussi avancée, je ne vous aurais pas acceptée comme élève. Je n'ai pas le temps de tout reprendre dès le début – d'ailleurs vous n'en avez pas besoin – et, avec vous, j'irai droit à l'essentiel.

– Je m'efforcerai d'être une élève attentive.

– Bien. Soyez à coup sûr reconnaissante à votre père de vous avoir enseigné les bases sur lesquelles se développera votre propre talent.

– J'en suis consciente. Je l'ai souvent entendu dire que certaines choses pouvaient s'apprendre, mais que l'interprétation d'une expérience visuelle sur la toile procède uniquement du talent et de la sensibilité de l'artiste.

– Certes oui.

– Avant même que je sois à même de comprendre, mon père citait volontiers Léonard de Vinci : « Observation, expérimentation et analyse. »

– C'est la règle d'or de tout artiste. Je vous vois un peu comme l'une de ces pierres précieuses taillées de main experte par les diamantaires d'Amsterdam. Mon rôle serait celui du polisseur. Mais ce qui se passera lors de cette dernière phase dépend uniquement de vous.

– Je ne cherche qu'à progresser.

– Je vous prédis un brillant avenir, au-delà même de ce que vous imaginez. Il va sans dire qu'en arrivant chez moi avec une telle formation, vous ne passerez pas par les corvées habituellement réservées aux apprentis.

– J'ai l'habitude de tout faire, depuis la reliure des carnets de croquis jusqu'à la fabrication des pinceaux! dit-elle avec un petit rire.

– Mes deux filles, Maria et Aleydis me servent d'assistantes au besoin. Mon fils aîné, Johannes, a fréquenté un peu l'atelier, mais sa vocation n'est pas la peinture. Il est actuellement apprenti à Haarlem chez un marchand de soie où il apprend la peinture sur soie, comme mon père à son âge. J'étais appelé à suivre la même voie, lorsque mon père fit l'acquisition de la taverne et démarra un commerce d'art parallèlement à celui des spiritueux.

– Et vous avez continué comme activité annexe à la peinture ?

– C'est exact.

– Et qui va suivre vos traces ?

– Si vous entendez comme peintre, aucun de mes enfants, d'après moi... à moins qu'Ignatius ne me surprenne un jour.

Il sourit à l'évocation de son dernier-né.

– Pourrais-je visiter votre galerie dès que vous aurez un moment ?

– Pourquoi pas maintenant ? Vous n'allez pas commencer à travailler avant d'avoir fait connaissance avec toute la famille. Vous verrez tout le monde au repas de midi, sauf Johannes, qui ne rentre pas souvent à la maison depuis qu'il est en apprentissage.

La galerie était un ancien vestibule très spacieux au sol de bois le long duquel on roulait les tonneaux jusqu'au cabaret. La porte en était désormais condamnée mais Jan avait gardé cet espace lorsqu'il avait loué la taverne. On y accédait par le côté, et deux grandes fenêtres y prodiguaient une lumière généreuse. Une longue table de chêne, encombrée d'eaux-fortes et de dessins à la disposition des clients, meublait la pièce. L'endroit était très frais l'été, facile à chauffer en hiver, idéal pour les peintures sur bois particulièrement sensibles aux écarts de température.

– Je suis sûr qu'il vous arrive de vendre des tableaux que vous souhaiteriez garder, dit Francesca tout en déambulant parmi les œuvres.

– Oui, très souvent. J'ai ici un véritable chef-d'œuvre de quelqu'un qui m'a beaucoup appris sur la peinture, dit-il en lui montrant un petit tableau. Il est signé du défunt Carel Fabritius, un élève de Rembrandt. Je dois m'en défaire, bien à contrecœur, mais je possède déjà trois de ses œuvres. Ce tableau est magnifique, n'est-ce pas ?

Elle acquiesça, et pourtant le thème l'attrista : un chardonneret perché sur un nichoir, enchaîné par une patte. Chez elle, on n'avait jamais sacrifié à la mode d'avoir des oiseaux en captivité, c'eût été à l'encontre des principes de liberté de Hendrick. Cette même liberté dont il la privait à présent, elle qui était aussi sûrement prisonnière de Geetruyd que cet oiseau sur son perchoir.

Son expression dut trahir ses pensées car le regard de Jan se durcit en l'observant. Il s'appuya nonchalamment sur le bord de la table et parla sans ambages.

– Que signifie tout ceci ? Pourquoi faut-il vous escorter partout ? Vrouw Wolff est venue me trouver hier, exigeant qu'on ne vous laisse pas sortir de cette maison pour dessiner seule, et autres inepties. J'aimerais bien avoir votre version. Je hais la tyrannie et tout ce qu'a dit Geetruyd s'y apparente fort.

Francesca lui exposa la situation par le menu, heureuse de pouvoir s'en ouvrir à lui. Jan fronça les sourcils en entendant parler de maison de correction.

– Tout ceci ne cache-t-il pas autre chose ? Votre père a-t-il une raison particulière d'en vouloir à Pieter Van Doorne ?

– Aucune. Je m'en serais aperçue, père est incapable de cacher ses sentiments. Hier encore, il a invité Pieter à partager son petit déjeuner. Pourtant il a bel et bien écrit cette lettre à Geetruyd Wolff. J'avoue ne pas comprendre... et je ne peux y voir qu'un accès de mélancolie. Récemment, lorsque Pieter lui a demandé la permission de me faire la cour, il ne l'a pas éconduit comme il le faisait d'habitude pour les autres soupirants, certes avec mon agrément. Au contraire, il me demanda d'y réfléchir – étant bien entendu qu'il ne s'agissait que d'amitié.

– Qu'avez-vous l'intention de faire ?

– Pour l'instant j'ai les mains liées. Je suis à la merci de Geetruyd, jusqu'à ce que mon père change d'avis – ce qui ne saurait tarder, j'espère.

Jan eut un petit sourire forcé.

– Méfiez-vous de Geetruyd. Elle est connue dans la ville pour sa dureté. Si j'avais su, j'aurais pu vous éviter tout ceci en vous hébergeant sous mon toit, comme c'est la coutume pour les jeunes apprentis, mais j'ai pensé que, vu votre âge, il serait préférable que vous ayez un logement indépendant et, pour ne rien vous cacher, je voulais épargner à ma femme la présence d'une autre femme à la maison. La première année de notre mariage, la vie avec ma défunte mère sous le même toit a été une source de conflits et je m'étais juré de ne jamais recommencer.

– Je comprends tout à fait.

– Sachez que je compatis à vos déboires, Francesca, et si vous êtes en difficulté vous pouvez entièrement compter sur Catharina comme sur moi-même.

– Je vous en remercie vivement.

Réconfortée par cette conversation, Francesca fit, avant le déjeuner, la connaissance de trois autres filles Vermeer : Maria, Aleydis et Truyd, toutes trois jolies, vives, et volubiles.

– Si vous avez besoin de mélanges de couleur, offrit Maria, nous savons très bien nous y prendre.

Aleydis acquiesça, tout sourire avec ses fossettes et ses boucles brunes qui dansaient devant son visage.

– Nous sommes surtout expertes pour les jaunes, les bleus, les gris et les blancs, qui sont les teintes favorites de père.

Catharina venait d'entrer et Francesca lui lança un regard interrogateur.

– Votre mari n'utilise-t-il pas toutes les couleurs de la palette ? demanda Francesca en pensant au tableau qu'elle avait vu dans l'atelier.

– Si, dans ses premières œuvres. Il m'a représentée deux fois en robe rouge, mais il a une préférence marquée pour les tons plus doux, en particulier le jaune.

Dans la salle à manger, Francesca reconnut immédiatement la cheminée à colonnades, les murs tendus de cuir repoussé, et la marine. Au cours du repas Catharina lui fit part de leur déception lorsqu'ils avaient appris qu'elle avait été placée chez la veuve Wolff au lieu des aimables voisins chez qui Willem de Hartog avait réservé son hébergement.

– J'espère qu'après votre travail vous pourrez passer un peu de temps avec nous, si cela vous agrée, dit Catharina avec un petit signe d'encouragement.

– J'en serais très honorée. Cela me réchauffe le cœur de savoir que j'ai des amis dans cette maison.

Francesca se mit au travail l'après-midi même et décida de peindre la place du marché vue de la fenêtre. Jan lui apporta une petite estrade pour être à bonne hauteur, et resta discuter avec elle. Cette première séance passa en un clin d'œil.

Jan la raccompagna par la grande salle que les portes fermées lui avaient cachée le matin à son arrivée. C'était une véritable salle de musique : à une extrémité de la pièce se trouvait un élégant clavecin au couvercle façonné. Une viole de gambe était posée à côté et un luth était accroché au mur. A l'autre bout de la pièce, deux virginals et une guitare reposaient à même le sol.

– Je vois que cette maison abrite également des musiciens, dit gaiement Francesca.

– En effet. Jouez-vous d'un instrument ?

– Oui, du virginal.

– Alors il faut que vous soyez des nôtres pour nos concerts en famille.

– Avec grand plaisir.

Elle s'était arrêtée au passage pour contempler un autre portrait de Catharina. Le thème de la lettre y était toujours présent, mais dans un contexte bien différent. Elle était à un stade avancé de sa grossesse, digne et belle dans une robe de soie bleue agrémentée de rubans, tendue sur sa silhouette arrondie. Elle se tenait devant une table inondée de lumière et la scène tout entière baignait dans une tendresse et une sérénité quasi palpables.

– Voyez-vous, dit Jan à Francesca, même enceinte, ma chère épouse pose pour moi.

– Oui, elle m'en a parlé.

– Le titre du tableau est tout simplement « Dame en bleu lisant une lettre ».

– Je vois exactement ce que vous avez voulu traduire ici. Cette femme vient de recevoir une lettre de son époux parti au loin : peut-être est-il en mer, ou en voyage dans une ville éloignée de Hollande. En tout cas il est inquiet pour elle : c'est leur premier enfant. Elle se sent seule. Cette chaise au premier plan crée une barrière entre elle et nous. Et pourtant l'amour rayonne en elle, c'est une lettre d'amour qu'elle a reçue.

– Je n'ai rien à ajouter. C'est bien ce que je voulais faire passer dans ce tableau. Catharina a posé en lisant les lettres que je lui avais écrites durant nos fiançailles. Elle en prenait une différente chaque jour.

Francesca sentit soudain comme un grand vide dans son cœur.

– Il me semble que vous avez échangé une volumineuse correspondance avec Catharina.

– En effet. Ces lettres comptèrent énormément pour nous. Nos deux familles étaient fortement opposées à notre union. Je n'avais que vingt et un ans, j'étais tout nouveau membre de la Guilde, je n'avais pas un sou vaillant et un avenir incertain. De plus Catharina était issue d'une famille catholique aisée et mon père, aubergiste, ne me voyait pas prendre si tôt les responsabilités d'un mariage.

– Comment avez-vous réussi à les convaincre ?

– Mes parents ont fini par céder devant ma détermination et la mère de Catharina se rendit aux arguments de mon ancien maître qui plaida ma cause avec ferveur.

– Je ne m'étonne plus que vous ayez manifesté une telle compréhension pour mes problèmes.

– Il n'y a rien de nouveau sous le soleil, n'est-ce pas ? dit-il en lui souriant gentiment.

– Je suppose que non, répondit-elle en lui rendant son sourire.

Au sortir de la grande salle, Francesca trouva Clara patiemment assise sur l'une des chaises bleu saphir à tête de lion. La petite femme était avide de parler et ne cessa de questionner Francesca tout au long du chemin.

Le soir après le dîner, Francesca écrivit une autre lettre à Pieter où elle lui expliquait clairement la situation. Elle rédigea également une missive pour Hendrick et ses sœurs, dans laquelle elle décrivait le tableau de Fabritius représentant l'oiseau captif. Elle savait que son père comprendrait l'allusion, connaissant l'usage qu'elle faisait du symbolisme. Cela le toucherait plus sûrement qu'un long plaidoyer.

Catharina avait elle aussi écrit des lettres pour inviter famille et amis à fêter les cinq ans de Beatrix. La tâche terminée, elle prit le chandelier et alla s'assurer que les enfants dormaient bien. C'était le moment de la journée qu'elle préférait, celui où, libérée des soucis domestiques, elle pouvait passer quelques moments d'intimité avec Jan. Précédée par la lueur des bougies, elle descendit retrouver son époux. Les notes d'une viole de gambe, semblables au bourdonnement mélodieux d'une abeille, parvenaient de la salle de musique. Elle traversa vivement le corridor, sa robe de nuit en soie – un cadeau de sa mère – bruissant le long de ses chevilles. Jan se montrait tolérant envers la générosité de sa belle-mère, qui, il faut bien le dire, s'exerçait souvent en période de vaches maigres. Il savait bien qu'aucun présent n'avait autant de valeur aux yeux de Catharina que les boucles d'oreilles en perles qu'il lui avait offertes en cadeau de mariage.

Leur mariage était réussi à tous points de vue. Jan était

à la fois un amant et un mari exemplaire, et elle l'aimait plus encore maintenant qu'au début de leur passion.

Elle était fière de l'estime dont il jouissait à Delft, les autorités locales faisant même appel à lui pour les ventes d'œuvres d'art aux enchères. Rien ne se faisait sans son accord.

Catharina passa devant un meuble richement sculpté : c'était un des éléments de sa dot, qui comprenait d'autres meubles somptueux et un tapis turc de grande valeur recouvrant une table dans le grand salon.

La maison elle-même ne manquait pas de splendeur, car le père de Jan avait des ressources confortables à la fin de sa vie. Sa veuve, Dijma Vermeer, avait laissé à son fils Jan les meubles qu'il préférait.

Catharina rejoignit Jan assis, sa viole entre les genoux, les doigts de la main gauche haut perchés sur les cordes tandis que sa main droite tenait l'archet.

Elle pensa, à ce moment précis, combien il personnifiait le lien entre la peinture et la musique.

Il lui sourit en l'apercevant mais n'interrompit pas son jeu. Elle posa le chandelier et s'assit pour écouter calmement jusqu'à la dernière note perdue dans le silence.

– J'aime ce morceau, dit-elle. Vas-tu le jouer le soir de la réception ?

– Je pense que oui, dit-il en allant remettre l'instrument en place. Tout est calme là-haut ?

– Oui ! La paix enfin ! Comment cela s'est-il passé avec ton élève aujourd'hui ?

Elle tapota le coussin de velours pour l'inviter à la rejoindre près du feu. Il faisait froid pour la saison et Elizabeth avait allumé une flambée.

– Je pense que Francesca sera excellente avec le temps et les moyens d'approfondir certains aspects de son travail. Ma seule crainte est de la voir se plier aux conditions édictées par la veuve Wolff. J'espère qu'il n'y aura pas trop de conflits susceptibles de nuire à sa concentration. En cas de besoin, il faudrait que tu interviennes.

– Cinq minutes avec cette veuve hypocrite sont déjà cinq minutes de trop pour moi, fit-elle avec une moue désabusée.

Il l'avait enlacée et elle posa sa tête contre son épaule.

– Pour couronner le tout, il semblerait qu'on ait interdit à Francesca de voir ou d'écrire à un jeune homme que son père appréciait au point d'encourager des rencontres régulières.

– De qui s'agit-il?

– Il s'appelle Pieter Van Doorne, il est horticulteur à Haarlem. Vrouw Wolff y a-t-elle fait allusion?

– Non.

– Elle a obligé Francesca, sous peine de la faire enfermer en maison de correction, à écrire à Van Doorne pour lui interdire de venir à Delft, et elle a exigé de lire la lettre avant qu'elle ne l'envoie.

– Tout ceci est indigne! s'insurgea Catharina.

– Je suis bien de cet avis. (Sans desserrer son étreinte, il se pencha pour repousser une braise dans le feu. Quand il s'adossa de nouveau, il posa une main familière et caressante sur le sein de son épouse.) Je ne comprends pas qu'on fasse un tel cas de cette affaire. Francesca désire simplement rencontrer ce Pieter Van Doorne de temps en temps, il ne s'agit que d'amitié.

Catharina lui jeta un regard en coin.

– Crois-tu vraiment?

– Francesca a été formelle.

– Il me semble qu'elle essayait de se convaincre autant elle-même. A mon sens, elle ne serait pas si bouleversée si ce n'était que de l'amitié.

– Peut-être, mais c'est une question de principe et je suis d'accord avec elle. Si on la sait capable de suivre un apprentissage comme un homme, on devrait aussi lui faire confiance quant au choix de ses relations.

– Certes, mais je maintiens qu'il y a du roman là-dessous, dit Catharina en lui donnant un baiser.

Il l'étreignit longuement et l'embrassa avec passion.

– Fermons les portes, dit-il doucement.

Elle le regarda, amusée.

– Nous avons un lit très confortable là-haut!

– Fais ce que je te dis, ma douce, dit-il avec un regard plein de tendresse.

Elle se faufila jusqu'aux doubles portes et les verrouilla.

Jan aimait bien les aises en amour, et il disposa les coussins devant le feu, rapidement rejoints par le tapis turc aux couleurs chatoyantes.

Il enleva sa veste, et elle dénoua ses rubans. En quelques secondes elle ôta sa robe de nuit et il attira son corps nu et tiède contre lui sur le tapis, puis ils se laissèrent aller à leur passion mutuelle dans l'éclat mêlé du feu et des bougies.

Au matin Francesca déposa la lettre adressée à son père et à ses sœurs dans la coupe d'argent du corridor destinée à recevoir le courrier. Son père l'aurait rapidement : la Hollande avait un excellent service postal, onéreux certes, et sans pareil en Europe. Quoique ses sœurs lui aient promis de correspondre avec elle, elle savait qu'elles devraient attendre de rencontrer quelque connaissance susceptible d'acheminer leurs missives. Vrouw Wolff lui avait précisé les tarifs le soir précédent, aussi mit-elle la somme nécessaire en haut de la lettre de Hendrick. Dès que Clara l'eut quittée, Francesca alla voir Catharina pour lui demander si Elizabeth pourrait poster sa lettre à Pieter.

– Il fallait que je lui dise la vérité sur cette situation bizarre !

– Bien sûr, Elizabeth postera votre lettre. Donnez-la-lui maintenant et elle partira sans retard. A l'atelier vous oublierez tous vos ennuis. Les choses s'arrangent toujours, ayez confiance.

Francesca passa une journée tranquille. Jan était également là le matin et elle ne fut pas surprise d'apprendre qu'il passait neuf à dix mois sur chacun de ses tableaux. Son coup de pinceau était méticuleux et mûrement réfléchi. Il dut s'absenter pour affaires dans l'après-midi mais elle était assez avancée dans son travail pour mettre à profit les conseils du maître. Elle se mit à utiliser de petites touches comme il lui avait montré, et peignit le feuillage des arbres par superposition de bleu et de jaune, en sachant qu'avec le temps le bleu prédominerait. Comme le soir précédent, Clara lui posa la question rituelle :

– Qu'avez-vous fait aujourd'hui, Francesca ?

Francesca lui répondit aimablement, consciente d'être plus détendue qu'après un jour de travail dans l'atelier de son père. Il y avait tant d'interruptions à la maison. Maria ou Griet lui demandaient souvent conseil sur des problèmes domestiques ou il fallait qu'elle cesse de travailler pour aller au marché, pour recevoir un hôte ou rendre visite à un voisin. Ici, par contre, elle était libre de se consacrer exclusivement à son travail.

Chez Ludolf, elle avait eu l'impression de se trouver face à un animal sauvage, en état de danger permanent. Elle avait été également troublée par la présence de Pieter. Jamais plus elle n'irait chez Ludolf après la mort d'Amalia. Pieter devait commencer l'aménagement du jardin cette semaine. La jolie petite tonnelle qu'il avait prévue pour l'infortunée Amalia ne serait pas réalisée. On pouvait être sûr, au moins, que la compagnie de Sybylla à la viole avait beaucoup adouci les derniers instants d'Amalia.

En arrivant, Francesca trouva Geetruyd debout dans l'entrée, une main derrière le dos comme si elle cachait quelque chose.

– Bonsoir, Francesca, dit la veuve.

Du coin de l'œil Francesca vit Clara s'enfuir. Cela était mauvais signe. De quoi pouvait-il s'agir ?

Geetruyd agitait une lettre écrite de la main de Francesca, celle qu'elle destinait à Pieter, postée le matin même par Elizabeth.

– Où avez-vous trouvé ceci ? demanda Francesca en colère.

– Elle m'a été envoyée par le responsable de la poste. Je vous ai dit que j'étais une personne d'influence dans cette ville. Ce n'est pas la première fois qu'il intercepte sur mon ordre une correspondance interdite. Je l'avais prévenu que vous pourriez acheter la servante de Vermeer ou l'un de ses enfants pour envoyer une lettre en secret.

– Comment osez-vous vous mêler de ma correspondance privée !

Francesca tremblait de rage en essayant de reprendre la lettre.

– Elle n'a pas été lue, dit Geetruyd avant de la déchirer délibérément en menus morceaux. Je veillerai à ce que cette preuve de votre désobéissance soit brûlée. Ceci est mon dernier avertissement et vous savez ce qui arrivera si vous désobéissez de nouveau.

Francesca se dirigea vers les escaliers, la tête haute, mais bouillonnant de colère rentrée. C'était pire que la prison ! Elle étouffait. Si seulement il y avait un jardin où respirer un peu ! Elle pensa alors à la mère de Catharina, vrouw Thin, qui avait un jardin à proximité de là. Peut-être après avoir fait sa connaissance pourrait-elle s'y asseoir parfois et dessiner les fleurs et les arbres. Cette petite lueur d'espoir et de liberté l'aida à supporter l'affront qu'elle venait de subir.

Le lendemain, Francesca raconta à Catharina l'incident de la lettre. Catharina lui conseilla de la réécrire – Jan la posterait d'une autre ville – mais Francesca refusa.

– Je ne veux pas semer la discorde entre vous et Geetruyd. Vous le savez, elle est dangereuse. Je dois être patiente et attendre l'occasion d'envoyer une lettre à Pieter. Willem de Hartog ne tardera pas à revenir à Delft et je l'en chargerai.

Elle changea de sujet et lui demanda si vrouw Thin accepterait qu'elle vînt lui rendre visite de temps en temps pour peindre. Catharina acquiesça immédiatement.

– Rien au monde ne ferait plus plaisir à ma mère qu'une passionnée de fleurs comme vous apprécie son jardin. Il est injuste que vous deviez passer les soirs d'été enfermée avec la veuve Wolff. Laissez-moi faire.

Quand Clara vint chercher Francesca à l'heure habituelle, elle ne put contenir son affolement à l'idée que la jeune fille sous sa garde était allée chez vrouw Thin. Elle y partit en courant mais, en route, rencontra Catharina qui la prit par le bras et lui fit rebrousser chemin.

– J'ai présenté Francesca à ma mère, expliqua Catharina. Après avoir visité le jardin, Francesca dînera là-bas.

– Mais il sera tard! Il faudra que j'aille la chercher?

– C'est inutile. Elle rentrera en chaise avec les deux plus sûrs porteurs de Delft. Vous n'avez aucune raison de vous inquiéter.

Francesca passa une heure avec sa nouvelle connaissance dans le coquet jardin aux parterres soignés et aux allées rectilignes. Un cadran solaire l'agrémentait et de grands arbres y dispensaient une ombre agréable. Elle choisit avec la mère de Catharina quel bouquet de fleurs elle peindrait pour ses débuts. Elle les peindrait à mesure de leur floraison comme elle avait souhaité le faire à Amsterdam avant son départ.

Elles étaient d'accord que la cueillette du matin était primordiale et Francesca viendrait pour les premières fleurs, en s'arrêtant sur le chemin du travail.

– Quel dommage que les tulipes soient passées! dit vrouw Thin avec regret.

C'était une femme avenante, de petite taille, dont la forte poitrine était sanglée dans une robe de satin vert foncé. Elle avait des yeux ronds et bleus, des sourcils minces qui lui donnaient un air de perpétuel étonnement.

– Mais, souvenez-vous, ce tableau prendra une année, dit Francesca en souriant. J'ajouterai les tulipes au printemps prochain.

– Magnifique!

A son retour chez vrouw Wolff dans la chaise à porteurs, Francesca trouva Geetruyd d'une amabilité surprenante et en découvrit vite la raison.

– Vrouw Thin est très généreuse pour les institutions dont je suis la régente. Mon comité et moi-même la convions à rencontrer les pensionnaires une fois par an. Vous avez ma permission de vous rendre à ses invitations.

Francesca poussa un soupir de soulagement devant cette générosité inattendue.

Au fil des semaines, le pichet en faïence de Delft qui trônait dans l'atelier de Jan s'emplit d'un choix multiple de fleurs fraîchement cueillies dans le jardin des Thin : les pivoines cédèrent la place aux clématites puis aux roses et aux œillets d'Inde. Les premières impressions de Francesca s'étaient confirmées : Jan était bien le meilleur des maîtres. Il vous ouvrait de nouveaux horizons, vous aidait à rendre plus pénétrant cet œil intérieur, si précieux. En quelques mots, en un coup de pinceau, il lui donnait le savoir dont elle avait besoin, à l'inverse de son père, Jan prévoyait chaque détail. Contrairement à Frans Hals ou à Hendrick, beaucoup d'artistes avaient recours à des artifices pour travailler et la chambre noire était utilisée depuis plus d'un siècle. Jan apprit à Francesca à l'employer. Il s'agissait d'une lentille placée dans une boîte qui réfractait à l'envers dans une chambre noire tout ce que l'artiste avait prévu de peindre à la lumière. Une toile ou un morceau de papier était accroché au mur pour capter l'image tandis que le peintre dessinait le contour des formes reflétées. Une fois le dessin mis à l'endroit, l'artiste n'avait plus qu'à peindre. Jan avait creusé cette idée. Avec des écrans et un couvercle, il avait conçu une grosse boîte qu'il plaçait contre un mur et dans laquelle il entrait comme dans une chambre noire. Une lentille, façonnée à Delft, lui donnait la parfaite reproduction en couleur de son sujet. C'était là une amélioration considérable et Francesca admira l'ingéniosité de son maître. Il aurait tout aussi bien pu peindre à main levée, mais la chambre noire gagnait du temps et captait les ombres, les formes et les détails avec une précision parfaite. Pour utile qu'il fût, Francesca, comme son maître, n'utilisait pas le procédé pour chaque œuvre.

Jan était absent plus souvent que Francesca ne l'avait prévu. Le commerce d'objets d'art était sa principale source de revenus et prenait parfois le pas sur sa peinture. Elle lui demanda une fois pourquoi il ne peignait pas plus lui-même.

– Comme vous l'avez constaté, je peins lentement, et mon œuvre n'est guère cotée en dehors de Delft. Je ne m'en plains pas car tout ce que je peins trouve immédiatement acquéreur. Même mon voisin, heer Van Buyten, un maître boulanger, a acheté l'une de mes toiles. L'imprimeur Jacob Dissius est aussi un grand collectionneur de mes œuvres : il en a vingt. D'autres personnes m'en achèteront dès qu'elles seront disponibles. Les prix qu'on m'en propose sont souvent bien plus élevés que ceux que je pourrais escompter là où je ne suis pas connu, encore que j'aie un bon représentant à Anvers. Je ne confie jamais mes toiles à de Hartog car il les vendrait très mal à Amsterdam.

Elle savait que le jour même où Jan avait déclaré le tableau « La Lettre d'amour » achevé, il avait été retenu par heer Dissius.

Pour l'heure, il faisait des esquisses de Catharina dans diverses poses en prévision d'un autre tableau à la lettre. Lorsque Francesca le vit jeter les feuilles ratées, elle lui demanda la permission d'en conserver. Elle en choisit trois parmi les plus exquises et, à sa demande, il les signa d'un « Meer » agrémenté d'un trait sur le dessus, une variation de sa signature.

Ces trois dessins furent les premiers exposés sur les murs de la chambre de Francesca. Ils étaient loin de son propre portrait de Pieter, adossé sur sa table et rangé dans un tiroir dès qu'elle s'absentait. Elle craignait que Geetruyd ne le détruise si elle devinait qui était le modèle.

Jour après jour elle espérait une lettre des siens : elle avait peu d'espoir de recevoir des nouvelles de Pieter après le message sec qu'elle avait été obligée de lui adresser. Si elle avait su que sa deuxième lettre ne lui parviendrait pas, elle aurait écrit plus longuement la première fois. Avec le recul, les choses lui parurent plus claires. Elle avait été trop bouleversée pour penser lucidement ce premier soir.

Dans sa routine quotidienne alternaient lumière et

ombre : les heures légères chez Vermeer, les heures moroses chez Geetruyd. Souvent, quand son travail à l'atelier était fini, elle restait dîner chez les Vermeer, concession que Catharina avait négociée avec Geetruyd. Elle aidait ensuite à mettre les plus jeunes enfants au lit, faisait une partie de cartes avec les sœurs aînées ou jouait parfois du virginal. Dans cette maison la musique était aussi appréciée que la peinture, car rares étaient les foyers où l'on ne s'adonnait pas au chant ou à la musique. Jan l'escortait toujours sur le chemin du retour et si le temps s'y prêtait, Catharina les accompagnait. Ils faisaient souvent un détour pour faire profiter Francesca de leur connaissance de la ville et de son histoire. Elle avait aussi fait quelques promenades avec Geetruyd et Clara, et se joignait à elles pour l'office du dimanche à l'église, mais leur compagnie lui semblait lourde.

Francesca fut submergée de joie, un soir, de voir une lettre pour elle dans la coupe d'argent. Elle venait d'Aletta et avait été apportée à domicile. Une vague de nostalgie l'envahit, et dès qu'elle fut seule, elle porta la main à ses yeux pour essuyer ses larmes.

La lettre contenait toutes les nouvelles de la famille, comme elle l'espérait : Hendrick avait recouvré la mobilité de ses doigts. Maria prétendait que c'était grâce à elle, mais, selon lui, seul le travail l'avait rétabli. Deux commandes étaient arrivées pour des tableaux historiques et Ludolf avait acheté, par l'intermédiaire de Willem, le tableau du collecteur d'impôts. La meilleure nouvelle concernait Hendrick : il ne jouait plus. Il rencontrait ses compagnons dans les tavernes le soir mais rentrait fréquemment sobre. Aucun commerçant ne tambourinait à la porte pour avoir son dû. La vie était relativement calme.

« J'ai vu Pieter plusieurs fois, poursuivait Aletta. Qu'est-ce qui a pu le faire changer d'avis sur vos rencontres à Delft ? Je ne sais pas ce que tu lui as écrit mais il est mécontent! Ta lettre était plus que bienvenue. Je dois te rappeler de la part de Sybylla de penser à nous décrire les vêtements de vrouw Vermeer la prochaine fois. Notre voisin, heer Zegers, apportera cette lettre à son passage à Delft mais il ne pourra attendre : j'espère trouver quelqu'un qui nous apportera ta réponse. Tu nous manques beaucoup, à père en particulier. Il a été morose et irascible des journées entières après avoir eu de tes nouvelles, signe certain que ton bien-être le préoccupe. »

Francesca s'assit, pensive, après avoir lu la lettre. Sa description du chardonneret prisonnier avait eu l'effet escompté sur Hendrick. Combien de temps faudrait-il avant qu'il revienne sur ses décisions ? Elle se prit la tête dans les mains, malheureuse d'avoir déçu Pieter. Il fallait qu'elle le voie.

La solution consistait sans doute à tout dire à Aletta pour qu'elle parle à Pieter. Bien qu'il se fît tard, elle écrivit à sa sœur sur-le-champ, l'implorant de ne pas prendre ouvertement sa défense auprès de son père, de ne pas l'exaspérer et de s'en remettre à Sybylla en dernier recours. Elle allait se coucher lorsqu'elle entendit frapper à la porte de la maison. Par sa fenêtre, elle aperçut un voyageur qui entrait. Il y avait eu des allées et venues la semaine de son arrivée mais elle n'était tombée nez à nez qu'une seule fois avec l'un de ces hôtes d'une nuit. L'homme venait d'Utrecht, et ils avaient échangé quelques mots dans l'entrée en quittant les lieux, elle pour aller chez les Vermeer flanquée de Clara, lui pour prendre le coche et poursuivre son voyage.

Geetruyd aimait à insister sur la modestie de ses moyens mais son mode de vie n'était guère en accord avec ses affirmations. Il était vraisemblable qu'elle avait largement de quoi vivre, ce qui expliquait ses jolies toilettes, et la qualité des mets à sa table. Ce n'était que lors de ses réunions de charité qu'elle se vêtait de gris ou de noir, mais toujours dans d'excellents tissus. Francesca se serait endormie sans autre pensée pour le voyageur si les bruits assourdis d'une querelle ne lui étaient parvenus de l'une des pièces du rez-de-chaussée. La maison était vieille et sonore. Plus d'une fois le claquement d'une porte l'avait fait se dresser sur son lit avec l'illusion que la discussion était toute proche d'elle. Elle ne pouvait ni ne voulait discerner les paroles proférées mais les cris aigus de Geetruyd et la réponse de l'homme en colère ne laissaient aucun doute. Peut-être était-il parti sans payer et allait-on lui montrer le chemin de la porte ? Soudain, la voix de Geetruyd s'éleva, perçante :

– Elle se souviendra de votre visage, imbécile !

La dispute se poursuivit encore quelques minutes à voix basse avant que Geetruyd aille se coucher. A en juger par le bruit saccadé de ses talons, sa colère n'était pas retombée. D'ordinaire, Francesca ne regardait jamais par la fenêtre mais cette fois elle n'y put résister. Elle reconnut avec stupéfaction dans celui qui traversait précipitamment la rue l'homme d'Utrecht à qui elle avait adressé la parole lors de sa précédente visite ; ou bien il prenait un coche plus tôt que d'habitude, ou bien il s'enfuyait. Il n'aurait pas pu éviter Geetruyd car elle était toujours en bas, prête à recevoir l'argent de ses visiteurs avant leur départ. Francesca médita sur ce qu'elle avait entendu. Pourquoi Geetruyd enrageait-elle qu'on puisse se rappeler son visage ? Il était certain que la veuve ne parlait pas d'elle, et quelle importance après tout ? Si Geetruyd, pour une raison quelconque, voulait que ses invités soient assurés de la discrétion la plus totale, elle n'aurait pas dû prendre une apprentie chez elle. Une chose était claire : si ceci était un incident typique, elle entretenait des relations plus familières avec ses hôtes qu'elle ne l'avait laissé entendre. En tout cas Geetruyd n'était pas présente lors de la conversation avec l'homme d'Utrecht et Clara avait dû tout lui raconter. Francesca se dit que tout ce qu'elle avait confié à la petite femme de son travail et de sa famille avait dû être consigné afin de constituer une sorte de dossier sur elle. Quel soulagement de pouvoir tout oublier chez les Vermeer !

Avant de partir pour l'atelier, Francesca passa devant la cheminée : c'était par là que les voix et les sons arrivaient. Un examen minutieux lui révéla que l'âtre était légèrement crevassé, chose courante dans les vieilles maisons. Elle y mit la main et sentit un courant d'air. Elle avait des chiffons qu'elle mit dans l'ouverture afin de ne plus se trouver obligée d'entendre une conversation qui ne la concernait pas.

Aletta était en route pour voir Pieter. Elle était impatiente de lui raconter combien la liberté de Francesca était restreinte et sa correspondance surveillée, ce qu'elle avait appris avec effroi et tristesse par la lettre reçue une heure auparavant. Elle savait où le trouver car il lui avait dit la veille que des pierres pour l'allée de Ludolf devaient être livrées et posées ce matin ; il serait là pour surveiller les travaux. Elle ne pensa pas qu'elle pourrait traverser le jardin sans être vue et se présenta donc à la porte de la maison Van Deventer.

– Est-ce que heer Van Deventer est chez lui ?

Le serviteur la reconnut pour l'avoir vue au banquet avec son père et ses sœurs.

– Non, mejuffrouw, heer Van Deventer est parti pour plusieurs semaines.

– Oh! je suis désolée de l'avoir raté. Je voudrais aussi parler à heer Van Doorne qui doit être là ce matin pour surveiller les travaux du jardin.

– Effectivement. Si vous voulez bien me suivre.

Il la fit passer par la salle de réception dont les portes donnaient sur la terrasse. Elle ne savait pas à quoi ressemblait le jardin avant que Pieter ne le redessine car il faisait noir le soir du banquet, mais c'était maintenant une profusion de parterres et de pelouses agrémentés d'une petite allée plantée d'arbustes qui conduisait à une clairière ornée d'une fontaine et à d'autres recoins isolés et pleins de charme. Elle pensa avec tristesse combien la femme de Ludolf eût apprécié tout ceci. Elle ne vit pas Pieter, seulement ses jardiniers. Elle s'apprêtait à descendre les marches lorsqu'une voix de femme la héla :

– Juffrouw Visser!

Aletta se retourna et vit une femme blonde en coiffe blanche et robe noire.

– Oui?

– J'ai entendu ce que vous avez dit en entrant. Nous ne nous connaissons pas, je suis Neeltje, la femme de chambre personnelle de la défunte vrouw Van Deventer. Si vous voulez bien, allons nous asseoir à l'écart. Mon maître est sorti et on ne doit pas me voir à ne rien faire. J'ai quelque chose à vous dire pour votre sœur, juffrouw Francesca.

Elles s'installèrent sur un banc à l'abri des regards indiscrets. Aletta était très curieuse d'en savoir plus. Mais Neeltje n'était guère pressée, elle commença par lui raconter sa vie.

– A douze ans j'étais orpheline, et dus trouver du travail par tous les moyens. Mon seul don était la couture, et j'obtins une place chez une couturière qui avait une clientèle aisée. Je fus chargée de confectionner une robe de mariée pour le second mariage de ma défunte maîtresse : elle épousait Ludolf Van Deventer. Lorsque j'appris que sa servante n'avait pas l'intention de la suivre à Amsterdam après son mariage, je lui demandai expressément de la remplacer. J'emménageai le soir même chez elle et c'est là que je terminai la robe de mariée.

– Cela dut être le début d'une période heureuse pour vous.

Les yeux de Neeltje devinrent brillants et durs.

– Cela l'aurait été si je ne l'avais pas vue mariée à ce monstre !

Aletta eut un mouvement de recul.

– Van Deventer est un menteur et un fourbe ! Dès que j'aurai trouvé une autre place, je partirai. Croyez-moi, juffrouw Francesca est en danger !

– Que voulez-vous dire ? Elle est partie à Delft pour trois ans !

– Van Deventer a le bras long ! Votre sœur vous a-t-elle dit qu'elle aurait passé un mauvais quart d'heure si je n'étais pas entrée au bon moment dans la bibliothèque ?

Aletta devint glacée. Elle devina la raison du silence de Francesca, qui ne voulait pas réveiller chez elle d'anciens cauchemars.

– Quand cela s'est-il produit ?

– Le jour du banquet, quelques heures à peine avant la mort de sa femme.

Neeltje avait failli dire « le meurtre », car elle était sûre qu'il ne s'agissait pas d'une mort naturelle ; pleurant de chagrin, elle avait allongé Amalia malgré la douleur qui lui tordait les côtes, déterminée à ne laisser à personne d'autre le soin de la dernière toilette de cette femme qui avait toujours été si bonne pour elle. Elle avait alors vu un léger hématome sur la mâchoire et sous l'oreille. De plus, trois de ses ongles étaient cassés. Un doute terrible s'était emparé d'elle. A la première occasion, elle avait discrètement observé la banquette et avait trouvé des fils arrachés dans la trame de la soie. Il y avait aussi une tache rouge carmin sur le coussin. En tenant un coussin sur son visage devant le miroir de sa chambre, Neeltje avait compris comment les articulations d'une main exerçant une forte pression pouvaient être la cause d'un tel hématome. Ses conclusions l'avaient tellement abasourdie que la fièvre l'avait gagnée. Le crime était signé. Quand le médecin était repassé pour vérifier si sa respiration ne souffrait pas trop de l'état de ses côtes, elle s'était rendu compte qu'elle ne pouvait rien dire.

Elle avait immédiatement compris que si le meurtre était prouvé, elle serait la première accusée. Personne ne soupçonnerait Ludolf qui entourait apparemment sa femme de multiples attentions. Elle avait donc tenu sa langue, brûlant de haine contre lui. Il avait par deux fois semé le désastre dans sa vie, mais elle ne pouvait divulguer son secret à cette douce jeune fille.

– Je ne souhaiterais pas à ma pire ennemie d'épouser Van Deventer et il semble qu'il entende faire de votre sœur sa prochaine épouse.

– Mais il n'en est pas question! Mon père ne le permettrait pas, du reste!

– Peut-être, mais je vous dis que Van Deventer est la proie de violentes ambitions, et il veut votre sœur plus que tout au monde. Il est fou de sa ressemblance avec Flora, elle attire son regard comme un aimant, je l'ai bien vu lorsqu'elle était à la maison. Il se contenait en public ou quand elle le regardait en face, jusqu'à cette dernière fois où ils se retrouvèrent seuls dans la bibliothèque. Le désir de cet homme était si intense que je tremblais pour sa sécurité, et que j'en tremble encore.

Aletta vit bien que la femme disait vrai.

– Pourquoi prenez-vous le risque de me raconter tout ceci ? Comment êtes-vous sûre que je n'en parlerai pas et que je ne vous ferai pas renvoyer d'ici plus tôt que prévu ?

– Parce que j'ai entendu vos sœurs parler de votre amour de la famille et de votre intégrité. Toutes deux, votre plus jeune sœur en particulier, ont apporté tant de bonheur à ma défunte maîtresse dans ses derniers moments que je me sentirai toujours redevable envers elles. Vous devez absolument faire savoir à Francesca que son avenir est en jeu.

Aletta en fut malade d'effroi : ce terrible conseil, cependant bien intentionné, ajouté au manque de liberté de Francesca, malgré tout ce que les Vermeer avaient fait pour elle, lui fit penser qu'un désastre était imminent.

– Il y a une personne de confiance qu'il faudrait mettre au courant.

– Qui est-ce ?

– Heer Van Doorne. C'est lui qui a redessiné ce jardin dans son intégralité. Je le sais amoureux de Francesca et, si elle était menacée, il serait mieux à même de s'en occuper. Il est tout à fait digne de confiance.

Neeltje hocha la tête : si la famille Visser lui faisait confiance, ça lui suffisait.

– Informez-le sans tarder. J'ai fait ce que j'ai pu pour votre sœur. Maintenant cela dépend de vous. J'espère que mes craintes ne se réaliseront pas.

Elle se leva et regagna la maison.

Restée seule, et la tête agitée de sinistres pensées, Aletta interrogea l'un des jardiniers pour savoir où trouver Pieter et elle se lança à sa recherche.

Neeltje regagna la lingerie d'où elle pouvait suivre le déroulement des travaux du jardin. Elle s'assit et saisit la nappe damassée qu'elle était en train de racommoder. Aussi beau que puisse être le jardin une fois fini, il n'aurait jamais le charme du parterre de tulipes de son enfance. Posant son ouvrage, elle laissa vagabonder ses pensées dans le passé. Les temps étaient durs et l'argent toujours rare mais ses parents étaient de braves gens et elle avait eu une enfance heureuse. Ils avaient une vache et Neeltje aidait sa mère à fabriquer le fromage et le beurre qu'elles vendaient au marché ainsi que les légumes du jardin. Bien avant la vogue des tulipes, on avait donné à son père une demi-douzaine de bulbes probablement en règlement de ses produits. C'est ainsi qu'il avait commencé à faire pousser des tulipes pour la vente.

Un matin, peu après le décès de sa mère, en pleine vogue des tulipes, il était entré comme un fou dans la maison où elle cuisait le pain, tout tremblant d'excitation.

– Viens voir!

Il lui avait saisi les mains toutes pleines de farine, et l'avait entraînée dehors pour voir une tulipe en train d'éclore. Elle était d'une couleur rarissime, objet de toutes les recherches en horticulture. C'était une tulipe noire! Tous deux s'agenouillèrent sur la terre pour la contempler.

– Ce pourrait n'être qu'une tulipe violet foncé.

– Chère enfant, elle sera noire, tu verras.

Il avait raison. Elle s'épanouit en une corolle veloutée et sombre. Le pasteur du village vint constater la couleur et dresser une attestation. Il leur recommanda de tenir leur langue jusqu'au moment propice à la vente. Mais son père était si heureux qu'il ne put résister au plaisir de confier quelques mots à un voisin, puis à un autre.

La veille du jour où il devait emmener le bulbe en ville, deux étrangers bien vêtus lui rendirent visite : un homme grand et un jeune d'environ dix-sept ans qu'il présenta comme son fils. Ils étaient venus faire une offre pour le bulbe avant l'heure du marché et parlèrent d'une si grosse somme (plusieurs centaines de florins!) que son père en resta bouche bée. C'était beaucoup plus qu'il n'avait espéré. Tandis qu'ils discutaient, elle observait le visage du jeune homme, se demandait où elle l'avait déjà aperçu. Son père apporta fièrement le précieux bulbe ainsi que l'attestation et les posa sur la table. Lorsque l'homme lui demanda s'il pouvait prendre le bulbe en main, son père accepta volontiers et le jeune homme s'empara du papier. À la seconde suivante, l'homme fit volontairement tomber le bulbe à terre et le réduisit en poudre d'un coup de talon pendant que l'autre jetait le papier au feu.

– Qu'avez-vous fait ? hurla le père, désespéré. C'était la seule tulipe noire de toute la Hollande !

– Pas du tout ! J'en ai acheté une hier et si vous aviez vendu la vôtre au marché, cela aurait réduit le prix de la mienne de moitié !

Son père n'était pas violent mais il était si furieux qu'il saisit l'homme pour l'empêcher de partir en criant à sa fille de quérir de l'aide chez les voisins. Le jeune, sortant alors une lourde matraque cachée sous sa cape, lui assena un tel coup sur la tête qu'il tomba, le crâne fendu. Le sang giclait de la blessure. Les deux hommes s'enfuirent à cheval. Neeltje se souvint bientôt où elle avait rencontré le jeune homme. C'était au marché, parmi les comédiens d'une troupe ambulante. Elle avait mené son enquête mais il avait quitté la troupe la veille du meurtre. Quand finalement le bulbe fit son apparition sur le marché, il avait changé de mains si souvent, de taverne en taverne, qu'il s'avéra impossible de retrouver les deux criminels. Mais Neeltje n'avait jamais oublié le visage de ce jeune homme. Quand elle le revit, de nombreuses années plus tard, elle le reconnut immédiatement mais lui ne fit pas le rapprochement entre la jeune femme qu'elle était devenue et l'enfant qu'il n'avait pas remarquée dans l'ombre de la maison éclairée à la bougie. En reprenant son ouvrage elle se délectait du plaisir d'empêcher la naissance d'une liaison entre Ludolf Van Deventer et Francesca Visser, mais cela ne suffisait pas : elle allait enfin pouvoir se venger. Non pas d'un meurtre, mais de deux.

13

Hendrick se demanda pourquoi Aletta, qui venait de recevoir une lettre de Francesca, ne la lui avait pas lue, pas plus qu'aux autres membres de la famille. Il avait remarqué l'éclair accusateur dans ses yeux expressifs avant qu'elle ne s'enfuie en courant. Elle avait manifestement peur qu'il ne l'interroge. Le soir, au repas, Aletta mentionna la lettre de sa sœur et ajouta qu'elle allait bien et qu'elle travaillait dur.

– Elle m'écrit que maître Vermeer contrôle son pinceau de manière sublime, qu'il est capable de créer une œuvre vivante, pleine de sensibilité, avec précision. Par une simple touche de peinture, il peut réveiller l'éclat d'une perle.

– C'est bien, commenta Sybylla d'un ton détaché, absorbée par ses propres pensées.

Elle avait deux prétendants mais aucune intention d'en épouser un, car tous deux, bien que beaux garçons, étaient de modestes artisans. Puisque Francesca n'avait écrit que pour parler de peinture, elle n'était pas vraiment passionnée par la lettre, mais trouva bizarre qu'Aletta ne la lui laisse pas lire.

– Et puis? s'enquit Hendrick, impatient d'en savoir plus sur la technique de Vermeer.

Aletta lui jeta un regard froid comme le canal.

– Francesca n'a rien dit de plus sur son travail ni celui de son maître.

– Alors la suite de sa lettre n'a aucun intérêt pour moi!

Lorsque Aletta baissa les yeux, il sut qu'elle avait compris qu'il était inutile d'intercéder en faveur de sa sœur pour changer les conditions de sa vie à Delft. Maria, toujours soucieuse du bien-être des jeunes filles, ne remarqua pas la tension entre Hendrick et sa deuxième fille, pas plus que Sybylla.

– Quand tu écriras de nouveau à Francesca, dis-lui de toujours porter un chapeau de paille au soleil.

– Bien sûr, répondit Aletta d'une voix tendue.

Griet, qui observait la scène, était curieuse de savoir ce qui n'allait pas! Aletta, malgré ses airs dociles, pouvait être aussi têtue que son père à l'occasion.

Willem se rendit à Delft pour prendre le tableau au chardonneret que Jan Vermeer lui avait réservé. L'affaire avait été conclue et Willem se chargerait d'autres tableaux moins célèbres avant de passer voir Francesca à l'atelier.

– Que c'est bon de voir un visage familier! dit-elle. J'espère que vous allez bien. Quelles nouvelles m'apportez-vous?

Tout en répondant à ses questions, il observait son travail. Elle avait choisi pour sujet l'un des enfants du maître, la petite Beatrix, assise par terre dans la lumière de la fenêtre et jouant à la poupée. Non seulement c'était ravissant, mais l'influence de Vermeer transparaissait dans la façon de saisir l'instant. On aurait pu s'attendre à un portrait en mouvement avec un tel sujet, mais par le port de tête et la main qui jouait avec les plis de la robe de poupée, Francesca voulait traduire la paix d'un instant de contemplation. Il en était de l'élève comme du maître.

– C'est une bonne chose que tu sois venue à Delft, Francesca, dit-il en la félicitant.

– Je vous suis reconnaissante pour chaque jour passé à l'atelier, dit-elle avec enthousiasme, mais je souhaiterais trouver un logement ailleurs.

Elle lui expliqua rapidement la situation, insistant sur ce qu'on l'avait forcée à écrire à Pieter.

– Vous connaissez père si bien que votre soutien, j'en suis sûre, pèsera dans la balance dès qu'Aletta jugera bon de faire appel à lui.

– Je suis un homme à l'ancienne mode, et je pense que les jeunes femmes ne doivent point être livrées à elles-mêmes. J'ai ainsi préservé ma fille, et je crois qu'il est bon pour toi de l'être dans cette ville étrangère. Pour parler franc, j'ai toujours trouvé que toi et tes sœurs aviez beaucoup trop de liberté à la maison. Je ne regrette pas que tu sois confiée à une gouvernante. Pour une fois dans sa vie, ton père s'est montré sage, si tu veux mon avis.

– Et que faites-vous de l'horrible menace de vrouw Wolff de m'enfermer si je lui désobéis ?

– Tu n'auras rien à craindre si tu es raisonnable. Ce n'est qu'un avertissement, comme le fouet dans la main du professeur sait apaiser les rumeurs dans la classe, sans pour autant frapper les élèves.

Francesca fut amèrement déçue de la réaction de Willem.

– Voudriez-vous au moins prendre une lettre pour Pieter et la lui faire porter à votre retour à Amsterdam ?

– Ma chère enfant, dit-il avec sympathie, je ne puis aller à l'encontre des souhaits de Hendrick. S'il change d'avis, je prendrai toutes les lettres que tu veux mais je ne puis accepter pour l'instant.

Le désarroi de Francesca émut Willem. Il se dirigea vers la fenêtre, désolé de l'avoir blessée, se souvenant combien la vie de Francesca avait été dure depuis la mort de sa mère. Non seulement elle avait assumé des responsabilités domestiques accrues mais elle avait dû affronter un père dont le goût pour l'alcool et le jeu l'obligeait à faire face à des dettes de toutes parts. Quant à Pieter Van Doorne, la profonde mélancolie dont Hendrick était la proie nourrissait peut-être une haine irraisonnée envers un jeune homme dont il avait au départ encouragé les avances. Willem se tourna vers Francesca.

– Ne sois pas si bouleversée, chère enfant. Je ne suis pas sûr d'agir comme je devrais, mais je prendrai ta lettre pour Pieter. Comme je ne rentre pas tout de suite à Amsterdam, je la posterai dans la prochaine ville où je passerai. Celle-ci uniquement, pas plus, jusqu'à ce que Hendrick accepte !

Francesca débordait de joie et se confondit en remerciements. Même si elle était encore enchaînée à Geetruyd Wolff, ce n'était qu'un inconvénient mineur et elle se ressaisit à l'arrivée de Clara venue la chercher comme à l'accoutumée.

Le matin de l'anniversaire de Beatrix, Francesca travaillait seule dans l'atelier. En arrivant, elle lui avait donné son cadeau : une petite poupée de bois en robe verte qui lui plut beaucoup. Il était presque midi quand

Truyd et Rina firent une entrée fracassante à l'atelier avec Beatrix qui sautait d'enthousiasme.

– Le travail est fini pour aujourd'hui, juffrouw Francesca! dirent en chœur Truyd et Rina. Dès que le déjeuner sera terminé, chacun devra se préparer pour la fête!

Francesca avait apporté sa plus jolie tenue afin de se changer comme elle le faisait toujours quand il y avait des fêtes chez les Vermeer. Deux fois, heer et vrouw Dissius, dont la collection de tableaux de Jan faisait beaucoup d'envieux, l'avaient conviée à leur soirée musicale avec son maître et Catharina. En d'autres occasions, on l'avait accueillie à côté de la taverne où le maître boulanger heer Van Buyten vivait avec toute sa famille. Sur les murs, parmi les tableaux de Jan Vermeer s'en trouvait un de Catharina vêtue de jaune jouant du clavecin en compagnie d'un jeune homme à la guitare et d'une chanteuse. C'était bien ainsi qu'elle s'était imaginé les soirées musicales chez les amis des Vermeer. Francesca monta se changer. Elle vérifia dans un miroir sa silhouette en robe de soie verte agrémentée d'un volant de dentelle autour du décolleté. Elle mit à ses oreilles les boucles qui avaient appartenu à sa mère et elle se mit à penser aux moments où elle se préparait pour des soirées chez elle. Avec un pincement de nostalgie, elle se souvint du soir où Pieter avait apporté la jacinthe à la maison. Ce n'est qu'à force de travail qu'elle avait pu surmonter son désir lancinant de le revoir. Lorsqu'elle descendit, les invités arrivaient. Il y avait beaucoup de jeunes enfants. Les adultes, selon la tradition, avaient apporté des gâteaux et toutes sortes de douceurs qui furent disposés sur la grande table recouverte de damas.

Catharina, rayonnante, accueillait chacun d'un baiser ou d'une accolade. Chaque enfant avait droit à un mot gentil. Elle était très belle dans sa robe de lourd satin crème assortie d'une petite veste de soie jaune bordée d'hermine. C'était la tenue qu'elle portait pour « La Lettre d'amour », et dans laquelle Jan l'avait peinte plusieurs fois auparavant. Sa mère, vrouw Thin, elle aussi élégamment vêtue, regardait ses petits-enfants jouer avec tendresse. La fête battait son plein lorsque Jan fut appelé à la porte d'entrée. Lorsqu'il revint quelques instants plus tard, il murmura à l'oreille de Francesca :

– Elizabeth a fait entrer un visiteur pensant que c'était un acheteur mais c'est quelqu'un qui souhaite vous parler. Il attend dans l'antichambre.

Ses yeux s'arrondirent de surprise, mais Jan s'en alla sans plus d'explications. Elle avait bien une idée, mais elle n'osait pas y croire! Elle se mit à courir en approchant de la galerie. Elle ouvrit précipitamment la porte de l'antichambre et, voyant Pieter, fut assaillie d'un mélange de joie et de panique.

– Pieter! s'écria-t-elle.

Il se précipita à sa rencontre et elle se jeta sans réfléchir dans ses bras. Elle ne put proférer une parole, car déjà ses lèvres étaient sur les siennes et elle se sentit fondre dans son étreinte passionnée. Ils crurent ne jamais pouvoir se séparer mais ils finirent par reprendre leurs esprits. Elle se dégagea en tremblant et dut s'appuyer sur une chaise.

– Je suis heureuse que vous soyez là, mais c'est de la folie, vous n'auriez jamais dû venir, dit-elle d'une voix à peine audible.

– Après le récit d'Aletta, confirmé par votre lettre postée à Leyde, comment imaginez-vous que j'aurais pu rester loin de vous?

– Vous savez maintenant pourquoi je vous ai écrit la première fois.

– Cette première lettre, arrivée si tôt après avoir reçu votre parole de me prévenir si notre amitié menaçait votre travail, me fit croire que vous aviez pris cette décision pendant le voyage à Delft!

– Je m'en doutais.

– Ceci corroborait ce que votre père m'avait dit le matin de votre départ. Il m'avait demandé de ne plus vous revoir.

– Il vous a dit cela?

– Vous ne le saviez pas?

– Non, je ne comprends pas ce qui lui est arrivé. Vous a-t-il donné une explication?

– Seulement qu'il souhaitait que vous n'ayez rien d'autre en tête que votre travail.

– Il a dit cela et pourtant on me force à vivre sous haute surveillance avec la menace d'être placée en maison de correction si je désobéis aux règles! J'essaie d'oublier tout ceci quand je me mets au travail le matin mais s'il advient que Geetruyd Wolff fasse des remarques désobligeantes au petit déjeuner, j'ai du mal à faire comme si de rien n'était.

– Il faut que je vous parle sérieusement à propos de Ludolf Van Deventer, dit-il en lui prenant les mains.

Elle se détourna avec une moue de dégoût.

– Je ne veux pas entendre parler de lui! Je suis fière de n'avoir jamais prononcé son nom depuis mon départ. Aletta m'a pourtant écrit qu'il avait acheté une autre des toiles de mon père mais ceci n'a fait que me rappeler de mauvais souvenirs.

– Pourtant votre père lui a promis que vous l'épouseriez!

Elle le dévisagea, incrédule.

– Comment diable pouvez-vous envisager une éventualité si humiliante? C'est impossible. Père connaît mes idées sur le mariage.

– Il connaissait aussi votre amour de la liberté, mais l'a-t-il respecté?

Immobile, elle l'observa, en quête de plus de détails.

– Qu'avez-vous entendu dire?

Il la mena vers une banquette garnie de coussins où ils s'assirent, main dans la main. Il lui rapporta les paroles d'Aletta à propos de l'avertissement de Neeltje. Lié par son serment à Hendrick de ne jamais révéler à Francesca qu'il avait lui-même pris en charge les frais de l'apprentissage, il ne pouvait lui révéler sa conviction qu'en outre Hendrick devait d'énormes sommes d'argent à Ludolf. Lors de nombreuses conversations avec Aletta, elle avait inconsciemment dévoilé que l'amitié entre son père et le client de celui-ci, née lors de parties de cartes et de visites diverses, s'était refroidie de façon notoire. Il n'avait pas été difficile d'en déduire, après les commentaires de Neeltje, que cette dette donnait à Ludolf une forte emprise sur Hendrick et qu'il pouvait exiger de lui n'importe quoi. Il vit les joues de Francesca s'empourprer lorsqu'il relata l'arrivée de Neeltje dans la bibliothèque à point nommé.

– C'était horrible, s'écria-t-elle, attristée. J'ai été stupide de le laisser me surprendre car je soupçonnais depuis longtemps sa vraie nature. Je n'en ai soufflé mot à personne car il était inutile de semer la zizanie entre mon père et son client alors que je partais, et j'espérais ne jamais le revoir. Jamais mon père ne donnerait plus d'importance à ses relations de travail qu'au bonheur de ses filles. Je pense que vous accordez trop de crédit aux paroles de Neeltje!

– Je voulais vous mettre en garde. Si ce projet de mariage devait se réaliser, je vous emmènerais par le premier bateau chez votre tante à Florence.

– Vous feriez ceci pour moi? dit-elle, sceptique.
– Je ferais n'importe quoi pour vous! déclara-t-il avec véhémence.
– Mais Ludolf pourrait me suivre en Italie!
– Ce serait peine perdue, car le temps qu'il arrive, je vous aurais épousée avec la permission de votre tante. La loi hollandaise ne s'applique pas en Italie.
Elle l'observa avec insistance.
– Mais nous étions d'accord qu'il ne s'agissait que d'amitié.
– Les amants peuvent également être amis. Je vous laisserais étudier en Italie jusqu'au moment où vous souhaiteriez me rejoindre chez moi.
Elle pouvait lire dans ses pensées la certitude qu'une fois partagé le lit conjugal jamais elle ne serait capable de vivre loin de lui. Son cœur s'ouvrait à lui comme une rose déplie ses pétales au soleil. Tout l'amour qu'elle avait refoulé s'épanouissait enfin.
– Qu'arriverait-il alors?
– Nous vivrions ensemble dans l'harmonie, vous avec votre travail, moi avec le mien. Peut-être pourrions-nous faire venir Neeltje pour s'occuper des tâches domestiques.
Elle eut un léger rire en le voyant se déjouer ainsi de tous les obstacles. Il sourit, lâchant ses mains pour l'embrasser et la serrer contre lui. Elle caressa son visage de la main.
– Avez-vous oublié l'autre de mes arguments contre le mariage?
– Non, dit-il avec sérieux, mais si nous avons des enfants alors que nous sommes jeunes, il vous restera bien des années pour peindre quand les enfants auront quitté le nid.
– Et entre-temps?
– Eh bien, vous laisserez bien une nourrice s'en occuper quelques heures par jour!
Il la regarda d'un air si désespéré qu'elle sourit en lissant les rides qui barraient son front.
– Aucun argument ne vous résiste! Vous n'étiez pas si inflexible la première fois où nous avons discuté de ceci.
– Je n'étais alors pas sûr que vous m'aimiez. Lorsque deux êtres s'aiment, toutes les difficultés s'aplanissent.
– Je le crois également, et je vous aime, Pieter.
Il lui donna un baiser d'une telle intensité que le reste

du monde bascula dans le néant. Même sa présence physique semblait se confondre à son souffle et à son sang. Lorsqu'il caressa sa poitrine, elle se tendit, comme pour déchirer le tissu qui constituait une barrière entre sa propre chair et ses doigts. Quand leur baiser cessa, elle se blottit contre lui, la tête sur son épaule, le cœur battant la chamade, si fort qu'elle se dit qu'il l'avait entendu. Il passa une main sur ses cheveux et elle courba le dos comme un chat qui demande des caresses. Il mit ses doigts sous son menton et lui souleva le visage.

– Je viendrai vous voir aussi souvent que possible, promit-il. Tant que vrouw Wolff ignore qui je suis, je peux aller et venir à ma guise à Delft.

– Mais il ne faut pas qu'on vous voie avec moi!

– N'ayez pas peur. J'agirai prudemment. Si maître Vermeer me permet de vous rencontrer ici, tout sera réglé.

Elle s'écarta et s'assit mais garda une main sur son poignet.

– Ce serait merveilleux que le maître ou son épouse le suggère mais je ne peux le leur demander. Il ne serait pas correct que je vous voie aux heures d'atelier, et plus tard, alors qu'on m'attend à la maison, ce serait dangereux. Si vrouw Wolff soupçonnait quoi que ce soit, elle découvrirait vite la vérité en questionnant les enfants ou les serviteurs et elle ferait des ennuis aux Vermeer dans toute la ville de Delft. Je sais, Pieter, tout comme Jan et Catharina, qu'elle peut être redoutable.

– Je comprends. Allez-vous parfois dessiner seule ?

– Je vais à la campagne demain, mais Catharina et les enfants seront avec moi, nous pique-niquerons. (Elle se pencha vers lui.) Peut-être une autre fois pourrai-je m'arranger pour être seule!

Il prit son visage entre ses mains et l'embrassa doucement.

– Il faudra que je trouve un moyen de vous faire savoir quand je serai de nouveau à Delft.

– Vous ne pouvez m'écrire ici. Toute lettre qui me serait destinée irait droit à Geetruyd Wolff, quelle que soit l'adresse.

– Peut-être trouverai-je un messager pour les apporter à vos heures d'atelier ?

– Ce serait la seule solution.

Francesca sentit que le moment était venu de retourner à la fête après une bonne demi-heure d'absence. En chemin, elle rappela à Pieter leur accord tandis qu'il la serrait encore une fois dans ses bras.

– Après tout, nous nous sommes dit qu'il fallait un amendement, dit-elle.

– Et lequel ?

– C'est devenu une amitié amoureuse.

– Je n'y vois aucune objection.

Il l'embrassa ardemment avant de disparaître par la porte du vestibule dans la rue latérale.

La recherche d'un messager de confiance s'avérait difficile, lorsqu'un ami d'enfance, Gerard Meverden, passa à l'improviste à la ferme à Haarlem.

– Les affaires se développent de plus belle, dit Gerard à Pieter après une brève conversation.

Il s'occupait de potasse, utilisée pour le blanchiment du linge, et avait acheté récemment une grande maison à Haarlem.

– J'ai ouvert une succursale à Delft, maintenant.

– Tu t'y rends souvent ?

– Environ toutes les six semaines. Pourquoi ?

– Tu es la personne qu'il me faut.

– Que puis-je faire pour toi ?

Dès que Gerard apprit de quoi il s'agissait, un sourire se dessina sur son visage sympathique.

– Alors, je vais devoir jouer les Cupidon ? C'est un nouveau rôle pour moi. Donne-moi tes lettres, mon ami, je les délivrerai avec plaisir.

A son retour de sa première visite à Delft, il raconta comment il avait été reçu par Catharina Vermeer, qui lui avait elle-même ouvert la porte très chaleureusement.

– As-tu vu Francesca ? demanda Pieter, impatient.

– Bien entendu. Elle avait une lettre prête et je lui ai laissé le temps d'y ajouter quelques lignes avant mon départ. (Il la sortit de sa poche et la lui tendit, les yeux brillants.) C'est une vraie beauté. Tu as beaucoup de chance. J'aurais moi-même aimé lui faire la cour si toute autre raison m'avait mené à elle !

En règle générale, Griet ne dérangeait jamais Hendrick à l'atelier mais elle eut le pressentiment que le visiteur de l'instant avait besoin de le voir.

– Désolée de vous interrompre, maître, mais quelqu'un demande juffrouw Anna Veldhuis.

Hendrick tourna brutalement la tête vers elle. A l'énoncé du nom de jeune fille de son épouse, il eut l'impression qu'on lui décochait une flèche.

– As-tu fait entrer cette personne ?

– Non, maître, car elle ne veut pas voir ma défunte maîtresse mais une artiste du même nom.

Intrigué, Hendrick se dirigea vers la porte. Il se demanda si une vieille connaissance d'Anna n'était pas arrivée, avec des souvenirs confus. Il trouva une femme entre deux âges, vêtue de vêtements noirs, modestes comme ceux des épouses d'artisans. Son bonnet de tissu était aussi amidonné que son col.

– Je souhaiterais voir une jeune femme, expliqua-t-elle. Juffrouw Veldhuis a peint un joli portrait de famille chez mon fils et son épouse l'hiver dernier. Maintenant que leur nouveau-né a quatre mois, ils souhaiteraient le faire représenter sur les portraits de famille.

C'était une chose banale que d'intégrer les derniers-nés aux tableaux de famille et souvent on aurait dit que les parents avaient une douzaine de marmots du même âge environ, vêtus des mêmes habits, que l'on passait aux nouveau-nés. Hendrick ne voyait pas qui recommander, hormis lui-même, dans l'entourage. Cette femme devait rechercher un amateur.

– Qu'est-ce qui vous fait croire que la jeune femme vit ici ? demanda-t-il, intrigué par la coïncidence.

– On m'a dit l'avoir vue entrer dans une maison de cette rue. Et lorsque j'ai demandé à un passant où je pourrais trouver un artiste, il m'a dit ici en me montrant votre porte.

– Je crains que ce soit une fausse piste, madame.

– Désolée de vous avoir dérangé.

Hendrick ferma la porte et se remit au travail. Veldhuis était un nom plutôt courant mais il lui parut étrange qu'on le prononçât sur le seuil de sa maison. Il ne savait pas pourquoi, mais cet incident lui resta gravé dans la mémoire longtemps. Il y décela le contrecoup d'une lueur d'espoir à la pensée de rencontrer quelqu'un qui avait connu Anna jadis. Pouvoir parler d'elle, c'eût été la faire revivre quelques instants.

Il faisait un autoportrait. Il avait placé un miroir à bonne hauteur près de son chevalet et y jetait des coups d'œil fréquents tout en peignant. Il s'était vêtu d'un riche habit, avec un chapeau de velours où une plume était fixée à l'aide d'une broche ciselée dans le style du siècle précédent. Cette tenue tendait à mettre en relief sa position d'artiste à succès. Rembrandt, en son temps, avait fait de même. C'était aussi pour Hendrick un acte de défi envers son client, pour lui montrer qu'il ne dépendait de la générosité de personne. Aletta aurait mieux fait de l'aider à l'atelier quand l'occasion s'y prêtait, au lieu de faire ces croquis d'extérieur qu'elle peignait ensuite dans la chambre là-haut. Son pinceau s'arrêta soudain, suspendu entre la palette et la toile. Un doute venait de le saisir brusquement. Une jeune femme peintre! Aletta correspondait fort bien à la description. Et puis les noms, Anna Veldhuis et Aletta Visser portaient les mêmes initiales! Et le témoin qui avait vu une jeune artiste entrer dans sa maison! Il voulut en avoir le cœur net, et, incapable de se concentrer sur son travail, quitta l'atelier et monta les escaliers quatre à quatre jusqu'à la chambre des deux jeunes filles. La porte qui menait à l'atelier d'Aletta était fermée à clé mais d'un coup de ses larges épaules, il la fit céder dans un bruit fracassant. Il regarda d'un œil mauvais les tableaux adossés au mur, puis ramassa le premier qui lui tomba sous la main, peint sur du chêne qu'il ne reconnut pas comme venant de ses propres stocks. Les yeux faillirent lui sortir de la tête lorsqu'il vit les initiales « A.V. ». Comment Aletta osait-elle signer ses toiles sans son autorisation! Il devint cramoisi et se mit à trembler de rage. Il jeta le tableau pour s'emparer du suivant, puis d'un autre, certain maintenant que sa fille et le jeune peintre en question n'étaient qu'une seule et même personne. Ces tableaux hâtivement brossés, à la perspective approximative et aux couleurs primaires, regorgeaient dans l'est et le sud de la ville, peuplés d'artisans et de petites gens. Un tableau inachevé sur le chevalet montrant une réunion de famille dans une pièce modestement meublée ne fit que confirmer son opinion. Toute l'angoisse et la misère endurées ces derniers mois depuis sa perte catastrophique au jeu refirent surface : quelque chose en lui s'était brisé. Avec un rugissement de colère, il se précipita vers la fenêtre et l'ouvrit toute grande. Puis, rassemblant les tableaux, en déchirant quelques-uns sur ses genoux, il les jeta violemment dans la cour. Maria, assise au soleil à écosser des pois, poussa un cri d'effroi à la vue des toiles qui atterrissaient sur les pavés. Elle se leva brusquement, renversant le bol de petits pois qui s'éparpillèrent sur le sol.

– Que se passe-t-il ? cria-t-elle d'une voix tremblante. Aletta a-t-elle perdu la tête ?

Griet arriva en courant, lui posa une main rassurante sur l'épaule.

– Ça ne peut être que le maître ! Aletta est sortie il y a un moment.

La dernière toile venait de choir. Griet s'approcha prudemment en lorgnant la fenêtre du troisième étage mais Hendrick descendait déjà. Il apparut dans l'encadrement de la porte, incongru dans sa tenue d'apparat et son chapeau à plume.

– Où est Aletta ? hurla-t-il.

Griet, penchée sur le tas de bois peint pour essayer de sauver quelque chose, se redressa rapidement.

– Sortie pour l'après-midi pour ses cours de dessin, maître !

Maria, enragée par ce qui venait d'arriver, ne pouvait pas soupçonner la véritable raison de sa colère.

– Vous ne vous attendez pas à ce qu'elle peigne aussi bien que vous, tout de même ! Quand lui avez-vous donné une leçon pour la dernière fois ? Vous rendez-vous compte de ce que vous venez de faire de son travail ?

Il lui jeta un regard méchant.

– Je l'ai mis à sa place, bon à être brûlé ! Je ne veux voir que des cendres à mon retour. Où puis-je trouver Aletta ? ajouta-t-il à l'intention de Griet.

– Aucune idée. Elle ne me dit pas où elle va.

Il lança un regard inquisiteur vers Maria, mais celle-ci demeura obstinément muette.

– Même si je le savais, je ne vous dirais rien, vu votre humeur !

– Je la trouverai bien moi-même ! rugit-il en faisant volte-face.

Se défaisant sur son passage de ses riches vêtements, il se rua vers l'atelier, mit un chapeau et une veste à la hâte en sortant de la maison à pas de géant. Il se dirigea d'abord vers les rues et les quartiers qu'il avait reconnus dans l'œuvre d'Aletta. Il n'était pas difficile d'en déduire qu'elle avait peint pour vendre, non seulement aux particuliers qui lui avaient commandé du travail, mais qu'elle avait visé plus large en peignant des rues du Dam, de la mairie, des églises et du port. Il scruta chaque boutique de tableaux au passage, mais ne vit rien d'elle, ce qui ne l'étonna guère car, pour vendre son travail, une femme devait faire preuve d'un talent hors du commun, ce qui ne laissait, pour se faire connaître, que le marché ou la foire. Il déboucha sur le Dam, à l'opposé du lieu où s'entassaient les tréteaux du marché. Il joua des épaules dans la foule et se faufila parmi les étals sans égard pour les vendeurs de fruits et légumes, de poteries, de fromages, de sabots et de vieux vêtements. A chaque éventaire de tableaux, il examinait les œuvres avec une telle attention qu'on le prenait pour un éventuel client.

– Avez-vous quelque chose d'Anna Veldhuis ? Elle signe ses œuvres de ses initiales, demandait-il invariablement.

La réponse était toujours négative et il poussait à chaque fois un gros soupir de soulagement. Il n'aurait sûrement pas remarqué les tableaux au bout d'un étal de fleurs s'il n'avait entr'aperçu un visage connu : celui de la sœur de Griet, Helena, qui venait souvent donner un coup de main à la maison en cas de besoin. Il lui vint à l'esprit qu'elle avait pu voir Aletta, et s'approcha pour le lui demander. Elle s'affairait au bout de l'étal où il avait acheté les bulbes de tulipes de Pieter Van Doorne, autour duquel se pressait une foule cossue. Frappé de stupeur, il vit les tableaux disposés par Helena. Même d'où il était il en reconnut la facture. C'était donc cela ! Pieter Van Doorne, Helena et Aletta étaient complices ! Il crut qu'il allait exploser. A sa vue, Helena devint écarlate.

– Maître Visser, bégaya-t-elle. Quelle belle journée, n'est-ce pas ?

Son hurlement attira le regard des curieux et d'un mouvement puissant de la main il envoya les tableaux de sa fille sur les pavés. Puis, se penchant sur Helena, il la saisit par les épaules et la secoua violemment.

– Qui vous a mêlée à cela ? C'est Aletta ? Ou Van Doorne ? Dites-moi la vérité !

Les deux femmes qui vendaient les fleurs accoururent à la rescousse.

– Laissez-la tranquille ! cria l'une d'entre elles, en colère.

– Regardez les dégâts que vous avez causés ! hurla l'autre.

– Répondez à ma question, Helena ! s'obstinait Hendrick.

Elle avait peur car le visage convulsé de Hendrick n'était qu'à quelques centimètres du sien et il la tenait d'une poigne ferme.

– Demandez à votre fille! Je ne fais que travailler au marché. Il n'y a pas de mal à cela!

– Si, lorsque vous vendez des travaux signés sans autorisation!

– Vous me faites mal!

En luttant pour se libérer, elle fit chanceler les tréteaux, et une jardinière de roses tomba à terre. Les deux femmes se mirent à pousser des hurlements.

– A l'aide! Il y a un fou, ici! s'écrièrent-elles tout en essayant de sauver les autres pots d'une chute certaine.

Des badauds, attirés par le vacarme, s'effacèrent pour laisser passer trois costauds qui avaient quitté leur banc pour empoigner Hendrick.

– Laissez donc cette femme en paix!

On lui fit lâcher prise, mais, dans sa fureur aveugle, il donna un coup de poing au visage d'un homme et en frappa un autre à la poitrine, avant d'aller atterrir parmi les passants, dans une confusion incroyable. Avant même que le troisième homme ait pu s'emparer de lui, Hendrick saisit une partie de l'étal et l'envoya en l'air. Helena se mit à pousser des cris hystériques. Les hommes avaient repris leurs esprits et leur équilibre et ils se saisirent de Hendrick qui battait l'air de ses poings. Dans la mêlée, le principal éventaire se renversa. Les pavés glissants étaient jonchés de fleurs écrasées. Hendrick lutta furieusement pour se dégager. On cria d'aller chercher les sergents de ville.

Aletta, de retour à la maison après sa journée de travail, se heurta à des visages fermés et fut prise d'un mauvais pressentiment. C'est Willem qui lui apprit la mauvaise nouvelle.

– Ton père a été arrêté pour nuisance à l'ordre public.

– Oh, non! Qu'est-il arrivé?

Avant même que Willem puisse répondre, Sybylla, les yeux rougis par les larmes, l'accusa en criant :

– Ça te va bien de demander ce qui est arrivé! C'est de ta faute et celle de tes misérables tableaux! Il les a trouvés ici et au marché, il les a tous détruits!

Aletta n'entendit pas les sanglots de Sybylla car elle s'était évanouie et si Willem ne l'avait rattrapée à temps, elle serait tombée sur le sol de marbre.

Hendrick se languit six semaines dans une des plus vieilles prisons de la ville. Lui qui chérissait tant la liberté du corps et de l'âme pensa mourir ou perdre la raison. Il partageait sa misérable cellule avec vingt autres hommes en attente de jugement. La seule source de clarté venait d'une petite lucarne à barreaux et son seul confort consistait en un mince grabat de paille. Il devait acheter sa nourriture aux gardes, mais la pitance était si mauvaise et il était tellement dépourvu d'appétit, qu'il donnait souvent sa gamelle à des prisonniers plus pauvres qui se ruaient dessus. Quand sa bourse fut vide, la nourriture lui arriva quand même, sans doute Willem y pourvoyait-il. Il espérait que ce n'était pas Ludolf car le peu qu'il mangeait aurait eu le goût de cendre. Il pensait constamment au chardonneret enchaîné dans le tableau décrit par Francesca mais se dit qu'elle pouvait peindre chaque jour tandis qu'il dépérissait sur la paille de son cachot, enchaîné comme un criminel. Il n'était plus capable d'éprouver de la pitié pour quelqu'un d'autre que lui-même. C'était une piètre consolation de savoir qu'aucune charge n'avait été requise contre lui pour les étals détériorés. Il avait déjà été accusé par les trois hommes de coups et blessures et ceci, dans le contexte de la loi contre les émeutiers, pouvait lui valoir un châtiment terrible. Il pourrait être exposé au pilori devant l'hôtel de ville au vu et au su de toute la ville, la tête sortant d'une cloche de bois, son délit placardé sur un écriteau. On pourrait aussi le faire parader à travers Amsterdam, un tableau défoncé autour du cou ou avec un chapeau à fleurs ridicule pour symboliser ses méfaits. C'était l'humiliation et le déshonneur. Peut-être aurait-il aussi une longue peine de prison à purger. Si cela devait lui arriver, il en deviendrait fou. Il était si tourmenté, qu'il avait la nausée en permanence. Par une chaude journée de septembre, sous un ciel limpide, Hendrick fut conduit au tribunal. Il s'assit dans la voiture, le visage dans les mains pour ne pas être reconnu. Le matin précédent, Willem avait eu la permission de venir le voir avec un avocat et lui avait apporté un rasoir et des vêtements propres. Une longue barbe et des cheveux embroussaillés l'auraient desservi auprès des juges. Heureusement, le jugement fut bref. L'avocat présenta pour sa défense l'argument de la provocation à un maître choqué par la vue d'œuvres signées sans permission par une élève de son propre atelier. Willem plaida également en faveur de Hendrick. Finalement Aletta vint au banc des témoins et admit avoir peint et vendu des tableaux sans l'autorisation de son père. Le juge la condamna publiquement comme fille insoumise. Elle crut en mourir de honte. La sentence imposée à Hendrick se réduisit à une forte amende que Willem paya. Hendrick prit soin de ne pas faire trop étalage de sa joie en entendant le verdict. Une fois de plus la chance lui avait souri. Mais tandis qu'il quittait le tribunal en homme libre, il réalisa avec douleur que ses dettes – grossies de six cents florins – le tenaient en captivité aussi sûrement que les barreaux d'une prison. Il ne serait vraiment libéré qu'au mariage de Francesca avec Ludolf. En descendant les marches du palais de justice, flanqué de Willem et de Sybylla, il aperçut Aletta qui l'attendait à l'écart. Il l'ignora. Sans même lui accorder un regard, il s'assit dans la voiture attelée de Willem. Son orgueil avait été vivement atteint et il était incapable de lui pardonner. Si encore elle avait signé de son nom et non de celui de sa mère, il aurait pu trouver dans son cœur la faculté de lui pardonner, mais pour lui elle avait insulté la mémoire d'Anna. Quand il vit Sybylla hésiter comme pour aller vers Aletta, il lui dit furieux : « Monte dans la voiture ! » Elle obéit à contrecœur, avec un regard plein de compassion pour sa sœur. Willem, qui voulait réconcilier Hendrick et Aletta, lui parla fermement.

– Je suis sûr que tu voudrais que tes deux filles soient à tes côtés ?

– Non ! fit Hendrick avec un rictus de colère... Aletta ne peindra plus jamais sous mon toit ! C'est tout ce qu'elle mérite.

Willem soupira et monta en voiture. Aletta était désespérée. Elle se disait que d'ici peu la nature foncièrement bonne de Hendrick referait surface et qu'ils se réconcilieraient. Willem, qui avait entendu les deux sons de cloche, pensait qu'Aletta s'était fourvoyée, bien qu'il comprît ses raisons. Hendrick était avide de nouvelles, après cette période d'isolement. Lorsque la discussion dans la voiture en vint au jugement, Willem parla de Ludolf.

– S'il n'avait pas été en voyage d'affaires, je lui aurais demandé de plaider pour toi. Je lui ai écrit pour le mettre au courant de ta situation. Je pense que, vu l'intérêt qu'il porte à ton travail et à ton bien-être, à son retour, il aurait remué ciel et terre pour obtenir ta mise en liberté si tu avais été condamné.

Hendrick eut un ricanement.

– Je suis sûr que tu as raison. Naturellement, il ne voudrait pas que je sois incarcéré, cela contrarierait ses plans!

– Que veux-tu dire?

Hendrick se rendit compte qu'il en avait trop dit.

– Seulement qu'il veut couvrir ses murs de mes tableaux sans plus tarder. Est-ce que Francesca a été mise au courant de mes ennuis?

– Non, on ne lui a rien dit, selon ton désir.

Sybylla se pencha vers lui.

– Tout ira bien dès que vous serez de nouveau à la maison, père. Je vous en prie, essayez de pardonner Aletta d'avoir créé tant d'ennuis.

– Je ne veux plus entendre prononcer le nom de ta sœur! J'ai perdu la notion de pardon en prison, dit-il avec une expression dure.

Quand ils eurent atteint la maison Visser, ils prirent congé de Willem qui poursuivit son chemin avec la voiture. Maria et Griet avaient dû les guetter, anxieuses de connaître le résultat du procès, car la porte d'entrée était déjà grande ouverte. Maria pleura de bonheur en voyant Hendrick et lui plaqua un baiser sur la joue. Il alla droit à son atelier. L'odeur familière de la craie, de l'huile, de la peinture et de l'encre eut sur lui un effet vivifiant, comme si son sang se mettait à couler à nouveau dans ses veines. Son autoportrait était dans l'état où il l'avait laissé. Il l'observa d'un œil critique, puis, se regardant dans le miroir, fut choqué de voir que son apparence avait changé : son visage était émacié, il avait les joues creuses et un double menton et ses yeux étaient cernés. Ses cheveux étaient devenus presque blancs. Il mit le portrait de côté en attendant de retrouver l'inspiration. Dans la réserve, le chevalet d'Aletta était appuyé au mur, avec sa palette et ses pinceaux. Il toucha la palette, la peinture était dure et sèche. Aletta devrait abandonner tout espoir de devenir peintre un jour, et songer désormais au mariage. Il lui laisserait la liberté de choix qu'il refusait à Francesca : même pour sa fille tant aimée, il ne se sentait pas capable d'affronter à nouveau la prison.

Aletta était devenue le bouc émissaire à la maison. Hendrick ne lui adressait plus la parole et elle se renfermait sur elle-même, faisant sans sourciller les tâches domestiques.

Toutefois, il lui arrivait de temps en temps d'exploser.

– Ma pauvre enfant, lui dit Maria, ce n'est pas une vie pour toi ici en ce moment!

– Je ne suis pas une enfant! hurla-t-elle. Je suis une femme, avec une volonté et des aspirations. Si mon père avait eu la moindre compréhension à mon égard, il ne m'aurait pas privée de ma seule raison de vivre, qui est la peinture!

Vu les circonstances, elle ne pouvait intercéder en faveur de Francesca et s'en ouvrit à Sybylla, qui ne s'émut pas outre-mesure.

– Ça ne m'étonne pas que père veuille la faire chaperonner. Il aurait fait la même chose pour chacune d'entre nous. Peut-être a-t-elle le cœur gros, le mal du pays et exagère-t-elle les choses?

– Peux-tu malgré tout essayer de parler à père?

– Si tu veux, et de suite.

Elle se dirigea vers le salon, où Hendrick se reposait, et en ressortit presque aussitôt.

– Alors? fit Aletta, impatiente.

– Il refuse de parler, de Francesca et de toi. (Sybylla réfléchit un instant.) Écoute, pourquoi n'irais-tu pas passer une semaine ou deux à Delft avec Francesca?

– Oui, c'est une bonne idée, dit Aletta, subitement ragaillardie. Je partirai dès demain.

Si son père voulait la voir, il faudrait qu'il l'envoie chercher.

14

Quand Aletta se rendit à l'atelier pour annoncer à Hendrick son intention d'aller à Delft, celui-ci, occupé à tendre une toile sur son châssis, ne leva même pas les yeux. Au moment où elle s'apprêtait à sortir, il jeta violemment le châssis sur la table et rugit :

– Vas-y! Et que je ne te revoie plus! Tu peux bien aller au diable!

– Vous ne me pardonnerez donc jamais?

– Jamais de la vie! Sors d'ici immédiatement.

Elle devint pâle comme la mort, mais lui tint tête.

– Vous ne me verrez plus. Je vais gagner ma vie loin d'ici.

– Pas avec la peinture, en tout cas.

Le trait l'atteignit si cruellement qu'elle s'enfuit en courant.

Le lendemain matin au petit déjeuner il fut le seul à ne pas lui adresser la parole, et il alla s'enfermer dans son atelier sans un au revoir. Lorsqu'il l'entendit quitter la maison avec Sybylla, il s'éloigna de la fenêtre pour ne lui laisser aucune chance de l'apercevoir de la rue.

Aletta demeura silencieuse pendant tout le voyage : elle se sentait coupée du reste du monde, comme anesthésiée. Ces dernières semaines avaient été très éprouvantes pour elle, prise entre ses propres remords et l'attitude hostile de son père.

Elle n'avait emporté que deux petits bagages à main, étant convenue avec Sybylla que celle-ci lui enverrait le reste de ses affaires lorsqu'elle aurait trouvé un emploi à Delft.

Sybylla, qui parlait souvent à tort et à travers, avait involontairement retourné le couteau dans la plaie en lui suggérant de donner des leçons de dessin pour gagner sa vie.

– Jamais de la vie! avait sifflé Aletta. Je préfère faire des ménages plutôt que de toucher à un pinceau ou une palette.

Le voyage fut un comble d'inconfort. Une pluie battante tambourinait sur la bâche recouvrant la voiture et un vent violent menaçait à tout moment de l'arracher à ses cerceaux de fer. Les roues patinaient dans la boue qui recouvrait le sol resté gelé en profondeur.

Le voyage touchait à sa fin, lorsqu'un carrosse venant à vive allure derrière eux suscita les commentaires des habitués du trajet : le cocher allait sûrement essayer de doubler avant le pont pour ne pas être obligé de rester jusqu'à Delft derrière la voiture qui avançait péniblement contre le vent. La dernière portion de la route était en effet fort étroite.

D'où elle était assise, Aletta ne voyait pas ce qui se passait, mais d'un seul coup, elle entendit le fouet siffler dans les airs, elle se sentit plaquée à son siège, et se dit que le démon qui sommeille en chaque cocher venait de se réveiller. Les avis allaient bon train parmi les passagers, certains prétendaient qu'il était très imprudent d'aller aussi vite sur une chaussée glissante, d'autres au contraire l'encourageaient en voyant qu'il distançait le carrosse. Mais celui-ci, plus léger et tiré par des chevaux nerveux, fut bientôt au niveau de la voiture, l'éclaboussant de gerbes d'eau boueuse.

Ce fut à la hauteur du pont que l'accident se produisit : les deux équipages se heurtèrent dans un fracas épouvantable. Tous les passagers furent projetés à terre et les femmes se mirent à hurler de frayeur. Le véhicule dérapa dans la boue, traîné par les chevaux affolés. Les malheureux n'étaient pas au bout de leur peine : la voiture quitta la route et dévala un talus avant de s'immobiliser sur le bord d'un canal, les roues en équilibre instable.

Seule parmi les femmes, Aletta n'avait ni pleuré ni crié. Elle avait été éprouvée par le choc, mais était indemne à part quelques coups qui se solderaient par des bleus, et une écorchure à la cheville. Son premier geste fut pour vérifier que son bonnet n'avait pas glissé. Une main secourable l'aida à descendre, et elle gravit le talus détrempé pour rejoindre la route en soulevant ses jupes.

Ce qu'elle vit la remplit d'effroi. Le carrosse s'était écrasé contre un mur, et le cocher, éjecté de son siège, s'était fracassé sur le parapet du pont et gisait sans vie à terre. Parmi les hennissements de terreur des chevaux que des passagers valides s'efforçaient de calmer, quelqu'un essayait de faire sauter la porte à l'aide d'une hache pour dégager un homme immobilisé sous le véhicule.

– Mon Dieu! Ses jambes sont coincées!

Deux hommes dégagèrent précautionneusement la victime et les fermiers voisins, accourus au bruit de l'accident, envoyèrent un gamin chercher une carriole et un cheval pour transporter le blessé jusqu'à Delft. Lorsque enfin on put le hisser sur ce brancard improvisé, sans connaissance et du sang coagulé dans ses cheveux bruns, Aletta le reconnut immédiatement, c'était le jeune homme qu'elle avait rencontré à la Bourse, le jour où elle était allée voir Pieter : Constantijn. Bouleversée de le voir dans un état si pitoyable, elle pria pour que ses blessures ne soient pas trop graves.

Le soir tombait à présent. Le fermier emmena les femmes et les bagages dans sa charrette à foin. Les hommes marchaient à côté. Le périple prit fin à Delft, sur la place de la Vieille Église, et un couple de passagers obligeants conduisit Aletta devant la porte de vrouw Wolff.

Francesca, qui descendait pour le dîner, poussa une exclamation de surprise en voyant sa sœur.

– Aletta! C'est toi! Je rêve!

Elles se précipitèrent l'une vers l'autre et s'embrassèrent avec effusion.

– Je vais rester quelques jours. Vrouw Wolff a accepté que je partage ta chambre, et je me suis arrangée avec elle pour mes repas.

– C'est merveilleux! dit Francesca en l'entraînant à l'étage.

Aletta lui raconta l'accident, et comment elle avait reconnu la victime.

– Voilà pourquoi j'arrive si tard, dit-elle d'une voix altérée par l'émotion.

– Tu es sûre de ne pas être blessée?

– Rien de grave. Quand je pense à ce malheureux jeune homme...

Elle frissonna et Francesca la prit par les épaules.

– Ça aurait pu être pire...

Au dîner, Aletta mangea peu. Geetruyd, qui connaissait toutes les familles riches de la ville, dit qu'elle ne tarderait pas à savoir qui était le jeune homme blessé, et Francesca se mit en tête d'écrire tout de suite à leur père pour le rassurer.

Plus tard, lorsqu'elles se retrouvèrent toutes deux au lit, confortablement adossées à leurs oreillers, Aletta fit à sa sœur le récit détaillé des événements survenus pendant son absence.

– Pourquoi ne pas m'avoir prévenue ? Je serais rentrée à la maison !

– C'est justement ce que nous voulions éviter. Père n'avait pas le droit de recevoir de visites lorsqu'il était en prison – sauf celle de son avocat. Nous ne voulions pas que ton travail soit perturbé.

– Mais le tien ? Je comprends maintenant pourquoi tu allais si souvent faire des croquis en ville, et pourquoi tu ne me montrais jamais un tableau fini !

– Je ne crois pas qu'ils étaient aussi mauvais que ce que père a bien voulu dire. Je me suis sentie tellement coupable lorsqu'il a été arrêté que je n'ai plus pu toucher un pinceau. J'espérais qu'une fois ce cauchemar terminé il me pardonnerait.

– Tu dis qu'il a été libéré à la mi-septembre, nous sommes en novembre et il ne s'est toujours pas radouci ? Pourtant, il n'est pas rancunier. Ton départ va peut-être le faire revenir sur ses positions.

– Je l'espère, dit Aletta d'une voix blanche.

– Il a été très dur pour nous deux. Comment se comporte-t-il avec Sybylla ?

– Elle arrive encore à le faire rire de temps en temps... C'est la petite dernière ! Mais quand elle a voulu intervenir en ta faveur, même elle, il a refusé de l'écouter.

– Père devait passer en jugement lorsque Pieter est venu ici, au mois d'août dernier, dit Francesca d'un ton rêveur, en passant un bras sous sa tête.

– Il m'avait dit qu'il allait te voir, un jour où il était passé à la maison prendre des nouvelles : il paraît que vous avez réussi à correspondre grâce à un ami qui vient souvent à Delft pour affaires.

– C'est exact. C'est Gerard Meverden. Il m'apporte les lettres de Pieter chez les Vermeer, et il prend les miennes en échange... Tu ne m'as pas dit pourquoi Pieter ne m'a soufflé mot de ce qui se passait à la maison.

– Je lui avais demandé de ne rien te dire. Si nous ne t'avons pas écrit, Sybylla et moi, c'est que nous avions peur que tu lises entre les lignes et comprennes que quelque chose n'allait pas...

– Si tu m'expliquais le rôle qu'a joué Pieter dans tout ça ? Il t'a bien laissée exposer tes tableaux sur son étal ?

– Il n'a rien à se reprocher ! Il voulait t'en parler dès le début, mais c'est moi qui l'ai supplié de garder le secret. Je savais que tu ne serais pas d'accord, mais j'étais déterminée... (Elle se cacha le visage dans les mains.) J'ai eu tort ! Si tu avais été au courant, tu m'aurais empêchée de détruire ma vie !

Francesca lui prit doucement les mains et la regarda dans les yeux.

– Aletta, tu n'as que dix-sept ans. Rien n'est perdu. Tu te remettras de cette déconvenue. Si tu as pris de mauvaises habitudes en peignant trop vite, cela peut se corriger.

Aletta secoua la tête d'un air désespéré.

– Je ne t'ai pas raconté le pire. Père a écrit à Willem la veille de passer au tribunal que, quel que soit le résultat du jugement, il m'interdisait désormais de peindre dans son atelier...

– Ma pauvre petite sœur !

– Je ne remettrai plus jamais les pieds à la maison. J'ai prévenu Maria et Sybylla. Je me suis arrangée avec vrouw Wolff pour rester ici jusqu'à ce que je trouve un emploi.

– Et la peinture ?

– Ce n'est même plus la peine d'y penser. De toute façon, il y a des semaines que je n'ai pas touché un pinceau, et je suis devenue insensible. Même dans l'accident, je n'ai rien ressenti. Cela m'était égal de mourir.

– Pourtant tu as eu pitié du blessé...

– C'est peut-être une petite parcelle de moi-même qui n'a pas été étouffée.

– Viens à l'atelier avec moi demain. Je serai seule. Tu pourras t'imprégner de l'atmosphère. Après toutes ces épreuves, tu as besoin de te reposer. Il y a une telle sérénité dans les tableaux de Jan.

– Je ne remettrai jamais les pieds dans un atelier, trancha Aletta d'une voix dure.

Francesca ne reconnaissait plus sa sœur. Elle semblait avoir perdu toute sensibilité.

– Viens au moins chez les Vermeer. Je te présenterai

Catharina : elle pourra sans doute te conseiller pour trouver un emploi. Geetruyd pourrait te donner du travail dans ses institutions, faire le ménage, ou...

– Je n'ai pas l'orgueil démesuré de père. Je peux faire n'importe quelle corvée.

– Je sais qu'en cas de besoin le travail ne te fait pas peur, mais tu as toutes sortes de talents : tu sais coudre, broder, élaborer une coiffure, jouer du virginal. Tu pourrais enseigner tout cela, et pourquoi pas, avoir une école à toi.

Pour la première fois de la soirée, Aletta eut un petit sourire.

– Tu as toujours les mots qu'il faut pour consoler et encourager.

– J'espère t'avoir parlé comme maman l'aurait fait.

– Je suis sûre qu'elle ne m'aurait pas dit autre chose.

– Nous devrions dormir maintenant, dit Francesca en fermant les rideaux du lit.

Puis elle souffla la chandelle et se glissa sous l'édredon. La dernière pensée d'Aletta avant de sombrer dans le sommeil fut pour le jeune homme blessé.

Le lendemain matin, Clara attendait Francesca pour l'accompagner, comme d'habitude.

– Ce n'est pas la peine que vous nous escortiez, juffrouw Huys, dit Aletta avec une telle fermeté que Clara recula machinalement.

– Mais, j'accompagne votre sœur tous les jours, protesta-t-elle.

– Dans les instructions que mon père a données à vrouw Wolff, il est stipulé que Francesca n'a pas besoin d'un chaperon lorsqu'elle est en compagnie d'un des membres de sa famille. Ce n'est pas la peine de venir ce soir non plus. Je rentrerai avec Francesca.

– Vous ne déjeunerez pas ici à midi ?

– Pas aujourd'hui. Je veux visiter Delft.

Sur quoi elle prit Francesca par le bras et l'entraîna d'un pas vif, laissant la petite femme médusée.

En chemin, Francesca montra à Aletta la maison de vrouw Thin, la mère de Catharina, que l'on apercevait depuis le pont sur le canal. Aletta posa des questions sur la Vieille Église, où elle était arrivée la veille.

– Elle date du XIIIe siècle, expliqua Francesca, et la nouvelle du XIVe. Les Vermeer vont à la Vieille Église le dimanche, mais je ne les rencontre jamais, car je vais à la Nouvelle, avec Geetruyd et Clara.

– Tu ne peux donc pas faire un pas sans ces deux duègnes ?

– Pour l'instant, non.

Devant chez les Vermeer, Aletta déclina une nouvelle fois l'offre de sa sœur.

– Pas aujourd'hui. Je préfère me promener dans Delft.

– Bon. Je termine à cinq heures, en ce moment la nuit tombe de bonne heure...

Francesca entra dans la maison et Aletta ressentit soudain un immense soulagement d'être seule dans une ville inconnue. Elle n'aurait plus à répondre d'un air doucereux à tous ceux qui lui posaient des questions sur son père, ni à sentir des regards lourds de reproches. Personne ne pouvait mesurer la dureté du châtiment qu'elle s'était imposé à elle-même. Renoncer à la peinture était à ses yeux le seul moyen de racheter sa faute.

Ce fut une journée maussade, le ciel était gris et bas et les pavés luisaient encore de la pluie de la veille.

Elle passa un long moment dans la Nouvelle Église, où se trouvaient le tombeau monumental de Guillaume le Taciturne et les mausolées des membres de la maison d'Orange. Puis elle alla visiter le Vieux Palais, un ancien couvent où avait vécu Guillaume le Taciturne et dont les murs portaient encore les traces des balles de son assassin. La présence de la mort rôdait encore dans cet édifice, et elle alla se réfugier dans la Vieille Église où elle resta longtemps pour exorciser sa peur. Elle pensait à ce que Francesca lui avait dit des tableaux de Vermeer. Il fréquentait cette église, et peut-être avait-il réussi à capter cette lumière qui baignait la chaire de bois sculpté, à travers les hauts vitraux. Les jeux d'ombre sur les colonnes austères et les murs pâles ajoutaient à la spiritualité du lieu.

En sortant de l'église, elle acheta un petit pain à la boulangerie. Elle n'avait guère d'appétit et cela lui suffit largement, puis, bien emmitouflée dans son manteau à capuchon, elle partit à la découverte de la ville à travers les ruelles étroites et le long des canaux. Mais à quatre heures, la pluie, qui avait menacé toute la journée, se mit à tomber à grosses gouttes. Aletta courut jusque chez les Vermeer où Catharina lui offrit du thé bien chaud au coin du feu.

Aletta lui demanda si l'on avait des nouvelles du jeune homme blessé dans l'accident.

– On ne parle que de cela en ville aujourd'hui, car le blessé est le fils unique de l'un des plus riches drapiers de la ville, de Veere. On a fêté il y a à peine trois mois ses fiançailles avec Isabella Van Alewijns, la fille aînée d'un prospère marchand de Gouda.

– Comment est-il ?

– En vie, c'est à peu près tout ce qu'on peut en dire. Il paraît que son père a fait quérir le meilleur médecin d'Amsterdam. Le malheureux jeune homme a dû être amputé des deux jambes et il lutte actuellement contre la mort. C'est terrible, car c'est un garçon très actif.

Aletta regardait les flammes, immobile.

– Cela n'aurait jamais dû arriver, dit-elle amèrement.

– Il n'y a rien de plus stupide qu'un accident. Pour une seconde de folie, des vies peuvent être brisées.

– Où habite heer de Veere ?

– Le père ou le fils ?

– Pourquoi ? Ont-ils plusieurs établissements ?

– C'est une famille très riche. Ils ont un logement au-dessus de leur comptoir, de l'autre côté de la place, qu'occupe leur fils. Les parents habitent une propriété dans la campagne, mais étant donné l'état de Constantijn, on a jugé plus prudent de le laisser ici.

Aletta alla vers la fenêtre : toutes les fenêtres de la maison de Veere étaient allumées. Il était donc là, tout près. Elle se surprit à penser que, s'il succombait, elle aussi mourrait, pas au sens physique du terme, mais elle perdrait le goût de vivre et peut-être finirait-elle solitaire et acariâtre comme l'avait souvent prophétisé Sybylla.

– Votre sœur m'a parlé de vos difficultés et m'a dit que vous cherchiez du travail.

– C'est exact, dit Aletta en revenant s'asseoir. Il m'a semblé que la femme du boulanger était à court de main-d'œuvre. J'ai repéré également une petite boutique qui vend des bonnets brodés. C'est une de mes spécialités. Je voudrais travailler assez rapidement, tant que j'ai assez d'argent pour me louer une petite chambre.

– Vous ne voulez pas rester chez vrouw Wolff ?

– C'est trop cher pour moi, pourtant j'aimerais beaucoup habiter sous le même toit que ma sœur.

– J'ai une idée. D'après ce que Francesca m'a raconté, je sais que vous êtes une jeune personne avisée. En attendant de trouver quelque chose qui convienne mieux à vos capacités, accepteriez-vous de me seconder auprès de mes enfants ? Je ne pourrai pas vous payer très cher et il faudrait que vous dormiez dans la chambre du bébé, mais vous auriez du temps pour vous et le couvert assuré.

Aletta fut très sensible à la gentillesse de l'offre, mais elle hésitait encore.

– J'ai cru comprendre à travers ce que Francesca m'a dit que votre mari ne voulait pas d'autre présence féminine dans la maison.

– C'est exact, mais comme il est absent en ce moment, c'est moi qui prends les décisions.

– Je n'ai aucune expérience des enfants.

– Vous les aimez, n'est-ce pas ?

– Oh oui, bien sûr. Mais je dois vous avouer que ces temps-ci je n'ai guère de patience.

– C'est parfait. Ils ont besoin d'un peu de discipline. Je crois être enceinte à nouveau, ajouta Catharina en baissant la voix. Je n'en suis pas encore sûre, mais j'ai parfois des nausées. Elizabeth est une fille courageuse, mais elle a beaucoup à faire, et j'aimerais autant ne pas avoir à faire appel à ma mère...

– Quand voulez-vous que je commence ?

– Demain ?

– Entendu. J'apporterai mes affaires demain matin en venant avec Francesca.

Le lendemain, Aletta s'installa dans sa chambre chez les Vermeer, qui donnait en face de la maison de Veere. Elle vit un carrosse constellé de boue, à l'équipage fatigué, qui amenait le médecin d'Amsterdam, vêtu de l'habit noir traditionnel. Elle se demanda où était la chambre de Constantijn. Peut-être sa fenêtre était-elle au même niveau que la sienne.

Les enfants Vermeer aimèrent immédiatement Aletta, malgré, ou à cause de la stricte discipline qu'elle leur imposa de prime abord. Ils étaient turbulents et affectueux, et si parfois ils faisaient des bêtises, tout finissait dans les rires. Bien que toujours aussi insensible intérieurement, Aletta affichait une gaieté de surface, et elle éprouvait une réelle sympathie pour Jan, avec qui cependant elle prenait soin de garder ses distances.

En fait, Catharina n'était pas enceinte, mais souffrait de vertiges qui la contraignaient à s'allonger de temps en temps. Certains jours, elle avait dû s'aliter complètement, mais à présent elle se sentait mieux et comptait bien être rétablie pour la Saint-Nicolas.

– J'ai déjà commencé la cuisine, dit Aletta un matin, et les filles m'ont aidée. Même Beatrix a épluché les amandes après les avoir plongées dans l'eau chaude!

Catharina toujours fatiguée, Aletta prit en charge tous les préparatifs de la fête, ainsi que l'achat des cadeaux, puis, avec Francesca, elle fit un colis qu'elles enverraient chez elles par péniche.

Aletta avait eu tellement à faire chez les Vermeer qu'elle n'avait pas eu le temps de chercher un autre emploi. De toute façon, Catharina avait encore besoin d'elle. Elle n'avait pas franchi le seuil de l'atelier, mais s'était plus d'une fois attardée devant les tableaux accrochés dans la maison, qu'ils soient de Vermeer ou d'autres peintres. Elle les considérait d'un œil détaché, comme si elle n'avait jamais elle-même tenu un pinceau de sa vie.

Elle était à l'affût des nouvelles du jeune blessé et il ne se passait pas un jour sans qu'on en parle sur la place du marché. Sa mère ne quittait pas son chevet. Comme il avait perdu beaucoup de sang, elle s'était opposée à ce qu'on lui fît des saignées et plus d'un médecin avait quitté la maison offusqué. On lui avait prescrit toutes sortes de fortifiants plus ou moins imbuvables.

– Te souviens-tu de la recette du bouillon que maman nous donnait quand nous étions malades? demanda Aletta à sa sœur.

– Oui, j'en ai souvent préparé par la suite. On mélange de la moelle, de l'œuf et juste ce qu'il faut d'épices pour restaurer l'appétit le plus blasé. Je crois savoir ce que tu as en tête...

– Nous pourrons demander à Catharina de le préparer ici, et si nous le portons chez les de Veere le soir de la Saint-Nicolas, cela paraîtra tout naturel.

Catharina insista pour qu'elles utilisent ses propres ingrédients afin d'éviter toute dépense superflue, et Francesca recopia la recette pour vrouw de Veere de façon à ce qu'elle puisse la refaire pour son fils.

Le soir de la Saint-Nicolas, Jan accompagna Aletta chez les de Veere pour la présenter aux parents, qu'il connaissait bien pour leur avoir vendu plusieurs tableaux. C'était un couple d'âge mûr, digne et affable. Ils firent entrer Jan et Aletta dans une pièce superbement meublée, au premier étage.

Lorsque Aletta eut exposé le motif de sa visite, heer de Veere la remercia chaleureusement. Elle l'avait vu souvent de loin traverser la place, mais là, de près, elle put mesurer, à ses traits tirés, combien il avait été affecté par l'accident de son fils.

– Vous ne savez pas à quel point votre attention nous touche, renchérit la mère de Constantijn. Les voisins et les amis nous ont témoigné leur affection, mais ce présent, de la part de quelqu'un qui était dans la voiture au moment de l'accident, me touche encore plus profondément. Je vous ai vues, vous et votre sœur, aller et venir, de la fenêtre près de laquelle j'étais assise tandis que mon fils dormait. (Elle jeta un regard sur le papier qu'Aletta lui avait remis.) J'avais perdu cette recette, que je connaissais par ma grand-mère. Je vous remercie infiniment.

– Comment va votre fils?

Elle échangea un regard lourd de chagrin avec son mari.

– Il est très faible et dort tout le temps. Je n'ai qu'une frayeur, c'est que lorsqu'il ira mieux il perde la raison.

– Il ne faut pas penser à ça, trancha heer de Veere.

– Mais c'est impossible! Constantijn était tellement plein de vie! s'exclama-t-elle, au bord des larmes.

Jan hocha la tête avec compassion.

– Il était imbattable sur la glace, et aux jeux de ballon.

– Tout cela est bien fini, dit vrouw de Veere en s'essuyant les yeux.

Jan et Aletta jugèrent qu'il était temps de prendre congé, et heer de Veere les raccompagna à la porte après leur avoir renouvelé ses remerciements, puis remonta à l'étage d'un pas fatigué. Cette visite avait créé une petite diversion à leur peine, car tous deux étaient encore sous le coup d'une mauvaise nouvelle qu'ils devraient garder pour eux quelque temps encore.

Ce soir-là, avant de se coucher, Aletta regarda un moment par la fenêtre.

– Il faut que tu vives, Constantijn de Veere, murmura-t-elle avant de tirer les rideaux.

Elle jeta un coup d'œil au bébé qui dormait paisiblement et remonta doucement sa couverture. Le petit collier de corail suspendu au pied du berceau cliqueta doucement. C'était une tradition, dans les familles, de donner un collier de corail au dernier-né : Ignatius le portait sous sa chemise dans la journée et lorsqu'il aurait atteint l'âge de cinq ans, on le lui mettrait par-dessus ses vêtements, à moins qu'un autre enfant naisse dans l'intervalle, ce qui semblait probable.

Pieter était en route pour Delft. Bien décidé à ne pas laisser passer cette année sans voir Francesca, il avait enfourché son cheval, le gel ayant rendu les routes impraticables pour les coches. Les deux jeunes gens ne s'étaient vus qu'une fois depuis la visite de Pieter chez les Vermeer, le jour de l'anniversaire de la petite Beatrix.

Le rendez-vous avait été arrangé par Gerard. Par cette belle matinée du mois d'août, Francesca avait attendu Pieter à la porte Ouest de la ville près des tours aux toits pointus. D'aussi loin qu'elle l'avait aperçu, elle s'était mise à courir à sa rencontre, frêle silhouette en robe verte coiffée d'un chapeau de paille. Elle avait emporté son matériel de dessin, alibi officiel pour sortir toute la journée – bien qu'elle eût mis Catharina dans la confidence.

Pieter l'avait hissée sur sa selle, puis ils avaient chevauché dans la campagne à la recherche d'un endroit tranquille pour pique-niquer. La journée avait été idyllique. Elle avait fait une esquisse du canal scintillant dans la lumière de l'été, avec les champs de blé mûr à perte de vue, des moissonneurs dans le lointain et un moulin à vent qui semblait veiller sur ce paysage paisible. Il n'arrivait pas à rassasier son regard du spectacle de son visage charmant, concentré sur son travail, de sa somptueuse chevelure embrasée par les rayons du soleil et de la fragile beauté de sa nuque au-dessus du col de batiste.

Allongés côte à côte dans les hautes herbes parsemées de fleurs sauvages toutes vibrantes du ballet des papillons aux ailes transparentes comme des vitraux multicolores, ils avaient échangé de tendres murmures. Il avait embrassé passionnément ses lèvres, sa nuque et ses seins blancs, et enfoui son visage dans son giron, les bras autour de ses hanches dans une étreinte si tendre et si passionnée qu'elle s'était mise à trembler de désir. Elle avait alors doucement amené sa tête contre son visage et lui avait donné un baiser d'une douceur infinie, ses yeux plongés dans les siens lui signifiant que le moment n'était pas encore venu de s'abandonner dans les bras l'un de l'autre, quelque envie qu'elle en eût elle aussi.

Avant de se séparer, elle lui donna un portrait d'elle que Jan avait exécuté à sa demande, un buste d'une exquise ressemblance qu'elle avait placé dans un étui en cuir et qui vint trouver tout naturellement sa place dans la veste de Pieter, tout près du cœur.

– Transmets tous mes remerciements à maître Vermeer, dit-il en l'enlaçant une dernière fois. Quand fera-t-il ton portrait ?

– Je ne sais pas. Catharina voudrait bien, car elle n'a pas toujours le temps de poser. En tout cas il n'est pas question pour moi d'empiéter sur mes heures de travail.

– Pourquoi n'essaies-tu pas un autoportrait ?

Elle sourit, mais son regard avait la même gravité que tout à l'heure lorsqu'elle avait tendrement mis un frein à son ardeur.

– Il est encore trop tôt.

Peu de temps après, ils reprirent leur correspondance épisodique grâce aux bons offices de Gerard. Ce fut un échange de lettres passionnées. Jamais Pieter ne s'était livré aussi sincèrement et l'éloignement ne fit qu'attiser leur passion mutuelle.

En arrivant à Delft au crépuscule de cette froide journée d'hiver, il avait l'intention de loger à l'auberge de Malines. C'était la première fois qu'il passait une nuit à Delft. Lors de ses précédentes visites, il avait jugé plus prudent de quitter la ville avant la tombée du jour et de faire une étape en route. De toute façon, personne ne le connaissait ici, il était sûr de ne pas compromettre Francesca.

L'auberge était comble et il eut du mal à attirer l'attention de la patronne.

– Je suis désolée, mijnheer, mais je n'ai plus de chambre, avec tous ces gens qui viennent de province fêter la Saint-Nicolas en famille. Vous ne trouverez rien dans toute la ville.

– Et des chambres d'hôte ?

– La réponse est la même. Attendez un instant. Y a-t-il des chambres libres chez vrouw Wolff ? cria-t-elle à l'adresse de son mari, les bras chargés de cruches.

Celui-ci fit un signe de dénégation.

– Puis-je au moins laisser mon cheval dans vos écuries ?

– Bien sûr. Elles ne sont pas très loin. Vous trouverez dehors un palefrenier qui s'occupera de votre cheval.

Pieter ôta sa sacoche de selle, puis franchit le seuil de la maison Vermeer, tout illuminée pour la fête. Il se vit contraint de demander à Catharina l'hospitalité pour la nuit, et son idée de faire à Francesca la surprise de son arrivée lui parut bien compromise.

Elizabeth vint lui ouvrir, toute rose de plaisir d'avoir reçu ses cadeaux – elle avait été gâtée comme un enfant de la maison.

– Je vais prévenir ma maîtresse, dit-elle en faisant une petite révérence.

Catharina l'accueillit chaleureusement.

– Pieter! J'ai tellement entendu parler de vous! Quelle heureuse surprise pour Francesca! Vous pourrez sans crainte passer la soirée avec nous, nous sommes en famille, et ma mère est dans la confidence. Où êtes-vous descendu?

Pieter lui exposa brièvement le problème, mais comme Francesca avait obtenu de Geetruyd la permission exceptionnelle de passer la nuit ici, Catharina jugea imprudent d'héberger sous le même toit des jeunes gens aussi éperdument amoureux que ces deux-là. Elle savait bien que si Jan et elle s'étaient retrouvés dans la même situation du temps de leurs fiançailles, rien au monde n'aurait pu les empêcher de se rejoindre.

– Je crois que j'ai une idée. Attendez-moi une minute.

Elle réapparut, un large sourire aux lèvres, et lui proposa de loger chez sa mère, qui avait une grande maison et se ferait un plaisir de l'accueillir.

– Je vous remercie infiniment.

– Je vous envoie Elizabeth, qui va vous montrer où faire un brin de toilette. Ensuite, nous allons vous préparer une apparition aussi spectaculaire que celle de l'an dernier, avec la jacinthe! Vous voyez, je sais tout!

Elle lui expliqua le petit stratagème qu'elle avait en tête et il accepta gaiement de se prêter au jeu.

Après s'être rafraîchi, il mit une chemise propre et une cravate de lin, puis ôta ses bottes de cheval et chaussa ses chaussures à boucle. Il était prêt à faire son entrée en scène!

Elizabeth était de connivence et devait donner le signal à sa maîtresse.

Aletta et Francesca étaient assises en cercle avec les enfants : un anneau circulait discrètement de main en main et celui des participants qui se tenait au centre – en l'occurrence la petite Beatrix – devait deviner qui détenait l'anneau. La petite était au comble de l'excitation : elle bondit sur Francesca comme un diable hors de sa boîte.

– C'est toi qui l'as!

Catharina avait attendu le moment propice pour intervenir.

– Eh bien, dit-elle en claquant des mains pour se faire entendre dans ce joyeux tintamarre, Francesca a droit à un gage : c'est elle qui va commencer le colin-maillard.

Francesca se prêta de bonne grâce au jeu et Jan lui banda les yeux avec un mouchoir. Puis les enfants la firent tournoyer sur elle-même pour la désorienter; ils étaient agiles et s'esquivèrent facilement. Elle faillit en attraper un, puis comprit qu'elle avait été jouée en sentant l'air frais du corridor sur son visage, puis la porte du salon se referma derrière elle. Elle rit en essayant de dénouer son bandeau.

– Laisse-moi faire, dit Pieter, tout contre elle.

Le bandeau tomba, elle découvrit avec ravissement Pieter et se jeta dans ses bras. Ils s'embrassèrent passionnément et ne furent tirés de leur extase réciproque que par les coups redoublés des enfants qui tambourinaient contre la porte.

– Je crois qu'il est temps de rejoindre l'assistance, dit-il en la prenant par la main.

Catharina les regarda entrer, et au regard débordant de tendresse qu'elle surprit entre eux, elle se dit que ces deux-là ne connaissaient pas leur bonheur. Seuls ceux sur qui a pesé la menace d'une séparation jouissent pleinement de la joie d'être réunis.

Aletta s'était précipitée au-devant de Pieter, qui lui donna un baiser sur la joue, et Catharina décela comme une nostalgie furtive dans le regard de la jeune fille.

A la fin de la soirée, Pieter et Francesca eurent un petit moment d'intimité pour échanger leurs cadeaux et se dire au revoir. Il lui offrit un tour-de-cou de perles, avec pour pendentif une perle en forme de goutte d'eau, qu'il attacha lui-même.

– Il est magnifique, dit-elle en se regardant dans un miroir.

Elle lui fit présent du petit tableau dont elle avait fait l'esquisse lors de leur escapade champêtre de l'été. Le canal où le soleil se brisait en facettes de lumière, les champs de blé blond et le moulin à vent étaient immortalisés sur la toile.

– C'est splendide! Et en plus, il est signé! Il y a une petite tulipe dans le paraphe.

– Jan m'a autorisée à le signer. Jusqu'à présent, il a vendu la plupart de mes tableaux, mais il m'a permis de garder celui-ci pour une somme symbolique. Ce n'est pas un cadeau de grand prix que je te fais là!

– Détrompe-toi, dit-il en l'enveloppant d'un regard tendre. C'est le premier tableau de toi que je possède, et pour moi cela n'a pas de prix.

Catharina les avertit discrètement à travers la porte.

– Ma mère est prête à prendre congé, Pieter.

Chez vrouw Thin, le lit était douillet et le petit déjeuner copieux.

– Il va neiger, dit le serviteur qui s'affairait autour de Pieter malgré l'heure matinale. Je suis de la campagne et je connais bien les signes annonciateurs du mauvais temps. Ça ne m'étonnerait pas qu'il y ait du blizzard.

Lorsque Pieter alla récupérer son cheval à l'écurie, il tombait quelques flocons épars, mais il n'y avait pas de vent et il faisait moins froid que la veille. Il regagna Haarlem sans plus tarder, soulagé que la prévision du vieil homme ne se réalisât point.

Ses établissements de Haarlem étaient toujours en pleine activité, même en hiver. La tâche la plus astreignante à cette époque de l'année était de surveiller les orangers, la température devant être vérifiée trois fois par jour. Pieter projetait de construire une deuxième orangerie, car la demande ne cessait de croître.

Pieter avait investi fructueusement dans l'affrètement maritime, et il suivait les informations sur la flotte dans l'un des journaux de l'abondante presse hollandaise, lorsqu'il reçut la visite de Gerard, venu s'enquérir d'une éventuelle missive pour Delft.

– Pas cette fois-ci, dit Pieter, après que les deux amis se furent installés confortablement au coin du feu, avec un verre de vin. Ni Francesca ni moi ne pensions que tu irais à Delft avant Noël, et nous allons nous voir à Noël, puisqu'elle vient à Amsterdam. Il est exclu que nous nous voyions chez elle, nous nous rencontrerons dans ma maison d'Amsterdam.

– Que la chance te sourie, dit Gerard en levant son verre.

– A toi de même, répondit Pieter en imitant son ami.

Le sort en décida autrement. A Noël un blizzard redoutable paralysa l'Europe, causant la mort de maints voyageurs, et ni Pieter ni Francesca ne purent se rendre à Amsterdam.

Hendrick, les yeux fixés sur la tempête de neige qui obscurcissait la ville, se réjouit lâchement de ce déchaînement des éléments : il lui épargnerait un tête-à-tête avec Francesca. Il redoutait sa perspicacité. Nul doute qu'elle l'aurait sommé de s'expliquer sur la surveillance dont elle était l'objet, ainsi que sur son attitude inflexible à l'égard d'Aletta.

Après le départ de sa fille, Hendrick s'était fait des reproches surtout lorsqu'il avait appris qu'elle avait échappé à un accident, mais sa décision demeurait irrévocable. Pendant des jours, Sybylla avait fait la tête puis elle s'était peu à peu consolée en se livrant à son jeu préféré qui consistait à semer la zizanie parmi ses galants. C'était une petite friponne, tellement gâtée depuis sa plus tendre enfance qu'il était trop tard maintenant pour la faire changer. Hendrick se disait que la maison serait triste lorsqu'elle partirait, et il n'était pas pressé de la marier, pour se retrouver en tête à tête avec Maria qui arborait une mine sinistre depuis le départ des deux aînées, et dont le passe-temps favori était de se chamailler sans cesse avec Sybylla.

Pour l'instant, il travaillait à un portrait de la vieille servante, trouvant, comme Rembrandt, que les visages burinés par le temps sont intéressants à peindre. Elle posait tous les jours. Il aurait voulu rendre l'infinie tristesse de son regard perpétuellement mouillé depuis le départ d'Aletta, mais la vieille femme le dévisageait d'un air rancunier, qui finalement pourrait être interprété comme l'expression d'un esprit encore vif chez une personne âgée.

Hendrick ne savait pas si Ludolf apprécierait le tableau une fois terminé, mais l'atelier était son seul espace de liberté, et Van Deventer ne pouvait lui imposer le choix des sujets. Heureusement, il était à Anvers pour affaires. Avant son départ il avait infligé à Hendrick une entrevue humiliante.

– Je serai probablement absent jusqu'à la fin de mon veuvage, avait-il déclaré, majestueusement assis sur une chaise dorée, Hendrick debout à côté de lui comme un écolier puni. Bien entendu, je me ferai un devoir d'être de retour à Noël, pour voir Francesca et lui faire officiellement ma cour.

En voyant les flocons de neige tourbillonner devant sa fenêtre avec une intensité redoublée, Hendrick eut un petit sourire sarcastique. Aucun bateau ne pouvait prendre la mer avec ces intempéries, et les routes étaient impraticables.

L'année nouvelle ne vit pas le retour du Grand Blizzard – comme on l'appela par la suite – mais d'importantes chutes de neige continuèrent à rendre les déplacements périlleux. La circulation se faisait plus aisément sur les canaux gelés et l'air résonnait du tintement des clochettes des traîneaux.

Chez les de Veere, on surveillait de près les progrès de Constantijn. On disait que lorsqu'il avait réalisé son état il avait encore des sensations confuses dans les jambes et même les orteils. Il n'avait pas pleuré en apprenant la terrible vérité, au contraire, il avait été envahi par une violente colère.

Aletta comprenait bien cette révolte, qui était son lot à elle aussi. Il avait perdu ses jambes, et elle son idéal.

Dans son lit à baldaquin aux rideaux de riche brocart, bien calé contre ses oreillers, Constantijn n'ouvrit même pas les yeux en entendant sa mère entrer dans la chambre. Encore un repas de bébé! se dit-il avec lassitude. A croire que tout le monde dans la maison s'était juré de l'achever avec des nourritures insipides comme du poisson à la vapeur, des œufs bouillis ou des céréales. On pourrait mettre comme épitaphe sur sa pierre tombale : « Ci-gît Constantijn de Veere, mort d'avoir abusé de lait caillé sucré. »

Au lieu de quoi une appétissante odeur vint lui chatouiller les narines, réveillant en lui de vagues réminiscences de soupers fins en compagnie d'une jolie femme, de ripailles avec des amis ou même de chaleureuses réunions familiales.

– Qu'y a-t-il à manger aujourd'hui? demanda-t-il, les yeux toujours clos. Cela ressemblerait-il à un vrai repas?

– C'est un bouillon dont on m'a donné la recette le soir de la Saint-Nicolas, mais je ne t'en ai donné qu'une fois car le docteur l'avait trouvé trop riche à ce moment-là.

– Ah! Et pourquoi y ai-je droit à nouveau maintenant? fit-il en soulevant les paupières d'un air las.

– Tu as besoin désormais de mets plus consistants. Tu vas pouvoir à nouveau manger de la viande et boire du vin rouge.

– J'en rends grâces au ciel, dit-il d'un ton sec.

Vrouw de Veere vint s'asseoir sur le lit avec le plateau d'argent.

– C'est une jeune fille qui l'avait confectionné à ton intention ce soir-là. Elle veille au soin des enfants chez les Vermeer pour quelque temps, c'est la sœur de la jeune apprentie de maître Vermeer.

– Je l'ai vue.

– Quand donc? fit vrouw de Veere, étonnée.

– Du moins je pense que c'est elle. Chaque soir elle ouvre ses rideaux et regarde un instant en direction de ma fenêtre avant de les refermer... Elle est entièrement vêtue, s'empressa-t-il d'ajouter comme pour aller au-devant de la pensée de sa mère.

– J'espère bien!

Il se dit que si elle lui avait offert le spectacle de sa nudité cela aurait quelque peu adouci sa triste condition! Quoi qu'il en soit, il fut très sensible aux égards qu'elle avait pour lui. Il avait été couvert de cadeaux et de lettres d'encouragement mais seule celle d'Isabella, sa fiancée, avait été capable de réveiller un peu son esprit engourdi par la douleur. Il avait la tentation de sombrer dans une douce somnolence comme le font parfois les très vieilles personnes, pour échapper à son effroyable destin.

– Voici ton bouillon, mon cher fils. Es-tu sûr de t'en accommoder seul?

Il la regarda lui nouer avec amour une serviette autour du cou et lui tendre une cuillère. Qu'elle en fût consciente ou non, elle trouvait une certaine satisfaction à s'occuper de lui comme d'un bébé. Certes l'épreuve avait été rude, pour elle comme pour lui, mais il ne savait pas combien de temps encore il pourrait supporter d'être ainsi choyé.

– Bien sûr, mère.

Il n'avait pas encore retrouvé ses forces et avait du mal à porter la cuillère à ses lèvres. Heureusement le médecin avait fait engager une personne pour s'occuper de lui, une maîtresse femme à la croupe imposante qui pourvoyait aux soins quotidiens. Elle lui avait donné du linge à mordre pour étouffer ses cris de douleur lorsqu'elle changeait ses pansements au début, et avait toujours tenu sa mère à l'écart, ce dont il lui était fort reconnaissant.

Pendant qu'il dégustait son bouillon, vrouw de Veere parlait à bâtons rompus. Il lui coupa brusquement la parole :

– Isabella a-t-elle fait allusion à une éventuelle visite ?

– Les routes sont encore impraticables et il a neigé cette nuit. Elle viendra dès que possible.

Maudite neige ! Il n'avait voulu recevoir personne jusqu'à présent, bien que nombre de ses amis soient passés prendre de ses nouvelles. Il préférait éviter la gêne et les paroles de circonstance que son état n'aurait pas manqué de susciter chez ses camarades qu'il battait à la course ou au patinage. Après avoir parlé avec Isabella, en revanche, il pourrait reconsidérer ses rapports avec le monde. Pour l'instant, il se sentait curieusement dans les limbes.

15

Soucieux de brouiller les pistes, Ludolf était passé par Anvers pour revenir de Paris. S'il était de bon ton chez les bourgeois et les marchands d'afficher sa sympathie pour la France, un revirement d'opinion n'était pas à exclure, si Louis XIV menaçait d'envahir la Hollande.

Cette fois-ci, Ludolf avait même été reçu à Versailles et s'était incliné devant le Roi-Soleil comme n'importe quel gentilhomme français.

De retour chez lui, il dépouilla son courrier. Une lettre de Willem de Hartog l'informait de la libération de Hendrick. Ce n'était qu'au moment de quitter Anvers qu'il avait eu vent des ennuis de Hendrick, mais le Grand Blizzard l'avait obligé à retarder son départ de trois semaines. Si la sentence avait été lourde pour Hendrick, il n'aurait plus en prise sur lui et il se réjouit qu'une fois de plus le destin eût tourné à son avantage. Un léger sourire flotta sur les lèvres sensuelles de Ludolf : maintenant qu'il avait tâté de la prison, Hendrick n'aurait sûrement pas envie d'y remettre les pieds.

Geetruyd lui avait écrit, avant Noël, l'informant au passage que la sœur de sa jeune protégée était venue s'installer à Delft et avait trouvé à s'employer chez les Vermeer. Il n'avait évidemment pas prévu cela, mais les bonnes d'enfants ont généralement peu de temps libre et il espérait que la présence d'Aletta ne viendrait pas contrecarrer notablement l'emprise de Getruyd sur Francesca.

Ludolf s'approcha de la fenêtre et laissa errer son regard sur le jardin enseveli sous une épaisse couche de neige. Impossible de savoir si le dallage avait été posé pendant son absence. Pieter Van Doorne, insatisfait de la qualité des dalles, les avait renvoyées.

– Il est capital pour la réussite de l'ensemble que les pierres soient en harmonie avec la maison, avait expliqué Pieter en lui montrant un échantillon.

Personnellement, Ludolf ne voyait pas très bien la différence mais il s'était fait une règle d'or de toujours retenir l'avis des experts. C'était de cette façon qu'il avait fait sa propre éducation et s'était hissé à la position qu'il occupait actuellement. Lorsque Sybylla lui avait avoué qu'elle voulait épouser un jeune homme riche, il avait souri intérieurement, reconnaissant chez cette toute jeune fille le même appétit de luxe qu'il avait eu à son âge.

Lorsque à Versailles une comtesse nue et parfumée sur son lit douillet s'était étonnée, en parcourant son corps d'un doigt caressant, d'y découvrir autant de cicatrices, il lui avait fait la réponse qu'il donnait invariablement en pareil cas :

– Je les ai gagnées au service de mon pays.

Ce mensonge faisait toujours fondre les dames.

Seule Geetruyd connaissait l'origine de ces blessures, reçues dans des circonstances moins glorieuses, en attaquant les navires marchands dont les matelots défendaient âprement les riches cargaisons. Les pirates avaient la réputation d'être sans merci pour leurs prisonniers et seuls ceux qui pouvaient être revendus aux marchands d'esclaves cabotant le long de la côte barbaresque étaient épargnés. C'était à cette époque qu'il avait investi l'argent si mal acquis dans une honnête affaire de courtage maritime à Anvers d'abord, à Amsterdam ensuite, par l'intermédiaire d'un agent qui, connaissant le goût des Hollandais pour les affaires, avait lui aussi tiré son épingle du jeu en pratiquant des prix très avantageux.

Il avait alors adopté le nom de Van Deventer, qui sonnait bien. Abandonné à sa naissance, il avait grandi dans un orphelinat où on l'avait baptisé Ludolf et, pendant toutes ces années où il avait écumé les mers, il avait plusieurs fois changé de patronyme au gré des circonstances.

Tandis que d'autres avaient dilapidé leur argent en plaisirs frivoles, lui se retirait des affaires à quarante ans, fortune faite. Dans son esprit ce n'était qu'une étape. Il avait désormais le pouvoir que confère l'argent, mais il était insatiable et avait des ambitions politiques.

Peu de temps après, il avait épousé Amalia, non seulement pour sa fortune – qu'il avait allégrement gaspillée – ni parce qu'à l'époque c'était une jeune femme tout à fait désirable, mais surtout parce qu'elle était d'origine noble, ses ancêtres étant apparentés à la maison d'Orange. Ce mariage lui avait ouvert les portes de toutes les grandes familles d'Amsterdam et de France pendant son voyage de noces. Il avait désormais été la proie d'une idée fixe : vivre lui aussi dans le luxe.

Complètement obsédé par tout ce qui venait de France, il avait fini par offrir ses services à la France, et les informations secrètes d'ordre militaire qu'il avait fournies lui avaient valu un compliment de la bouche du Roi-Soleil en personne.

Ludolf quitta le bureau pour aller s'enfermer dans la salle de banquet se repaître du portrait de Francesca, comme un homme affamé. Son deuil était bel et bien terminé et il n'avait été nullement inquiété. Il était désormais libre de se lancer à la conquête de cette jolie fille dont la pensée hantait ses nuits.

Quelque part dans la maison, Neeltje, une pile de linge fraîchement repassé sur les bras, gravissait un escalier de service. L'assassin était de retour! Elle l'avait vu entrer dans la maison, et son cœur s'était gonflé de haine. Cette nuit elle pénétrerait dans son bureau grâce au double de clé qu'elle possédait et inspecterait son courrier à la recherche de quelque indice.

Du vivant de sa maîtresse, elle se livrait régulièrement à ces incursions nocturnes et était souvent tombée sur des lettres d'amour, mais Amalia était trop digne et trop réservée pour faire un scandale. En outre, Ludolf ne l'avait jamais maltraitée, et quelques lettres n'auraient pas suffi à la délivrer de lui. Ses aventures ne duraient jamais longtemps, et sa seule correspondance suivie avec une femme était d'un ordre bien différent : ces lettres, signées Geetruyd Wolff, de Delft, faisaient toutes allusion à des échanges maritimes, des livraisons, des personnes désignées par leurs seules initiales. Pourtant Neeltje était persuadée que cette femme avait un sentiment pour Ludolf. Elle n'avait mentionné Francesca qu'une seule fois, pour dire qu'elle appliquerait les directives de son père au pied de la lettre.

De la fenêtre du palier où elle s'était arrêtée, Neeltje laissa errer son regard sur le jardin, en se disant que ce soir peut-être elle trouverait une preuve accablante contre Ludolf et que son crime serait enfin puni.

Aletta avait fait part à Pieter des craintes de Neeltje concernant les vues de Ludolf sur Francesca, et le jeune homme avait immédiatement arrêté les travaux du jardin sous un prétexte quelconque de façon à pouvoir revenir quand bon lui semblerait.

– Si vous avez quelque information supplémentaire à me communiquer, laissez un message chez moi, à Amsterdam, avait-il recommandé à Neeltje en lui tendant son adresse qu'elle avait cachée avec empressement dans son tablier.

Empêcher Ludolf d'arriver à ses fins avec la jeune fille qu'il convoitait serait déjà une victoire pour Neeltje. Tous les moyens sont bons pour se débarrasser des bêtes malfaisantes.

En revenant d'une réunion à l'orphelinat, Geetruyd dut faire un crochet pour éviter une manifestation bruyante qui obstruait une place. Partisans du prince d'Orange et fidèles de De Witt, l'injure à la bouche et le poing levé, semblaient prêts à en découdre. Un troisième parti, hurlant des imprécations sans queue ni tête, ajoutait à la confusion.

La neige fondait sous les pas en cette fin février mais Geetruyd avait des chaussures montantes d'excellente qualité, en cuir souple, qui maintenaient ses pieds bien au sec. Par souci de préserver son image de modeste veuve, elle n'avait pas pris sa chaise à porteurs. Si Ludolf la rétribuait si bien, c'était qu'il avait confiance en sa discrétion. Il y avait eu une alerte, lorsque Francesca avait aperçu l'agent d'Utrecht suffisamment longtemps pour se souvenir de son visage et de sa voix. Rien de bien grave toutefois, mais elle avait dû intervenir pour éviter qu'il ne s'intéressât de plus près à la jeune fille.

– Vous avez un visiteur, madame, dit Weintje en tendant à Geetruyd une paire de chaussures d'intérieur à boucles. Heer Van Deventer vous attend au salon.

Sa gorge se noua sous le coup de l'émotion. Il y avait si longtemps qu'elle n'avait vu Ludolf !

– Merci, Weintje, réussit-elle à articuler. Veille à ce qu'on ne nous dérange sous aucun prétexte. Reste avec juffrouw Clara près de la cuisine au cas où nous aurions besoin de quelque chose.

– Bien, mevrouw.

Dès que Weintje fut sortie du vestibule, Geetruyd ôta le petit bonnet sévère qu'elle mettait pour ses réunions, et le fit disparaître dans un tiroir. Puis elle lissa sa chevelure et se dirigea vers la grande salle d'un pas décidé.

Quelque temps plus tard, elle souriait à Ludolf qui s'était assoupi dans ses bras. Ils étaient montés presque tout de suite dans sa chambre pour y célébrer leurs retrouvailles.

– C'est de la folie d'être venu à Delft. Nous étions convenus de nous écrire seulement.

– Je venais bien vous voir, autrefois, dit-il avec un sourire nonchalant.

– C'était avant que vous soyez au service de la France. Tout est redevenu comme avant, alors? dit-elle en promenant sur son épaule un doigt caressant.

Maintenant qu'ils avaient l'un et l'autre fait oublier leur passé tumultueux et qu'Amalia était morte, ils pouvaient faire des projets d'avenir. Bien sûr elle était moins aveuglée par la passion qu'au début de leur liaison. Sans doute ne supporterait-elle plus à présent certains de ses comportements qu'elle avait docilement subis auparavant par crainte de lui déplaire. Peut-être même ne l'aimait-elle plus du tout, mais elle s'était juré de devenir sa femme lorsque la France aurait conquis la Hollande et que Ludolf serait titulaire d'une haute charge ministérielle. Elle se voyait déjà tenir un salon littéraire, à la mode de France.

Ludolf, l'esprit ailleurs, lui enserra distraitement la taille.

– Nous nous connaissons depuis suffisamment longtemps pour que rien ne change, n'est-ce pas? dit-il en rejetant la couverture.

Elle le couvait d'un regard voluptueux tandis qu'il s'habillait. Il portait des sous-vêtements de soie rouge. Malgré les années, il était toujours aussi bel homme et ne paraissait pas le moins du monde ridicule dans un tel appareil. Il portait les cheveux courts, sous sa perruque, et il était à peine dégarni, avec quelques cheveux blancs.

– Vous ne m'avez toujours pas dit ce qui vous amène à Delft, demanda-t-elle, espérant confusément que c'eût été pour la voir, mais elle ne se faisait guère d'illusions, connaissant le cœur de pierre de son amant.

– Il faut que nous parlions de l'extension de notre

réseau de renseignements jusqu'à Muiden, où les écluses régulent le mouvement des eaux de mer, pour avoir une idée exacte de l'état de la défense dans ce secteur. Une inondation avait volontairement été provoquée lors de la guerre contre l'Espagne pour repousser l'ennemi et il n'est pas interdit de penser que l'on aura encore recours à ce moyen de défense. J'ai du reste une excellente raison d'être dans votre maison, sinon dans votre lit. En tant que principal client de cet artiste dont vous hébergez la fille, il est parfaitement naturel que je vienne prendre des nouvelles de cette jeune fille, pour en référer à son père.

Geetruyd s'assit sur le lit, en remontant la couverture devant elle.

– Il faut être extrêmement prudent. Bien sûr, cette fois-ci il est nécessaire que nous ayons un entretien de vive voix, mais il vous faudra espacer vos visites. Votre deuil est à peine terminé, et il n'est pas question que nous nous mariions avant d'avoir rempli nos engagements vis-à-vis de la France.

Ludolf était en train d'arranger son col devant un miroir, tournant le dos à Geetruyd, et elle ne vit pas son visage changer brusquement d'expression. Elle espérait encore le mariage, après tant d'années! Il était vrai que si elle avait touché l'héritage de son mari, il l'aurait épousée à l'époque, mais lorsqu'il s'était aperçu que le vieil homme ne lui avait presque rien laissé, il avait cherché ailleurs une fiancée plus fortunée. Geetruyd était encore très agréable au lit et lui servait de couverture pour faire passer les informations, mais ça s'arrêtait là. Elle s'accommoderait de son second mariage comme elle s'était résignée au premier : elle n'avait jamais été difficile à persuader. Il se retourna et lui sourit d'un air approbateur.

– Parlez-moi de Francesca, dit-il en ajustant ses chausses. Son père désire savoir comment elle se comporte et si elle voit souvent sa sœur.

– Je n'ai pas de problème avec elle. Elle est d'une compagnie fort agréable, mais il m'est impossible de savoir si elle entretient ou non une correspondance contre le gré de son père. En tout cas, aucune lettre suspecte ne lui est parvenue à Delft, c'est tout ce que je puis vous dire. Elle s'est pliée aux règles de la maison et sa peinture l'absorbe énormément. Je sais de la bouche de maître Vermeer lui-même qu'elle travaille assidûment.

Quand elle sort avec Aletta, je veille à ce que Clara les accompagne. Dans l'ensemble je n'ai rien à lui reprocher.

Ludolf était entièrement habillé, jusqu'à sa perruque. Il fit bouffer ses manchettes d'une chiquenaude.

– Vous avez sûrement dû évincer quelques jeunes gens qui tournaient autour d'elle ? demanda-t-il d'un ton désinvolte.

– Cela n'a pas été nécessaire car elle décourage d'emblée toute tentative. Je lui ai fait écrire dès son arrivée à ce Van Doorne, pour lui interdire toute visite. Elle s'est exécutée, en lui signifiant qu'il ne saurait être question d'autre chose que d'amitié entre eux, et je suis sûre qu'elle était sincère.

– Bien. Son père va être content, dit-il avec un demi-sourire.

– Vous sortez ?

– Je vais rendre visite à maître Vermeer, de la part de maître Visser. Je raccompagnerai Francesca. Inutile d'envoyer Clara. Ce soir nous pourrions assister à une séance de musique, ou aller au théatre.

– Il se donne des soirées musicales à la taverne de Malines, mais je ne dois pas y être vue.

– Ces soirées ne se déroulent-elles pas dans les arrière-salles ?

– Sans doute, mais ma réputation souffrirait d'être aperçue aux abords d'une taverne. Mes concitoyens y trouveraient matière à scandale !

– Dans ce cas, où aller ?

– Un concert doit être donné à l'hôtel de ville.

– Pafait. Francesca aimerait-elle qu'Aletta se joigne à nous ?

– Certes.

Ludolf fut surpris par la taille et la luminosité de la galerie de Vermeer. Il supposa que l'homme occupé à encadrer un tableau était le maître des lieux.

– Maître Vermeer ?

– Lui-même, dit Jan en abandonnant son travail pour accueillir le visiteur.

– Permettez-moi de me présenter. Ludolf Van Deventer.

– Que puis-je pour vous, mijnheer ? Avez-vous une idée précise en tête, ou préférez-vous jeter un coup d'œil sur ce qui est exposé ?

– Je ne suis pas venu acheter une œuvre d'art, dit

Ludolf en jetant un regard anodin sur les tableaux. J'ai à vous parler.

Jan se dit non sans déplaisir que cet étranger bien vêtu était sûrement un avocat envoyé par un de ses créanciers.

– De quoi s'agit-il ?

– Vous avez une élève, Francesca Visser.

– En effet.

– Je serai sans détours. Je suis venu la chercher. Elle doit être placée dans un autre atelier à Amsterdam.

Jan s'appuya contre la table, les bras croisés, profondément offusqué.

– Francesca ne m'en a jamais parlé, dit-il d'un ton froid.

– Elle ne le sait pas encore. C'est une surprise.

– Vraiment ? Et au nom de qui agissez-vous ainsi ?

– De son père. Je l'ai vu pas plus tard qu'hier, avant mon départ. Lisez vous-même, dit Ludolf en tendant une lettre à Jan, puis il se mit à déambuler dans la galerie pour regarder les tableaux.

L'un d'entre eux attira son attention. C'était une scène de taverne, et le personnage rubicond qui levait sa chope d'un air réjoui n'était pas sans lui rappeler Hendrick. Pourtant l'artiste était loin d'être gai lorsqu'il l'avait fait venir chez lui la veille.

– Votre intervention va déplaire à Francesca, avait grogné Hendrick. Et il faudra dédommager maître Vermeer.

– Ce n'est pas un problème. Signez cette lettre.

– Et si je refuse ?

Ludolf ne s'était même pas donné la peine de répondre, et Hendrick s'était exécuté.

– A qui maître Visser a-t-il l'intention de confier l'apprentissage de Francesca désormais ? demanda Jan.

– A Pieter de Hooch.

– Ah ! Je l'ai bien connu lorsqu'il était à Delft. Son travail était remarquable par l'harmonie et la richesse de sa palette et la paix qui se dégageait de ses tableaux d'intérieur.

– Je me suis laissé dire qu'il avait été influencé par votre style.

– C'est possible. Est-il prêt à prendre Francesca ?

– Pas sans votre accord.

– Cela va de soi. Aucun artiste, a fortiori un vieil ami comme lui, ne détournerait un apprenti de l'atelier d'un autre, que ce soit un élève très avancé, comme Francesca, ou un débutant. Savez-vous ce qu'elle va penser de ce changement ?

– Une femme n'a pas à donner son avis, dit Ludolf d'un ton railleur. Elle fera ce qu'on a décidé pour elle.

– Vous croyez ? Pour quelle raison son père a-t-il choisi de Hooch ?

– Je vous l'ai dit, parce que son style étant proche du vôtre, il sera plus facile à Francesca de s'y adapter.

– J'avoue ne pas comprendre maître Visser. Il sait sûrement que la manière de Pieter de Hooch a beaucoup changé depuis qu'il est à Amsterdam. Il a désormais un penchant pour le maniérisme et peint de grandes toiles dans le style français, avec des personnages vêtus de soie et de satin.

– Il reste l'un des plus grands.

– Non ! hurla Jan en frappant du poing sur la table, ne pouvant plus contenir sa colère. Même si j'avais été prévenu – ce qui n'est pas le cas – je n'aurais pas laissé partir Francesca. Je ne veux pas qu'elle perde la fluidité de son style ni sa maîtrise de la lumière !

– Tout doux, monsieur. Peut-être n'ai-je pas été assez clair, mais sachez que vous serez largement dédommagé pour le temps que de toute façon vous deviez lui consacrer.

– Elle n'est pas à vendre !

– Ne me faites pas dire ce que je n'ai pas dit. Les intérêts de Francesca me tiennent également à cœur. Mais sous peu elle sera une épouse et une mère. La peinture ne sera jamais autre chose qu'un passe-temps pour elle. Quelle importance si elle change de style ?

Jan, soupçonnant cet homme d'avoir eu vent des projets de mariage de Francesca et de Pieter, jugea plus prudent de n'avoir l'air au courant de rien.

– Sa vie privée n'a rien à voir là-dedans. Il m'importe à moi, dit Jan d'un ton véhément en se frappant la poitrine, qu'elle parvienne au tout premier plan des artistes contemporains, car elle en a le talent, et je ne veux pas qu'elle rate sa chance.

– En voilà assez ! dit Ludolf d'un air menaçant. Je vous paie le double de ce que vous auriez touché pour ses trois ans d'études, plus deux mille florins pour compenser la vente de ses toiles. Et ne me dites pas que vous n'avez pas besoin d'argent. Je sais que vous auriez payé votre boulanger avec un de vos tableaux si votre belle-mère n'avait pas réglé la note. Je vous épargne la liste de vos autres dettes et je sais que vos affaires ne marchent pas fort, car le Grand Blizzard a découragé plus d'un client. (Ludolf se redressa pour reprendre son souffle.) Nous avons suffisamment discuté. Je suis un homme généreux. Combien voulez-vous ?

– Je vous ai déjà donné ma réponse, rétorqua Jan d'un ton glacial.

Ludolf était exaspéré par le calme de Jan.

– Ne soyez pas ridicule !

– Je vous prie de quitter ma demeure.

– Pas avant d'avoir vu Francesca. Je suis sûr qu'elle ne s'opposera pas aux ordres de son père.

Ludolf se dit que Francesca pourrait bien être elle-même son dernier atout.

– Ah ! Finalement aurait-elle son mot à dire dans tout ça ?

– Vous n'irez sûrement pas contre sa volonté ?

– Dans le cas présent, ce serait pour son bien, mais dans l'éventualité où elle se montrerait très déterminée, je réviserais ma position.

– Voilà qui est le plus raisonnable, dit Ludolf, sentant qu'il reprenait la situation en main. Faites-la donc venir.

– Non, j'ai une meilleure idée. Je veux qu'elle décide en toute liberté, sans être influencée par moi ni brusquée par vous.

– Voilà une façon bien abrupte de me traiter. N'oubliez pas que je représente son père.

Jan haussa les épaules.

– Il est vrai que je pèse rarement mes mots. Écoutez : à côté de l'atelier, il y a une petite pièce en surplomb d'où l'on peut voir sans être vu. Vous y prendrez place et pourrez observer les réactions de Francesca lorsque je lui ferai part des instructions de son père. Vous ne vous manifesterez pas avant qu'elle ait pris sa décision, cela va sans dire.

– A condition que de votre côté vous ne cherchiez pas à l'influencer.

– Vous avez ma parole.

Jan conduisit Ludolf dans la pièce en question. Il n'aimait qu'à moitié ce qu'il était en train de faire, mais tout bien réfléchi, c'était la façon la plus honnête de trancher. Francesca pouvait aussi bien se sentir infiniment coupable de ne pas se conformer au souhait de son père, et si elle le lui demandait, il la laisserait partir pour Amsterdam, mais refuserait le dédommagement qu'il avait ressenti comme une tentative de corruption.

Francesca fut étonnée de voir Jan, avec une expression grave, entrer dans l'atelier et la prier de le suivre dans la pièce à côté.

– Je viens de recevoir une requête assez déroutante de la part de votre père, Francesca.

– Voilà qui est inouï! s'écria-t-elle lorsqu'il lui eut tout raconté. Mon père a toujours été inconséquent, mais il outrepasse la mesure! J'imagine qu'il a vendu un tableau pour une somme rondelette et que l'argent lui brûle les doigts! Pourquoi donc voudrait-il que j'aille chez Pieter de Hooch, sinon? Je n'irai pas! Pour rien au monde!

– Réfléchissez bien.

– C'est tout réfléchi. Vous n'allez pas me forcer à me plier à une telle lubie?

– Non, Francesca. Personne ne vous obligera à quitter mon atelier. Pas avant que vous ne deveniez membre de la Guilde. (Elle ferma les yeux, rassurée.) Voulez-vous faire part de votre décision à votre père par l'intermédiaire du messager qui a apporté sa missive?

– Qui cela?

Jan désigna l'embrasure où Ludolf était accoudé, l'air sombre, exaspéré qu'elle contrecarre ainsi ses plans.

Francesca changea de visage et fit quelques pas vers lui.

– Vous, ici?

– Ce serait un peu trop long à expliquer. Qui plus est, je n'ai pas envie de me répéter. Je préférerais vous parler dans un endroit plus tranquille.

Jan dévisagea tour à tour Ludolf et Francesca.

– D'où connaissez-vous cet homme?

– C'est le protecteur de mon père. Descendez, Ludolf. J'ai fini ma journée de travail. Si vous voulez, vous pourrez m'escorter avec Clara jusque chez vrouw Wolff. Que faisait-il là-haut? ajouta-t-elle à l'intention de Jan. Vous ne l'auriez pas laissé monter sans une bonne raison?

Jan lui résuma brièvement l'entretien houleux qu'il avait eu avec Ludolf dans la galerie.

Lorsque Francesca descendit, elle ne vit point Clara, mais Ludolf l'attendait en compagnie d'Aletta. Celle-ci lui expliqua que Catharina lui avait donné sa soirée pour accepter l'invitation à dîner de Geetruyd et qu'ensuite ils iraient ensemble à un concert.

– Vraiment ? dit Francesca d'un ton cassant, agacée que l'on décide toujours à sa place. (La dernière lubie de son père avait eu raison de sa patience.) J'attends vos explications, Ludolf. Maître Vermeer m'a dit que vous l'aviez violemment pris à partie pour qu'il me laisse partir.

– J'ai promis à votre père de faire tout mon possible pour accéder à ses désirs, répondit-il sur le même ton, en lui emboîtant le pas. Je vous ai déjà dit que je me sentais responsable de Hendrick et de sa famille.

– Sans doute teniez-vous autant que lui à me voir rentrer à Amsterdam ?

– Je ne le nie pas. Ne le prenez pas de si haut avec moi, Francesca. Je ne le supporterai pas longtemps. Vermeer m'a déjà fait perdre mon calme tout à l'heure, bien contre mon intention. Il n'est pas inconcevable que vous manquiez à Hendrick et qu'il souhaite vous voir étudier près de chez lui.

– Je ne suis la propriété de personne ! Ne pouvez-vous le comprendre ? Je ne suis pas un pion qu'on déplace à volonté.

– Calmez-vous, Francesca, dit Ludolf d'un ton plus conciliant. N'en parlons plus. Vous voulez rester à Delft et maître Vermeer a la loi pour lui. Lorsque je rentrerai à Amsterdam, votre père aura peut-être déjà oublié tout ceci.

Aletta se dit que Ludolf avait un jugement bien perspicace sur Hendrick.

– Sans doute avez-vous raison, dit Francesca avec un geste de lassitude.

Aletta passa son bras autour des épaules de sa sœur et ils firent le reste du trajet sans mot dire.

Ce soir-là, on avait sorti la vaisselle en argent, et la conversation se déroulait agréablement, autour d'un plat d'huîtres. Francesca mangeait en silence, le dos droit. Geetruyd trônait à la place d'honneur, très à son avantage dans une robe de soie lilas foncé.

– Connaissiez-vous heer Van Deventer avant ce soir ? demanda Aletta à Geetruyd.

– Nous avons été présentés par un ami commun, il y a déjà quelques années de cela, n'est-ce pas, Ludolf ? dit-elle en sirotant une gorgée de vin.

– En effet, rétorqua celui-ci d'un air narquois, puis il se tourna vers Aletta. Comment trouvez-vous la vie à Delft ?

– Très agréable. Les Vermeer ont été très généreux pour moi, mais il est temps que je trouve un autre emploi.

– Je suis ravie que tu aies pu te joindre à nous ce soir, dit Francesca en souriant à sa sœur.

– Catharina y tenait absolument. Elle a confié la garde des petits aux aînés qui en sont bien capables, quoique Beatrix m'écoute plus facilement que ses sœurs, dit-elle en souriant à la pensée de l'espiègle petite fille.

Si Francesca n'avait été sa pensionnaire, Geetruyd aurait volontiers engagé Aletta pour seconder Weintje, contre le gîte et le couvert, mais elle craignait que la présence des deux sœurs sous le même toit ne leur confère plus de liberté.

Geetruyd remarqua que Ludolf s'adressait beaucoup à Francesca, mais ne s'en étonna pas outre mesure car la jeune fille était particulièrement resplendissante depuis quelque temps et Ludolf avait toujours été amateur de jolies femmes. D'ailleurs Francesca lui accordait moins d'attention qu'à Clara ou à Aletta. Cependant il y avait entre eux une tension presque palpable et Geetruyd se dit que décidément les hommes se trahissaient facilement lorsqu'ils désiraient une femme.

Les regards échangés, les rires faciles, l'air faussement désinvolte, tout cela ne trompait pas – surtout une épouse – et Geetruyd, avec tout ce qui la liait profondément à Ludolf, se considérait plus comme sa femme que comme sa maîtresse. Avant la fin de la soirée, elle était persuadée que Ludolf était ensorcelé par la beauté exceptionnelle de Francesca. Et elle ne se trompait pas.

Ils passèrent une soirée délicieuse au concert, Geetruyd ayant pris soin de se placer entre Ludolf et les jeunes filles.

Ludolf resta une semaine à la taverne de Malines. Il voyait Geetruyd tous les jours, tant pour mettre leurs projets à exécution que pour apaiser avec elle ses sens mis à rude épreuve par la présence de Francesca. Le soir, il conviait les deux femmes à écouter quelque orchestre, ou à la comédie. Francesca essaya à plusieurs reprises de se dérober, mais Geetruyd balaya à chaque fois ses objections, ne voulant pas soumettre Ludolf à la tentation de venir surprendre Francesca restée seule à la maison.

– Vous êtes insensé, cher ami, lui avait-elle dit un jour, d'espérer que Francesca va se laisser séduire par un homme de votre âge.

– Ma chère, avait-il rétorqué dans un rire, qu'allez-vous donc imaginer là ?

Il ne voulait pas décevoir Geetruyd en lui avouant ses véritables intentions à l'égard de Francesca, car il avait besoin d'elle pour l'instant, et il la préférait amoureuse et soumise. Il se trouvait entre deux femmes que vingt années séparaient, avec pour objectif de faire admettre à la première qu'elle ne serait pas sa seconde épouse et à la deuxième de le prendre pour mari.

Il avait l'impression de ne pas mal avancer sur les deux tableaux.

Pour Francesca, débarrassée de la présence de Ludolf tous les soirs, la vie reprit un cours paisible. En réfléchissant, elle se dit que c'était sans doute lui, plus que Hendrick, qui avait ourdi ce retour vers Amsterdam. Tout ceci corroborait d'ailleurs les pressentiments de Neeltje. Pour une fois, Francesca s'était félicitée de la surveillance de Geetruyd, qui ne l'avait jamais laissée en tête à tête avec Ludolf.

Aletta trouva un emploi dans la maison voisine des Vermeer, chez les Van Buyten. Elle devait donner des leçons aux deux plus jeunes enfants de la famille, avant qu'ils ne rentrent en classe, au printemps. Elle était logée dans une petite chambre confortable sous les combles, d'où elle pouvait encore voir la chambre de Constantijn, et chaque soir elle regardait sa fenêtre éclairée. Le bruit courait qu'il était désormais hors de danger, mais il n'avait pas encore quitté sa chambre.

Elle se dit qu'il était comme elle, qui n'avait pas le courage d'entrer dans un atelier, pas plus que celui d'envisager une vie sans la peinture. Le destin avait cependant été plus cruel pour lui, qui était privé des membres avec lesquels autrefois il effleurait la glace, tel un oiseau.

16

Calé contre ses oreillers, Constantijn posa son livre en voyant entrer son père, une lettre à la main.

– Isabella est ici avec ses parents, dit heer de Veere. Ta mère et moi venons d'avoir une grave conversation avec eux.

– Elle est enfin venue, dit Constantijn d'un air las.

Elle lui avait écrit régulièrement depuis l'accident, lui envoyant tous ses vœux les plus affectueux et lui donnant des nouvelles de leurs amis communs. Mais elle avait trouvé toutes sortes de prétextes pour ne pas venir le voir, depuis les routes impraticables à cause des frimas jusqu'à la mort imminente de son arrière-grand-mère.

– Elle voudrait que tu lises d'abord sa lettre. (Comme Constantijn ne faisait pas un geste, son père posa le papier sur son lit, mais le jeune homme le fit tomber d'une chiquenaude.) Je crois que tu ferais mieux de la lire, mon fils.

– A quoi bon ? Je sais déjà ce qu'elle contient. Isabella ne désire plus m'épouser.

Heer de Veere vint s'asseoir près du lit et posa doucement la main sur les genoux de Constantijn.

– Isabella est liée par le contrat de mariage. La loi est pour toi.

– Je n'épouserai jamais une femme contre son gré.

– Ses parents ont offert le double de la dot en dédommagement.

– Je ne veux pas un florin. Isabella est libre.

– Comment savais-tu qu'elle avait changé d'avis ?

– Parce qu'elle n'est pas venue me voir dès que possible. J'espérais quand même que mon accident ne changerait rien à nos relations mais au fond de moi-même je savais que je me trompais. Le Grand Blizzard lui a fourni un prétexte tout trouvé. Vous deviez bien vous en douter, père, même si maman refusait d'admettre que l'on puisse rejeter son fils.

Avec un soupir, heer de Veere passa sur son front une main chargée de bagues.

– Nous le savions dès le soir de la Saint-Nicolas. Le père d'Isabella nous avait signifié par courrier qu'en aucun cas il n'autoriserait sa fille à t'épouser à présent. Il était hors de question de te le dire à ce moment-là, et par la suite nous avons espéré qu'il reviendrait sur sa décision.

Constantijn eut un petit rire dur.

– En réalité, le pauvre homme parlait au nom de sa fille. C'est un homme très bon, qui serait sûrement venu me rendre visite si sa femme et sa fille ne l'en avaient dissuadé. Il a dû batailler ferme pour qu'Isabella vienne rendre sa bague de fiançailles elle-même.

– Je suis de ton avis.

– Aidez-moi à m'asseoir sur le fauteuil, père, dit Constantijn en rejetant ses couvertures. Je ne veux pas qu'Isabella me voie cloué au lit. Pouvez-vous me donner une chemise et mon costume de velours rouge ?

Constantijn était passé maître dans l'art d'enfiler sa culotte assis dans son lit. Dès qu'il fut prêt, son père le porta jusqu'au solide fauteuil de cuir aux larges accoudoirs, où sa mère avait passé tant d'heures à le veiller. Il ôta la large ceinture qui le maintenait habituellement à son siège : plus d'une fois, plongé dans la lecture, ou dans un petit somme, il avait oublié qu'il n'avait plus l'usage de ses jambes et était tombé en voulant se lever.

– Faites disparaître cette ceinture, s'il vous plaît. (L'idée qu'Isabella le vît sanglé comme un paquet lui était insupportable. Il s'enveloppa dans une couverture pour dissimuler le bas de son corps.) Pouvez-vous demander à Isabella de monter seule, père ?

– Entendu.

En descendant les escaliers, heer de Veere se demanda si Constantijn espérait reconquérir Isabella lors de ce tête-à-tête. Bien que son état le lui eût permis, depuis beau temps déjà, il n'avait à ce jour reçu aucun visiteur. Isabella serait la première. C'était un peu comme s'il l'avait attendue pour pouvoir rassembler les lambeaux de sa vie.

Constantijn bouillait d'impatience. Depuis de longs jours il avait vécu obstinément reclus dans sa chambre, au début en raison de son extrême faiblesse, ensuite parce qu'il avait délibérément refusé qu'on le transporte en bas comme un bébé.

Il avait supporté stoïquement sa convalescence, mais cette attente, tandis qu'Isabella montait l'escalier à contrecœur, lui parut une éternité.

Son père avait laissé la porte entrouverte et, l'espace d'une seconde, il surprit le regard d'Isabella, étonnée de ne pas le voir sur son lit. S'imaginait-elle qu'il allait lui offrir le spectacle d'un infirme ?

Isabella aperçut Constantijn, le soulagement se peignit sur son fin visage au teint clair, rehaussé par le noir de ses prunelles et le rose de ses lèvres, brillantes comme des perles de rosée.

– Tu as bonne mine, Constantijn ! Tu as minci, cela te sied.

Il lui tendit les mains mais elle feignit de ne pas le remarquer et s'assit sur le siège que heer de Veere avait disposé pour elle. Elle tripotait nerveusement la collerette de dentelle de sa robe bleu ciel, et semblait tenir un petit objet dans son poing fermé.

– Tu ne portes pas ta bague de fiançailles ?

Constantijn était blessé qu'elle l'ait déjà ôtée et cachée au creux de sa main comme un quelconque bijou en toc. Puisqu'elle était décidée à la lui rendre, il aurait préféré qu'elle la retire devant lui avec dignité.

– Comme je te l'ai dit dans ma lettre...

– Je ne l'ai pas lue. Je voulais entendre ton refus de ta propre bouche, dit-il avec un regard dur.

Elle rougit, mal à l'aise.

– J'ai réalisé que mes sentiments n'étaient pas aussi forts que je le croyais. On se trompe parfois, en amour.

– Cela n'a donc rien à voir avec le fait que j'ai perdu mes jambes ?

– Bien sûr que non, dit-elle, trop vite, avec comme un éclair de culpabilité dans le regard.

– Tu as rencontré quelqu'un d'autre ?

– Non, non.

– Il n'y a donc pas de véritable obstacle entre nous, Isabella. Nous avons été séparés trop longtemps, c'est tout, dit-il de cette voix tendre à laquelle il la savait incapable de résister autrefois. (Si elle avait été plus près de lui, il aurait bien su la faire vibrer de désir sous ses caresses.) Tu te rappelles la dernière fois où nous avons fait l'amour après nous être éclipsés de cette soirée en triste compagnie chez tes parents ?

– Par pitié, ne parle pas si fort ! Ma mère va arriver. Je n'ai droit qu'à quelques minutes en privé avec toi.

– Et dans la roseraie, tu t'en souviens ?

Il ne se moquait plus à présent, en proie à un sursaut de désir et d'espoir. Elle lui jeta un regard angoissé.

– Tout cela est du passé. Je t'ai vraiment aimé, Constantijn. Je suppose que je t'aime encore.

– Alors donne-moi cette bague. Je vais te la passer au doigt.

Elle ouvrit sa paume et regarda la bague, une émeraude sertie de perles qui brillait de toutes les nuances de la mer.

– Non, dit-elle d'un ton lourd de regret.

– Pourquoi ? Rien n'a vraiment changé.

– Si, Constantijn, murmura-t-elle, ses yeux sombres noyés de larmes, mais inconsciemment ses lèvres étaient crispées de dégoût. Jamais je ne pourrai épouser... une moitié d'homme.

L'espace d'une seconde il se crut capable de meurtre. Sans proférer une parole, il tendit la main pour recueillir la bague. Elle se leva, et avant qu'elle ait pu faire un geste, il lui saisit le poignet et l'attira si violemment contre lui qu'ils faillirent tomber tous deux à la renverse avec le fauteuil. Il empoigna Isabella par les cheveux et l'embrassa avec fougue. Dans leur corps à corps passionné, ils n'entendirent pas entrer la mère d'Isabella, qui poussa un cri indigné.

Elle s'élança comme une furie pour libérer sa fille, déséquilibrant Constantijn, qui bascula en avant. Il tomba face contre terre, avec un bruit sourd, incapable de s'aider de ses bras. Isabella poussa un cri perçant, prête à s'agenouiller près de lui, mais la couverture avait glissé et, lorsque l'infirmité de Constantijn lui apparut dans toute sa brutalité, elle, qui devait se mettre sur la pointe des pieds pour l'embrasser, redoubla de cris hystériques. Sa mère l'entraîna avec autorité hors de la pièce. Les hurlements s'amplifièrent tandis qu'elle dévalait l'escalier.

Alors pour la première fois depuis bien longtemps, il se mit à pleurer.

Ce soir-là Aletta eut un coup au cœur en regardant par

la fenêtre de sa mansarde. La chambre de Constantijn n'était pas éclairée. La maison tout entière était plongée dans l'obscurité. Le lendemain matin, les on-dit confirmèrent ses craintes. Les de Veere avaient quitté Delft pour une destination inconnue.

Sybylla s'imaginait toujours qu'en fréquentant la maison Korver elle trouverait un riche parti, même si elle y allait moins souvent qu'autrefois, les filles étant mariées à présent. Elle n'oubliait pas que c'était là que sa tante Janetje avait rencontré son futur époux. Elle gardait aussi un œil du côté de la maison Van Deventer et reprochait à son père son attitude peu civile envers Ludolf, qui s'était pourtant donné la peine de venir lui faire part de sa visite à Francesca à Delft.

Tante Janetje avait envoyé à chacune de ses nièces un bracelet en or pour la Saint-Nicolas. Sybylla arborait crânement le sien, c'était le plus joli qu'elle eût jamais possédé, et le mettait tous les jours, ravie de l'entendre tinter à son poignet à chacun de ses mouvements.

– Ce n'est pas un bijou à porter sans arrêt, grondait Maria. Il faut le garder pour les grandes occasions. Un jour ou l'autre tu vas le perdre.

Sybylla ne tint pas compte des récriminations de la vieille femme. Elle savait à quel point un bijou peut mettre en valeur la grâce d'un poignet ou d'un cou, et lorsqu'elle jouait de la viole, elle aimait voir son bracelet danser au rythme de la musique.

Les prédictions de Maria finirent, hélas, par se réaliser. Sybylla égara son bracelet sur le trajet qui séparait la maison de Willem de Hartog de la leur. Elle s'y était rendue à la demande de son père et revoyait encore le bracelet briller à son poignet au moment où elle enfilait ses gants et prenait congé de Willem. Elle n'avait pas eu à se charger du marché, tâche qu'elle confiait volontiers à Griet qui ne répugnait pas, comme elle, à s'encombrer d'un panier débordant de légumes ou de poisson. Soudain, elle sentit comme un vide à son poignet et releva son gant. Elle poussa un cri : son précieux bracelet avait disparu !

Elle secoua sa manche, au cas où il aurait glissé, mais en vain. Désespérée, elle revint sur ses pas, le nez au pavé, zigzaguant parmi la foule, et se retrouva presque chez Willem.

– Juffrouw Visser ! Avez-vous perdu quelque chose ? Puis-je vous être utile ? fit une voix derrière elle.

Elle se retourna, et vit un homme d'une quarantaine d'années, dont le visage ne lui était pas inconnu.

– Heer Cents! s'exclama-t-elle en reconnaissant son voisin de table au banquet chez Ludolf. J'ai perdu un bracelet en or. Impossible de le retrouver. Je dois continuer jusqu'à mon point de départ, là-bas.

– Je vais vous aider. Je vais moi-même dans cette direction. J'ai rendez-vous avec mon neveu chez un marchand de tableaux.

– Willem de Hartog?

– Oui. Vous le connaissez, bien sûr. Je sais que votre père est artiste, et c'est votre sœur qui a exécuté cet excellent portrait de Van Deventer.

– C'est exact. En partant de chez Willem, j'avais encore mon bracelet au poignet.

– Peut-être aurons-nous la chance de le retrouver d'ici là.

Tous deux inspectèrent méticuleusement le sol jusqu'à la porte de la maison Hartog, sans succès. En dernier recours, ils décidèrent de vérifier qu'elle ne l'avait pas perdu dans le vestibule. La servante qui leur ouvrit ne s'était aperçue de rien.

Mais la porte de la galerie était restée ouverte et Sybylla vit son bracelet, posé sur une petite table.

– Il est là! s'exclama-t-elle en se précipitant pour le prendre.

– Ah! Il est donc à toi! C'est bien ce que je pensais, dit Willem. J'allais te le faire envoyer.

– C'est vous qui l'avez trouvé?

– Non, c'est moi, fit une voix derrière elle.

Elle se retourna et eut immédiatement la certitude d'avoir trouvé la perle rare qu'elle cherchait avec autant de zèle que celui qu'elle venait de déployer pour récupérer son bracelet. Devant elle se tenait un jeune homme à la taille élancée, blond, avec un beau visage aux traits fins. Tout dans son apparence dénotait la richesse, depuis son chapeau à large bord orné d'une plume blanche jusqu'aux boucles en diamant de ses chaussures, en passant par l'énorme rubis qui brillait à son doigt.

– Permettez-moi de vous présenter mon neveu, mejuffrouw, dit heer Cents. Adriaen Van Jansz, le fils de ma sœur.

Le visage de Sybylla s'illumina instantanément. Le nom des Van Jansz était l'un des plus respectés de la ville : c'était une riche famille de banquiers et de marchands.

Elle fit une petite révérence et il lui prit la main pour l'aider à se relever, avec un compliment d'usage. Elle le gratifia d'un regard bleu étonné mouillé de reconnaissance.

– C'est merveilleux que vous l'ayez retrouvé! C'est mon bracelet préféré : il m'a été envoyé de Florence par ma tante, pour qui j'ai la plus vive affection. Où était-il ?

– Sur la dernière marche du perron. Le mousqueton est un peu détendu, dit le jeune homme en se penchant vers Sybylla pour examiner le bracelet.

Leurs têtes se touchaient presque et elle sentit le parfum de ses joues rasées de frais, une fragrance de verveine. Elle avait du mal à concentrer son attention sur le bracelet, mais sa précédente expérience avec Jacob lui avait appris que c'était une erreur de se montrer trop empressée.

– Je vais de ce pas le faire réparer chez un bijoutier.

– Permettez-moi de vous y conduire. J'ai une voiture.

– C'est très aimable à vous, répliqua-t-elle coquettement.

– Accordez-moi simplement un instant pour parler à heer de Hartog.

– Volontiers.

Elle bavarda avec heer Cents en attendant que Willem ait conclu avec Adriaen la vente d'un tableau de Raphaël et de six dessins de Michel-Ange. Adriaen avait de toute évidence un penchant pour l'art italien. Willem promit de lui livrer les œuvres, attention qu'il réservait aux clients de marque.

En quittant la maison de Hartog, Sybylla touchait à peine terre. La voiture était encore plus dorée et sophistiquée de celle de Ludolf et l'attelage se composait de quatre chevaux gris pommelé. Comme dans un rêve, elle prit place à côté d'Adriaen sur le siège de velours bleu saphir. Le plafond était orné de peintures représentant des scènes mythologiques.

– Nous allons chez le meilleur bijoutier de la ville, dit Adriaen.

Sybylla fut prise de panique. Elle n'avait que quelques florins dans sa bourse et comptait bien faire réparer son bracelet gratuitement chez heer Korver.

– Je préférerais aller chez quelqu'un que je connais,

dit-elle promptement. C'est un diamantaire qui habite la même rue que moi.

– Comment s'appelle-t-il ?

– Heer Korver.

– Je le connais de réputation. Je serais éventuellement intéressé par des pierres précieuses. Vous n'y voyez pas d'inconvénient, mon oncle ?

– Aucun. J'ai tout mon temps.

Adriaen donna la nouvelle adresse au cocher. Sybylla tenait à peine en place. Non seulement elle amenait à heer Korver un nouveau client, mais elle allait rester un peu plus longtemps avec Adriaen. Il était manifestement séduit et elle se félicita intérieurement d'avoir jusqu'ici su résister à l'appel des sens. Elle lui ferait don de sa virginité et lui de ses richesses, le marché serait des plus équitables.

Tout en agitant ces pensées, elle jetait aux deux hommes des regards étudiés, laissant fuser de petits rires perlés à chacune de leurs plaisanteries, avec de gracieux mouvements de tête ou de mains. Elle ne s'était jamais sentie aussi déterminée de sa vie à obtenir ce qu'elle voulait et ne se serait pas étonnée outre mesure de voir des griffes lui pousser à la place des ongles.

Tout coulait comme dans un rêve. Tandis que l'apprenti de heer Korver réparait la fermeture de son bracelet, Adriaen examinait une série de diamants susceptibles d'être montés en boutons. Il fut surpris d'entendre Sybylla parler de façon si experte de la taille et de l'eau des diamants. Il ignorait qu'elle se préparait depuis l'enfance à en porter elle-même !

– Où donc avez-vous acquis cette connaissance des diamants ? demanda Adriaen.

– Sybylla est venue ici dès qu'elle a su marcher, dit heer Korver, et elle connaît l'histoire des diamants aussi bien que mes propres enfants. Plus tard, ajouta-t-il avec un clin d'œil malicieux, elle est même allée à l'atelier.

Elle se tourna vers Adriaen avec un petit rire espiègle.

– Je n'étais pas une enfant très disciplinée, c'est pourquoi on ne m'a pas autorisée à y aller plus tôt.

– Vous avez bien changé, dit-il sur un ton galant.

– En apparence seulement !

– Vous m'intriguez !

Heer Korver, sentant la vente bien compromise si Sybylla continuait à exercer son charme sur Van Jansz, fit apporter deux autres séries de diamants.

– Ceux-ci proviennent d'Inde, taille moghole.

Adriaen, charmé par la présence de Sybylla, mit un temps fou à se décider. Heer Cents, qui attendait patiemment sur une chaise, jeta un coup d'œil à sa montre de gousset à plusieurs reprises. Finalement, sachant qu'Adriaen destinait les diamants à orner les boutons d'un manteau de soirée en soie argentée, Sybylla lui conseilla une paire de diamants avec une belle nuance pêche qui donnerait un reflet plus chaleureux au vêtement.

Sybylla se tint discrètement à l'écart lorsqu'il fut question de prix, puis, selon la coutume, heer Korver fit apporter une carafe de vin. Il avait fait sortir pour l'occasion sa verrerie vénitienne du XVe siècle, signe que la transaction était de la plus haute importance. Peut-être même était-ce la première fois qu'il avait un Van Jansz comme client.

En sortant, Sybylla déclara qu'elle voulait rentrer à pied. Adriaen se proposa de l'escorter et ils marchèrent d'un pas nonchalant jusqu'à la maison Visser, suivis au ralenti par la voiture. Sur le point de prendre congé, Adriaen la convia à assister, en compagnie de son père, à un concert au profit d'une œuvre charitable le lendemain après-midi, ce qu'elle accepta avec joie.

La porte à peine refermée, elle se lança dans une gigue délirante, battant des mains et faisant virevolter ses jupons jusqu'à l'atelier, puis, se rappelant soudain que Hendrick était sorti pour la journée, elle se rua dans la cuisine où Maria somnolait près de l'âtre, les pieds sur une chaufferette. La vieille femme fut réveillée en sursaut par l'entrée tonitruante de Sybylla.

– Je l'ai trouvé ! s'écria-t-elle.

Et, se jetant au cou de la vieille femme, elle lui plaqua un baiser sonore sur chaque joue.

– Qui ça, ma petite fille ? fit Maria, tout abasourdie.

– Celui que je vais épouser ! (Sybylla mima une profonde révérence.) Tu as devant toi la future vrouw Van Jansz.

– Ça par exemple ! (Maria porta la main à son avantageuse poitrine comme pour faire taire les battements de son cœur.) Ne me joue pas des tours pareils !

– Mais c'est la vérité ! Je viens de faire sa connaissance ! Il est déjà amoureux de moi, dit Sybylla en venant se blottir dans le vaste giron de Maria.

– Ma chère enfant, dit la vieille nourrice en caressant les boucles blondes de la jeune fille, s'il appartient à la famille Van Jansz, il ne faut pas rêver. Ces gens-là se marient entre eux. Tu n'as pas de dot.

– Maman nous a laissé un héritage.

– C'est bien peu. Il faudrait que ton père puisse offrir des milliers de florins, avec des terres et des propriétés.

– Si Adriaen m'aime, qu'importe ma dot!

– Si lui n'y attache pas d'importance, ce ne sera sûrement pas le cas de ses parents. Allons, n'y pense plus. Un tel mariage ne se fera jamais.

Sybylla releva lentement la tête avec un air obstiné.

– Je te dis que si. Voilà qu'il m'est enfin donné de réaliser mes rêves. Je saurai lui tourner la tête et il n'aura de cesse d'avoir vaincu tous les obstacles pour m'épouser.

– Tais-toi. Tu parles comme une petite dévergondée.

– Non, Maria. Je t'assure qu'Adriaen Van Jansz ne regrettera jamais de m'avoir prise pour femme.

Maria prit le visage de la jeune fille dans ses larges paumes.

– Tu as toujours été têtue, dit-elle d'une voix tremblante d'émotion et d'amour.

– Tu verras, tout se passera bien, fit Sybylla, rayonnante.

Hendrick, quant à lui, se montra nettement plus enthousiaste que Maria, qui voyait toujours tout en noir. Un gendre fortuné résoudrait tous ses problèmes. Lorsque Adriaen aurait épousé Sybylla, il lui raconterait comment, par malchance au jeu, il était tombé dans les griffes de Ludolf, et avait hypothéqué gravement l'avenir de Francesca. Pour un Van Jansz, rembourser les dettes de Hendrick ne pèserait pas bien lourd, et en s'allouant les onéreux services du meilleur avocat de la ville, il lui serait facile de faire annuler un contrat de mariage signé sous la menace. Il serait enfin libéré de Ludolf et Francesca ne saurait jamais que son père avait failli ruiner sa vie.

– J'assisterai à ce concert de bienfaisance avec toi, dit-il d'un ton jovial, le visage rayonnant.

– Je suis si contente, dit Sybylla en glissant son bras sous celui de son père. J'avais peur que vous ayez trop de travail, ou que vous n'ayez pas envie de venir.

– Si cet Adriaen Van Jansz te plaît, je ne mettrai pas de bâtons dans les roues. Il t'a fallu suffisamment de temps pour trouver un prétendant à ton goût.

– En deux heures, ma foi! gronda Maria.

Elle se reprochait déjà sa faiblesse vis-à-vis de Sybylla, si écervelée parfois.

Hendrick s'approcha de la vieille femme.

– Ne sois pas amère, Maria, lui dit-il gentiment. Le coup de foudre existe. Lorsque j'ai posé pour la première fois les yeux sur Anna, j'ai su que c'était la femme que le ciel m'avait destinée. Je crois qu'il s'est vraiment passé quelque chose d'important entre ces jeunes gens et nous entendrons bientôt sonner les cloches pour leur mariage.

Maria poussa un petit grognement de désapprobation, tout en agitant la vaisselle. Jamais la similitude de caractère entre Hendrick et Sybylla ne lui était apparue avec une telle évidence. Tous deux étaient doués du même vibrant optimisme qui pulvérisait tous les obstacles et Sybylla se voyait déjà la bague au doigt.

– Il y a loin de la coupe aux lèvres, prophétisa Maria en pointant un index menaçant.

Tous deux lui rirent au nez, ce qui eut le don de l'exaspérer davantage.

Pendant ce temps-là, chez Ludolf Van Deventer, Pieter vérifiait la pose des dalles. Il avait un bon contremaître, et sa présence était superflue, mais il voulait voir Neeltje. Il avait reçu des nouvelles de Francesca et était au courant de la tentative de Ludolf de la faire quitter Delft. Elle était persuadée que c'était Ludolf qui avait manigancé à la dernière minute son hébergement chez Geetruyd – puisque tous deux se connaissaient de longue date – et que son père s'était tout simplement plié aux désirs de son mécène.

Pieter était sûr qu'elle avait vu juste et soupçonnait Ludolf d'utiliser les dettes de jeu de Hendrick pour faire pression sur lui.

Ludolf déambulait dans le jardin, attentif à l'avancement des travaux, ce qui signifiait que Neeltje ne se montrerait pas. Pieter avait hâte de le voir partir, mais il ne semblait pas avoir de rendez-vous ce matin-là. Il n'osa pas faire parvenir un billet à Neeltje, de crainte d'éveiller les soupçons de Ludolf. Il leva plusieurs fois les yeux vers la maison mais Neeltje ne donna aucun signe de vie. Peut-être avait-elle été renvoyée... Déçu, il quitta les lieux, laissant à son contremaître le soin de terminer le travail, et au coin de la rue, il tomba sur Neeltje qui l'attendait.

– J'avais hâte de vous voir.

– C'est bien ce que je pensais. Je vous ai vu lever les yeux à plusieurs reprises vers la maison.

– Pouvez-vous me dire ce que vous savez des relations entre votre maître et cette Geetruyd Wolff de Delft ?

– Je sais qu'elle entretient avec lui une correspondance d'affaires. Elle n'a fait allusion à juffrouw Francesca que deux fois – la première pour mentionner son arrivée et la seconde celle de juffrouw Aletta. (Neeltje se rendit compte qu'elle s'était trahie.) Eh bien oui, je lis ses lettres. J'ai mes raisons.

– Si vous me les confiiez, peut-être pourrions-nous en tirer quelque profit commun.

Neeltje réfléchit un moment.

– Puis-je venir chez vous ce soir ?

– Je vous y attendrai, dit Pieter en lui donnant les indications nécessaires.

Elle s'éclipsa rapidement vers la maison. Pour la première fois depuis que Ludolf avait semé le malheur dans sa vie, une lueur d'espoir brillait au bout du tunnel. Elle aurait un précieux allié en la personne de Pieter Van Doorne.

Il faisait déjà nuit lorsqu'elle arriva chez lui. La gouvernante leur servit du thé et des gâteaux, puis se retira. Neeltje se sentait à l'aise avec Pieter, elle savait qu'il ne la pousserait pas dans ses derniers retranchements si elle désirait garder quelque chose pour elle. Elle but son thé jusqu'à la dernière goutte avant de dérouler le récit de ses malheurs, les yeux fixés sur les flammes dansant dans la cheminée.

A l'évocation du meurtre de son père, elle refoula difficilement les larmes qui lui montaient aux yeux, où le feu jetait de petites étincelles.

Pieter, ému, hocha la tête.

– Je n'ai jamais entendu un récit de trahison et de meurtre aussi odieux que celui-ci. Vous êtes sûre d'avoir reconnu en Ludolf le plus jeune des deux agresseurs ?

– Absolument certaine. C'est pourquoi, lorsque je suis entrée au service de ma défunte maîtresse, j'ai tout fait pour essayer de trouver des indices compromettants : j'ai fait faire un double de la clé de son bureau pour surveiller sa correspondance. Je suis persuadée que c'est grâce à ce qu'il a touché pour la destruction de la tulipe noire qu'il a pu acheter la moitié des parts d'un navire marchand. Dieu seul sait quels forfaits il a dû commettre pour devenir courtier. Je ne pensais jamais à l'époque qu'il aurait à payer pour un second meurtre.

– Comment cela ?

– Jusqu'à mon dernier souffle j'affirmerai que Ludolf Van Deventer a assassiné sa femme. Il l'a étouffée avec un coussin. Il voulait se débarrasser d'elle pour pouvoir épouser vrouw Francesca.

– Que racontez-vous là ? fit Pieter, incrédule.

Elle lui narra tout par le menu. Convaincu qu'elle disait la vérité, il la questionna encore sur la correspondance qu'elle avait pu surprendre.

– Quel genre d'affaires cette Geetruyd Wolff fait-elle avec Ludolf ?

– Je l'ignore. Elle ne lui écrit que depuis peu, à l'exception d'une lettre – il y a plusieurs années – qu'il a brûlée immédiatement. J'ai récupéré un petit morceau qui avait échappé aux flammes. C'était indubitablement la même écriture et j'en ai déduit qu'il s'agissait d'une lettre d'amour. Il a dû lui interdire d'en écrire d'autres, et elle a cessé. A présent, elle fait allusion à un certain projet au dénouement heureux, et elle désigne des gens par leurs initiales.

– Peut-être a-t-il des intérêts dans son affaire et sans doute fait-elle allusion au nombre de clients qu'elle reçoit. A Delft, la dernière fois, j'ai failli loger chez elle !

– Il se peut que vous soyez dans le vrai, mais les références qu'elle fait à un navire peuvent également signifier qu'il gère ses affaires.

Ils bavardèrent encore un petit moment, puis il la raccompagna jusqu'au coin de rue le plus proche de la maison Van Deventer, s'assurant qu'elle était bien rentrée en voyant sa lanterne disparaître à la porte de service, sous l'escalier à double volée.

Pieter resta encore une semaine à Amsterdam pour remplir quelques obligations vis-à-vis de la milice. Le porte-drapeau allait se marier et quitter cette fonction honorifique traditionnellement confiée à un célibataire : en effet, celui-ci devait porter des vêtements luxueux et des écharpes frangées d'or, dépenses jugées déraisonnables pour un homme chargé de famille. Le nom de Pieter avait été prononcé pour le remplacer. Lors d'une soirée qu'il avait passée chez les Visser, il se souvint que

Hendrick avait évoqué le seul et unique séjour de Hals à Amsterdam, pour peindre les officiers de la Garde Civile.

– Hals s'ennuyait tellement de Haarlem, avait raconté Hendrick, qu'il n'exécuta que la moitié gauche du tableau, laissant à un autre peintre le soin de le finir. Cependant Hals avait soigné le portrait du porte-drapeau, avec son costume de dentelle et d'argent, ses bottes blanches et ses éperons dorés, sa ceinture orange – dans laquelle on aurait pu tailler une robe de femme – car c'est toujours le point de mire d'une composition.

Après avoir été sollicité officiellement, Pieter choisit de donner sa réponse au début du banquet – qui devait durer trois jours, avec des discours, des toasts, des intermèdes musicaux.

– Je suis très flatté de l'honneur que vous me faites, messieurs, mais je suis dans l'impossibilité d'accepter.

– Tu te maries aussi ? lança quelqu'un sur un ton jovial.

– Pas encore. Mais je serai absent d'Amsterdam de plus en plus souvent durant les mois à venir.

Sa réponse fut accueillie par une rumeur de désappointement, mais on comprit ses raisons. Il resta encore deux ou trois heures à festoyer et, au moment où il partait, un de ses amis le rattrapa dans le hall.

– Van Doorne ! Attends une seconde ! Tu t'en vas déjà ?

– Je pars pour Haarlem demain matin. Il faut bien que je dorme un peu.

– Je ne vais pas te retarder longtemps. Tu connais le peintre Hendrick Visser, je crois ?

– Disons que j'ai quelques relations avec lui.

– A la dernière réunion – à laquelle tu n'assistais pas – nous avons voté la décision de faire exécuter un portrait de groupe. Il y a plusieurs années que cela n'a été fait, et il y a de nouveaux visages parmi nous, dont celui du capitaine. Nous avons pensé que tu pourrais proposer cette commande à Hendrick Visser.

Pieter acquiesça, heureux d'avoir une raison valable pour rendre visite à Hendrick.

– Avec plaisir. A propos, pourquoi avoir choisi Hendrick Visser ?

– Certains d'entre nous ont vu ses tableaux chez Van Deventer, entre autres.

– J'irai le voir demain avant de partir pour Haarlem et je vous communiquerai le résultat de ma visite.

Le lendemain matin, Pieter fut chaleureusement accueilli par Griet.

– Cela fait si longtemps, mijnheer! Entrez!

– Comment vas-tu, Griet?

– Fort bien. Mon amoureux est revenu, et nous nous sommes fiancés.

– C'est une bonne nouvelle. Toutes mes félicitations.

– Je vais rester ici de toute façon, car après notre mariage, il devra reprendre la mer.

– Cela ne va pas être facile de vous séparer à nouveau, mais ici on doit se réjouir que tu restes.

– Je ne sais pas comment ils se débrouilleraient sans moi! Excusez-moi, dit-elle en pouffant de rire, je parle trop! Je vais dire au maître que vous êtes là.

– Dis-lui que je viens pour lui commander un portrait de groupe de la Garde Civile.

Hendrick était seul à l'atelier, et travaillait déjà à un tableau représentant une table de banquet avec, en premier plan, un homme debout, richement vêtu, une telle expression de terreur sur le visage que Pieter pensa que c'était le Festin de Balthazar. Hendrick était en train d'exécuter le manteau du personnage au couteau pour mieux rendre la riche texture du brocart.

– Qu'est-ce que c'est que ce portrait de groupe? demanda Hendrick d'un ton bourru, sans lever les yeux de sa toile.

Pieter lui exposa brièvement sa requête.

– Je ne peins pas à la commande, grogna Hendrick. Je choisis les visages qui m'inspirent.

– Je me souviens que Francesca m'en avait parlé. Avant que l'on nous interdise de nous voir.

– Pourquoi êtes-vous venu alors? aboya Hendrick.

– Par égard pour la Garde Civile, qui me l'a demandé, d'abord, et ensuite parce que j'ai pensé que vous pourriez peindre les visages à votre rythme. Je vous obtiendrai un délai conséquent.

Hendrick se souvint que Rembrandt avait mis quatre ans à peindre « La Ronde de nuit », bien qu'il ait fait faire les fonds et les costumes à ses élèves, n'exécutant personnellement que les visages et les détails les plus importants.

– Les officiers seraient-ils disposés à venir poser à ma convenance?

– Oui, sans aucun doute.

Cela méritait réflexion. Les dimensions de la toile interdiraient l'utilisation de l'atelier. Il faudrait, comme Rembrandt avant lui, s'installer dans l'église dont il était paroissien. Il s'allouerait les services d'un peintre pour exécuter les vêtements et les fonds. Et il ne l'aurait pas dans les jambes.

Cette commande ne l'enchantait guère, mais il était lassé de ne peindre que pour Ludolf, qui lui achetait systématiquement toute sa production. Le tableau auquel il travaillait en ce moment avait été commencé pour quelqu'un d'autre, mais Ludolf s'en était entiché. Entretemps Hendrick avait perdu son acheteur, et Ludolf se montrait désormais beaucoup plus près de son argent. Qui plus est, une composition de groupe de la Garde Civile ne le tenterait sûrement pas.

– J'accepte, et je vous remercie d'être venu, finit par dire Hendrick. A votre place je ne sais pas si j'aurais eu le courage de faire cette démarche.

– J'avais une autre requête à vous présenter.

– Ne me demandez pas la permission de courtiser Francesca à nouveau. Ma décision est irrévocable.

– Je ne vous demanderai rien, puisque c'est Ludolf Van Deventer qui tire toutes les ficelles.

– Qu'est-ce qui vous fait croire ça ? fit Hendrick d'un ton brutal qui cachait mal son désarroi.

– Il vous dictera la conduite à tenir vis-à-vis de Francesca tant que vous n'aurez pas réglé votre dette.

– Ainsi, vous savez, dit Hendrick d'une voix lasse. Cela devait finir par arriver.

– Cet homme est le diable en personne !

– Je ne le sais, hélas, que trop. (Hendrick lâcha enfin pinceau et palette et alla s'asseoir sur un tabouret, avec un air de chien battu.) Je n'avais nullement l'intention de vous empêcher de voir Francesca, bien au contraire. Vous m'avez assez prouvé votre amour pour elle et votre désintéressement en finançant son apprentissage à son insu. Pas comme ce démon qui fait étalage de sa considération pour elle et veut lui faire interrompre ses études. Savez-vous pourquoi ? Parce qu'il veut l'épouser !

– Francesca n'acceptera jamais !

– De son plein gré, effectivement, non.

Un terrible soupçon envahit l'esprit de Pieter.

– Que voulez-vous dire par là ? (Comme Hendrick restait muet, Pieter s'approcha de lui et lui secoua l'épaule.)

Ne me dites pas que vous avez signé un contrat de mariage ?

– Hélas, si, fit Hendrick d'un ton piteux, en se cachant le visage dans les mains. Je n'avais pas le choix. Si j'avais refusé, j'aurais passé le reste de mes jours en prison.

Il finit par avouer à Pieter le montant de sa dette. Celui-ci poussa un profond soupir.

– Quand comptez-vous dire la vérité à Francesca ?

– Pas maintenant ! Jusqu'à mon dernier souffle je serai reconnaissant à maître Vermeer de ne pas l'avoir laissée partir. Elle a au moins quelques mois de liberté devant elle. J'espère de tout cœur qu'elle pourra rester trois ans au lieu de deux avant d'être admise à la Guilde. D'ici là, la situation aura changé.

– De quelle façon ?

– Sybylla accorde beaucoup de son temps à un Van Jansz et à sa sœur – une jeune femme mariée qui leur sert de chaperon. Rien n'est fait pour l'instant, mais j'espère d'ici peu pouvoir compter sur la générosité d'un gendre fortuné.

Pieter se dit qu'il n'était guère raisonnable d'espérer quoi que ce soit de ce côté-là, les Van Jansz n'étant pas spécialement réputés pour leur philanthropie.

– Qui est ce Van Jansz ?

– Adriaen. Vous le connaissez ?

– Pas lui-même. J'ai dessiné un jardin pour une personne de sa connaissance.

Pieter ne s'étendit pas sur le sujet, la « personne de sa connaissance » étant une jeune femme mariée avec laquelle Adriaen avait eu une liaison dès l'âge de dix-sept ans. Elle avait le double de son âge, et son mari était un vieil homme complaisant.

– Et si Ludolf parlait à Francesca de ce contrat de mariage ?

– Il ne le fera pas. Il veut que Francesca vienne à lui de son plein gré. Il est difficile de croire qu'un tel homme soit capable d'amour, mais il a l'air sérieusement épris.

Pieter, plongé dans ses pensées, fit quelques pas vers la fenêtre. Il avait en ce moment trop d'engagements financiers pour réunir la somme nécessaire au remboursement des dettes de Hendrick – sans compter les intérêts. Qui plus est, il faudrait engager une longue et onéreuse bagarre juridique pour faire annuler le contrat de mariage, sans garantie de succès, car Ludolf pourrait prouver qu'il avait sauvé la famille Visser de la ruine. Tout bien considéré, il sembla à Pieter que le plus sûr moyen de sauver Francesca des griffes de Ludolf était de l'emmener en Italie.

– J'irai à Delft dès que possible, dit-il en revenant vers Hendrick. Il n'y a pas de raison de s'inquiéter, Ludolf ne saura pas qu'il a un rival. La saison des tulipes commence et je vais être très occupé. Il faut que tous mes étals soient bien approvisionnés.

– En tableaux d'amateur également ? demanda Hendrick d'un ton sarcastique.

– Pas cette fois-ci. Si vous le souhaitez, je parlerai à Aletta, mais, comme Francesca vous l'a sûrement déjà dit, elle ne peint ni ne dessine plus depuis qu'elle est partie. Toutefois, si elle avait quelque chose à vendre, je lui donnerais volontiers sa chance à nouveau.

Hendrick se renfrogna. La blessure ne s'était pas refermée et il n'avait toujours pas pardonné à Aletta, qu'il persistait à considérer comme une ingrate ayant abandonné son père. Mais Hendrick avait mobilisé toute la colère dont il était capable contre Ludolf.

– La page est tournée. N'en parlons plus. Je vous souhaite bonne chance pour la saison qui commence, mais pour l'amour de Dieu, tenez-vous à l'écart de Francesca, ne la mettez pas en danger.

– Plutôt mourir !

Ils se séparèrent en bons termes, et deux heures plus tard, Pieter était à Haarlem. C'était le printemps, et bientôt les champs allaient se couvrir de tulipes multicolores.

17

Geetruyd, de retour d'une de ses réunions, avait fait le plein de ragots.

– Il paraît que Constantijn de Veere s'est fait transporter de nuit dans sa maison de campagne. Il s'est cloîtré là-bas avec pour seule compagnie la vieille domestique qui servait déjà du temps de ses grands-parents. Les grilles sont gardées par des chiens et il refuse de voir jusqu'à ses propres parents. Quand je pense à toutes les heures que sa mère a passées à son chevet! A croire qu'il a perdu non seulement les jambes mais l'esprit, dans cet accident!

– J'espère qu'il ne va pas se laisser mourir, dit Francesca, très émue.

– C'est peut-être son intention, répliqua Geetruyd sans la moindre nuance de pitié.

– Ma sœur va être très affectée par cette nouvelle, elle qui avait suivi ses progrès avec tellement d'intérêt...

– J'ai été moi-même indirectement concernée. La vieille servante a besoin d'être secondée pour les travaux du ménage et on nous a demandé une orpheline, mais nous avons jugé que ce n'était pas un endroit pour une jeune fille.

Francesca s'abstint de tout commentaire. Elle avait déjà sa petite idée.

Elle alla voir Aletta avant de se rendre à l'atelier, évinçant Clara qui essayait d'écouter leur conversation. Aletta était déjà au courant de la réclusion volontaire de Constantijn.

– Il paraît que le soir de son arrivée, il a demandé au cocher de le déposer sur le seuil, puis il l'a renvoyé. La vieille femme est évidemment incapable de le soulever, ce qui signifie qu'il s'est hissé tout seul jusqu'à sa chambre au premier étage. Le lendemain il a fait chercher l'homme qui l'entraînait pour les courses de patinage, et qui fait désormais office de gardien. Mais pourquoi veut-il vivre en ermite, lui qui est capable de tant de courage ?

– Tu vas pouvoir le lui demander toi-même.

– Qu'est-ce que tu veux dire ?

Lorsque Francesca lui eut tout expliqué, Aletta n'hésita pas une seconde.

– J'y vais dès aujourd'hui. Je veux être la première à me présenter.

– Et les enfants à qui tu donnes des leçons ? objecta Francesca.

– Ils entrent à l'école la semaine prochaine, et pas plus tard qu'hier leur mère m'a demandé si j'avais un nouvel emploi en vue.

A la fin de la matinée, Aletta se mit en route, déterminée à obtenir cette place coûte que coûte. Elle quitta la ville par la porte de l'Est, et parcourut environ une lieue, avant d'arriver à la maison de Constantijn, une vaste demeure en brique nichée au bout d'une allée de graviers bordée d'ormes. Les grilles étaient fermées et à peine eut-elle sonné la cloche d'entrée que des aboiements furieux se firent entendre et deux gros chiens se ruèrent contre la grille, l'obligeant à reculer.

Une voix bourrue les fit taire promptement et un homme mal fagoté, la cravate de travers, apparut.

– Je suis la nouvelle servante, fit-elle d'un ton téméraire.

– Pas entendu parler. C'est pas ici.

L'homme fit demi-tour.

– La gouvernante a demandé à l'orphelinat quelqu'un pour l'aider. Vérifiez vous-même ! cria-t-elle dans son dos.

– Pourquoi ne pas l'avoir dit tout de suite, fit l'homme en revenant sur ses pas, les clés à la main. Je m'attendais à voir une des régentes de l'orphelinat, en voiture, avec une gamine. Où sont vos bagages ?

– Ils suivront.

– N'ayez pas peur des chiens, dit l'homme, ce sont des chiens de chasse à qui j'ai appris à monter la garde. Vous pouvez les caresser. Ils ne sont dangereux que si vous faites mine de fuir. Ils vous prennent pour une proie.

Aletta n'avait pas l'habitude des chiens mais fut rassurée en les voyant agiter la queue de contentement lorsque, faisant appel à tout son courage, elle les flatta de la main.

– Comment s'appellent-ils ?

– Joachim et Johannes. Moi, c'est Josephus. Quel trio, hein ? fit l'homme avec un gros rire, tout en refermant les grilles. Et vous ?

– Aletta Visser.

– Suivez-moi, Aletta. Je vais vous mettre au courant des usages de la maison. Le maître ne descend jamais, mais cela ne signifie pas que vous pouvez vous pavaner dans le jardin comme bon vous semble. Ses fenêtres donnent sur l'arrière et lorsque vous irez au potager, il faudra emprunter l'allée réservée aux domestiques, dissimulée par de hautes haies. Pour le moment il n'y a que Sara, moi et les jardiniers, qui ne vivent pas ici et partent à cinq heures.

– Heer de Veere ne sort jamais ?

– Non. Dites « le maître » lorsque vous parlez de lui. Il reste tout le temps dans ses appartements. La vieille Sara vous expliquera pourquoi.

– Je le sais déjà.

– Alors ne posez pas de questions stupides. Non seulement il ne peut pas marcher, mais il refuse qu'on le porte. Voilà la cuisine. Si Sara n'est pas là, criez, elle n'est pas loin.

Aletta se retrouva dans la cuisine la plus sale qu'elle eût jamais vue. Un amas de vaisselle sale encombrait la pierre à évier près de la pompe. Les casseroles n'avaient sûrement pas vu un chiffon depuis longtemps. La vapeur sortant d'un récipient bouillant sur la cuisinière embuait les murs recouverts d'un charmant carrelage de Delft aux motifs de fruits et de fleurs. Le sol était recouvert d'une couche de crasse qui rendait les carreaux blancs quasiment indiscernables des noirs.

Une femme, la soixantaine passée, l'air harassé, entra dans la pièce et se précipita pour retirer l'eau bouillante du feu. Elle était soignée de sa personne et s'apprêtait à rentrer sous son bonnet une longue mèche de cheveux gris qui s'était échappée, lorsqu'elle aperçut Aletta.

– Oh là là ! J'attendais une orpheline beaucoup plus jeune.

Aletta, sentant que la bataille n'était pas encore gagnée, décida de jouer cartes sur table.

– Je ne suis pas orpheline, Sara. Mon père est en vie. J'ai dix-huit ans, mais c'est tout à votre avantage : j'abattrai plus de travail qu'une gamine.

Elle ôta son manteau pour signifier qu'elle entendait rester.

– Mais ça ne va pas plaire au maître, protesta Sara.

– Pourquoi cela ?

– Parce que vous êtes une jeune fille. Il y avait tout le temps des filles ici, avant qu'il ne soit fiancé. Mais depuis son accident, il ne veut pas qu'une femme le voie.

– Il vous voit bien, vous.

– Ce n'est pas pareil. Il me connaît depuis tout petit. Lorsqu'il était privé de dîner j'allais lui porter en cachette ses plats préférés. Ses grands-parents étaient très stricts, mais quand il s'agit des enfants, j'ai le cœur qui fond. Quant à vous, vous feriez mieux de partir tout de suite, avant qu'il sache qu'on vous a laissée entrer.

– L'orphelinat ne vous enverra personne, Sara, je le sais. Et j'ai l'impression que je vais être indispensable ici, dit-elle en jetant un coup d'œil circulaire. C'est une cuisine à la Jan Steen ou je ne m'y connais pas!

Cette expression, désormais passée dans le langage, faisait allusion aux tableaux de ce peintre populaire, qui illustrait des scènes d'intérieur en désordre, avec une intention morale.

Sara, reconnaissant le bien-fondé de la critique, se laissa tomber sur la chaise la plus proche, le visage défait.

– Je ne suffis pas à la tâche. Autrefois il y avait tout un train de domestiques, ici. Le maître a renvoyé tout le monde. Si encore il ne sonnait pas cette maudite cloche à tout bout de champ! Je n'arrête pas de monter et de descendre les escaliers. Parfois il casse tout dans sa chambre, ou, dans ses crises de désespoir, il déchire ses draps! Vous voyez, ce n'est pas un endroit pour vous, ici. Il m'a permis de prendre une enfant pour m'aider, mais il ne vous tolérera pas, et je n'ose pas lui désobéir. Je ne suis plus très résistante, maintenant, dit la vieille femme en passant une main sur ses yeux fatigués.

Aletta prépara le thé, et tendit une tasse à Sara. Une cloche retentit dans la cuisine d'été. Sara tressauta sur sa chaise, mais Aletta lui posa la main sur l'épaule.

– Buvez tranquillement votre thé. Je vais y aller.

– Mais puisque je vous ai dit...

– Je verrai bien s'il me congédie. Laissez-moi une chance!

Sara était tentée par le thé chaud, et elle avait mal au dos.

– Bon, mais je vous aurai prévenue! Il est capable de vous jeter n'importe quoi à la tête!

– Ça ne me fait pas peur. Dites-moi où est sa chambre.

La maison était vaste, mais sans prétention. Il y avait beaucoup de tableaux d'ancêtres, dont un militaire dans un cadre en bois sculpté, et des vitrines contenant de belles pièces de porcelaine de Chine. Elle trouva facilement la porte de Constantijn. Elle frappa avant d'entrer dans une antichambre meublée d'un bureau, d'une armoire peinte, d'une commode de la région du Zuiderzee et d'un clavicorde doré. Elle frappa à la porte qui donnait dans la chambre à coucher.

En entrant, elle fut assaillie par une forte odeur de vin qui lui fit désagréablement penser aux beuveries de son père. Elle ne voyait pas Constantijn, caché par le bout de la banquette où il était étendu tout habillé, un verre à pied élégant et une carafe de vin à bouchon d'argent à portée de main sur une petite table. Un feu crépitait dans la cheminée et un lit à baldaquin, drapé de rideaux de soie jaune, était disposé entre deux fenêtres, toutes deux closes. Constantijn désigna vaguement la carafe du doigt.

– Va la remplir, Sara, dit-il d'une voix pâteuse.

Il garda les yeux fermés, bien trop ivre pour se rendre compte de la présence d'Aletta.

– Alors, qu'est-ce qu'il a dit? demanda anxieusement Sara.

– Il m'a juste demandé de remplir la carafe. Il ne s'est même pas aperçu que c'était quelqu'un d'autre. Il boit souvent comme ça?

– Chaque fois qu'il est fatigué de lire ou de battre Josephus aux échecs ou aux cartes. Le soir de son arrivée il s'est saoulé à mort et n'a pas repris conscience de plusieurs jours.

– Il n'est pas ivre en permanence?

– Non, mais il boit de plus en plus souvent. Vous feriez bien de lui porter son vin. Il a horreur d'attendre. Les casiers à bouteilles sont dans la cuisine d'été.

– Quand est-ce qu'il a commencé?

– Ce matin au réveil. Il a dû passer une mauvaise nuit. Parfois il fait des cauchemars : il rêve qu'il court ou qu'il patine et il tombe du lit dans son sommeil. A deux reprises, je l'ai trouvé le matin sur le plancher. Qu'est-ce que vous faites ? s'exclama Sara en voyant Aletta remplir la carafe d'eau fraîche.

– Désormais il ne boira du vin qu'aux repas, et un verre ou deux d'eau-de-vie après le dîner. S'il a soif, il n'a qu'à boire de l'eau.

Sara se laissa tomber sur sa chaise, entre le rire et les larmes.

– Vous avez perdu l'esprit, cria-t-elle d'une voix suraiguë. Il n'acceptera jamais !

– Il sera bien obligé, puisque c'est nous qui lui montons ses repas.

A bout d'arguments, Sara regarda Aletta quitter la cuisine avec la carafe d'eau, puis elle laissa tomber sa tête dans ses mains usées en attendant l'orage.

Constantijn entendit des pas, puis le léger tintement de la carafe contre le verre que l'on remplissait. Les yeux toujours fermés, il but une gorgée. La stupeur le fit se dresser sur son séant, et il vit une silhouette qui lui parut, une fraction de seconde, vaguement familière, se diriger vers la fenêtre et tirer les rideaux.

– Il faut aérer ici, dit-elle en laissant entrer dans la pièce l'air parfumé du printemps.

– Bon sang, mais qui êtes-vous ? hurla Constantijn. De quel droit êtes-vous entrée ici ?

– Je m'appelle Aletta Visser, dit-elle en le regardant calmement, et je suis la nouvelle servante. Il m'est bien égal que vous ayez des jambes ou non. Mon artiste de père, malgré tous ses défauts, est un esprit éclairé et, dès notre plus tendre enfance, il nous a habituées, mes sœurs et moi, au spectacle du corps humain. A dix ans, j'ai dessiné le portrait d'un cul-de-jatte et ça ne m'a ni effrayée ni dégoûtée. La seule chose qui me terrorisait, c'étaient les colères de mon père. Alors ne vous croyez pas unique parce que vous avez perdu vos jambes. L'homme dont je vous parle était obligé de mendier pour vivre, il ne se vautrait pas sur du velours en vidant des verres de vin.

Après cette tirade, elle sortit sans attendre de réponse. Blanc de rage, Constantijn lança son verre contre la porte où il se brisa en une gerbe scintillante. De l'autre côté, Aletta, appuyée contre le chambranle, sursauta : n'avait-elle pas forcé le trait ? Elle n'avait pas l'intention de lui parler du mendiant au départ, mais ses mots avaient dépassé sa pensée.

En descendant, elle croisa Sara qui montait péniblement, une carafe de vin à la main.

– Je vous avais bien dit qu'il n'accepterait pas! Il est en train de sonner comme un forcené.

Aletta eut un regain de courage. Elle ferait tout son possible pour aider Constantijn tant qu'elle était là. Sara lui cédait tout comme lorsqu'il était enfant, et ce n'était pas bon pour lui. Elle se mit en travers de sa route.

– Ne lui portez pas ce vin. Vous ne voyez pas comment il va finir ses jours si on ne l'arrête pas maintenant? Mon père serait devenu alcoolique, après la mort de ma mère, si ma sœur ne l'avait pas forcé à peindre.

– Mais votre père avait ses jambes, lui. Ce pauvre garçon n'a aucun avenir, il a perdu sa fiancée et tout ce qu'il aimait dans la vie. Il a bien droit à quelque réconfort.

– Je ne vous laisserai pas faire de lui un ivrogne! (Aletta ôta la carafe des mains de Sara.) Maintenant allez lui dire que c'est moi qui ai pris le vin – et que j'ai la ferme intention de rester.

Elle descendit vivement l'escalier, laissant Sara toute désemparée. Elle était domestique depuis l'âge de douze ans et avait toujours dû se soumettre à une autorité. Si le maître s'accommodait d'Aletta, les tâches de la maison seraient moins lourdes. Elle fit un pas de côté pour éviter le verre brisé en entrant dans la chambre de Constantijn, que la visite d'Aletta semblait avoir dégrisé, bien que son élocution fût encore pâteuse.

– Pour quelle raison as-tu fait venir une jeune fille au lieu d'une enfant?

– Je n'ai pu avoir personne d'autre, et elle est déterminée à rester.

– Tu sais qu'elle m'a apporté de l'eau?

– Elle dit que vous n'aurez de vin qu'aux repas, et de l'eau-de-vie après dîner.

– Ah, vraiment! (Il tremblait de colère.) Désormais elle m'obéira au doigt et à l'œil. Et qu'elle vienne dès que je sonne! C'est compris?

– Oui, maître, articula péniblement Sara... Pas lorsque vous sonnez deux fois d'affilée?

– Non, pour la toilette, Josephus se débrouille très bien.

– Je vais nettoyer les débris de verre.

– Dis à Aletta de le faire.

– Elle ne sait pas où sont les chiffons que je garde à l'étage pour ce genre d'accidents.

– Ce n'est pas un accident, Sara, tu le sais très bien.

– Puisque vous le dites, maître.

Lorsqu'elle eut fini sa besogne, il lui tendit la carafe d'eau.

– Dis à Aletta de me la remplir d'eau-de-vie et de me la rapporter elle-même. Je doute que dans son orphelinat elle ait vu un homme ivre et j'ai l'intention de parfaire son éducation!

Dans la cuisine, Aletta avait retroussé ses manches et s'était attaquée à la vaisselle.

– Il aura un verre ou deux après dîner, c'est tout, répéta-t-elle lorsque Sara lui transmit l'ordre de Constantijn.

Elle nettoya les carrelages et le sol jusqu'à ce qu'ils reluisent. Constantijn n'arrêta pas de sonner, et elle finit par mettre un torchon autour du battant de la cloche pour étouffer le son. Sara, ravie de n'avoir plus à s'occuper que de cuisiner, préparait le repas de midi. Aletta mit un tablier propre et prit le plateau d'argent où Sara venait de disposer le déjeuner de Constantijn : un potage d'asperges qui dégageait un fumet délicieux, du pain frais, du fromage, de la salade et une petite carafe de vin.

– Vous daignez enfin vous montrer, dit-il d'un ton sarcastique.

– J'ai mis de l'ordre dans la maison d'abord. (Il fronça les sourcils en la voyant déposer le carafon de vin sur une table basse.) Je ne sais pas comment Sara, à son âge, a réussi à se débrouiller seule. Cet après-midi, j'irai chercher mes affaires et j'espère trouver un porteur pour ma malle.

– Attendez une minute. Les domestiques doivent répondre à mes appels. On dirait que vous êtes sourde. Soit vous changez d'attitude, soit je donne l'ordre à Josephus de ne plus vous laisser rentrer.

– Ce serait votre perte, dit-elle d'un ton cassant.

Elle déplia prestement une serviette devant lui et lui servit un verre de vin en prenant soin de laisser la carafe hors de sa portée. Si elle n'avait pas eu l'air si sainte nitouche, peut-être se serait-il cru autorisé à penser qu'elle lui faisait des avances. Avec son petit bonnet, elle avait l'air d'une nonne.

– A votre langue de vipère! dit-il en levant son verre d'un air provocant.

– Le maître de maison ne lève jamais son verre devant une servante, sauf pour son mariage.

– Vous êtes bien trop fière pour une servante. Qu'est-ce que vous faites ici ?

– Je suis venue à Delft parce que mon père voulait se débarrasser de moi. Si je suis chez vous, c'est d'abord pour avoir du travail et un toit. J'ai été bonne d'enfants chez les Vermeer et répétitrice chez leurs voisins.

– Je croyais que vous veniez de l'orphelinat.

– Sara aussi l'a cru. Mais ils ne veulent pas envoyer une enfant chez un reclus.

– Ah ! Vous avez du tact quand vous voulez. Pourquoi ne pas dire qu'un amputé est un spectacle effrayant ?

Aletta ne cilla pas.

– Mangez votre potage avant qu'il ne refroidisse et cessez de vous apitoyer sur vous-même.

– Vous outrepassez vos droits ! cria-t-il méchamment. (Il vit qu'elle emportait le carafon.) Et donnez-moi ce vin !

– Je ne vous laisserai pas vous enivrer tant que je serai dans cette maison. Je reviendrai vous servir un deuxième verre.

Elle sortit sans se retourner et retint son souffle derrière la porte, s'attendant à ce qu'il lance le bol de soupe, mais c'est le plateau tout entier qui vint se fracasser contre la porte avec un bruit de tonnerre.

Josephus, venu prendre son déjeuner à la cuisine, et Sara dévisagèrent Aletta en la voyant revenir avec le carafon. Elle était toute blanche.

– Je lui ai promis un autre verre. Il faut que j'y retourne. Je crains qu'il ne me renvoie, cette fois-ci. Je vais lui préparer un second plateau.

– Asseyez-vous et prenez un peu de potage, insista Sara. Je vais lui porter son plateau. Il va être d'une humeur massacrante.

– Non, dit Aletta fermement. J'irai. Je ne vais pas me laisser intimider.

Constantijn l'accueillit avec un silence hostile. Il ne la quitta pas du regard tandis qu'elle disposait un nouveau plateau près de lui. Elle nettoya les débris qui jonchaient le sol et allait se retirer lorsqu'il la rappela d'une voix glaciale.

– Aletta ! Faites monter Josephus. J'ai quelques instructions à lui donner à propos des grilles.

Elle faillit chanceler, mais sa fierté reprit le dessus et elle quitta l'appartement la tête haute. Elle dut faire appel à tout son courage pour ne pas pleurer. Ainsi donc elle avait échoué. Heureusement, elle ne lui avait pas dit dans quelles circonstances elle l'avait déjà vu.

A la cuisine, Sara éclata en sanglots lorsque Aletta avisa Josephus que son maître voulait le voir au sujet des grilles.

– Il veut vous chasser, se lamenta la vieille femme.

– Sara m'a tout expliqué, soupira Josephus. Il était grand temps que quelqu'un prenne le maître en main, mais on n'a pas construit Rome en un jour et vous vous êtes trop hâtée.

– Essayez de manger, dit Sara en posant un bol de soupe devant la jeune fille. Je me croyais au bout de mes peines, mais maintenant, ce sera pire : jamais je n'oserai lui tenir tête comme vous l'avez fait.

Aletta, mortifiée d'avoir été si maladroite, porta machinalement une cuillerée à sa bouche, lorsque Josephus redescendit, un large sourire aux lèvres.

– J'ai ordre de vous donner les clés des grilles, Aletta. De plus le maître veut que je vous accompagne pour chercher votre malle.

Elle rayonnait de joie. Sara la serra dans ses bras et Josephus lui donna une énergique poignée de main. Il l'emmena à la ville en carriole, et, en sortant de chez les Van Buyten, elle aperçut Willem de Hartog qui sortait de la galerie de maître Vermeer.

Il venait d'apprendre par Francesca qu'elle avait renoncé à peindre.

– Ce n'est pas bien de rester si longtemps sans peindre ni dessiner, mais ça reviendra vite lorsque tu t'y remettras.

– J'ai changé de vie. Je ne peindrai plus.

– Un jour viendra où tu ne pourras pas t'en empêcher. Tout ce que ton père a pu dire de tes tableaux, il l'a dit sous l'emprise de la colère. Il ne le pensait pas.

– Ah bon ? dit-elle d'une voix distante. Il vous l'a dit ?

– Non, admit Willem, mais tu pourrais refaire tes preuves.

– Je ne crois pas. Il a condamné trop sévèrement mon maigre talent.

– Mon cœur souffre de vous voir séparés par un tel abîme.

– Il ne veut plus entendre parler de moi, mais s'il vous plaît, dites à Sybylla et à Maria que je me porte bien et que j'ai un nouvel emploi, dit-elle avec une note d'enthousiasme dans la voix.

– Francesca va bientôt venir à Amsterdam. As-tu l'intention de l'accompagner ?

– Non, fit-elle. Je ne suis pas près de revenir à Amsterdam – si jamais j'y reviens.

– J'espère te voir chaque fois que je viendrai à Delft. En attendant, je te souhaite bonne chance, et souviens-toi : quand on est artiste, c'est pour la vie.

Cette phrase lui trotta dans la tête pendant un moment sur le chemin du retour, mais elle se dit qu'elle serait sans doute l'exception qui confirme la règle.

Sara avait préparé pour Aletta les deux pièces les plus confortables des communs : une chambre et un cabinet contigu occupés auparavant par la gouvernante.

– C'est pour vous, dit Sara, heureuse de faire acte de soumission en lui tendant le trousseau de clés de la maison. Josephus et moi vous appellerons « madame » à partir de maintenant.

– Nous allons changer certaines choses. D'abord, les repas du maître lui seront servis à table, avec une nappe, de la vaisselle de porcelaine, et l'argenterie. Il n'est pas bon pour lui de rester vautré toute la journée. On peut le sangler sur une chaise, et Josephus apportera les plats sur la table de l'antichambre dans les plats d'argent à couvercle et je le servirai moi-même.

– Bien madame, dit Sara, aux anges de n'avoir plus qu'à servir.

– Avant de m'installer, je veux faire le tour de la maison et des caves.

– Il n'y a que la cave à vin d'ouverte. Les autres, qui occupent les deux tiers du sous-sol, sont fermées depuis des années.

– Depuis quand ces pièces sont-elles ainsi ? demanda Aletta en traversant une suite de salles aux volets fermés et aux meubles recouverts de housses.

– Depuis trois ans. Le maître préférait vivre en ville.

– Cela nous prendra du temps, Sara, mais nous allons remettre ces pièces en état. Le maître n'aura jamais envie de sortir de son appartement si le reste de la maison a l'air abandonné.

– C'est lui qui a donné l'ordre de fermer ces pièces.

Aletta ne répondit pas, et Sara se dit qu'il y aurait sûrement encore des heurts entre le maître et la nouvelle gouvernante. Aletta descendit seule à la cave pour épargner les jambes de Sara. La cave à vin était voûtée, et bien garnie.

– Les eaux-de-vie françaises sont tout au fond, cria Sara du palier, ce sont les préférées du maître.

– Merci de me prévenir, Sara. Il faudra nettoyer de temps en temps le sol, sans toucher aux vins évidemment.

– Il y en a qui sont là depuis de nombreuses années.

Aletta repéra où étaient entreposés les grands crus, puis choisit une bouteille d'eau-de-vie pour Constantijn, comme point d'orgue à son premier dîner à table.

Le dimanche suivant, lorsque Francesca exprima le désir d'aller rendre visite à sa sœur, Geetruyd se montra fort enthousiaste. Elle était dévorée de curiosité après tout ce qu'elle avait entendu dire de la maison de Veere. Elle se doutait bien qu'on ne les laisserait pas pénétrer dans la maison, et en réalité, elles ne purent même pas entrer dans le jardin.

– Je suis désolée, leur confia Aletta, mais à part Sara, Josephus et moi, personne n'a le droit de franchir le seuil de la demeure.

– Il paraît que la plupart des pièces sont fermées? demanda Geetruyd.

– Oui, néanmoins je les entretiens.

Aletta prit la main de sa sœur.

– Je suis si heureuse de te voir!

Avant que Francesca ait pu répondre, Geetruyd demanda où se trouvaient les appartements de Constantijn.

– Je ne crois pas qu'il tienne à ce qu'on le sache, dit Aletta d'un ton ferme.

– C'est un manque incroyable de civilité que de ne pas offrir un rafraîchissement à la propre sœur de sa gouvernante, pérora Geetruyd. Il ne vous exploite pas, au moins? Je ne vous ai jamais vu si mauvaise mine, Aletta. Vous auriez dû me consulter avant d'accepter cet emploi.

– Je n'ai pas très bien dormi, reconnut Aletta.

Les heurts avec Constantijn étaient quotidiens, et la nuit elle y repensait sans cesse.

– Mon Dieu! fit Geetruyd d'un ton mondain, tout en marchant le long des grilles, scrutant la maison comme pour percer quelque secret.

Les deux sœurs furent soulagées de la voir s'éloigner.

Francesca passa tendrement son bras autour des épaules d'Aletta.

– Es-tu sûre de vouloir rester ici ?

– Oui, tout à fait. Ne t'inquiète pas pour moi.

– Je suis venue te dire que je pars pour Amsterdam, non seulement pour le mariage de Griet, mais aussi parce que j'ai reçu une lettre de Sybylla : elle dit qu'elle a rencontré l'homme de ses rêves et qu'elle va se fiancer. Lis toi-même, ajouta-t-elle en lui tendant la lettre.

– Tout ce qu'elle dit, c'est qu'il est riche et beau, qu'il a une belle voiture, et autres sottises. Pas une seule fois elle ne dit qu'elle l'aime, soupira Aletta.

– J'ai remarqué.

– Tu vas donc faire la connaissance de notre futur beau-frère.

– Je veux surtout m'assurer qu'elle ne commet pas une erreur.

– Telle que je connais Sybylla, tu n'arriverais pas à la faire changer d'avis, même si elle s'était mis en tête d'épouser Ludolf Van Deventer.

Francesca eut l'air tellement ahuri qu'Aletta éclata de rire.

– Cet Adriaen Van Jansz est sûrement mieux que lui!

Francesca en convint aisément.

– Sybylla veut que nous assistions à ses fiançailles.

– Oui, j'ai bien lu. Notre sœur est encore une enfant. Comme père. Elle croit que l'on peut ne pas garder rancune d'une offense. Rien n'indique en tout cas que l'humeur de père s'est radoucie à mon égard. A mon avis, son futur fiancé a une famille unie, et elle ne veut pas être en reste, mais je ne peux pas faire comme si rien ne s'était passé.

– Nous étions si proches, pourtant.

– Après la mort de maman, tout a changé. Je n'irai pas, Francesca. Tu pars quand ?

– La semaine prochaine.

Geetruyd, impatiente de rentrer, se dirigeait vers elles.

Aletta leur fit au revoir de la main et rentra lentement dans la maison. Il n'y avait rien d'étonnant à ce qu'elle eût l'air fatigué. Constantijn, pour tromper son ennui, avait fait d'elle son souffre-douleur. Il ne souriait que par moquerie, ne riait que méchamment et, pire que tout, plongeait dans de profonds accès de mélancolie. Il ne contesta plus jamais les restrictions de boisson, mais elle l'avait parfois trouvé ivre mort, sans qu'elle pût deviner d'où il tirait ses réserves d'alcool. Elle avait toujours sur elle la clé de la cave. Sara et Josephus étant hors de cause, elle en conclut qu'il avait une cachette dans son appartement. Il n'avait pas manqué de se moquer cruellement d'elle en la voyant tapoter les murs pour y déceler un indice.

– Pourquoi ne pas défaire les lames du plancher, tant que vous y êtes!

Elle avait même fouillé sous l'assise en bois sculpté de la banquette, en vain.

Il ne quittait toujours pas son appartement, mais s'efforçait de se déplacer seul : une corde reliée à son lit lui permettait de s'y hisser sans l'aide de quiconque, et il avait fait mettre un fauteuil sur le balcon pour les beaux jours.

Lorsque Aletta entra dans la cuisine, la cloche sonnait. Il prenait un malin plaisir à lui imposer des allers et retours inutiles sous des prétextes futiles. Elle avait remplacé Josephus aux échecs et aux cartes et, comme elle le battait de temps en temps, c'était une nouvelle source de conflit entre eux. Peut-être un jour serait-elle récompensée en le voyant renouer avec ses amis, essayer d'avoir à nouveau une vie sociale.

Geetruyd et Clara, puis les enfants Vermeer, vinrent saluer Francesca pour son départ à Amsterdam. Elle était ivre de joie à l'idée de revoir sa famille, ses amis et Pieter, et de se sentir enfin libre!

Jan l'avait autorisée à emporter son tableau le plus récent pour le montrer à son père. Toutes ses œuvres précédentes avaient trouvé acquéreur et la composition florale qu'elle avait élaborée grâce aux tulipes de la mère de Catharina avait même atteint un bon prix, ce dont elle s'était réjouie car la famille Vermeer était souvent à court d'argent.

Vermeer venait de terminer – et avait déjà vendu – un ravissant tableau de Catharina en train d'écrire une lettre, avec un corsage jaune-vert égayé d'une broche, ses boucles d'oreilles favorites brillant sous le bonnet de fine dentelle qui recouvrait délicatement sa chevelure. La servante Elizabeth, debout à l'arrière-plan, les bras croisés, attendait pour porter la lettre à son destinataire.

En ce moment il travaillait au portrait d'une dame au virginal, dans le salon.

– Pour cette toile, je vais changer le tableau qui est sur le mur du fond, avait-il confié à Francesca, car il ne négligeait aucun des détails qui contribuaient à la signification de l'ensemble.

Elle l'avait aidé à décrocher l'immense toile de Theodor Van Baburen, intitulée « L'Entremetteuse », pour la remplacer par un tableau – qu'il avait déjà fait figurer dans d'autres peintures – représentant un Cupidon brandissant une carte à jouer, symbole d'amour heureux.

Il avait prévu le pendant à ce tableau, censé évoquer l'amour profane.

– Le modèle sera luxueusement vêtu d'une robe de soie jaune au corsage bleu profond.

Catharina avait fait un clin d'œil à Francesca, car c'était la description exacte d'une de ses robes, mais comme le modèle serait vraisemblablement leur fille Maria, cela ne posait pas véritablement de problème.

– Dans ce tableau, poursuivit Jan, j'accrocherai « L'Entremetteuse » en fond, ce qui donnera une tonalité beaucoup plus sombre, en contraste avec le premier, et une signification tout à fait différente.

A présent, Francesca contemplait le paysage qui défilait sous ses yeux : fermes coquettes et vertes prairies où paissaient tranquillement vaches, moutons ou chevaux. Un réseau d'étroits canaux scintillant sous le soleil maillait la campagne. Parfois la voiture passait si près d'un moulin qu'elle entendait le bruissement du vent dans les ailes majestueuses. En apercevant les champs de tulipes elle sentit son cœur déborder d'amour pour son pays, et elle pensa tendrement à Pieter, qui devait être submergé de travail à cette époque de l'année. Sans doute ne pourrait-il pas venir souvent à Amsterdam... En contemplant les berges regorgeant de fleurs brillant comme des joyaux, il lui vint brusquement une idée : elle ne lui dirait pas qu'elle était à Amsterdam, mais au retour elle irait passer une journée avec lui à Haarlem. Au besoin elle l'aiderait s'il avait trop de travail. Elle avait promis de lui rendre visite à Haarlem au printemps, et l'occasion était toute trouvée.

Elle n'avait pas prévenu de son arrivée, et personne ne l'attendait sur la place du Dam, mais l'effervescence de la place et les odeurs du port étaient en elles-mêmes autant de signes de bienvenue, et elle réalisa à quel point sa ville natale lui avait manqué. Avec son petit bagage à main et son tableau sous le bras, elle se hâta vers la maison de son enfance. Elle entra en courant presque dans le corridor, fit une glissade sur le carrelage et ouvrit la porte de la cuisine à toute volée. Griet, les yeux écarquillés de surprise, faillit laisser tomber la casserole qu'elle tenait à la main.

– Juffrouw Francesca! Vous êtes venue pour mon mariage!

Elles tombèrent dans les bras l'une de l'autre et s'embrassèrent comme des sœurs. Griet était ravie d'être la première à lui donner les nouvelles de la maison. Hendrick et Sybylla dînaient en ville avec Adriaen et ses parents, Maria était assoupie dans le salon. Après son mariage, Griet prendrait trois jours de congé avec son époux, avant de reprendre son service.

– Sijmon a l'autorisation de rester ici avec moi avant de repartir en mer, mais il se rendra utile. Il est charpentier de marine et il réparera une fuite dans le toit. Il a aussi prévu de construire des meubles de jardin pour déjeuner dehors cet été, et quelques menus objets.

– Je sais bien que tu n'aurais pas choisi un fainéant pour époux!

Francesca alla réveiller Maria, mais la vieille femme avait déjà reconnu son pas.

– Tu es là, mon enfant! s'écria-t-elle gaiement.

Griet ajouta un couvert à la cuisine, où elle prenait ses repas avec Maria lorsqu'elles étaient seules.

Francesca ne fut pas fâchée d'avoir un peu de temps à elle pour humer l'atmosphère de la maison. Il y avait de nouveaux rideaux, de couleur crème, dans la salle à manger et le pot de Delft dans lequel Pieter avait apporté la jacinthe figurait en bonne place avec d'autres faïences dans une vitrine de la grande salle. Elle souleva le couvercle du virginal, orné de moulins à vent et de rondes d'enfants qui avaient enchanté ses jeunes années, et elle pianota quelques notes d'un air d'autrefois.

Dans sa chambre, elle trouva le bracelet d'or, cadeau de Janetje pour la Saint-Nicolas. Elle le passa à son poignet en admirant la finesse du travail florentin, avec une tendre pensée pour sa tante. Puis elle déballa les deux robes qu'elle avait apportées, une pour le mariage de Griet et l'autre pour les fiançailles de Sybylla. Elle descendit ensuite à l'atelier pour y déposer son tableau. Sur le chevalet était installé un paysage inachevé, avec un bouquet d'arbres majestueux, sûrement recomposé d'après croquis. Le ciel lui aussi serait retravaillé. Hendrick s'était toujours enorgueilli de réussir des ciels plus beaux que dans la nature. Francesca fut étonnée de voir que la peinture était très sèche : il n'avait pas dû travailler depuis plusieurs jours.

Hendrick et Sybylla rentrèrent vers onze heures, accompagnés d'Adriaen.

Des cris et des effusions de joie accueillirent Francesca, puis Adriaen, une fois les présentations faites, fit une révérence dans le plus pur style français, sous l'œil extasié de Sybylla.

– Je suis très heureux de faire enfin votre connaissance, Francesca. Sybylla est très fière de vous, en tant qu'artiste, et en tant que sœur. Aletta est-elle venue aussi ?

– Non, elle n'a pas pu.

– Oh, quelle déception ! fit Sybylla avec une moue étudiée. J'aurais tellement voulu qu'elle soit là pour nos fiançailles.

Elle leva des yeux éplorés vers Adriaen, qui sut trouver les mots justes pour la consoler.

Hendrick avait une expression fermée, et Francesca se dit qu'Aletta avait bien fait de ne pas venir.

Adriaen prit bientôt congé, et à peine eut-il franchi le seuil que Sybylla, radieuse, tendit les mains vers sa sœur.

– Alors, qu'en penses-tu ? N'est-ce pas l'homme le plus merveilleux du monde ?

– Sans aucun doute, répondit Francesca dans un sourire.

– Je savais que tu aurais de l'inclination pour lui ! Comme toutes les femmes ! Mais c'est mon fiancé ! Je suis tellement heureuse !

– Moi aussi, je suis heureux pour toi, ma chérie, dit Hendrick en lui caressant la tête. Maintenant, va au lit. Je voudrais parler quelques instants avec Francesca, si elle n'est pas trop fatiguée.

Le père et la fille s'installèrent dans la grande salle. Hendrick voulait tout savoir de Vermeer, et posa des quantités de questions. Francesca lui demanda pourquoi le paysage qu'elle avait vu tout à l'heure à l'atelier était inachevé, et il lui expliqua qu'il était en train d'exécuter un portrait de groupe pour la Garde Civile, à l'église de Zuider.

– J'ai pris un jeune artiste, Hans Roemer, pour faire les fonds et les détails. Je ne peindrai que les visages. Il vient juste de terminer son apprentissage à Haarlem, et il est venu à Amsterdam pour faire fortune.

L'idée apparut saugrenue pour un peintre à Hendrick, qui poussa un petit rire étouffé.

– Vous l'avez choisi parce qu'il appartient à la même Guilde que vous ?

– Un peu, oui. Mais aussi parce que j'ai aimé les échantillons de son travail qu'il m'a montrés.

– J'irai jeter un coup d'œil à ce tableau demain matin.

– C'est Pieter qui m'a proposé cette commande.

– Vous êtes-vous réconciliés ?

– Oui.

– J'en suis très heureuse. Aletta pourra-t-elle revenir bientôt à la maison ?

– Non, ça n'a rien à voir.

Francesca n'insista pas pour l'instant. Du moins la réconciliation avec Pieter était-elle un bon point, et elle se dit qu'avec le temps Hendrick finirait par s'adoucir.

– Dans sa dernière lettre, Pieter ne me parle pas de votre rencontre. Pour parler franchement, père, vous êtes tellement imprévisible qu'il n'a sans doute rien voulu en dire au cas où vous changeriez d'avis.

– Vous vous êtes écrit ? demanda Hendrick avec un regard inquisiteur.

– Oui. Nous nous sommes vus également.

– Je l'avais pourtant interdit.

– Qu'est-ce qui aurait pu vous empêcher de voir maman quand vous êtes tombé amoureux d'elle ?

– Ce n'est pas comparable.

– Vrouw Wolff a fait de son mieux pour faire respecter vos directives, elle n'est pas à blâmer. Je comprends que, lorsque je suis partie, vous vous soyez inquiété pour moi, mais toutes ces instructions étaient superflues : Pieter n'a jamais été un obstacle à mon travail. Au contraire, il m'a inspirée. Il y a eu une évolution notoire dans ma technique lorsque je suis tombée amoureuse de lui, au moment où j'ai peint la jacinthe.

– Assez parlé de Pieter ! fit brusquement Hendrick en crispant les poings. Nous avons le temps. Il faut marier Sybylla d'abord.

– Ne vous inquiétez pas. Pieter et moi n'avons pas l'intention de nous marier maintenant. Il faut d'abord que je finisse mes études. J'ai apporté un de mes tableaux, je vous le montrerai demain.

– Bien sûr. Maintenant il est temps d'aller au lit. Tu as eu une rude journée.

– Je voudrais vous demander encore une chose. Comment ferez-vous pour doter suffisamment Sybylla ?

– Le père d'Adriaen s'est montré extrêmement compréhensif. Je lui ai annoncé sans ambages que je ne pouvais donner que la petite somme d'argent léguée par votre mère et il l'a acceptée comme dot symbolique.

– Quelle chance que heer et vrouw Van Jansz fassent passer le bonheur de leur fils avant les questions d'argent !

A quelque distance de là, dans leur somptueuse demeure de Heerengracht, heer et vrouw Van Jansz avaient une discussion houleuse. Madame était en larmes, et monsieur, au comble de l'exaspération, n'aspirait qu'à aller au lit.

– Mais pourquoi l'a-t-il choisie, elle ? se lamentait vrouw Van Jansz, faisant écho à des générations de mères avant elle.

– Le fait est là.

– Adriaen aurait pu trouver une jeune fille de notre milieu !

– Ma chère, nous avons débattu maintes fois de ce sujet. Vous étiez la première à souffrir de la liaison scandaleuse de notre fils. Vous vouliez qu'il reste toute sa vie à la botte de cette catin ?

– Grand Dieu, non ! s'exclama-t-elle, choquée. Mais pourquoi la fille d'un artiste ? Qu'est-ce qu'il peut bien lui trouver ?

Heer Van Jansz voyait exactement ce que son fils trouvait à Sybylla, mais il pouvait difficilement le dire à sa femme.

– Qu'importe. Jusqu'à présent elle est la seule à avoir pu le détourner de cette femme. Cela méritait bien le sacrifice d'une dot. Estimez-vous heureuse d'avoir un jour un petit-fils pour prendre la succession des Van Jansz. Sur ce, ma chère, je vous souhaite la bonne nuit.

En son for intérieur il se disait qu'il n'aurait pas non plus choisi Sybylla, mais ce mariage mettrait un point final aux ragots qui entachaient le nom des Van Jansz. Il ne savait pas si c'était Adriaen ou sa fortune qui faisait briller si fort ses jolis yeux, mais en tout cas elle saurait veiller au grain, se dit-il en regagnant sa chambre.

18

Griet quitta la maison Visser, des cadeaux de mariage plein son panier. Hendrick lui avait demandé de passer chez Ludolf pour l'informer de l'arrivée de Francesca, ce qu'elle fit sans se poser plus de questions avant de rentrer chez elle d'un pas léger.

– C'est du bon travail, dit Hendrick en découvrant le tableau de Francesca, un petit portrait intitulé « Jeune Fille au collier de perles ».

En réalité, il était stupéfait des progrès de sa fille, mais porté à l'hyperbole pour ses propres œuvres, il répugnait à la griser de compliments, bien qu'elle n'eût jamais été encline à la vanité. Il se sentait plus à l'aise vis-à-vis d'elle, certain maintenant que la fin de ses ennuis viendrait avec le mariage de Sybylla. La chance lui avait toujours souri...

– C'est la fille aînée des Vermeer qui a posé pour moi, précisa Francesca.

Hendrick s'était rapproché de la toile pour étudier de près les coups de pinceau. La technique de Francesca ne gardait aucune trace de sa propre facture, héritée de Frans Hals, avec ses touches audacieuses, mais avait évolué vers un style plus éthéré, dont la vigueur forçait cependant le regard : la lumière jouait sur le visage pâle et les yeux noirs du modèle, aussi chatoyant que les perles à son cou. Francesca avait su traduire sur la toile la fragilité et le charme d'un instant qu'un souffle ou un battement de cils auraient pu rompre à tout jamais.

– Je vois que les leçons de maître Vermeer t'ont été profitables, dit Hendrick non sans une arrière-pensée un peu amère quant à la faillite de son propre enseignement. Tu ne devais pas aller à l'église de Zuider ce matin ?

– Si. J'ai même demandé à Sybylla de m'accompagner. Elle n'a pas encore vu votre travail. Vous as-t-elle seulement dit une seule fois qu'elle était amoureuse d'Adriaen ?

– Non, mais cela ne veut rien dire. Bien sûr, fit Hendrick avec un geste emphatique, nous savons toi et moi qu'elle est fascinée par tout ce qu'il représente, mais il lui plaît sincèrement. Par pitié, n'installe pas le doute dans son esprit ! J'ai hâte de la voir mariée. Tu n'imagines pas le nombre de prétendants que j'ai dû éconduire depuis que tu es partie !

– Ils n'étaient pas assez riches ?

– En majorité, si. Mais dès qu'elle posait les yeux sur un célibataire ou un veuf, ils croyaient avoir leur chance et j'étais sans arrêt importuné par leurs visites. Mais j'ai eu vite fait d'y mettre le holà.

– Je vous fais confiance, dit Francesca avec une lueur amusée dans le regard. Allez, je vous laisse à votre paysage. J'aime beaucoup les arbres.

– Je les ai peints d'après des croquis datant de quelques années déjà.

Tout au long du chemin, Sybylla ne cessa de parler de la tenue qu'elle mettrait pour ses fiançailles et du brocart d'argent que leur tante Janetje allait lui envoyer de Florence pour confectionner sa robe de mariée.

– Connaissant son goût, j'imagine que ce sera ravissant. Fera-t-elle le voyage pour ton mariage ?

– Hélas non ! Son époux a de nouvelles responsabilités et elle est obligée de rester auprès de lui dans les mois à venir.

L'église de Zuider était bâtie comme une basilique, avec une nef élancée éclairée par de hautes fenêtres. Dans une abside, elles trouvèrent le chevalet où était installée l'immense toile, mais pas trace de Hans Roemer. Sa blouse, sa palette et ses pinceaux étaient posés sur une table à l'écart.

Les deux sœurs contemplèrent un instant le tableau en cours : les personnages étaient grandeur nature, attablés ou debout. Trois des visages étaient terminés, dont celui du porte-drapeau qui ressortait sur le fond ocre brun avec son costume de soie claire rehaussé de parements dorés et son chapeau gris orné de plumes jaunes.

– Mais où est passé le peintre ? s'enquit Sybylla.

– Ici ! répondit une voix, derrière les grilles d'une abside.

La voix appartenait à un jeune homme aux cheveux en bataille, au regard insouciant dans un visage fin, avec une large bouche que semblait animer un sourire perpétuel. Bien calé sur un prie-Dieu, les jambes allongées, il mordait avec appétit dans un morceau de pain et de fromage. A ses côtés gisait une loque multicolore et emplumée qui ressemblait vaguement à un chapeau, à côté d'un pichet d'eau et du reste de son festin. Ses vêtements avaient fait leur temps et il était chaussé de galoches à semelle de bois.

– J'espère que vous ne laissez pas de miettes par terre, dit Sybylla avec un réflexe de ménagère.

– Pourquoi ? Vous avez oublié votre balai ? dit-il avec une mine comique. Ne vous en souciez pas : de toute façon il y a une petite souris qui vient nettoyer derrière moi ! Je ne voudrais pas la décevoir ! Je crois même que je vais l'intégrer dans le tableau.

– Ça n'est pas possible ! s'exclama Sybylla, indignée. Une souris ! Dans un tableau de cette importance !

– Rassurez-vous, je ne la mettrai pas à table avec les officiers, mais dans un petit coin, pas facile à dénicher !

Francesca riait de bon cœur.

– Vous lui avez donné un nom ?

– Je l'ai surnommée Rembrandt, à cause du grand maître qui autrefois a peint ici même.

– Je vous trouve bien irrespectueux, fit Sybylla d'un air hautain.

– Mais non, dit Francesca. Rembrandt ne dédaignait pas la plaisanterie et je suis sûre qu'il ne s'en offusquerait pas.

– Permettez que je me présente : Hans Roemer. Je travaille pour maître Visser, dit le jeune homme en se levant d'un bond.

– Nous sommes au courant, répondit Francesca. Nous sommes ses filles. Voici Sybylla, je suis Francesca.

– Enchanté ! Votre père m'avait dit qu'il avait deux filles.

Sybylla et Francesca échangèrent un regard surpris.

– Nous sommes trois, s'empressa de rectifier Francesca. Notre sœur est à Delft en ce moment.

– C'est vous qui suivez un apprentissage chez maître

Vermeer ? A quoi ressemble son travail ? Je n'ai jamais rien vu de lui.

Sybylla, qui ne supportait pas de ne pas être l'objet de tous les soins, s'ennuya rapidement. Elle dut admettre que même s'il ne payait guère de mine, ce jeune homme avait un charme indéniable. Il était passionné par ce que Francesca lui racontait de Vermeer, et la pressait de questions.

– Il faut que nous partions, dit-elle d'un ton impatient. Je n'ai pas de temps à perdre, je me fiance dans deux jours ! Et il faut encore que nous passions chez de Hartog !

Francesca et Hans la dévisagèrent d'un air étonné. Sybylla se mit à rougir.

– Eh ! fit Hans avec une lueur de malice dans le regard, on peut prendre le temps de vivre, même avant ses fiançailles ! Il faut peut-être que vous vous entraîniez à porter votre bague !

Sybylla écumait de rage.

– Vous n'avez pas le droit de me parler ainsi ! Je suis la fille de votre maître.

– En l'occurrence, maître Visser est mon employeur.

– Raison de plus pour ne pas flâner !

– Exact. C'est bien pourquoi j'étais ici aux premières heures de l'aube pour profiter au maximum de la lumière. Demain, voulez-vous venir partager mon unique et frugal repas ?

– Cessez de vous moquer de moi !

– Allons-y, intervint Francesca, gênée par l'attitude de sa sœur. Je repasserai avant mon départ pour voir si vous avez fini le porte-drapeau, lança-t-elle à Hans avant de tourner les talons.

– J'attends votre visite avec impatience, mejuffrouw Visser. Bonne journée à vous deux.

Une fois dans la rue, Francesca jeta un regard intrigué à sa sœur.

– Pourquoi as-tu été si agressive avec ce jeune homme ? Je reconnais que l'allusion à la bague était un peu insolente, mais il ne pensait pas à mal.

– J'ai eu l'impression que jamais je ne pourrais t'arracher à sa compagnie.

– Ne sois pas si capricieuse. Tu ne peux pas être toujours au centre de toutes les conversations.

– Je savais bien quand tu es revenue que tu allais encore me traiter comme une gamine de cinq ans !

Figure-toi que je serai bientôt une femme mariée, et tu n'as pas d'ordres à me donner!

– Bien sûr que non. J'ai été longtemps absente de la maison, et je sais que vous vous êtes très bien débrouillées sans moi.

Sybylla regretta immédiatement ses paroles, car au fond d'elle-même elle était ravie que sa sœur fût rentrée. Elle s'en mordit les lèvres.

– Excuse-moi. Je ne sais pas ce qui m'a pris. J'ai les nerfs à vif.

– Tu vas bientôt te marier, il est normal que tu sois émue.

Sybylla se dit que sa sœur avait raison car elle ne se sentirait vraiment rassurée que lorsque Adriaen lui aurait passé la bague au doigt. Elle vivait dans la hantise que Hendrick fasse une scène chez les Van Jansz, dont il n'approuvait pas le soutien au Grand Pensionnaire Johan de Witt, lequel présidait aux destinées de la Hollande depuis maintenant vingt ans. Hendrick croyait fermement qu'il fallait résister aux visées de Louis XIV. Elle avait fait promettre à son père de ne jamais aborder ce sujet chez les Van Jansz tant qu'elle ne serait pas officiellement fiancée. Contrairement à ses sœurs, la politique l'ennuyait, et elle ne comprenait pas pourquoi les hommes en arrivaient à s'entre-déchirer pour telle ou telle cause. Francesca affirmait avec conviction que toutes les femmes devraient avoir un pouvoir de décision dans les affaires du pays – et pas seulement celles que le hasard de la naissance avait placées sur le trône comme Elizabeth d'Angleterre ou Christine de Suède.

Elles firent un crochet par chez Pieter pour s'assurer qu'il était bien à Haarlem, ce que la gouvernante leur confirma.

Willem de Hartog accueillit Francesca avec enthousiasme, la pressant de questions sur son travail avec Vermeer, tandis que Sybylla bavardait avec sa femme. Willem, désireux de voir le tableau de Francesca, les raccompagna.

A la maison, une mauvaise surprise attendait Francesca, en la personne de Ludolf. Elle se raidit en le voyant et la présence de Willem lui épargna une embrassade.

– Je vous convie tous à dîner ce soir pour fêter le retour de Francesca.

Sybylla accepta avec enthousiasme, toujours ravie d'avoir une occasion de parader.

– Adriaen est-il invité ?

– Oui, ainsi que ses parents.

Tout en accompagnant Willem et Francesca jusqu'à l'atelier, Ludolf se disait que le moment était venu de parler à Francesca. Il s'estimait désormais en droit de réclamer les baisers auxquels un fiancé peut prétendre, bien que la violence de son désir eût exigé davantage. Il devait également mettre les choses au point avec Geetruyd et il se dit qu'un millier de florins adoucirait sa déception. Sans doute apprécierait-elle une broche en diamants en souvenir de leur liaison, et dès qu'il n'aurait plus besoin d'elle, il cesserait de la voir. Quand Louis XIV serait maître de la Hollande, il aurait un poste important à La Haye et même si Francesca devait faire une troisième année d'apprentissage, elle pourrait continuer après l'avoir épousé : Delft n'était pas loin – elle pourrait s'y rendre deux ou trois fois par semaine. S'il avait pu vendre sa maison d'Amsterdam sans prêter le flanc aux ragots, il l'aurait déjà fait pour acquérir la splendide propriété qu'il avait repérée à La Haye. Tout ceci n'était plus qu'une question de patience...

Le dîner se déroula harmonieusement. Bien que placée à la droite de Ludolf, Francesca conversait agréablement avec heer Van Jansz à sa gauche. Sybylla était resplendissante de bonheur, se voyant déjà présider des tables de banquet encore plus somptueuses. Elle échangeait sans cesse des regards complices avec Adriaen, et ne remarqua pas l'expression résignée de vrouw Van Jansz lorsqu'il arriva que celle-ci regarde dans sa direction.

Hendrick, placé à côté de vrouw de Hartog, entretenait avec celle-ci une conversation enjouée. Pour la première fois depuis longtemps, il était de bonne humeur, persuadé d'être bientôt délivré de la tyrannie de son mécène.

A la fin du dîner, Ludolf, tout sourire, se leva pour porter un toast.

– Chers amis, il y a ce soir à ma table un jeune couple sur le point de s'unir : le nom des Van Jansz sera désormais lié avec bonheur à celui des Visser. Permettez-moi à mon tour de vous annoncer mes propres fiançailles. Levons notre verre à ma future épouse, Francesca Visser.

Heer Van Jansz et sa femme se levèrent spontanément, suivis de Willem et de son épouse, qui eurent du mal à dissimuler leur étonnement. Sybylla était bouche bée et Francesca pâle comme la mort. Hendrick, négligeant toute retenue, la face congestionnée, frappa violemment du poing sur la table, faisant trembler cristaux et chandeliers.

– Non! rugit-il.

Vrouw Van Jansz, qui de sa vie n'avait assisté à une telle scène lors d'un dîner dans la bonne société, s'affaissa mollement sur sa chaise en déployant son éventail.

– Rentrons à la maison immédiatement, lança-t-elle à son époux de l'autre côté de la table.

– Il y a un malentendu, dit Francesca, tentant de se ressaisir. L'incident est clos. Je vais m'entretenir avec Ludolf en privé, en présence de mon père.

Sybylla éclata en sanglots. Pourquoi Hendrick avait-il fait un tel éclat! Il avait gâché la soirée et fait fuir les parents d'Adriaen. Les de Hartog prirent congé à leur tour. Adriaen vint lui parler à l'oreille.

– Retirons-nous dans le salon. Heer Van Deventer va raccompagner ses hôtes, puis s'entretenir avec maître Visser et Francesca dans la bibliothèque.

Elle sécha en hâte ses larmes, se leva avec toute la dignité dont elle était capable et le suivit dans le salon, où elle se laissa délibérément choir dans ses bras. C'était la première fois qu'ils se trouvaient seuls et le jeune homme mit toute son ardeur à la consoler.

Dans la bibliothèque, Hendrick, planté devant la fenêtre, n'arrivait pas à affronter le regard de Francesca.

– Est-ce que vous savez ce qui a poussé Ludolf à faire cette déclaration extravagante?

Hendrick dut faire un effort surhumain pour lui répondre.

– Je ne voulais pas te le dire maintenant. Rien ne pourra se faire avant la fin de tes études, mais j'ai signé l'an dernier un contrat de mariage te liant à Ludolf.

Tout d'abord elle n'en crut pas ses oreilles. Puis les réticences de Pieter lui revinrent en mémoire. Elle songea à la sinistre légende dans laquelle une jeune fille est vendue à un prétendant qui n'est autre que la mort elle-même, visqueuse et putride.

– Mais pourquoi?...

– Je devais avoir bu.

L'explication lui parut, hélas, plausible.

– Est-ce que Pieter est au courant?

– Je le lui ai dit lorsqu'il est venu me commander le grand tableau mais ni lui ni moi n'avions l'intention de te mettre au courant.

Elle se sentit envahie par une immense tristesse à l'idée que désormais son salut était dans la fuite, ce qui signifiait quitter son pays et sa famille pour de nombreuses années.

– Mais, il y a un an, Amalia était encore en vie!

– Non, il a fait établir ce contrat le lendemain de sa mort.

Francesca, qui n'avait pas remis les pieds dans cette maison depuis la soirée tragique, avait beaucoup pensé à Amalia au cours du dîner.

Elle cacha sa figure dans ses mains, en proie à un profond désarroi. A l'arrivée de Ludolf, elle se redressa, une expression hostile sur le visage. Tout ne s'était pas exactement passé comme prévu : Ludolf ne s'attendait pas à une telle démonstration de la part de Hendrick qu'il croyait suffisamment échaudé par ses six semaines de prison. Quant à Francesca, il avait misé sur sa bonne éducation et sa maîtrise de soi pour se taire devant les invités, et là encore il s'était trompé...

Il se composa une expression doucereuse.

– Ma chère Francesca, ne le prenez pas en mauvaise part. Je reconnais que ces fiançailles vous ont été annoncées à brûle-pourpoint, mais, comme votre père a dû vous l'expliquer, elles ont été conclues de longue date et les convenances m'interdisaient de vous en parler plus tôt. Soyez assurée que vos ambitions me tiennent à cœur et je veillerai à ce que rien ne vienne perturber votre travail. Vous irez en Italie, et si cela peut vous faire plaisir j'installerai Aletta dans un atelier. Votre père sera à l'abri des problèmes matériels jusqu'à la fin de ses jours.

– N'essayez pas de me suborner. Jamais mon père ne m'a obligée à faire quoi que ce soit contre ma volonté, et ce n'est pas aujourd'hui qu'il va commencer! Je ne vous épouserai jamais!

– Vous sous-estimez la profondeur de mes sentiments, Francesca. Je n'ai pas l'intention de vous contraindre, et mon désir le plus cher est que vous veniez à moi de votre plein gré. D'ici à la fin de votre apprentissage, vous avez tout le temps pour vous décider.

– Vraiment? fit-elle d'un air incrédule.

– Bien sûr. Je me rangerai à vos désirs.

– Iriez-vous jusqu'à déchirer le contrat ?

– Oui. Mais je crains que cela ne cause beaucoup de chagrin à monsieur votre père. Demandez-lui donc de s'expliquer, il est grand temps.

– Non ! s'écria Hendrick, au supplice.

Il se rua hors de la pièce. Francesca allait lui emboîter le pas, mais Ludolf la retint par le bras.

– Laissez-le. Il est trop lâche pour vous avouer la vérité.

– Alors, dites-la-moi, vous !

– Bien, mais vous feriez mieux de vous asseoir.

Hendrick se précipita dans la salle de banquet, où il espérait trouver Sybylla et Adriaen. Un des serviteurs qui s'affairait à débarrasser la table lui dit que le jeune couple s'était retiré dans le salon. Il ouvrit la porte à toute volée et les trouva amoureusement enlacés sur une banquette. Ils se dressèrent d'un bond. Sybylla rougit en réajustant son décolleté.

– Sors d'ici, Sybylla ! tonitrua Hendrick.

– Mais, père...

Il la prit par le bras et la jeta littéralement hors de la pièce, puis ferma à clé derrière elle. Adriaen, nullement surpris par cette démonstration de colère paternelle, se dit que c'était le moment de présenter des excuses s'il ne voulait pas arborer un œil poché le jour de ses fiançailles.

– Je me suis laissé emporter par ma passion pour Sybylla, maître Visser. Il est vrai que je l'ai déjà embrassée...

– Là n'est pas la question. Je suis dans une situation désespérée. Me consentiriez-vous un prêt important ?

– Je n'ai pas d'argent sur moi ce soir, dit Adriaen, soulagé de s'en tirer à si bon compte, mais nous pouvons convenir d'une somme. Combien voulez-vous ? Quelques centaines de florins ?

– Il ne s'agit pas de centaines, mais de milliers.

Adriaen réagit en banquier.

– Dans ce cas, venez à mon bureau demain matin. Je ferai tout mon possible pour vous aider.

– J'ai besoin de votre promesse immédiatement. Pour l'amour du ciel, vous n'allez pas dire non à votre futur beau-père !

– Dites-moi au moins pourquoi vous avez besoin de tant d'argent ?

– Pour régler mes dettes de jeu à Van Deventer. Si je

ne peux pas m'en libérer sur-le-champ, les conséquences seront terribles pour Francesca.

Adriaen commença à se méfier. Il se dit que pour un joueur, c'était le rêve d'avoir un banquier dans la famille, mais il ne voulait pas mettre le doigt dans l'engrenage avant d'avoir débattu du problème avec son père.

– Je suis désolé, maître Visser, mais je ne vois pas pourquoi vous vous adressez à moi. Van Deventer avait l'air très heureux d'annoncer ses fiançailles avec Francesca, et je ne crois pas qu'il veuille rompre uniquement parce que vous lui devez de l'argent.

– Mais vous n'avez rien compris, idiot! vociféra Hendrick. Si je ne le rembourse pas, Francesca sera obligée de l'épouser contre son gré. Je veux faire annuler ce contrat de mariage.

A cet instant, la poignée de la porte grinça, actionnée de l'extérieur.

– Je vous en prie, père, laissez-moi entrer, dit Francesca.

Sybylla, à côté d'elle, était dans tous ses états.

– Adriaen, réponds-moi! Tout va bien?

Hendrick, la tête dans les mains, émit un grognement d'exaspération. Adriaen, qui n'avait pas digéré de s'être fait traiter d'idiot par un joueur impénitent, ne lui accorda même pas un regard et alla directement déverrouiller la serrure.

Sybylla se précipita vers lui pour s'assurer qu'il n'était pas blessé, et Francesca, suivie de près par Ludolf, se dirigea vers son père.

Hendrick tourna lentement la tête vers elle.

– Alors, il t'a tout dit?

– Oui. J'aurais tellement aimé que vous me le disiez vous-même.

– J'espérais toujours trouver une solution.

– Je comprends. Rentrons à la maison, maintenant.

Hendrick et ses filles prirent place dans la voiture d'Adriaen tandis que celui-ci prenait congé de leur hôte. Sybylla s'était mise à crier contre son père, mais se tut dès qu'Adriaen les eut rejoints. Il se dit qu'elle n'avait pas un caractère de tout repos, mais en pensant à ses jolis seins qu'il avait mignotés tout à l'heure, il se sentit enclin à lui pardonner toutes ses sautes d'humeur.

– Toutes ces instructions concernant mon hébergement à Delft venaient donc de Ludolf, dit Francesca.

– Hélas oui, et je ne pouvais m'y opposer.

– Tu ne m'en voudrais pas trop si je n'assistais pas à tes fiançailles? dit Francesca en passant un bras autour des épaules de sa petite sœur. Il faut que je voie Pieter au plus vite.

– Non, mais tu me promets de venir à mon mariage!

– J'ai déjà la permission de maître Vermeer.

– Tu seras encore là pour le mariage de Griet demain?

– J'irai à la cérémonie religieuse avec vous, puis je prendrai le coche pour Haarlem dans l'après-midi. Je voudrais que tu me rendes un petit service.

– Tout ce que tu voudras.

– J'aimerais que tu ailles m'excuser auprès de Hans Roemer. Je lui avais promis de revenir voir le tableau.

– Bien, j'irai un de ces jours, fit Sybylla avec une moue réticente, bien qu'au fond l'idée de revoir ce jeune impertinent l'amusât.

Elle embrassa son père pour lui souhaiter bonne nuit, en refoulant les larmes qui lui montaient aux yeux. Elle lui avait déjà pardonné son comportement excessif. Restée seule avec Francesca, elle donna libre cours à ses larmes, sincèrement émue par la situation désespérée dans laquelle se trouvait sa sœur aînée. Elle la réconforta comme elle put.

– Tout n'est pas perdu, Francesca. Tu as encore quelques mois devant toi. Pieter aura sûrement une idée pour te délivrer de Ludolf.

– Peut-être. Va te coucher maintenant. Père et moi avons encore à parler. Mais ne t'inquiète pas. Je n'ai pas l'intention de lui faire des reproches.

Sybylla admirait l'absence de ressentiment et la sagesse de Francesca. Elle se dit qu'à sa place elle aurait hurlé plus fort que tous les carillons d'Amsterdam.

Le mariage de Griet se déroula dans une atmosphère joyeuse et bon enfant. La bière coulait à flots et la danse allait bon train, lorsque Francesca s'éclipsa discrètement après avoir salué les mariés. Elle se changea pour le voyage et prit son bagage, puis se mit en route pour la place du Dam d'où partait le coche pour Haarlem.

Tout au long du trajet, elle ressassa les événements

de la veille. Ludolf avait menacé de faire jeter Hendrick en prison pour dettes si le contrat de mariage n'était pas honoré, ou si elle cherchait à lui échapper de quelque façon. Elle était encore sous le choc, mais il lui restait cinq jours à passer avec Pieter, et elle était bien décidée à en profiter.

Le coche s'arrêtait à Haarlem devant la halle aux viandes et Francesca avait encore une lieue à parcourir à pied jusqu'à la maison de Pieter. Il faisait nuit et les premières étoiles brillaient déjà lorsqu'elle actionna le heurtoir. La lueur qui vacillait au premier étage s'évanouit et Pieter lui-même ouvrit la porte. Jamais elle n'oublierait l'expression de surprise heureuse qui illumina ses traits à cet instant.

– Francesca, mon amour! Entre.

Elle déposa son bagage et en une seconde ils tombèrent dans les bras l'un de l'autre. Leurs lèvres se joignirent en un baiser passionné, puis, relâchant leur étreinte, ils se mirent à bavarder joyeusement, se pressant mutuellement de questions.

Francesca jeta un coup d'œil autour de la pièce, d'où émanait une impression de tranquille harmonie. Son œil d'artiste fut frappé par le tapis de table oriental dont les nuances de vermillon, d'indigo, de jaune citron et de vert véronèse n'étaient pas sans rappeler celles de sa propre palette. Une armoire massive, un coffre ancien sculpté et quelques tableaux sur bois complétaient l'ensemble.

– Quelle jolie pièce! s'exclama-t-elle.

– Lorsque mon père a fait construire cette maison, il a été très attentif aux proportions. Pour faire plaisir à ma mère, qui n'était alors que sa fiancée, il avait acheté des meubles à la mode, mais lorsque je suis devenu propriétaire, j'ai remis des meubles de l'ancienne ferme qui avaient été entreposés dans une grange. Au cours des années, j'y ai ajouté par-ci par-là quelques objets qui me plaisaient.

– Comme tu dois être bien ici! dit-elle en s'approchant du feu. Cette maison est si chaleureuse!

– Elle t'attendait.

– Comme j'aimerais que ce soit vrai!

Pieter la prit doucement par la taille.

– Ma chérie, ta place est ici, avec moi, sous ce toit. Il y a une grande pièce éclairée par trois fenêtres, dont l'une donne à l'est sur les champs de tulipes, qui te fera un très bel atelier. Qu'est-ce qu'il y a ? dit-il en voyant une ombre passer dans son regard.

Elle posa sa tête contre son épaule.

– Mon père a signé un contrat de mariage qui me lie à Ludolf.

Pieter la serra contre lui, caressant tendrement ses cheveux.

– Comment l'as-tu appris ?

Elle lui raconta la scène du dîner chez Ludolf, et ses menaces d'incarcération à l'encontre de Hendrick, pour le faire plier.

– Nous ne pourrons même pas nous enfuir.

– Sauf s'il vient à Florence avec nous, dit-il en lui prenant doucement le menton pour l'obliger à le regarder.

– Il a toujours juré qu'il ne quitterait jamais Amsterdam... mais, évidemment, si les circonstances l'y poussaient... Maria pourrait aller chez Sybylla et Griet ne serait pas en peine de trouver une nouvelle place. Père parle avec tellement d'enthousiasme de Michel-Ange, il trouverait là-bas des sources d'inspiration.

– J'en suis certain.

– Il pourrait emporter ses toiles préférées – les portraits de maman, et celui de Titus par Rembrandt. Il ne se séparera jamais de sa palette ni de ses pinceaux favoris, mais tout cela n'est pas bien lourd.

– Essaie de lui suggérer cette idée à la prochaine occasion.

– Ce sera pour le mariage de Sybylla, très bientôt. La difficulté ne sera pas mince de le convaincre de se couper ainsi de ses racines. En tout cas, il faut que je fasse en sorte d'entrer à la Guilde au bout de deux ans.

– Pourquoi donc ?

– Songe à la situation de mon père ! Je ne peux pas l'obliger à s'endetter encore pour financer une troisième année !

– Elle est payée d'avance.

– Comment cela ! Par qui ?

– Tu ne devines pas ?

– Par toi, Pieter !

– Je ne voulais pas que tu le saches, mais maintenant, je peux bien te le dire.

Elle lui prit la main et la pressa contre ses lèvres.

– Donc, c'est à toi que je devrai ma réussite! Mais tu me connaissais à peine lorsque tu as pris cet engagement!

– Je t'aimais déjà.

Elle lui embrassa de nouveau la main et fit quelques pas autour de la pièce. Elle ne voulait pas perdre une seule minute de ces instants précieux. Peut-être n'aurait-elle pas de sitôt le bonheur de se trouver seule avec Pieter.

– Où te mets-tu pour m'écrire?

– A un petit bureau dans la pièce à côté, dit-il en la prenant par la main pour lui faire visiter la maison.

Dans la salle à manger attendait un souper froid, préparé par une femme du pays qui tenait son intérieur lorsqu'il était à Haarlem. Francesca ayant exprimé le désir de faire un brin de toilette avant le dîner, il la conduisit à l'étage, dans une chambre où elle trouva tout le nécessaire. Il y avait un lit clos ancien, comme dans toutes les chambres de la maison.

Pieter était redescendu pour dresser un second couvert. Elle avait revêtu la robe de velours rouille qu'elle portait pour le mariage de Griet et ses boucles, rejetées en arrière par des rubans, dansaient joliment au-dessus de ses oreilles. Il recula cérémonieusement sa chaise pour qu'elle prenne place.

– Si j'avais pu prévoir ta visite, j'aurais fait préparer un repas de fête.

– Mais *c'est* un repas de fête, déclara-t-elle.

Il y avait du homard, des viandes fumées, du fromage, des fruits, et une tarte aux amandes avec de la crème.

Pieter lui servit un verre de vin blanc frais.

– D'habitude, la brave femme qui fait la cuisine sert à table, mais lorsque je travaille tard, je ne l'oblige pas à m'attendre, et elle me laisse un repas tout prêt.

– Je préfère que nous soyons seuls, dit-elle en le regardant tendrement.

– Moi aussi.

Ils bavardèrent joyeusement, avides de se donner mutuellement des nouvelles. Elle lui parla du tableau de la Garde Civile, et ils rirent ensemble de l'impertinence de Hans Roemer, qui voulait faire figurer une souris dans un coin du tableau. Elle ressentit le besoin de faire un geste symbolique pour conjurer la menace qui planait sur elle, et elle demanda à Pieter de lui montrer la pièce qui lui servirait d'atelier.

Pieter prit un chandelier pour éclairer la pièce, vaste et nue à l'exception d'un grand chevalet qui trônait au beau milieu.

– Je l'ai eu pour quelques florins au marché de Haarlem, expliqua Pieter. Il est très ancien.

– Il a l'air en bon état, dit Francesca en l'examinant de plus près.

– Imagine que ce chevalet ait appartenu un jour à Frans Hals!

Pieter éteignit le chandelier et ils s'approchèrent de la fenêtre. La vue était d'une beauté exquise. Les champs de tulipes brillaient de façon irréelle sous la lune, tout au bout du jardin.

– Demain à la lumière du jour, tu verras comme leurs couleurs sont éclatantes. Au lever du soleil, les pétales ressemblent à de l'or, tout comme ils ont l'air en argent sous le clair de lune.

– Comme j'aimerais fixer ce moment magique sur la toile! Un jour, dit-elle en levant vers lui son visage baigné de clarté lunaire, je peindrai dans cet atelier, quoi qu'il m'arrive.

– Pourvu que les événements nous séparent le moins possible, dit-il en la prenant dans ses bras.

– Je ne sais pas ce que l'avenir nous réserve... en tout cas il nous faut profiter du moment présent.

Ils s'embrassèrent longuement, puis il la souleva dans ses bras et la porta jusqu'à sa chambre à travers la maison inondée par le clair de lune.

Il délaça ses rubans et elle se mit à trembler de bonheur lorsqu'il fit glisser sa chemise de batiste de ses épaules, livrant ses seins pâles à ses baisers. Il fit tomber son dernier jupon qui atterrit sur le sol comme un pétale d'argent et laissa ses mains courir sur ses hanches. Lorsque ses baisers se firent plus précis, elle se cambra, et, les yeux clos, la tête renversée en arrière, elle se laissa aller à des sensations inconnues, d'une douceur exquise.

Il la porta sur le grand lit clos et l'instant d'après il était près d'elle, nu et pâle comme un dieu de la lune. Elle gémit de plaisir tandis qu'il explorait amoureusement son corps et ils succombèrent bientôt à leur passion mutuelle. Le monde alentour bascula dans l'oubli, et ils chavirèrent dans une extase dont elle crut ne jamais pouvoir émerger. Petit à petit pourtant, les contours de la pièce redevinrent distincts.

– Je t'aimerai toute ma vie, dit-il gravement en se hissant sur les coudes, les yeux plongés dans les siens.

– Moi aussi, murmura-t-elle.

– Ta place est désormais ici, Francesca, et rien ne pourra nous séparer.

C'était son vœu le plus cher, elle se souleva légèrement pour l'embrasser, et ils roulèrent ensemble dans les moelleux oreillers de plume.

19

Un peu avant l'aube, Francesca sentit Pieter qui l'embrassait avant de se lever et de disparaître dans une pièce adjacente pour faire sa toilette.

Elle allait à nouveau sombrer dans le sommeil lorsqu'elle se rappela les tulipes. Le ciel pâlissait déjà. Elle se glissa hors du lit et enfila sa chemise de nuit en batiste puis descendit, pieds nus, au rez-de-chaussée. Une odeur de café s'échappait par la porte entrebâillée de la cuisine. Pieter, un chandelier posé à côté de lui sur la table, prenait son petit déjeuner.

– J'espère que je n'arrive pas trop tard, dit-elle en se précipitant vers l'atelier, les pans de sa chemise flottant derrière elle et sa chevelure étincelant de mille reflets roux.

Pieter avala sa dernière bouchée et rejeta sa chaise en arrière pour la suivre.

– C'est le bon moment, dit-il en la prenant par la taille.

Elle appuya doucement sa tête contre son épaule, et ils virent l'aube déployer sa splendeur sur les champs de tulipes, embrasant les frêles corolles d'or pâle. Lorsque le soleil se fut levé, ils assistèrent à une véritable explosion de couleurs allant du violet à l'ivoire, en passant par le jaune, l'orangé et l'écarlate.

– Quand je pense que j'aurais pu manquer ce spectacle par pure paresse, soupira-t-elle.

– Tu as bien fait, car ce soir les fleurs seront cueillies. Tu pourras en avoir des brassées entières, si tu veux.

– J'aimerais beaucoup. Je vais aussi faire des croquis de chaque variété.

Lorsqu'il fut parti pour sa journée de travail, elle fit sa toilette et s'habilla. Au rez-de-chaussée, elle fit la connaissance de vrouw Graff, la femme qui tenait le ménage de Pieter.

– Je me doutais qu'il y avait un visiteur, dit la femme, interloquée, mais c'est bien la première fois qu'une jeune femme vient ici.

– Je vais rester cinq jours.

– Vous aurez du beau temps : on se croirait presque en été. Vous êtes bien matinale, pour quelqu'un qui a quelques loisirs.

– Je n'ai pas une minute à perdre : je veux explorer la propriété jusque dans ses moindres recoins.

– Alors apprêtez-vous à faire de la marche à pied. Le mieux est de partir de la vieille ferme.

Francesca suivit les indications de la brave femme et, suivant un tombereau chargé de fleurs éclatantes en route pour le marché, elle se trouva bientôt auprès d'un ensemble de bâtiments anciens aux toits de chaume. Elle aperçut une orangeraie dont les portes venaient d'être ouvertes pour laisser pénétrer le soleil. Les orangers ne seraient sortis qu'après la pleine lune d'avril. Elle pénétra dans la serre où le parfum subtil des orangers se mêlait à l'odeur de cire des lampes. Les arbres étaient plantés dans des caisses en chêne, en rangées bien ordonnées où alternaient myrtes, lauriers et jasmins. Un vieux jardinier, occupé à tailler les orangers et heureux d'avoir une occasion de bavarder, lui raconta comment Pieter, alors âgé de neuf ans, avait fait pousser son premier oranger à partir du pépin d'un fruit bien mûr – comme c'était toujours l'usage, car ce n'était que dans les pays chauds que l'on pouvait enraciner des boutures.

Elle prit congé du vieux jardinier et, attirée par un murmure de voix de femmes, entra dans l'un des bâtiments où les tulipes étaient emballées dans des boîtes garnies de mousse. Les femmes répondirent à son salut, la dévisagèrent un instant avec curiosité, puis se remirent à l'ouvrage. Francesca était fascinée par leur dextérité. De temps en temps, une carriole venait chercher les fleurs emballées, et d'autres femmes chargées de paniers débordant de fleurs apportaient la nouvelle cueillette.

Elle continua sa promenade parmi les champs où de nouvelles pousses sortaient déjà de terre. Au bout d'un champ, elle aperçut Pieter qui lui faisait signe. Elle se dit que c'était une scène qu'elle aimerait peindre un jour.

Il lui prit la main, parlant avec enthousiasme de la culture des tulipes, de l'importance de la composition du sol et de l'immense variété des coloris.

– De nos jours, aucun horticulteur ne cherche plus à obtenir une tulipe noire.

– Une couleur aussi sinistre n'a aucune chance de plaire, j'en suis sûre.

– Tu as raison. Sinistre est le mot, au regard de tous les crimes qui ont été commis à l'époque. Je rêve d'inventer une nuance lumineuse, tout l'inverse de cette triste teinte.

– Et quelle sera-t-elle ?

– Je veux t'en réserver la surprise, mais je suis sûr que, en tant qu'artiste, elle te plaira beaucoup.

Elle refoula au plus profond de sa conscience l'odieuse pensée que le jour où cette tulipe verrait le jour elle serait peut-être mariée à un homme qu'elle abhorrait, pour pouvoir jouir pleinement de ces précieux instants de bonheur.

Le lendemain de la soirée catastrophique chez Ludolf, Adriaen rendit à celui-ci une petite visite de courtoisie. Il voulait élucider certains points concernant Hendrick. Ludolf railla le tempérament volcanique de l'artiste et assura à Adriaen que les billets à ordre étaient en sa possession. Les deux hommes se séparèrent courtoisement après avoir bu un verre de vin clairet.

Sur quoi Adriaen se rendit chez son père pour lui exposer l'affaire. Heer Van Jansz mit immédiatement en avant le fait que Ludolf avait déposé une fortune considérable dans leur banque et qu'il était hors de question de lui déplaire en aucune manière.

– Ton mariage avec Sybylla ne te rend nullement responsable de sa famille. Van Deventer t'a lui-même affirmé qu'il n'avait pas l'intention de réclamer ses dettes à maître Visser et si nous lui prêtions cette somme, nous saperions immédiatement la confiance que non seulement Ludolf mais tous les autres clients fortunés de cette ville ont placée en nous !

Adriaen acquiesça du chef.

– D'après une conversation que j'ai eue avec Sybylla ce matin, il semblerait que Francesca soit éprise de quelqu'un d'autre.

– A cet âge, les jeunes filles tombent amoureuses à tout

bout de champ. Pense à ta sœur. Si je l'avais écoutée, nous aurions perdu une alliance du plus grand intérêt pour nous – et qui s'est finalement révélée bénéfique pour elle. Pense à cela si tu as des filles un jour.

– J'y songerai, père.

– Pourquoi Francesca n'épouserait-elle pas Van Deventer ? Je suppose qu'elle le trouve trop vieux pour elle, mais un veuf entre deux âges, avec la fortune qui est la sienne, peut se permettre de courtiser une jeune fille. Qui l'en blâmerait ? Entre nous, je crois qu'il serait bon pour toi d'avoir une belle-sœur raisonnable susceptible de surveiller un peu Sybylla dans notre cercle social. Ta promise est une jeune femme délicieuse, mais un peu écervelée. Francesca m'a paru extrêmement pondérée et j'ai admiré la réserve et la dignité avec lesquelles elle a accueilli la nouvelle de ses fiançailles avec Ludolf. Elle te serait une précieuse alliée.

– Vous avez raison, père. Laissons les choses où elles en sont. De toute façon, je n'ai rien promis.

– Bien. Je sais que Francesca finira par se rendre à la raison.

Sybylla était passée plusieurs fois devant l'église de Zuider sans y entrer, comme si Hans Roemer lui envoyait des ondes mauvaises. Il lui fallait pourtant transmettre le message dont Francesca l'avait chargée, et elle décida de se débarrasser de cette corvée au plus vite.

Hans était au travail. Il se mit à lui parler sans se retourner, comme s'il avait reconnu son pas.

– Je savais que vous viendriez aujourd'hui, mejuffrouw Sybylla.

– Et pourquoi cela ? fit-elle sur un ton moqueur.

Mais un frisson lui parcourut l'échine. Comment pouvait-il être aussi sûr de lui ?

– Parce que c'est la veille de vos fiançailles. Par la suite cela pourrait déplaire à votre fiancé.

– De toute façon je n'ai pas l'intention de revenir ici. Je suis venue vous présenter les excuses de Francesca. Elle a dû partir plus tôt que prévu.

– Je vous remercie. Je lui avais promis de lui donner un indice pour trouver la souris.

– Dites-le-moi.

– A vous de le découvrir vous-même, dit-il avec un regard étincelant de malice.

Elle ne releva pas, et chercha un moyen de le vexer.

– Pieter de Hooch va faire nos portraits de mariage, dit-elle sur un ton de défi.

– C'est une erreur, rétorqua-t-il, nullement impressionné. De Hooch n'est pas un portraitiste. D'ailleurs il n'aurait jamais dû quitter Delft. C'est là-bas qu'il est au sommet de son art.

– Je suppose que ça ne vous déplairait pas d'avoir la commande ?

– Il n'est pas dans mon tempérament de m'approprier le travail d'un autre et ce n'est pas aujourd'hui que je vais commencer.

Elle venait de se faire remettre vertement à sa place une fois de plus.

– Vous n'aimeriez pas faire mon portrait ?

Il prit le manche de son pinceau à bout de bras et mesura ses proportions dans l'espace.

– Quand vous voulez.

– Je pourrais poser la main sur la joue pour mettre ma bague de fiançailles au premier plan, fit-elle avec une lueur de provocation dans le regard.

– C'est une idée, répondit-il le plus calmement du monde.

C'était plus qu'elle n'en pouvait supporter.

– C'est bon. Je m'en vais, dit-elle d'un air pincé. Adieu, heer Roemer.

Tout en continuant à peindre, Hans se sourit à lui-même. Elle ne tarderait pas à revenir. Mais auparavant, il avait une petite emplette à faire.

Tout en s'apprêtant pour ses fiançailles, Sybylla se prit à regretter amèrement ses deux sœurs. Elle aurait pu au moins retenir Francesca... mais il était trop tard.

Elle portait pour la circonstance une robe de soie rose qui datait d'un an et que Maria avait complètement recouverte de dentelle. Un volant plissé soulignait le décolleté et les manches, et la transparence de la soie était du plus bel effet. Des rubans roses retenaient ses boucles au-dessus des oreilles, et un petit filet d'argent ayant appartenu à Anna enserrait son chignon haut perché sur la nuque.

Elle jeta un coup d'œil satisfait à son miroir et soupira d'aise. Elle se trouva très en beauté : ce soir elle voulait séduire non seulement Adriaen, mais tous les jeunes gens de l'assistance.

Au bas de l'escalier, Maria, Griet et Sijmon, qui la guettaient, ne tarirent pas de compliments sur sa toilette.

Hendrick s'impatientait près de la porte où attendait la voiture des Van Jansz.

– Allons-y, père, dit-elle avec hauteur en passant devant lui dans un bruissement de soie.

Elle bavarda gaiement tout au long du chemin. Hendrick était d'excellente humeur, persuadé qu'Adriaen accepterait finalement de régler sa dette. Ses cheveux étaient devenus d'un blanc de neige, ce qui adoucissait ses traits et ajoutait encore à sa distinction naturelle. Sybylla espérait que cette bonne humeur durerait toute la soirée et ferait oublier aux parents Van Jansz ses débordements de l'autre soir.

Quelques badauds s'étaient rassemblés devant la maison du banquier pour voir arriver les hôtes de marque. Tandis qu'elle montait les marches du perron, elle vit un jeune homme se détacher du groupe pour faire une révérence en ôtant son chapeau emplumé : c'était Hans, qui lui tendait un petit paquet.

– Je ne voulais pas laisser passer l'occasion de vous faire un cadeau.

– Je vous remercie infiniment.

Bien qu'un peu abasourdie, elle était ravie qu'il l'ait vue dans ses plus beaux atours, et se sentit un peu plus troublée qu'elle n'aurait voulu l'admettre.

Une fois entrée, elle ne put résister à la curiosité et défit le paquet : il contenait une petite souris rose en sucre. Elle en fut sincèrement émue, sachant que ce modeste présent venait du fond du cœur. Elle fit rapidement glisser la friandise dans la petite bourse accrochée à son poignet avant d'aller au-devant d'Adriaen et de ses parents.

La soirée s'écoula comme dans un rêve. Elle fut fêtée et admirée au-delà de ses espérances, et jalousée de toutes les jeunes filles présentes. Entièrement vêtu de brocart d'or, Adriaen la fit danser plus qu'il n'eût été convenable, mais cette soirée était la leur, et l'assistance les contemplait avec indulgence. Un peu avant minuit, Sybylla et son père se retirèrent, en compagnie d'Adriaen et de ses parents, dans un salon contigu afin de procéder à la consécration officielle des fiançailles. Adriaen prit délicatement la main aux ongles nacrés qu'elle lui tendait et glissa à son doigt une magnifique bague ornée d'un rubis serti d'or et de diamants. Une pensée insolite lui traversa alors l'esprit : elle se surprit à penser que le premier cadeau qu'elle avait reçu était cette petite souris rose, et que celle-ci avait peut-être autant de valeur que ce magnifique bijou.

– A ma fiancée bien-aimée et future épouse, dit Adriaen en posant un baiser sur ses doigts délicats.

Sybylla exultait, la bague étincelant de mille feux à son doigt. Même la mère d'Adriaen s'était montrée aimable avec elle, l'avait embrassée sur la joue en lui souhaitant la bienvenue dans leur famille. Le père d'Adriaen, qui n'était pas insensible à ses charmes, la contemplait avec cette petite lueur dans le regard qu'elle connaissait si bien. Hendrick avait la gorge nouée par l'émotion.

– J'aurais tellement aimé que ta maman soit là, articula-t-il faiblement.

Sybylla acquiesça d'un petit mouvement de tête, bien qu'intérieurement elle se dît que sa mère n'eût peut-être pas approuvé cette union, mais elle chassa bien vite cette sombre pensée car on ouvrait toutes grandes les portes de la salle de bal.

Heer Van Jansz entra en tête du cortège pour faire l'annonce solennelle des fiançailles. Sybylla suivait, la main posée sur le poignet haut levé d'Adriaen. Venait ensuite Hendrick, prêtant l'appui de son bras à vrouw Van Jansz.

La soirée se termina en apothéose, et en rentrant à la maison, Sybylla, ivre de bonheur, fut intarissable. Griet l'avait attendue pour l'aider à se dévêtir, mais lorsqu'elle se retrouva seule dans sa chambre, Sybylla sortit la petite souris rose de sa bourse avec attendrissement, puis se souvenant qu'elle avait failli lui gâcher le moment le plus important de la soirée, elle ouvrit la fenêtre pour la jeter dehors. Mais, prise de remords, elle hésita un long moment, puis, frissonnant dans l'air froid de la nuit, elle la mit comme à contrecœur dans son coffret à bijoux.

Le séjour de Francesca à Haarlem touchait à sa fin. Elle avait déjà emballé ses croquis pour le voyage et après le dîner, elle bavardait avec Pieter.

– Dis-moi ce qui te préoccupe, lui demanda-t-il, intrigué par son air soucieux.

– Nous avons parlé avec tellement d'enthousiasme d'aller vivre en Italie, dit-elle en levant vers lui un regard vibrant d'émotion, que nous avons oublié le principal.

– Quoi donc ?

– C'est que tout te rattache à cet endroit et tu ne seras heureux nulle part ailleurs. (Elle lui posa un doigt sur les lèvres pour l'empêcher de protester.) Écoute-moi jusqu'au bout. Nous savons tous deux que tu pourrais confier ton négoce et tes champs à un régisseur digne de ton choix. Que tu pourrais venir en Hollande quand tu veux – tu ne tomberas pas sous le coup de la loi pour avoir rompu un contrat de mariage obtenu sur un chantage – mais cela ne te suffira pas.

– Comment peux-tu en être sûre ?

– Parce que j'ai tout observé : les expériences, les orangeraies, les champs de tulipes. Tout cela t'enchaîne à cette terre et tu souffriras loin d'ici.

– Je pourrais venir autant que je le souhaite.

– Oui, mais les routes sont hasardeuses. Il y a les guerres, les bandits de grand chemin, les pirates, sans compter la longueur des trajets. Nous allons peut-être nous trouver séparés pendant deux ou trois années. Il te faut un fils pour prendre ta succession.

– Nous aurons un fils.

– Né à Florence, parlant italien, comment pourra-t-il se sentir hollandais ?

– Nous lui apprendrons à aimer la Hollande et à parler la langue.

– Et si un jour il veut y rentrer avec toi ? Aucun de vous deux ne reviendra !

– Ne dis pas cela. Nous ne serons plus jamais séparés, dit-il en l'attirant contre lui, mais elle se dégagea vivement.

– Pense à toutes ces années gâchées ! Nous ne pourrons jamais être mari et femme. Nous ne connaîtrons qu'une série d'interludes ! Ta suggestion que père m'accompagne à Florence te dispense de me prendre pour femme. Là-bas nous serons à l'abri de Ludolf et je suis sûre que le mari de ma tante Janetje, qui est quelqu'un d'influent, pourra faire exiler Ludolf à tout jamais.

Le visage de Pieter s'empourpra.

– Tu reviens donc à ta première idée de ne jamais te marier !

– Ce n'est pas vrai ! Mais je n'aurais jamais dû me laisser détourner de mon but.

– Tu me condamnerais à vivre sans toi ? Il ne t'est

jamais venu à l'esprit que je préfère une vie houleuse avec toi à une vie sans histoires avec n'importe quelle autre femme ?

– Crois-tu que je ne ressente pas la même chose ? Mais je pense à toi : je n'ai pas le droit de te demander de telles concessions.

Il la prit par les épaules et la secoua vigoureusement.

– Je savais à quoi je m'engageais lorsque je t'ai rencontrée. Il est trop tard pour revenir en arrière, Francesca. Nous nous appartenons, désormais.

Elle laissa retomber sa tête en arrière et des larmes perlaient le long de ses cils.

– Mais pense un peu à ta propre vie...

– J'y pense, et c'est précisément pourquoi je n'ai pas l'intention de te perdre.

Il l'embrassa fougueusement et elle se serra contre lui. Plus tard, après l'amour, tendrement lovée au creux de ses bras, elle repensa aux querelles de ses parents qui trouvaient toujours un semblable dénouement. Elle se dit que si elle avait un fils elle ne lui interdirait jamais de rentrer en Hollande pour faire sur la terre de ses pères les plus belles moissons de fleurs qui fussent au monde.

Le lendemain, Pieter décida de l'accompagner jusqu'à Delft en charrette. Vers midi, la pluie se mit à tomber et ils s'abritèrent dans un vieux moulin pour déguster leur repas, puis ils montèrent au dernier étage pour jouir de la vue sur la campagne : la pluie avait cessé et une magnifique lumière gris bleuté faisait chanter les couleurs des arbres et des champs parsemés de moulins. Les canaux resplendissaient et, au lointain, une péniche décorée de tulipes jaunes et blanches semblait glisser sur l'eau comme dans un rêve.

– Si Vermeer était un paysagiste, nul doute que cette scène l'inspirerait. Il y a là toutes les couleurs froides de sa palette, et pourtant sa peinture réchauffe le cœur, dit Francesca en contemplant le paysage.

Elle sentit soudain le regard de Pieter posé sur elle et elle plongea ses yeux dans les siens avec une immense tendresse. Ils s'allongèrent sur le plancher encore jonché de grain et donnèrent libre cours à leur passion mutuelle.

Il était tard lorsqu'ils quittèrent le moulin, et ils dînèrent dans une petite auberge avant d'atteindre Delft. Pieter laissa le cheval et la voiture au bout de la ruelle. Tout était plongé dans l'obscurité et il en profita pour escorter Francesca jusqu'à la porte.

– Il me déplaît de te laisser dans cette maison.

– Il te déplaît de me laisser tout court, tu veux dire!

– C'est vrai. Prends bien garde à toi.

– Je te le promets. Il faut que tu t'en ailles maintenant, dit-elle en lui prenant son bagage des mains. Nous avons passé des moments merveilleux ensemble.

– Et nous en aurons beaucoup d'autres, ma chérie.

Ils échangèrent un baiser doux amer, puis elle entra dans la maison où personne ne vint l'accueillir. Elle trouva Clara assise dans une chambre du premier étage, la jambe allongée sur une chaise, avec une cheville foulée.

– C'est un accident stupide, expliqua-t-elle à Francesca en faisant une grimace de douleur. J'ai trébuché sur un pavé disjoint et je me suis étalée de tout mon long. Regardez! (Elle exhiba un bras tout couvert de bleus.) Geetruyd était furieuse après moi parce que je ne regardais pas où je mettais les pieds.

– Où est-elle?

– Elle était conviée à une soirée musicale. Nous avons déjà dîné, mais il y a quelque chose pour vous à la cuisine.

– Merci, je n'ai pas faim, mais je prendrais bien un thé. En voulez-vous une tasse?

– Avec plaisir. Venez le boire avec moi. Nous pourrons bavarder.

– Y a-t-il des voyageurs en ce moment?

– Un seul, et c'est tant mieux. Je n'aime pas quand il y a des hôtes.

– Pourquoi cela?

– Geetruyd est toujours sur les nerfs, et elle les passe sur moi.

Dans la cuisine Francesca trouva Weintje, mollement appuyée contre la porte de la cour, disant au revoir à un jeune homme dans un murmure entrecoupé de petits rires. Au bruit des pas de Francesca, elle se retourna d'un air coupable, mais la jeune femme ne lui fit aucune remarque, alors qu'à l'évidence le couvert avait été mis pour deux à la cuisine.

– Peux-tu nous faire du thé? Je prépare le plateau.

En sortant de la cuisine avec le plateau, elle croisa un voyageur. Mince et de taille moyenne, il pouvait avoir dans les trente-cinq ans. Il a un visage facile à croquer, pensa Francesca, en une série de lignes horizontales et verticales : une bouche rectiligne, un nez droit avec une arête aiguë et un menton carré.

Il s'inclina en guise de salut, sans un sourire.

– Bonsoir, dit Francesca. Voulez-vous une tasse de thé ?

– Non merci, mejuffrouw, pas ce soir.

Puis il s'éclipsa dans sa chambre.

Comme chaque fois que Geetruyd n'était pas là, Clara était intarissable. Elle passait du coq à l'âne, posant toutes sortes de questions à Francesca sur son séjour à Amsterdam. Celle-ci ayant prévu cette éventualité, se lança dans une description détaillée de la robe et de la coiffure de Sybylla pour ses fiançailles, qui eut tôt fait de lasser son interlocutrice, laquelle lui rapporta en revanche tous les potins de Delft.

– Depuis que ce voyageur est arrivé, il y a deux jours, Geetruyd n'est pas à prendre avec des pincettes. Je ne sais pas pourquoi elle accueille des hôtes payants, car elle a manifestement des revenus suffisants : au début elle remplissait toutes les chambres de la maison, et nous avions du mal à joindre les deux bouts, mais je ne me plains pas – elle a toujours fait ce qu'elle a pu pour moi. (Clara baissa la voix, avec des airs de conspirateur.) Comment expliquez-vous qu'elle ait un train de maison somptueux avec un seul pensionnaire, alors que lorsque toutes les chambres étaient louées, nous étions obligées de faire des économies de bouts de chandelle ?

– Elle a sûrement d'autres rentes, en effet.

– Exactement ! Je crois que heer Van Deventer a fait autrefois en son nom des investissements qui s'avèrent profitables aujourd'hui.

– Elle ne prendrait des pensionnaires que pour sauvegarder sa réputation de modeste veuve ?

– Sans doute. Mais elle aime bien que ses hôtes lui racontent leurs voyages. C'est peut-être parce qu'elle-même n'est jamais allée nulle part.

– Avez-vous jamais adressé la parole à ces voyageurs ?

– Bonjour, bonsoir, sans plus.

Une question lui brûlait les lèvres depuis longtemps, car elle n'avait jamais eu d'amoureux. La seule fois où elle avait failli nouer une idylle avec le menuisier qui réparait les volets, Geetruyd l'avait fait chasser sous prétexte qu'il travaillait mal.

– Francesca, avez-vous été très malheureuse lorsqu'on vous a interdit de voir Pieter Van Doorne ?

Francesca baissa les yeux, réprimant un sourire.
– Cela fait des mois maintenant, et tellement de choses sont arrivées depuis... Geetruyd ne vous a-t-elle pas mise au courant ? Mon père m'a promise en mariage à Ludolf Van Deventer, dit-elle pour couper court à la curiosité de Clara.

– Ce n'est pas possible ! s'exclama Clara avec une expression tragique.

– Si, et personne au monde ne le regrette plus que moi.

– Geetruyd va devenir folle si elle l'apprend. Elle a des vues sur heer Van Deventer. Ne lui dites rien, surtout !

Francesca la dévisagea d'un air incrédule, non que le fait que Geetruyd envisage de se marier fût en lui-même surprenant, mais qu'elle ait pensé à Ludolf signifiait que leur relation était plus intime qu'elle ne voulait le laisser paraître.

– Elle serait sans doute mieux assortie à Ludolf que moi, mais comment connaissez-vous ses sentiments ?

– Il y a des signes qui ne trompent pas. Je me souviens de son exaltation lorsqu'il est revenu la voir après avoir bourlingué pendant des années sur les mers. Elle aime l'argent, et il est riche, et veuf. Elle a même laissé entendre qu'elle allait quitter la ville. Surtout ne lui dites rien, elle vous rendrait la vie impossible.

– Qu'allez-vous faire lorsque je serai partie ?

– Oh, Geetruyd aura toujours besoin de quelqu'un à la maison. Pouvez-vous m'aider à me mettre au lit, Francesca ?

Francesca offrit son bras à Clara et l'accompagna jusqu'à la petite pièce voisine où on avait provisoirement dressé un lit pour lui éviter les escaliers. Puis elle regagna sa propre chambre, attristée par le destin sans joie de la pauvre femme.

Avant de se coucher, elle fit un rapide croquis du voyageur, tant qu'elle avait encore ses traits en mémoire.

Le lendemain matin, ce fut Weintje qui escorta Francesca jusque chez Vermeer. La jeune fille semblait très reconnaissante à Francesca d'avoir passé sous silence ce qu'elle avait surpris la veille dans la cuisine et lui proposa en échange de lui poster des lettres, mais Francesca déclina son offre.

Jan et Catharina accueillirent chaleureusement Francesca, et les enfants se précipitèrent sur elle comme si elle était partie depuis des mois.

Jan examina ses croquis, choisissant avec elle ceux qui pourraient servir de base à une toile. Avant de se mettre au travail, Francesca observa le tableau de la jeune fille au virginal : seule une partie de la manche de dentelle avait été peinte durant son absence, mais chaque coup de pinceau était d'une précision et d'une vérité étonnantes.

Quelques jours plus tard, Francesca, toujours flanquée de Weintje, rendit visite à Aletta qui ne laissa entrer que sa sœur à l'intérieur de la maison. Weintje en profita pour rendre visite à des fermiers de sa connaissance non loin de là, promettant de revenir trois heures plus tard.

Francesca passa son bras sous celui de sa sœur en traversant la cour.

– Comment Constantijn se comporte-t-il avec toi, maintenant ?

– Il est encore très difficile. Je l'ai menacé d'aller passer un jour par semaine à Delft avec toi s'il ne t'autorisait pas à venir me voir. Il ne supporte pas l'idée que je m'éloigne de la maison. Il a également accepté de recevoir ses parents pour la première fois depuis qu'il s'est cloîtré ici.

– J'ai l'impression que tu as fait des progrès.

– D'une certaine façon, oui. Mais il continue à s'enivrer, autant pour me provoquer que pour conjurer son ennui, et je n'ai toujours pas trouvé sa cachette.

– Elle est peut-être dans une pièce voisine ?

– Il ne bouge pas de son sanctuaire. Des amis sont venus le voir à plusieurs reprises, grimpant sur les grilles – au grand dam de Josephus qui n'arrivait plus à retenir ses chiens – et criant son nom à tue-tête, et il n'a pas bougé. Il faudrait qu'un jour l'un d'entre eux pénètre de force.

– Est-ce vraisemblable ?

– Non. Ils respectent sa volonté. Ils veulent lui signifier qu'ils pensent à lui et qu'il est toujours leur ami. Mais cela le met très mal à l'aise. Il observe les alentours avec une longue-vue et une nuit il a réveillé tout le monde parce qu'il croyait avoir vu des lanternes s'agiter au fond du parc. Naturellement il n'y avait rien.

A la cuisine, Aletta servit deux verres de lait et deux parts de tarte aux abricots, aux raisins secs et aux pommes recouverts d'amandes caramélisées. Francesca offrit à sa sœur le bracelet de tante Janetje.

– Il est ravissant ! s'exclama Aletta en le passant à son poignet. Mais je ne peux pas le mettre pour travailler.

– Y a-t-il vraiment un moment où tu ne travailles pas ?

– Uniquement quand je dors, admit Aletta avec un petit rire. Maintenant, donne-moi des nouvelles de la maison.

Francesca hésita un peu à tout lui raconter, puis elle se dit qu'elle n'aurait peut-être pas de sitôt l'occasion de se retrouver en tête à tête avec elle.

Aletta fut très affectée d'apprendre le sort peu enviable qui attendait sa sœur.

– Mais... et Pieter ? Il peut faire quelque chose ?

– Il a quelques idées. Je viens de passer cinq jours merveilleux avec lui à Haarlem.

Elle ne parla pas de l'Italie, pour ne pas ajouter au désarroi de sa sœur.

Aletta se leva automatiquement au son de la cloche.

– Je vais voir ce qu'il veut. Je reviens tout de suite.

En montant, elle entendit Constantijn jouer du luth. Depuis peu, ils faisaient de petits concerts improvisés, elle au clavicorde, lui au luth ou à la viole. Il jouait très bien de ces deux instruments, et possédait une belle voix, mais jusqu'à présent, il n'avait chanté que sous l'emprise de la boisson.

– Écoutez. Je viens de composer une mélodie. Je l'ai jetée à la hâte sur le papier. Vous pourrez la mettre au propre.

– Ma sœur est avec moi en bas, et je ne voudrais pas la laisser trop longtemps, et si vous voulez, je peux ouvrir la porte pour qu'elle entende la musique.

– Elle va rester longtemps ? demanda Constantijn en fronçant les sourcils.

– Environ deux heures.

– Bon, d'accord, laissez la porte ouverte, mais qu'elle reste au pied de l'escalier.

– Je vais le lui dire.

Constantijn joua la mélodie une première fois, puis Aletta la reprit au clavicorde, le luth brodant un accompagnement.

Aletta applaudit avec enthousiasme.

– Pourquoi ne pas écrire des paroles ? La mélodie est parfaite pour une chanson d'amour.

– Ah oui ? dit-il amèrement.

Et avant qu'elle ait pu esquisser un geste, il déchira la feuille où il avait noté l'air et en fit une boule qu'il jeta furieusement par la fenêtre.

– Je redescends voir ma sœur, fit Aletta calmement.

– Que s'est-il passé ? demanda Francesca en voyant l'expression bouleversée de sa sœur. J'espère que je n'y suis pour rien ?

– Non. Tout le blesse, et j'ai le chic pour faire des gaffes. Il a jeté la feuille de musique par la fenêtre. Je vais essayer de la retrouver.

Les deux sœurs bavardèrent encore un moment avant le retour de Weintje. Jusque tard dans la soirée, Aletta s'employa à recopier la composition de Constantijn qu'elle avait retrouvée au milieu des rosiers. Dès l'encre sèche, elle rangea la feuille de papier, ainsi que le bracelet en or, dans un tiroir où elle conservait ses objets de valeur.

Sa dernière pensée avant de s'endormir fut que Pieter, avec toute la force de son amour, trouverait sûrement le moyen de soustraire Francesca au sort épouvantable qui l'attendait.

20

Le jour où heer et vrouw de Veere devaient venir, Constantijn insista pour qu'Aletta, malgré ses réticences, soit présente à l'entretien. Depuis l'incident de la feuille de musique, il était morose et toujours aussi imprévisible.

A peine arrivée, la mère de Constantijn se rua dans la chambre de son fils et fondit en larmes en l'apercevant. Son père essaya de le persuader de venir s'installer chez eux à la campagne.

– Nous avons fait fabriquer un paravent en forme de chaire, d'où tu pourras prendre part à toute la vie de la maison sans être gêné...

– ... par la perte de mes jambes ? fit Constantijn d'un ton glacial. (Il craignait que ses parents ne l'emmènent de force et fut rassuré en voyant Aletta se mettre en travers de la porte pour prévenir toute tentative.) J'ai choisi l'endroit où je veux vivre, poursuivit-il, en proie à une colère rentrée, et je ne bougerai pas d'ici.

Ses parents finirent par renoncer et sortirent de la pièce avec des mines désespérées. Aletta était profondément attristée que les deux personnes les plus proches de Constantijn fussent celles qui comprenaient le moins sa souffrance morale.

– Je peux aider votre fils, leur glissa-t-elle avant leur départ.

– Comment cela ? demanda vrouw de Veere, les yeux pleins de larmes.

– Je suis prêt à tout, ajouta son mari.

– La semaine dernière j'ai demandé à Josephus de fabriquer deux jambes de bois auxquelles il ajoutera des pieds que l'on pourra glisser dans des chaussures. Je coudrai les rembourrages et j'ai pensé que vous pourriez peut-être trouver une paire de béquilles.

– Mais il ne pourra jamais marcher, il va tomber! s'alarma vrouw de Veere. Il peut se blesser. Oh non! Dites à Josephus d'arrêter immédiatement.

– Je trouverai ces béquilles, dit heer de Veere, avec un regard complice à Aletta.

– Je ne sais pas quand il sera prêt à affronter cette épreuve, dit-elle. Je ne lui donnerai ses jambes de bois que lorsque je sentirai que le moment est venu.

– Nous vous faisons entière confiance, Aletta. Avez-vous les mesures?

Elle sortit un papier de sa poche et le lui tendit.

Heer de Veere la remercia chaleureusement, puis escorta sa femme, toujours en larmes, jusqu'à la voiture.

Ce soir-là, Constantijn s'enivra à mort et fut malade pendant deux jours. La visite de ses parents l'avait plongé dans une apathie dont rien ne pouvait le tirer, et Aletta se dit qu'il serait encore plus difficile cette fois-ci de le faire revenir à la vie, mais elle n'abandonnerait jamais.

La douceur du printemps avait fait place à la chaleur de l'été, mais Constantijn refusait toujours de descendre au jardin. Il restait assis sur le balcon. Josephus lui apportait les gazettes une fois par semaine, et leur lecture lui apportait un peu de réconfort. Aletta les parcourait après lui et, en parlant politique, ils se découvrirent tous deux les mêmes opinions. Ils étaient, comme beaucoup de jeunes gens, partisans du prince d'Orange, tandis qu'à La Haye de Witt et ses conseillers, peu soucieux de l'opinion publique, recherchaient un arrangement pacifique pour barrer la route aux ambitions de Louis XIV.

Un jour, Aletta demanda à Josephus de lui acheter de quoi faire un carnet de croquis, des crayons et des encres de couleur. Elle confectionna un bloc de papier comme elle avait appris à le faire chez son père, puis apporta le tout à Constantijn. Il était de meilleure humeur et la regarda d'un air amusé disposer tout ce petit matériel devant lui.

– C'est très aimable à vous. Vous ne vous lassez jamais de chercher des dérivatifs à mon ennui. Enseignez-moi donc à dessiner.

– N'avez-vous pas appris à l'école? dit-elle, prise au dépourvu.

– Si, mais vous êtes une experte.
– Comment cela ?
– Vous m'avez bien dit que vous aviez peint un mendiant sans jambes à l'atelier de votre père. Ce n'est pas le genre de sujet que l'on donne aux néophytes, je suppose.
– Vous avez raison, admit-elle. (Elle lui avait souvent parlé de sa famille, mais n'avait jamais fait allusion à son ambition de devenir peintre.) Je n'ai pas le temps de vous donner des leçons, j'ai trop de travail ici.
– Me donnerez-vous au moins votre avis ?
– Bien sûr. Pourquoi ne commenceriez-vous pas par la vue sur le jardin ? dit-elle en ouvrant toutes grandes les portes fenêtres.
– C'est une bonne idée. (Il choisit un des pinceaux, et ouvrit une bouteille d'encre.) C'est très intimidant, une page blanche.
– C'est pourquoi les artistes choisissent d'abord le fond. Commencez par l'horizon, et ne le mettez pas au milieu de la feuille.

Elle le laissa à son nouveau passe-temps, et lorsqu'elle revint à midi, il lui montra un croquis tout à fait honnête. Dès ce moment il prit goût au dessin, et elle lui composa quelques natures mortes. Sara et Josephus posèrent quelquefois pour lui.

Au début, Aletta eut beaucoup de mal à tenir un crayon, n'était-ce que pour corriger les erreurs de Constantijn. Elle en fit des cauchemars, où elle se voyait en train de peindre, puis elle se réveillait pantelante, dans sa chambre aux murs nus.

Petit à petit cette sensation pénible disparut et Constantijn eut le tact de ne jamais lui demander de faire un croquis elle-même, et elle se dit que malgré son agressivité il était sans doute plus attentif à elle qu'il ne voulait bien le montrer.

Francesca n'avait pas revu Pieter depuis son séjour à Haarlem. On était à la fin août et Ludolf était à Delft pour la troisième fois depuis le mois de juin. Il attendait Francesca devant chez maître Vermeer pour l'escorter, car Clara claudiquait depuis sa chute et ne pouvait guère marcher.

Jan était avec elle à l'atelier ce jour-là, et lui fit remarquer qu'elle avait travaillé pratiquement dix heures d'affilée.

– J'ai fait une pause pour le repas de midi, et j'ai pris deux fois du thé.

– Je n'irai pas jusqu'à prétendre que vous n'avez pas envie de rentrer chez Geetruyd!

Elle eut un sourire mi-figue, mi-raisin.

– Heureusement, Ludolf s'en va demain matin.

– Alors vous serez des nôtres pour la soirée musicale de demain ?

– Avec plaisir! Je serai libre comme l'air.

Ludolf faisait les cent pas dans la rue, refusant d'entrer dans une maison où il s'était estimé gravement offensé.

– Vous êtes en retard, Francesca.

– Je ne vois pas le temps passer quand je travaille.

– C'est compréhensible. De toute façon, c'est un plaisir de vous attendre.

Elle fulminait intérieurement. Son ton patelin l'exaspérait.

– Je présente mon travail à la Guilde dans neuf mois et j'ai beaucoup à apprendre d'ici là. J'espère être reçue membre en mai, lorsque j'aurai fini mon apprentissage avec maître Vermeer.

– Je suis persuadé que vous réussirez, affirma-t-il, bien qu'il n'ait absolument rien vu de son travail depuis le portrait qu'elle avait fait de lui.

A ses côtés, il était totalement subjugué, et son désir était toujours aussi impérieux. Il essaya une fois encore de la décider à choisir une date de mariage. A chaque fois elle différait sa réponse, avec une exaspération toujours croissante, bien qu'elle n'eût jusque-là rien fait pour tenter de se débarrasser de son emprise.

– Vous me donnez là une leçon de patience comme je n'en ai jamais reçu de ma vie.

Mais ce n'était apparemment pas pour lui déplaire.

Elle lui jeta un regard en coulisse. Il avait un air de chien battu, mendiant un amour qu'elle ne pourrait jamais lui donner, et auquel il pensait pouvoir légitimement prétendre depuis qu'il avait fait d'elle sa promise. Elle se dit que, tout compte fait, elle le préférait arrogant comme lorsqu'il était vraiment lui-même.

Ludolf se montrait extrêmement attentionné envers Geetruyd pour une raison qui échappait à Francesca, pour l'instant, mais la mettait à l'abri de ses assiduités, du moins en présence de la veuve – qui par ailleurs continuait de la surveiller étroitement.

Ce soir-là, Geetruyd eut la visite de deux régents et d'une régente de sa connaissance et les reçut dans un petit salon. Ludolf ferma promptement la porte de la salle à manger où il se trouvait encore ainsi que Francesca, tandis que Clara claudiquait jusqu'à son lit.

Francesca, prise de panique devant l'expression de Ludolf, se leva d'un bond.

– Je vais chercher Clara... balbutia-t-elle.

– Laissez-la donc tranquille! Nous n'avons jamais une minute à nous!

Avant qu'elle ait pu faire un geste pour s'esquiver, il l'avait saisie par la taille et l'embrassait sauvagement. Elle eut la sensation d'être dévorée vivante, aussi désarmée qu'une poupée de chiffon dans les serres d'un rapace. Il avait glissé une main dans son corsage, lui pétrissant un sein jusqu'à la faire crier de douleur. En se débattant pour essayer d'attraper quelque chose pour se défendre, elle heurta la vitrine derrière elle et fit choir un pot de Delft qui se brisa en mille morceaux sur le sol. Il relâcha son étreinte, comme assommé. Une porte s'ouvrit et le pas de Geetruyd résonna le long du corridor. Ludolf semblait hors de lui, avec une expression extatique et un regard halluciné qui terrorisèrent Francesca.

– Revenez avec moi à Amsterdam, supplia-t-il d'une voix rauque.

La porte s'ouvrit à toute volée, et Geetruyd fit irruption dans la pièce, saisissant du premier coup d'œil quel genre de scène venait de se jouer.

– Une des plus belles pièces de ma collection! hurla-t-elle de façon hystérique.

– Je plaide coupable, dit Ludolf, subitement dégrisé. Je vous en offrirai un autre.

– Mais c'était une antiquité!

Geetruyd était bien décidée à lui faire payer ce pot bien au-delà de sa valeur et, faisant mine de ne pas remarquer le désordre des vêtements de Francesca et ses traits durcis, elle lui demanda d'aller faire la conversation à ses invités.

– Vous n'avez donc pas renoncé à vos manières de débauché! persifla-t-elle, les mains sur les hanches.

Il sourit et lui pinça le menton.

– Estimez-vous flattée, madame, d'avoir un amant si viril! Si j'avais perdu tout intérêt pour le flirt, vous auriez lieu de vous inquiéter.

– Je ne laisserai pas importuner une jeune fille dont j'ai la charge. Et ce vase était d'une grande valeur.

– Je le remplacerai. Mais je vous vois si bouleversée que je vous offrirai un collier de perles ou un diamant pour me faire pardonner.

– Votre générosité peut-elle aller jusqu'à m'offrir les deux ? dit-elle en le regardant droit dans les yeux.

Ludolf alla donc chez un bijoutier de Delft et le soir, dans sa chambre, Geetruyd contemplait les bijoux avec une intense satisfaction. Si la guerre éclatait, comme le laissait fortement supposer la colère croissante du peuple contre la France, les pierres précieuses et les perles ne se dévalueraient pas comme la monnaie.

Elle mit les joyaux en lieu sûr, tout en réfléchissant à l'incident de la veille. Elle s'était bien rendu compte que Ludolf était totalement subjugué par Francesca : il avait les yeux rivés sur la porte lorsqu'elle devait arriver, ou prenait des airs de chien battu si elle décidait d'aller au lit de bonne heure, incapable de se rendre compte à quel point il l'insupportait. Geetruyd avait très bien senti que sous la politesse irréprochable de Francesca se dissimulait une véritable répulsion. Mais Ludolf était de ces hommes que les rebuffades rendent encore plus amoureux, Geetruyd le savait bien de par sa propre expérience. Jamais il ne s'était montré si ardent au lit que lorsqu'elle avait refusé de se plier à un de ses caprices.

Elle n'avait jamais songé jusqu'à présent que Ludolf pût être l'instigateur des restrictions imposées à Francesca, mais, en réfléchissant, elle se dit que Hendrick, soucieux avant tout de plaire à son riche protecteur, avait sûrement accédé au désir de celui-ci. Et si par hasard Ludolf s'était mis en tête d'épouser Francesca ! La jeune fille n'accepterait jamais – quoiqu'en la matière la volonté d'une fille pesât pour rien dans la balance, Geetruyd était bien payée pour le savoir. Mais son esprit s'égarait ! Ludolf n'avait en rien modifié son comportement envers elle, et lorsqu'elle avait fait allusion au mariage, il ne l'avait pas détrompée. Ils avaient même retrouvé leurs anciennes ardeurs et n'avaient plus qu'à attendre leur part de butin après la victoire de Louis XIV.

Une fois délivrée de la présence indésirable de Ludolf, Francesca put se remettre sereinement au travail. Pieter devait venir en septembre pour la kermesse annuelle, où la population, toutes classes confondues, se côtoyait joyeusement durant une semaine. Jan lui avait permis d'emprunter un manteau à capuche et un masque pour pouvoir se promener avec Pieter en toute sécurité. Déjà les éventaires et les baraques foraines avaient envahi la place du marché. Les réjouissances seraient nombreuses : pièces de théâtre, concerts, concours de tir à l'arc, jeux de hasard, danses et feux d'artifice. Dès le premier jour, les spectateurs affluèrent de toutes parts pour assister au défilé de la milice locale. Catharina avait confectionné de petits drapeaux que les enfants agitèrent joyeusement au passage de la compagnie, le porte-étendard en tête, dans son costume d'or et de soie orange avec un chapeau emplumé, qui faisait tournoyer son drapeau dans les airs de façon spectaculaire bien qu'il n'y eût pas un souffle d'air.

Le clou du spectacle était la procession des Guildes, qui avait lieu le lendemain et à laquelle participait Jan. Il revêtit pour l'occasion sa plus belle tenue, un habit de velours bleu sombre. Francesca, costumée et masquée, guettait l'arrivée de Pieter de la fenêtre de l'atelier. D'aussi loin qu'elle l'aperçut, elle se précipita à sa rencontre et leur étreinte passa complètement inaperçue dans la foule joyeuse. Les forains vantaient leur marchandise, souvent en vers comiques qui déchaînaient l'hilarité des badauds. Ils se mêlèrent aux danses paysannes, assistèrent à une pièce de théâtre, et s'essayèrent à divers jeux d'adresse. Francesca aperçut Clara, frêle silhouette solitaire, qui s'était traînée clopin-clopant depuis Kromstraat pour assister elle aussi aux festivités.

– Comme j'aimerais qu'elle puisse se joindre à nous! dit Francesca en la désignant à Pieter. Elle est si malheureuse sous la férule de Geetruyd! Mais il ne faudrait pas qu'elle me reconnaisse.

– Ne bouge pas d'ici.

Il acheta un petit bouquet à un mendiant et, fendant la foule, alla l'offrir à la petite femme en faisant une révérence. Clara en resta tout interloquée, un sourire radieux aux lèvres.

– C'est très bien, ce que tu as fait, tu as illuminé sa journée.

Ils quittèrent l'animation de la kermesse pour se promener dans la campagne, où Francesca put se démasquer sans crainte. Ils s'allongèrent dans l'herbe haute et se laissèrent emporter par la passion.

– Le mariage de Sybylla doit avoir lieu à Noël, et nous ne nous reverrons pas avant.

– C'est bien long, soupira Pieter.

– Ça passera vite, tu verras. Il faut être plus prudents que jamais. Geetruyd ne doit absolument pas se douter que nous nous voyons.

– Tu es si près du but...

– Il n'y a pas que cela. (Elle se serra contre Pieter, jetant ses bras autour de son cou.) Si jamais Ludolf l'apprenait, il serait capable de te tuer!

– Qu'est-ce qui te fait penser qu'il pourrait en arriver là ?

– Il est littéralement fou de moi et la jalousie peut lui faire perdre la tête. Je ne lui ai jamais opposé que des refus et il a inventé une machination diabolique pour m'épouser. Je le crois capable de meurtre pour arriver à ses fins.

Elle appuya sa tête contre l'épaule de Pieter et il lui caressa doucement la nuque, se disant que sans le savoir elle avait cerné la personnalité de cet homme qui avait déjà tué plus d'une fois.

– Ne t'inquiète pas pour moi. N'oublie pas que je fais partie de la milice et je suis entraîné au combat et armé.

– Quoi qu'il en soit, ne prenons pas de risques inutiles. Je n'aurais jamais osé sortir aujourd'hui si je n'avais pas eu ce déguisement.

– Il faut que nous nous disions au revoir, dit-il à regret en la laissant aux portes de la ville.

En rentrant chez Geetruyd en compagnie de Weintje à travers les rues illuminées par les lanternes de couleur et les feux d'artifice, elle pensait à Pieter, chevauchant dans la nuit vers Haarlem, et se dit que rien ne pourrait jamais l'arracher à la terre de ses ancêtres.

– Pourquoi n'êtes-vous pas allée à la kermesse? demanda Constantijn à Aletta en lui jetant un regard en dessous tandis qu'elle distribuait les cartes.

– Je n'y serais pas allée sans vous, répliqua-t-elle d'un ton sec.

– Que voulez-vous dire ? fit-il, interloqué.

– J'aurais aimé que vous ayez le courage de m'accompagner, c'est tout.

– Ah! Quel beau spectacle, en effet! Vous auriez pu me laisser à la baraque des monstres de foire et aller danser!

– Vous croyez-vous tellement digne d'intérêt ?

– Je vous trouve bien insolente, pour une gouvernante.

– Et vous bien irascible, comme maître !

Il abattit ses cartes avec un bruit mat. Il aimait son sens de la repartie.

– Et d'après vous, comment aurais-je pu assister aux réjouissances ? Dans une chaise à porteurs en regardant derrière les rideaux ?

– Vous pourriez avoir des jambes en bois.

– Et pourquoi pas des échasses pendant que vous y êtes ? ricana-t-il. (Mais il vit à son air grave qu'elle envisageait vraiment cette éventualité.) Il ne s'agit pas de mes jambes, Aletta. Toute ma vie passée est bel et bien enterrée.

– Mais...

– N'en parlons plus. Finissons plutôt notre partie.

Tout en jouant, elle se dit qu'elle était encore loin du but. Il n'avait toujours pas oublié celle qu'il aimait. Isabella, en rompant leurs fiançailles au moment où il avait le plus besoin d'elle, l'avait peut-être brisé à tout jamais.

Pendant ce temps, à Haarlem, Pieter avait reçu un message mystérieux de la part de Gerard, lui donnant rendez-vous le lendemain à l'église Saint-Bavon, sans plus d'explication.

Dans le majestueux édifice, il fut frappé par le silence qui semblait envelopper le visiteur comme un épais manteau. L'église était déserte, hormis deux vieilles femmes en noir absorbées dans leurs prières et un étranger qui contemplait la pierre tombale de Frans Hals. Il avait rendez-vous près d'un banc sculpté, chef-d'œuvre de l'art médiéval, autour duquel, autrefois, les membres de la Guilde distribuaient le pain aux pauvres. Il entendit des pas derrière lui et se retourna, s'attendant à voir Gerard, mais à sa grande surprise, il vit l'étranger qui s'inclinait avec la plus grande courtoisie.

– Cette église possède de véritables trésors, ne trouvez-vous pas, heer Van Doorne ?

– Vous me connaissez ?

– C'est à ma requête que Gerard Meverden a ménagé ce rendez-vous. Je m'appelle Paulus Van Roos.

L'inconnu avait à peu près la même stature que Pieter, une chevelure blond cendré et portait une fine moustache et une barbiche taillée en pointe.

– Que puis-je pour vous ?

– Je ne suis qu'un messager. Ma mission consiste à vous poser deux questions : Seriez-vous prêt à risquer votre vie pour notre prince et la liberté de notre patrie ?

– J'ai déjà répondu à cette question en m'engageant dans la milice. J'ai prêté serment. Mais dites-moi qui vous envoie et quelle cause vous servez.

Van Roos fit mine d'examiner un boulet de canon exposé là en souvenir du siège de Haarlem par les Espagnols.

– Puissions-nous ne plus jamais connaître d'aussi sombres périodes, murmura-t-il.

– C'est de la France dont il faut nous méfier maintenant.

– Précisément. Et une voix que l'on a trop longtemps fait taire va bientôt s'élever.

Pieter poussa un long soupir. A vingt-deux ans, le prince d'Orange allait enfin s'affirmer contre ceux qui dominaient depuis de trop nombreuses années la vie politique hollandaise.

– Quelle est votre deuxième question ?

– Pouvez-vous être à Amsterdam demain soir ?

– Oui.

– Un bateau vous attendra à la tombée de la nuit au pont Margere. J'y serai. Je vous souhaite le bonjour.

Lorsque Pieter jugea que Van Roos s'était suffisamment éloigné, il sortit à son tour. En chevauchant vers sa ferme, Pieter se dit que le prince avait finalement entendu l'appel du peuple et avait attendu le bon moment pour agir. Johan de Witt, un homme admirable au demeurant, et qui avait beaucoup œuvré pour son pays, avait perdu la confiance des Hollandais pour avoir trop fait de concessions à la France. L'heure du prince d'Orange avait sonné.

Pieter travailla tard ce soir-là à mettre ses affaires en ordre, ne sachant pas combien de temps il resterait à Amsterdam. Sa gouvernante fut stupéfaite de le voir arriver le lendemain.

– Je n'ai pas grand-chose pour le dîner, s'excusa-t-elle, tout en allumant du feu dans la cheminée du salon.

– Ne vous tracassez pas, dit-il en étirant ses longues jambes. Ça fera l'affaire, mais j'aimerais dîner assez rapidement, car je dois sortir ce soir.

Elle disparut dans la cuisine, d'où il entendit bientôt le

cliquetis des casseroles, et lui apporta peu après un excellent repas composé de soupe aux poireaux, de poisson, de fromages et de fruits confits.

– Ne m'attendez pas, dit-il en se levant de table. Il se peut que je ne rentre pas.

La nuit était d'encre. Pieter portait une lanterne qui éclaboussait les pavés humides d'une lueur jaune. Par précaution il avait pris un pistolet et une épée. Les canaux reflétaient les fenêtres éclairées et les lanternes des rares passants. A proximité du pont, il aperçut Van Roos qui se détachait d'un passage voûté.

– Par ici, dit-il sans préambule, en précédant Pieter vers un escalier de pierre qui menait au canal.

Un bateau attendait, avec un rameur prêt à partir au signal. Les deux hommes prirent place, toujours en silence. Ils atteignirent bientôt l'arrière d'une des riches maisons donnant sur le canal, avec un accès pour les bateaux ou les traîneaux selon la saison.

Un serviteur portant un chandelier d'argent les précéda dans un corridor pavé de gris et de blanc. C'était une demeure opulente aux murs recouverts de tapisseries et de tableaux aux lourds cadres dorés.

Les deux jeunes gens furent introduits dans une pièce somptueusement meublée, éclairée par des appliques figurant des mains tenant un flambeau. Deux hommes en train de converser se retournèrent à leur approche, et Pieter reconnut immédiatement le visage allongé au regard sombre dont le profil ornait les pièces de monnaie. Il ôta son chapeau et s'inclina profondément devant le prince d'Orange.

– Je suis votre dévoué serviteur, Votre Altesse.

– Soyez le bienvenu, heer Van Doorne, dit le prince en prenant place dans un fauteuil sculpté. Nous apprécions votre loyauté et c'est pourquoi nous vous avons choisi, avec quelques autres fidèles, pour démanteler le réseau d'espions que le roi de France a implanté en Hollande. Notre force navale est puissante mais notre armée est en débandade, il le sait et choisira d'attaquer par la terre. Il faut à tout prix éliminer les traîtres qui travaillent pour la France. Versailles ne doit en aucun cas avoir vent de ce qui se prépare ici, non plus que les partisans de De Witt, d'ailleurs.

– Comment puis-je me rendre utile ?

– Votre champ d'action se situera à Delft. On soupçonne les espions d'y avoir quelque appui et ce sera à vous de les démasquer. Un des nôtres a déjà fait un travail d'approche : nous vous indiquerons comment le joindre.

Pieter était sûr qu'il s'agissait de Gerard.

– J'ai déjà une raison d'ordre personnel d'aller à Delft.

– Nous le savons, dit le prince avec un léger sourire. La jeune dame est la fille du peintre Hendrick Visser. Vos visites ont jusqu'à présent été discrètes, mais il faudra désormais que vous vendiez vos tulipes sur le marché, au vu et au su de tous. Ne vous privez pas de faire savoir également que vous aménagez parcs et jardins. Fréquentez les tavernes, ayez vos entrées dans les maisons les plus cossues, soyez toujours à l'affût des moindres indices. Juffrouw Visser est issue d'une famille connue pour ses opinions favorables à l'indépendance. Vous pourrez la mettre au courant si vous le désirez.

– J'y vois de gros risques pour elle. En outre, si on la voit en ma compagnie, elle encourt déjà la privation de liberté.

– Vous jugerez vous-même de la meilleure conduite à adopter. Nous sommes persuadés que vous vous acquitterez avec talent de la tâche que nous vous confions.

– C'est pour moi un immense honneur que de servir le prince d'Orange et mon pays.

Le prince se leva et son écuyer lui mit son manteau sur les épaules.

– Heer Van Roos vous donnera tous les détails nécessaires. Dieu soit avec vous.

– J'ai effectivement beaucoup de choses à vous demander, dit Pieter à Van Roos dès que le prince fut sorti.

– Bien sûr. Asseyez-vous.

Une carafe de vin avait été laissée à leur intention. Van Roos servit deux verres, en tendit un à Pieter et s'assit à son tour.

– Ce sera pour vous un réel soulagement d'aller à Delft sans devoir vous cacher.

– C'est à double tranchant.

– En effet.

– Je suppose que c'est Gerard Meverden qui m'a recommandé à vous ?

– On n'entre pas dans les rangs d'une organisation de cette importance sur une seule recommandation. Une autre personne s'est portée garante pour vous.

Pieter se demanda qui cela pouvait bien être, mais il ne posa aucune question.

– Par où dois-je commencer?

– Gerard Meverden vous attendra chez vous ce soir. Il passe fréquemment à Delft et il vous dira comment rester en rapport avec lui. Nous n'avons pas de temps à perdre.

– L'invasion est-elle imminente, d'après vous?

– Je le crains. L'hiver nous laisse un sursis, car aucune armée ne se déplace dans la neige et la glace, mais nous devons nous attendre au pire dès le printemps. Après notre victoire sur l'Espagne, nos officiers se sont crus invincibles, maintenant ils pensent plus à faire bombance et à parader dans leurs uniformes emplumés qu'à entraîner leurs troupes au combat. Nos forteresses menacent ruine et nos canons ont rouillé à force de négligence. Jamais la Hollande n'a été aussi vulnérable.

– J'attends vos instructions.

– D'abord, soyez toujours armé.

Pieter lui montra son épée et son pistolet.

– Je m'étais préparé dès ce soir, ne sachant pas exactement ce qui m'attendait.

– Vous avez bien fait. Dans un premier temps, fréquentez assidûment la taverne de Malines. C'est la plus importante et la plus courue de la ville. Tous les voyageurs s'y arrêtent. Écoutez, observez, entretenez les gens. Ne négligez aucun détail, mais ne vous faites pas remarquer inutilement. Votre tâche est rude, mais vous avez l'estime du prince.

Lorsque Pieter rentra chez lui, il y trouva Gerard, qui l'attendait.

– Je te remercie de m'avoir recommandé à l'attention du prince, dit Pieter en donnant une accolade à son ami. J'ai cru tout d'abord que nous travaillerions ensemble, mais je crois que ça ne sera pas vraiment le cas.

– En effet, mon action est plutôt concentrée sur la côte où nous savons que des armes doivent être livrées par mer à ces traîtres qui sont prêts à vendre notre pays à Louis XIV. Mais nous nous verrons tout de même souvent à Delft.

Ils bavardèrent tard dans la nuit et le lendemain firent un bout de chemin ensemble, les feuilles d'automne se soulevant en nuages roux sous les sabots de leurs chevaux.

A Delft, Pieter réserva une chambre à la taverne de Malines, puis se rendit chez les Vermeer.

– Pieter ! Quelle surprise ! s'écria Catharina. Vous arrivez de Haarlem ?

– Non, d'Amsterdam.

– Vous devez avoir froid, allez donc vous réchauffer devant le feu. Lysbeth va vous conduire à l'atelier.

Il trouva Francesca en plein travail, et, profitant de sa surprise, il la prit dans ses bras avant qu'elle ait eu le temps de poser sa palette et ses pinceaux. Il lui fit part de son projet d'étendre son commerce à Delft.

– Ce que je vais te confier doit rester strictement entre nous. Tu vas pouvoir m'aider dans ma mission lorsque je ne pourrai pas être à Delft.

– Que dois-je faire ? demanda-t-elle sans hésiter, lorsqu'il lui eut exposé toute la situation.

– Ouvrir tes yeux et tes oreilles et me rapporter le moindre indice. Il ne faut rien négliger. Il faut que Geetruyd sache bien que je suis ici pour affaires et non pas pour te poursuivre de mes assiduités. J'irai lui rendre visite.

– Tu as raison. Les rumeurs se répandent tellement vite ici, que tôt ou tard ton nom lui reviendra aux oreilles. Il faut que je te parle d'un incident survenu chez Geetruyd il y a quelques mois et qui pourrait être intéressant.

Elle lui raconta comment elle avait surpris une vive discussion entre Geetruyd et le visiteur d'Utrecht à travers les conduits de cheminée. Pieter, intrigué, lui suggéra d'ôter les chiffons qu'elle avait mis dans sa propre cheminée, pour pouvoir écouter les conversations.

– Ne prends surtout pas de risque inutile.

– Je serai prudente, ne t'inquiète pas. J'ai fait le portrait d'un autre voyageur dont le visage m'intéressait, dit-elle en lui donnant son croquis, qu'il observa minutieusement avant de le mettre dans sa poche.

Avant de partir, il regarda le tableau auquel Francesca travaillait. C'était une scène d'intérieur représentant Catharina en train de faire cuire du pain. Le bleu clair de son corsage et le rouge vif de sa jupe mettaient en valeur la chaude nuance de sa peau, contrastant avec les tonalités sombres de la cuisine. En toile de fond, Elizabeth versait du lait dans un bol.

– Ton talent va bientôt égaler celui des plus grands maîtres, je le savais.

Cet éloge lui alla droit au cœur, car elle le savait sincère, et c'était une des multiples raisons pour lesquelles elle l'aimait.

Geetruyd reçut fraîchement Pieter.

– Je me souviens parfaitement de votre nom. Francesca n'a pas le droit de vous voir, et je croyais cette affaire réglée depuis longtemps.

– Je suis venu vous voir, vous, mevrouw, et non Francesca.

Lorsqu'il lui eut expliqué les motifs de sa présence à Delft et sa résolution de ne pas chercher à importuner Francesca, elle continua à le scruter d'un œil soupçonneux.

Était-ce une tactique pour qu'elle ne se tienne pas sur ses gardes ? Elle choisit d'être diplomate et se montra fort aimable en le raccompagnant.

– Vous avez bien fait de venir me trouver. Je n'ai pas de jardin, mais je vous prendrai des tulipes au printemps.

Dès qu'il fut sorti, elle mit son manteau à la hâte et le suivit pour s'assurer qu'il n'allait pas chez maître Vermeer. Il entra directement dans la taverne. Puis Geetruyd vit passer Francesca, de retour de l'atelier en compagnie de Weintje, et, assurée que le jeune homme ne tournait pas autour d'elles, elle prit les devants sans se faire remarquer. Quand Francesca et Weintje arrivèrent, elle était tranquillement installée près de la cheminée.

Au dîner, Geetruyd fit part à Francesca de la visite de Pieter.

– Ce jeune homme a belle allure, mais il est trop mûr pour vous. Je conçois cependant qu'il ait pu vous attirer. Il m'a clairement signifié qu'il était ici pour affaires et non pour vos beaux yeux.

Clara, trouvant l'attitude du jeune homme désobligeante pour Francesca, ne put s'empêcher de réagir.

– Francesca ne court jamais après quelqu'un qui la repousse ! De toute façon, elle est déjà fiancée à heer Van Deventer.

De saisissement, Geetruyd en fit tomber sa fourchette et son visage prit une expression venimeuse. Ses yeux lançaient des éclairs.

– Sais-tu bien de quoi tu parles, Clara ?

Clara, comme hypnotisée, fut incapable d'ouvrir la bouche. Elle venait seulement de réaliser qu'elle avait commis un terrible impair.

– C'est la vérité, intervint Francesca. C'est moi qui le lui ai dit.

– Pourquoi ne m’avez-vous pas mise au courant ?

– Si vous me l’aviez demandé, je ne vous l’aurais pas caché. Un contrat de mariage a été signé sans mon consentement. Rien ne me rendrait plus heureuse que d’en être délivrée.

Geetruyd n’était plus maîtresse d’elle-même.

– Ingrate ! hurla-t-elle. Cet homme est promis aux plus hautes destinées ! Vous ne le méritez pas !

Elle jeta sa serviette sur la table, repoussa sa chaise et sortit impétueusement. Quelques secondes plus tard, la porte de sa chambre claqua violemment.

– Je suis impardonnable, dit Clara en lançant à Francesca un regard implorant.

– Non. Geetruyd l’aurait appris tôt ou tard.

Clara et Weintje allèrent se coucher tôt. Il était évident que Geetruyd ne réapparaîtrait pas ce soir. Francesca décida de saisir cette chance inattendue d’inspecter la chambre dont la cheminée communiquait avec la sienne. Il n’y avait pas de visiteur pour le moment et elle ne risquait pas d’être dérangée.

Elle se munit d’un bougeoir et se glissa subrepticement dans la pièce en question. En examinant la cheminée, elle s’aperçut que l’un des carreaux composant le revêtement était parti, laissant apparaître une légère brèche dans la brique. Le son passait indubitablement par là et se trouvait amplifié en montant jusqu’à sa chambre.

Francesca fit délicatement céder un autre carreau de façon à agrandir la brèche. Puis, l’enveloppant dans son mouchoir, elle alla le cacher dans le foyer de sa propre cheminée où Weintje ne risquait pas de le découvrir en faisant le ménage. Elle secoua son mouchoir par la fenêtre pour éliminer la poussière de brique. Le stratagème était au point.

21

Deux semaines plus tard, Pieter quittait Delft, ayant posé les premiers jalons de son installation : il avait d'ores et déjà un petit bureau dans Kerkstraat qui lui donnait pignon sur rue. Il avait assidûment fréquenté la taverne, ne faisant mystère ni de son état ni de ses projets. Il avait rendu visite à vrouw Thin dans le but de se faire introduire dans les cercles les plus riches de la société locale, et il avait déjà été sollicité pour dessiner deux parcs de taille respectable.

Il alla directement à Amsterdam pour voir Neeltje, se disant que la correspondance de Geetruyd méritait d'être examinée à la lumière de ce que Francesca lui avait rapporté.

Hélas, Neeltje avait quitté le service de Van Deventer et occupait un emploi de dame de compagnie. Questionnée sur le contenu des lettres de Geetruyd, elle ne put guère apporter de précisions intéressantes à Pieter.

Il se rendit ensuite chez maître Visser. Hendrick le reçut aimablement dans son atelier.

– Le tableau de la Garde Civile est-il terminé ? s'enquit celui-ci.

– Non. J'ai d'autres travaux en cours. Vos camarades officiers n'ont pas l'air de comprendre à quel point il est difficile d'organiser des séances de pose, et je n'ai pas d'inspiration sur commande !

Pieter avait en effet eu écho de l'impatience de la milice de voir le tableau achevé.

– J'irai jeter un coup d'œil à l'église en partant d'ici. Sybylla est-elle à la maison ?

– Oui. Elle ira avec vous voir le tableau. Je ne l'ai jamais vue s'intéresser de si près à une œuvre d'art. Elle y va toutes les semaines et me presse de le terminer avant son mariage.

– J'espère que ce sera le cas.

– Bien sûr ! fit Hendrick avec un geste d'impatience. Je ferai tout mon possible. Sybylla est à l'étage avec la couturière. Dînons ensemble ce soir dans une auberge, voulez-vous ? J'aimerais bien avoir une conversation qui ne tourne pas autour de ce mariage !

Ils convinrent d'un rendez-vous et Pieter sortit de l'atelier. Dans le vestibule il croisa la couturière qui s'en allait. Sybylla fut ravie de le voir et le gratifia d'un baiser sur les lèvres en guise de bonjour.

Il lui proposa de l'accompagner pour voir le tableau, ce qu'elle accepta avec enthousiasme. En chemin, elle ne tarit pas de questions sur Francesca et Aletta, son bras glissé sous le sien. Elle était également impatiente de lui confier une révélation qui avait un rapport indirect avec Francesca.

– Le mari de Griet, qui est marin, se trouvait à la maison lorsque Ludolf est venu rendre visite à père, et il l'a reconnu comme un corsaire, avec qui il avait navigué comme mousse autrefois.

– Il est sûr de ne pas s'être trompé ?

– Bien sûr, avec sa perruque et ses luxueux habits, il n'a plus rien du corsaire basané – qui plus est, tout cela remonte à dix-sept années – mais il l'a formellement identifié à sa démarche très caractéristique, un peu déhanchée, si familière à Sijmon lorsqu'il voyait son capitaine arpenter le pont du navire.

– Inutile de se demander comment il a fait fortune !

– Je serais désespérée que Francesca soit obligée de l'épouser, mais Adriaen va régler les dettes de père, et elle sera libérée.

– L'affaire est-elle réglée ?

– Non, mais ça ne saurait tarder. Adriaen m'a dit et répété qu'il ferait tout pour mon bonheur. Oh, Pieter, si vous saviez comme il est généreux ! Il m'a offert une somptueuse parure de diamants comme cadeau de fiançailles, et je n'ai qu'à regarder quelque chose qui me plaît pour qu'il me l'achète. Il a fait venir des quantités de tissus magnifiques pour me faire faire des robes. Il y a une armée de couturières qui s'en occupe !

– Alors, vous êtes heureuse, Sybylla ?

– Comme jamais ! s'exclama-t-elle avec une lueur de défi dans le regard.

Elle fut déçue de ne pas trouver Hans au travail.

– Il vient tous les jours ? s'enquit Pieter.

– Tous les matins, mais il ne peut pas finir tant que père n'a pas exécuté les visages.

En découvrant le tableau, Pieter fut frappé par la théâtralité de la compagnie : les officiers étaient représentés en grande discussion autour d'une carte de la ville. Les vêtements et les collerettes étaient peints, mais il manquait encore cinq visages et les mains des personnages.

– Vous cherchez la petite souris ? demanda Pieter en voyant Sybylla scruter attentivement tous les détails.

Elle le regarda avec une lueur complice dans les yeux.

– Il n'y a que Francesca qui ait pu vous le dire ! Mais c'est un secret, surtout ne le répétez pas !

– Je vous le promets.

– Je crois qu'il va l'ajouter au dernier moment. Il attend que père ait mis la dernière main au tableau.

– Il est très réussi, et je crois que n'importe quelle souris serait fière d'y figurer !

– Vous êtes drôle, Pieter, fit Sybylla avec un petit rire de gorge. Hans aussi a de l'humour. Il m'a promis de me montrer la souris la veille de mon mariage, si je ne l'ai pas découverte avant.

– Pourquoi ce jour-là particulièrement ?

– Parce que après mes obligations de femme mariée ne me permettront plus de venir flâner ici.

Pieter prit bientôt congé, et Sybylla décida d'attendre Hans. Jamais il ne l'avait effleurée, ne lui avait fait la moindre avance, mais il l'attirait par son charme irrésistible. Elle était remplie de joie chaque fois qu'elle le voyait, il l'entretenait de tout et de rien et reprenait le fil de leur conversation, à chaque rencontre, comme s'ils ne s'étaient pas quittés. La déception était vive de ne pas le voir. Bientôt, n'y tenant plus, elle se rua dehors pour donner libre cours à son dépit et fondit en larmes. Elle s'était imaginé que tout irait pour le mieux dans le meilleur des mondes lorsqu'elle serait fiancée à Adriaen, mais rien n'était parfait. Elle n'aimait ni sa mère ni sa sœur dont elle avait remarqué la sécheresse de cœur, et au fond d'elle-même, elle s'était prise à douter qu'Adriaen réglât les dettes de son père, car il évitait soigneusement le sujet.

Elle se jura qu'elle rembourserait Ludolf sur son propre pécule – car elle avait de l'argent – plutôt que de voir Francesca mariée contre son gré.

Une voix essoufflée retentit à son oreille.

– Croyez-vous, Sybylla, que maître Visser me laisserait terminer le tableau à sa place ?

Elle leva vers lui des yeux tout brillants de larmes.

– J'avais quelque chose dans l'œil, dit-elle en s'essuyant avec son mouchoir. Pourquoi n'étiez-vous pas au travail ?

– J'avais un rendez-vous pour une commande, et cela m'a pris un peu plus de temps que prévu.

– Raccompagnez-moi à la maison, et vous poserez directement la question à père.

Après moult hésitations, Hendrick accepta la proposition de Hans, soulagé de se débarrasser de cette corvée. Et puis, il avait un illustre précédent en la matière : Frans Hals lui-même n'avait-il pas fait terminer une peinture de groupe par un autre artiste ?

Hans passerait donc de nombreuses heures sur ce tableau, et Sybylla se dit qu'elle aurait encore l'occasion d'aller le voir à l'église – uniquement pour découvrir la fameuse petite souris !

Pieter et Gerard se rencontraient régulièrement. Jusqu'à présent ils n'avaient pas glané grand-chose d'intéressant.

– Connais-tu cet homme ? demanda Pieter en montrant à Gerard le croquis exécuté par Francesca.

– Ce visage ne me dit rien. Mais c'est un bon point pour nous que Francesca soit chez la veuve Wolff. Il paraît que pendant la kermesse elle a refusé d'héberger des hôtes alors que nous savons par Francesca que la maison était vide. Cela signifierait-il qu'elle limite les risques en n'accueillant pas d'autres hôtes que ceux qui travaillent dans le réseau ?

– C'est bien possible.

Lorsque Pieter arriva à son bureau de Delft, les premiers flocons de neige de l'hiver commençaient à tomber. Il s'assit à son bureau, tandis que son clerc, un homme entre deux âges qui travaillait pour lui le matin, lui apportait le courrier. Il venait juste de traiter les affaires courantes quand Aletta entra, un panier au bras, toute saupoudrée de cristaux de neige.

– J'espérais bien vous trouver, dit-elle en souriant tandis qu'il la conduisait près de la cheminée. Vous avez un beau bureau! Et quelle bonne idée de l'avoir décoré de gravures de tulipes et d'ancolies!

– Vous ne venez pas souvent en ville, n'est-ce pas?

– Non. Constantijn n'aime pas que je m'absente trop longtemps, mais je suis venue faire des emplettes pour la Saint-Nicolas.

– Comment va-t-il? A-t-il essayé ses jambes de bois?

– Non, pas encore. Il en a accepté l'idée pourtant, mais il n'a pas la force physique nécessaire. Il faut qu'il fasse travailler ses muscles, et j'ai demandé à Josephus de l'y aider.

– C'est une décision qui ne peut être que bénéfique.

– Je l'espère.

– Avez-vous vu Francesca ce matin?

– Non, je ne vais jamais la voir quand elle travaille. Elle vient assez souvent me voir chez Constantijn. Est-il vrai que vous ne vous verrez pas avant Noël?

– C'est exact. Je l'aperçois de temps en temps lorsqu'elle va à l'atelier, toujours en compagnie de Weintje. Il m'est cependant facile de rester en contact avec elle grâce aux enfants Vermeer qui sont ravis de jouer les messagers.

– Je dois partir, dit Aletta en jetant un coup d'œil à la pendule. Josephus m'attend devant l'hôtel de ville, et il fait très froid.

– Je vous fais un brin de conduite. (Pieter enfila prestement son manteau et lui prit son panier. C'était jour de marché, et une foule animée se pressait sur la place.) Vous ne m'aviez pas dit que vous aviez un équipage de style! dit Pieter en apercevant la voiture, antique mais impeccable, où l'attendait Josephus.

– C'est la voiture des grands-parents de Constantijn. Pieter l'aida à monter et lui souhaita de joyeuses fêtes. Ils échangèrent un signe de la main, puis le lourd rideau de cuir retomba devant la fenêtre de la voiture.

Sur le chemin de son bureau, Pieter vit un homme passablement éméché fouetter intempestivement ses chevaux qui firent un bond en avant, et la charrette percuta une voiture. Il n'y avait pas de dégâts, mais les roues des deux véhicules étaient coincées.

Pieter prêta main-forte pour aider à les dégager. Le conducteur de la charrette remercia tout le monde et continua son chemin. Les deux passagers de la voiture reprirent place et eurent tôt fait de disparaître derrière la Vieille Église. Chemin faisant, Pieter se demanda pourquoi cet incident banal lui laissait une étrange impression.

Au moment où il entrait dans son bureau, il fit volte-face et le clerc ne vit de lui qu'une image distordue à travers les vitraux de la porte qui s'évanouit aussitôt.

Il se précipita vers l'écurie pour prendre son cheval. Il venait de comprendre ce qui clochait : habituellement les charretiers échangeaient injures et coups de poing, pour la plus grande joie des badauds. Or le conducteur ivre était prêt à se battre, mais les deux hommes dans l'autre voiture n'avaient pas bronché, uniquement soucieux que leur chargement bâché ne se répandît point sur la chaussée. Leurs chevaux, bien qu'au pas, étaient couverts d'écume comme s'ils avaient parcouru une longue distance. Rien d'extraordinaire à cela, toutefois le comportement des deux passagers était peu banal.

Les rues étaient encombrées, comme tous les jours de marché, par toutes sortes de véhicules et d'animaux, oies, moutons, troupeaux de vaches, qui ralentirent la progression de Pieter. Il aperçut enfin la voiture qui filait à vive allure. Ce n'était manifestement pas des gens venus livrer leurs marchandises; peut-être s'agissait-il de voleurs avec un butin dissimulé sous leur chargement? L'homme qui ne tenait pas les rênes se retourna à deux reprises et Pieter se rendit compte qu'ils ralentissaient pour voir s'ils étaient suivis.

Pieter adopta à son tour une allure irrégulière et ils continuèrent leur chemin, rassurés sans doute.

La route faisait soudain un coude, à l'entrée d'un bois, et Pieter réalisa qu'il les avait perdus de vue. Il y avait un carrefour et le sol était sec : pas le moindre indice de la direction empruntée par la voiture. Il lança son cheval au galop sur l'une des routes mais ne déboucha que sur la campagne déserte. Il essaya l'autre direction, en vain. De guerre lasse, il rebroussa chemin.

Le soir à la taverne il essaya de glaner quelques renseignements en faisant parler un bourrelier qui disait avoir déjà vu cette voiture à deux reprises.

– Quand était-ce? demanda Pieter en commandant deux pintes de bière.

– Une fois au printemps dernier et l'autre fois après la kermesse il y a environ deux mois.

– Comment pouvez-vous être sûr que c'est la même ?

– J'ai reconnu le fouet : c'est moi qui l'ai fabriqué. Venez demain à mon atelier, je vous montrerai à quoi on les reconnaît. Merci pour la bière. Je vous ferai goûter la mienne.

Le bourrelier prit congé dans un énorme éclat de rire.

L'atelier se trouvait au bord de la route que Pieter avait empruntée la veille à la poursuite de la mystérieuse voiture. La bière maison se révéla effectivement très forte et il put l'apprécier à sa juste valeur.

– Vous avez trouvé des tonneaux assez résistants pour contenir ce breuvage ? demanda Pieter en souriant.

– Ça n'est pas facile ! répondit l'homme, hilare. Regardez les poignées de ces fouets : vous allez vous rendre compte qu'ils sont très caractéristiques.

Pieter en prit un en main : la poignée, constituée de lanières finement tressées, offrait une prise particulièrement agréable et une des lanières était frappée d'un motif doré du plus bel effet. Chaque cravache avait un dessin différent.

– C'est un travail remarquable. Vous devez les vendre très cher.

– En effet. Ça n'est pas souvent que j'en vends à un charretier, c'est pourquoi cela m'a frappé. D'ordinaire, mes clients sont des gens riches, qui se veulent raffinés dans les moindres détails. Pourquoi vous intéressez-vous tant à cette voiture ?

– J'ai eu la même autrefois à Haarlem.

– Vous pensez qu'on vous l'a volée ?

– C'est possible. J'aimerais bien que vous me préveniez si vous la revoyez, en tout cas.

– Comptez sur moi.

Pieter sortit le croquis de Francesca et le montra à l'artisan.

– Est-ce là l'homme qui vous a acheté le fouet ?

– Non, je le reconnaîtrais.

– Ou son compagnon ?

– Je ne sais pas, je n'y ai pas prêté attention.

De retour à son bureau, Pieter examina une carte : la voiture et ses occupants s'étaient vraisemblablement cachés dans une grange avoisinante. En tout cas il s'était fait un allié précieux en la personne du bourrelier, qui voyait tout.

Le matin de la Saint-Nicolas, Aletta, Sara et Josephus échangèrent de petits cadeaux. Les parents et la famille de Constantijn lui envoyèrent de nombreux présents et lui-même offrit les siens aux domestiques avant le dîner, selon une tradition qui remontait à ses grands-parents. Sara lui prépara ses mets favoris et Aletta avait choisi avec soin les meilleurs vins. Elle avait décidé de porter ce soir une robe de velours lilas qui avait déjà vécu, mais qui l'avantageait. Elle brossa soigneusement sa chevelure et la releva sous un bonnet brodé, puis passa à son poignet le bracelet en or offert par sa tante Janetje. Ravie d'avoir pu s'habiller, elle alla d'un pas plus léger vers la cuisine où Sara et Josephus ne manquèrent pas de s'extasier sur son élégance. Ils montèrent ensuite chercher leurs cadeaux, puis ce fut son tour.

– Vous êtes splendide ce soir, dit Constantijn en la regardant de bas en haut.

Il prit un coffret recouvert de brocart sur la table et le lui tendit.

– Je vous remercie.

Comme elle avançait la main pour le prendre, Constantijn remarqua son bracelet et lui saisit les doigts d'une poigne de fer.

– D'où vient ce bijou ?

– De Florence.

– Je reconnais bien le travail, rétorqua-t-il, les lèvres pincées. C'est un amoureux qui vous l'a offert pour la Saint-Nicolas ?

– C'est ma tante qui me l'a envoyé de Florence, dit-elle avec un soupir d'exaspération. N'ayez aucune crainte : je ne vais pas quitter votre service pour me marier.

– J'ai parlé un peu trop vite, dit-il en relâchant progressivement sa main.

C'était bien la première fois qu'il exprimait quelque chose qui ressemblait à une excuse.

– Chez nous, on ouvre toujours nos cadeaux en même temps.

Elle lui tendit un paquet enrubanné qu'il défit pour découvrir un livre sur les voyages tandis qu'elle ouvrait la boîte qui contenait un flacon de parfum de grand prix, en cristal avec un bouchon d'argent. Les deux jeunes gens échangèrent des remerciements sincères, puis Aletta servit son dîner à Constantijn, qui bizarrement n'eut pas l'air d'apprécier le repas raffiné que Sara lui avait préparé et but son vin sans remarquer qu'il s'agissait d'un grand millésime.

Aletta débarrassa rapidement, puis lui apporta un verre d'eau-de-vie, hésitant toutefois à lui laisser la bouteille. Elle lui proposa une partie de jacquet, comme elle le faisait souvent à cette heure-là.

– Non, je préférerais une autre distraction.

– Si nous jouions un morceau de musique ?

– Restez plutôt là, devant moi.

Elle s'exécuta, un peu décontenancée.

– Voulez-vous faire un croquis ?

– Je désire simplement vous admirer. Cela fait si longtemps que je n'ai pas vu une jeune femme aussi charmante et élégante.

Une légère rougeur lui colora les pommettes. De plus en plus mal à l'aise, elle finit par lui demander la permission de s'en aller.

– Pas tout de suite. Ôtez votre bonnet.

Elle n'aurait pas été plus offusquée s'il lui avait demandé de se mettre nue devant lui.

– Certainement pas !

– Et pourquoi ? Il n'y a que les femmes mariées et les vieilles dames qui portent des bonnets. Les jolies filles mettent des fleurs et des rubans dans leurs cheveux. Je n'arrive pas à croire que vous dormez avec ce turban que vous aviez la nuit où je vous ai appelée parce que j'avais vu des lumières au fond du jardin.

En effet, chaque fois qu'il les avait fait lever, Sara, Josephus et elle, elle avait enveloppé ses tresses d'un foulard de soie.

– Vous n'avez tout de même pas sonné uniquement pour me voir avec les cheveux lâchés ?

– Pas la première fois, dit-il avec un sourire cruel, mais par la suite, c'est bien possible !

– Vous nous avez fait lever pour ça ! Votre égoïsme n'a donc pas de limites ?

– Je vous réveillerai toutes les nuits si vous ne retirez pas ce bonnet.

– Vous n'avez pas le droit de me demander ça.

– Vous ne laisserez donc jamais personne voir vos cheveux ?

– Mon époux, si par hasard je me marie un jour.

– Je vous épouserai.

Elle devint d'une pâleur mortelle, son regard flamboyait de colère.

– Comment osez-vous? cria-t-elle en tournant les talons.

– Attendez! hurla-t-il. Vous croyez que je ne ferai pas un bon mari parce que je n'ai plus de jambes?

Elle s'arrêta net, tremblant de colère des pieds à la tête.

– Je ne mets pas le moins du monde votre virilité en doute, mais j'en ai assez d'être votre souffre-douleur!

– Je vous ai demandé de devenir ma femme. Qu'y a-t-il de mal à cela?

– Tout! Avant votre accident vous n'auriez même pas daigné me regarder. Vous ne m'avez fait cette demande que parce que vous n'avez pas le choix! La preuve, c'est que vous ne vous rappelez même pas la première fois que vous m'avez vue!

Elle se rua hors de la pièce, le laissant fulminer de rage impuissante. Qu'avait-elle voulu dire? En fouillant ses souvenirs il lui sembla en effet qu'il l'avait déjà vue quelque part avant qu'elle n'arrive dans cette maison, mais cela restait une impression confuse.

Elle ne revint pas lui faire son lit comme d'habitude. En voyant Sara, il eut peur qu'Aletta ne soit partie.

– Où est Aletta?

– Elle ne se sent pas bien.

Il était soulagé. Elle était en colère, comme à chacune de leurs disputes, mais elle ne boudait jamais, et elle viendrait bientôt lui souhaiter bonne nuit. Elle n'avait pas manqué une seule fois de le faire depuis qu'elle était là. Il attendit donc, confiant, puis la pendule sonna minuit et il sut que cette fois-ci elle ne viendrait pas. Il se mit au lit avec un livre, sans parvenir à se concentrer sur sa lecture. Il ferma brusquement son livre et souffla sa chandelle. Ce fut alors qu'il aperçut les lueurs au fond du jardin. La panique l'envahit : ses amis venaient le voir pour la Saint-Nicolas! Il agita violemment le cordon de sa sonnette tout en s'époumonant. Personne ne se montra, il écumait de rage. Aletta avait sûrement décroché les battants des cloches, comme elle avait fait au début. Il avait ses pistolets à portée de la main, et d'un tir en l'air il ferait fuir ses amis, mais au moment où il se penchait vers le tiroir de sa table de chevet, les lumières disparurent. Il se passa la main sur les yeux. Son imagination exacerbée était-elle en train de lui jouer un mauvais tour? En tout cas, il ne trouverait pas le sommeil de sitôt et la seule compagnie capable de lui apporter un peu de réconfort était celle d'une bouteille d'eau-de-vie.

Dans une aile opposée de la maison et un étage plus haut, Aletta, les yeux grands ouverts, était allongée sur son lit. Qu'il lui ait proposé le mariage avec une telle désinvolture lui avait été insupportable. Jusqu'à présent elle avait enduré ses sautes d'humeur, ses colères et sa mélancolie, parce qu'elle s'était dit que personne d'autre n'aurait jamais la patience de le faire. En revanche, elle avait tout récemment compris quelque chose : elle était tombée amoureuse de lui. Ce n'était certes pas arrivé comme un coup de foudre romantique, au contraire c'était un sentiment qui avait lentement vu le jour, et elle n'attendait rien en retour. Ce soir, la cruauté du comportement de Constantijn l'avait profondément blessée et elle ne pourrait sûrement pas le regarder en face avant plusieurs jours.

Elle se retourna dans son lit, incapable de trouver le sommeil. Elle avait entendu sur son palier le cliquetis de la cloche de Constantijn qu'elle avait mise hors d'état de sonner. Et s'il avait réellement eu besoin de quelque chose ? S'il était malade ? Josephus ne viendrait pas avant le matin...

Elle décida de s'en assurer elle-même et enfila une robe de chambre. Elle ajusta un foulard de soie sur ses cheveux. Un flambeau brûlait toute la nuit dans l'escalier central de la maison et elle connaissait le chemin par cœur.

Elle était presque arrivée sur le palier de Constantijn lorsqu'elle entendit un son étouffé dans le vestibule. Elle tendit l'oreille, se disant que dans les vieilles maisons il y a toujours de drôles de bruits la nuit. Elle reconnut pourtant distinctement le claquement d'un talon sur le sol de marbre. Ce ne pouvait être ni Sara, dont elle avait entendu les ronflements en passant devant sa chambre, ni Josephus, qui n'avait aucune raison de déambuler dans la maison à pareille heure. Son cœur se mit à battre à tout rompre. Le claquement se fit entendre à nouveau. Quelqu'un s'était introduit dans la maison ! Les marches de l'escalier craquèrent. Il montait !

Elle n'avait rien sous la main qui pût lui servir d'arme mais elle se dit que si elle pouvait se glisser sans bruit jusque dans la chambre de Constantijn elle pourrait récupérer le pistolet qu'il gardait dans sa table de nuit. Elle ôta ses chaussons et, pieds nus, se faufila le long du mur. Elle s'arrêta, pétrifiée, en découvrant, à la lueur de la torche, l'homme qui montait l'escalier : c'était Constantijn lui-même qui se hissait en s'agrippant à la rampe, les muscles de son dos et de ses épaules saillant sous l'effort. Il se déplaçait avec l'agilité d'un athlète. Il était entièrement nu, à l'exception d'une ceinture dans laquelle il avait coincé deux bouteilles d'eau-de-vie. La poussière sur ses vêtements aurait pu le trahir. Le claquement qu'elle avait entendu était celui des clés qui pendaient à sa ceinture. Il ne s'était toujours pas rendu compte de sa présence, et elle attendit qu'il fût près d'elle pour parler.

– Permettez-moi de vous soulager de votre fardeau. Vous n'avez nul besoin de cet alcool à cette heure de la nuit.

Il sursauta violemment, puis se laissa glisser sur une marche où il s'assit, en proie à une irrésistible hilarité. C'était la première fois qu'elle le voyait rire sans méchanceté ni cynisme et elle se mit à sourire. Toute tension entre eux semblait s'être évanouie. Elle alla lui chercher sa robe de chambre et en revenant elle vit qu'il avait posé les bouteilles, mais gardé les clés.

– En tant que maître de maison, je garde les clés de ma cave.

– Je n'aurais pas souhaité qu'il en fût autrement, dit-elle en s'asseyant à côté de lui sur les marches.

– Vous vous êtes pourtant montrée très rigoureuse sur ma consommation d'alcool.

– Je ne voulais pas que vous preniez l'habitude de boire au point de ne plus pouvoir vous en passer. Maintenant ce risque est écarté.

– Comment pouvez-vous en être si sûre ?

– Si vraiment vous aviez voulu, vous seriez descendu à la cave tous les jours.

– Comment vous êtes vous rendu compte que je me servais à la cave ?

– Je n'ai rien soupçonné du tout. Aucune bouteille ne manquait dans les casiers.

– Il y a un petit cellier dont moi seul détiens la clé. Il est normal que vous n'ayez rien vu. Et vous, que faisiez-vous dans le corridor ?

– Je vous ai entendu sonner et j'ai eu peur que vous soyez malade.

– J'ai encore cru voir ces lumières dans le lointain. C'est parce que vous vous faisiez du souci pour moi que vous vous êtes levée ? dit-il en se rapprochant d'elle. Je me souviens où je vous ai vue avant votre arrivée ici. Vous étiez employée chez les Vermeer et tous les soirs vous regardiez vers la fenêtre de ma chambre. C'était bien vous, n'est-ce pas ?

– Oui, mais nous nous étions vus une autre fois auparavant. A la Bourse, à Amsterdam. Je regardais à travers la vitre et vous vous êtes mis à côté de moi, avant que vos amis viennent vous enlever !

– Je m'en souviens, maintenant. Pourquoi ne vous ai-je pas vue cette fois-là comme je vous vois maintenant ?

– Il y avait une très jolie jeune fille parmi vos amis. C'était Isabella ?

– Oui. Mais tout cela, c'est du passé.

– Vous ne pouvez pas en juger vraiment tant que vous n'êtes pas retourné dans le monde.

– Cela me paraît moins inconcevable qu'à un moment. C'est ce que vous attendiez de moi depuis le début, n'est-ce pas ?

Elle acquiesça, le cœur gonflé d'espoir. Le moment était venu de lui parler de ces jambes de bois qui feraient de lui à nouveau un homme debout. Mais avant qu'elle ait pu dire un mot, il l'avait prise dans ses bras et l'embrassait passionnément. Elle se laissa griser par ce baiser, jusqu'à ce qu'elle sentît qu'il dénouait son fichu. Prise de panique, elle se débattit pour échapper à son étreinte. Il la maintint fermement contre lui, ébloui par la magnificence de sa chevelure couleur de lune, opulente et douce comme la soie. Il laissa enfin échapper les mots qu'il contenait depuis longtemps.

– Je vous aime, Aletta.

Elle ne l'entendit pas car elle s'était enfuie en hurlant, ses cheveux flottant derrière elle comme un nuage d'or pâle.

Le lendemain, lorsqu'elle entra dans sa chambre, elle portait le plus sévère de ses bonnets et leur conversation prit un tour conventionnel, comme si rien ne s'était passé entre eux. Leur relation était de nouveau dans une sorte d'impasse.

A la demande de Constantijn, Josephus alla inspecter le fond du parc, mais ne trouva rien de suspect : les grilles étaient verrouillées et la neige recouvrait toute la campagne d'un épais manteau argenté.

Quelques jours plus tard, Pieter rendit visite au bourrelier, lequel l'informa que la voiture qu'il cherchait avait été retrouvée abandonnée sous une congère de neige. Les occupants s'étaient enfuis avec les chevaux.

– Ils ont gardé le fouet, précisa le bourrelier. Alors, ouvrez l'œil!

Pieter se rendit aussitôt sur les lieux. Les traces montraient que l'on avait repoussé la voiture à la hâte sur le bas-côté pour dégager la route. Elle était dans un virage, sur un étroit chemin, peu après le croisement où Pieter avait perdu sa trace, et en suivant le chemin, il se rendit compte que celui-ci longeait la propriété de Constantijn de Veere et aboutissait à des grilles cadenassées. Il lui parut peu plausible que la voiture ait pu entrer là – à moins que le conducteur ait eu un complice à l'intérieur, ce qui aurait expliqué qu'elle se soit volatilisée si rapidement. Il lui revint en mémoire que, au dire de Francesca, Constantijn avait aperçu des lueurs certaines nuits, au fond du parc.

Il grimpa sur un arbre pour essayer de voir à l'intérieur : la maison et le jardin étaient cachés par les arbres. Il y avait des traces de pas près des grilles, probablement laissées par un jardinier venu vérifier que celles-ci n'avaient pas été endommagées par la tempête. Les empreintes suivaient un petit sentier qui menait vraisemblablement aux écuries ou aux communs.

Pieter descendit de son perchoir, enfourcha son cheval et fit le tour de la propriété pour se présenter aux grilles principales. Josephus, flanqué des chiens de garde, vint à sa rencontre et, à sa requête, Aletta apparut bientôt, enveloppée dans un épais manteau. Elle fut un peu décontenancée de la question que lui posa Pieter sans le moindre préambule.

– Vous avez bien dit à Francesca que cette maison n'abritait que des orangistes? Est-ce toujours le cas?

– Oui, assurément.

– Êtes-vous sûre de Josephus?

– Sa loyauté et sa dévotion au prince ne font aucun doute. Pourquoi?

Il la mit dans la confidence au point de lui expliquer que les lumières que Constantijn avait aperçues dans le lointain avaient vraisemblablement un rapport avec quelque trafic frauduleux. Aletta vint d'ailleurs confirmer ses soupçons en lui apprenant que la dernière fois que Constantijn avait vu ces lueurs, c'était précisément la nuit de la tempête de neige. Elle comprit que quelque chose de capital se tramait, car elle se doutait que Pieter, sachant le risque que sa présence pouvait faire encourir à Francesca, ne serait jamais venu à Delft sans une raison de la plus haute importance.

– Entrez, dit-elle en ouvrant les grilles. Vous devriez en parler directement à Constantijn. Je prends sur moi de vous recevoir, car il ne vous laissera sans doute pas entrer dans ses appartements. Je vous transmettrai ce qu'il dira.

Lorsqu'elle eut tout expliqué à Constantijn, il lui jeta un regard glacial.

– Ces lumières ne seraient donc pas le fruit de mon imagination ? Vous pouvez faire monter Pieter Van Doorne. Il y va de la sécurité de ma propriété.

Elle le dévisagea avec incrédulité pendant une ou deux secondes, se demandant si elle avait bien entendu. Puis se précipita hors de la pièce.

– Je vous l'envoie tout de suite !

Pieter et Constantijn parlèrent très longtemps, tandis qu'Aletta arpentait le vestibule, folle de joie que Constantijn ait enfin accepté de recevoir un visiteur autre que ses parents. Il fit aussi appeler Josephus et, lorsque enfin les deux hommes redescendirent, ils arboraient un air soucieux. Josephus portait un des pistolets de Constantijn, et Pieter avait dégainé le sien. Constantijn lui avait confié les clés des caves.

– Où est Sara ? demanda Josephus d'un ton grave.

– A l'étage. Elle trie du linge.

– Elle en a pour combien de temps ?

– Au moins trois quarts d'heure.

– Très bien. Il vaut mieux qu'elle ne soit au courant de rien, expliqua Pieter. Il se peut que des intrus se soient glissés dans la maison, et introduits dans les caves en ôtant les grillages des soupiraux.

– Mais personne ne peut entrer sans ameuter les chiens. Ils aboient au moindre bruit.

– Sauf s'ils connaissent la personne concernée, fit Joseph, ulcéré que l'on ait pu ainsi pénétrer dans la propriété à son nez et à sa barbe.

– J'ai montré à Constantijn le portrait d'un étranger de passage que Francesca avait croisé chez la veuve Wolff, et il a immédiatement reconnu un des domestiques qu'il avait congédiés à son arrivée ici. Les chiens le connaissaient bien.

Josephus ouvrit la porte de la cave et Aletta s'apprêtait à le suivre.

– Restez là, Aletta, dit Pieter. C'est peut-être dangereux.

Elle n'obéit pas. Une fois dans la cave, Pieter fit jouer le plus doucement possible la clé dans la serrure inutilisée depuis si longtemps. Puis, sur un signe convenu, Josephus ouvrit la porte à toute volée et Pieter, pistolet au poing, s'élança dans la cave, Josephus sur ses talons. C'était une cave immense et voûtée, divisée en plusieurs compartiments. Tout était silencieux et désert. Le soupirail grillagé dispensait une faible lumière à l'extrémité opposée, à travers une vitre épaisse et encrassée.

Aletta ne distingua tout d'abord que de vieux meubles recouverts de toiles d'araignée, mais lorsqu'elle eut rejoint les hommes, elle découvrit avec stupeur une gigantesque cache d'armes : des piques et des mousquets étaient rangés contre le mur, ainsi qu'un grand nombre de barils de poudre et de boulets de canon.

– Comment ont-ils pu entasser tout ça ici ? En admettant que les chiens n'aient pas aboyé, j'aurais entendu le gravier crisser sous les roues!

– Ils ont dû faire entrer la voiture par les vieilles grilles, dont cet ancien domestique avait sans doute gardé une clé. Ensuite ils ont dissimulé la voiture dans le bois et stocké leur chargement dans la cave en passant par le soupirail dont ils avaient descellé le grillage.

– A qui sont destinées toutes ces armes ?

– Aux traîtres qui sont prêts à se ranger du côté de la France si nous sommes envahis! Il y a sûrement d'autres caches semblables non loin des portes de nos villes. Je vais informer Constantijn de notre découverte.

– Vous ne barricadez pas la fenêtre ?

– Non, il ne faut pas éveiller leurs soupçons. Nous les prendrons sur le fait la prochaine fois qu'ils viendront, mais ce ne sera sans doute pas de sitôt. Ils vont attendre que la neige ait fondu.

Ils refermèrent les portes à clé et éteignirent leurs lampes. Pieter s'entretint encore quelque temps avec Constantijn avant de prendre congé.

Après son départ, Aletta alla chercher les jambes de bois et les béquilles. Elle savait que le moment était venu.

Lorsque Constantijn la vit entrer, une sorte de joie mêlée d'amertume se lut dans son regard.

– Comment se fait-il que vous lisiez ainsi dans mes pensées ?

Il n'arrivait pas à croire que l'amour pût donner cette sorte d'empathie.

– Vous avez donc décidé de remarcher ?

– A partir du moment où ma maison et la sécurité de mon pays sont menacées par des traîtres, j'ai l'intention de me défendre. Donnez-moi ces jambes, et appelez Josephus. Je veux les essayer tout de suite. Attendez ! dit-il alors qu'elle était déjà près de la porte.

Elle se retourna et le regarda par-dessus son épaule.

– Oui ?

– Pourquoi faites-vous tout ça pour moi ?

– Je dois vous avouer que mes mobiles n'ont jamais été totalement altruistes. En quittant Amsterdam, j'ai renoncé à ma vocation de peintre. J'étais dans le coche qui est entré en collision avec votre voiture, et je ne sais pas exactement comment cela a commencé, mais lorsque je vous ai vu inanimé, après l'accident, j'ai senti que ma vie n'aurait pas de sens tant que vous ne seriez pas hors de danger.

– Vous m'avez attendu ?

– Oui... et nous sommes tous deux en voie de guérison, à présent.

– Venez vous asseoir et racontez-moi ce qui s'est passé à Amsterdam.

Lorsqu'elle lui eut retracé toute son histoire, la glace était à nouveau rompue entre eux.

– Maintenant je me sens capable de recommencer à faire quelques croquis.

– Aletta, il y a encore une chose que j'aimerais savoir. Pourquoi portez-vous un bonnet en permanence ?

Sa gorge se noua et elle baissa la tête pour éviter son regard pourtant empli d'amour. Elle lui raconta tout d'une traite l'odieuse agression, et la peur qui ne l'avait plus quittée depuis.

– Vous savez tout de moi, maintenant, conclut-elle dans un souffle.

– L'autre soir sur les marches, ce n'est pas par dégoût pour moi que vous vous êtes enfuie en criant ?

– Non ! Comment avez-vous pu supposer une telle chose ? Je vous aime !

Les mots lui avaient échappé, et le rouge lui monta aux joues. Constantijn, ivre de joie, lui tendit les bras.

– Venez dans mes bras, chère Aletta. C'est là votre place.

Elle ne bougea pas, puis, les mains tremblantes, elle ôta son bonnet et dénoua ses cheveux qui tombèrent en cascade sur ses épaules. Puis elle courut se jeter à son cou et ils échangèrent un long baiser passionné. Elle ne s'arracha à son étreinte que pour lui prendre la main et guider ses doigts à travers sa chevelure.

– Épousez-moi, Aletta, je vous aime depuis si longtemps.

– Je vous épouserai, dit-elle en plaçant un doigt sur ses lèvres pour l'empêcher de protester, lorsque vous pourrez vous tenir debout à côté de moi à l'église.

– Vous êtes un véritable démon, ma chérie, murmura-t-il, et elle se laissa submerger par l'infinie tendresse de ses baisers.

De ce jour débuta pour Constantijn une série d'épreuves, Aletta et Josephus étant constamment à ses côtés pour l'encourager. Malgré les chutes et la douleur, il fut bientôt en mesure de faire le guet tour à tour avec Josephus, mais comme l'avait prévu Pieter, la neige demeura immaculée et il était vraisemblable que rien ne se produirait avant le printemps.

Sybylla fut extrêmement contrariée d'apprendre qu'elle devrait passer les deux semaines précédant son mariage chez ses futurs beaux-parents. Adriaen irait chez sa sœur pendant ce temps-là.

Elle s'était imaginé que Francesca l'aiderait à se préparer, comme l'aurait fait sa mère si elle avait été en vie. Adriaen lui avait promis qu'une voiture viendrait spécialement prendre Francesca et Maria pour les emmener à l'église. Elle ne lui avait pas dit que Griet se joindrait à elles, car chez les Van Jansz il était inconcevable qu'une servante assistât à une telle cérémonie.

– Ma chère, avait plaidé Adriaen, ce n'est pas un mariage ordinaire. Vous savez gagner tous les cœurs, vous l'avez prouvé à ce dîner où vous avez séduit le Grand Pensionnaire lui-même, mais il faut que vous sachiez tenir un grand train de maison, et qui mieux que ma mère pourra vous initier ?

– Vous avez raison. Mais je veux que ce soit Francesca, et personne d'autre, qui vienne m'habiller !

– Il en sera fait selon votre désir.

– J'ai autre chose à vous demander, dit-elle en modulant la voix.

– De quoi s'agit-il ?

– Je vais vous parler sans détours. Quand comptez-vous régler les dettes de mon père ?

– Ma chère Sybylla, j'espérais qu'en tant que future femme de banquier vous auriez réalisé qu'on ne peut pas donner de l'argent comme ça, par caprice.

– Mais c'est l'avenir de ma sœur qui est en jeu !

– Il ne faut pas dramatiser. Elle est fiancée à un homme riche et puissant. Van Deventer en a fait l'annonce officielle. Il n'est pas question de revenir là-dessus. Van Deventer est le client le plus important de la banque Van Jansz.

– Mais Ludolf est un ancien pirate qui a commis un nombre incroyable de forfaits !

Le visage d'Adriaen se ferma.

– Un banquier n'a pas à enquêter sur le passé de ses clients. (Il lui passa un bras autour de la taille et, l'attirant contre lui, lui couvrit le visage de baisers.) Songe comme tu seras heureuse d'avoir ta sœur tout près de toi, dit-il d'une voix douce.

Elle lui tendit ses lèvres, car elle adorait sa façon d'embrasser. Il lui murmura toutes sortes de choses tendres à l'oreille, et elle se surprit à calculer intérieurement le temps qu'il restait à Francesca avant de se présenter devant la Guilde. Elle se dit qu'elle donnerait à Hendrick la plus grande partie de sa rente, pour qu'il puisse rembourser Ludolf. Elle n'aurait pas besoin d'en informer Adriaen, après tout.

Hans avait fini le tableau de la Garde Civile, et Sybylla alla le voir la veille du jour où on devait l'enlever. Elle trouva Hans en train de remballer son matériel de peinture.

– La souris est dans le tableau ?

– Oui.

Elle examina la toile dans les moindres recoins, sans succès.

– Je ne la vois pas ! Donnez-moi au moins un indice !

– Apprenez à vous servir de vos yeux !

– Soyez gentil, Hans, montrez-la-moi !

– La veille de votre mariage, pas avant.

– Vous êtes cruel avec moi, dit-elle, des larmes de dépit aux yeux.

Il sourit d'un air las, au souvenir des grâces, des minauderies et des airs provocants dont elle l'avait tourmenté.

– Telle n'était pas mon intention, Sybylla. Je vous souhaite beaucoup de bonheur. Peut-être aurons-nous le plaisir de nous revoir. Bonne journée.

– Ne partez pas comme ça, supplia-t-elle, la voix étranglée.

Il était déjà trop loin et ne l'entendit pas.

Sybylla dut subir plusieurs heures par jour les instructions de sa future belle-mère. C'était pire que la férule de Maria, car elle n'osait répliquer. Adriaen venait la voir tous les jours, toujours en présence de sa mère.

La sœur d'Adriaen arriva un matin à l'improviste, pour annoncer que le tableau de la Garde Civile venait d'être placé au siège de la compagnie, où il faisait l'admiration de tous.

Les trois jeunes gens s'y rendirent, et Sybylla nourrit le faible espoir d'apercevoir Hans, mais il ne se montra point. Le tableau portait la signature de Hendrick, et elle entendit quelques remarques dans la foule qui confirmait sa propre opinion que les portraits peints par Hans étaient de loin les plus vivants et les plus expressifs.

Elle eut beau scruter minutieusement le tableau, la mystérieuse petite souris demeurait invisible.

22

Francesca quitta Delft à Noël pour le mariage de Sybylla. Elle était chargée de remettre à Hendrick la demande en mariage de Constantijn. Aletta redoutait pardessus tout que Hendrick lui refusât son consentement, mais Francesca ne l'en croyait pas capable, et elle lui avait promis de plaider sa cause.

Elle était contente de quitter Delft, l'atmosphère chez Geetruyd étant devenue pesante depuis que celle-ci avait eu connaissance du contrat de mariage. À la demande de Pieter, Aletta avait informé Francesca de la découverte de la cache d'armes dans les caves de la maison de Veere. Dans un des brefs messages que Pieter et Francesca échangeaient, Pieter lui demandait de concentrer ses efforts sur ses croquis, ce qui signifiait qu'elle devait l'alerter si l'homme qu'elle avait dessiné se représentait chez Geetruyd.

Le voyage fut rapide, mais elle arriva à Amsterdam trop tard pour se présenter chez les Van Jansz, et elle dut attendre le lendemain matin pour voir Sybylla.

Maria et Hendrick rivalisèrent de contentement en la voyant, et, à son grand soulagement, Hendrick accepta sans difficulté la demande en mariage de Constantijn.

– Qu'ils se marient quand ils veulent, dit-il d'un ton désinvolte. Je serai enfin débarrassé d'une fille indigne.

– Mais, père...

Maria lui coupa la parole.

– Viens m'aider à me mettre au lit, ma chérie, dit la vieille femme en entraînant Francesca hors de la pièce. Ne gaspille pas ta salive à lui parler d'Aletta. J'ai essayé plus d'une fois mais il ne veut rien entendre. Il est têtu comme une mule. Il n'a pas prononcé son nom une seule fois depuis son départ. En ce moment, de toute façon, il ne songe qu'au mariage de Sybylla.

– Qu'en penses-tu ?

– Elle a ce qu'elle voulait, répondit philosophiquement Maria. Mais je suis sûre que si ta chère maman avait été là, elle n'aurait guère approuvé cette union.

Le lendemain matin, Francesca se rendit chez les Van Jansz avec le cadeau de mariage qu'elle offrait en commun avec Aletta, un vase à tulipes en faïence de Delft.

Sybylla se jeta dans ses bras et la serra à l'étouffer.

– Comme je suis heureuse de te voir, Francesca !

– Moi aussi, ma chérie.

– J'ai tellement de choses à te montrer ! Ma robe de mariée, mes bijoux, toute ma nouvelle garde-robe !

Les deux semaines passées sous la houlette de sa future belle-mère avaient été éprouvantes pour Sybylla, et elle avait les traits tirés.

– Tu te sens bien, ma chérie ?

– Oui, je suis simplement fatiguée. Vrouw Van Jansz n'arrête pas de critiquer mes moindres faits et gestes.

– Patience ! Dans vingt-quatre heures tu seras mariée ! Montre-moi ta robe de mariée.

C'était un nuage éblouissant de blancheur argentée. Un rang de perles rosées soulignait le profond décolleté de la robe et courait le long de l'ourlet pour lui donner de l'aplomb. Francesca affirma n'avoir jamais vu une aussi jolie robe et demanda à Sybylla d'essayer la parure de fleurs de soie rose et argent qu'elle aurait dans les cheveux, et qui rehaussait à la perfection son teint de porcelaine.

Sybylla lui montra pêle-mêle ses bijoux, ses robes, toutes somptueuses, richement garnies de rubans et de dentelles aux nuances délicates.

Les deux sœurs allèrent ensuite visiter la future maison du jeune couple, sur Heerengracht.

– Tu auras ta chambre, quand tu viendras me voir, dit Sybylla en précédant sa sœur dans une pièce ravissante aux murs tendus de soie bleue et meublée avec un goût exquis. Elle donne sur le jardin qu'à ma demande Adriaen a fait redessiner par Pieter. Les plans sont magnifiques.

Le jardin était endormi sous la neige et Francesca se demanda si elle aurait jamais l'occasion de le voir en fleurs.

Elle eut la tentation de confier à Sybylla son projet d'aller vivre en Italie avec leur père, mais elle se tut, ne voulant pas l'attrister la veille de son mariage.

– Tu viendras tôt demain matin pour m'aider à m'habiller ? implora Sybylla. Je veux que tu restes avec moi jusqu'au moment de partir pour l'église.

– Je te le promets.

– J'aimerais tellement qu'Aletta soit là, dit-elle en se pelotonnant contre sa sœur comme lorsqu'elle était enfant.

– Elle pense à toi de tout son cœur, je te l'ai déjà dit.

Après le départ de Francesca, vrouw Van Jansz fit encore quelques recommandations à Sybylla.

– Vous veillerez aux comptes du ménage, et Adriaen réglera les autres dépenses. Vous pourrez bien sûr faire l'emplette de tout ce qui vous plaît, à concurrence du montant de votre rente personnelle, mais vous n'aurez pas d'argent liquide.

– Mais je veux payer moi-même, protesta Sybylla.

– Ma chère enfant, il y a une différence entre ce que vous souhaiteriez et ce que votre époux a décidé pour votre bien. Tout ceci a été arrangé depuis vos fiançailles, Adriaen vous ayant jugée trop inexpérimentée pour manipuler de l'argent. Je n'ai rien à ajouter. Ce soir nous n'avons pas d'invités, et vous dînerez tranquillement avec mon mari et moi.

Sybylla, amèrement déçue, monta d'un pas traînant dans sa chambre. Malgré toute la fortune de sa future belle-famille, elle ne pourrait rien faire pour son père ni pour sa sœur. Rien ne se passait selon ses désirs. D'ailleurs tout allait de travers depuis que Hans Roemer avait fait irruption dans sa vie.

Sybylla afficha une mine sinistre pendant le dîner, et vrouw Van Jansz, mettant cela sur le compte de l'approche de la nuit de noces, fit mine de ne rien remarquer. Elle se rappelait ses propres frayeurs.

Sybylla, dans sa chambre, ne trouvait pas le sommeil. Elle s'était pelotonnée près du feu, un châle sur les épaules. Le regard perdu dans les flammes, elle se disait qu'il était bientôt minuit et qu'elle n'avait toujours pas résolu l'énigme de la souris dans le tableau. Une bûche crépitait dans la cheminée lorsque soudain un petit tison enflammé tomba près de son pied nu. Elle sursauta. Elle avait compris où était la souris! Ni sur un chapeau ou dans une poche ou même sous un talon mais dans un endroit tellement en vue qu'elle se demandait comment cela avait pu lui échapper!

Elle enfila ses vêtements en toute hâte, prit une lanterne et sortit subrepticement de la maison par la porte qu'empruntaient les domestiques, sous l'escalier principal. Précédée par le balancement de sa lanterne, elle courut jusqu'à la milice, craignant que Hans fût déjà parti pour une destination inconnue.

– Qu'y a-t-il pour votre service, mejuffrouw ? demanda le sergent de garde, en la voyant hors d'haleine.

– Je suis la fille de Hendrick Visser, qui a réalisé le portrait de groupe. Je voudrais voir Hans Roemer, l'assistant de mon père.

– Il était là cet après-midi mais la salle de banquet est fermée et les visiteurs ne sont plus admis après six heures.

Elle chancela, ivre de désespoir. Pour la première fois de sa vie, elle se sentit submergée par une émotion qui ne laissait pas de place aux larmes. Elle entendit comme à travers une brume le sergent qui lui proposait de s'asseoir, croyant qu'elle allait s'évanouir.

Soudain un courant d'air glacé envahit le vestibule : Hans la saisit par les épaules et la fit se retourner vers lui. Elle s'agrippa à lui dans un sursaut de reconnaissance.

– J'ai trouvé! cria-t-elle.

Il l'entraîna hors de la vue des deux gardes et, une fois dans la rue, ils se mirent à l'abri sous un porche. Hans avait une expression grave.

– Alors dites-moi où est la souris ?

– Elle est à la fois là et pas là. Sous le manteau du porte-drapeau, il y a une ombre qui est en réalité un trou de souris, dont on ne voit que la queue : elle est en train de s'enfuir, exactement comme moi!

– Vous êtes sûre ?

– Je ne veux plus retourner chez les Van Jansz, je vous en prie, emmenez-moi avec vous!

– Vous rendez-vous compte de ce que vous dites ? Vous voulez quitter votre famille et tout ce que vous avez toujours désiré ?

– Ne voyez-vous pas que je vous aime plus que tout au monde!

– J'avais envie de vous l'entendre dire depuis si longtemps! Je vous aime tellement...

Ils s'embrassèrent, étroitement enlacés, les flocons de neige virevoltant autour d'eux dans la lueur de la lanterne posée à terre.

De bonne heure le lendemain matin, Francesca, fidèle à sa promesse, attendait la voiture qui devait l'emmener chez les Van Jansz. Elle avait revêtu ses plus beaux atours pour la cérémonie : une robe de velours fauve et un chapeau gris tourterelle orné d'une plume dorée. Elle était en train d'ajuster le bord de son chapeau lorsque des coups violents retentirent à la porte. C'était Adriaen en personne, le visage grave.

– Je veux voir Sybylla. Je n'avais pas réalisé à quel point c'était important pour elle d'être dans sa maison natale.

– Mais elle n'est pas ici.

– Mais si, elle doit y être. Son lit chez mes parents est défait. Elle a dû arriver ici à l'aube.

– Je vais voir dans sa chambre, dit Francesca, redoutant de trouver la porte close et Sybylla hors d'état de lui ouvrir.

Il est vrai qu'hier elle était au bord de la crise de nerfs, mais elle lui avait semblé plus calme en la quittant. S'était-il produit dans l'après-midi un événement susceptible de la bouleverser?

La porte n'était pas fermée, et Francesca fut effarée par le désordre qui régnait dans la chambre. Des vêtements avaient été sortis à la hâte des tiroirs, un bas traînait sur le tapis et un gant pendait sur une chaise. Un billet portant son nom était adossé contre le coffret à bijoux. Elle le prit d'une main tremblante.

« Je pars avec l'homme que j'aime réellement. S'il te plaît, annonce la nouvelle à Adriaen avec le plus de ménagements possible, ainsi qu'à père. Dis-lui que finalement je n'aurais rien pu faire pour te délivrer de Ludolf. Il te faudra dorénavant compter sur Pieter. Ne te fais pas de souci pour moi, je suis plus heureuse que je ne l'ai jamais été.

Ta sœur qui t'aime, Sybylla. »

A l'expression qu'elle arborait en redescendant, Hendrick et Adriaen comprirent tout de suite que quelque chose de grave venait d'arriver.

– Le mariage n'aura pas lieu aujourd'hui, Adriaen, dit-elle avec commisération.

– Pourquoi ? Elle est malade ?

– Elle n'est pas là.

– Mais chez qui a-t-elle pu aller ?

Francesca se rapprocha de Hendrick, qui avait l'air de s'attendre au pire.

– Sybylla m'a laissé un mot, père. Elle est partie. Je ne sais pas avec qui. Elle vous demande de lui pardonner de vous causer du chagrin, Adriaen, mais elle prétend qu'elle est avec l'homme qu'elle aime réellement.

Incrédule, Adriaen poussa un long soupir, les yeux pleins de fureur.

– La petite catin !

– Je vous interdis de parlez ainsi de ma fille, gronda Hendrick.

– Vous semblez oublier à qui vous parlez, espèce de sans-le-sou ! rétorqua Adriaen avec mépris. Je me fiche de savoir pour qui elle m'a quitté, d'ailleurs ! Et si elle revient, gardez-la, je n'en veux plus !

Il sortit en claquant violemment la porte derrière lui et ce fut Hendrick qui brisa le silence consterné qui s'ensuivit.

– Elle a dû partir avec Hans Roemer. Je sais qu'il devait quitter Amsterdam aujourd'hui. Ces temps derniers, elle n'arrêtait pas de parler de lui et allait tous les jours à l'église pour suivre l'évolution du tableau.

– Oh, père, vous auriez dû la surveiller de plus près pendant ses fiançailles.

– Je croyais qu'elle se souciait uniquement que le tableau soit fini et payé avant son mariage. Je n'ai jamais pensé qu'il pût y avoir une intrigue amoureuse là-dessous.

– Qu'a-t-elle voulu dire en déplorant finalement de ne rien pouvoir faire pour me libérer de Ludolf ?

– Elle croyait pouvoir le rembourser par traites avec la rente que devait lui servir Adriaen.

Francesca fut touchée de la générosité de sa petite sœur, même s'il était un peu insensé de croire que Ludolf eût accepté.

– Avez-vous une idée de l'endroit où Hans a pu l'emmener ?

– Pas la moindre. Je sais qu'il avait une commande et c'est pour cela qu'il a quitté la ville.

– Au moins ne mourront-ils pas de faim. Mais il faut que nous essayions de retrouver leur trace. Je vais mettre Pieter au courant, et lui demander de partir à leur recherche.

Hendrick haussa les épaules d'un air las en observant le portrait d'Anna.

– Qu'aurait dit ta pauvre maman si elle avait su que j'allais perdre deux de ses filles.

– Elles ne sont pas perdues, père. Vous finirez par vous réconcilier avec Aletta, et Sybylla reviendra un jour.

Il ne releva délibérément pas l'allusion à Aletta.

– J'ai peur pour Sybylla. Elle est tellement puérile.

– Je crois qu'en partant avec Hans elle vient de prendre la première décision adulte de sa vie.

Moins d'une heure plus tard, Hendrick reçut la visite de l'avocat des Van Jansz, qui insista pour que Francesca soit présente à l'entretien.

Au grand soulagement de Hendrick, la famille Van Jansz ne réclama aucune compensation financière à condition que le nom de son fils ne soit pas entaché de scandale et que la version officielle soit la rupture par consentement mutuel.

Francesca insista pour que le jeune homme avec qui Sybylla s'était enfuie ne fasse l'objet d'aucune poursuite, et l'avocat consigna cette clause sans difficulté.

Ce fut un Noël triste pour la famille Visser. Chacun nourrissait le secret espoir d'une apparition surprise de Sybylla. Rien de tel ne se produisit. Le jeune couple, se croyant poursuivi, ne risquait pas de se manifester. Francesca n'avait qu'une crainte, c'était qu'ils s'embarquent pour les colonies, ce qui réduirait à néant l'espoir de jamais revoir Sybylla. Hendrick avait fait un saut chez l'ancienne logeuse de Hans, mais celui-ci était parti sans laisser d'adresse.

Francesca, voyant son père s'enfoncer un peu plus chaque jour dans la mélancolie, lui suggéra l'idée d'une fuite à Florence.

– Si la guerre devait éclater avec la France, Pieter resterait en Hollande pour défendre notre pays contre l'envahisseur, et je n'en attends pas moins de lui.

Hendrick resta un moment abasourdi par ce qu'il venait d'entendre.

– Quitter Amsterdam ? En serions-nous réduits à une mesure aussi radicale ? Sans doute est-ce la seule solution... Je ne peux ni te condamner à vivre avec cet individu, ni me résoudre à finir mes jours en prison!

Francesca avait pensé que Maria pourrait vivre chez Sybylla, mais étant donné les circonstances, elle lui proposa d'aller à Delft chez Aletta lorsqu'elle aurait épousé Constantijn. Les trois sœurs chérissaient également leur vieille nourrice mais c'était Sybylla sa préférée, malgré leurs constantes chamailleries.

En réalité, Maria avait d'autres projets.

– Je rends grâce à Dieu que tu sois libérée de ce Van Deventer, soupira la vieille femme, mais je n'irai pas à Delft, ni ailleurs. Je veux finir mes jours ici, à l'hospice, où j'ai déjà des amies. Je tiens à rester dans les parages, au cas où Sybylla reviendrait.

– Oh, chère Maria, dit Francesca en embrassant sa joue ridée, tu sais que cela risque de ne jamais se produire.

– Oui, répliqua Maria en essuyant furtivement une larme, mais il faut que je sois là.

Les visites constantes de Ludolf rendirent le séjour de Francesca encore plus pénible. Il se comportait en malotru, s'imposait à la table des Visser, donnant des ordres à Griet et injuriant Maria lorsqu'elle l'empêchait de se trouver seul à seule avec Francesca. Son vernis de politesse craquait un peu plus chaque jour, à mesure que son impatience croissait. Il insista pour fixer la date du mariage le lendemain même de la présentation de Francesca devant la Guilde.

– Ça ne me laisse même pas le temps de revenir à Amsterdam, protesta-t-elle.

Elle avait compté sur une semaine de délai pour préparer sa fuite en Italie.

– Qu'à cela ne tienne! Nous nous marierons à Delft. Votre père viendra avec moi.

La présence continuelle de Ludolf l'empêchait de voir Pieter – qui avait fait le voyage à Amsterdam spécialement pour elle – pendant la journée. Ils réussirent cependant à trouver quelques moments d'intimité, après minuit, assis auprès du feu dans le salon de la maison Visser, où ils purent échafauder leur projet de fuite en Italie. Tout devait être calculé à la minute près sous peine d'échec.

Ils fêtèrent le nouvel an 1672 en tête à tête, devant un verre de vin, inquiets quant à leur avenir et celui de la Hollande.

De retour à Delft, Francesca remit à Aletta l'autorisation de mariage signée de la main de Hendrick. Aletta était déjà au courant de la fuite de Sybylla : elle venait de recevoir une lettre.

– Ils se sont mariés, mais ils ont peur d'être poursuivis et nous implorent de ne pas dire d'où la lettre a été envoyée, sinon ils s'enfuiront.

– Comment ont-ils pu être mariés sans la permission de père ?

– Ils ont trouvé un prêtre étranger qui a accepté de les unir.

– Leur mariage est-il légitime ?

– Oui, puisqu'ils sont mari et femme aux yeux de l'Église. Il suffira que père avalise leur contrat.

Francesca prit connaissance de la lettre à son tour et s'aperçut qu'elle provenait de Rotterdam, ce qui raviva ses craintes que le jeune couple prenne un bateau pour les colonies.

– Il faut mettre père au courant. Jamais il ne les séparera maintenant qu'ils sont mariés, et ils doivent savoir qu'aucune poursuite ne sera engagée contre eux.

Aletta partageait cet avis et elle insista pour que Francesca écrive à leur père. Elle paierait de sa poche un messager pour acheminer spécialement la lettre à Amsterdam.

Son propre mariage devait avoir lieu à la fin février et d'ici là, Constantijn aurait totalement maîtrisé l'usage de ses jambes de bois.

Pieter, venu rendre visite à Constantijn un soir où le dîner allait pour la première fois être servi en bas, attendait dans le salon, à la demande d'Aletta. Elle alla porter ses béquilles à Constantijn qui venait de descendre l'escalier en s'agrippant à la rampe. Impatient de montrer ses progrès, il assujettit les béquilles sous ses bras.

– Il faudra mettre un tapis sur l'escalier, ça me permettra de me stabiliser pour descendre.

– Ce sera fait, dit Aletta, écartant de sa pensée la vision de Constantijn tombant la tête la première. Pieter est au salon. Il a quelque chose d'important à nous dire ; je crois que cela concerne Francesca.

– Parfait. Il va dîner avec nous.

A la fin du repas, lorsque Sara fut retournée à la cuisine, Pieter demanda à Aletta si elle avait informé Constantijn qu'un contrat de mariage avait été signé avec Van Deventer.

– Depuis que nous sommes fiancés, j'ai mis Constantijn au courant des affaires de famille.

– Avant que vous nous exposiez le motif de votre visite, permettez-moi de vous annoncer que j'ai demandé à mon banquier de couvrir la dette de maître Visser à Van Deventer.

Aletta en resta sans voix. Il est vrai qu'elle ne connaissait pas l'étendue de sa fortune, mais elle n'aurait jamais supposé qu'elle atteignît une telle importance.

– Je vous serais reconnaissant, Pieter, poursuivit Constantijn, d'en informer maître Visser et de lui présenter mes respects lors de votre prochain voyage à Amsterdam.

Pieter écarquilla les yeux de surprise devant la générosité de l'offre.

– Il y a peu de temps, j'aurais accepté sans hésiter de la part de Hendrick, mais les circonstances ont changé, et il pourrait être préjudiciable à la sécurité de notre patrie que Van Deventer soit remboursé dès maintenant. Je le soupçonnais depuis longtemps d'être un espion à la solde du roi de France. J'ai maintenant des preuves de sa trahison grâce au courage d'une servante, Neeltje, qui a réussi à s'emparer d'une partie de la correspondance de Ludolf avec Geetruyd Wolff. Des caches d'armes et des espions sont désignés dans ces lettres par des initiales : on a pu identifier Gisjsbert Kuiper, l'un des serviteurs que vous avez renvoyés lorsque vous êtes revenu vivre dans cette maison.

– Ce Gisjsbert a joué sur du velours, avec un invalide cloué sur son lit, dit Constantijn en serrant les poings.

– Tout ceci est du passé, dit Aletta en posant sa main sur la sienne. Il nous faut penser à aider Pieter, maintenant.

– Tu as raison, ma chérie.

Constantijn étudia la liste d'initiales que Pieter lui soumit, mais il ne put identifier aucun des serviteurs.

– Nous savons que Geetruyd Wolff héberge des espions, dit Pieter, mais beaucoup d'informations essentielles nous manquent encore, et il y a sans nul doute de nombreuses caches d'armes disséminées dans des endroits sûrs. Un assaut est prévu contre La Haye, en liaison, sans doute, avec une avancée des troupes de Louis XIV quand viendront les hostilités.

– Ces conspirateurs auraient-ils un Français à leur tête ?

– Pas si un Hollandais suffisamment aguerri au commandement les prenait en charge.

– Van Deventer ?

– C'est fort possible. C'est un ancien pirate, rompu à toutes sortes de commerces illicites, épices ou esclaves.

– Il faut arrêter Ludolf sans tarder, dit Aletta.

– Pas avant d'avoir mis la main sur toutes les caches d'armes. Nous devrons attendre le moment propice pour confondre Geetruyd également. Pour l'instant aucun de ces traîtres ne doit se douter qu'il a été découvert.

– Si ces espions étaient confondus à temps, Francesca n'aurait plus besoin de fuir en Italie ?

– Je l'espère, mais il est trop tôt pour l'affirmer. Tout dépend de ce que nous pourrons découvrir dans les trois mois à venir, avant la fin de son apprentissage. Aletta, soyez mon messager, et rapportez tout ceci à Francesca : je ne puis prendre le risque de lui écrire, l'enjeu est trop important.

– J'irai la voir dès demain.

– Je vous remercie. Nous n'avons pas de temps à perdre.

Après avoir entendu le récit de sa sœur, Francesca eut plus que jamais l'étrange sensation d'être épiée en permanence par Geetruyd, qui lui faisait l'effet d'une araignée venimeuse tapie dans un coin de sa toile pour guetter une proie innocente.

Le même jour de février où Aletta et Constantijn allaient être unis par les liens du mariage, le prince d'Orange était fait, à la demande populaire, commandant en chef des armées chargées de défendre la Hollande et les provinces. Il n'avait pas pour autant les coudées franches, car il était sous le contrôle de différents conseils chargés de le surveiller, et de nombreux conflits partisans agitaient le pays. Aux yeux de l'Europe, les Hollandais – qui s'étaient pourtant révélés de valeureux guerriers dans la guerre contre l'Espagne – passaient pour incapables désormais de prendre les armes même pour défendre leur propre liberté, tant leur énergie était sapée par des années de paix et de prospérité.

Cependant le roi d'Espagne, qui avait vu d'un mauvais œil la première tentative d'invasion de Louis XIV, venait d'assurer la Hollande de son soutien, et le prince d'Orange ne ménageait pas ses efforts pour gagner d'autres alliés à sa cause. Charles II d'Angleterre, l'oncle félon du prince d'Orange, avait apporté son soutien à la France, où l'on savait que deux cent mille soldats se préparaient à envahir la Hollande. La flotte française venait également d'augmenter sa puissance.

Pourtant la menace de guerre semblait bien lointaine, dans l'atmosphère paisible de la Vieille Église, où Constantijn se tenait bien droit aux côtés d'Aletta.

Francesca se dit que jamais sa sœur ne lui avait semblé aussi belle, ses beaux cheveux enfin libres, noués en chignon haut piqué de violettes de soie assorties à sa robe en soie d'un bleu profond. Des perles aux oreilles et autour du cou – cadeaux de mariage de Constantijn – rehaussaient l'éclat de son teint. Les deux sœurs déplorèrent vivement l'absence de Sybylla, mais en dépit des recherches lancées par Hendrick et Pieter, on n'avait pas retrouvé la trace du jeune couple.

Ce fut un mariage sans faste. Aletta était entrée à l'église au bras de Jan Vermeer. Catharina était assise à côté de Francesca. Tous les enfants Vermeer étaient présents, sauf l'aîné, encore en apprentissage, et Ignatius qui avait un rhume. Du côté de Constantijn, seuls ses parents et quelques amis proches assistèrent à la cérémonie. Celle-ci terminée, Constantijn, de sa démarche cahotante, ajusta son pas à celui de sa jolie femme et tous deux souriaient gracieusement. Si Aletta regardait un peu trop autour d'elle parfois, seuls Constantijn et Francesca savaient qui elle aurait aimé apercevoir dans l'assistance.

Lorsque l'église fut de nouveau vide et silencieuse, Hendrick, qui s'était tenu à l'écart dans l'ombre d'une chapelle latérale, quitta lentement les lieux à son tour. Francesca avait tenté vainement, lors de son séjour à Noël, de le fléchir. Il était incapable de faire le premier pas.

Comme personne ne le connaissait à Delft, et que Francesca serait au repas de mariage, il décida de faire un tour à la galerie de maître Vermeer.

– Désirez-vous acheter quelque chose, mijnheer ? Je suis Maria, la fille aînée du maître.

– J'aimerais voir les œuvres de votre père.

– Il n'y en a aucune d'exposée pour l'instant ici. Mais vous pouvez prendre tout votre temps pour visiter la galerie.

Déçu, Hendrick examina les tableaux, et tomba en

arrêt devant une toile où il reconnut immédiatement la patte de Francesca, intitulée : « Le Retour » et représentant une femme, digne dans une robe de soie rose foncé, qui souriait à un homme, vu de dos. Le mouvement était rendu avec une totale justesse, et Hendrick n'arrivait pas à détacher son regard du tableau, subjugué par la beauté de l'œuvre et ébloui d'avoir engendré une telle artiste.

Voyant qu'il s'intéressait au tableau, Maria s'approcha de lui.

– Mon père voyage beaucoup pour son commerce d'art, et ce tableau représente ma mère l'accueillant à l'un de ses retours.

– Il est magnifique, dit Hendrick d'une voix voilée par l'émotion.

– Il n'est pas à vendre.

– Pour quelle raison ?

– Ce tableau a été peint par l'élève de mon père et doit être soumis à la Guilde au printemps. Il l'a exposé dans l'espoir d'obtenir des commandes pour la jeune artiste. Si cela vous intéresse, il y a sur la table des gravures de sa main.

Hendrick les observa minutieusement : c'étaient toutes des vues de Delft, à l'exception d'une qui représentait son propre atelier à Amsterdam, avec les fenêtres ouvertes sur la rue.

– J'ai beaucoup entendu parler de l'œuvre de maître Vermeer. Je sais qu'après la mort de Carel Fabritius à Delft, c'est votre père qui a repris le flambeau.

Maria opina du chef, étonnée que le nom de son père soit connu en dehors de Delft.

– La Guilde le tient en haute estime et sollicite toujours son avis pour l'achat des œuvres d'art. Puis-je vous demander d'où vous venez, mijnheer ?

– D'Amsterdam.

– C'est loin ! Dans ce cas, et puisque vous êtes intéressé par les œuvres de mon père, je peux vous montrer un de ses tableaux.

– J'en serais très honoré.

Elle le fit entrer dans une grande antichambre où le tableau trônait seul sur un mur. D'après les descriptions de Francesca, Hendrick reconnut immédiatement le portrait du maître, de dos, dans son atelier, vêtu d'un costume à la mode du siècle précédent, une toque de velours légèrement de travers sur sa chevelure mousseuse.

Le pinceau levé, il regardait son modèle, en robe bleu et ivoire, une couronne de lauriers ceignant sa jolie tête, représentant Clio, la muse de l'Histoire. Remarquablement éclairée par la lumière venant de la fenêtre, elle tenait un livre et une trompette dorée, cette dernière étant censée symboliser les louanges à l'habileté du peintre. Au fond était accrochée une ancienne carte des Pays-Bas.

Hendrick fut totalement séduit. Maître Vermeer était un homme selon son cœur. Le modèle semblait le même que dans le tableau de Francesca.

– Est-ce vrouw Vermeer qui a posé pour la muse? demanda-t-il à Maria.

– Père dit que c'est un secret... en réalité il n'aime pas parler de son travail. Tout ce que je peux vous dire, c'est que mère aime ce tableau par-dessus tout et il doit receler une allusion à quelque chose de particulier entre eux.

Hendrick sourit intérieurement en songeant à sa propre expérience avec Anna. La tendre complicité et l'amour charnel qui unissent un peintre et son modèle donnent toujours un résultat inspiré. C'était manifestement le cas de ce tableau.

– Quel est le titre du tableau? Une « Allégorie de la Peinture », sans doute.

– Il n'est pas définitif. Parfois on l'appelle « L'Art de la peinture » et parfois « L'Atelier de l'artiste ». Mais ça n'est pas très important car ce tableau n'est pas destiné à être vendu.

– Je vous remercie sincèrement de m'avoir laissé l'admirer.

En quittant la maison Vermeer, Hendrick remonta son col et enfonça son chapeau pour lutter contre le vent froid. La vue de ce tableau avait ravivé le souvenir d'Anna, et il savait qu'elle aurait voulu qu'il envoie un cadeau de mariage à leur fille. Il tomba en arrêt devant une petite vitrine qui semblait lui faire signe. Luttant contre son orgueil, il entra et fit préparer et expédier anonymement un somptueux colis pour Aletta.

Quelques instants plus tard, il quittait Delft aussi subrepticement qu'il y était entré. Il ne lui restait que quelques pièces en poche, même pas de quoi s'offrir à boire durant le long trajet, mais il était en paix avec lui-même et Anna aurait été contente de lui.

Les festivités du mariage étaient presque finies

lorsqu'on vint avertir Constantijn qu'un paquet venait d'arriver de la ville. Aletta demanda à Francesca de venir avec eux et ils découvrirent un chevalet et plusieurs boîtes de matériel de peinture.

– Qui a pu penser à envoyer tout ça ? fit Aletta, circonspecte.

– J'aurais aimé avoir eu cette idée, dit Constantijn en ouvrant une boîte qui contenait des pinceaux, avec un pilon et un mortier. C'est exactement ce qu'il te faut, Aletta.

– Ça ne peut venir que de père, dit Francesca, heureuse qu'il ait enfin consenti à faire un geste de conciliation. Personne ici ne sait que tu as fait de la peinture.

– Quel luxe ! s'exclama-t-elle en caressant les brosses. Je n'ai jamais utilisé un pinceau que je n'aie pas fabriqué moi-même. Il va falloir que je m'y remette. J'avoue que j'ai espéré pouvoir repeindre un jour, mais tout ceci me prend au dépourvu.

Francesca prit un pinceau et le lui mit dans la main.

– Et là ? Tu ne retrouves pas une sensation familière ?

– Si, dit Aletta avec un sourire craintif.

– J'ai une suggestion à te faire, dit Constantijn : aimerais-tu que je demande à maître Vermeer s'il prendrait une autre élève après le départ de Francesca ? D'ici là, tu pourrais déjà avoir peint suffisamment pour te refaire la main.

– Ce serait merveilleux, dit-elle en le couvant d'un regard débordant d'amour.

– Je parlerai à maître Vermeer. Allons rejoindre nos invités, à présent.

– J'ai accepté le rameau d'olivier de père, dit Aletta à sa sœur en sortant de la pièce, et j'espère bientôt pouvoir être en mesure de faire la paix avec lui.

Maria Vermeer avait signalé à son père la présence d'un visiteur venu d'Amsterdam à qui elle avait fait admirer « L'Atelier de l'artiste ». Il ne la réprimanda pas mais lui demanda de ne plus le faire. Personne ne songea à rapporter le fait à Francesca, étant donné que l'étranger avait gardé l'anonymat.

Bientôt la neige commença à fondre, le printemps était imminent. Constantijn et Josephus se relayaient constamment pour surveiller les caves mais aucune livraison clandestine ne se produisit. Heer et vrouw de Veere avaient envoyé six de leurs domestiques les plus fidèles pour soulager leur belle-fille des corvées ménagères. En cas de danger on pouvait compter sur leur loyauté.

– Je vous en prie, mère, n'usurpez point l'autorité d'Aletta pour les problèmes d'intendance.

– Je n'ai fait venir ces gens que par amour pour vous deux. Je sais ce que ton père et moi devons à Aletta. Sans elle, tu ne me sourirais pas aujourd'hui de toute ta hauteur.

Aletta, qui venait d'entrer, entendit la fin de la phrase.

– Mais si, je vous assure. Il avait déjà décidé de marcher avant que je le lui suggère.

Vrouw de Veere, qui avait sa propre idée sur la question, ne voulut pas engager la conversation sur ce terrain.

– Constantijn vient de me dire que Francesca faisait vos portraits de mariage.

– Elle nous représente tous les deux sur la même toile, qu'elle soumettra à la Guilde, le jour de son admission.

Francesca avait été ravie de cette commande, dont le paiement reviendrait à Jan. Elle pourrait y apposer sa propre signature dès qu'elle serait passée devant la Guilde.

Elle n'avait jamais oublié l'émotion de sa mère devant le tableau de mariage exécuté par Rembrandt. Le maître avait représenté les deux époux sur la même toile, disant qu'un homme et une femme qui s'aiment ne doivent jamais être séparés, même par le cadre d'un tableau.

Elle avait représenté Aletta en soie pêche et dentelle argentée, et Constantijn en velours gris-vert. Ils irradiaient de jeunesse et de bonheur, la blondeur lumineuse d'Aletta et la beauté ténébreuse de Constantijn s'harmonisant dans le plus heureux des contrastes.

Lorsque Truyd l'appela pour le repas de midi, Francesca promena un instant son regard sur la place du marché : Pieter avait réouvert son étal, où les premières fleurs du printemps étaient vendues en petits bouquets garnis de rubans. Il était en conversation avec un client, qui n'était autre que le marchand de cravaches. Pieter lui avait tout raconté au sujet du fouet, et elle gardait l'œil aux aguets.

Ludolf venait de temps en temps à Delft, toujours à l'improviste. Francesca se demandait ce que Geetruyd et lui avaient bien pu se dire mais aucune animosité ne transparaissait entre eux. Même lorsque Ludolf, furieux que Francesca ait laissé sa bague de fiançailles à Amsterdam, fit un aller et retour spécialement pour la récupérer et la glisser lui-même au doigt de Francesca, Geetruyd ne se départit pas de son sourire, bien que son regard restât fixe.

Au grand étonnement de Francesca, Ludolf ne se rendait pas compte que l'animosité de Geetruyd était dirigée contre eux deux, mais cet homme demeurait une énigme pour elle.

La France déclara la guerre à la Hollande et à ses États le 7 avril. La puissance armée de Louis XIV écrasait sans difficulté son adversaire faiblement armé et déchiré par des conflits internes. Les villes hollandaises tombaient les unes après les autres comme un château de cartes. Pieter et Gerard savaient que l'assaut contre La Haye était imminent, et les hommes du prince étaient sur le qui-vive, sachant que toutes les caches d'armes n'avaient pas été découvertes.

Un jour, peu après le début de la guerre, Weintje, très affairée, demanda à Francesca de l'aider en revenant de chez maître Vermeer :

– Je suis débordée, il y a sept voyageurs ce soir à Kromstraat.

Francesca comprit immédiatement ce qui se tramait.

– Tu as dû avoir beaucoup de travail à préparer les chambres.

– Heureusement, pour une fois vrouw Wolff était prévenue, et elle m'a aidée à faire les lits.

A n'en pas douter, le complot était dans l'air. Francesca en eut bien vite la confirmation en arrivant à la maison. Trois fouets étaient posés dans l'antichambre, dont un qui correspondait à la description de Pieter.

Son sang ne fit qu'un tour. Un bruit de voix filtrait de la pièce du rez-de-chaussée où les conspirateurs s'étaient rassemblés. Francesca se précipita dans sa chambre, où elle essaya d'écouter leur conversation par la cheminée fissurée.

Malheureusement elle ne perçut qu'un brouhaha confus d'où émergeait cependant la voix aiguë de Geetruyd. Se sentant en sécurité derrière l'épaisse porte de bois, ils parlaient très librement, haussant progressivement le ton, comme cela se produit fréquemment lors d'une conversation animée.

Francesca parvint à saisir quelques bribes de phrases.

– Il n'y a rien à craindre, disait Geetruyd... peut pas courir avec des jambes de bois... cinq servantes, dont une âgée... deux hommes... plus de cinquante ans, pas de danger... m'occuperai des chiens, j'ai déjà mon plan...

Francesca, l'oreille collée à la brèche de la cheminée, tremblant de peur, comprit que l'attaque contre la maison de Veere était pour cette nuit même, et qu'il lui fallait avertir Pieter au plus vite. Le dîner serait sans doute servi plus tard ce soir, Geetruyd étant occupée à fignoler ses plans avec ses complices et Weintje affairée à la cuisine. Elle avait donc le temps de se glisser à l'extérieur – sans manteau pour ne pas attirer les soupçons, dans la tiède soirée de printemps – et de courir jusqu'au bureau de Pieter où à la taverne de Malines.

Mais au moment où elle traversait le vestibule, Geetruyd sortait de la pièce où se tenait l'assemblée de traîtres.

– Ah, Francesca, vous êtes un peu en avance pour le dîner : c'est parfait. Aujourd'hui nous mangerons un peu plus tôt car je reçois les régents et régentes d'hospices dans la salle du premier étage après le repas. Bien entendu, vous vous joindrez à nous comme d'habitude.

Francesca se sentit piégée, mais ne put s'empêcher d'admirer le sang-froid de cette femme. Elle s'était soigneusement préparé un respectable alibi, alors qu'elle était l'instigatrice d'un complot assorti de violences, voire de meurtre.

– La soirée se prolongera-t-elle tard ? demanda Francesca d'un ton détaché.

– Sans doute jusque vers minuit. Nous lirons des poésies, chanterons et heer Van Golpen nous parlera de son voyage à Amsterdam. Passons à table maintenant. Clara est déjà là.

Jamais repas ne lui avait paru plus languissant. Francesca n'avait plus la moindre chance de se glisser hors de la maison avant l'arrivée des visiteurs. Elle aida Weintje à débarrasser la table et, dans la cuisine, eut juste le temps de lui glisser :

– Il faut que je puisse sortir dix minutes sans être vue ce soir, chuchota-t-elle à l'oreille de la servante. Peux-tu m'aider ?

Weintje, qui avait une dette à l'égard de Francesca depuis que celle-ci avait passé sous silence les visites de son fiancé à la cuisine, acquiesça.

– Que puis-je faire ?

– Lorsqu'on servira le café et les gâteaux, je descendrai avec toi comme pour t'aider. Je pourrai m'esquiver à ce moment-là.

Weintje approuva d'un petit signe de tête, car Geetruyd et Clara entraient dans la cuisine.

Geetruyd n'avait pas fini à la cuisine lorsque les invités arrivèrent et Francesca fut chargée de leur faire la conversation en attendant. Aucun d'entre eux n'approuvait son choix de devenir peintre et, se rappelant que sa tante Janetje avait été elle aussi régente, elle se dit que Geetruyd avait choisi pour compagnie les plus bornés d'entre eux.

La soirée se traînait, et lorsque Geetruyd sonna enfin pour le café et les gâteaux, Francesca se leva d'un bond.

– Je vais aider Weintje, s'exclama-t-elle avant que Geetruyd ait pu ouvrir la bouche.

Elle vola littéralement jusqu'à la cuisine, vérifiant au passage que les fouets étaient toujours là.

Weintje lui avait préparé une lanterne.

– Partez vite !

Francesca se précipita par la porte de service.

Là-haut, la conversation roulait sur le temps qu'il ferait cette nuit, d'aucuns redoutant la pluie, mais Clara tira les rideaux pour leur montrer le ciel clair et étoilé.

Dans un tourbillon de jupons, Francesca courut à perdre haleine jusqu'au bureau de Pieter, d'où filtrait de la lumière. Gerard montait la garde devant la porte.

– Gerard ! Il faut que je voie Pieter. C'est très important !

– Entrez !

Pieter était en conciliabule avec plusieurs hommes, tous armés.

– Que se passe-t-il, Francesca ? Tu peux parler en toute confiance.

– Les traîtres vont attaquer la maison de Constantijn cette nuit pour récupérer les armes. Il faut que je retourne immédiatement chez Geetruyd.

– Tout le monde en selle ! cria Pieter à ses hommes. Je te raccompagne, Francesca, tu me raconteras tout en chemin.

Ils s'arrêtèrent au coin de la rue et il la serra dans ses bras.

– Bravo, mon amour, souffla-t-il dans un baiser.

– Fais attention à toi, chuchota-t-elle, avant qu'il ne coure rejoindre ses compagnons.

Elle allait se mettre à courir elle aussi lorsqu'elle vit devant la maison les régents et régentes qui l'attendaient, avec des mines outragées. Geetruyd était parmi eux, arborant un sourire lugubre, ainsi que Clara, l'air piteux.

Le plus antipathique d'entre eux, heer Van Golpen, prit la parole.

– Mauvaise fille! tonitrua-t-il. Combien de fois vous êtes-vous ainsi faufilée hors de cette honorable maison pour entretenir des relations coupables avec les hommes de cette ville?

Francesca s'approcha, la tête haute. Elle avait pu donner l'alerte, c'était le principal. Elle se demanda comment ils avaient pu s'apercevoir de son absence et se dit que Weintje n'avait sans doute pas pu les retenir.

L'explication vint de Clara.

– On vous a vue par la fenêtre lorsque j'ai tiré les rideaux. Vous m'en voulez, n'est-ce pas?

– Mais non, Clara.

Prenant soudain conscience de la hargne qui empourprait les visages autour d'elle, la petite femme se troubla.

– J'ai reconnu le jeune homme qui vous a embrassée! C'est celui qui m'avait offert le bouquet à la kermesse!

Geetruyd saisit Francesca par le bras et la secoua.

– Moi aussi! C'est Pieter Van Doorne! Vous m'avez menti, depuis le début!

Francesca la regarda calmement.

– Aucun de nous deux ne vous a menti. Vous en tirerez les conclusions que vous voulez, mais lâchez-moi. Je vais rassembler le strict nécessaire et j'irai chez les Vermeer, comme j'en ai eu l'intention dès le premier jour.

Elle entra dans la maison, la tête haute, suivie par le cortège bruissant de réflexions indignées. Son premier regard fut pour les fouets: ils avaient disparu!

Au pied de l'escalier, Weintje, le visage décomposé, l'attendait.

– Je n'ai pas pu les arrêter, murmura-t-elle.

– Je sais, chuchota Francesca dans un sourire.

Une fois dans sa chambre, elle rassembla à la hâte quelques affaires, et un peu plus tard, dans le vestibule elle se heurta à heer Van Golpen qui l'attendait, flanqué de deux robustes individus en livrée grise.

– Francesca Visser, proclama le régent d'un air

sinistre, vous avez bafoué les lois de l'hospitalité de cette respectable maison par votre mauvaise conduite. En tant que président de la maison de redressement pour jeunes filles, et agissant au nom de vrouw Wolff, j'ai tout pouvoir de vous faire enfermer, jusqu'à ce que vous vous soyez amendée. Je vais moi-même vous accompagner pour vous écrouer.

– Vous n'avez pas le droit!

Il n'écouta même pas, faisant signe aux deux hommes de se saisir de Francesca. Vingt minutes plus tard, elle se retrouva emprisonnée dans une pièce chichement meublée, avec des barreaux aux fenêtres.

Geetruyd eut le pressentiment qu'il s'était passé quelque chose d'anormal. Elle s'était levée tôt pour défaire les lits afin de ne pas éveiller les soupçons de Weintje. Un des hommes aurait déjà dû être de retour à cette heure-ci pour l'informer du bon déroulement de l'opération : elle devait en effet en rendre compte à Ludolf, qu'elle attendait dans la journée.

Elle but une tasse de café pour tromper son attente. Pourtant, elle aurait dû être d'excellente humeur, ayant enfin réussi à faire incarcérer Francesca, en présence des régents et régentes, sous l'autorité de heer Van Golpen, qui plus est. Les projets de mariage de Ludolf étaient désormais bien compromis, car, quelle que soit sa position, il n'obtiendrait jamais la libération de la jeune fille avant deux, voire trois ans – Geetruyd y veillerait personnellement.

Bien que réconfortée par cette pensée, Geetruyd ne parvenait pas à juguler son anxiété. Elle avait l'œil rivé à la pendule. L'aube pointait et Gisjsbert Kuiper n'était toujours pas rentré. Où donc était-il passé ? Par la fenêtre, elle s'aperçut qu'un épais brouillard recouvrait la ville, mais des voyageurs matinaux étaient déjà en route. Un charpentier qui conduisait une carriole légère ralentit son attelage pour se lancer dans une discussion animée avec un piéton. Un troisième comparse s'était joint à la conversation. Geetruyd voulut s'assurer qu'il ne s'agissait que d'une banale controverse à propos d'un combat de coqs ou d'un jeu quelconque, et elle ouvrit la porte de la rue.

– Y a-t-il quelque chose qui ne va pas comme vous voulez, messieurs?

– Au contraire, vrouw Wolff, dit le charpentier, qui

connaissait Geetruyd. En chemin, j'ai entendu dire qu'on avait attaqué la maison de campagne du jeune Constantijn de Veere, et je sais par le fermier qui lui a prêté main-forte que deux des bandits ont été tués, et quatre autres arrêtés par des hommes du prince. Le dernier serait aux mains de Constantijn. Le plus triste est que le vieux Josephus, grièvement blessé, a rendu l'âme dans les bras de la jeune dame de Veere.

– Que s'est-il passé ? demanda Geetruyd d'un ton compassé, comme tétanisée par ce qu'elle venait d'apprendre.

– Ce sont des traîtres qui ont voulu voler des armes dans les caves de la maison de Veere. Il paraît que ça ne va pas s'arrêter là, on dit qu'ils ont des complices, et qu'ils sont sur le point d'être cueillis.

– Mon Dieu ! Quelle époque vivons-nous ! s'exclama Geetruyd, essayant de penser le plus vite possible. Êtes-vous libre aujourd'hui ? J'aurais besoin d'une carriole comme la vôtre. Ma sœur est malade, et j'aimerais lui apporter quelques affaires dont elle a besoin. Vous récupérerez votre voiture ce soir, et je vous la loue un bon prix.

Le brave homme réfléchit un instant.

– Savez-vous conduire un cheval, madame ? Celui-ci est assez nerveux.

– J'ai l'habitude des chevaux. J'ai dû bien souvent conduire feu mon mari.

Le charpentier se dit qu'effectivement elle avait l'air d'une femme de tête. Il n'y avait rien de frivole dans son aspect extérieur et, après tout, c'était de l'argent facilement gagné. Il trouverait bien un compagnon pour le ramener chez lui.

– Alors, c'est entendu. Puis-je vous aider à faire votre chargement ?

– Ce serait très aimable à vous.

Geetruyd ne fut pas longue à rassembler ses bagages car elle avait préparé sa fuite de longue date, au cas où les événements tourneraient en sa défaveur. Elle n'avait aucune sympathie pour l'agent d'Utrecht et même Kuiper la donnerait s'il était interrogé un peu énergiquement. Elle fit charger sur la carriole une malle contenant le linge fin, l'argenterie, ses plus beaux vêtements et les oreillers de plume d'oie contre lesquels elle cala un vase de Chine et une pièce de Delft.

– Vous emportez beaucoup de choses, fit naïvement le charpentier.

Geetruyd ferma tranquillement la porte derrière elle, à la main une mallette d'aspect banal contenant ses pièces d'or et ses bijoux.

– Ma sœur avait laissé certaines choses de valeur du temps où elle habitait chez moi. C'est une excellente occasion de les lui rapport.

Elle paya le charpentier et s'apprêtait à lui faire signe de la main, lorsqu'un cavalier arriva à sa hauteur dans un claquement de sabots. Elle crut défaillir en reconnaissant Ludolf.

– Où allez-vous ?

– Quelle chance, je vais avoir une escorte, fit-elle à l'adresse du charpentier.

Elle tira légèrement sur les rênes et la voiture s'ébranla, Ludolf chevauchant à son côté. Il renouvela sa question et elle lui fit un bref exposé de la situation.

– Quelle erreur avez-vous bien pu commettre ?

Son visage s'était empourpré. Il fulminait.

– Moi ! J'ai fait ce qu'il fallait, comme toujours, cria Geetruyd, les nerfs à vif.

– Ne parlez pas si fort, dit Ludolf en jetant un regard furtif autour d'eux, mais les rares ombres qui passaient dans le brouillard étaient trop affairées pour prêter attention à une femme dans une carriole escortée d'un cavalier.

– Nous avons été trahis, reprit-elle plus bas.

– Qui ? souffla-t-il d'un air soupçonneux.

– Chercherais-je à fuir si j'étais en mesure de me placer sous la protection de la milice ?

Il dut se rendre à cet argument.

– La cache de la maison de Veere était capitale. Deux autres ont été découvertes, et il y a eu des arrestations.

– Alors il nous faut confondre les traîtres.

Il acquiesça. Pour l'instant il ne mesurait pas encore les conséquences de cette catastrophe sur ses ambitions ministérielles. Dans l'immédiat, s'il usait de son influence pour obtenir la reddition de quelques grandes villes hollandaises, il trouverait sûrement grâce aux yeux de Louis XIV, après l'échec de ses plans pour la prise de La Haye.

– Il n'y a plus rien à faire ici, dit-il amèrement. Je vais chercher Francesca à Kromstraat et l'emmener à Utrecht, où nous attendrons les Français.

– Elle n'est pas chez moi. Elle est en maison de redressement pour un temps indéterminé et vous n'arriverez pas à l'en faire sortir.

– Est-ce que vous...

– Non, c'est le régent lui-même qui en a pris la responsabilité. Cessez donc de vous préoccuper de Francesca. Nous avons tellement compté l'un pour l'autre depuis si longtemps... Fuyons ensemble à présent!

Il ricana cyniquement.

– Je ne vous ai revue que parce que vous étiez utile à mon plan. C'en est fini, maintenant.

– Allez au diable! hurla-t-elle en le menaçant de son fouet.

Le coup l'atteignit à l'épaule, et il fit demi-tour en lui lançant une dernière injure.

Elle fouetta cruellement le cheval, et fila à toute allure, aveuglée par ses larmes. Elle était déjà loin de la ville lorsque Pieter frappa à sa porte, tandis qu'un de ses hommes se dirigeait vers l'arrière de la maison pour couper toute éventuelle retraite.

Dans la campagne, le brouillard se fit plus dense, montant des rivières et des canaux. Geetruyd et son étrange équipage se fondirent dans la brume comme un vaisseau fantôme.

23

Pieter, que Weintje avait informé de l'incarcération de Francesca, se précipita pour aller la voir, laissant à ses hommes le soin de poursuivre Geetruyd. Mais les pensionnaires de la maison de redressement n'avaient pas le droit de recevoir de visites, sauf autorisation spéciale de heer Van Golpen. Pieter demanda à être reçu par le régent, mais celui-ci lui réserva un accueil peu favorable, se refusant à croire que Geetruyd fût une espionne, et ne faisant pas mystère de son hostilité au prince.

– Vous avez condamné vrouw Wolff sans même l'écouter, et chassé de chez elle une femme dont le seul souci a toujours été de faire le bien autour d'elle. Je la soutiens entièrement dans sa volonté de soustraire Francesca Visser à ses mauvaises fréquentations.

Pieter ne se laissa pas impressionner.

– Vrouw Wolff a pris la fuite parce qu'elle savait qu'elle allait être arrêtée et l'un des conspirateurs faits prisonniers à la maison de Veere a avoué qu'elle était l'instigatrice de toute l'opération.

– Tout ceci n'est qu'un tissu de mensonges, fulmina Van Golpen. Que vaut la parole d'un voyou prêt à tout pour sauver sa propre peau ? Tant que je serai à la tête de cette maison, Francesca Visser ne sortira pas d'ici sans mon autorisation. Maintenant, je vous prie de quitter les lieux, et n'essayez pas de revenir.

Exaspéré, Pieter s'en alla, et dans la rue, cria en direction des fenêtres barricadées.

– Tout va bien, Francesca ! Je te sortirai de là, quoi qu'il arrive.

Francesca, dans l'uniforme gris des pensionnaires, ne put l'entendre, absorbée qu'elle était dans quelque corvée domestique. Les nouvelles recrues étaient traitées avec la plus grande rigueur et on leur imposait les tâches les plus rebutantes. Mais l'une de ses compagnes avait entendu Pieter et le lui dit dans un murmure, au réfectoire, au moment où l'on disait les grâces. Francesca se sentit réconfortée de savoir que Pieter essayait de la faire sortir, bien qu'elle ne se fît guère d'illusions sur le temps que cela prendrait.

La désillusion la plus amère pour elle fut cependant de savoir qu'elle ne pourrait pas se présenter devant les membres de la Guilde, et si la guerre paralysait Delft encore longtemps, cela reportait à une lointaine échéance cette date tant attendue.

Mais ce qu'elle redoutait par-dessus tout, c'est que Pieter, son devoir accompli à Delft, fût envoyé au combat sans qu'elle ait pu encore une fois dormir dans ses bras.

Francesca et ses compagnes d'infortune surent ce qui s'était passé à la maison de Veere car on leur donnait tous les jours les nouvelles du monde extérieur, afin d'éveiller leur sens des responsabilités; sous la même optique, elles confectionnaient des vêtements pour les pauvres et chacune à leur tour distribuaient de la soupe aux nécessiteux qui se présentaient à la porte de l'institution. Francesca fut très attristée d'apprendre la mort de Josephus dont elle connaissait l'attachement et le dévouement pour Constantijn et Aletta.

Elle supposait qu'Aletta avait informé Hendrick de son incarcération et plus d'une fois elle s'était attendue à le voir apparaître avec sa haute stature et sa mine rubiconde, dès qu'une porte s'ouvrait, pour l'arracher à son triste sort. Mais rien de tel ne se produisit. Une de ses compagnes lui expliqua que lorsqu'une jeune fille était jugée trop indocile, on la plaçait directement sous la tutelle de la ville de Delft.

– C'est probablement ce qui s'est passé pour toi, dit la jeune fille. Pourquoi as-tu été enfermée?

– C'est une longue histoire... mais ce qui est certain, c'est que je ne serais pas ici sans la jalousie injustifiée d'une autre femme.

Vint le jour où elle aurait dû paraître devant la Guilde et elle était toujours sans nouvelles de sa famille et de Pieter, n'étant pas autorisée à échanger de correspondance avec l'extérieur avant six mois – sauf en cas de maladie ou de deuil.

Les nouvelles de la guerre étaient alarmantes. L'armée française, ne laissant rien au hasard, poursuivait son avance inexorable sur Amsterdam avant de se diriger sur La Haye, au sud, et Delft ensuite, si la reddition n'était pas signée entre-temps.

Une lueur d'espoir subsistait cependant. Le prince et sa fidèle petite armée se maintenaient sur une solide position de défense, et escomptaient bientôt pouvoir passer à l'attaque.

Van Golpen vint à s'absenter momentanément de Delft et son remplaçant, un sympathisant du prince, informa les pensionnaires que la maison d'Orange ralliait de plus en plus de suffrages parmi le peuple, mais de nombreuses poches de non-résistance subsistaient encore, les civils craignant pour leur fortune et les militaires étant trop faiblement armés.

Francesca fit peu à peu connaissance avec ses compagnes. Toutes étaient de bonne famille, et beaucoup étaient enfermées parce qu'elles refusaient un mariage contre leur gré. Il y avait beaucoup de pleurs et de grincements de dents, et Francesca compatissait, connaissant elle-même le chagrin de la séparation de l'être aimé. Les jeunes prostituées étaient enfermées dans une autre partie du bâtiment, et les pensionnaires ne les voyaient que lorsqu'elles leur faisaient signe derrière leurs barreaux, pendant la promenade quotidienne.

La peine lui semblait moins lourde lorsqu'on lui donnait pour tâche de bêcher et ensemencer le jardin, bien qu'elle eût été affectée au potager et non au jardin d'agrément. Ce matin-là, il faisait un temps radieux, et elle se languissait d'autant plus de ne pouvoir dessiner ni peindre. Elle s'arrêta un moment, le pied sur la bêche, et tourna son visage vers le soleil. Les hirondelles faisaient des arabesques dans un ciel d'azur et elle ne put s'empêcher de sourire en pensant que Hendrick y aurait sûrement ajouté un petit nuage.

– Francesca !

Une des surveillantes se dirigeait vers elle, et elle soupira. Elle avait été surprise en train de rêver et elle allait sans doute être privée de repos, ou quelque chose du même genre.

– Oui, mejuffrouw ? répliqua-t-elle d'un ton brusque

qui alourdirait sans doute sa punition, mais elle se demandait combien de temps encore elle pourrait supporter l'injustice de son sort.

– On vous attend à la salle du conseil d'administration.

Elle s'attendait à subir encore un de ces entretiens périodiques avec les régentes, où on lui posait force questions. Cette fois, dans la pièce, au lieu des femmes à l'aspect sévère qui y siégeaient habituellement, elle vit Aletta et Jan Vermeer. Elle poussa un cri de joie et se précipita dans les bras de sa sœur.

– Nous sommes venus te chercher! s'exclama gaiement Aletta. Une lettre du prince d'Orange lui-même ordonne ta libération, à la demande de Pieter.

– Le prince est extrêmement généreux d'avoir bien voulu se préoccuper de moi en ces temps troublés.

– Il sait quels services tu as rendus à ton pays.

– C'est bien peu de chose. Comme c'est aimable à vous d'être venu aussi, dit-elle en se tournant vers Jan. Je n'ai pu ni peindre ni dessiner depuis que je suis ici.

– Je sais. J'ai essayé de vous faire parvenir du matériel, mais c'était interdit.

– Comment va Pieter?

– Lis toi-même, dit Aletta en lui tendant une lettre.

Elle ne put résister au plaisir de la lire en retournant faire son bagage. C'était une lettre d'amour, de celles que l'on n'oublie jamais. Il était avec le prince, mais ne disait pas exactement où, et elle craignait qu'il ne fût au plus fort de la bataille.

Elle ôta en toute hâte son triste uniforme et revêtit une de ses robes, puis rassembla ses quelques affaires en un petit balluchon qu'elle cala sous son bras. Quelques minutes plus tard, ils étaient tous les trois dans la voiture de Veere. Francesca était avide de nouvelles. Aletta lui dit que Hendrick et Maria allaient bien, et Sybylla avait écrit.

– Elle tenait à nous faire savoir qu'elle était enceinte, et elle m'a donné son adresse à Rotterdam. Je lui ai écrit qu'elle et Hans étaient à l'abri de toute poursuite. Depuis leur fuite, ils ont vécu dans la hantise d'être découverts.

– Ont-ils l'intention de revenir vivre à Amsterdam?

– Non. Sybylla est aussi orgueilleuse et susceptible que père, et elle préfère attendre que tout soit un peu oublié.

Aletta continua de bavarder tout le long du chemin : Geetruyd n'avait pas été retrouvée. Ludolf était accusé de haute trahison et un mandat d'arrêt avait été lancé contre lui, mais il s'était volatilisé et on supposait qu'il avait rejoint les troupes françaises. Si par malheur la France parvenait à conquérir la Hollande, Ludolf occuperait sûrement un poste important dans un gouvernement à la botte de l'envahisseur et Francesca ne lui échapperait pas.

Catharina et les enfants avaient préparé une fête pour accueillir Francesca. Constantijn devait également se joindre à eux. Ni Francesca ni Jan n'avaient pour l'instant fait allusion au fait qu'elle n'avait pas pu se présenter devant la Guilde, mais la petite Beatrix, incapable comme la plupart des enfants de son âge de garder un secret, vendit la mèche, sa mère et ses sœurs n'ayant pas réussi à la faire taire à temps.

– La Guilde a aimé tes tableaux, Francesca, dit la fillette.

Francesca tourna vers Jan un regard interrogateur.

– Avez-vous présenté mon travail à la Guilde en mon nom ?

– Oui, Francesca. Nous avions prévu de vous l'annoncer avec une petite chanson écrite tout spécialement.

Beatrix, honteuse, baissa la tête, mais Francesca lui prit le menton pour l'obliger à la regarder.

– Je suis contente que tu me l'aies annoncé, Beatrix. Je n'en aimerai que davantage la chanson. Voulez-vous me la chanter ?

Les enfants bondirent vers le virginal, prirent leur place sous la direction des filles aînées, et Catharina s'installa au clavier. La chanson était drôle et mélodieuse, et Francesca applaudit de bon cœur.

– Dites-moi comment cela s'est passé, demanda-t-elle à Jan.

– J'ai exposé les raisons de votre incarcération aux membres de la Guilde, et, si tous ne sont pas partisans du prince, ils considèrent que l'art est au-dessus de toute considération politique, et votre travail a été jugé à sa propre valeur. Ils ont émis le souhait de vous rencontrer à votre sortie, quelle qu'en soit la date.

– Je ne vous remercierai jamais assez!

– Vous n'avez pas à me remercier. Vous avez travaillé dur et vous méritez largement d'être membre de la Guilde.

Constantijn arriva sur ces entrefaites, et félicita Francesca à son tour. Elle remarqua qu'il était beaucoup plus habile avec ses béquilles que la dernière fois qu'elle l'avait vu, mais comme elle s'inquiétait de voir sa peau bleuie sur la tempe, il lui sourit.

– J'ai fait une culbute dans l'escalier. Je vous remercie de votre sollicitude, Francesca. Votre sœur, elle, s'est contentée d'aller me chercher une autre béquille et m'a ordonné de me relever.

Francesca resta chez Constantijn et Aletta en attendant d'être à nouveau convoquée par la Guilde. Ils lui montrèrent le lieu où s'était déroulée l'attaque et lui expliquèrent comment les traîtres avaient été mis hors d'état de nuire. Les deux sœurs allèrent fleurir la tombe du pauvre Josephus. Francesca rendit également visite à Clara, contre qui elle n'avait pas de griefs. Elle la trouva fort occupée à confectionner des tartes.

– J'étais bouleversée quand j'ai appris que Geetruyd était une espionne et qu'elle était en fuite. Je ne savais à quel saint me vouer. Heureusement, Weintje m'a proposé de continuer à recevoir des voyageurs. Son futur époux viendra vivre ici dès qu'ils seront mariés. (La petite femme joignit avec enthousiasme ses mains blanches de farine.) Je suis si heureuse, Francesca! La taverne nous envoie des clients respectables, parfois des couples mariés.

Clara, enfin délivrée du mépris et des remontrances constantes de Geetruyd, avait perdu son air traqué et retrouvé confiance en elle, heureuse de vaquer aux tâches les plus simples, la fabrication des tartes y compris.

Francesca sortit de son sac la bague de fiançailles de Ludolf.

– Ma sœur a récupéré cela avec le reste de mes affaires lorsque j'ai été emmenée en maison de correction. Cette bague aurait dû revenir à Geetruyd et, puisque vous êtes maintenant dépositaire de tous ses biens, j'aimerais que vous la preniez. Mettez-la de côté pour les mauvais jours. Je suis heureuse de penser qu'elle servira une bonne cause.

Clara, tout excitée, appela Weintje. Les deux femmes se confondirent en remerciements.

– Je veillerai personnellement à ce que juffrouw Clara mette la bague en lieu sûr. Nous allons faire de la bonne ouvrage, la besogne ne nous effraie pas, ni moi, ni mon futur mari. J'espère que vous serez heureuse, mejuffrouw. Vous le méritez bien, après tout ce que vous avez enduré ici.

Elles ne la laissèrent pas partir sans avoir goûté la tarte aux cerises, qui était délicieuse.

Pour Francesca, une autre source de joie était de voir Aletta se remettre à peindre régulièrement. Elle avait besoin de reprendre des leçons, mais le même élan vital transparaissait dans ses tableaux. Francesca avait un œil suffisamment expérimenté pour se rendre compte que sa sœur ne serait jamais un grand peintre, pourtant son talent méritait d'être cultivé. Elle devait commencer son apprentissage le lendemain du passage de Francesca devant la Guilde.

Pour le grand jour, Francesca avait, grâce à la générosité de Constantijn et de sa sœur, une nouvelle robe de soie couleur fraise et un chapeau de paille dont le large bord, relevé d'un côté, s'ornait d'un flot de rubans blancs.

Les dignitaires de la Guilde étaient assis derrière une longue table, devant laquelle une chaise avait été disposée pour elle. Les six œuvres qu'elle présentait étaient exposées sur des chevalets, et ses dessins étalés sur une petite table à côté.

Le doyen, un homme aux cheveux gris, coiffé d'un chapeau de velours et revêtu d'un manteau pourpre, la salua courtoisement et la pria de s'asseoir.

– Juffrouw Visser, votre travail a retenu notre attention et nous aimerions vous poser un certain nombre de questions.

Il ne s'agissait point d'un interrogatoire, mais plutôt d'un entretien sur des points de technique et sur le choix de ses sujets. Ses réponses semblèrent donner satisfaction, finalement tous se levèrent, et elle les imita. Le doyen lui remit un rouleau de parchemin ceint d'un ruban rouge au bout duquel pendait le sceau de la Guilde.

– Juffrouw Francesca Visser, vous êtes désormais membre de la Guilde Saint-Luc. Avec mes félicitations les plus sincères. Même si vous n'avez pas vu le jour à Delft, considérez-vous pour toujours comme une enfant de cette ville.

– C'est un grand honneur pour moi, mijnheer, répondit Francesca en faisant une profonde révérence.

Les membres du bureau la félicitèrent à leur tour, et elle quitta la pièce, étourdie de bonheur.

Jan et Catharina, ainsi que Constantijn et Aletta, qui l'avaient attendue dans le vestibule, la complimentèrent chaleureusement, et moins d'une heure plus tard, dans l'atelier de Jan, elle apposa sa signature à chaque tableau, incorporant de façon imperceptible pour un œil inattentif une petite tulipe d'or à son paraphe, mais la minuscule corolle n'échappa point au regard perçant d'Aletta.

– Pourquoi ta petite tulipe est-elle dorée ? Elle était ivoire lorsque tu as signé le portrait de Ludolf.

– Je prends un nouveau départ maintenant, et puis cela évoque un certain matin où j'ai vu les tulipes dans la splendeur du soleil levant.

Aletta ne lui posa point de questions, pressentant que ce moment n'appartenait qu'à elle et à l'homme qu'elle aimait.

Francesca avait lu et relu la lettre d'amour de Pieter, où il lui conseillait de rejoindre Amsterdam dès qu'elle aurait obtenu son diplôme. Elle faisait ses préparatifs, sous l'œil inquiet d'Aletta.

– Tu serais plus en sécurité ici, à Delft. Il paraît que les Français s'approchent chaque jour un peu plus d'Amsterdam.

– Pieter ne m'aurait jamais dit de venir s'il avait pensé que c'était dangereux. De toute façon, je préfère être là-bas avec père et Maria.

– J'aimerais venir avec toi, mais je ne veux pas prendre le risque d'être séparée de Constantijn par une recrudescence des combats.

– Tu as raison. Ton devoir est de rester auprès de lui. Et puis tu dois tirer le meilleur profit de ton apprentissage chez maître Vermeer.

Quitter sa sœur et les Vermeer fut une véritable épreuve pour Francesca. Chacun des enfants avait préparé un petit cadeau pour elle. Elle rendit une dernière visite à l'atelier, où elle put s'entretenir quelques instants avec Jan. Il travaillait à un tableau intitulé « Allégorie de la Foi » qui promettait d'être aussi somptueux que le reste de son œuvre.

– Si je n'avais pas eu le privilège d'être votre élève, lui dit-elle, je ne serais jamais devenue maître de la Guilde.

– Je pense que si, Francesca. Vous en aviez l'étoffe, et vous êtes promise à la plus belle réussite.

– Je vous remercie infiniment pour tout.

Toute la famille Vermeer l'accompagna au coche, ainsi qu'Aletta et Constantijn.

– A bientôt! criaient-ils tous en chœur.

Elle leur fit au revoir de la main, et son regard s'attarda sur Jan, avec le sombre pressentiment qu'elle ne le reverrait peut-être jamais.

A Amsterdam, elle retrouva vite ses habitudes familières, mais sa vie était désormais ailleurs et ses liens avec l'enfance définitivement rompus.

– Si Pieter revient à Amsterdam, nous autoriserez-vous à nous marier, père?

– Bien sûr, dit Hendrick d'autant plus chaleureusement que les nouvelles de la guerre étaient plutôt réconfortantes ce jour-là. Vous avez été séparés trop longtemps.

– Donnez-moi ce maudit contrat de mariage, je vais le brûler.

Hendrick fit ce qu'elle demandait, et quelques minutes plus tard, le sinistre document se consumait dans la cuisinière, et fut bientôt réduit à un tas de cendres noirâtres. Maria, qui venait d'entrer dans la cuisine en boitillant, approuva d'un tapotement de canne sur le carrelage.

– Bravo! Voilà qui aurait dû être fait depuis longtemps.

Malheureusement, l'armée française reprit son avance inexorable sur Amsterdam, sans rencontrer grande résistance, et Hendrick ne tarda pas à regretter sa promesse. Louis XIV, dans sa frénésie de conquête, ne pouvait s'empêcher de faire d'éclatantes démonstrations de pouvoir partout où il passait. A Utrecht, faisant fi de l'avis de ses généraux qui lui conseillaient une attaque éclair pour anéantir la Hollande, il avait célébré sa victoire dans le faste, avec revues des troupes et banquets. Hendrick savait que si Amsterdam tombait aux mains des Français, Francesca n'échapperait plus à Ludolf, et il redoutait pardessus tout de se retrouver face à face avec lui.

Un joyeux remue-ménage provenant du vestibule vint le tirer de ses pensées : Pieter était là, tenant Francesca étroitement embrassée, la faisant tourner dans un tourbillon de jupons.

Francesca, radieuse, se retourna vers son père.

– N'oubliez pas votre promesse, père. Pieter a une requête importante à vous faire.

– Moi aussi, j'ai une question à lui poser. On dirait que vous arrivez directement du combat, dit Hendrick en voyant les vêtements déchirés et couverts de poussière de Pieter.

– Tout juste, mijnheer.

– Dites-moi franchement, parviendrons-nous à chasser l'envahisseur de notre sol ?

– Sûrement. Ce ne sera pas facile, et il se peut que cela prenne plusieurs années, mais un véritable raz de marée en faveur du prince se lève aux quatre coins du pays. Des volontaires de plus en plus nombreux se joignent à nous et les choses ont bien changé depuis l'époque où la ville d'Utrecht a fermé ses portes au prince parce qu'elle s'apprêtait à accueillir les Français. La libération ne fait aucun doute.

Pieter avait parlé avec fougue.

– Dans ce cas, je vous accorde la main de ma fille.

– J'en suis très honoré, dit Pieter, au comble de la joie, en s'inclinant. Pourrions-nous célébrer le mariage cet après-midi même ?

– Pourquoi si vite ? s'exclama Hendrick, pris au dépourvu. Il n'y a pas lieu de précipiter ainsi les choses.

– Si. Demain, dès l'aube, je dois partir.

Hendrick fut sensible à la supplique qu'il lut dans les yeux du jeune homme et il comprit qu'une mission dangereuse l'attendait sans doute.

– Bien. Dans ce cas, allez chercher les papiers nécessaires à l'hôtel de ville et présentez-les au prêtre de l'église de Zuider. C'est là que sera célébrée la cérémonie.

Pour son mariage, Francesca avait revêtu la même robe de soie que lorsqu'elle s'était présentée devant les membres de la Guilde. Elle cueillit quelques roses au jardin pour s'en faire une couronne qu'elle disposa sur ses cheveux. Pieter était passé chez lui se changer, et la cérémonie se déroula simplement, avec Maria et Griet pour témoins, dans l'église inondée de lumière, où le parfum des roses flottait subtilement dans l'air.

Griet fit du mieux qu'elle put pour improviser un repas de fête, et Hendrick sortit le meilleur vin de sa cave. Tôt dans la soirée, Pieter et Francesca se rendirent chez lui, où la gouvernante, avant de partir, avait disposé un bouquet de fleurs dans la chambre à coucher.

Pieter ôta délicatement la couronne de roses des cheveux de Francesca. Elle lui prit doucement les poignets.

– Dis-moi où tu vas demain. Je veux savoir.

Il posa les fleurs sur un petit meuble et passa ses bras autour de Francesca.

– Je dois prendre le commandement des troupes qui vont arriver à Amsterdam à l'aube. Notre mission consiste à empêcher les Français de s'emparer du château de Muiden.

Francesca connaissait ce château : situé à peine à deux heures d'Amsterdam, il occupait une place stratégique sur la Vecht. Tout le trafic fluvial par le Zuiderzee passe à portée de fusil de ce château et toutes les écluses autour de Muiden commandent l'immersion des terres autour d'Amsterdam.

Si les Français s'emparaient de Muiden, c'en était fait de la résistance hollandaise.

– Laisse-moi t'accompagner. Les officiers ont bien leurs femmes avec eux ?

– Oui, en temps de paix. Aucune femme n'est autorisée à y venir en ce moment. De toute façon, tu ne montes pas à cheval.

– Non, mais je pourrais voyager dans une voiture de l'armée.

– C'est interdit. Elles peuvent être réquisitionnées à tout instant.

– Mais les Français ne sont pas si près que ça.

– Ils sont plus avancés que nous le croyons, hélas. Ma mission consiste aussi à faire ouvrir les écluses pour inonder les terres autour d'Amsterdam dès que le prince m'en donnera l'ordre.

– Et je serai séparée de toi jusqu'à la fin de la guerre !

– Pourquoi crois-tu que je t'ai fait venir de Delft ? Je connaissais les plans de défense de la cité et je savais que tu serais en sécurité à Amsterdam.

– Mais si la ville est isolée par les eaux, je serai autant à l'abri au château avec les autres femmes d'officiers !

– Si cela se produisait, je serais obligé de rejoindre le prince pour combattre à ses côtés et nous serions de toute façon séparés.

– Nous aurions un peu plus de temps à passer ensemble.

– Non, ma chérie, dit-il d'un ton ferme.

Elle fit cependant une dernière tentative.

– Si des femmes d'officiers se mettaient en route pour le château demain matin, tu me laisserais partir avec elles ?

Pieter, sentant monter son désir pour elle et sachant qu'il n'y avait aucune chance que cette éventualité se présentât, acquiesça.

– A cette condition seulement.

Il referma ses bras sur elle et ses lèvres lui imposèrent silence, faisant place au langage de l'amour.

L'imminence de la séparation rendit leur nuit encore plus vibrante et passionnée. La fenêtre était restée ouverte sur un ciel étoilé et la tiédeur de l'air emplissait la chambre. Il inventa mille et une façons de lui prouver son amour, son ardeur était chaque fois renouvelée par le désir qu'il éveillait en elle. Grisés par leur passion mutuelle, ils ne s'endormirent, étroitement enlacés, en se murmurant des mots tendres, que pour se réveiller et donner libre cours à leur flamme.

Lorsque les étoiles pâlirent, ils se levèrent, se baignèrent ensemble et prirent leur petit déjeuner, toujours sans se quitter. Il boucla son ceinturon et ceignit son épée puis coiffa son chapeau à plume orange et glissa ses gants dans sa ceinture d'étoffe orange. Il prit Francesca dans ses bras et l'embrassa encore une fois.

– Je t'aime tellement, dit-il tendrement. Dieu fasse que cette guerre ne nous sépare pas trop longtemps.

Ils sortirent dans le matin clair et tiède, allèrent chercher le cheval de Pieter et atteignirent la place du Dam au même moment qu'une colonne de cinquante soldats. Pieter s'inquiéta de leur mine fatiguée.

– N'avez-vous pas campé en dehors de la cité comme prévu ? demanda-t-il à l'officier responsable.

– Non, mon capitaine. Nous avons été retardés et j'ai dû faire marcher les hommes toute la nuit pour être ici à temps.

– Veillez à ce qu'ils soient nourris et se reposent une heure. Ensuite il nous faudra lever le camp, et vite.

Une voiture blanche de la poussière des routes d'été était apparue dans le sillage des troupes, près de Francesca. A l'intérieur était assise une dame imposante, vêtue d'une robe noire à collerette blanche et coiffée d'un bonnet assorti. Ses bijoux, ainsi que l'éventail à manche d'argent qui pendait à son poignet, donnaient à penser qu'il s'agissait d'une dame de condition.

– Combien de temps allons-nous rester ici ? demanda-t-elle au cocher en train d'abreuver les chevaux.

– Environ une heure et demie, mevrouw, le temps que les hommes se reposent et se restaurent un peu.

– Y a-t-il une auberge dans les parages?

– Il y en a une au coin de la rue, dit l'homme, ouvrant la portière et abaissant le marchepied pour la dame.

Francesca se dirigea vers elle d'un pas décidé.

– Pardon, madame, allez-vous à Muiden aussi?

– Oui, fit la dame d'un air étonné. J'ai une autorisation spéciale pour aller voir ma fille, qui est là-bas avec son mari. Elle est sur le point d'accoucher.

– Je suis la femme du capitaine Van Doorne, qui va prendre le commandement du fort. Me permettriez-vous de voyager avec vous?

– Avec plaisir. Je suis vrouw Vreeburj. Voulez-vous déjeuner à l'auberge en ma compagnie?

– Je vous remercie, mais il faut que j'aille chez moi chercher quelques affaires.

Pieter ne put résister à la détermination de Francesca.

– N'emporte pas un chevalet, tout de même, dit-il avec un demi-sourire.

– Le charpentier du fort m'en confectionnera bien un!

Francesca jeta quelques affaires à la hâte dans une malle puis alla prendre congé de Maria, encore au lit.

– Dieu te protège, mon enfant, dit tendrement la vieille femme.

Hendrick, conscient des dangers que Francesca encourait, voulut la réconforter avant son départ.

– Lorsque toutes mes épreuves seront terminées, je serai heureux d'accueillir à nouveau Aletta au bercail.

– C'est son vœu le plus cher.

– Tu sais, je suis allé à son mariage.

– Je le savais. Je suis allée à la boutique de peinture, et, renseignements pris, le client anonyme qui avait fait une commande pour la maison de Veere ne pouvait être que vous.

– Tu es comme ta mère. Je n'ai jamais rien pu lui cacher, fit Hendrick avec un bon sourire.

Lorsque Francesca arriva place du Dam, vrouw Vreeburj l'attendait, et Pieter était déjà en selle. Le porteur chargea sa malle et une boîte assez grande, que Pieter supposa contenir le matériel de peinture de Francesca. Les soldats étaient prêts à partir, et au signal de Pieter, qui chevauchait en tête, la colonne s'ébranla.

Vrouw Vreeburj et Francesca s'estimèrent d'emblée et conversèrent avec un mutuel intérêt. Sous leurs yeux, le paysage était brûlé par le soleil d'été. Les Français avaient pu faire progresser rapidement leur artillerie sur le sol durci par la sécheresse, et le niveau extrêmement bas des eaux leur avait également facilité le franchissement des canaux.

Ils étaient à peu près à mi-chemin, lorsque Pieter, le visage grave, arriva au galop vers la voiture.

– Les Français sont en vue : ils avancent sur nous. Je vais donner au cocher l'ordre de quitter la colonne et de rejoindre le château le plus vite possible. Donnez l'alerte là-bas! Il se peut que d'autres régiments ennemis soient en marche. Bonne chance!

Le cocher obtempéra et les deux passagères furent plaquées à leur siège tandis que la voiture faisait un bond en avant. La dernière vision que Francesca eut de Pieter fut lorsqu'il ordonna aux soldats de se mettre en position de tir.

– Si nous croisons des troupes françaises, notre équipage passera sans mal, tandis qu'un éclaireur de l'armée serait intercepté à coup sûr, dit vrouw Vreeburj en réajustant son bonnet.

La deuxième partie du voyage s'effectua sans encombre et elles virent bientôt les hautes tours du château se profiler à l'horizon de Muiden.

Dans les rues de la ville, de petits attroupements d'hommes à la mine grave ne laissaient rien présager de bon. A la demande de Francesca le cocher ralentit, puis héla un petit groupe.

– Les nouvelles sont-elles mauvaises ?

– Cela dépend des points de vue, dit l'un des hommes, après avoir consulté ses compagnons du regard. La forteresse de Naakden s'est rendue et les Français ont dépêché un émissaire de Versailles pour prendre possession du château de Muiden.

– Pour moi, c'est une mauvaise nouvelle, fit le cocher.

Rassuré, l'homme poursuivit :

– La résistance est quasiment nulle et les Français veulent éviter toute effusion de sang inutile. Les magistrats se préparent à rejoindre le château pour la remise officielle des clés.

Francesca, qui avait tout entendu, donna ordre au cocher de fouetter ses chevaux.

– Les traîtres! vitupérait vrouw Vreeburj. Ces magistrats n'ont-ils aucune dignité, quoi qu'on ait pu leur faire miroiter ?

– Peut-être ne cherchent-ils qu'à épargner la vie des habitants ?

– Vous êtes plus indulgente que moi !

La voiture ralentit subitement. Vrouw Vreeburj bouillait d'impatience. Que se passait-il encore ?

Francesca se pencha par la portière et vit que la route était encombrée par une voiture richement décorée, escortée par un cavalier.

– C'est la voiture des magistrats qui obstrue le chemin, dit nerveusement Francesca.

Elle vit les dignitaires de la ville, en tenue d'apparat, monter dans la voiture.

– Dès que possible, prenez une rue latérale, intima-t-elle au cocher. Il faut absolument que nous parvenions au château avant eux.

– Bien, mevrouw.

C'est alors qu'elle aperçut le visage du cavalier qui chevauchait près de la voiture. Elle retomba sur son siège, pâle comme la mort.

– Vous n'allez pas vous trouver mal ? s'alarma sa compagne.

– Ça ne m'est jamais arrivé jusqu'à présent. J'ai eu un choc en reconnaissant l'envoyé de Versailles. C'est un dénommé Ludolf Van Deventer, un traître que j'espérais bien ne jamais revoir.

Le cocher se fraya tant bien que mal un chemin dans le dédale des ruelles, et l'équipage arriva bientôt en vue du château, dont la silhouette massive de pierre rouge se dressait de l'autre côté de la rivière. Il était entouré de douves profondes et le pont-levis était abaissé.

Francesca demanda au cocher d'entrer directement dans le château, la voiture officielle escortée de cinq cavaliers français étant déjà en vue.

Les sentinelles qui gardaient l'unique voie d'accès au château par la rivière, habituées aux allées et venues des femmes d'officiers, ne demandèrent même pas son laissez-passer à vrouw Vreeburj et firent distraitement signe à la voiture d'avancer, tout occupées qu'elles étaient à s'apprêter pour recevoir les dignitaires, signe que la reddition était proche.

Le cocher ne put franchir le pont-levis car un garde d'honneur lui fit signe de se garer sur le côté pour laisser le passage au cortège officiel. Francesca et sa compagne eurent le temps d'apercevoir les femmes qui s'étaient rassemblées dans la cour du château. L'une d'elles était à un terme avancé de sa grossesse, et plusieurs étaient en larmes.

– J'ai reconnu ma fille, dit vrouw Vreeburj avec soulagement.

La voiture s'était arrêtée, et Francesca se précipita vers le pont-levis et se mit à crier en direction des soldats :

– Ne vous rendez pas! Sinon les Français auront le contrôle des écluses. Amsterdam est en danger!

Le sergent de garde, doté d'une large bedaine de buveur de bière, lui lança un regard furibond. Il jouissait d'une position confortable au château, et entendait bien la conserver sous la domination française. Son commandant ne partageait pas ses opinions, mais il était cloué au lit avec une forte fièvre, et rien ne s'opposait à une reddition en bonne et due forme. Ce n'était certes pas une femme qui allait lui mettre des bâtons dans les roues. Il s'interposa de toute sa haute stature, barrant le passage à Francesca.

– Qu'est-ce que tout ce remue-ménage? rugit-il.

– Il faut défendre le château! A tout prix! Ce sont les ordres du prince!

– Dégagez immédiatement le passage et retournez à votre voiture.

– Je vous en supplie, implora-t-elle en joignant les mains, écoutez-moi. J'étais avec une colonne de soldats commandés par mon époux, le capitaine Van Doorne, qui a été attaquée par des Français : nous étions en route pour défendre le château. Il faut résister!

Comme si ça ne suffisait pas, une deuxième femme sortit à son tour de la voiture et le sergent donna l'ordre de les y faire rentrer immédiatement toutes deux.

Francesca se rendit compte que les femmes à l'intérieur du château la regardaient et elle cria à s'époumoner :

– Relevez le pont-levis!

Puis, malgré leurs protestations, les deux femmes furent maîtrisées, manu militari.

Francesca eut cependant le temps de voir une des femmes qui se dirigeait vers le lourd pont-levis, mais elle se dit que, malgré toute leur bonne volonté, les femmes n'auraient sûrement pas la force physique suffisante pour le remonter.

Il y eut des claquements de talons et un cliquetis de

mousquets : les soldats se mirent au garde-à-vous pour accueillir l'ennemi.

Lorsque l'un des cavaliers se détacha de l'escorte pour se diriger vers elle, elle ferma les yeux de désespoir, sachant déjà quelle voix elle allait entendre.

– Relâchez cette jeune femme, ordonna Ludolf. Je m'en occupe.

Les soldats obtempérèrent tandis que Ludolf descendait de cheval. Elle tourna vers lui un visage impassible au regard foudroyant.

– Traître! siffla-t-elle.

Il pensait qu'elle était restée à Delft, où il avait l'intention de venir la chercher après la guerre. Il ne put dissimuler sa joie de la revoir de façon si inattendue et s'approcha d'elle, une expression extatique sur le visage, avec manifestement l'intention de l'embrasser. Elle serra les poings, prête à lui marteler la poitrine, puis se retourna brusquement et se mit à courir. Un des soldats lui donna une bourrade pour la retenir, et elle tomba face contre terre, le souffle coupé.

Elle n'eut pas le temps de se relever, le pied botté de Ludolf écrasant le poignet de sa main gauche où luisait son alliance flambant neuve.

– Qu'est-ce que cela signifie ? rugit-il.

– Je suis la femme de Pieter Van Doorne. Je l'ai épousé hier, dit-elle triomphalement malgré la douleur qui lui vrillait le poignet.

Il lui meurtrit encore plus fort le poignet avec son talon, le visage distordu par la jalousie. Soudain une clameur s'éleva du château et, dans un grand fracas de chaînes, le pont-levis commença à remonter. Malgré la douleur, Francesca laissa retomber sa joue sur les pavés avec un soupir de soulagement. Le cortège officiel était en débandade, les chevaux effrayés par le bruit.

– Abaissez ce pont-levis! vociféra Ludolf, hors de lui.

Il abreuva le sergent d'un torrent d'injures lorsqu'il comprit qu'il n'y avait rien à faire. Des lueurs de meurtre brillaient dans son regard.

Francesca, persuadée que son poignet était brisé, chancela sous l'effet de la douleur. Un des gardes vint la soutenir.

– Mes félicitations, dit-il avec un clin d'œil complice. Beaucoup d'officiers étaient contre la reddition, mais ils ont été mis aux arrêts.

– Certains de vos camarades auraient donc aidé les femmes à relever le pont ?

– A n'en pas douter. Quel effet cela vous fait-il d'avoir mis le feu aux poudres ?

– Je suis ravie !

Il l'accompagna à petits pas vers la voiture, car chaque mouvement lui causait une douleur intolérable au poignet.

– Il vous faut une attelle, dit l'homme. Asseyez-vous. Je vais chercher un morceau de bois.

– Je vous remercie.

Elle s'arrêta pour reprendre haleine, la douleur se faisant plus lancinante. C'est alors qu'éclata la fusillade. Les magistrats s'étaient couchés dans la voiture, protégés par les soldats en armes et le cocher, allongé derrière une roue, tenant les rênes d'une main pour essayer de retenir les chevaux qui se cabraient de frayeur. Les Français avaient mis pied à terre et ouvraient le feu avec leurs mousquets. Ludolf avait dégainé ses pistolets et tirait. Il y eut un moment de silence, aucune riposte ne venant du château.

– Rendez-vous ! hurla Ludolf. Vous n'avez aucune chance de vous en tirer ! Le château sera bientôt aux mains des Français ! Muiden va être la proie des flammes et ces fossés seront rouges de sang.

Par une des meurtrières d'où l'on tirait autrefois des flèches, un jeune soldat mit en joue l'émissaire des Français. Il n'avait jamais visé un homme auparavant et, bien que son compatriote fût un traître, c'était autre chose que de tirer sur des oiseaux dans les bois. Ses mains tremblaient. Ce n'est ni le bruit assourdissant du coup de feu ni l'odeur âcre de la poudre qui le firent vomir : jamais il n'aurait supposé qu'un homme pût avoir cette expression incrédule face à sa propre mort.

Ludolf était tombé, mais il n'était pas mort. Deux gardes se précipitèrent pour le mettre à l'abri et le sergent se pencha pour examiner sa blessure. La balle l'avait atteint en haut du bras gauche. Il fulminait de rage.

– Que celui qui a osé tirer sur le messager du roi de France soit exécuté immédiatement. Je ne suis pas ici en tant que soldat.

Le sergent lui fit un pansement de fortune avec sa ceinture.

– Il faut que vous voyiez un médecin, mijnheer. On

dirait que la balle s'est logée dans l'os. Pouvez-vous vous lever ?

– Oui, aidez-moi.

Le sergent le soutint jusqu'à la voiture où attendaient les magistrats, désireux de quitter la place au plus vite. On lui tendit la main pour l'aider à monter, mais il résista, tournant la tête dans la direction de Francesca.

– Amenez-moi cette femme. Je veux qu'elle parte avec moi !

Francesca était épouvantée, sachant qu'elle s'évanouirait de douleur si elle tentait de s'enfuir.

– Laissez-moi, dit-elle au soldat qui se tenait à côté d'elle. C'est une affaire que je dois régler toute seule.

Elle fit un pas qui lui causa une douleur atroce.

– Je ne peux pas aller plus loin sans soutien, cria-t-elle à Ludolf. Venez vers moi, sinon vous ne me verrez plus jamais.

Ludolf se dégagea malgré les protestations du sergent.

– N'y allez pas, mijnheer, vous allez de nouveau être sous le feu !

– Ils n'oseront pas me tirer dessus une deuxième fois, gronda Ludolf.

Mais il n'eut pas le temps de franchir la distance qui le séparait de Francesca.

– Voilà notre armée ! cria joyeusement une des sentinelles, les mains en porte-voix.

Ludolf agrippa le sergent par la manche.

– Mettez-moi sur mon cheval !

Le sergent s'exécuta promptement et à peine Ludolf était-il en selle que les troupes hollandaises apparurent. Il fit volte-face et lança sa monture au galop.

– Ne vous estimez pas quitte pour autant ! Un de ces jours je m'occuperai de votre soi-disant mari ! lança-t-il à Francesca avant de disparaître derrière une rangée d'arbres.

Plusieurs heures plus tard, affaibli par la perte de son sang, Ludolf gisait dans un champ de blé. Il était tombé de son cheval qui avait continué à galoper. Il voyait bien une ferme à proximité, mais les forces lui manquaient pour se traîner jusque-là. Une soif épouvantable le taraudait, et aucun son ne pouvait sortir de sa gorge parcheminée. Tôt ou tard, quelqu'un viendrait bien à passer par là... Il sombra dans la somnolence et lorsqu'il rouvrit les yeux, les premières étoiles scintillaient.

Aucune fenêtre n'était éclairée à la ferme, aucun bruit familier, bêlement ou aboiement ne lui parvenait.

Lorsqu'il émergea à nouveau de l'inconscience, le soleil brillait haut dans le ciel. Il était trempé de sueur et tremblait de fièvre. Il entendait dans le lointain comme un grondement sourd et il eut la sensation que la terre se mettait à trembler. Il crut voir comme un scintillement dans le ciel au-dessus des épis de blé. Soudain, il comprit l'horrible vérité. C'étaient des embruns d'eau de mer. Les écluses avaient dû être ouvertes à Muiden et les terres allaient disparaître sous les eaux.

Ce fut sa dernière pensée consciente avant que la mort vienne le délivrer. Il fut happé par le déferlement des flots et disparut comme un fétu de paille parmi les débris charriés par les eaux tumultueuses.

A Amsterdam, Francesca n'alla pas, comme la majorité de ses concitoyens, voir la mer monter jusqu'aux murs de la ville. Elle posait à l'atelier pour Hendrick, avec un châle dissimulant son poignet en écharpe, ce qui lui laissa tout le temps de ruminer les événements des jours passés.

Pieter était arrivé avec ses soldats à Muiden peu après les premières troupes hollandaises et avait contribué à la défaite des Français. Le château était en sécurité avec une garnison de six cents hommes lorsque Pieter avait raccompagné Francesca à Amsterdam avant l'inondation des terres. Le voyage du retour avait été épuisant pour elle, bien que son poignet eût été soigné par un chirurgien de l'armée. Malgré sa souffrance physique, elle avait été terriblement soulagée de savoir que le cauchemar touchait à sa fin.

Ils rapportèrent la bonne nouvelle à Hendrick.

– Vos ennuis sont terminés, maître Visser, dit Pieter. Ludolf Van Deventer est mort, vraisemblablement noyé. Son corps, échoué sur la rive, a été aperçu par des bateliers, qui l'ont ramené à la ville. S'il avait été pris vivant, il aurait été exécuté pour haute trahison. Ses biens seront confisqués par la ville, et ses créances déclarées nulles et non avenues.

– J'ai du mal à croire que tout ceci soit vrai, dit Hendrick, qui voyait enfin disparaître l'épée de Damoclès qui planait depuis si longtemps au-dessus de sa tête.

Francesca revit en pensée les brefs adieux qu'elle avait échangés avec Pieter. Ils s'étaient embrassés une dernière fois.

– Reviens-moi vite, avait-elle murmuré passionnément.

– Je te promets que je ne te quitterai plus jamais, avait-il promis.

Puis il avait enfourché son cheval et disparu au coin de la rue avec un dernier geste de la main, le plumet orange de son chapeau étincelant dans le soleil du matin.

– Vous savez, père, je crois qu'il serait temps que vous mettiez une peinture agréable à regarder depuis l'estrade, quand je pose pour vous.

– Quoi, par exemple ?

– Le portrait de Titus par Rembrandt.

– Nous verrons...

En fait, il n'avait pas la moindre intention d'enlever le tableau de la place qu'il occupait depuis tant d'années. Elle décida de s'en occuper elle-même, car elle savait bien qu'elle allait servir de modèle à son père : les gens achetaient peu de peintures par ces temps troublés et Hendrick n'aurait pas les moyens d'engager des modèles professionnels.

– Je suspendrai une de mes propres compositions à l'atelier, lorsque mon poignet sera guéri, dit-elle. Je représenterai Pieter le matin où je suis allée à sa rencontre dans le champ de tulipes, avec la brise légère du matin, balançant doucement les corolles, les ouvriers en train de cueillir les fleurs, et moi au fond, dans le soleil levant.

Le silence de l'atelier n'était troublé que par le bruit familier des coups de brosse sur la toile. Francesca voulut oublier que la dernière fois qu'elle avait posé pour son père, c'était pour Flora, la déesse du Printemps, le tableau qui lui avait valu les redoutables faveurs de Ludolf. Mais tout ceci appartenait désormais au passé. Elle ne voulut penser qu'à Pieter et à l'avenir : il s'avancerait vers elle à travers un océan de tulipes et elle fixerait à jamais ce moment sur la toile.

ÉPILOGUE

Francesca était en train de peindre dans son atelier de Haarlem, ce jour de janvier 1689 où le prince d'Orange allait devenir Guillaume III d'Angleterre par son mariage avec Marie, fille du roi Jacques II. Il n'abandonnerait pas son pays pour autant, et Francesca ne l'en estima que davantage. Depuis le jour où il avait pris le commandement de la résistance, le pays avait traversé dix-sept années bien douloureuses. La guerre avait apporté son cortège de souffrances, de privations et de faillites. Francesca elle-même avait souffert de la faim et du froid lorsque Amsterdam avait été isolée par les eaux. Elle n'oublierait jamais ces jours terribles où elle donnait argent et vivres à quiconque se présentait à sa porte. Amsterdam avait été assiégée pendant près de deux ans, mais il fallut encore trois longues années pour que Louis XIV battît enfin en retraite. La Hollande avait retrouvé sa liberté, mais son économie était anéantie. Ses champs de tulipes avaient été détruits par les inondations. La prospérité de son commerce avec l'étranger n'était qu'un lointain souvenir. Elle avait mis du temps à panser ses plaies, et rien ne serait plus jamais comme avant.

Francesca mélangea du jaune et du blanc au plomb sur sa palette. Des années auparavant, durant le siège, elle avait peint « Le Planteur de tulipes ». Maintenant elle essayait de représenter une seule tulipe. L'été dernier, après des années passées à refertiliser le sol, Pieter avait enfin concrétisé son ambition de créer une nouvelle tulipe, dont la corolle, d'un blanc ivoire à la base, s'épanouissait en un camaïeu allant du jaune pâle à l'or profond, qui faisait penser à celle qu'elle incorporait à sa signature. Elle avait fait des esquisses au moment de la floraison, à l'insu de Pieter, et lui réservait la surprise du résultat final pour son anniversaire. Elle était censée travailler à un autoportrait commencé avant Noël.

Elle utilisait de préférence du jaune et du bleu pour les feuillages, espérant que ce mélange ne virerait pas avec le temps. Un des tableaux de Vermeer avait été vendu aux enchères à Haarlem peu de temps auparavant : c'était « La Ruelle » et le feuillage avait pris une teinte bleue. La beauté de l'œuvre n'en était d'ailleurs pas altérée, et Pieter avait acheté le tableau pour Francesca. Les enchères n'étaient pas montées bien haut, personne n'étant vraiment intéressé, et Francesca était folle de joie d'avoir une œuvre de son maître.

Elle posa un instant ses pinceaux pour contempler le tableau, qu'elle avait mis dans son atelier. Son pressentiment de ne plus revoir Jan lorsqu'elle avait quitté Delft s'était hélas avéré. « L'Allégorie de la Foi » fut une de ses dernières œuvres. Peu de temps après le départ de Francesca, il avait eu un refroidissement qui avait fragilisé ses poumons. Trois ans plus tard, ruiné par la guerre, il avait dû emménager chez sa belle-mère avec toute sa famille et il était mort à l'âge de quarante-trois ans. Catharina s'était retrouvée dans le dénuement le plus complet et avait été contrainte de vendre tout ce qu'elle possédait pour éponger ses dettes. Un boulanger avait reçu deux tableaux en paiement d'une créance et ç'avait été un véritable crève-cœur pour Catharina lorsque le tableau de Jan qu'elle préférait, « L'Atelier de l'artiste », avait été saisi par le fisc.

Aletta avait suivi son apprentissage chez Vermeer tant que la santé de ce dernier le lui avait permis, et elle l'avait terminé chez un autre peintre de Delft. Elle était devenue à son tour maître de la Guilde, mais elle avait eu dix enfants, ce qui ne lui avait guère laissé le temps de peindre. Elle avait fait la paix avec Hendrick lorsqu'elle lui avait amené ses trois aînés dont l'un n'était alors qu'un bébé, après la guerre.

Aletta ne vendait pas ses tableaux, elle peignait pour son plaisir. Elle trouvait son sujet favori dans l'élevage de pur-sang de Constantijn qui, à l'aide d'une selle spécialement conçue pour lui, pouvait entraîner lui-même ses chevaux. Il vendait les meilleurs spécimens plus en

Angleterre qu'en Hollande, où la plupart des familles fortunées – y compris les Van Jansz, qui avaient frôlé la banqueroute – avaient dû réduire considérablement leur train de vie après la guerre.

A Amsterdam, Hendrick peignait toujours, malgré la douleur que lui causaient ses doigts devenus noueux comme de vieilles racines. Sybylla, prématurément veuve, était revenue s'installer chez lui, et la vie n'était pas facile pour elle, car avec les années Hendrick était encore plus hargneux, mais elle ne se plaignait jamais. La disparition de Hans, mort à la guerre, avait profondément transformé son caractère. Elle avait eu plus d'une occasion de se remarier, mais elle semblait ne pas y songer. Il y avait cependant un veuf dans son entourage en compagnie de qui elle avait l'air de se plaire et il n'était pas impossible qu'un jour elle retrouve le bonheur avec lui.

Sa fille, baptisée Anna, âgée maintenant de seize ans, répondait au surnom de « Souris », pour une raison connue uniquement de Sybylla. Hendrick considérait la jeune fille comme la prunelle de ses yeux, et lui donnait des leçons de peinture, faisant montre d'une patience qu'il n'avait jamais eue avec ses propres filles. Elle faisait d'honnêtes natures mortes, mais n'atteindrait jamais le niveau de la Guilde et, d'ailleurs, elle avait déjà un jeune homme en tête.

Francesca, quant à elle, ne s'était guère enrichie grâce à sa peinture, pendant la période troublée de la guerre. Des marchands d'art lui prenaient ses toiles occasionnellement et un collectionneur venu de Gouda lui achetait des œuvres de temps en temps. Fort heureusement, Pieter avait fait de judicieux investissements dans les colonies avant la guerre et la famille était à l'abri du besoin.

Les circonstances l'avaient privée du voyage en Italie avec Pieter, mais elle allait bientôt réaliser son rêve de jeunesse de voir l'art de la Renaissance à Florence, Venise et Rome. Le plus jeune de leurs trois fils avait indéniablement l'étoffe d'un artiste, tandis que les autres étaient attirés par la terre. Il se prénommait Johannes et était alors âgé de douze ans. Francesca et Pieter avaient décidé de l'accompagner en Italie lorsqu'il aurait quatorze ans, pour faire son apprentissage chez un maître. Francesca était partagée entre la fierté, la joie et l'angoisse de la séparation. La peinture hollandaise avait atteint son apogée avec Rembrandt, Hals, de Hooch et Vermeer. A présent, elle était sur le déclin, comme tout ce qui avait autrefois fait la grandeur de la Hollande. Mais peut-être un jour renaîtrait-elle de ses cendres, et, pourquoi pas, grâce à son propre fils ?

Tante Janetje était trop fatiguée pour prendre l'enfant en charge, mais son fils aîné et sa femme se faisaient déjà un plaisir de l'accueillir.

– Maman !

Francesca leva la tête. Johannes, les joues rouges et brillantes comme des pommes, entra en trombe dans l'atelier.

– Qu'y a-t-il ? demanda-t-elle avec un air amusé.

L'enfant avait un tempérament turbulent et ne se tenait tranquille que lorsqu'il peignait.

– Quand irons-nous à Amsterdam ? Je veux montrer à grand-père le nouveau portrait que j'ai fait de lui.

– Je pense que ton père t'y emmènera la prochaine fois qu'il ira à la Bourse.

– Vous viendrez avec nous ?

– Oui. J'ai toujours plaisir à voir ton grand-père et ta tante Sybylla.

Il vint se placer près du chevalet de sa mère et pencha la tête.

– Dites, maman, vous croyez que j'arriverai un jour à peindre avec la lumière, comme vous ?

– J'en suis sûre.

Lorsqu'il fut sorti, elle se dit que la lumière qui baignerait ses œuvres futures serait bien loin de celle qui traversait les tableaux de Vermeer et les siens, loin de cette transparence cristalline qui venait des reflets des canaux et des soleils voilés de brume de la campagne hollandaise. La lumière qu'il apprendrait à maîtriser aurait la chaleur du soleil florentin sur les toits de tuiles rouges et les pierres patinées par les ans, et le chatoiement saphir de l'Arno. Une palette entièrement nouvelle s'offrait à son jeune talent.

Francesca en était là de ses réflexions lorsque la porte de l'atelier s'ouvrit à nouveau, sur Pieter cette fois-ci.

– J'espère ne pas troubler la naissance d'un chef-d'œuvre ! dit-il avec un large sourire.

– Non, s'esclaffa-t-elle, pas aujourd'hui.

– Si tu avais un moment, je voudrais te montrer les plans d'agrandissement des granges pour le printemps prochain.

Elle posa sa palette et ses pinceaux et quitta son tabouret immédiatement. Les épreuves endurées pendant toutes ces années de guerre lui avaient appris les véritables valeurs de la vie et elle savourait le moindre moment passé avec l'homme qu'elle aimait.

Achevé d'imprimer en novembre 1998
sur les presses de l'Imprimerie Bussière
à Saint-Amand (Cher)

POCKET - 12, avenue d'Italie - 75627 Paris Cedex 13
Tél. : 01-44-16-05-00

— N° d'imp. 2484. —
Dépôt légal : janvier 1995.

Imprimé en France